MA COMPIL' de spécialités

SES

HGGSP

NOUVEAU BAC

T[le]

Objectif BAC

SES

Marion NAVARRO
Professeure agrégée
de Sciences économiques et sociales

HGGSP

Vincent ADOUMIÉ
Professeur agrégé d'histoire,
agrégé de géographie

Grand Oral

Conseils généraux

Isabelle DE LISLE
Professeure agrégée de Lettres modernes

Sylvie BEAUTHIER
Professeure agrégée de Lettres classiques

Exemples de questions de SES

Marion NAVARRO

Exemples de questions de HGGSP

Vincent ADOUMIÉ

Maths complémentaires

Pascal CHAMAND
Professeur agrégé de Mathématiques

hachette ÉDUCATION

AVANT-PROPOS

Nous avons sélectionné pour vous **les savoirs et savoir-faire indispensables** pour aborder en toute confiance vos deux épreuves de spécialité, ainsi que l'épreuve du Grand Oral en lien avec ces spécialités.

Pour chaque spécialité, vous trouverez dans cet ouvrage :

- **les rappels de cours détaillés** de l'ensemble du programme du Bac, accompagnés de nombreux documents récents ;
- **des sujets du Bac,** et leurs corrigés commentés, pour vous entraîner ;
- **le lexique des termes** dont vous devez maîtriser et retenir le sens.

Pour réussir votre Grand Oral, cet ouvrage vous propose :

- **les méthodes** pour construire vos questions ;
- **les conseils indispensables** pour convaincre le jury, adopter la bonne posture et contrôler votre stress ;
- **des exemples de questions traitées** dans chacune de vos deux spécialités.

Enfin, pour travailler toute l'année **votre option Maths complémentaires**, vous trouverez ici :

- **les rappels de cours détaillés** du programme ;
- **des exercices d'entraînement** et leurs corrigés commentés.

En vous souhaitant de bonnes révisions et une excellente réussite au Bac,

Les auteurs

Conception graphique
Couverture : Stéphanie Benoit
Intérieur : Manon Guérin

Composition et mise en pages : Médiamax ; Grafatom (Maths complémentaires).
Schémas, dessins, cartographie : Nathalie Guéveneux Nourry, Domino (SES) ; Médiamax (HGGSP) ; Grafatom (Maths complémentaires).
Illustrations (Grand Oral) : Julien Flamand.
Édition : S.M.

Achevé d'imprimer en juin 2021 en Pologne par Drukarnia Dimograf
Dépôt légal : juillet 2021 - Édition 01
31/8278/1

I.S.B.N. 978-2-01-787743-1

www.parascolaire.hachette-education.com

SOMMAIRE

SES

Sommaire détaillé 6
Définition de l'épreuve 9
Conseils généraux pour l'épreuve 10
Chapitres 1 à 12 :
cours, sujets du Bac et corrigés 11
Lexique 148

HGGSP

Sommaire détaillé 156
Définition de l'épreuve 159
Conseils généraux pour l'épreuve 160
Chapitres 1 à 42 :
cours, sujets du Bac et corrigés 161
Lexique 365

GRAND ORAL

Sommaire détaillé 372
Définition de l'épreuve 373
Chapitres 1 à 7 :
méthodes et conseils 374
SES : exemples de questions traitées 388
HGGSP : exemples de questions traitées 391

OPTION MATHS COMPLÉMENTAIRES

Sommaire détaillé 396
Descriptif de l'option
Maths complémentaires 397
Chapitres 1 à 10 :
cours, exercices d'entraînement, corrigés 398

SES

- Tous les chapitres au programme du Bac
- 12 sujets du Bac et leurs corrigés détaillés
- Le lexique des mots-clés

SOMMAIRE

Définition de l'épreuve 9
Conseils généraux pour l'épreuve 10

ÉCONOMIE

1 Sources et défis de la croissance économique
BAC TOUTES ANNÉES 11
Cours 11
Sujet du Bac – Dissertation 19
Dans quelle mesure l'accumulation de capital détermine-t-elle la croissance économique ?
Corrigé 21

2 Le commerce international et l'internationalisation de la production
BAC TOUTES ANNÉES 24
Cours 24
Sujet du Bac – Épreuve composée – Parties 1 et 2 33
Corrigé 34

3 La lutte contre le chômage
BAC ANNÉES IMPAIRES 35
Cours 35
Sujet du Bac – Épreuve composée – Partie 3 41
Corrigé 43

4 Les crises financières et la régulation du système financier
BAC ANNÉES PAIRES 44
Cours 44
Sujet du Bac – Épreuve composée – Parties 1 et 2 51
Corrigé 52

5 Les politiques économiques dans le cadre européen
BAC ANNÉES PAIRES 53
Cours 53
Sujet du Bac – Épreuve composée – Partie 3 60
Corrigé 62

SOCIOLOGIE ET SCIENCE POLITIQUE

6 La structure de la société française actuelle

BAC TOUTES ANNÉES 64

Cours 64

Sujet du Bac – Dissertation 73

L'analyse en termes de classes sociales est-elle pertinente pour rendre compte de la structure sociale actuelle ?

Corrigé 75

7 L'action de l'école

BAC ANNÉES IMPAIRES 82

Cours 82

Sujet du Bac – Épreuve composée – Parties 1 et 2 88

Corrigé 89

8 La mobilité sociale

BAC TOUTES ANNÉES 90

Cours 90

Sujet du Bac – Dissertation 98

Dans quelle mesure l'école est-elle un facteur de mobilité sociale ?

Corrigé 100

9 Les mutations du travail et de l'emploi

BAC ANNÉES PAIRES 103

Cours 103

Sujet du Bac – Épreuve composée – Partie 3 110

Corrigé 112

10 L'engagement politique dans les sociétés démocratiques

BAC TOUTES ANNÉES 113

Cours 113

Sujet du Bac – Épreuve composée – Parties 1 et 2 120

Corrigé 121

REGARDS CROISÉS

11 La compatibilité des inégalités avec la justice sociale

BAC ANNÉES PAIRES 122

Cours 122

Sujet du Bac – Épreuve composée – Partie 3 133

Corrigé 135

12 L'action publique pour l'environnement

BAC ANNÉES IMPAIRES 136

Cours 136

Sujet du Bac – Dissertation 143

Quelles sont les politiques climatiques qui peuvent être mises en œuvre pour préserver l'environnement ?

Corrigé 145

LEXIQUE 148

EXEMPLES DE QUESTIONS DE GRAND ORAL TRAITÉES

1 Pourquoi les salaires des femmes sont-ils, en moyenne, inférieurs à ceux des hommes ? 388

2 Faut-il renoncer à la croissance ? 389

3 Faut-il une Europe fédérale ? 390

DÉFINITION DE L'ÉPREUVE

Durée	4 heures	Coefficient	16

- Vous avez le choix entre **une dissertation** s'appuyant sur un dossier documentaire et **une épreuve composée**. Les deux sujets portent sur des thèmes différents du programme.
- Les parties du programme mobilisables pour l'épreuve du baccalauréat sont différentes les années paires et les années impaires. 4 chapitres reviennent tous les ans, les autres tournant une année sur deux (voir sommaire).

1. La dissertation

- Vous devez répondre à la question posée par le sujet en construisant une argumentation à partir d'une problématique que vous aurez élaborée ; mobiliser des connaissances et des informations pertinentes pour traiter le sujet, notamment celles figurant dans le dossier ; rédiger en utilisant le vocabulaire économique et social spécifique approprié à la question et en organisant le développement sous la forme d'un plan cohérent qui ménage l'équilibre des parties.
- Le dossier documentaire qui accompagne le sujet comporte trois ou quatre documents de nature strictement factuelle : données statistiques (au plus 120 données chiffrées) ; document texte (au plus, 2 500 signes).

2. L'épreuve composée

- **Cette épreuve comprend trois parties** portant sur trois questions différentes et au moins deux champs du programme.

  – **Partie 1 – Mobilisation des connaissances (4 points)** : répondre à la question en faisant appel à vos connaissances acquises dans le cadre du programme.

  – **Partie 2 – Étude d'un document (6 points)** statistique (graphique, tableau, carte, radar, etc.) de 120 données chiffrées au maximum comportant deux questions : répondre aux questions en mobilisant vos connaissances et en adoptant une démarche méthodologique rigoureuse, de collecte et de traitement de l'information.

  – **Partie 3 – Raisonnement s'appuyant sur un dossier documentaire (10 points)** : le libellé du sujet vous invite à développer un raisonnement, à rassembler et mettre en ordre des informations pertinentes issues du dossier documentaire et de vos connaissances personnelles. Le dossier documentaire comporte deux ou trois documents de nature différente (texte, graphique, tableau statistique, schéma, etc.).

  Vous devez développer un raisonnement en exploitant les documents du dossier et en faisant appel à vos connaissances personnelles. Il faut donner dans l'introduction une définition des termes du sujet et expliquer le sens du sujet. Le développement doit être structuré en paragraphes renvoyant chacun à une idée spécifique par rapport au sujet. La conclusion rappelle les arguments qui ont été développés.

CONSEILS GÉNÉRAUX

1. La dissertation s'appuyant sur un dossier documentaire

- Le libellé du sujet de la dissertation vous invite à poser et à traiter, d'une façon organisée et réfléchie, un problème. Il convient de **commencer votre travail par une réflexion rigoureuse sur le sens du sujet.** Définissez les termes employés, analysez le sens précis de la formulation utilisée pour bien cerner les limites du sujet et ne pas faire de contre-sens.
- Après avoir effectué ce travail, lisez le dossier documentaire. **Les documents doivent obligatoirement être mobilisés dans votre dissertation** et vous devez vous demander comment vous pouvez les exploiter par rapport au sujet. Le dossier ne couvre pas nécessairement tous les aspects du sujet et il est attendu que vous ne limitiez pas votre réflexion aux dimensions qui y sont évoquées. **L'épreuve n'est pas une épreuve de commentaire de documents** et il n'est pas attendu une analyse détaillée de chaque document. **Les documents doivent être mobilisés en lien avec le sujet uniquement**.
- **Le développement doit être structuré en parties et chaque partie doit elle-même être subdivisée en sous-parties. Chaque partie doit renvoyer à une thèse que vous défendez par rapport au sujet.**

2. L'épreuve composée

- Cette épreuve suppose une grande maîtrise du programme car les différentes parties portent sur des points différents de ce dernier. **Attention donc aux impasses** !
- Les questions de cours n'appellent pas une réponse longue mais celle-ci doit être précise. Pensez à **bien utiliser les concepts appris en cours et à justifier vos réponses**. Les questions peuvent porter sur des points très spécifiques du programme, soyez bien attentifs à ne rien laisser de côté dans vos révisions.
- La seconde partie suppose une analyse précise du document. Soyez attentifs au titre, à la source, à l'unité et aux éventuelles notes de lecture qui vous aideront à comprendre le document.
- La troisième partie n'est pas une petite dissertation.
  - D'un point de vue formel, il vous est simplement demandé de **structurer votre réponse en paragraphes**. Il peut y en avoir deux comme cinq. **Chaque paragraphe doit renvoyer à un point particulier. Il faut, à la fois, mobiliser les documents mais faire aussi appel à vos connaissances personnelles.**
  - Soyez attentifs à la **façon précise dont est libellé le sujet**. Le développement attendu n'est pas long (de l'ordre d'une page) car le sujet est assez restreint. **Il vous faut donc bien en étudier les limites pour ne pas faire de hors-sujet.**

Sources et défis de la croissance économique

CHAPITRE 1

1 Le processus de la croissance économique

A Définition

- La **croissance économique*** est l'augmentation du volume de production. Elle se mesure à travers l'évolution du PIB en volume. Elle découle d'une plus grande utilisation d'un ou plusieurs facteurs de production et/ou d'une amélioration de leur productivité.

- Les organisations productives transforment des consommations intermédiaires à l'aide de travail et de capital. Les biens ou services produits ont une valeur supérieure à celle des consommations intermédiaires utilisées. Cette différence de valeur correspond à la valeur créée au cours du processus productif : c'est la **valeur ajoutée***.

Mots-clés

- **Facteurs de production :** moyens mis en œuvre pour produire (capital et travail).
- **Productivité moyenne :** efficacité d'un facteur. Rapport entre le volume de production et la quantité de facteur utilisée.

Mot-clé

Consommation intermédiaire : bien utilisé au cours du processus productif, qui ne peut être réutilisé durablement, soit parce qu'il est détruit par son utilisation, soit parce que son usure est rapide (exemple : la farine utilisée par un boulanger).

Document 1. *Le processus productif*

- **Le produit intérieur brut (PIB)*** est la somme des valeurs ajoutées (mesurées aux prix du marché) de toutes les organisations productives sur un territoire donné au cours d'une année. La croissance économique s'obtient en calculant le taux de variation du PIB en volume au cours d'une année donnée.

B La croissance extensive

- **Une croissance est dite extensive** lorsqu'elle découle principalement d'une **augmentation de la quantité de travail et de capital** utilisés au cours du processus productif.

- **L'investissement*** correspond à l'augmentation du stock de capital utilisé au cours du processus productif. Au niveau macroéconomique, il est mesuré à travers la **formation brute de capital fixe** (FBCF). Le **capital fixe*** renvoie à l'ensemble des actifs utilisés de façon répétée ou continue dans le processus de production pendant au moins un an.

- Pour augmenter la quantité de travail, une organisation productive peut **embaucher plus de travailleurs** et/ou demander à chaque travailleur d'**augmenter son temps de travail**. On constate en France, et dans tous les pays développés à économie de marché (PDEM), d'un côté, une hausse de la population active et, de l'autre, une baisse de la durée annuelle du temps de travail. **En définitive, la quantité annuelle de travail a baissé d'un tiers en France depuis un siècle**.

- En France, sur la période 1985-2010, la croissance moyenne annuelle constatée était de 1,8 %. Selon l'OCDE, l'évolution du facteur travail en expliquerait environ 0,2 point et l'accroissement du volume du capital 0,7 point. Le reste de la croissance (environ 1 point) s'expliquerait par une augmentation de la productivité globale des facteurs (PGF).

> **Mot-clé**
> **Productivité globale des facteurs (PGF) :** mesure de l'efficacité globale de la combinaison productive.

C La croissance intensive

- Une croissance est dite **intensive** quand elle découle principalement d'une amélioration de la PGF. La PGF traduit l'influence du progrès technique, de l'organisation du travail, de l'amélioration des savoir-faire et du stock des connaissances. Une augmentation de la PGF peut aussi provenir de l'**existence de rendements d'échelle* croissants** ou d'une modification du contexte institutionnel.

> **Mot-clé**
> **Progrès technique :** accroissement des connaissances qui permet l'amélioration des produits, des procédés de production ou des procédés commerciaux.

- En accumulant simplement du capital, la productivité de ce dernier va décroître du fait de la loi des **rendements marginaux*** décroissants. La croissance ne peut, de ce fait, être forte si elle repose simplement sur une augmentation du volume de capital.

- L'augmentation conjointe de la quantité de capital et de travail n'est pas non plus une solution efficace à long terme car du fait de l'existence de rendements d'échelle limités, cela ne pourrait générer une forte croissance.

- L'augmentation de l'**intensité capitalistique** au cours du XXe siècle n'a pas conduit à une baisse de la productivité car les nouvelles machines étaient différentes des précédentes : il y a eu un changement de la qualité de ces dernières. Du **progrès technique était incorporé** dans les machines, elles intégraient de nouvelles technologies, ce qui a permis de maintenir et même de faire croître la productivité des facteurs.

> **Mot-clé**
> **Intensité capitalistique :** volume de capital rapporté au volume de travail.

- L'augmentation de la productivité du travail a aussi joué un rôle important dans la croissance au cours des Trente Glorieuses. **Depuis 1985, on note, cependant, un ralentissement marqué de la croissance de la productivité du travail.**

Document 2. *La croissance de la productivité horaire du travail (en %)*

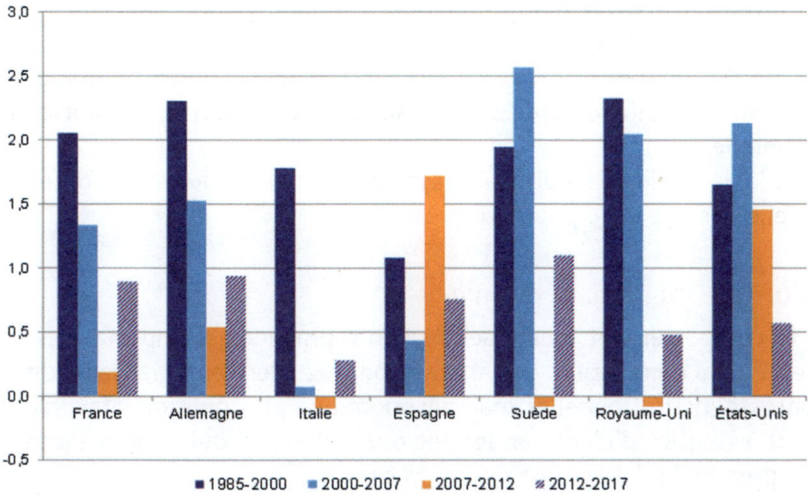

Source : OCDE ; taux de croissance annuel moyen du PIB à prix constants ($ parité de pouvoir d'achat 2010)/ heures travaillées.

Conseil national de productivité, *Rapport Productivité et compétitivité : où en est la France dans la zone euro ?*, avril 2019, www.strategie.gouv.fr.

- Les pays en rattrapage peuvent se contenter d'adopter les nouvelles technologies existantes pour accroître leur productivité et ainsi soutenir leur croissance mais les pays à la **frontière technologique** qui utilisent déjà les techniques les plus en pointe se doivent d'innover pour générer du progrès technique et trouver de nouvelles sources de gains de productivité.

> **Mot-clé**
> **Frontière technologique :** situation dans laquelle toutes les connaissances sont mobilisées et où l'innovation est nécessaire pour améliorer les techniques de production ou diffuser de nouveaux produits.

2 Le progrès technique

A Le rôle du progrès technique

- **Le progrès technique est lié à la mise en œuvre d'une innovation*** et constitue la principale source de l'accroissement de la productivité globale des facteurs.

- Joseph Schumpeter montre que les **innovations peuvent prendre des formes variées.** Il en distingue **cinq types** : l'innovation de produits, l'innovation de procédés, l'innovation de modes de production, l'innovation de débouchés et l'innovation de matières premières.

- Les économistes distinguent, depuis Joseph Schumpeter, **trois stades** dans le processus de changement technique.
  – L'invention renvoie à la production de connaissances nouvelles (sans lien obligatoire avec la sphère économique).
  – L'innovation transforme cette invention en application économique. Elle est alors mise en œuvre dans le processus de production et conduit au progrès technique.
  – Enfin, le stade de sa diffusion est atteint quand elle est adoptée à grande échelle par une large population.

B L'origine du progrès technique

- Si le comportement individuel de l'entrepreneur est important pour comprendre la dynamique des innovations, ce dernier agit dans un certain contexte institutionnel et macroéconomique plus ou moins favorable. Ainsi, il est essentiel d'identifier les logiques globales qui sont à l'œuvre pour comprendre la dynamique du progrès technique.

- **Les modèles de croissance endogène** expliquent le progrès technique à partir du phénomène même de la croissance qui génère un **cercle vertueux**. Le progrès technique n'est pas une manne tombée du ciel : il est rendu possible par les financements accordés à la recherche et au développement et à la formation des salariés qui dépendent de la croissance passée. En effet, plus de croissance signifie plus de revenu, plus d'épargne et donc plus de capacité de financement. La croissance permet, par ailleurs, de financer l'accumulation de capital fixe, ce qui conduit à de la croissance car les nouveaux biens d'équipement acquis incorporent le progrès technique.

- Cette dynamique est renforcée par l'existence d'**externalités** positives : l'accumulation de **capital humain** va ainsi, par exemple, favoriser l'accumulation de **capital technologique** et l'augmentation de la PGF qui découle de l'investissement en capital humain sera alors plus forte que le simple effet direct d'un capital humain accru. Les acteurs qui ont bénéficié d'une formation vont, par ailleurs, en partie transmettre leur savoir à d'autres individus à travers différentes interactions, ce qui va conduire à accroître la productivité de ces individus. De la même façon, quand une entreprise développe des activités de recherche et développement, le capital technologique qui en découle va profiter à d'autres entreprises.

Mots-clés

- **Capital humain :** stock de caractéristiques physiques et intellectuelles qui permettent à un individu de participer à l'activité productive.
- **Capital technologique :** ensemble d'actifs immatériels constitué de savoirs et de savoir-faire.
- **Externalité :** conséquence d'une activité économique qui n'est pas prise en compte par le prix de marché.

Document 3. *La croissance endogène*

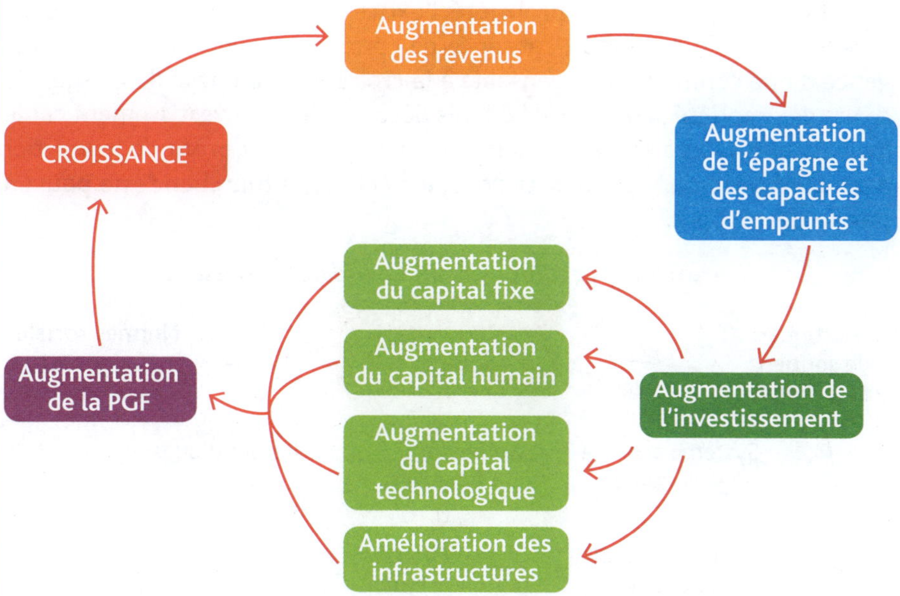

- Un pays peut ainsi connaître durablement une croissance faible : une faible croissance limite les capacités d'investissement, ce qui rend impossible l'augmentation de la production.

C Le poids des institutions

- **Les institutions jouent un rôle essentiel dans la croissance**. En effet, elles peuvent être plus ou moins favorables aux innovations et sont nécessaires à l'existence d'un environnement propice aux développements des échanges. Le **capital institutionnel** désigne l'ensemble des cadres mentaux, juridiques et politiques qui structurent le comportement des acteurs. Cela renvoie à des règles formelles mais aussi informelles. Les normes sociales sont ainsi des institutions au même titre que le droit.

> **Mot-clé**
> **Institutions** : ensemble des règles formelles ou informelles qui contraignent le comportement des acteurs.

- Les règles édictées par l'État sont plus ou moins favorables à l'innovation. À travers la politique fiscale, l'existence de subventions à la recherche ou la politique de la concurrence, les entreprises sont plus ou moins incitées à innover. L'État peut lui-même, à travers la **recherche publique**, favoriser les inventions et ainsi les innovations. La **qualité des infrastructures** (réseau routier, écoles et hôpitaux publics, etc.) joue aussi sur la productivité globale des facteurs.

- La **définition des droits de propriété**, l'existence d'un État de droit, la transparence de l'information et l'absence de corruption favorisent aussi l'émergence d'une confiance indispensable à la croissance : un pays dans lequel les droits de propriété seraient mal définis découragerait l'investissement car les investisseurs n'auraient pas de garantie de pouvoir tirer profit de leur action. **Sans confiance dans les institutions, les échanges marchands ne peuvent pas se développer.**

Document 4. *Le rôle des institutions dans la croissance*

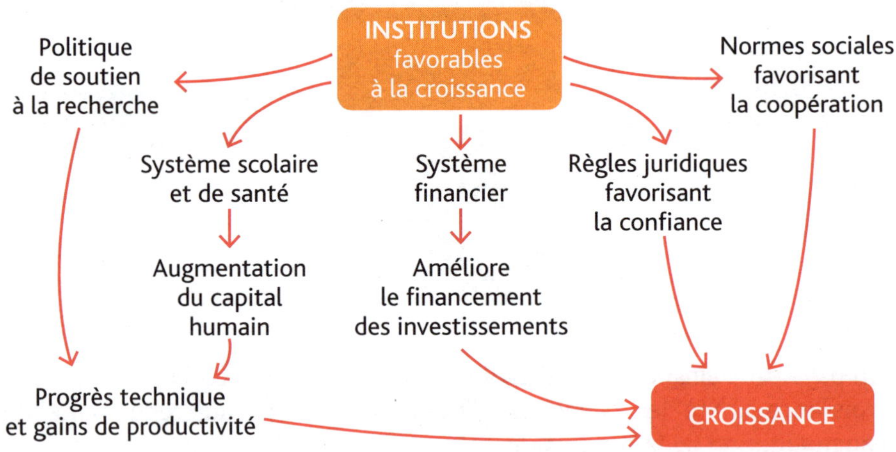

3 La croissance économique en débat

A La destruction créatrice

- Les innovations déclenchent un processus de destruction créatrice qui conduit, à la fois, à la disparition de certaines activités (et des emplois qui leur sont liés) et à la création de nouvelles activités et de nouveaux emplois.

Ex. des effets du développement du numérique : Les ordinateurs équipés d'Internet ont rendu obsolète le minitel. Les producteurs de minitels ont donc été contraints d'évoluer sous peine de faire faillite.

Mot-clé

Destruction créatrice : processus qui conduit à ce que la structure économique évolue en fonction des innovations, certains secteurs se développant grâce à ces dernières et entraînant dans le même temps le déclin d'autres secteurs devenus obsolètes.

- La croissance se produit donc à travers un processus inévitable de transformation permanente de la production et, plus généralement, de l'activité économique (emploi, consommation, répartition des revenus, etc.). En effet, pour qu'il y ait de la croissance, des innovations sont nécessaires. Or, elles rendent mécaniquement **obsolètes certains produits ou certains procédés de production**. Ainsi, une croissance globale de la production masque le fait que certains secteurs sont en expansion (ceux qui sont porteurs d'innovations) alors que d'autres sont en déclin. **Il y a donc simultanément création et destruction d'emplois selon le secteur considéré.**

B Inégalités et progrès technique

- **Le processus de destruction créatrice est générateur d'inégalités.** Les travailleurs et les entrepreneurs situés dans les secteurs en déclin voient leur situation se dégrader. Si d'un point de vue macroéconomique le revenu national croît, les gains liés aux développements des échanges ne sont pas répartis également. La forme actuelle que prend le progrès technique est souvent **défavorable aux travailleurs non qualifiés** car il conduit au développement de machines qui permettent de remplacer les tâches qu'ils effectuaient.

Ex. : Des caisses automatiques remplacent ainsi, de plus en plus, les caissiers des supermarchés.

- On dit que le progrès technique est biaisé. Il génère des pressions à la baisse sur les salaires des travailleurs non qualifiés et une baisse de leur emploi. À l'inverse, les travailleurs qualifiés sont, eux, plus sollicités (exemple : la hausse de la demande d'ingénieurs pour concevoir les caisses automatiques), ce qui les place en position de force pour solliciter des hausses de salaires. **Les inégalités de revenus s'accroissent** donc du fait du progrès technique.

C Les limites écologiques de la croissance

- Le **capital naturel*** est le stock qui produit le flux de ressources naturelles.

  Ex. : La population de poissons dans l'océan qui génère le flux de pêche vendu sur le marché.

- **Le capital naturel joue un rôle majeur dans la croissance**. En effet, pour produire, nous utilisons de nombreuses ressources naturelles. Si ces ressources venaient à disparaître, de nombreux biens et services ne pourraient plus être produits. Par ailleurs, il existe un risque de mise en place d'un **cercle vicieux**. Quand l'environnement est très dégradé, cela freine l'accumulation de capital humain (du fait notamment des maladies liées à la pollution) mais aussi de capital fixe. Il existe ainsi des **limites écologiques à la croissance**. En ne se souciant pas de la préservation des ressources naturelles et des effets des activités économiques sur l'environnement, un contexte très défavorable à la croissance va se développer.

  Ex. : Des inondations dues au dérèglement climatique peuvent détruire des infrastructures.

- Notre modèle de croissance s'accompagne d'une dégradation considérable de l'environnement et nous devons le faire évoluer. En 1987, le rapport Brundtland proposait de définir le **développement durable*** comme « un développement qui répond aux besoins du présent sans compromettre la capacité des générations futures de répondre aux leurs ».

- **Des innovations peuvent aider à préserver l'environnement** en nous permettant de concevoir des méthodes de production qui nécessitent moins de capital naturel ou qui génèrent moins d'émissions polluantes.

  Ex. : La conception d'éoliennes permet l'utilisation d'une énergie renouvelable qui ne génère pas d'émissions carbone.

SUJET DU BAC

Sujet de dissertation

Dans quelle mesure l'accumulation de capital détermine-t-elle la croissance économique ?

Document 1. *Le taux d'investissement dans les machines (secteur marchand)*

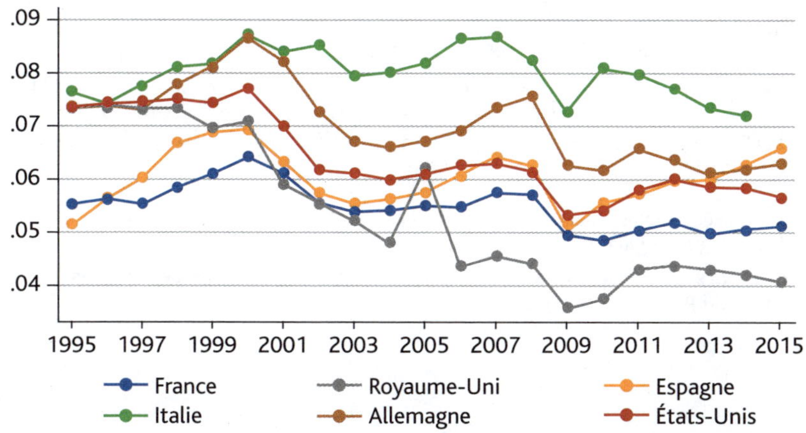

Sarah Guillou, EU Klems.

Document 2. *Part de la FBCF en logiciels et bases de données dans le total de la FBCF du secteur marchand*

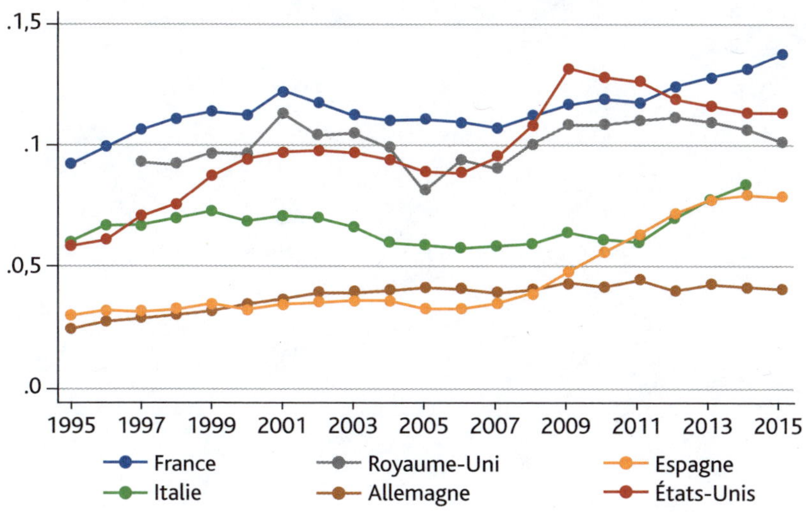

Sarah Guillou, EU Klems.

Document 3. *Contributions en points de pourcentage à la croissance du PIB (en 2015)*

	Heures travaillées totales*	Capital en TIC**	Capital hors TIC	Productivité globale des facteurs	PIB (en %)
France	0,2	0,3	0,2	0,4	1,1
Allemagne	0,7	0,1	0,1	0,8	1,7
Corée du Sud	0,6	0,1	1,2	0,7	2,6
États-Unis	1,4	0,2	0,3	0,6	2,5

D'après l'OCDE, 2017.

* Heures travaillées totales : elles correspondent au facteur travail.
** TIC : Technologies de l'information et de la communication.

Note de lecture : en raison des arrondis, la somme des contributions peut ne pas être égale à l'évolution du PIB.

CORRIGÉ

SUJET DU BAC

Introduction

Accroche

En cette période de croissance morose, l'accent est mis sur la nécessité de prendre des mesures afin de la relancer. Le soutien à l'investissement des entreprises fait partie des solutions envisagées.

Définition des termes du sujet

La croissance économique renvoie à l'augmentation du volume de production. Cette dernière résulte notamment de l'augmentation de la quantité de facteurs de production utilisés dont fait partie le capital. Le capital est un stock qui permet de produire un flux durable de revenus ou de services. Son accumulation découle d'investissements. Au sens strict, le capital renvoie au capital fixe, qui désigne l'ensemble des actifs utilisés de façon répétée ou continue dans d'autres processus de production pendant au moins un an. Les biens d'équipement font partie du capital fixe. Ce dernier est aussi composé d'actifs immatériels comme des brevets. Au niveau macroéconomique, les flux d'investissement sont mesurés à travers la formation brute de capital fixe (FBCF). Le capital technologique renvoie à l'ensemble des connaissances et savoir-faire qui sont mis en œuvre dans le cadre des processus productifs. Le capital humain renvoie à l'ensemble des savoirs et savoir-faire qu'un individu peut mobiliser dans le cadre de sa participation à la production.

Problématisation

Dans quelle mesure l'accumulation de capital est-elle déterminante pour la croissance ? Est-elle le facteur principal ? Est-ce un facteur nécessaire ? Peut-elle, à elle seule, permettre une forte croissance sur le long terme ?

Annonce du plan

Nous verrons, dans une première partie, que si l'accumulation de biens d'équipement est essentielle à la croissance, elle ne peut être sa seule source. Dans une seconde partie, nous montrerons que l'accumulation d'autres types de capitaux est nécessaire. Nous soulignerons enfin, dans une troisième partie, le fait que la croissance ne peut reposer que sur l'accumulation de capital.

Développement

Partie 1

→ Objectif : montrer que l'accumulation de biens d'équipements conduit à de la croissance sans pouvoir la porter durablement.

Première sous-partie : explication du principe de la croissance extensive.

En augmentant la quantité de biens d'équipement, on augmente la quantité de facteurs de production utilisés, ce qui conduit mécaniquement à un volume de production plus important. Sans accumulation de biens d'équipement, il est impossible de produire plus, on ne peut uniquement se contenter d'augmenter la quantité de travail utilisé, la productivité serait trop faible. Nous pouvons voir dans le document 3 que l'accumulation de capital joue un rôle non négligeable dans la croissance. L'augmentation de la quantité de capital explique 0,3 point de croissance en 2015 en France. Le document 1 nous montre l'existence d'un lien entre l'évolution de la croissance et le taux d'investissement dans les machines. En effet, après les crises financières de 2001 et 2008 qui se sont propagées dans l'économie réelle, nous constatons une baisse du taux d'investissement dans les machines.

Seconde sous-partie : explication de l'impossibilité d'avoir une croissance durablement forte par une simple accumulation quantitative des biens d'équipement.

En accumulant du capital sans en modifier les caractéristiques (accumulation purement quantitative) et sans augmenter simultanément la quantité de travail, le problème des rendements marginaux décroissants va se poser : à mesure qu'on accumule du capital, l'augmentation du volume de production sera de plus en plus faible.

Transition

L'accumulation de capital fixe ne peut suffire à entretenir durablement une dynamique de croissance, il y a une nécessité de combiner cela avec l'accumulation d'autres formes de capitaux.

Partie 2

→ Objectif : montrer que l'accumulation d'autres formes de capital est nécessaire à la croissance.

Première sous-partie : explication de l'importance de l'accumulation de capital technologique.

Il est nécessaire d'accroître la productivité globale des facteurs (PGF) pour avoir une croissance forte durablement. Pour cela, il faut accumuler du capital technologique qui permet de concevoir des méthodes de production plus efficaces. Ce dernier va être en partie incorporé dans le capital fixe à travers la conception de biens d'équipements plus performants. Ainsi, quand on augmente la quantité de capital fixe utilisé, on en modifie aussi les caractéristiques (incorporation du progrès technique), ce qui est essentiel à la croissance sur le long terme.

Les investissements immatériels en brevets et logiciels occupent une part croissante de l'investissement en capital fixe des entreprises (voir le document 2).

Seconde sous-partie : explication de l'importance de l'accumulation de capital humain.

Il est nécessaire que du capital humain soit aussi accumulé à la fois pour que les travailleurs soient en capacité d'utiliser des machines sophistiquées mais aussi car cela conduit à plus de capital technologique et plus de croissance : des individus

mieux formés vont être plus aptes à développer des techniques de production plus efficaces. L'accumulation de capital humain est nécessaire à l'existence d'innovations qui sont essentielles à la croissance.
Le document 3 montre le rôle essentiel de l'augmentation de la productivité globale des facteurs (PGF) dans la dynamique de la croissance.

Transition

L'accumulation de capital au sens large du terme est un déterminant essentiel de la croissance et elle ne peut avoir lieu sans elle. Mais la croissance peut-elle se réduire à un processus d'accumulation ou d'autres paramètres doivent-ils être pris en compte ?

Partie 3

→ Objectif : montrer que la croissance ne peut se réduire à un processus d'accumulation de capital et que d'autres éléments doivent être pris en compte pour comprendre les différentes dynamiques de la croissance.

Première sous-partie : explication de l'impact des institutions sur la croissance.
Les institutions créent un contexte plus ou moins favorable à l'accumulation de capital et peuvent aussi expliquer des différences de croissance entre pays alors même que l'accumulation du capital est proche. Les politiques publiques en faveur de la recherche, l'éducation, la santé ou la façon dont les droits de propriété sont définis constituent ainsi des éléments essentiels pour comprendre les écarts de croissance entre les pays.

Seconde sous-partie : explication du fait que la croissance est un processus en partie auto-entretenu.
La croissance appelle la croissance au sens où, en conduisant à une augmentation des revenus, la croissance facilite les investissements et ces derniers génèrent des externalités positives qui amplifient l'effet de l'accumulation de capital. Si on veut comprendre le processus de croissance, il faut ainsi aussi s'intéresser à ces effets en chaîne (modèle de croissance endogène).

Conclusion

Résumé de l'argumentation

L'accumulation de capital au sens large du terme est essentielle à la croissance mais elle ne peut se réduire à un processus d'accumulation de capital, d'autres logiques sont à l'œuvre dont il faut tenir compte si on veut comprendre le phénomène de la croissance.

Ouverture

Alors que la croissance française est faible, le soutien à la recherche et au développement semble essentiel pour relancer la croissance. Soutenir l'émergence d'innovations vertes semble particulièrement pertinent pour connaître une croissance durable.

CHAPITRE 2 Le commerce international et l'internationalisation de la production

1 Les déterminants de la compétitivité

A Le commerce international

- La mondialisation peut être définie comme l'intégration croissante des marchés des biens et services et des marchés de capitaux au niveau mondial. Elle se traduit notamment par une augmentation du commerce international. L'accroissement des échanges découle des stratégies que les entreprises mettent en place pour gagner en **compétitivité*** et des politiques d'ouverture au commerce mises en œuvre par les pouvoirs publics.

> **Mot-clé**
> **Commerce international :** ensemble des achats et ventes de biens et services entre des acteurs situés dans des espaces économiques différents.

- La **compétitivité** d'une entreprise désigne la capacité à préserver et à gagner des parts de marché. Les entreprises adoptent des stratégies pour renforcer leur compétitivité.

B La compétitivité-prix

- Pour gagner des parts de marché, les entreprises peuvent chercher à diminuer le prix de vente des biens et services vendus. En effet, la concurrence entraînant une guerre des prix, les entreprises doivent aligner leurs prix de vente sur ceux de leurs concurrents pour ne pas voir le volume de leurs ventes décliner. Cette baisse des prix entraîne une baisse des profits et peut même causer des pertes quand les prix deviennent trop bas.
- Pour éviter une baisse trop forte de leur taux de marge du fait de cette baisse des prix, les entreprises vont chercher à réduire leurs coûts de production en adoptant des méthodes de production plus efficaces (gains de productivité) et/ou en se localisant dans des zones géographiques où les facteurs de production sont moins onéreux (notamment

> **Mots-clés**
> • **Taux de marge :** rapport entre l'excédent brut d'exploitation (EBE) et la valeur ajoutée.
> • **Productivité :** indicateur d'efficacité de la combinaison productive (rapport entre le volume de production et la quantité de facteurs de production utilisés pour l'atteindre).

là où le coût du travail est plus faible) et où la fiscalité est plus faible. Cette recherche de **compétitivité-prix*** peut ainsi entraîner des délocalisations.

Ex. : Des entreprises françaises vont installer des unités de production en Chine pour bénéficier de coûts de production moins onéreux.

> **Mot-clé**
>
> **Délocalisation** : changements de localisations d'unités de production d'un pays (pays d'origine) vers un autre (pays d'accueil) pour importer dans le pays d'origine les biens produits à l'étranger ou pour les vendre sur place ou dans d'autres pays.

C La compétitivité hors prix

- Les entreprises peuvent également chercher à différencier leurs produits de ceux de leurs concurrents pour séduire les consommateurs. En proposant des produits de meilleure qualité ou ayant des caractéristiques différentes, elles restent ainsi compétitives tout en pratiquant des prix plus élevés que leurs concurrents.
- Les gains en termes de **compétitivité hors prix*** peuvent aussi découler d'une proximité plus grande de la clientèle permettant une plus grande réactivité des entreprises (réduction des délais de livraison) ou d'un meilleur service après-vente. Les lieux de production peuvent, dans cette optique, se rapprocher des lieux de consommation mais il peut aussi s'agir tout simplement de mieux former les vendeurs pour qu'ils puissent mieux conseiller leurs clients en fonction de ce qu'ils recherchent.

Ex. : L'entreprise Wisecom a fait le choix d'installer des centres d'appel en région parisienne pour être au plus près du client et améliorer la relation client.

Document 1. *Les déterminants de la compétitivité*

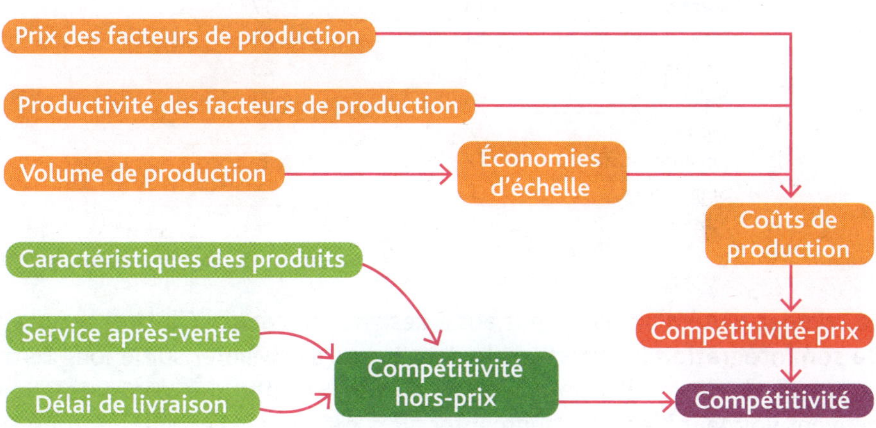

D La compétitivité d'un pays

- Le terme de compétitivité est normalement réservé aux entreprises. La **compétitivité d'un pays** peut être appréhendée à travers la compétitivité des entreprises qui le composent. Un pays sera dit compétitif notamment si les entreprises résidentes parviennent à exporter leur production et sont donc globalement compétitives sur les marchés. Un pays souffre d'un déficit de compétitivité si, au contraire, il voit sa production domestique diminuer au profit d'une augmentation de la production à l'étranger en lien avec des faillites ou des délocalisations d'entreprises présentes sur le territoire national.

- Si les entreprises d'un pays sont très productives, leurs coûts de production seront moindres et le pays sera plus compétitif. Le solde de la **balance commerciale** peut être considéré comme un indicateur de compétitivité bien qu'il ne soit pas nécessairement toujours un bon indicateur de bonne santé économique.

Mot-clé

Balance commerciale : différence entre les exportations et les importations de biens d'un pays.

Document 2. *Le classement des pays selon l'indice mondial de compétitivité (GCI)*

	Indice mondial de compétitivité (GCI)	
	2010	**2018**
Allemagne	5	3
Chine	27	28
Corée du Sud	22	15
Danemark	9	10
Espagne	42	26
États-Unis	4	1
France	15	17
Inde	51	58
Irlande	29	23
Italie	48	31
Japon	6	5
Royaume-Uni	12	8
Singapour	3	2
Suisse	1	4

Cahiers français, n° 413, novembre-décembre 2019.

- La compétitivité d'un pays peut aussi désigner **sa capacité à tirer avantage de son intégration internationale** dans le but d'améliorer sur le long terme le niveau de vie de l'ensemble des citoyens. En effet, les consommateurs peuvent voir leur bien-être augmenter alors même que certaines entreprises nationales constatent le déclin de leur part de marché car ils auront eu accès, grâce au commerce international, à des biens produits à l'étranger moins chers ou aux caractéristiques plus avantageuses. Pour appréhender la compétitivité d'un pays, on ne peut, de ce fait, s'en tenir à une simple analyse de la productivité des entreprises.

2 La spécialisation internationale

A Les avantages comparatifs

- Les entreprises les plus compétitives sont celles qui disposent d'un **avantage comparatif*** dans la production d'un bien ou d'un service. Cela signifie que, pour cette activité, elles sont relativement les plus efficaces par rapport à leurs compétences dans les divers domaines et par rapport aux compétences de leurs concurrents. Le fonctionnement de la concurrence aboutit ainsi à une **spécialisation des entreprises en fonction de leurs avantages comparatifs**. En effet, sur un marché donné, les entreprises, qui possèdent un avantage comparatif, seront plus compétitives que leurs concurrentes, relativement moins performantes. Ces dernières vont alors perdre des parts de marché et leur survie sera menacée. Seules se maintiendront les entreprises les plus performantes qui se sont spécialisées en fonction de leur avantage comparatif.
- La **division internationale du travail** renvoie au fait qu'il y a à l'œuvre une logique de spécialisation au niveau mondial et pas seulement entre les acteurs d'un même pays. La production des biens et services est répartie mondialement, aucun pays ne produit tous les biens que ses consommateurs utilisent.
- Les avantages comparatifs dépendent notamment du pays dans lequel la production a lieu. On assiste donc au niveau international à une spécialisation des pays. Dans certains pays, certains secteurs vont être très développés car l'environnement dans lequel les entreprises du secteur évoluent est propice à leur compétitivité. À l'inverse, ces mêmes secteurs vont être très peu développés dans d'autres pays, les entreprises nationales n'ayant pas d'avantages comparatifs dans la production de ce type de biens ou services. Le développement du commerce international résulte ainsi d'une logique de spécialisation en fonction des avantages comparatifs des différents acteurs.

  Ex. : La France exporte des biens de luxe car les entreprises disposent d'un avantage comparatif dans ce secteur (savoir-faire des travailleurs, qualité des créateurs, etc.) mais importe du textile bon marché car les entreprises nationales ne sont pas compétitives dans ce domaine. L'Allemagne est, quant à elle, spécialisée dans la production de biens d'équipement et l'Italie dans l'agro-alimentaire.

- La spécialisation internationale peut découler des **dotations factorielles** des différents pays. Lorsqu'une ressource est plus abondante qu'une autre, sa rareté relative est plus faible et son prix relatif également plus faible. L'économie nationale possède alors un avantage par rapport à un pays où cette même ressource serait, au contraire, peu abondante. Elle possède donc un avantage comparatif dans les productions qui utilisent relativement plus du facteur relativement le plus abondant. Un pays abondamment doté en travail non qualifié devrait ainsi exporter* des marchandises produites avec du travail non qualifié.

> **Mot-clé**
> **Dotation factorielle** : quantité de facteurs de production disponible dans un pays.

- Les **dotations technologiques** jouent aussi. Ces dernières renvoient au **capital technologique***. Un pays maîtrisant des technologies de pointe aura un avantage comparatif dans la production de biens nécessitant une telle maîtrise.

- **La quantité et la qualité des ressources disponibles dépend pour partie des politiques qui ont été menées dans le passé.** L'histoire montre, en effet, que les pays développent des stratégies d'investissement, de formation de la main-d'œuvre, d'innovations, etc., afin de construire une spécialisation leur permettant d'être performants dans le commerce mondial. C'est ce qu'a fait la Grande-Bretagne au XVIIIe siècle ou le Japon au XIXe siècle.

B L'internationalisation de la chaîne de valeur

- Le développement du commerce international va de pair avec le développement des **firmes multinationales**. Ces firmes s'étendent pour se rapprocher des matières premières (*ex. :* le secteur de l'énergie, le secteur minier ou le secteur agricole) ou de leur clientèle (*ex. :* la grande distribution qui ouvre des supermarchés dans les pays émergents) ou pour se procurer une main-d'œuvre moins coûteuse (*ex. :* des entreprises qui vendent des vêtements délocalisent la production dans les pays à bas salaires comme le Maroc ou le Bangladesh).

> **Mot-clé**
> **Firme multinationale :** entreprise possédant au moins une unité de production à l'étranger.

- D'une façon générale, les firmes multinationales cherchent à gagner en efficacité en diversifiant les lieux de production et localisent leur activité là où c'est le plus avantageux pour elles.

- **Le développement des firmes multinationales** contribue à **approfondir la division internationale du travail.** Il a conduit à la **fragmentation de la** chaîne de valeur. Les différentes étapes de la production d'un même bien ont lieu sur plusieurs sites situés dans des pays différents. Au lieu qu'un produit soit intégralement produit dans un pays donné dans une entreprise donnée, certaines étapes de la production sont externalisées (confiées à une autre entreprise qui peut être sur le territoire national ou à l'étranger) ou réalisées par une filiale du groupe (développement du commerce intra-firme) située dans un autre pays. De ce fait, de très nombreux produits résultent aujourd'hui d'un processus productif internationalisé.

Ex. : Un constructeur automobile, qui assemble ses véhicules dans un pays, utilise des composants divers (batteries, rétroviseurs) produits dans plusieurs autres pays par des filiales ou des sous-traitants.

Mots-clés

- **Chaîne de valeur** : décomposition de l'activité d'une entreprise en un ensemble de sous-opérations qui conduisent à de la création de valeur à travers la production d'un bien ou d'un service.
- **Commerce intra-firme :** échanges entre une société-mère et une ou plusieurs de ses filiales ou entre les filiales d'une même entreprise.

Document 3. *La production d'un Boeing 787*

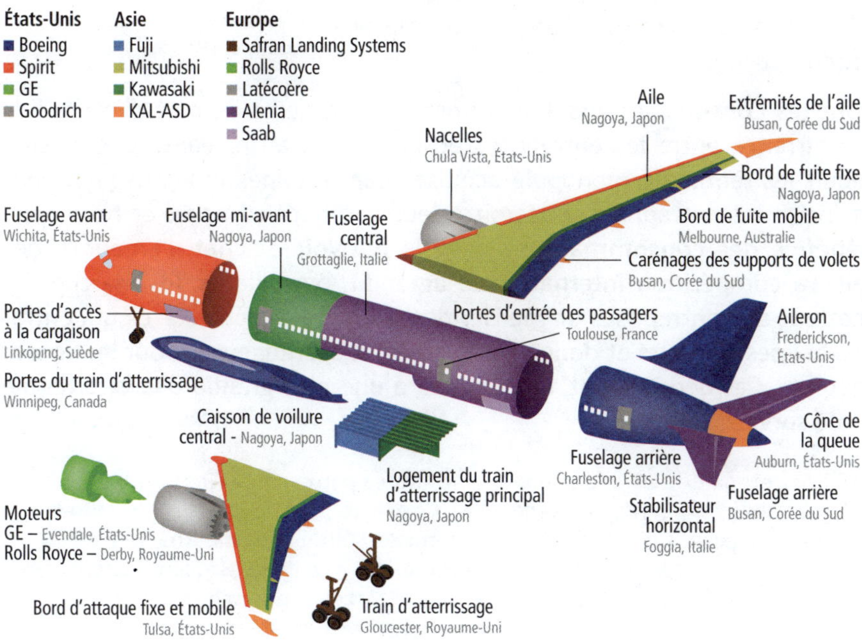

www.aeronewstv.com, 23 mars 2017.

C Le commerce entre pays comparables

- On peut comprendre les échanges entre des pays comparables (notamment en termes de production) par la spécialisation des entreprises.

- Certaines entreprises étrangères peuvent produire des biens qui n'ont pas d'équivalents sur le territoire national (différenciation des produits), les produire d'une façon plus satisfaisante (meilleure qualité des produits) ou disposer de compétences qui leur permettent de les produire à moindre coût (fragmentation de la chaîne de valeur en fonction des avantages comparatifs).

3 Le libre-échange en débat

A Les gains à l'échange

- En permettant une division internationale du travail en fonction des avantages comparatifs, le libre-échange génère des gains qui bénéficient aux consommateurs comme aux producteurs.

> **Mot-clé**
>
> **Libre-échange** : politique commerciale qui vise à supprimer tous les obstacles à la circulation des biens et services.

- **Pour les consommateurs**, l'ouverture au commerce permet d'intensifier la concurrence entre les entreprises en l'étendant au niveau mondial, ce qui réduit les rentes de monopole acquises par certaines industries nationales, et incite les entreprises à accroître leur compétitivité-prix et hors prix au **bénéfice des consommateurs**, dont le **pouvoir d'achat s'améliore** de ce fait. La compétition internationale agrandit, par ailleurs, les marchés, permettant aux entreprises de réaliser des économies d'échelle, ce qui entraîne des baisses de coûts et donc de prix qui sont avantageuses pour les consommateurs. Ces derniers ont, enfin, accès à une plus grande diversité de biens et de services.

Ex. : Une étude de 2014 de la Banque de France parue en 2018 montre que l'achat de produits bon marché venant de pays où le coût de la main-d'œuvre est faible a permis aux Français d'économiser 30 milliards d'euros, soit 1 000 € en moyenne par ménage par an par rapport à ce qu'ils auraient dépensé en l'absence d'ouverture aux pays à bas coûts. Les économies concernent principalement le secteur de l'habillement, des meubles ou de l'électronique. Les produits coûtent en moyenne 40 % moins cher à l'étranger et viennent essentiellement de Chine, du Brésil, du Mexique et d'Europe de l'Est.

Document 4. *La différence de prix entre les produits importés et les produits français*

Les produits importés coûtent bien moins chers que le « *made in France* ».

Alimentation et boissons sans alcool	**– 17 %**	Parmi ces produits, le riz, majoritairement importé de Thaïlande, pèse lourd.
Boissons alcoolisées et tabac	**– 19 %**	L'accès aux vins étrangers, notamment sud-américains, a allégé notre facture d'alcool.
Transports	**– 34 %**	L'arrivée des scooters fabriqués en Chine, voire de marques chinoises, explique cet écart.
Loisirs et culture	**– 41 %**	La majorité de l'électronique grand public vient d'Asie, à des prix deux fois moindres que les produits tricolores.
Santé	**– 42 %**	Les accessoires médicaux importés, comme les cannes ou les attelles de contention, coûtent en moyenne deux fois moins cher.
Vêtements et chaussures	**– 59 %**	En magasin, l'écart de prix moyen entre une chemise fabriquée en France et un modèle importé est de 1 à 3.
Meubles et appareils ménagers	**– 62 %**	Le *made in Vietnam* a fait le succès des enseignes de déco bon marché comme Maisons du monde.
Matériel de téléphonie et copie	**– 89 %**	Neuf téléphones sur dix vendus en France sont fabriqués en Chine, d'où cet écart de prix vertigineux.

Gabriel Haurillon, *Comment la mondialisation nous fait économiser 1 000 € par an*, www.capital.fr, 1er juillet 2019.

- **Les entreprises** peuvent, elles, étendre leur activité au niveau mondial et ainsi accroître leur volume de ventes et leurs profits. En pratiquant la fragmentation de la chaîne de valeur, elles sont susceptibles de réduire leurs coûts de production et gagnent en compétitivité.
- Du fait des gains liés au libre-échange, les pays ont mis en œuvre des politiques d'ouverture de leurs économies. Les droits de douane ont ainsi nettement diminué dans le monde depuis l'après-guerre.

B Mondialisation et inégalités

- Du fait de l'ouverture des économies, les pays les plus pauvres ont pu accroître leur production, ce qui a contribué à leur développement. **Les écarts de revenus entre pays ont ainsi eu tendance à se réduire.**

- La mondialisation a toutefois conduit à des délocalisations responsables de fermetures d'entreprises et de licenciements. Si des entreprises résidentes ont vu leur activité se développer du fait de l'ouverture au commerce, les salariés de celles qui ferment subissent, eux, un préjudice. Dans les pays développés, les emplois détruits sont, avant tout, des emplois peu qualifiés alors que ceux qui se développent sont qualifiés ; **la mondialisation creuse ainsi les inégalités de revenus entre les travailleurs qualifiés et non qualifiés.** Les destructions d'emplois liées aux délocalisations restent néanmoins limitées et le développement de l'emploi qualifié est avant tout le fruit de la destruction créatrice qu'accélère le développement de la concurrence mondiale. Il n'en reste pas moins que la répartition des gains à l'échange n'est pas égalitaire et que la mondialisation génère des tensions sociales en lien avec des enjeux de répartition.

C Le protectionnisme

- La théorie des avantages comparatifs permet de conclure à l'existence de gains à l'échange car la production est assurée par ceux qui sont relativement les plus performants. Mais lorsque la **concurrence est faussée** du fait de réglementations différentes, les entreprises qui vont accroître leur part de marché sont celles qui opèrent dans des pays où la législation est très souple sur le droit du travail ou la protection de l'environnement. Cela met sous tension les pays désireux de protéger la planète et d'offrir aux travailleurs des conditions décentes d'exercice de leur métier. Il existe donc un risque de ***dumping* social** au détriment de l'efficacité économique.

> **Mot-clé**
>
> ***Dumping* social :** stratégie consistant pour un pays à réduire la protection sociale et les droits sociaux afin de diminuer le coût de la main-d'œuvre et d'améliorer sa compétitivité-prix.

- L'existence de dumping social conduit certains acteurs à prôner la fermeture des frontières dans une optique **protectionniste**. Cela nous priverait, néanmoins, de gains à l'échange et une sortie vers le haut consisterait à harmoniser nos réglementations.

> **Mot-clé**
>
> **Protectionnisme :** ensemble des mesures prises par un gouvernement qui visent à empêcher ou limiter les importations de biens et services.

- Dès le XIXe siècle, des auteurs comme Friedrich List défendent des **mesures de protectionnisme temporaires** le temps que les **industries naissantes** se développent à l'abri de la concurrence des pays plus avancés (comme l'Angleterre). Cet argument peut aussi être mobilisé pour les **industries vieillissantes.** Elles peuvent être protégées pour éviter leur fermeture le temps qu'elles développent un nouvel avantage comparatif.

SUJET DU BAC

Épreuve composée – Parties 1 et 2

Partie 1 – Mobilisation des connaissances

Quels sont les avantages du commerce international pour les consommateurs ?

Partie 2 – Étude d'un document

Document *Exportations de marchandises par région, du premier trimestre (T1) 2012 au quatrième trimestre (T4) 2018*
Indice de volume, base 100 en 2012 (T1)

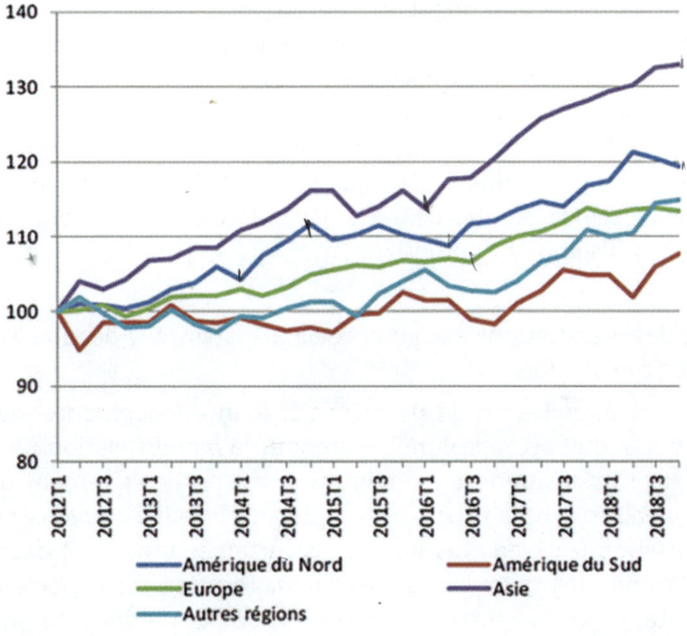

www.wto.org, 2 avril 2019.

1. Faites une phrase qui indique quelle est l'évolution des exportations en Amérique du Nord entre début 2012 et fin 2018.

2. Analysez l'évolution des exportations de marchandises par région.

CORRIGÉ

SUJET DU BAC

Partie 1

Le commerce international désigne l'ensemble des achats et ventes de biens et services entre des acheteurs situés dans des espaces économiques nationaux différents.

Du fait de la division internationale du travail, des gains de productivité sont réalisés. Cela permet de réduire les coûts de production des biens et services. Par ailleurs, la concurrence étant intensifiée, l'ouverture au commerce conduit à une limitation des marges des entreprises. Enfin, la taille du marché étant plus grande, des économies d'échelle sont possibles.

Ces trois phénomènes conduisent à une baisse des prix pour les consommateurs. Le surplus du consommateur augmente, il peut acheter plus à des prix moindres. Le consommateur a, par ailleurs, accès à une plus grande diversité de biens et services. En effet, les entreprises cherchent à gagner en compétitivité en différenciant leur offre et, par ailleurs, la taille du marché étant plus importante, la production de certaines variétés de biens devient économiquement rentable car la clientèle est suffisamment nombreuse.

Partie 2

1. Le volume des exportations a augmenté de 20 % entre le début 2012 et la fin 2018 en Amérique du Nord.

2. Nous observons que les exportations ont tendance à augmenter dans toutes les zones, ce qui traduit un approfondissement de la mondialisation. Les échanges avec l'extérieur s'intensifient. L'augmentation est particulièrement marquée à partir de 2016 en lien avec la reprise de la croissance. Nous observons, néanmoins, que l'augmentation est bien plus forte dans certaines zones que dans d'autres. L'Asie connaît une croissance particulièrement forte de ses exportations alors que l'augmentation des exportations provenant de l'Amérique du Sud est plus modeste. Tous les pays n'ont pas la même compétitivité.

La lutte contre le chômage

CHAPITRE 3

1 Les causes du chômage

A Définitions

- Le **chômage*** désigne une situation où une personne est sans emploi mais cherche à en occuper un. Le **taux de chômage*** désigne le rapport entre le nombre de chômeurs et le nombre de personnes actives dans une population donnée. Les personnes actives sont toutes les personnes qui ont un emploi ou qui en cherchent un. En France métropolitaine, au second trimestre 2019, le taux de chômage s'établit à 8,5 %.

- Le **taux d'emploi*** désigne le rapport entre le nombre de personnes ayant un emploi et la population totale. Ce calcul porte généralement sur la population en âge de travailler (personnes âgées de 15 à 64 ans) ou sur une sous-catégorie de la population en âge de travailler (***ex. :*** les femmes de 25 à 49 ans). Le taux d'emploi en contrat à durée indéterminée (CDI) des 15-64 ans atteint 49,7 % au deuxième trimestre 2019.

	Cherche un emploi	Ne cherche pas un emploi
A un emploi	Actif occupé	
N'a pas d'emploi	Chômeur	Inactif

- D'apparence simple, la définition du chômage pose des **problèmes importants de mesure**.
  – À partir de combien d'heures de travail considère-t-on qu'une personne occupe un emploi ?
  – Une personne travaillant quelques heures par semaine avec un statut précaire mais qui aurait désiré travailler à temps plein doit-elle être comptabilisée comme chômeuse ?
  – Une personne sans emploi qui, après de longues années de recherche d'emploi s'est découragée et ne cherche plus vraiment un travail alors qu'elle aimerait en avoir un, doit-elle être comptée avec les chômeurs ou les inactifs ?

- Le **halo du chômage*** désigne l'ensemble des personnes qui ne sont pas officiellement considérées comme chômeuses mais qui ont des situations proches du chômage (chômeur découragé, personne à temps partiel qui aurait voulu un emploi à temps complet, etc.). Le **sous-emploi*** désigne une situation dans laquelle une personne effectue un nombre d'heures inférieur à ce qu'elle souhaite (temps partiel contraint) ou à ce qui est prévu dans son contrat (**ex.** : pour cause de chômage technique). Au deuxième trimestre 2019, 5,2 % des personnes en emploi sont en situation de sous-emploi.

Document 1. *Le halo du chômage*

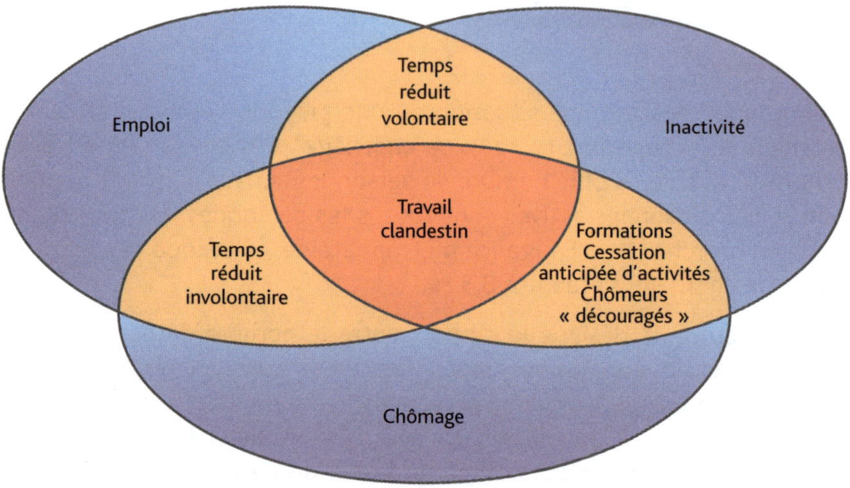

- En France métropolitaine, au second trimestre 2019, parmi les personnes inactives au sens du Bureau international du travail (BIT), 1,5 million souhaitent un emploi sans être considérées comme étant au chômage. La **montée du chômage**, la **précarisation de l'emploi** et l'**augmentation du halo du chômage** suscitent de vives inquiétudes.

Document 2. *L'évolution du taux de chômage en France métropolitaine entre 1968 et 2018*

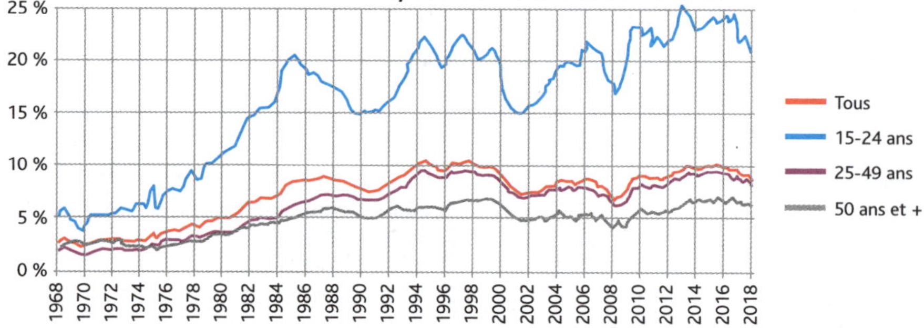

D'après des données de l'Insee, www.france-inflation.com.

B Le chômage structurel

- **Les causes du chômage sont multiples.** Le chômage observé peut découler simultanément de logiques structurelles et conjoncturelles. Les différentes explications permettent chacune de comprendre une partie du chômage.
- Les causes structurelles sont à relier aux **institutions** qui structurent le fonctionnement du marché du travail. On parle alors de **chômage structurel**. Il est à relier à des dysfonctionnements du côté de la production (offre de biens et services). Les organisations productives ne souhaitent pas embaucher plus du fait d'un contexte qui décourage la production et l'emploi.

> **Mots-clés**
> - **Chômage structurel :** chômage qui découle de structures économiques inefficaces.
> - **Institutions :** ensemble des règles formelles ou informelles qui contraignent le comportement des acteurs.

- **Des institutions mal calibrées** peuvent, par exemple, conduire à un **coût du travail élevé** (salaire minimum, cotisations sociales importantes, etc.) qui pénalise l'embauche et favorise la **substitution de capital au travail** (remplacement de travailleurs par des machines) ou la **délocalisation** vers des lieux de production où la main-d'œuvre est moins onéreuse.

Document 3. *Les effets d'un salaire minimum*

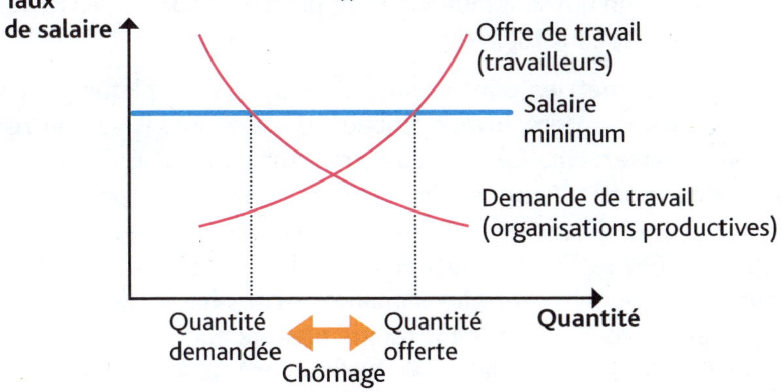

- L'offre de travail est une fonction croissante du prix car plus le taux de salaire est élevé plus les travailleurs souhaitent travailler. À l'inverse, la demande de travail est décroissante car plus le taux de salaire est élevé moins les entreprises désirent embaucher. Si l'État impose un **taux de salaire minimum supérieur au niveau d'équilibre**, les quantités offertes seront supérieures aux quantités de demandées. **L'offre sera rationnée** ce qui signifie qu'il y aura du chômage.

- **Le salaire minimum** n'a pas qu'un effet négatif. En ce qu'il limite les baisses de salaire et ainsi les phénomènes d'exploitation liés à un pouvoir de marché des entreprises, il permet aussi de soutenir la demande, ce qui est essentiel pour assurer des débouchés à la production.

- **La réglementation**, et plus particulièrement les **règles de protection de l'emploi**, peut aussi pénaliser l'emploi si elle est trop contraignante. Par peur de ne pouvoir faire varier librement le temps de travail ou de licencier un salarié en cas de baisse de l'activité ou en cas de recrutement d'un salarié incompétent, un employeur peut être réticent à embaucher et privilégier le recours aux heures supplémentaires.

- Le chômage peut aussi découler de **problèmes d'appariement** entre l'offre et la demande de travail. Cela signifie que la difficulté provient d'une incapacité à associer un travailleur à un employeur alors même qu'il existe des personnes qui cherchent un emploi et des entreprises qui souhaitent embaucher. Cela peut provenir d'un manque d'information sur les offres d'emploi existantes, d'une faible mobilité des chômeurs qui ne résident pas dans les zones où sont les emplois disponibles et/ou d'une inadéquation entre les compétences des chômeurs et les compétences recherchées par les employeurs. On appelle « **chômage frictionnel*** » le chômage correspondant au délai entre le moment où une personne perd un emploi et celui où elle en retrouve un autre. Il faut, en effet, du temps pour recenser les offres d'emploi existantes, postuler, etc.

- L'existence d'**asymétries d'information*** peut aussi expliquer le chômage structurel. Quand un employeur embauche un salarié, il y a un risque de **sélection adverse***. Une fois que ce dernier est embauché, il existe aussi un risque d'**aléa moral***. Pour ces deux raisons, l'employeur peut vouloir proposer des salaires élevés pour attirer les meilleurs candidats et les inciter à être efficaces une fois embauchés. En effet, si les travailleurs sont bien payés par leur employeur, ils vont plus s'impliquer dans leur travail pour être sûr de le garder. Ils vont notamment moins prendre le risque de profiter d'un déficit de surveillance pour ne pas faire leur travail. On parle de **salaire d'efficience** quand on cherche à stimuler la productivité par le biais de la rémunération. Le problème est, qu'à ces niveaux-là de salaire, le volume d'emploi que les entreprises souhaitent avoir peut être inférieur au volume de travail offert par les travailleurs, ce qui peut générer du chômage.

> **Mot-clé**
>
> **Salaire d'efficience :** salaire qui maximise la productivité des travailleurs.

C Le chômage conjoncturel

- Le chômage peut aussi découler d'une demande globale trop faible. On parle alors de chômage conjoncturel. Les débouchés sont faibles et les entreprises réduisent alors leur volume de production pour ne pas accumuler des stocks d'invendus et ont, de ce fait, moins besoin de travailleurs. Dans cette situation, les entreprises embauchent peu car la **conjoncture économique est mauvaise**.

Mot-clé

Demande globale : ensemble des achats de biens et services au cours d'une année donnée dans une économie donnée. Elle comprend la consommation, l'investissement et les exportations.

Document 4. *Les effets d'un ralentissement économique*

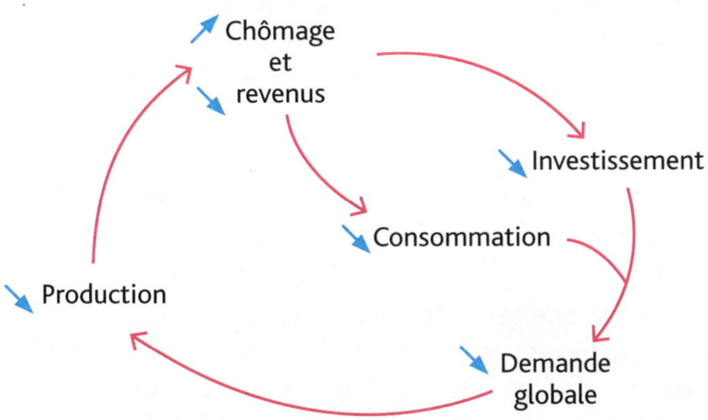

2 La lutte contre le chômage

A Les politiques conjoncturelles

- Pour lutter contre le **chômage conjoncturel**, les pouvoirs publiques peuvent mener des politiques macroéconomiques de relance en période de ralentissement économique. Elles peuvent être des politiques budgétaires et/ou des politiques monétaires. Les deux visent à **soutenir la demande globale** pour accroître les débouchés aux entreprises et casser le cercle vicieux qui s'installe en temps de crise.
– Les politiques budgétaires* de relance consistent à abaisser les prélèvements obligatoires et à augmenter les dépenses publiques.
– Les politiques monétaires* de relance consistent à augmenter la masse monétaire et à abaisser les taux d'intérêt pratiqués par la banque centrale.

B Les politiques d'allègement des contraintes

- Pour lutter contre le chômage structurel, la puissance publique peut prendre des mesures pour **diminuer le coût du travail** en allégeant, par exemple, les cotisations sociales.
- Des politiques de **flexibilisation du marché du travail** ont aussi été mises en place en vue de réduire le chômage. Il s'agit de lutter contre les rigidités du marché du travail en simplifiant le droit du travail pour faciliter les ruptures de contrat de travail et optimiser l'utilisation de la main-d'œuvre. L'idée est qu'en faisant cela, on va favoriser le processus de **destruction créatrice*** et ainsi la compétitivité des entreprises. Le droit du travail ne doit pas empêcher que des emplois soient détruits dans les secteurs en déclin et doit faciliter le développement des secteurs en expansion pour permettre aux innovations de donner toute leur mesure. Ces politiques sont critiquées car elles conduisent à **précariser l'emploi**. Des réflexions existent pour tenter de concilier flexibilité pour l'entreprise et sécurité de l'emploi pour le travailleur.
- L'État peut aussi mettre en place des institutions pour **aider les chômeurs dans leur recherche d'emploi** et limiter ainsi le **chômage frictionnel**. En diffusant de l'information sur les emplois existants, en aidant à la rédaction de CV, et, de manière générale, en aidant les chômeurs dans leur recherche d'emploi, **Pôle emploi** facilite le fonctionnement du marché du travail.
- On considère aussi que les indemnisations versées en période de chômage (sous réserve d'avoir accumulé assez de droits préalablement en étant en emploi) peuvent améliorer la **qualité des appariements**. En effet, si des **allocations chômage** peuvent désinciter à la reprise d'activité, elles peuvent aussi permettre aux salariés d'attendre une offre d'emploi adaptée à leurs compétences dans laquelle ils donneront toute la mesure de leur efficacité.

C Les politiques de formation

- Afin de faciliter l'embauche des chômeurs dans les secteurs en expansion, la puissance publique peut aussi mettre en place des politiques de formation pour que les chômeurs aient les **compétences demandées** sur le marché du travail. La **formation continue** est la formation dispensée au cours de la vie professionnelle. On la distingue de la **formation initiale** qui renvoie aux études faites jusqu'à l'adolescence ou au début de l'âge adulte avant de rentrer sur le marché du travail.
- Des politiques de ce type sont mises en œuvre mais d'une façon encore très largement insuffisante. On considère souvent que les formations proposées sont trop peu nombreuses et pas assez poussées pour que des compétences très spécifiques soient acquises. Une **réforme du système français de formation continue** vient d'être mise en place afin de le rendre plus efficace.

Épreuve composée

Partie 3 – Raisonnement s'appuyant sur un dossier documentaire

À l'aide de vos connaissances et du dossier documentaire, vous montrerez que différentes politiques pour l'emploi peuvent se compléter pour lutter contre le chômage.

Document 1.

À la composante keynésienne due à [une] insuffisance de la demande vient se greffer une [autre] composante [...] : le chômage de masse en France se concentre avant tout sur les non-qualifiés. Pour impulser l'emploi des non-qualifiés, les gouvernements successifs mènent depuis 1993 une politique d'exonération de charges sociales sur les bas salaires. Le crédit d'impôt[1] pour la compétitivité et l'emploi (CICE) et le pacte de responsabilité s'inscrivent dans cette stratégie, qui, au total, représentera près de 50 milliards d'euros en 2017. Cette politique repose sur la thèse selon laquelle le coût du travail, déterminé par le niveau du SMIC[2] et des cotisations sociales, pèserait sur la demande de travail des non-qualifiés. Les cotisations sociales des employeurs représentent, après prise en compte du CICE et du Pacte de responsabilité, 9,5 % du salaire brut au niveau du SMIC et 43,8 % à partir de 1,6 SMIC. De ce fait, le coût du travail au niveau des bas salaires représente 35 % du coût du travail au niveau du salaire moyen, ratio ramené à celui observé aux États-Unis. Stimuler l'offre d'emploi par la baisse des charges semble désormais avoir atteint ses limites.

Il convient alors de s'attaquer à l'autre versant du problème, à savoir la faible productivité de ces citoyens. Cela passe par une réforme en profondeur du système éducatif français [...], de la formation professionnelle [...] et de l'apprentissage afin d'améliorer l'appariement[3] entre les besoins des entreprises et la formation des jeunes.

Éric Heyer, « Controverse – Du chômage au plein-emploi : quelles solutions en France ? », *La Nouvelle Revue du Travail*, n° 8, printemps 2016.

1. **Crédit d'impôt** : avantage fiscal accordé sous la forme d'une réduction d'impôt pouvant donner lieu à un remboursement.
2. **SMIC** : salaire minimum interprofessionnel de croissance (niveau légal de salaire minimum en France).
3. **Appariement** : ici, action de rendre compatibles l'offre de travail et la demande de travail.

Document 2. *Coût unitaire de la main-d'œuvre* selon les actifs occupés entre 2004 et 2016, indice base 100 en 2004*

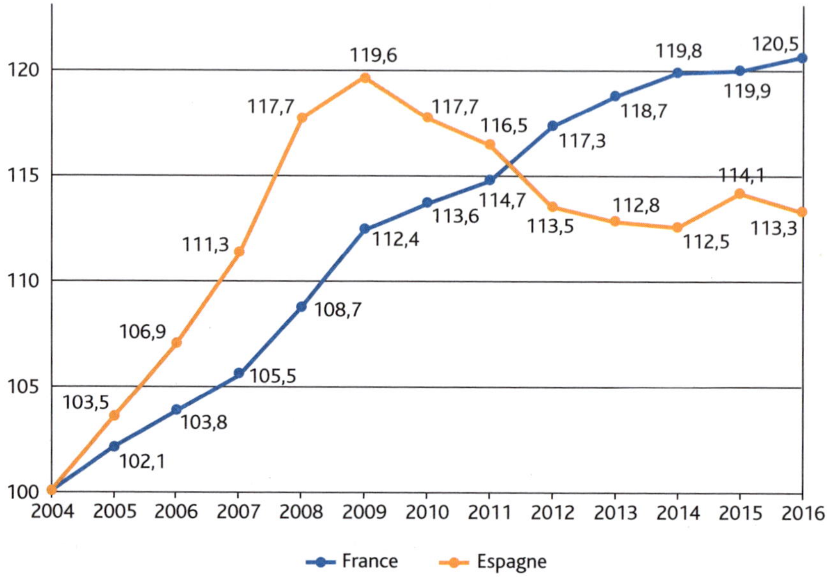

OCDE, 2017.

* **Coût unitaire de la main-d'œuvre** : mesure du coût moyen du travail par unité produite.

CORRIGÉ

SUJET DU BAC

Introduction

Le chômage désigne une situation dans laquelle un individu n'a pas d'emploi mais en cherche un. En ces temps de chômage de masse, la lutte contre le chômage est l'une des priorités de nos gouvernements. Plusieurs leviers peuvent être actionnés dans ce cadre.

Développement

• Idée n° 1 : le soutien à la demande.

Les autorités peuvent, tout d'abord, chercher à soutenir la demande afin de relancer la croissance. En effet, le chômage résulte pour partie d'une insuffisance des débouchés et la puissance publique peut mener une politique conjoncturelle de demande dans une optique keynésienne comme cela est évoqué en début du document 1. En augmentant les dépenses publiques et en réduisant les prélèvements obligatoires, la demande globale augmente, ce qui pousse les entreprises à augmenter leur production et à embaucher.

• Idée n° 2 : la réduction du coût du travail.

La puissance publique peut chercher à réduire le coût du travail. Un coût du travail relativement important est source de chômage car les entreprises substituent du capital au travail. Cela nuit aussi à leur compétitivité et donc à leur activité ainsi aux embauches qu'elles effectuent. Nous pouvons voir dans le document 1 que la France a voté des mesures d'allègement du coût du travail pour stimuler l'embauche. Le document 2 nous montre que l'Espagne a fait de même, le coût unitaire de la main-d'oeuvre baissant fortement à partir de 2009.

• Idée n° 3 : l'amélioration de l'appariement entre l'offre et la demande de travail.

Le chômage résulte pour partie d'une inadéquation entre les caractéristiques de l'offre et de la demande de travail. Il faut favoriser les politiques de formation de la main-d'oeuvre, la bonne diffusion de l'information sur les postes disponibles et la mobilité des chômeurs. Nous pouvons ainsi voir dans le document 1 qu'il est nécessaire de revoir notre système de formation pour que les travailleurs aient les compétences recherchées par les entreprises.

Conclusion

Les causes du chômage sont multiples et pour lutter contre ce dernier, il faut jouer simultanément sur plusieurs instruments : soutien à la demande, allègement du coût du travail, politiques pour améliorer la formation des chômeurs.

CHAPITRE 4

Les crises financières et la régulation du système financier

1 Le cycle du crédit

A L'expansion du crédit

- En période d'optimisme économique, les agents économiques tendent à prendre de plus en plus de risques et à s'endetter davantage. Les banques prêtent plus facilement et le **crédit augmente**. Cet endettement soutient la consommation, l'investissement mais aussi la demande de titres sur les marchés financiers. Les acteurs étant en effet **confiants dans la conjoncture à venir**, ils parient sur des évolutions positives du cours des titres et espèrent ainsi réaliser des gains en lien avec leurs placements.

- **Une phase d'expansion** s'ouvre alors, ce qui renforce l'**optimisme général**. La croissance est soutenue par l'endettement qui soutient la demande. Un phénomène cumulatif se met en place car les prévisions optimistes des acteurs ont un caractère **autoréalisateur**. C'est particulièrement le cas sur les marchés financiers. Si de nombreux acteurs anticipent la hausse du cours d'une action et l'achètent en masse, l'augmentation de la demande va conduire à une augmentation du prix de l'action. Le fait que leurs prévisions s'avèrent vérifiées les conforte dans leur optimisme et les incite à effectuer de nouveaux achats. Les acteurs imitent les stratégies gagnantes des autres, ce qui renforce le mécanisme autoréalisateur et crée des phases de **confiance excessive** durant lesquelles les prix des actifs financiers augmentent fortement par rapport à leur valeur fondamentale.

> **Mot-clé**
> **Valeur fondamentale :** valeur qu'un actif devrait avoir si son prix dépendait de paramètres relatifs à l'économie réelle.

Document 1. *La phase d'expansion*

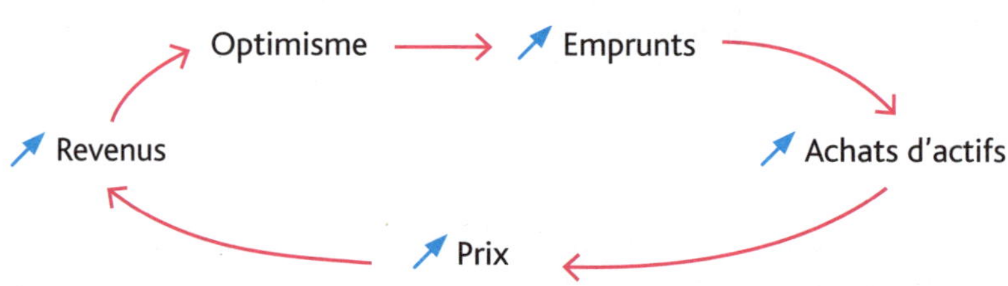

- Quand on considère les périodes antérieures à la crise de 1929 ou à la crise des *subprimes* (2007), on remarque à chaque fois qu'elles étaient caractérisées par une forte expansion du crédit. La dette des ménages américains est ainsi passée de 96,2 % de leur revenu disponible net en 1996 à 143,6 % en 2007.

Mot-clé

Subprimes : prêts hypothécaires accordés à des agents économiques peu solvables.

B La formation des bulles spéculatives

- **Un climat euphorique** s'installe et les pratiques spéculatives se développent. La **spéculation*** désigne l'action d'achat ou de vente d'un actif (réel, financier ou monétaire) dans le but de réaliser un gain lié aux variations des prix de l'actif et non à son usage. Un acteur peut ainsi acheter une tonne de blé pour ensuite produire des biscuits ou, dans un but spéculatif, dans le seul but de revendre cette même tonne plus chère car il anticipe une hausse du cours.
- Les acteurs anticipant des hausses des cours sur les marchés financiers, les **pratiques spéculatives se développent** et les acteurs s'endettent pour pouvoir acheter des actifs sur les marchés financiers. Des prêts sont accordés dans des proportions de plus en plus importantes et, notamment, à des agents de moins en moins solvables qui ont des projets de plus en plus risqués.
- **Des bulles spéculatives*** se forment. Elles sont dues à des phénomènes d'engouement collectif pour certains actifs qui conduisent à une augmentation très rapide de leurs prix. Le caractère autoréalisateur des anticipations optimistes conduit à ce que les pratiques spéculatives poussent les prix à la hausse et ces derniers tendent à augmenter très rapidement. Tant que les prévisions restent optimistes, la phase d'expansion perdure et les acteurs tirent des gains importants de leurs placements sur les marchés financiers.
- Dans les années 1920 comme dans les années 2000, on a pu observer aux États-Unis de fortes augmentations des prix sur le marché de l'immobilier. Les pratiques spéculatives y étaient très importantes et on a mis en évidence l'existence de bulles spéculatives. Sur les marchés financiers, on a aussi observé un boom (hausse des prix et des ventes) renforçant l'optimisme des acteurs.

Document 2. *La bulle immobilière aux États-Unis*

Indices nationaux des prix immobiliers américains S&P/Case-Schiller 1987-2012 (sources : Standard & Poor's et Moody's)

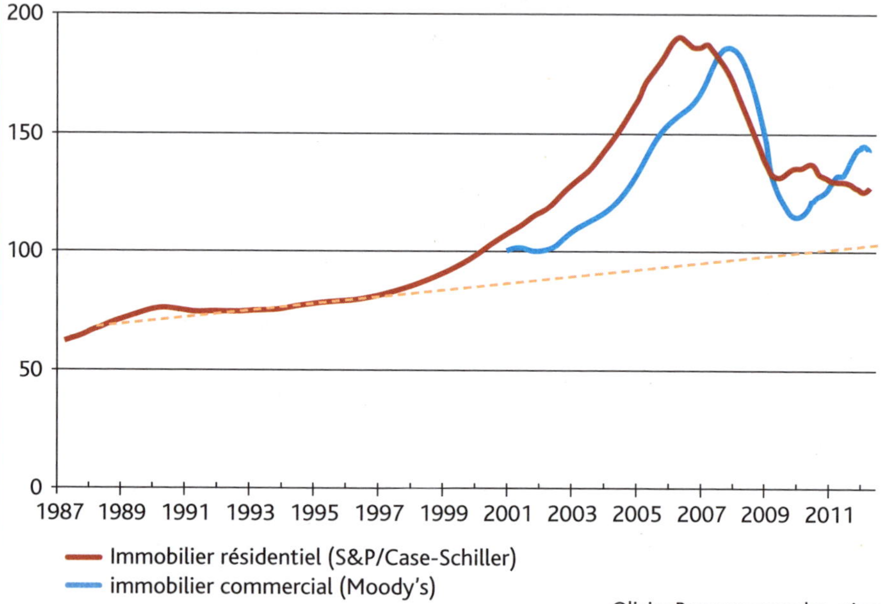

Olivier Berruyer, www.les-crises.fr.

C La crise financière

- Au bout d'un certain temps cependant, le **niveau d'endettement des agents devient trop élevé** et le risque de crédit est trop fort. Les banques diminuent alors leurs crédits, certains agents cherchent à se désendetter, d'autres font défaut et ne remboursent pas leur dette et le **climat des affaires devient pessimiste** : on entre dans une période de récession. Les crises financières sont essentiellement liées à l'**éclatement des bulles spéculatives**. Les opérateurs sur les marchés financiers prennent conscience de la surévaluation du prix des actifs et du niveau trop élevé de risque qui a été pris et décident de revendre leurs titres avant que le cours ne baisse. Au début, peu d'acteurs le font mais, comme cela conduit à limiter la demande de titres, et donc la hausse du prix des actifs, très vite tout le monde tient le même raisonnement et vend en même temps. Le cours s'effondre soudainement : c'est un **krach boursier**.

Mot-clé

Risque de crédit : risque qu'un agent économique ne rembourse pas son crédit.

- Une crise financière résulte généralement de la combinaison d'une **crise boursière** et d'une **crise bancaire**. En effet, si l'effondrement touche en premier lieu les marchés financiers, il affecte vite la situation des banques qui avaient prêté aux acteurs pour effectuer leurs placements et qui avaient elles-mêmes placé une partie de leur épargne sur les marchés. Des banques font ainsi faillite.
- La crise bancaire peut conduire à des phénomènes de **panique bancaire**. Les acteurs craignant que les banques fassent faillite, ils souhaitent retirer leurs avoirs déposés auprès des banques. Ces dernières sont fragilisées par ces retraits auxquelles elles ne peuvent faire face sans l'aide de la banque centrale. Il y a ainsi un **risque de faillites en chaîne des banques** sans l'intervention des pouvoirs publics.
- En 1926, une crise immobilière éclate. En 2006-2007, on observe aussi un ralentissement du marché immobilier aux États-Unis et la multiplication des non remboursements des crédits. Ces événements ébranlent la confiance des acteurs et déclenchent à l'automne 1929 et à l'été 2007 des dérèglements sur les marchés financiers.

Document 3. *L'évolution de l'indice Dow Jones Industrial Average*

L'indice *Dow Jones Industrial Average* indique l'évolution moyenne des cours boursiers de la bourse de New York aux États-Unis.

2 La contagion à l'économie réelle

A La contraction du crédit

- La crise financière se propage ensuite dans la sphère réelle. Les pertes des agents économiques sur les marchés financiers et la fragilisation de la situation des banques se transmettent ensuite rapidement à l'activité économique car les crédits octroyés aux agents (ménages, entreprises) diminuent, ce qui **affaiblit la demande**.

> **Mot-clé**
> **Sphère réelle :** sphère de la production.

- Hyman Minsky parle de l'existence d'un **cycle du crédit** pour qualifier les mouvements d'augmentation puis de contraction du crédit. Pour les mêmes raisons que l'augmentation du crédit stimule la croissance, la diminution des crédits accordés entraîne un ralentissement économique.
- À l'automne 1930 et en 2008, on observe là encore le même scénario pour les deux crises citées précédemment : la crise financière s'accompagne d'une crise bancaire qui conduit à une forte contraction des crédits.

Document 4. *La dette des ménages américains (en % du revenu disponible net)*

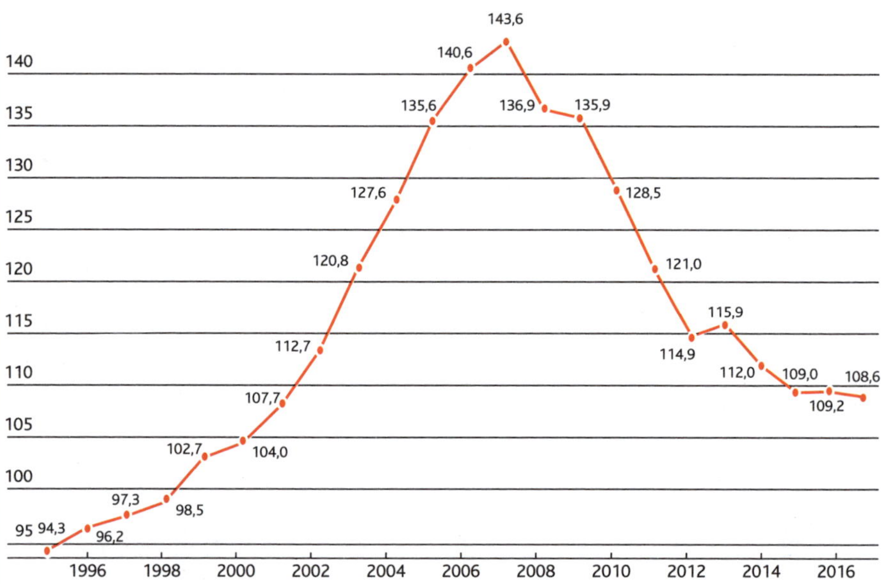

OCDE.

B La déflation par la dette

- Les entreprises et les ménages étant en difficultés, ils **vendent leurs actifs** pour pouvoir rembourser leurs crédits. Ces ventes sont forcées par la nécessité d'obtenir un revenu suffisant pour faire face aux échéances liées aux crédits précédemment contractés. Les acteurs avaient misé sur des gains issus de leur placement pour rembourser et, essuyant en réalité des pertes, ils se trouvent en grave difficulté financière. Ces ventes conduisent à une baisse des prix et augmentent le poids réel de leur dette. Relativement à la valeur des autres actifs, la valeur de l'endettement augmente.

Ex. : En mars 1933, la vente des actifs avait réduit les dettes d'à peu près 20 %, mais la dette réelle, c'est-à-dire la dette mesurée en marchandises, avait augmenté d'à peu près 40 %.

- En effet, les sommes que les personnes doivent rembourser ne changent pas mais la valeur de ce qu'elles possèdent diminue. On parle de l'existence d'un **effet de richesse négatif** pour qualifier cette dégradation du patrimoine des acteurs. Les revenus baissent aussi car les prix de vente des biens et services diminuent.

- Ainsi, plus les acteurs veulent se désendetter en vendant des actifs, plus les prix baissent et plus la situation économique s'aggrave, générant une **spirale déflationniste**. Irving Fisher qualifie ce mécanisme de « **déflation par la dette** ».

- Les actifs que les acteurs avaient pu utiliser en garantie à l'occasion d'opérations de crédit (les collatéraux) voient leur valeur s'effondrer et le risque pris par les prêteurs s'accroît. Cette baisse complique aussi l'obtention de nouveaux crédits car les acteurs n'ont plus d'actifs suffisamment sûrs à offrir en garantie.

> **Mot-clé**
> **Collatéral :** garantie servant à couvrir le risque de crédit.

- Ces évolutions conduisent à un ralentissement de la croissance, voire dans les cas les plus graves, à une **baisse du PIB** et à une **montée du chômage**.

- Entre 1930 et mars 1933, on a ainsi pu observer que le fardeau de la dette réelle a augmenté de 40 % du fait de la chute des prix et des revenus.

3 La régulation du système financier

A Les règles prudentielles

- Les **règles prudentielles** sont des règles mises en place pour limiter les risques que les acteurs peuvent prendre. Elles concernent principalement le secteur bancaire. Elles visent à **limiter l'aléa moral*.** En effet, les banques, se sachant protégées par la banque centrale en cas de crise, ont tendance à **prendre des risques trop importants.** Cela est particulièrement vrai pour les grandes banques dont la faillite aurait des conséquences économiques trop graves pour que les pouvoirs publics la laissent se produire.
- Le comportement de ces dernières est alors supervisé par la banque centrale et un **ratio de solvabilité*** a été mis en place. Il s'agit de demander aux banques de disposer d'un certain pourcentage de réserve en fonction des risques pris. Ce ratio, dont la formule a évolué, a été établi par les accords de Bâle. Les derniers accords de Bâle datent de 2010.

B L'encadrement des marchés financiers

- D'autres mesures sont proposées pour améliorer le fonctionnement des marchés financiers et limiter la contagion des crises financières à l'économie réelle. Il peut s'agir, par exemple, de mieux diffuser l'information afin d'augmenter la **transparence** sur les marchés pour que les acteurs aient plus conscience des risques pris sur les marchés ou de mieux **cloisonner les marchés financiers** et le secteur bancaire.
- Des réflexions importantes ont ainsi actuellement cours pour déterminer les mesures à prendre pour que les marchés financiers se remettent au service de l'économie réelle et que le développement de plus en plus marqué des pratiques spéculatives ne fragilise plus nos économies.

SUJET DU BAC

Épreuve composée – Parties 1 et 2

Partie 1 – Mobilisation des connaissances

Comment peut-on expliquer la formation et l'éclatement d'une bulle spéculative ?

Partie 2 – Étude d'un document

Document. *Évolution du taux de croissance du PIB en volume de 2003 à 2018 (en %, base 100 en 2014)*

Insee, comptes nationaux.

1. À quoi renvoie le PIB en volume ? Pourquoi mesure-t-on la croissance avec le PIB en volume et non le PIB en valeur ?

2. Analysez l'évolution de la croissance entre 2003 et 2018.

CORRIGÉ

SUJET DU BAC

Partie 1

Une bulle spéculative désigne une augmentation cumulative et de plus en plus rapide du prix d'un actif. Elle se forme dans un contexte d'optimisme. Les acteurs anticipent une évolution favorable des cours et achètent des actifs pour profiter de cette hausse. Les pratiques spéculatives se développent et les acteurs s'endettent pour pouvoir acheter des actifs sur les marchés financiers. Des prêts sont accordés dans des proportions de plus en plus importantes et, notamment, à des agents de moins en moins solvables qui ont des projets de plus en plus risqués. Des bulles spéculatives se forment sur certains marchés du fait de phénomènes d'engouement collectif pour certains actifs qui conduisent à une augmentation très rapide de leurs prix. Le caractère autoréalisateur des anticipations optimistes conduit à ce que les pratiques spéculatives poussent les prix à la hausse et ces derniers tendent à augmenter très rapidement. Tant que les prévisions restent optimistes, la phase d'expansion perdure et les acteurs tirent des gains importants de leurs placements sur les marchés financiers. Au bout d'un certain temps cependant, le niveau d'endettement des agents devient trop élevé et le risque de crédit est trop fort. Les banques diminuent alors leurs crédits, certains agents cherchent à se désendetter, d'autres font défaut et ne remboursent pas leur dette et le climat des affaires devient pessimiste : on entre dans une période de récession. Les opérateurs sur les marchés financiers prennent conscience de la surévaluation du prix des actifs et du niveau trop élevé de risque qui a été pris et décident de revendre leurs titres avant que le cours baisse. De nombreux acteurs ayant le même reflexe, le cours s'effondre soudainement, la bulle éclate.

Partie 2

1. L'évolution du PIB en volume permet de mettre en évidence l'évolution des quantités produites. Le PIB en volume est obtenu à partir du PIB en valeur après un calcul permettant de raisonner à prix constants. Quand le PIB en valeur augmente, cela peut découler d'une augmentation du volume de production mais cela peut aussi être simplement la conséquence de l'inflation. En mesurant la croissance à partir des variations du PIB en volume, on est sûr qu'elle traduit les variations du volume de production.

2. Nous pouvons observer une forte instabilité de la croissance. Le rythme de la croissance diminue fortement en 2007 et nous assistons même en 2008 à une baisse de la production (croissance négative). L'activité repart ensuite la hausse mais en 2012 il y a un nouveau ralentissement économique. Il s'en suit une stabilisation de la croissance à un niveau relativement faible (autour de 1 % de croissance). La crise de 2008 est liée à l'effondrement de la bulle spéculative liée aux crédits *subprimes*. La crise financière s'est ensuite propagée à l'économie réelle. Les pertes des agents économiques sur les marchés financiers et la fragilisation de la situation des banques se sont transmises ensuite rapidement à l'activité économique car les crédits octroyés aux agents (ménages, entreprises) diminuent, ce qui affaiblit la demande.

Les politiques économiques dans le cadre européen

CHAPITRE 5

1 L'intégration européenne

A L'union économique et monétaire (UEM)

- **L'intégration économique** internationale connaît plusieurs étapes selon l'économiste Béla Balassa :
  – la zone de libre-échange : un espace économique au sein duquel les droits de douane sont supprimés entre les États membres. Chaque pays conserve ses propres tarifs douaniers à l'égard des pays qui ne font pas partie de la zone de libre-échange ;
  – l'union douanière : une zone de libre-échange avec la définition d'une politique commerciale commune et d'un tarif extérieur commun. L'achèvement de l'union douanière suppose également le démantèlement des barrières non tarifaires ;
  – le marché commun : une union douanière avec la liberté de circulation des travailleurs et des capitaux. On parle aussi de marché unique* ;
  – l'union économique : un marché commun au sein duquel existent des politiques économiques communes (politique d'aménagement du territoire, politique industrielle, politique budgétaire, etc.). Les pays tentent d'harmoniser les règles de la concurrence et de réduire les obstacles aux échanges à l'intérieur du marché commun (reconnaissance mutuelle des diplômes, etc.) ;
  – l'union économique et monétaire (UEM) : une union économique au sein de laquelle existe également une **monnaie unique**.

> **Mot-clé**
> **Intégration économique :** processus qui conduit à ce que des espaces économiques initialement différents forment progressivement un espace économique unique. L'intégration résulte, à la fois, de mécanismes de marché et de décisions politiques.

> **Mot-clé**
> **Monnaie unique :** monnaie qui remplace les monnaies jusque-là propres à chaque pays dans un espace économique donné.

- **L'intégration européenne** a commencé en 1951 avec la Communauté européenne du charbon et de l'acier (CECA). Le traité de Rome (1957) a institué une **union douanière** (atteinte en 1968) sans passer par l'étape de zone de libre-échange. La première politique européenne d'envergure, la PAC (Politique agricole commune), a été mise en place en 1962. Ce n'est qu'à partir de 1993, avec l'entrée en vigueur du traité de Maastricht, qu'on observe un véritable **marché commun** avec la libre circulation des biens, des personnes, des services et des capitaux. C'est aussi dans ce traité qu'il est prévu de créer une monnaie unique au 1er janvier 1999, sous l'égide d'une Banque centrale européenne. La zone euro regroupe les pays de l'Union européenne (UE) ayant adopté l'**euro** et forme une **UEM**. Elle compte aujourd'hui 19 membres.

> **Mot-clé**
> **Euro :** monnaie unique de la zone euro. Créée par le traité de Maastricht (1992), elle n'est réellement entrée en vigueur qu'en 2002 (mais son lancement officiel date de 1999).

Document 1. *Les étapes de la construction européenne*

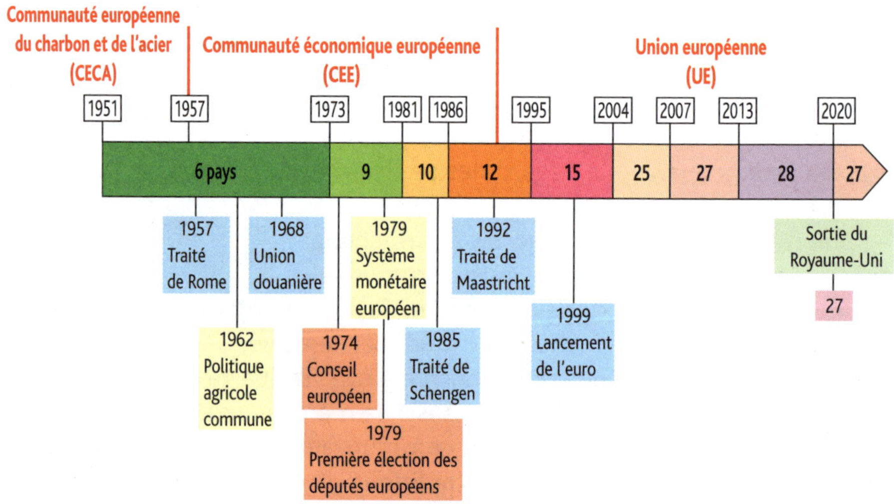

B Les avantages de l'UEM

- En permettant une intégration économique plus poussée, les promoteurs de l'UEM avaient pour but une **meilleure utilisation des facteurs de production** entre les territoires, davantage de concurrence entre les entreprises et l'apparition d'économies d'échelles grâce à **l'augmentation de la taille des marchés.** L'UEM entendait favoriser la croissance économique. On retrouve les arguments en faveur du libre-échange pour défendre la mise en place d'un marché unique.

- L'instauration d'une monnaie unique avait, elle, pour but de **limiter les incertitudes liées aux fluctuations des cours de change** (pour les entreprises notamment) et de faire baisser les **coûts de transaction** (plus de commission de change

> **Mot-clé**
> **Coûts de transaction :** coûts de recours au marché.

notamment). La monnaie unique favorise un développement des échanges à l'intérieur de l'Union, garantit une plus grande transparence en termes de prix et de coûts, ce qui **améliore les conditions de la concurrence** sur le marché unique. Elle a aussi pour but de **stimuler les investissements** là où ils sont le plus profitables en accroissant la mobilité du capital, ce qui favorise la **convergence des taux d'intérêt** au sein de la zone euro.

2 La politique européenne de la concurrence

A Les objectifs

- La politique de la concurrence est un type de politique structurelle dont l'objectif est de maintenir la concurrence sur un marché. Elle vise à limiter le pouvoir de marché des entreprises en veillant à l'atomicité du marché (présence de nombreux offreurs et demandeurs) ou en s'assurant que la pression concurrentielle soit forte sur les marchés oligopolistiques ou monopolistiques (suppression des barrières à l'entrée ou à la sortie de ces marchés).
- De manière générale, la politique de la concurrence vise à limiter les barrières à l'entrée des marchés et à favoriser la transparence de l'information à destination des consommateurs afin qu'ils puissent comparer, de façon précise, la qualité des différents produits qui leur sont proposés à la vente.
- Soumises à une concurrence accrue, les entreprises sont poussées à innover et à être efficaces pour rester compétitives. La politique de la concurrence génère donc à long terme des gains de productivité et est ainsi favorable à la croissance et à l'emploi. Elle permet une baisse des prix et contribue à l'augmentation du pouvoir d'achat des consommateurs.

B Les modalités

- La politique de la concurrence lutte contre la constitution de cartels, qui désignent une entente entre plusieurs firmes rivales afin de limiter la concurrence et de maintenir des prix élevés.

Mot-clé

Cartel (ou entente) : partage de marché, fixation de quotas de production ou accord sur les prix entre plusieurs entreprises.

Ex. : En 2017 et après 14 ans d'enquête, la Commission européenne a infligé une amende de 880 millions d'euros au suédois Scania pour sa participation à une entente avec cinq autres constructeurs européens de camions.

- Les **relations entre une entreprise et ses fournisseurs ou ses distributeurs** sont également encadrées par la politique de la concurrence. Ainsi, une entreprise ne peut imposer à ses distributeurs un prix de revente aux consommateurs (mais peut seulement faire des recommandations). À l'inverse, la loi protège les fournisseurs qui se verraient imposer par une entreprise très puissante des prix d'achat trop bas.

- **Les fusions entre entreprises sont aussi contrôlées**. Toutes les entreprises dont le chiffre d'affaires est supérieur à un certain montant et qui voudraient fusionner avec une autre entreprise doivent demander l'autorisation des autorités de la concurrence. Une **concentration** est interdite si elle crée ou renforce une position dominante susceptible de conduire à des abus.

> **Mot-clé**
>
> **Concentration** : fusion de plusieurs entreprises donnant naissance à une nouvelle société ou acquisition d'une entreprise par une autre.

Ex. *:* En février 2019, la commission européenne a refusé le projet d'acquisition du français Alstom par l'allemand Siemens dans le secteur ferroviaire.

- Les entreprises en situation de monopole ou de quasi-monopole peuvent, dans certains cas, profiter de leur position pour imposer des prix élevés et mettre en œuvre des stratégies d'élimination de tout concurrent potentiel. Les autorités de la concurrence interdisent les **abus de position dominante** et peuvent aller jusqu'à imposer un démantèlement de l'entreprise.

- Elles contrôlent également les aides accordées par les États membres aux entreprises. Selon les traités européens, une **aide d'État** est incompatible avec le marché commun car elle menace de fausser la concurrence en favorisant certaines entreprises. Elle est cependant autorisée dans certains cas.

> **Mots-clés**
>
> • **Abus de position dominante** : domination d'un marché par une entreprise qui utilise cette situation favorable pour imposer des conditions de vente déloyales.
>
> • **Aide d'État** : subvention publique accordée à une entreprise.

Document 2. *Les modalités de la politique de la concurrence*

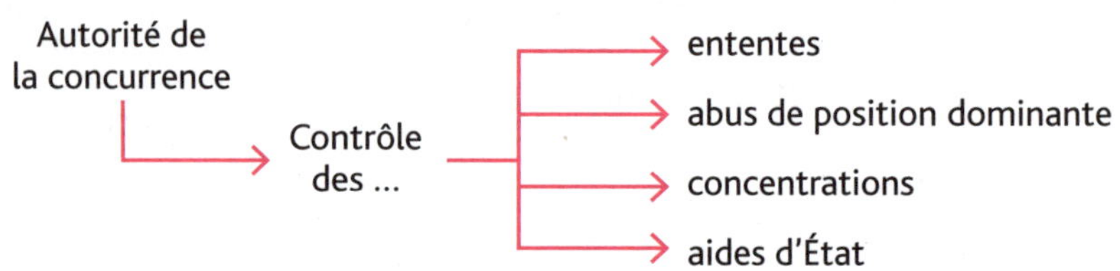

C Une politique satisfaisante ?

- La politique de la concurrence est critiquée pour sa vision trop restreinte du marché sur lequel elle évalue le degré de concurrence, ce qui l'amène à refuser des fusions alors même qu'au niveau mondial le secteur est concurrentiel. Cela freinerait l'émergence de grosses entreprises européennes capables de concurrencer les leaders mondiaux.
- On reproche également à l'Union européenne d'avoir une vision trop restrictive de la concurrence en se focalisant trop sur la question de la concentration. Certains mettent en avant qu'un marché peut être concurrentiel alors même qu'il y a une situation de monopole du moment que le marché est **contestable**. L'essence même de la concurrence est que la meilleure entreprise remporte le marché et empêcher cette concentration revient dans cette optique à nier le principe même de la concurrence.
- Le contrôle des aides de l'État est aussi critiqué. En effet, en empêchant les aides aux entreprises en difficultés, ces dernières ne peuvent se moderniser pour développer un nouvel avantage comparatif faute de financement, et sont condamnées à la faillite. La politique de la concurrence empêche ainsi les États de mener des **politiques industrielles**.

Mot-clé

Marché contestable : marché ouvert à l'arrivée de nouveaux concurrents.

Mot-clé

Politique industrielle : ensemble des mesures qui visent à accroître la compétitivité de l'économie nationale en orientant la spécialisation productive.

3 Les politiques conjoncturelles

A Une visée contracyclique

- La **politique budgétaire*** consiste à utiliser le budget de l'État pour réguler l'activité économique. En faisant varier ses dépenses et ses recettes, l'État agit sur la **demande globale***. Cette régulation est en partie automatique :
  – quand la croissance est faible, les dépenses augmentent (*ex. :* indemnisation du chômage) et les recettes fiscales diminuent, le budget de l'État est alors en déficit ;
  – quand la croissance est forte, les dépenses baissent et les recettes augmentent ; le budget devient excédentaire.
  Le budget de l'État stabilise alors spontanément l'activité économique : les économistes appellent ce mécanisme les **stabilisateurs automatiques***.

- L'État peut aussi **décider d'accroître son déficit** pour relancer l'économie et lutter contre le chômage. À l'inverse, il peut décider de réduire le déficit public afin de lutter contre l'inflation. Dans la zone euro, chaque État décide de sa propre politique budgétaire. Les États doivent, néanmoins, respecter des règles de limitation de leur déficit et de leur endettement (déficit inférieur à 3 % du PIB et dette publique inférieure à 60 % du PIB).

- La **politique monétaire*** est décidée par la **banque centrale*** européenne (BCE). La BCE est indépendante du pouvoir politique. Elle a pour mission d'assurer le fonctionnement du système bancaire en étant la banque des banques, elle régule la quantité de monnaie centrale (**base monétaire***), ce qui influe sur la **masse monétaire***. Plus la quantité de monnaie centrale est abondante, plus les banques vont avoir la possibilité de créer beaucoup de monnaie et inversement quand la banque centrale en restreint l'émission. La banque centrale doit fournir les liquidités nécessaires au bon fonctionnement et à la croissance de l'économie, tout en veillant à la stabilité de la monnaie. Grâce aux taux d'intérêt directeurs, elle exerce une influence sur les taux d'intérêt des banques commerciales et, par ce biais, sur le coût du crédit aux ménages et aux entreprises. Elle joue aussi le rôle de **prêteur en dernier ressort***.

- Les politiques budgétaires et monétaires peuvent être utilisées à des fins conjoncturelles, c'est-à-dire pour réguler la conjoncture économique.
– Lorsque l'activité économique ralentit, les politiques conjoncturelles* de relance visent à accroître la demande globale afin de stimuler la production et l'emploi. Ceci peut passer par la hausse des dépenses publiques, la redistribution des revenus (relances budgétaires) ou par la baisse des taux d'intérêt directeurs (relance monétaire).

Document 3. *Les politiques de relance*

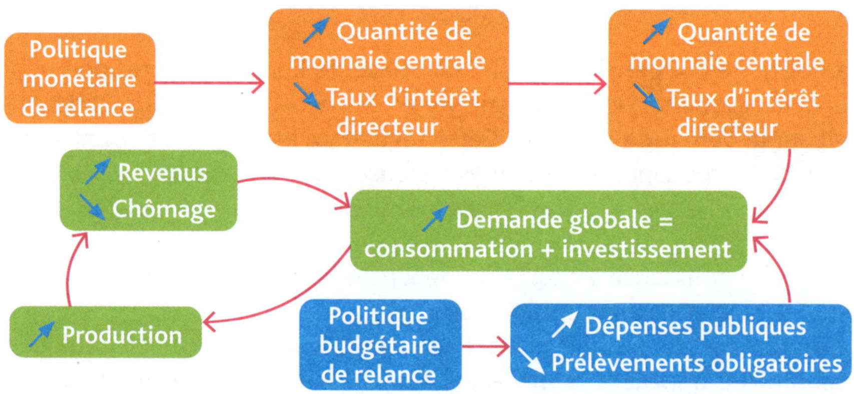

– Les **politiques de rigueur*** visent à freiner la demande globale pour lutter contre l'inflation. En effet, dans un contexte de surchauffe où la demande est trop forte par rapport aux capacités de production, il y a des tensions inflationnistes et la limitation de la demande va permettre de ralentir l'inflation.

B Des difficultés de coordination

- La politique monétaire de la BCE peut difficilement s'adapter aux conjonctures économiques spécifiques de chaque pays de la zone euro. En effet, étant unique, il est difficile de gérer les chocs asymétriques. En l'état de la situation de la zone euro, la question se pose de savoir s'il s'agit d'une zone monétaire optimale (ZMO). Pour qu'un espace économique soit une ZMO, il faut notamment que les facteurs de production s'y déplacent facilement de sorte que, en présence d'un choc macroéconomique, les ajustements se réalisent sous l'effet des mécanismes de marché et grâce au déplacement des facteurs de production.

Mots-clés

- **Chocs asymétriques :** perturbation économique qui n'affecte pas tous les agents économiques de la même façon selon leur secteur d'activité, leur localisation géographique, etc.
- **Zone monétaire optimale (ZMO) :** espace où il est possible d'instaurer une monnaie unique (de créer un espace monétaire intégré).

Ex. : Si un pays de la zone est victime du chômage, la main-d'œuvre va se déplacer vers les autres pays où le niveau de l'emploi est plus élevé.

- Ce n'est pas ce qu'on observe dans la zone euro. Des **mécanismes de solidarité financière** entre les pays membres pourraient compenser cela mais ils restent limités en l'absence d'un véritable gouvernement économique de la zone euro, à l'instar des mécanismes de redistribution qui existent dans un État fédéral comme les États-Unis. S'il existe au sein de la zone euro un fédéralisme monétaire puisque les compétences des États en matière monétaire ont été transférées à une instance supranationale (la BCE), le fédéralisme budgétaire, lui, est faible.

Mot-clé

Fédéralisme : mouvement qui consiste à transférer des compétences à une instance de niveau supranational.

- La crise des dettes de certains États en Europe (comme en Grèce) a montré que ces **contradictions institutionnelles** suscitent l'inquiétude des marchés financiers et des agences de notation qui évaluent pour les investisseurs les risques des placements associés à chaque pays. Pour certains économistes, un approfondissement du fédéralisme budgétaire à travers la création d'eurobonds (obligations publiques émises par l'UE) est nécessaire pour renforcer la construction européenne.

SUJET DU BAC

Épreuve composée

Partie 3 – Raisonnement s'appuyant sur un dossier documentaire

À l'aide de vos connaissances et du dossier documentaire, vous montrerez que l'union économique et monétaire renforce les interdépendances entre les politiques budgétaires des États membres de l'Union européenne.

Document 1.

Le Pacte de stabilité et de croissance s'inscrit dans le cadre général de la coordination des politiques économiques prévue par les traités depuis la création de l'euro. Il répond aux dispositions stipulant que les États membres « évitent les déficits excessifs ». Le PSC entend imposer aux participants à la zone euro une culture de stabilité des finances publiques. Il s'agit d'empêcher que la situation budgétaire d'un État entraîne une fragilisation de l'ensemble de la zone monétaire en diffusant, à travers des effets de débordement, des pressions inflationnistes, des tensions sur les taux d'intérêt et une perte de la valeur externe de l'euro. En effet, un déficit public et l'accroissement de la dette d'un État membre peuvent entraîner, pour l'ensemble de la zone euro, des pressions sur les prix (par une augmentation de la demande de biens et services) et sur les taux d'intérêt (par un surcroît de demande de financement), tout cela risquant de générer, en plus, des impacts négatifs sur la valeur externe de la monnaie unique. De fait, le PSC vient largement en appui de la politique de stabilité des prix pilotée par la BCE.

Michel Devoluy, « L'euro et le PSC dans la tourmente » – *Cahiers français* n° 359 « Les politiques économiques à l'épreuve de la crise », 2010, La Documentation française © DILA.

Document 2. *Dette publique des États membres en pourcentage du PIB, au 1er trimestre 2019*

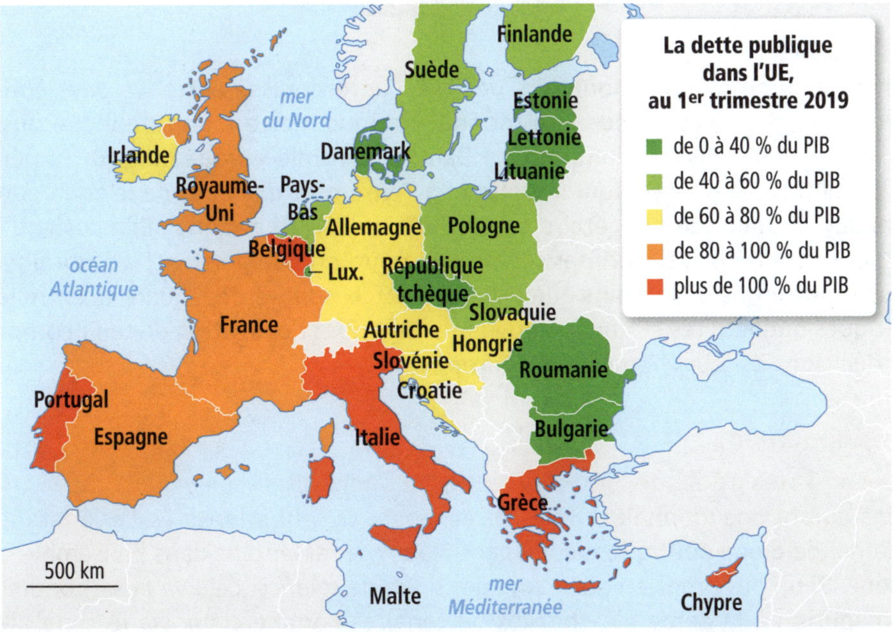

Eurostat, juillet 2019.

Document 3.

L'adoption d'une même monnaie par différents pays supprime l'ensemble des coûts liés aux variations des taux de change[1] des monnaies entre elles. De ce fait, les échanges entre les différents pays de la zone sont facilités par la seule suppression des taux de change. Le poids du commerce intra-zone augmente, ce qui favorise la transmission des fluctuations d'une économie à l'autre. En effet, une accélération de la croissance dans un des pays accroît les importations en provenance des autres pays, tirant ainsi la croissance du reste de la zone dans son sillage. Les fluctuations des économies nationales tendent ainsi à devenir similaires, tout en se synchronisant.

P. ARTUS, I. GRAVET, *La crise de l'euro : Comprendre les causes – En sortir par de nouvelles institutions*, © Armand Colin, 2012, Paris.

1. Taux de change d'une monnaie : prix de cette monnaie par rapport à une autre.

CORRIGÉ

SUJET DU BAC

Introduction

L'Union économique et monétaire désigne l'accord passé entre les pays européens pour mettre en place une monnaie unique. Cette union implique aussi l'existence d'un marché commun. La Banque centrale européenne (BCE) définit la politique monétaire qui s'applique à l'ensemble des pays de la zone euro, alors que la politique budgétaire est décidée au niveau national. Elle désigne la manière dont l'État peut utiliser son budget pour modifier l'activité économique. Nous montrerons néanmoins que l'UEM renforce les interdépendances entre les politiques budgétaires et que les dirigeants sont dans l'obligation de tenir compte des décisions de leurs homologues européens.

Développement

• Idée n° 1 : les effets de l'intensification des échanges.

En instaurant une monnaie unique, les échanges se sont intensifiés. Les effets sur la demande d'une politique menée par un pays se ressentent dans l'ensemble de la zone. Si un pays met en place une politique de relance, cela va aussi conduire à un soutien à la demande chez les partenaires commerciaux *via* le canal des importations. L'effet dans le pays dans lequel la politique est menée sera limité par cette fuite et pourrait même devenir nul si, dans le même temps, les partenaires commerciaux mènent des politiques différentes. En effet, si un pays mène une politique de grande ampleur et que ses voisins mènent des politiques d'austérité, les effets peuvent entrer en contradiction. Les politiques d'austérité des voisins vont, en effet, déprimer la demande car les exportations vont diminuer. Nous pouvons voir dans le document 3 qu'il existe une transmission très forte des fluctuations entre les pays de la zone euro du fait de l'intensification des échanges entraînée par l'adoption d'une monnaie commune.

• Idée n° 2 : les effets de la mobilité du capital.

En instaurant une monnaie unique, la mobilité du capital a été fortement accrue entre les pays européens. Les marchés de capitaux sont devenus très interdépendants et les conditions dans lesquels les acteurs peuvent emprunter des fonds ont ainsi convergé. Quand un État mène une politique budgétaire de relance, il va devoir emprunter des fonds, ce qui peut conduire à une augmentation des taux d'intérêt pour l'ensemble des acteurs de la zone euro. En effet, l'augmentation de la demande de fonds prêtables fait augmenter le coût de l'emprunt sur les marchés de capitaux. Cela a conduit à imposer des règles de gestion budgétaire. Comme le montre le document 1, le PSC limite le niveau du déficit et de l'endettement des États et ce, afin de limiter les sommes qui seront empruntées sur les marchés de capitaux.

• **Idée n° 3 : des politiques inefficaces sans coordination.**

Nous constatons, néanmoins, une forte hétérogénéité dans les niveaux d'endettement des pays (document 2). Tous les pays ne respectent pas les règles du PSC et ne connaissent pas la même situation macroéconomique. Cela est notamment lié au fait que certains États qui connaissent une croissance très faible qui dégrade leur solde budgétaire n'ont pas la possibilité de mener des politiques efficaces de relance du fait d'un manque de coordination des politiques budgétaires au sein de l'Union européenne. Ces pays sont bloqués dans un dilemme : respecter le PSC et voir le chômage augmenter ou mettre en place des politiques de relance qui creusent leur déficit et les placent dans des situations d'impossibilité de faire face à leur dette.

Conclusion

En intensifiant les liens entre les différents marchés de biens et services mais aussi entre les marchés de capitaux, l'UEM a conduit à accroître les interdépendances existantes entre les politiques budgétaires des différents pays membres. Il est nécessaire, dans ce contexte, de penser une meilleure coordination des politiques budgétaires pour en améliorer l'efficacité. Une politique budgétaire menée au niveau européen permettrait de soutenir les pays en difficulté de façon efficace sans qu'ils aient à subir les effets pervers liés à un endettement excessif.

CHAPITRE 6

La structure de la société française actuelle

1 Les facteurs de différenciation sociale

A Expliquer la hiérarchie sociale

- Pour rendre compte de la position de chacun dans la hiérarchie sociale, il faut identifier les facteurs qui conduisent certains individus à être plus valorisés que d'autres. La **structure sociale** renvoie aux caractéristiques générales d'une organisation sociale et, notamment, aux mécanismes qui conduisent à la formation et à la hiérarchisation de groupes sociaux.

> **Mot-clé**
>
> **Hiérarchie sociale :** situation dans laquelle les positions sociales sont subordonnées les unes par rapport aux autres.

- Il faut **distinguer les caractéristiques qui sont valorisées socialement** (comme avoir un haut revenu ou être en bonne santé) **des éléments qui expliquent pourquoi tous les individus n'ont pas les mêmes caractéristiques** et donc les mêmes chances par exemple, d'avoir un revenu élevé ou d'être en bonne santé.

B La sphère productive

- **L'un des critères importants de différenciation entre les individus** renvoie à la place dans le système productif qui détermine la profession et le revenu. Le niveau de **revenu** et de **patrimoine** est un élément déterminant dans la position sociale d'un individu. Un revenu et un patrimoine élevés sont source de prestige social à travers les consommations et le mode de vie qu'ils permettent. Ils facilitent aussi le fait d'avoir d'autres caractéristiques valorisées socialement dans une logique de cercle vertueux. En ayant un revenu élevé, il est plus aisé de se soigner et donc d'être en bonne santé, de vivre en centre-ville proche des lieux de culture et d'emplois, etc.
- Les différences de revenus et de patrimoine s'expliquent par des phénomènes de **reproduction sociale** (héritage du patrimoine d'un parent) et par des différences de **professions.** En effet, en fonction du métier de chacun, de son temps de travail et de son type de contrat de travail, le salaire va varier, ce qui va jouer sur le revenu et les capacités d'épargne et de formation d'un patrimoine. Il existe ainsi un fort **lien entre profession et catégorie socioprofessionnelle (PCS) et revenu**.

Document 1. *Salaires nets mensuels selon la catégorie sociale (en euros)*

Cadres supérieurs	4 060
Professions intermédiaires	2 241
Employés	1 590
Ouvriers	1 681
Ensemble	2 238
Écart ouvriers/cadres (en euros)	2 379
Écart ouvriers/cadres (en %)	– 59

Salaires nets en équivalent temps plein.

Insee, Données 2016, © Observatoire des inégalités.

- Pour comprendre les dynamiques à l'œuvre dans la sphère productive et notamment les différences de rémunération entre métiers, il faut analyser le rôle central du diplôme. Le niveau de **diplôme** requis pour exercer un emploi varie beaucoup d'un métier à l'autre. Les métiers qui nécessitent une forte qualification sont généralement les plus rémunérés. Il s'agit, en effet, d'inciter les individus à se former et à valoriser des compétences relativement rares. De ce fait, le niveau de diplôme d'un individu va déterminer les professions qui lui sont accessibles et influencer fortement son niveau de revenu.

Document 2. *Statut d'emploi et type de contrat en 2016 (en %)*

	Ensemble	**Diplôme du supérieur**	**CAP, BEP, baccalauréat**	**Aucun diplôme, brevet des collèges**
Sortis depuis 5 à 10 ans de formation initiale				
Non-salariés	**7,9**	**9,9**	**5,6**	**6,5**
Salariés	**92,1**	**90,1**	**94,4**	**93,5**
Emplois à durée limitée	18,2	11,9	23,4	38,3
dont : de 6 mois ou moins	8,9	4,8	12,3	22,4
de la fonction publique	5,2	3,9	6,7	6,6
Contrats à durée indéterminée	73,9	78,2	71,0	55,2
dont titulaires ou CDI de la fonction publique	13,1	17,2	8,9	5,1
Ensemble	**100,0**	**100,0**	**100,0**	**100,0**

Champ : France hors Mayotte, population des ménages, actifs occupés sortis depuis 1 an ou plus de formation initiale.

Insee, enquête Emploi 2016.

Insee références, édition 2018.

- Le métier occupé ne détermine pas que le revenu mais joue aussi sur le prestige social (à revenu équivalent, il existe des métiers plus valorisés que d'autres) et sur l'état de santé des individus (en fonction de la pénibilité du métier).

C Les autres critères

- D'autres critères que les critères économiques jouent dans le prestige social.
- Le niveau de capital culturel, de capital social ou de capital symbolique en sont des exemples. On peut, en effet, avoir un faible revenu mais disposer d'une position sociale importante en lien avec une grande culture, un vaste réseau social ou la détention d'un pouvoir politique. Au-delà de son effet sur le revenu, le **diplôme** joue ainsi sur le prestige social en ce qu'il témoigne d'un certain capital culturel.

> **Mots-clés**
>
> - **Capital culturel :** ensemble des ressources et dispositions culturelles qu'un individu peut mobiliser pour se distinguer.
> - **Capital social :** ensemble des relations sociales qu'un individu peut mobiliser pour améliorer sa situation sociale ou celle de ses proches.
> - **Capital symbolique :** ensemble des signes distinctifs et des symboles de pouvoir associés à un individu (*ex. :* la légion d'honneur).

- Par ailleurs, ce qui explique la position de chacun sur l'échelle sociale ne dépend pas que des caractéristiques productives des individus. On constate, en effet, ainsi qu'à diplôme égal, les femmes ont des positions moins avantageuses du fait des discriminations qu'elles subissent.

> **Mot-clé**
>
> **Discrimination :** traitement différencié d'un individu en fonction d'un paramètre jugé illégitime et interdit par la loi.

- En fonction de son **âge**, de la **composition de son ménage** ou de son **lieu de résidence**, on observe aussi des **phénomènes de différenciation** à l'œuvre. Les jeunes et les seniors connaissent ainsi des difficultés spécifiques sur le marché du travail de même que les parents de familles monoparentales. En fonction de son lieu d'habitation, la probabilité de trouver un emploi n'est aussi pas la même du fait de l'existence d'une ségrégation spatiale. Ainsi, à diplôme égal, le fait d'être une jeune femme habitant un quartier défavorisé va conduire en moyenne à une situation sociale moins favorable que celle d'un homme habitant en centre-ville.

2 L'évolution de la structure socioprofessionnelle en France

A Les mutations de la population active

- Au cours de la seconde moitié du XXe siècle, on observe plusieurs évolutions à l'œuvre au niveau de la structure professionnelle en lien avec l'évolution du tissu productif et des normes sociales. La population active désigne l'ensemble des personnes qui ont ou cherchent à avoir une activité rémunérée.
- On assiste, tout d'abord, à une **tertiarisation** de l'économie, qui correspond à une augmentation de la part du secteur tertiaire. En 2017, parmi les personnes ayant un emploi, 13,8 % travaillent dans le secteur d'activité de l'industrie, 6,5 % dans la construction, 2,6 % dans l'agriculture et 75,9 % dans le secteur tertiaire.
- Par ailleurs, la part de l'emploi féminin a augmenté (**féminisation** des emplois). En 2017, 67,6 % des femmes de 15-64 ans étaient actives, contre 75,6 % des hommes.

Document 3. *L'évolution du taux d'activité des femmes en France métropolitaine*

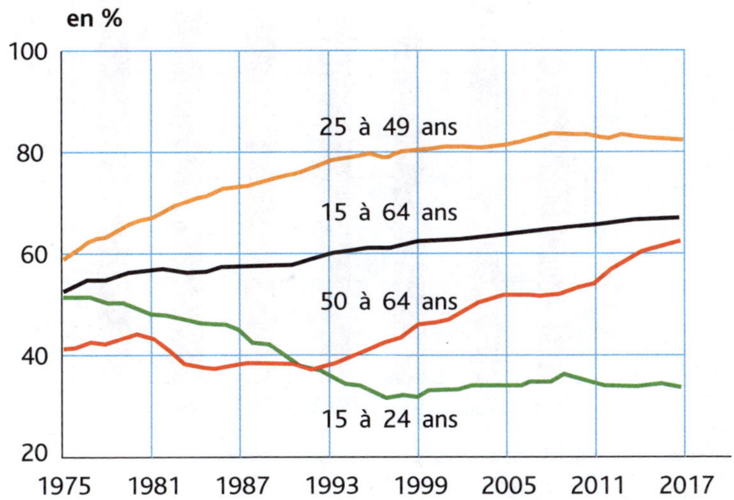

Insee, Enquête emploi, Insee références, Édition 2018.

- Enfin, on observe une **hausse du niveau de qualification** moyen des actifs occupés. Ainsi, en 1962, ils étaient moins de 9 % à posséder au moins le baccalauréat contre 50 % en 2007. Cela s'explique par le progrès technique qui génère de plus en plus de besoin en personnels qualifiés.

B Le développement du salariat

- On observe, par ailleurs, un fort mouvement de salarisation. Les travailleurs indépendants sont de moins en moins nombreux et le travail s'effectue de plus en plus dans le cadre du salariat. Plus de 90 % des personnes en emploi sont salariées aujourd'hui en France. Le salariat correspond à l'état juridique du salarié (qui le distingue du travailleur indépendant) ainsi qu'au système économique fondé sur le rapport salarié. Le salarié est juridiquement subordonné à son employeur.

Mot-clé

Salarisation : hausse de la part des salariés dans l'ensemble de la population active.

Document 4. *Le taux de salarisation de l'emploi de 1962 à 2007*

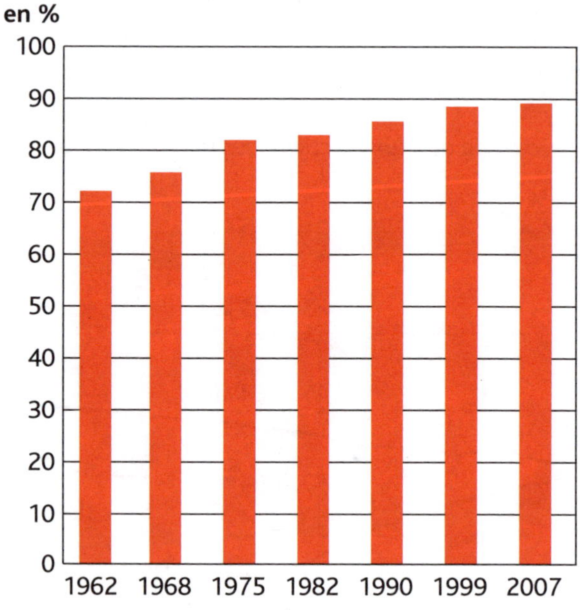

Champ : actifs ayant un emploi, France métropolitaine, contingent exclu.

Source : recensements de la population.

Insee première, n° 1 312, 2010.

- Tout au long du XIXe siècle, les protections collectives vont encadrer le développement du marché du travail (interdiction du travail des enfants, repos hebdomadaire, etc.). La lutte contre l'insécurité sociale va conduire l'État à développer des mécanismes d'assurance et d'assistance sociales.

- Durant la période des Trente Glorieuses (1945-1973), le **contrat à durée indéterminée à temps plein devient la norme** et, sous l'effet des mouvements sociaux, on voit se renforcer le droit du travail en faveur des salariés. Leur statut est de plus en plus protégé. Les employeurs souhaitent éviter le triomphe du communisme et les ouvriers acceptent l'idée d'une réforme du système capitaliste en dépit de leurs idéaux révolutionnaires, en contrepartie d'une hausse régulière des salaires. La norme d'emploi stable, les négociations collectives, les gains de productivité, la hausse des salaires et de la consommation et le développement des services publics et de la protection sociale sont les caractéristiques du « **rapport salarial fordiste** » qui domine l'après-guerre.

- Depuis les années 1970 et le ralentissement de la croissance économique, on assiste à une **fragilisation du salariat**. Si l'emploi en CDI demeure la norme, les nouveaux emplois qui se créent sont, le plus souvent, des emplois précaires. L'emploi à temps partiel se développe. Même si elle ne touche pas l'ensemble des salariés, on parle d'une **précarisation de l'emploi**. Ainsi, en France, 88 % des salariés (hors intérim) sont en contrat à durée indéterminée (CDI) et 12 % en contrat à durée déterminée (CDD) en 2017. La part des CDD dans l'emploi salarié a augmenté fortement entre 1982 et 2002, puis plus modérément. Au sein des flux d'embauches, la part des CDD a nettement progressé en vingt-cinq ans, passant de 76 % en 1993 à 87 % en 2017.

Document 5. *La part des CDD dans l'ensemble de l'emploi salarié*

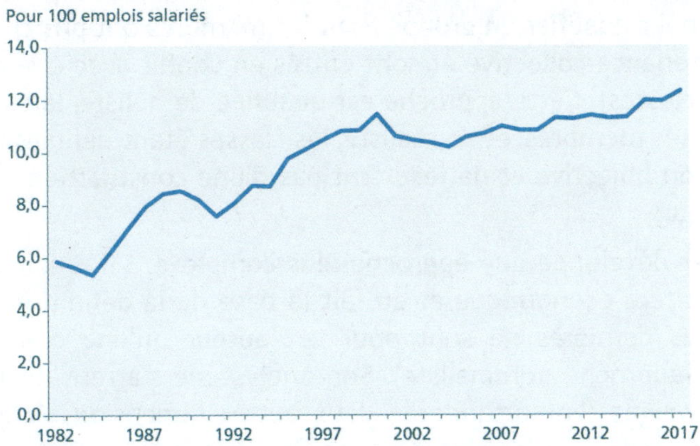

Champ : France métropolitaine, population des ménages, personnes de 15 ans ou plus.

Source : Insee, enquêtes Emploi.

Dares Analyses, n° 26, *CDD, CDI : comment évoluent les embauches et les ruptures depuis 25 ans ?*, juin 2018.

3 La société française : une société de classes ?

A Les approches théoriques

- Les sociologues abordent les classes de façons différentes.
- Les **approches réalistes** définissent les classes comme des groupes dont les membres partagent une situation objective proche (conditions de vie équivalentes) qui les différencierait nettement de celle d'autres groupes et qui serait à l'origine d'un sentiment d'appartenance de classe et d'une lutte avec les autres classes pour défendre les intérêts du groupe.
- Les **approches nominalistes** voient dans les classes une catégorie statistique construite par le chercheur. S'il y a bien des points communs entre les individus qui forment une même classe, il n'y a pas nécessairement de sentiment d'appartenance et de mobilisation du groupe. Dans cette optique, il existe une continuité des situations qui ne permettent pas de distinguer clairement des groupes différents (il y a des individus plus ou moins riches) et c'est au sociologue de décider de poser, par exemple, des critères de revenus afin de définir des classes telles que la classe populaire, la classe moyenne et la classe supérieure.
- Pour **Karl Marx**, les classes sociales sont des collectifs structurés et actifs qui se définissent dans le système de production. La classe d'appartenance d'un individu dépend de sa position économique (propriétaire ou non des moyens de production). Marx parle de **classe en soi*** pour désigner le groupe d'individus occupant la même place dans le système économique et de **classe pour soi*** pour qualifier un groupe dont les membres ont pris conscience de leur appartenance collective et sont entrés en conflit avec une autre classe (lutte des classes). Cette approche est qualifiée de holiste, la classe dictant leur rôle à ses membres, et de réaliste, les classes étant définies dans la réalité, de façon objective et ne résultant pas d'une construction élaborée par les chercheurs.
- **Max Weber** développe une approche plus complexe. S'il reconnaît l'importance du critère économique et en fait la base de la définition des classes sociales, ces dernières ne sont pour cet auteur qu'une construction du chercheur (approche nominaliste). Son analyse ne s'arrête néanmoins pas là car il souligne l'importance de deux autres dimensions fondamentales dans le processus de hiérarchisation sociale : la **logique statutaire** et l'**ordre politique**. La position sociale d'un individu ne dépend pas pour Weber que de sa position économique mais aussi du prestige associé à son statut et de l'importance du pouvoir politique qu'il peut détenir. Il souligne le fait que des groupes de statut peuvent exister au sens réaliste du terme.

B La fin des classes ?

- Entre 1962 et 2005, la part des cadres et professions intellectuelles supérieures et des professions intermédiaires passe de 16 % à 34 %. Ces PCS absorbent les enfants des couches populaires qui rentrent sur le marché du travail. Durant cette période, les inégalités socio-économiques reculent et, avec elles, les **distances interclasses** : la consommation de masse permet aux groupes populaires d'avoir accès à des consommations dont ils étaient privés auparavant (vacances, propriété, etc.). La structure sociale se « centre » sur ces couches moyennes salariées qualifiées, ce qui se traduit aussi par la diffusion de leurs valeurs et normes (libéralisme culturel). Beaucoup ont associé l'émergence d'une **classe moyenne** pendant les Trente Glorieuses et la montée de l'individualisme à la fin des classes sociales. Henri Mendras parle ainsi d'une « moyennisation de la société » et de la « fin de la lutte des classes ».

- La plupart des travaux se sont portés sur le **déclin de la classe ouvrière** car c'est surtout autour de cette classe que s'était développée la vision d'un monde scindé en groupes opposés. Du fait de la baisse du nombre d'ouvriers, du déclin du mouvement ouvrier et de la crise du syndicalisme, on a considéré que le groupe des ouvriers ne formaient plus une classe.

- Par ailleurs, dans le débat public, la question des inégalités entre les classes est de moins en présente au profit de la dénonciation des inégalités liées à des discriminations, notamment en fonction du genre. On se préoccupe avant tout de l'existence d'une diversité au sein de l'élite (présence de femmes, d'immigrés, etc.) au nom de l'**égalité des chances*** mais le principe même d'une société différenciée en groupes antagonistes est moins discuté. Si la mise en avant des rapports sociaux de genre et des phénomènes de domination associés a permis utilement de faire avancer l'égalité entre les hommes et les femmes, elle a pour partie éclipsé la question des classes sociales.

C Le retour des classes sociales ?

- Avec la **réouverture des inégalités depuis la fin des années 1990**, la thématique des classes sociales reprend de l'importance en France. Il existe des inégalités de revenu, de patrimoine ou de réussite scolaire largement structurées. Celles-ci permettent toujours de définir des groupes relativement distincts, au sein desquels la reproduction sociale est importante. Les **travailleurs non qualifiés** forment ainsi une **classe en soi** au sens marxiste du terme. Les inégalités interclasses s'accroissent.

- Il est néanmoins difficile de parler de classes sociales car **le sentiment d'appartenance est faible** et il n'y a pas véritablement de luttes des classes. Michel Pinçon et Monique Pinçon-Charlot affirment que seule la classe bourgeoise a conscience d'elle-même, constituant ainsi une classe sociale au sens plein du terme.
- La mise en avant d'autres critères de différenciation (en fonction du sexe, de l'origine ethnique, de l'âge, des préférences sexuelles, etc.) conduit les individus à se penser avant tout **en tant qu'individus singuliers** et **complique l'identification à un groupe** défini sur la seule base du critère de la profession. Il est, en effet, difficile pour une femme maghrébine qui tient une caisse dans un supermarché de se sentir appartenir à un même groupe qu'un ouvrier non immigré. Même si les conditions de travail et de rémunération sont proches, les discriminations subies en tant que femme et immigrée n'aident pas à se sentir appartenir à un ensemble commun aux intérêts similaires. Les **différences intra-classes** sont plus mises en avant que les différences entre classes.
- Les évolutions du marché du travail conduisent aussi à la multiplication des situations pour un même travail. Certains sont embauchés en CDI, d'autres sont intérimaires, les temps de travail diffèrent, les rémunérations sont individualisées avec l'augmentation de la part des primes. Ces évolutions conduisent à **multiplier les facteurs de différenciation et donc d'individualisation**, ce qui, là encore, complique l'identification subjective à un groupe.

Document 6. *Le taux de chômage selon le diplôme et l'origine (en %)*

	Licence et plus	Bac + 2	Bac	CAP, BEP	Brevet des collèges	Aucun diplôme ou CEP
Français nés en France	5,0	5,4	9,8	10,2	14,0	18,4
Immigrés	11,4	11,1	18,8	19,3	18,3	22,5
Ensemble	**5,7**	**5,7**	**10,5**	**10,8**	**14,4**	**19,4**

Insee, Données 2016, © Observatoire des inégalités.

- On assiste récemment à une **remontée de la conflictualité sociale** en lien avec des revendications économiques (notamment avec le mouvement des gilets jaunes), ce qui donne à penser à certains qu'on assisterait aux prémices d'une émergence d'une conscience de classe dans les milieux populaires.

SUJET DU BAC

Sujet de dissertation

L'analyse en termes de classes sociales est-elle pertinente pour rendre compte de la structure sociale actuelle ?

Document 1. *L'évolution du rapport interdécile des salaires*

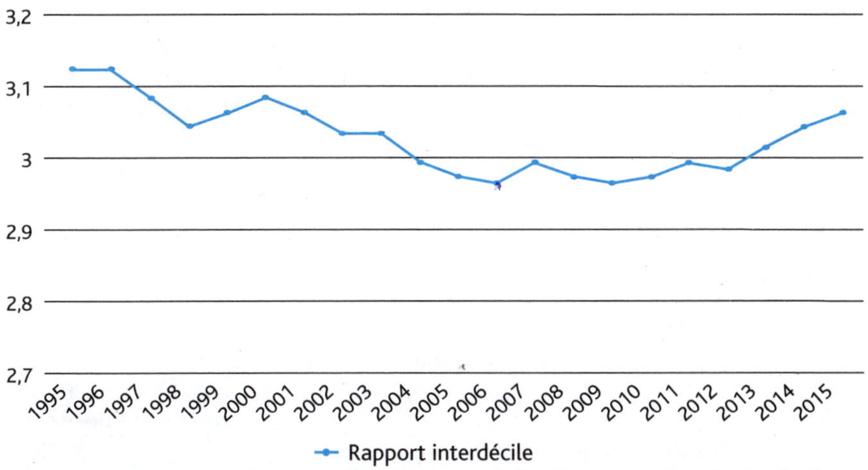

Salaires nets mensuels en équivalent temps plein. **Lecture :** le salaire d'entrée dans les 10 % les plus hauts est 3,06 fois plus grand que le salaire de sortie des 10 % les plus bas en 2015, selon l'Insee.

Observatoire des inégalités.

Document 2. *La syndicalisation des salariés en France depuis 1949*

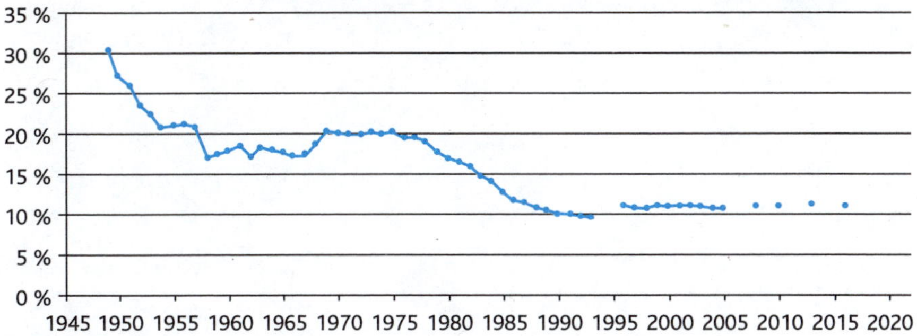

Champ : ensemble des salariés de plus de 15 ans – France métropolitaine.

Sources :
De 1949 à 1993, estimations fondées sur le nombre de cotisations syndicales.
Entre 1996 et 2005, rétropolations DARES sur données de l'enquête EPCV (Insee).
En 2008 et 2010, estimations DARES à partir de données de l'enquête SRCV (Insee).
En 2013 et 2016, calcul Dares à partir des enquêtes CT 2013 et RPS-CT 2016 (Dares-DGAFP-Drees-Insee).

Document 3.

Le premier fait est – malheureusement – d'une grande banalité : il s'agit de l'ampleur qu'a atteint, dans notre société, ce que l'on peut appeler le phénomène du désavantage social, le phénomène que représente l'existence de « groupes désavantagés ». J'entends par là des groupes dont les membres sont en situation vulnérable, sont exposés au chômage, à la précarité, aux emplois durs et mal rémunérés, à la relégation dans certains cas... Lorsque l'on regarde la société française telle qu'elle est aujourd'hui (et de ce point de vue, je suis profondément d'accord avec les critiques que Louis Chauvel[1] n'a cessé de formuler, ces dernières années, contre la thématique de la moyennisation), on ne peut pas ne pas être frappé par l'étendue du phénomène et par le nombre de groupes qu'il affecte. Il y a, d'une part, tout un pan des salariés d'exécution du secteur privé : ces ouvriers frappés, aujourd'hui plus que jamais, par le chômage, la marginalisation, le fait de travailler dans des entreprises en déclin, et plus largement par tout ce processus de détérioration de la condition ouvrière sur lequel, depuis plusieurs années déjà, des travaux de sociologues ont attiré l'attention ; ces salariés occupant, dans les services et le tertiaire, ce qu'il est convenu d'appeler les emplois peu qualifiés... Tout un pan du salariat d'exécution du privé est aujourd'hui en situation de désavantage social.

Olivier Schwartz, *Vivons-nous encore dans une société de classe ?*,
www.laviedesidees.fr, 2009.

1. Louis Chauvel est un sociologue français contemporain.

CORRIGÉ

SUJET DU BAC

Introduction

Accroche

« Fracture sociale », « candidat du peuple », « président des riches », etc., le débat social et politique fait constamment référence à la structure sociale. Si l'existence d'inégalités est mise en avant, les analyses en termes de classe sociale ont néanmoins perdu en popularité. La sortie progressive de la société industrielle, la moyennisation de la société puis, à partir des années 1980, l'influence croissante des idées économiques libérales et le déclin de l'influence des partis ouvriers (ou leur transformation idéologique et politique) laissent penser que la société ne peut plus être pensée en termes de classes. À l'inverse, à partir du milieu des années 2000, le thème du « retour des classes sociales » suscite de nouveaux travaux, notamment en lien avec l'accroissement récent des inégalités économiques après une longue phase de réduction de ces dernières.

Définition des termes du sujet

Nous pouvons définir les classes sociales comme des catégories qui sont, à la fois, inégalement dotées en termes économiques et sociaux et marquées par une forte identité de classe. Une société de classes est une société au sein de laquelle il est possible de distinguer clairement des groupes sociaux aux intérêts divergents. L'existence de classes implique l'existence d'une lutte des classes en lien avec l'existence d'une conscience de classe.

Problématisation

Dans quelle mesure une lecture de la société en termes de société de classe est-elle toujours pertinente aujourd'hui ? Le concept de classe sociale est-il toujours fécond pour analyser la structure sociale actuelle ?

Annonce du plan

Nous examinerons, dans un premier temps, pourquoi certains sociologues ont mis en avant l'idée d'une disparition progressive des classes sociales à partir des années 1950. Nous montrerons toutefois, dans une seconde partie, que si les inégalités sont multidimensionnelles, elles n'en restent pas moins toujours fortement structurées. Nous verrons néanmoins, dans un troisième temps, que la réouverture des inégalités ne semble pas déboucher pour le moment sur une prise de conscience d'une appartenance de classe et que la question d'un retour des classes sociales reste pour le moment une question largement ouverte.

Développement

Partie 1

→ Objectif : expliquer les arguments qui ont été mis en avant pour justifier l'idée d'une fin des sociétés de classe.

Première sous-partie : la moyennisation de la société.

Les évolutions sociales qui ont eu cours dans la seconde moitié du xxe siècle ont conduit à un développement des classes moyennes et à une réduction des inégalités. Les PCS les plus dynamiques en termes d'effectifs sont les cadres, les professions intermédiaires et les employés. La consommation de masse, la diversification des modes de vie, le développement de la protection sociale, l'accès d'un grand nombre de ménages à la constitution d'un patrimoine, etc. seraient autant d'évolutions qui rendraient obsolète une lecture de la société en termes de classes et plus encore de classes antagonistes. Nous observons ainsi dans le document 1 que les inégalités de salaire ont eu tendance à baisser jusqu'en 2006, le rapport interdécile diminuant.

Seconde sous-partie : le déclin du monde ouvrier.

L'analyse en termes de classes est fortement liée à l'existence d'une classe ouvrière nombreuse, consciente d'elle-même et organisée. À travers le syndicalisme et ses luttes, à travers une représentation politique (les partis sociaux-démocrates, puis communistes dans certains pays), la classe ouvrière est la figure centrale de la société industrielle.

En France, la part des ouvriers dans la population active augmente jusqu'au milieu des années 1970. Mais elle décline ensuite rapidement. 20,3 % des personnes en emploi sont des ouvriers en 2016.

Ces évolutions résultent des profondes transformations du système productif qui découlent de la rupture de 1974 (ralentissement de la croissance, restructurations industrielles) et plus tard de la mondialisation (nouvelle division internationale du travail avec la montée des pays émergents). Les solidarités collectives se sont réduites, la précarisation et l'individualisation des salaires et des conditions de travail se sont développées.

Au sein même de la PCS ouvrier, les inégalités se sont creusées. À côté d'ouvriers à statut, se sont développés de nombreux emplois ouvriers peu qualifiés, précarisés, mal payés qui concernent notamment les femmes, les jeunes, les immigrés et que l'on trouve souvent dans de petites entreprises (bâtiment, restauration, etc.). Au sein même des secteurs à statut se développent des stages, des emplois de contractuels ou de vacataires, emplois en intérim ou en CDD. L'individualisation des conditions de travail, la montée du chômage et la remise en cause des idéaux révolutionnaires conduisent à un affaiblissement de la classe ouvrière. Associé à la montée des classes moyennes, cette évolution renforce le thème de la fin des classes sociales.

Troisième sous-partie : le déclin des identités collectives.

Au-delà de la baisse des effectifs ouvriers et du développement d'une consommation de masse en lien avec la réduction des inégalités, ce sont les « identités de classe » qui ont été remises en cause.

Le parti communiste, qui se présentait comme le parti de la classe ouvrière a vu son influence électorale et sa présence militante sur le terrain se réduire considérablement par rapport au début des Trente Glorieuses. La culture et la sociabilité ouvrières semblent appartenir au passé. Plus largement, c'est le vote de classe qui semble remis en cause. Le vote ouvrier pour la gauche ne va plus de soi (notamment en raison de la montée en puissance de l'abstention et de l'extrême droite). L'identité ouvrière, marquée jadis par une « conscience fière », est aujourd'hui dévalorisée, notamment auprès des enfants d'ouvriers qui refusent très largement le travail en usine, qui aspirent à une promotion sociale par l'école, mais qui sont largement floués, dans un contexte où les transformations de l'emploi et celles du système éducatif ne permettent pas aux élèves qui accèdent au lycée et à l'université d'atteindre les situations sociales qu'ils espéraient.

Les sondages montrent que le sentiment d'appartenance de classe a fortement diminué depuis le milieu des années 1970 et que de nombreuses personnes interrogées se situent dans la classe moyenne. Nous observons ainsi, dans le document 2, une forte baisse du taux de syndicalisation depuis le milieu des années 1970. Cela traduit une baisse de la mobilisation des travailleurs et de la nécessité de s'unir pour défendre ses intérêts.

La multiplicité des appartenances (de genre, de culture, minorités ethniques, etc.) et la valorisation croissante de ces dimensions non économiques ont contribué à brouiller les frontières entre les groupes et à amoindrir la conscience de classe. Une femme ouvrière peut ainsi se considérer comme appartenant au groupe social des femmes au même titre qu'une femme cadre du fait que leur genre les conduit à partager des problématiques communes (et notamment celle de la discrimination des femmes).

Transition

Nous avons ainsi vu que depuis la fin de la Seconde Guerre mondiale différentes logiques sociales à l'œuvre ont conduit à questionner la pertinence d'une grille d'analyse en terme de classe. La réduction des inégalités économiques, la montée des classes moyennes, le déclin du mouvement ouvrier et la prise en compte croissante des questions ethniques, de genre, de préférence sexuelle, etc. ont conduit à une société moins structurée que par le passé autour d'un conflit central lié à la sphère du travail. Les classes sociales ne semblent ainsi plus d'actualité. Faut-il alors conclure à la fin des classes sociales ?

Partie 2

→ Objectif : montrer que les inégalités sont toujours fortement structurées, permettant de définir des groupes relativement distincts au sein desquels la reproduction sociale reste forte.

Première sous-partie : le maintien de fortes inégalités économiques.

En longue période, depuis les années 1960, on a assisté, dans les pays développés (en Europe plus qu'aux États-Unis) à une tendance à la réduction des inégalités de revenus. Cela a résulté dans une large mesure d'une fiscalité relativement élevée et (de façon variable selon les pays) de la mise en place de prestations sociales et de la fourniture de services collectifs gratuits ou peu coûteux. À partir des années 1980-2000, on assiste à une rupture de tendance qui conduit désormais à un diagnostic largement partagé : les inégalités de revenus se creusent depuis une trentaine d'années. Le phénomène a commencé aux États-Unis et, dans un premier temps, l'Europe continentale a semblé protégée du fait de l'existence d'États-providence généreux. Mais plus récemment, les inégalités se creusent également en Europe (y compris en France). Cette évolution résulte surtout d'une forte augmentation des très hauts revenus.

Par ailleurs, on assiste, au bas de l'échelle sociale, au développement de la pauvreté qui affecte une partie de la population victime du chômage, de la précarité, du mal-logement et de formes diverses de marginalisation. La situation des employés se détériore. On assiste ainsi, à la fois, au creusement des inégalités entre revenus du patrimoine et revenus du travail et, au sein des salariés, à un creusement des inégalités entre les titulaires de très hauts salaires et les autres salariés.

À cette évolution de la répartition primaire des revenus, s'ajoutent les conséquences d'une moindre redistribution des revenus. On a assisté au cours des 30 dernières années à une baisse des taux d'imposition sur les tranches de revenus les plus élevées. Ce mouvement est engagé dès le début des années 1980 aux États-Unis et se diffuse ensuite dans les autres pays industrialisés sous l'effet de la concurrence fiscale.

Ces différentes évolutions conduisent à une polarisation en faveur des plus riches (en termes de revenus et de patrimoines) et explique des mouvements comme « *Occupy Wall Street* » qui dénoncent les 1 % de la population les plus riches.

Seconde sous-partie : les inégalités font système.

Les inégalités de revenus et de patrimoines ne sont pas les seules pertinentes et on constate que les inégalités dans leur ensemble se maintiennent ou s'accroissent. Un enfant de cadre a toujours beaucoup plus de chances de devenir titulaire du baccalauréat général et d'entrer en classe préparatoire qu'un enfant d'ouvrier. La part des enfants d'ouvriers parmi les élèves des grandes écoles est en diminution par rapport à la situation des années 1950. Ces inégalités ont des conséquences d'autant plus graves que le marché du travail est devenu plus sélectif et que les individus qui sortent sans diplôme du système éducatif auront de très grandes difficultés d'insertions professionnelles et sociales. Les élèves en échec scolaire sont massivement issus des catégories populaires.

Les travaux sur les pratiques culturelles montrent aussi la persistance des inégalités dans ce domaine. En dépit des politiques culturelles et de l'augmentation des taux de scolarisation, il existe un lien très fort entre les pratiques culturelles légitimes et le milieu social d'origine. Il en va de même en matière de santé : les différences sociales d'espérance de vie augmentent chez les hommes et sont stables chez les femmes. On observe une augmentation de la fréquence des renoncements aux soins médicaux pour des raisons économiques.

Les inégalités en matière de logement sont aussi très importantes. Non seulement il existe un problème récurrent d'accès au logement pour toute une partie de la population mais des quartiers entiers sont stigmatisés, caractérisés par une dégradation de l'habitat et de l'environnement, par des taux de chômage et de pauvreté nettement plus élevés que la moyenne.

Les inégalités font système. Elles ne sont pas simplement des dimensions multiples de la réalité sociale, elles sont interdépendantes et cumulatives. Ainsi, si la société s'est complexifiée et que différentes logiques sont à l'œuvre dans la constitution et la reproduction des inégalités, il convient de ne pas oublier les liens qui les unissent. Nous pouvons voir dans le document 3 qu'il existe un groupe d'individus qui cumulent les désavantages sociaux.

Si le découpage de la population en groupes distincts est moins aisé que par le passé, il semble tout de même que des groupes sociaux se détachent objectivement les uns des autres de par leurs pratiques sociales, leur situation économique, leurs perspectives d'évolution, etc.

Troisième sous-partie : le maintien d'une forte reproduction sociale.

Au-delà de la persistance de groupes sociaux inégalement dotés, il existe toujours une forte reproduction sociale. L'idéal démocratique comportait une promesse de réduction des inégalités et aussi une promesse de mobilité sociale. La fin des sociétés d'ordre a fait naître l'espoir (explicite dans la déclaration des droits de l'homme de 1789) d'une société où la place de chacun ne dépendrait que de ses mérites et où toutes les positions sociales seraient accessibles à tous. L'égalité des chances reste, néanmoins, un idéal éloigné de la réalité sociale et on observe une tendance à la reproduction des inégalités.

Transition

Il semble ainsi toujours exister des inégalités fortes qui structurent la société en groupes distincts. Les évolutions récentes laissent à penser que la société tend à se polariser et que la reproduction sociale s'accroît au sein des groupes. Ces évolutions objectives de la société ont conduit certains sociologues à se demander si nous n'assisterions pas à un retour des classes sociales en France.

Partie 3

→ Objectif : questionner un éventuel retour des classes sociales impose ainsi d'analyser la représentation que la société a d'elle-même et de se demander si la polarisation objective de la société a conduit au développement d'identités collectives distinctes débouchant sur des conflits. Qu'en est-il ?

Première sous-partie : des classes sociales sans conscience.
Si l'évolution récente des inégalités sociales et économiques plaide pour une persistance, voire un renforcement, des classes « en soi » (conditions objectives), l'existence de classes « pour soi » (conditions subjectives) pose davantage de problèmes. La bourgeoisie semble aujourd'hui être la seule classe sociale au sens de Marx, c'est-à-dire qu'elle ajoute à ses conditions objectives, une conscience aigüe de ses intérêts et une capacité à développer des actions susceptibles de les défendre. En ce qui concerne les classes populaires, la conscience de classe semble être particulièrement faible. Les ouvriers et les employés non qualifiés ne partagent pas une conscience de classe bien qu'ils partagent des conditions objectives proches. Cela résulte d'une faible intégration professionnelle, syndicale et politique des non qualifiés. Cela conduit à des oppositions (entre jeunes et vieux ou entre immigrés et non immigrés) et à des stratégies de repli sur des sphères familiale ou de loisirs extérieures au travail.

Seconde sous-partie : un retour de la conflictualité.
Pour Marx, c'est à travers les luttes sociales que les classes manifestent leur existence et la conscience qu'elles ont d'elles-mêmes. Nous assistons sur une période récente à une remontée de la conflictualité. Les statistiques montrent que le sentiment d'appartenance de classe est en augmentation depuis une quinzaine d'années après une baisse constante depuis les années 1970.

Troisième sous-partie : un avenir encore incertain.
Si la montée des inégalités nous rappelle qu'il existe des conflits d'intérêts qui structurent la société et si les conflits sociaux manifestent une résistance et un début de prise de conscience, cela ne signifie pas pour autant que l'on peut en revenir à une grille de lecture antérieure. En effet, nul ne peut savoir si les clivages internes importants en termes de genre, de génération, d'origine ethnique ou nationale, de statut plus ou moins protégé qui marquent les différents groupes ne vont pas déboucher sur des logiques communautaristes où les inégalités seraient pensées en termes ethniques ou religieux. De même, on peut craindre que les révoltes contre le fonctionnement du système économique ne débouchent que sur des révoltes semblables à celles qui se sont produites en France en 2005 ou

plus récemment en Angleterre ou à la Réunion où les émeutes et pillages ont été de règles sans que se constituent des groupes structurés avec un projet politique bien défini. Dans le passage de la classe en soi à la classe pour soi, la question des perspectives politiques est centrale. Ces perspectives font aujourd'hui très largement défaut.

Conclusion

Résumé de l'argumentation

De la Révolution industrielle aux années 1960, la représentation de la société en termes de classes sociales s'est imposée. À partir des années 1970, le discours sur les classes sociales va progressivement être remis en cause et voir son influence intellectuelle s'affaiblir de manière considérable. Le déclin du marxisme, la crise mondiale à partir de 1974, la chute du mur de Berlin puis de l'Union soviétique, les transformations des structures industrielles et de l'organisation du travail et la montée de la scolarisation convergent pour abandonner le paradigme des classes sociales. Cependant, à partir des années 2000, le thème du « retour des classes sociales » émerge dans la littérature sociologique. Dans une large mesure, cela est lié au constat de la persistance des inégalités et de la reproduction sociale. Les sociologues soulignent aussi le maintien d'une forte conflictualité qui oppose les salariés et les employeurs sur des enjeux liés principalement au travail et au salaire. Pour autant, on ne peut pas considérer que l'on assiste, dans les faits et dans les analyses, au retour à la situation antérieure. La structure sociale s'est complexifiée et des enjeux considérés jadis comme secondaires occupent désormais une place importante dans la vie sociale (inégalités de genres, inégalités entre les générations, discriminations ethniques, etc.), rendant plus difficile l'émergence d'une conscience de classe.

Ouverture

Le récent mouvement social contre la réforme des retraites peut-il être considéré comme le signe d'un retour de la lutte des classes ?

CHAPITRE 7

L'action de l'école

1 Un projet d'émancipation par l'école

A La méritocratie républicaine

- Dans les sociétés démocratiques, avec la mise en avant de l'égalité des citoyens, la place occupée par chacun doit dépendre de son mérite et non de son origine sociale. En opposition avec la logique aristocratique où les titres se transmettent par héritage, il s'agit de promouvoir l'**égalité des chances***. L'école joue un rôle central dans cette promotion. En permettant une transmission des savoirs, elle offre à tous une possibilité d'ascension sociale par la réussite scolaire.

- Le développement d'une école publique, notamment sous la IIIe République, avait pour objectif de faire de cette dernière un vecteur de **mobilité sociale**. S'il existait des positions socialement plus valorisées que d'autres et qu'il n'était pas question de remettre en cause ces inégalités, le pouvoir politique mettait en avant la nécessité que l'accès à l'élite soit possible pour tous, en fonction de son mérite et non de son origine. En lien avec la volonté de consolider l'esprit républicain, on entendait prôner une démocratisation de l'accès à l'élite par la sélection scolaire (élitisme républicain).

> **Mot-clé**
> **Mobilité sociale :** changement de position sociale.

- L'école républicaine se voulait ainsi au service de l'égalité des chances. Cette volonté a conduit à forger une culture du classement et de la sélection très forte dans le système scolaire français : création des grandes écoles avec une sélection sur concours, mise en place d'un diplôme national de fin d'études, etc. L'école se veut, par ailleurs, gratuite et des bourses sont offertes aux personnes d'origine modeste pour éviter une sélection par l'argent.

B La démocratisation scolaire

- Progressivement, dans un contexte où les diplômes prennent une importance croissante, il n'a plus été question de sélectionner uniquement une élite mais de permettre à tous d'accéder à l'éducation. Ainsi, a été mise en place l'« école unique » entre 1959 (avec le décret Berthoin qui porte la scolarité obligatoire à 16 ans et permet la généralisation de l'entrée au collège) et 1975 (avec la réforme Haby instaurant le collège unique, tous les collégiens devant suivre le même parcours). De nouvelles filières sont créées (technologiques en 1968 et professionnelles en 1985 au niveau du lycée, par exemple, ou dans le supérieur avec la création des BTS en 1962) afin de permettre la scolarisation la plus large possible. Les **taux de scolarisation*** augmentent.

- Une démocratisation quantitative ou **massification** de l'enseignement est, de ce fait, clairement observée depuis 1950. Quel que soit le diplôme considéré ou le type de formation, on observe qu'une part plus grande de la population y a accès. Les **taux d'accès aux différents diplômes*** ou formations augmentent. Ainsi, en 1951, 5,3 % d'une génération avait le Bac contre 79,7 % en 2019 (42,5 % de bacheliers généraux, 16,4 % de bacheliers technologiques, 20,8 % de bacheliers professionnels).

Mot-clé

Massification scolaire : augmentation des taux de scolarisation, des taux d'accès aux diplômes (quel que soit le diplôme considéré) et aux différents types de formations.

Document 1. *Le pourcentage d'une génération qui a le Bac en fonction de l'année de naissance*

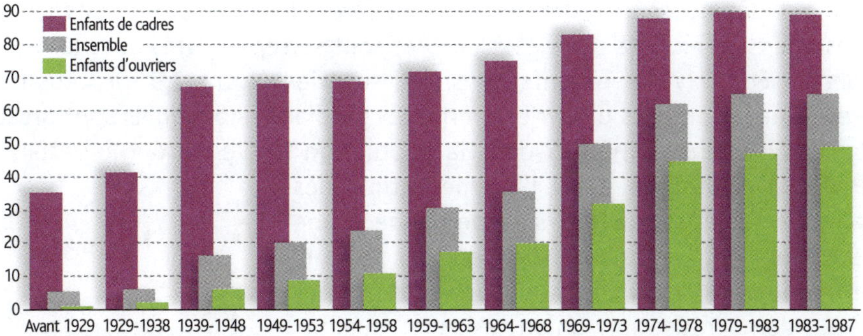

Ministère de l'Éducation nationale.

C L'inflation scolaire

- On peut, toutefois, questionner les effets de cette massification sur la mobilité sociale. Elle aurait dû permettre une ascension sociale des enfants aux origines modestes et servir ainsi l'égalité des chances. Or, c'est rarement ce qui a été constaté. **Avec la massification de l'enseignement, les diplômes ont perdu de leur valeur.** Avoir le Bac aujourd'hui ne suffit plus à un fils d'ouvrier pour obtenir un emploi socialement plus valorisé que celui de son père. D'une manière générale, décrocher un diplôme supérieur à celui de son père ne permet plus d'assurer une mobilité sociale ascendante. C'est le **paradoxe d'Anderson**.

- Il existe un phénomène d'**inflation scolaire**. Le diplôme joue toujours un rôle majeur dans les trajectoires individuelles (les fortes ascensions sociales sont quasiment toujours à relier à une forte réussite scolaire) et demeure le meilleur rempart contre le **déclassement**. Toutefois, il faut atteindre un niveau toujours plus élevé de diplôme pour s'assurer une bonne intégration sur le marché du travail.

> **Mots-clés**
> - **Déclassement (intergénérationnel) :** fait d'avoir une position sociale moins valorisée que celle de ses parents (mobilité sociale descendante).
> - **Inflation scolaire :** augmentation de la part des diplômés dans la population, ce qui rend chaque niveau de diplôme moins distinctif.

2 L'École et la reproduction sociale

A Le poids de l'origine sociale

- On constate que l'origine sociale joue toujours fortement sur la réussite scolaire. Si les enfants de milieux défavorisés sont plus scolarisés qu'avant, les inégalités d'accès à l'éducation restent fortes et se sont, en partie, simplement déplacées. Ces derniers restent rares dans les formations les plus prestigieuses (***ex. :*** les grandes écoles) et sont surreprésentés dans les études courtes. En 2017, les enfants de cadres supérieurs sont 2,9 fois plus nombreux que les enfants d'ouvriers parmi les étudiants alors qu'ils sont presque deux fois moins nombreux dans la population totale. La **démocratisation qualitative** désigne ainsi l'augmentation des taux de scolarisation qui s'accompagne d'une réduction des inégalités sociales d'accès aux différentes formations. Jusque dans les années 1960, démocratisation quantitative et qualitative ont pu être observées conjointement mais, depuis cette époque, seule la démocratisation quantitative progresse.

> **Mot-clé**
> **Démocratisation qualitative (égalisatrice) :** augmentation des taux de scolarisation qui s'accompagne d'une réduction des inégalités sociales d'accès aux différentes formations.

- Les différences de parcours scolaires en fonction de l'origine sociale se situent, aujourd'hui, avant tout dans le type de Bac obtenu et dans la poursuite d'études supérieures (ainsi que, là aussi, dans le type de filière choisie). Au-delà des diplômes obtenus, les enquêtes PISA montrent que les inégalités d'apprentissage en fonction de l'origine sociale restent très fortes en France. **Après quatre décennies, l'inégalité sociale des chances scolaires n'a pas bougé**. Dans les années 1960, les chances d'obtention d'un Bac général étaient de 56 % pour un enfant de cadre et de 11 % pour un enfant d'ouvrier, soit une différence de 45 points. Ces chances sont aujourd'hui respectivement de 72 et 22 %, soit 50 points de différence. L'écart s'est même accru. Loin de permettre l'égalité des chances, l'école favorise la **reproduction sociale**. En connaissant, en moyenne, une réussite scolaire moindre que celle des enfants de milieux favorisés, les enfants issus de classes populaires vont obtenir des diplômes qui les conduiront à occuper des positions sociales moins valorisées et vont ainsi reproduire la position sociale de leurs parents.

Mot-clé

Reproduction sociale (ou hérédité sociale) : processus qui conduit les individus à appartenir à la même catégorie sociale que leurs parents et, plus largement, à ce que les structures sociales se maintiennent.

Document 2. *Le Bac obtenu selon l'origine sociale – session 2015 (France métropolitaine + DOM)*

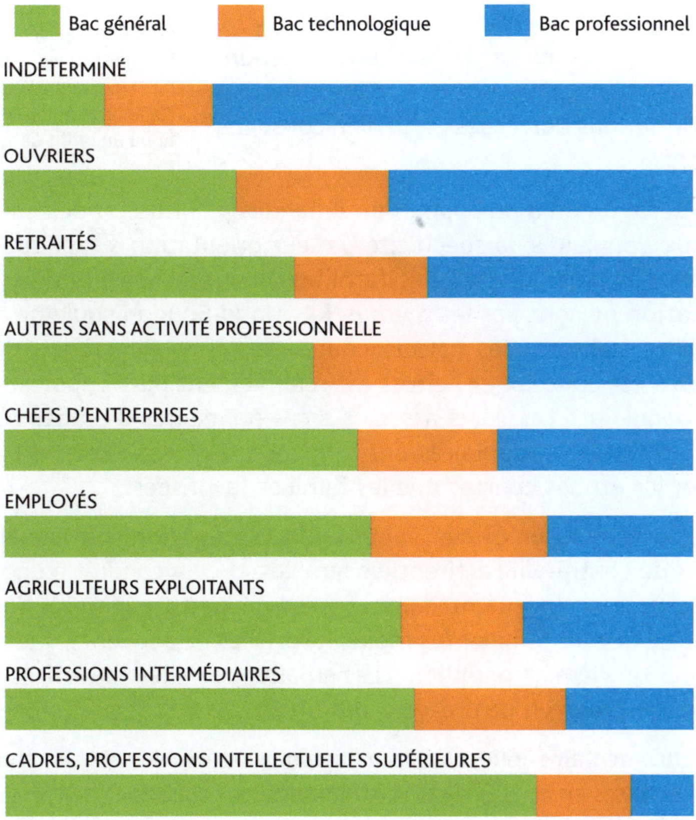

MENESR DEPP, Ministère de l'éducation nationale.

B Les causes de l'inégalité des chances

- Ces différences de réussite scolaire s'expliquent, en partie, par le **contexte familial et social** dans lequel les enfants grandissent. En effet, les parents issus de milieux favorisés disposent de plus de capitaux qui favorisent la réussite scolaire de leurs enfants. Le capital économique permet, notamment, de disposer d'un logement suffisamment grand pour que l'enfant bénéficie d'un cadre propice au travail et de financer des séjours linguistiques et des cours particuliers pour palier certaines difficultés scolaires. Le **capital culturel*** joue aussi beaucoup. La culture générale des parents issus de milieux favorisés (notamment en lien avec leur niveau élevé de diplôme), leur maîtrise d'un langage soutenu, les livres présents au domicile favorisent la réussite scolaire de leurs enfants. Le capital social a aussi une importance car le réseau de relations des parents permet de disposer d'informations sur les formations porteuses et de bien conseiller son enfant.

> **Mot-clé**
> **Capital économique :** au sens large, ensemble des ressources économiques (patrimoine, revenus).

> **Mot-clé**
> **Capital social :** ensemble des facilités sociales (réseau de relations, familiarité avec les institutions, etc.) qu'un ménage ou un individu est capable de mobiliser à son profit ou au profit de ses enfants.

- Au-delà de ce qu'on a pu appeler un « handicap culturel » des enfants issus de milieux populaires, la spécificité de leur orientation s'explique aussi par des **stratégies particulières des familles**. À niveau scolaire égal, les **choix d'orientation** ne sont pas les mêmes. Raymond Boudon souligne le fait que les familles réalisent des calculs coûts/avantages. Poursuivre des études supérieures est coûteux et l'effort est relativement plus important dans les milieux populaires. Les gains associés à ces poursuites d'études n'étant pas assurés, les familles populaires ont tendance, à niveau scolaire égal, à plus privilégier les études courtes que les familles favorisées.

- Il existe, par ailleurs, un cercle vicieux entre **ségrégation spatiale** et scolaire : les lycées de centre-ville attirent les familles et cela conduit à une augmentation du prix du logement dans ce secteur. Cette augmentation du prix conduit à ce que les familles les moins favorisées ne peuvent s'y loger et sont contraintes de vivre en périphérie. Les enfants de milieux favorisés vont ainsi être surreprésentés en centre-ville, renforçant ainsi la ségrégation scolaire.

- **La structure scolaire** joue aussi sur la reproduction sociale. En fonction des pédagogies mises en œuvre, de la configuration des classes et des politiques scolaires menées, l'école peut amplifier ou réduire les inégalités qui lui préexistent. Des classes aux effectifs trop nombreux, des consignes pas assez explicites, des programmes de révision trop flous nuisent, par exemple, à l'égalité des chances.

C Une reproduction genrée

- On observe aussi des **parcours scolaires différenciés en fonction du genre**. Si les filles réussissent globalement mieux dans les apprentissages et sont, en définitive, de meilleures élèves, elles choisissent souvent des filières moins porteuses professionnellement ou qui préparent à des métiers considérés comme féminins (par exemple dans le domaine de la petite enfance) renforçant ainsi la reproduction sociale.

Ex. : Les filles s'orientent moins en classes préparatoires aux grandes écoles à niveau égal.

- Ainsi, en 2017, pour une génération, 84 % des filles étaient titulaires du baccalauréat contre 73 % des garçons. 27 % des filles admises au Bac (tous Bacs confondus) ont eu une mention « bien » ou « très bien » contre respectivement 22 % des garçons. Enfin, 16 % des garçons sortaient de l'école sans avoir obtenu un diplôme de fin d'études secondaires, contre 11 % des filles.

Document 3. *Le choix d'étude après une seconde générale et technologique*

	Ensemble	
	Garçons	**Filles**
Élèves de seconde générale et technologique		
Première S	43,7	34,5
Première L	2,9	12,4
Première ES	17,2	26,9
Première technologique scientifique (STI2D, STL)	13,9	2,3
Autres premières technologiques (STD2A, STMG, ST2S, TMD, hôtellerie)	14,0	17,9
Autre orientation	8,2	6,1
TOTAL	**100**	**100**

Enquête par questionnaire menée au cours de l'année 2015-2016 auprès d'environ 8 500 élèves de seconde générale et technologique et de terminale scientifique d'une centaine de lycées publics et privés d'Île-de-France. Situation à la rentrée 2016-2017.

Éducation et formations, n° 97, 2018.

- Si la socialisation familiale des enfants explique, en partie, ces différences de comportement, les **enseignants jouent aussi un rôle important** (conseils donnés au moment des choix d'orientation, attitudes en classe différente vis-à-vis des filles et des garçons, etc.).

SUJET DU BAC

Épreuve composée – Parties 1 et 2

Partie 1 – Mobilisation des connaissances

Expliquez la différence entre processus de massification et de démocratisation.

Partie 2 – Étude d'un document

Document. *La répartition des lycéens selon leur origine sociale à la rentrée 2018 (en %)*

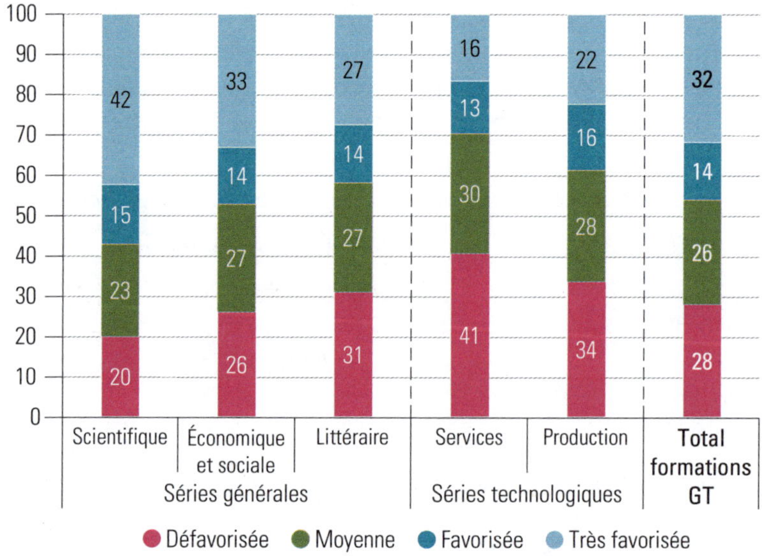

Champ : France métropolitaine + DOM, public et privé, établissements sous tutelle du MENJ (y compris EREA).
Source : MENJ-MESRI-DEPP

© DEPP, *L'état de l'école 2019.*

1. Faites une phrase avec 20 et une autre avec 41.
2. Analysez les données présentes dans le document.

CORRIGÉ

SUJET DU BAC

Partie 1

La massification scolaire désigne l'augmentation des taux de scolarisation, des taux d'accès aux diplômes (quel que soit le diplôme considéré) et aux différents types de formations. La démocratisation renvoie au processus de réduction des inégalités sociales d'accès aux différentes formations. Cela signifie qu'il y a une amélioration de l'égalité des chances. Il peut y avoir massification sans qu'il y ait démocratisation. En effet, les enfants de tous les milieux sociaux peuvent voir leur réussite au baccalauréat s'améliorer sans que l'inégalité des chances diminue si cette augmentation profite de la même façon à tous.

Partie 2

1. 20 % des lycéens en formation en séries générales scientifiques étaient d'origine sociale défavorisée en 2018 en France. 41 % des lycéens en formation en séries technologiques spécialisées dans les services sont d'origine défavorisée en 2018 en France.

2. Nous pouvons observer que la composition sociale des lycéens varie selon la série considérée. Les lycéens issus de milieux défavorisés représentent une part plus importante des lycéens en séries technologiques qu'en séries générales. La série générale scientifique, qui est la série généralement la plus valorisée socialement, est celle qui concentre le plus de lycéens issus de milieux très favorisés. Cela témoigne du poids de l'origine sociale dans les parcours scolaires et nous permet de conclure que l'école participe à la reproduction des inégalités.

CHAPITRE 8

La mobilité sociale

1 Mesurer la mobilité sociale

A Définitions

- **La mobilité sociale** peut être considérée de différentes manières. La **mobilité intergénérationnelle** renvoie au changement de position sociale d'un individu par rapport à celle de ses parents. On compare le plus souvent la position du fils/fille par rapport à celle de son père. Si sa position sociale est plus valorisée socialement, on parlera d'**ascension sociale** (ou de mobilité verticale ascendante), si la position sociale est moins valorisée, de **déclassement** (ou de mobilité verticale descendante). L'immobilité sociale est un indicateur de la reproduction sociale. Quand elle est importante, on dit qu'il y a une forte hérédité sociale.

Mots-clés

- **Hérédité sociale :** processus qui amène les individus à occuper une position sociale identique à leur origine sociale.
- **Reproduction sociale :** mécanisme qui conduit une société à maintenir ses caractéristiques essentielles de générations en générations. On parle, notamment, de reproduction sociale pour désigner une situation de forte hérédité sociale.

Document 1. *La mobilité intergénérationnelle*

		Individu					
		CPIS* et gros indépendants	Professions intermédiaires	Artisans, commerçants	Agriculteurs	Employés et ouvriers qualifiés	Employés et ouvriers non qualifiés
Père	CPIS* et gros indépendants	Immobiles	Descendants	Descendants	Descendants	Descendants	Descendants
	Professions intermédiaires	Ascendants	Immobiles	Descendants	Descendants	Descendants	Descendants
	Artisans, commerçants	Ascendants	Ascendants	Immobiles	Descendants	Descendants	Descendants
	Agriculteurs	Ascendants	Ascendants	Ascendants	Immobiles	Ascendants	Immobiles
	Employés et ouvriers qualifiés	Ascendants	Ascendants	Immobiles	Descendants	Immobiles	Descendants
	Employés et ouvriers non qualifiés	Ascendants	Ascendants	Ascendants	Immobiles	Ascendants	Immobiles

* Cadres et professions intellectuelles supérieures. Les « gros indépendants » sont, au sens de l'Insee, les chefs d'entreprises de 10 salariés et plus.

Camille Peugny, *Le déclassement*, Éditions Grasset, 2009.

- La mobilité observée se mesure par l'effectif total des individus qui sont mobiles. On peut calculer le **taux absolu de mobilité** en faisant le **rapport entre le nombre total des individus mobiles et l'effectif total de la population étudiée.**
- On parle de **mobilité de statut** quand il y a passage d'une catégorie de salarié à une catégorie de non salarié (ou inversement) et de **mobilité horizontale** quand un individu occupe une position différente de celle de son père mais qu'elle correspond à un niveau social équivalent.
- La **mobilité professionnelle** renvoie à la mobilité au cours de la vie d'un individu. Elle désigne les changements de positions sociales en cours de carrière. La **mobilité géographique** désigne le changement de zone géographique. Elle s'appréhende le plus souvent à travers la mobilité résidentielle définie comme le fait de déménager, y compris au sein de la même commune.

B Les tables de mobilité

La présentation des tables

- **Les tables de mobilité** sont des **tableaux à double entrée** qui permettent de décrire la position sociale d'une génération d'individus en fonction de la position sociale de leur père (ou de leur mère). Il en existe trois versions.
  – La table de mobilité brute indique les effectifs d'une génération ayant une position sociale donnée compte tenu de celle de leur père.

Document 2. *Table de mobilité brute en France en 2017*

GSP du fils	GSP du père						
	Agriculteur	ACCE*	Cadre et PIS**	Professions intermédiaires	Employé	Ouvrier	Ensemble
Agriculteur	165 142	5 941	4 363	4 685	3 305	16 571	**200 009**
ACCE*	48 854	201 348	95 883	83 726	52 241	233 773	**715 825**
Cadre et PIS**	70 096	225 887	446 219	305 245	150 715	309 603	**1 507 766**
Professions intermédiaires	99 887	212 289	213 508	317 279	189 867	600 558	**1 633 387**
Employé	48 314	90 110	71 633	126 159	110 176	308 690	**755 082**
Ouvrier	222 659	216 238	76 933	187 938	188 756	1 221 806	**2 114 330**
Ensemble	**654 953**	**951 813**	**908 539**	**1 025 032**	**695 060**	**2 691 000**	**6 926 398**

Champ : hommes âgés de 40 à 59 ans ayant déjà exercé une activité professionnelle.
* ACCE : artisans, commerçants et chefs d'entreprise.
** PIS : profession intellectuelle supérieure.

Insee, Enquête emploi 2017.

Ainsi, chez les hommes ayant entre 40 et 59 ans en 2017 en France et ayant déjà exercé une activité professionnelle, on comptabilisait 165 142 agriculteurs qui avaient un père agriculteur.
– La table de destinée est un tableau à double entrée qui indique, en parts relatives (%), le devenir social des individus qui ont une origine sociale donnée. Par exemple, 25,2 % des hommes ayant entre 40 et 59 ans en 2017 en France et ayant déjà exercé une activité professionnelle dont le père est agriculteur sont devenus eux-mêmes agriculteurs.
– La table de recrutement est un tableau à double entrée qui indique, en parts relatives (%), l'origine sociale des individus qui ont une position sociale donnée. Par exemple, 82,6 % des hommes agriculteurs ayant entre 40 et 59 ans en 2017 en France ont un père agriculteur.

L'intérêt des tables

- Les tables de mobilité permettent de mettre en évidence **le poids de la reproduction sociale** en faisant ressortir la fréquence des situations où le fils a la même position sociale (ou une position proche) que celle de son père. Elles permettent de calculer de façon précise la part des « immobiles », des déclassés et des individus connaissant une ascension sociale et de comparer ces chiffres au cours du temps.

Les limites des tables

- Elles présentent néanmoins des **limites** : la mobilité n'est vue que sous l'angle des groupes socio-professionnels alors que **la profession n'est pas le seul indicateur** pertinent de position sociale. Par ailleurs, avoir le même métier que son père ne signifie pas nécessairement avoir la même position sociale car le statut des métiers évolue et que le **statut dans l'emploi** est aussi un facteur important (être un ouvrier qualifié en CDI à temps plein ne renvoie pas à la même situation qu'être un ouvrier non qualifié en intérim à temps partiel). Enfin, les tables de mobilité mesurent la mobilité en ne tenant compte de **la profession que d'un seul parent**. Pourtant, un fils d'un employé et d'une cadre qui devient cadre connaît une ascension sociale si on se réfère à la position du père mais pas par rapport à celle de la mère.

C La fluidité sociale

- La mobilité observée peut s'expliquer par une évolution de la structure professionnelle, on parle alors de **mobilité structurelle**. En effet, en lien avec le déclin du secteur agricole, les fils d'agriculteurs sont, pour partie, contraints d'exercer une autre profession que celle de leur père car le secteur ne permet pas à tous de travailler. La structure des professions dans la génération des pères n'étant pas la même que celle dans la génération des fils, cela conduit à une mobilité de façon mécanique. Depuis les années 1970, la mobilité structurelle a eu tendance à baisser chez les hommes en France.

Document 3. *La décomposition de la mobilité sociale observée des hommes par rapport à leur père*

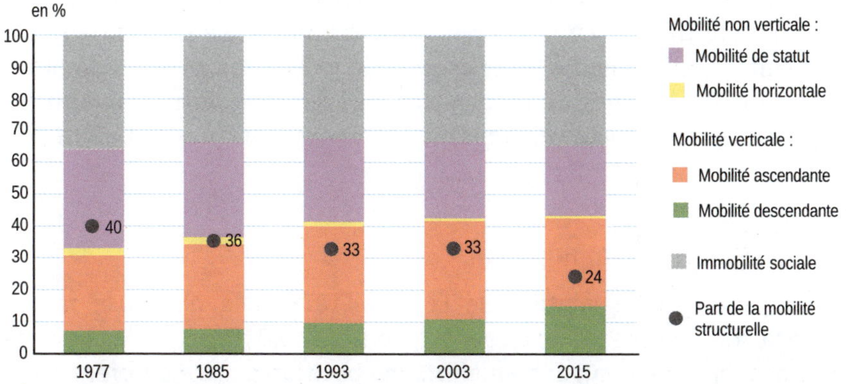

Lecture : en 2015, 65 % des hommes français âgés de 35 à 59 ans, actifs ayant un emploi ou anciens actifs occupés, relèvent d'une catégorie socioprofessionnelle différente de celle de leur père. 24 % de cette mobilité sociale observée est liée à l'évolution structurelle des emplois entre la génération des hommes et celle de leur père.

Champ : France métropolitaine, hommes français actifs occupés ou anciens actifs occupés, âgés de 35 à 59 ans au 31 décembre de l'année d'enquête.

Source : Insee, enquêtes Formation et qualification professionnelle 1977, 1985, 1993, 2003 et 2014-2015.

Insee Première, n° 1739, février 2019.

- La mobilité observée peut aussi découler de l'existence d'un contexte social plus favorable à l'égalité des chances. La **fluidité sociale*** désigne une situation où tous les individus ont la même probabilité d'accéder à une position sociale donnée, quelle que soit la position sociale de leur père. Aucune société n'étant parfaitement fluide, on peut mesurer l'importance de la fluidité sociale à travers la mesure des ***odds ratio****, c'est-à-dire des probabilités relatives d'accéder à une position sociale plutôt qu'à une autre pour des enfants issus de milieux différents. On va ainsi faire le rapport entre la probabilité pour un fils d'une certaine catégorie d'accéder à une position plutôt qu'à une autre et cette même probabilité pour le fils d'une autre catégorie sociale.

Mot-clé

Égalité des chances : situation dans laquelle tous les individus ont la même probabilité d'accès aux positions sociales les plus valorisées et cela, indépendamment de leur origine sociale.

- **La société française présente ainsi une fluidité sociale limitée**. Pour la génération des hommes ayant entre 40 et 59 ans en France en 2017, les enfants de cadres et professions intellectuelles supérieures ont 29,2 fois plus de chances d'être cadres eux-mêmes plutôt que de devenir ouvriers que les fils d'ouvriers.
- **Une société plus mobile n'est pas nécessairement une société plus fluide**. Un fils d'ouvrier qui devient employé n'occupe pas la même position sociale que son père mais il n'a pas connu d'ascension sociale pour autant. Un fils d'agriculteur qui devient ouvrier est mobile mais le fait que de nombreux fils d'agriculteurs occupent un métier différent de celui de leur père du fait du déclin du secteur agricole ne nous dit rien de l'évolution de la fluidité sociale.

D L'évolution de la mobilité sociale

- Si l'on considère l'évolution de la mobilité sociale depuis le milieu du XXe siècle, on peut noter qu'elle a augmenté. En 2015, 65 % des hommes et 71 % des femmes occupent, en effet, une position sociale différente de celle de leur père ou de leur mère (pour les femmes). Cette mobilité est plus souvent ascendante (28 %) que descendante (15 %) pour les hommes et plus encore pour les femmes (respectivement 40 % et 12 %).
- **La fluidité sociale a, elle aussi, progressé**. En 1977, les chances relatives de devenir cadre plutôt qu'employé ou ouvrier qualifié étaient 28 fois plus élevées pour les fils de cadres que pour les fils d'employés et d'ouvriers qualifiés. En 2015, elles sont 12 fois plus élevées. L'évolution est encore plus marquée pour les femmes (par rapport à leur mère) puisqu'on est passé d'un rapport de chances égal à 35 (pour les filles de cadres) à 8 en 2015. Si la transmission des inégalités sociales s'est fortement réduite jusqu'en 1993, elle a tendance à stagner depuis.
- Si l'on ne peut conclure à une panne de l'ascenseur social, il faut néanmoins noter que, pour les hommes, la **progression de la mobilité est plus faible que dans le passé**, notamment pour les employés et ouvriers qualifiés dont 43 % des fils occupent la même position que leur père en 2015, comme en 1985. Si 40 % occupent une position plus élevée (professions intermédiaires ou cadres) contre 23 % en 1977, cela génère des craintes sur l'évolution de la société française. En 2015, les inégalités d'accès à la catégorie des cadres restent encore fortes pour les catégories en bas de l'échelle sociale. Pour les femmes, près d'une employée ou ouvrière non qualifiée sur deux est originaire du même milieu social depuis 1977.

- On observe, par ailleurs, une **montée des déclassements**. Si les trajectoires descendantes restent minoritaires, elles sont plus fréquentes, ce qui suscite de vives inquiétudes.
- Si le nombre de transformations sont communes aux deux sexes, on observe aussi des différences. La chute de l'immobilité sociale a été beaucoup plus forte pour les filles d'indépendants que pour les fils d'indépendants, conséquence probable de la raréfaction progressive du statut d'aide familiale. Par rapport à leur père, les trajectoires des femmes sont plus souvent descendantes que celles des hommes. En 2015, 18,5 % des filles de cadres sont employées ou ouvrières non qualifiées contre 11,6 % des fils de cadres. La part de femmes devenues cadres comme leur père est de 35 % contre 41,7 % pour les hommes. Se maintenir au plus haut de l'échelle sociale est ainsi moins fréquent pour les femmes que pour les hommes.

Document 4. *La décomposition de la mobilité sociale observée des femmes par rapport à leur père*

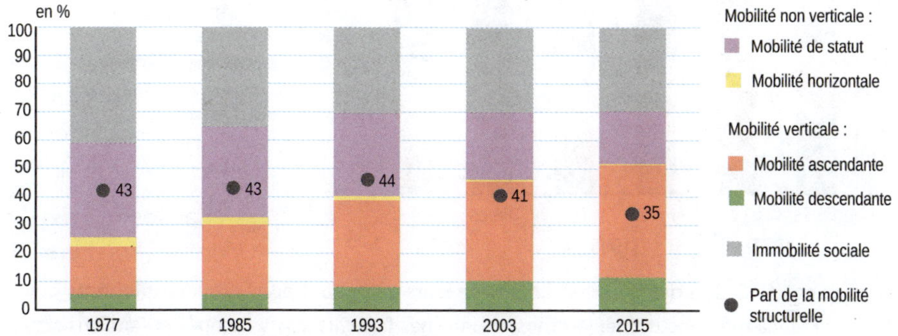

Champ : France métropolitaine, femmes françaises actives occupées ou anciennes actives occupées, âgées de 35 à 59 ans au 31 décembre de l'année d'enquête.

Source : Insee, enquêtes Formation et qualification professionnelle 1977, 1985, 1993, 2003 et 2014-2015.

Insee Première, n° 1739, février 2019.

2 Les facteurs de la mobilité sociale

A L'évolution de la structure professionnelle

- La croissance de la mobilité observée provient, pour partie, des **transformations structurelles** de la France, avec le passage d'une société agricole à une société industrielle, puis post-industrielle. Depuis le milieu des années 1970, l'essor du salariat, la poursuite du **déclin de l'emploi agricole**, le recul de l'emploi industriel, la **tertiarisation de l'économie** et le **développement de l'emploi qualifié** ont modifié la structure des emplois occupés.

- Pour les hommes, parmi les actifs occupés ou anciens actifs occupés, 10 % des hommes et 25 % de leurs pères étaient agriculteurs en 1977, contre respectivement 3 % et 8 % en 2015. Au contraire, les emplois salariés les plus qualifiés se sont, eux, développés. Par exemple, parmi les actifs occupés ou anciens actifs occupés, 11 % des hommes et 5 % de leurs pères étaient cadres en 1977, contre respectivement 20 % et 14 % en 2015. Depuis la fin des années 1970, la structure des emplois des hommes est de plus en plus proche de celle de leurs pères.

Document 5. *L'évolution de la structure des emplois entre 1977 et 2015 pour les hommes*

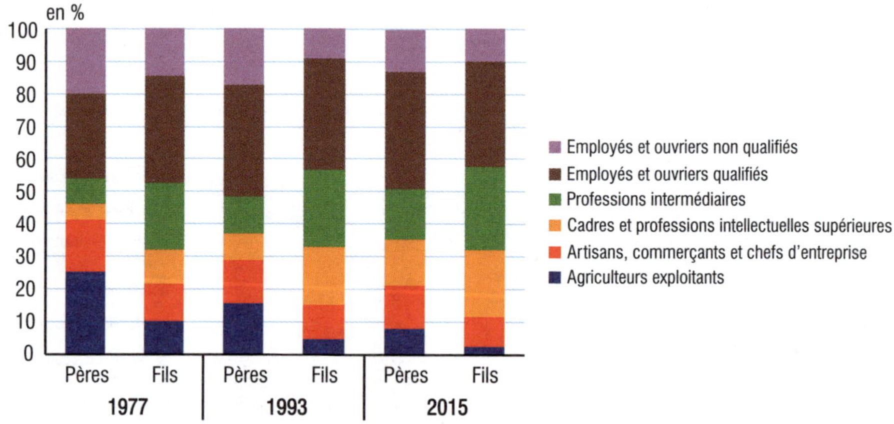

Lecture : en 2015, 3 % des hommes et 8 % de leurs pères sont agriculteurs exploitants [...].

Champ : France métropolitaine, femmes et hommes français actifs occupés ou anciens actifs occupés, âgés de 35 à 59 ans au 31 décembre de l'année d'enquête.

Source : Insee, enquêtes Formation et qualification professionnelle 1977, 1993 et 2014-2015.

Insee, *Éclairage – La mobilité sociale des femmes et des hommes : évolutions entre 1977 et 2015*, Insee Références, édition 2019.

- Pour les femmes, les changements depuis la fin des Trente Glorieuses ont été encore de plus grande ampleur et si, ces dernières années, un certain rapprochement s'est opéré entre la structure des emplois des femmes et celle de leurs aînées, il reste moins marqué que pour les hommes.

B L'école

- L'essor de la mobilité observée a aussi son origine dans une lente augmentation de la fluidité sociale. Claude Thélot (1982) estimait qu'un quart de la réduction totale de l'immobilité sociale entre 1953 et 1977 découlait de cette ouverture sociale accrue. Les évolutions du système scolaire ont joué un rôle clé dans l'accroissement de la fluidité sociale. La **réduction de l'inégalité des chances scolaires** et la **massification de l'enseignement** sont des facteurs déterminants pour expliquer la réduction de l'inégalité des chances sociales.

- La diminution de l'inégalité des chances scolaires ne suffit pas, néanmoins, à elle seule à réduire l'inégalité des chances sociales. Le bénéfice, en termes de statut professionnel, associé à un niveau donné d'éducation, varie aussi selon l'origine sociale (plus faible pour les individus originaires de milieux plus modestes).
- Par ailleurs, la massification de l'enseignement a conduit à un déclin progressif des rendements de l'éducation sur le marché du travail. Avec le baccalauréat, les débouchés professionnels sont moindres que par le passé. On a pu parler d'un phénomène d'**inflation scolaire**.

C La famille

- **La famille joue un rôle important dans la reproduction sociale**. En lien avec l'existence de **socialisations différenciées**, notamment selon le milieu social, certains individus bénéficient d'un contexte social plus propice à la réussite scolaire, en particulier du fait d'une plus ou moins grande transmission de **capital culturel**.
- **Les stratégies des familles** permettent aussi de comprendre l'hérédité sociale, mais également certaines ascensions sociales, en particulier pour les enfants issus de la classe moyenne. Les stratégies portent sur les choix éducatifs (orientation scolaire, paiement de cours particuliers, organisation d'activités à but éducatif pour son enfant le week-end, etc.), le choix du lieu d'habitation (***ex. :*** pour être proche des bons établissements) ou sur la mobilisation de son réseau social pour obtenir des informations utiles ou favoriser le parcours de son enfant (***ex. :*** pour obtenir un stage).
- Les **réussites dites « paradoxales »** (car atypiques d'un point de vue statistique, comme cela est le cas pour un fils d'ouvrier non qualifié qui connaît une forte réussite scolaire et devient cadre), ou les **échecs paradoxaux** (comme un fils de cadre en échec scolaire qui connaît un déclassement) peuvent aussi se comprendre par les dynamiques familiales. Les enfants de cadres peuvent ne pas bénéficier du capital culturel de leurs parents du fait de faibles interactions et les enfants de milieux populaires peuvent être encouragés par leurs proches à s'investir dans l'école du fait d'une forte valorisation de cette dernière même s'ils n'ont pas les compétences scolaires pour aider leur enfant.

SUJET DU BAC

Sujet de dissertation

Dans quelle mesure l'école est-elle un facteur de mobilité sociale ?

Document 1. *Origine sociale et retard scolaire à la rentrée 2018 (en %)*

	Scolarisation dans un collège public			
	En REP+	En REP	Hors EP	Ensemble
Proportion d'enfants d'ouvriers et d'inactifs	74,3	60,0	37,8	**43,6**
Proportion d'enfants de cadres et d'enseignants	8,3	16,8	35,0	**30,6**
Proportion d'élèves entrant en 6e en retard	15,3	10,6	6,4	**7,6**

Lecture : 74,3 % des élèves de collèges en REP+ sont des enfants d'ouvriers ou d'inactifs contre 37,8 % des élèves de collèges publics hors EP.
Champ : France métropolitaine + DOM, public.
Source : MENJ-MESRI-DEPP. © DEPP, *L'état de l'école 2019*.

Document 2. *Niveau de diplôme des 25-34 ans selon le milieu social, en 2018 (en %)*

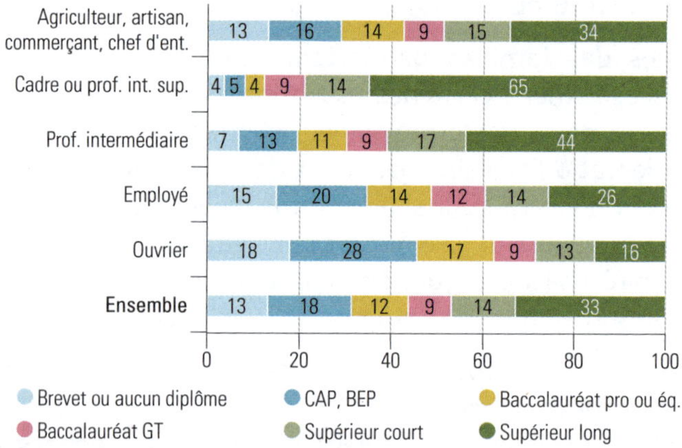

Lecture : en 2018, 47 % des adultes de 25-34 ans sont diplômés de l'enseignement supérieur. Ce sont 79 % des adultes issus d'un milieu social très favorisé (CSP : cadres ou professions intellectuelles supérieures) contre 29 % des adultes issus d'un milieu ouvrier.
Note : la catégorie socioprofessionnelle d'un retraité ou d'un chômeur est celle de son dernier emploi. La profession du père est privilégiée, celle de la mère y est substituée lorsque le père est absent, décédé, ou n'a jamais travaillé.
Champ : France métropolitaine + DOM (hors Mayotte), données provisoires.
Sources : Insee, enquêtes Emploi ; traitement MENJ-MESRI-DEPP. © DEPP, *L'état de l'école 2019*.

Document 3.

Les destinées scolaires se jouent pour beaucoup dès le primaire. Elles dépendent plus particulièrement encore de l'entrée initiale dans la culture écrite au cours de l'année de CP. L'observation précise des pratiques d'enseignement de la lecture et de leurs effets sur les apprentissages différenciés des élèves permet d'isoler celles qui sont le plus efficaces envers les élèves des milieux populaires.

Or, ces pratiques efficaces sont aujourd'hui statistiquement minoritaires dans le système éducatif français. Il y a là une marge de progression très importante pour l'amélioration de l'entrée dans la culture écrite des élèves aujourd'hui les plus en difficultés.

Qu'en est-il pour l'enseignement secondaire ? Si les acquis cognitifs à l'entrée en sixième sont déterminants pour la suite du parcours scolaire, les inégalités scolaires continuent néanmoins à se creuser au fil du collège et du lycée. Comment expliquer ce constat ? Certainement, là encore, par un examen précis du fonctionnement courant de l'école française.

S'adapter aux difficultés d'apprentissage des élèves vulnérables passe souvent par une modération des exigences intellectuelles. Cela conduit inévitablement, sur le registre des contenus d'enseignement, à donner moins à ceux qui ont moins, et ainsi à creuser plus encore dans l'enseignement secondaire les inégalités scolaires déjà très visibles à l'issue du primaire.

Jérôme Deauvieau, *Ce que dit la sociologie sur les origines des inégalités scolaires*, www.democratisation-scolaire.fr, 4 juillet 2019.

CORRIGÉ

SUJET DU BAC

Introduction

Accroche

La démocratisation scolaire est en panne : les inégalités face à l'école stagnent depuis un demi-siècle. Nous faisons face aujourd'hui à une véritable crise de l'institution scolaire qui n'est plus perçue comme capable d'assurer la promotion sociale des enfants issus de milieux populaires. Alors que l'école de la République s'est construite sur l'idée d'une émancipation par le savoir qui permettrait à tout citoyen d'accéder aux positions sociales les plus valorisées en obtenant les diplômes nécessaires, force est de constater que ce vœu est resté pieux. À la fois, les diplômes ne suffisent pas à assurer la mobilité sociale de leurs titulaires et l'obtention de ces derniers est fortement liée aux caractéristiques sociales des élèves qui les passent.

Définition des termes du sujet

La mobilité sociale sera ici étudiée du point de vue intergénérationnel, c'est-à-dire que nous parlerons de mobilité sociale quand les enfants, une fois devenus adultes, occupent une position sociale différente de celle de leurs parents. La mobilité est traditionnellement mesurée à l'aune du critère de la PCS et en comparant la profession du père avec celle du fils ou de la fille. Il est possible de distinguer la mobilité sociale totale, qui correspond à l'ensemble des changements observés entre la position sociale du père et celle de leurs fils ou filles, de la fluidité sociale, qui correspond à la mobilité relative, c'est-à-dire aux chances relatives des fils/filles d'accéder à une certaine catégorie sociale en fonction de leur origine.

Problématisation

Dans quelle mesure l'école peut-elle assurer la mobilité sociale ? Qu'en est-il aujourd'hui ? Comment expliquer l'existence d'inégalités scolaires fortes en fonction du milieu d'origine dans le contexte d'une école publique, gratuite, fondée sur la sélection par les notes ?

Annonce du plan

Nous verrons, dans un premier temps, que l'école s'est construite sur un projet méritocratique qui entend faire de cette institution le moteur de la mobilité sociale. Nous montrerons ensuite que, dans les faits, l'école est actuellement au service de la reproduction sociale et réfléchirons, dans un troisième temps, aux conditions qui permettraient à l'école d'être réellement au service de la mobilité sociale.

Développement

Partie 1

→ Objectif : expliquer le projet d'émancipation par l'école.

Première sous-partie : l'explication du principe de la méritocratie républicaine.
Nous avons assisté au développement d'une école publique, notamment sous la IIIe République, pour que l'école devienne un vecteur de mobilité sociale.
Si l'idée qu'il doit exister une élite dans la société est acceptée, il y a la volonté de démocratiser l'accès à cette élite par l'école (élitisme républicain). L'accès aux positions sociales valorisées doit être lié au mérite des personnes et non à leurs origines sociales. L'école républicaine se veut ainsi au service de la mobilité sociale. Cela a conduit à forger une culture du classement et de la sélection très forte dans le système scolaire français : création des grandes écoles avec sélection sur concours, mise en place d'un diplôme national de fin d'études, etc. L'école se veut gratuite pour éviter une sélection par l'argent, des bourses sont offertes aux personnes d'origine modeste, etc.

Seconde sous-partie : la démocratisation de l'enseignement.
Progressivement, il n'a plus été question de sélectionner uniquement une élite mais de permettre à tous d'accéder à l'éducation. Il y a eu une volonté de démocratiser d'une façon générale l'accès à l'éducation dans un contexte où les diplômes prennent une importance croissante. Des réformes ont eu lieu en ce sens : mise en place de l'école unique entre 1959 (avec le décret Berthoin qui porte la scolarité obligatoire à 16 ans et permettra la généralisation de l'entrée au collège) et 1975 (réforme Haby instaurant le collège unique).
Les individus issus de milieux populaires qui occupent une position sociale valorisée doivent souvent leur ascension sociale à leur réussite scolaire. L'école permet la mobilité ascendante des enfants de milieux populaires et peut conduire à un déclassement pour les enfants de milieux favorisés qui seraient en échec scolaire.

Transition

Si l'école est porteuse d'un projet d'émancipation, qu'en est-il de la réalité de son fonctionnement ? Au-delà des cas particuliers d'ascension sociale par l'école (ou de déclassement lié à elle), favorise-t-elle réellement la mobilité sociale ?

Partie 2

→ Objectif : montrer que l'école est au service de la reproduction sociale.

Première sous-partie : l'explication des effets de l'inflation scolaire.
Si une massification du système scolaire a clairement été observée, nous pouvons questionner les effets de cette massification sur la mobilité sociale. Elle aurait dû permettre une ascension sociale massive des enfants aux origines modestes mais ce n'est pas ce qui a été constaté. Il a été évoqué l'existence d'un phénomène

d'inflation scolaire. Avec la massification de l'enseignement, les diplômes ont perdu de leur valeur. Avoir le baccalauréat aujourd'hui pour un fils d'ouvrier ne lui suffit plus pour obtenir un emploi socialement plus valorisé que celui de son père. D'une manière générale, avoir un diplôme supérieur à celui de son père ne suffit plus à assurer une mobilité sociale ascendante (paradoxe d'Anderson). Il est nécessaire aujourd'hui de détenir des diplômes bien plus importants que dans le passé pour avoir un emploi qualifié. Nous pouvons voir dans le document 2 que 31 % de la population a un diplôme inférieur au baccalauréat et que le tiers de la population détient un diplôme du supérieur long.

Seconde sous-partie : l'explication des mécanismes de reproduction sociale.

Si le diplôme ne garantit pas la mobilité sociale ascendante, il permet néanmoins de rendre moins probable la mobilité descendante. Le problème découle du fait que cette protection n'est pas obtenue par tous de façon uniforme, le poids de l'origine sociale jouant toujours très fortement. Les inégalités d'apprentissage restent très fortes en France. Nous pouvons voir dans le document 1 que les enfants d'ouvriers et d'inactifs sont surreprésentés dans les REP et, dans le document 2, qu'il existe un fort lien entre origine sociale et niveau de diplôme. Les enfants de cadres font des études plus longues que les enfants issus de milieux populaires.

Si la socialisation différenciée des enfants explique en partie ces différences de comportement, les stratégies des familles jouent aussi un rôle important. Les pratiques pédagogiques jouent aussi un rôle important dans la reproduction sociale. Le document 3 nous montre que certaines pratiques pédagogiques sont plus inégalitaires que d'autres et que le poids de l'origine sociale dans la réussite scolaire peut être réduit par des pédagogies adaptées.

Conclusion

Résumé de l'argumentation

Si le projet républicain entendait faire de l'école un puissant vecteur de l'ascension sociale, force est de constater aujourd'hui que l'école ne sert plus la mobilité sociale et renforce même la reproduction sociale. L'élitisme républicain qui sous-tend notre modèle scolaire avec sa culture de la sélection empêche une réelle démocratisation du système scolaire.

Ouverture

Les inégalités scolaires sont souvent considérées comme une fatalité contre laquelle il serait impossible de lutter à moins de changer la société dans son ensemble. Les travaux en sciences de l'éducation montrent pourtant que des réformes sont envisageables pour limiter les inégalités d'apprentissage, ce qui conduirait à ce que notre système scolaire favorise la mobilité sociale du fait d'une répartition socialement moins déterminée des diplômes. Les débats actuels sur la carte scolaire, le développement de dispositifs en faveur des élèves issus de milieux populaires montrent que les préoccupations sont fortes et que des réformes sont attendues.

Les mutations du travail et de l'emploi

CHAPITRE 9

1 Travail, emploi, chômage

A Définitions

- **Le travail*** est une activité humaine conduisant à la production de biens et de services. Il peut prendre différentes formes.

Document 1. *Les différentes formes de travail*

Modes des « mises au travail »				
		Travail libre	Travail salarié	Travail forcé
Types d'activités	Activités non marchandes	Travail domestique Travail militant	Salariés des administrations et des ménages	Esclavage, corvées
	Activités marchandes	Travail indépendant	Salariés des entreprises	Peines de travail obligatoire
		Travail rémunéré = emploi		

D'après Freyssinet. Alain Beitone, Antoine Cazorla, Estelle Hemdane, *Dictionnaire de science économique*, 6e édition, Dunod, juin 2019.

- Les biens et services issus du travail sont considérés comme de la production au sens de la comptabilité nationale et être intégrés dans le calcul du PIB si le travail est rémunéré. Le travail bénévole n'est ainsi pas pris en compte. Dans cette optique, la mesure de la population active au sens de la comptabilité nationale n'inclut que les personnes qui ont un emploi ou qui en cherchent un. Les femmes au foyer qui réalisent un travail domestique important sont ainsi considérées comme inactives.

> **Mot-clé**
> **Population active :** ensemble des individus qui occupent un emploi ou qui sont au chômage.

- L'**emploi*** renvoie donc au travail rémunéré. Le statut d'emploi peut varier : un travailleur peut, par exemple, être indépendant ou salarié. Le **chômage*** est une situation dans laquelle un individu n'a pas d'emploi mais en recherche un.

> **Mot-clé**
> **Statut d'emploi :** type d'emploi occupé (salarié ou non salarié, secteur privé, public ou semi-public).

B L'évolution des formes d'emploi en France

- Au cours du XXe siècle, le salariat a fortement progressé et on a vu diminuer la part des travailleurs indépendants. La plupart des salariés étaient embauchés à temps plein en CDI.
- Depuis les années 1980, les emplois précaires et à temps partiel se développent et on assiste à un essor du travail non salarié avec, notamment, le développement du statut d'auto-entrepreneur.

Document 2. *L'évolution de l'emploi non salarié (en milliers)*

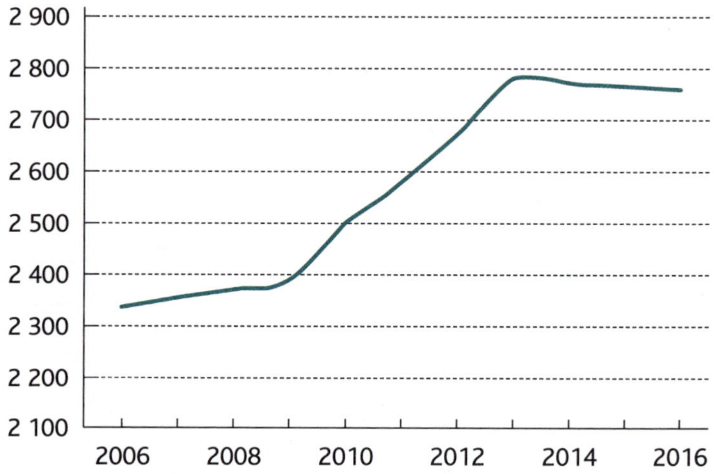

Source : Insee.

Centre d'observation de la société, www.observationsociete.fr, 4 décembre 2017.

- Ces évolutions rendent plus **incertaines les frontières entre emploi, chômage et inactivité**. En effet, un chômeur ne trouvant pas à être embauché en tant que salarié peut choisir de devenir auto-entrepreneur et effectuer quelques missions (*ex. :* de livraison), ce qui lui procure un certain revenu sans pour autant travailler autant qu'il le souhaiterait. Il n'est pas considéré comme chômeur au sens de la comptabilité nationale mais ce dernier considère sans doute qu'il n'a pas un « vrai » travail non plus. **Il se situe à la frontière entre chômage et emploi.**
- En lien avec le développement d'un chômage de masse, des chômeurs se découragent et deviennent des inactifs : ils ne cherchent plus vraiment d'emploi mais en accepteraient un si on le leur proposait. **Ils se trouvent à la frontière entre chômage et inactivité.**

C La qualité des emplois

- **Les emplois diffèrent selon de nombreuses dimensions.** Il existe tout d'abord des différences au niveau des **rémunérations**. Ces dernières peuvent être **plus ou moins élevées** mais aussi **plus ou moins stables** d'un mois à l'autre. Les salariés ont souvent des rémunérations moins variables.

- Les salariés jouissent d'un **contrat de travail qui les protège**. En cas de baisse de l'activité économique, ils ne vont pas être directement impactés contrairement aux travailleurs indépendants dont le revenu dépend de leur activité. Certains contrats de travail sont plus protecteurs que d'autres et ces différences conduisent aussi à des différences entre les emplois salariés.

- Les emplois diffèrent aussi en fonction des **conditions de travail**. Certains métiers sont plus pénibles que d'autres (horaires de nuit, tâches physiques à effectuer, environnement hostile, etc.). Les tâches à effectuer peuvent aussi être plus ou moins répétitives.

- Les **perspectives d'évolution** ne sont aussi pas les mêmes. Certains emplois permettent de connaître une mobilité professionnelle, notamment en raison de possibilités de **promotions internes** et d'**accès à la formation continue**. D'autres emplois enferment plutôt dans une certaine position sociale.

D Les effets du numérique

- L'**utilisation des nouvelles technologies**, notamment en lien avec le développement d'Internet, a **brouillé les frontières du travail**. Le fait de pouvoir recevoir des mails en dehors de son lieu de travail, de pouvoir travailler depuis chez soi sur un ordinateur a permis de développer le **télétravail** et a rendu aussi moins claire la distinction entre temps travaillé et temps libre. Si le numérique permet plus de souplesse dans l'organisation de son temps de travail, il peut aussi conduire à un accroissement du temps de ce dernier sans qu'il y ait nécessairement de contrepartie.

- Le numérique permet aussi aux employeurs de mieux contrôler leurs employés. Ces derniers sont joignables et traçables à chaque instant. Les livreurs peuvent ainsi être suivis dans leurs déplacements afin de vérifier qu'ils ne font pas de détours ou de pauses non autorisées. **Les relations d'emploi ont ainsi été modifiées.**

- L'utilisation du numérique a conduit à la suppression d'un certain nombre de postes peu qualifiés, les tâches à effectuer pouvant être faites à présent par une machine équipée d'un logiciel sophistiqué. Des emplois qualifiés ont, en revanche, été créés car il faut des ingénieurs pour concevoir de tels logiciels. La productivité des cadres s'est accrue grâce à l'utilisation de nouvelles technologies, ce qui a conduit à des hausses de salaires. Le travail qualifié est complémentaire des nouvelles technologies alors que ces dernières permettent de substituer des biens d'équipements à des travailleurs non qualifiés. Il y a un risque de **polarisation des emplois** avec, d'un côté, des travailleurs qualifiés très demandés dont les salaires s'accroissent et, de l'autre, des travailleurs non qualifiés touchés par le chômage et par des baisses de salaire.

Document 3. *L'évolution des parts de l'emploi peu qualifié, intermédiaire et très qualifié (1993 et 2010)*

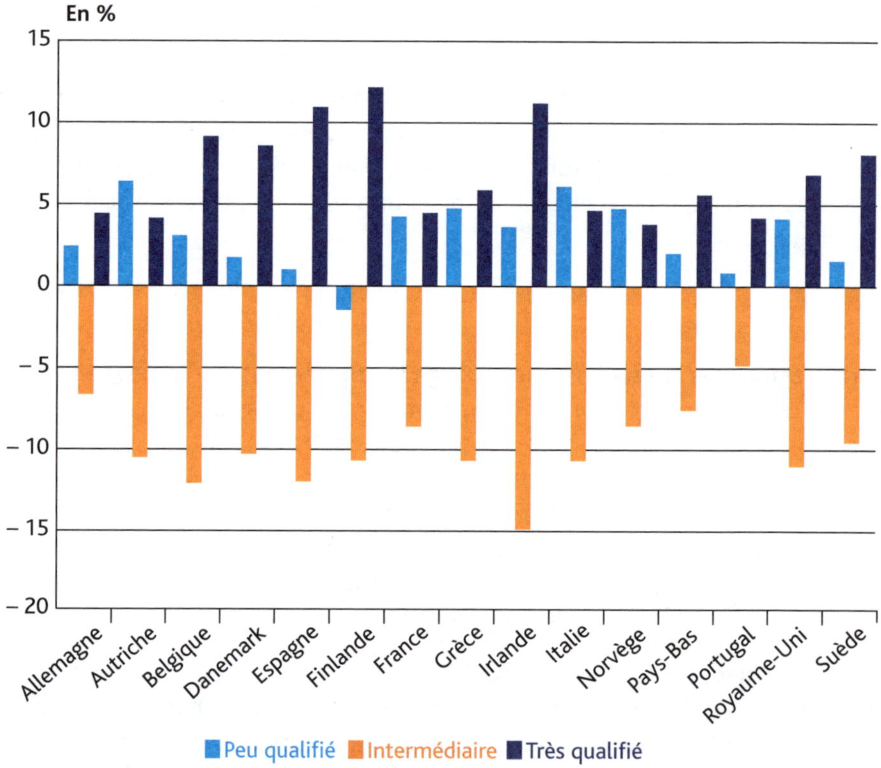

Source : Maarten Goos, Alan Manning, Anna Salomons (2014), *op.cit.*

Blog de l'OFCE, 10 octobre 2017.

2 L'organisation du travail

A Le modèle taylorien

- Frederick Taylor est un ingénieur qui a cherché à **rationaliser l'organisation du travail.** En 1911, il définit dans un ouvrage les principes d'une organisation scientifique du travail (OST). Pour chaque bien ou service à produire, il s'agit de **décomposer tous les gestes à effectuer** et de chercher à les optimiser pour gagner en rapidité. Un temps de travail est défini pour chaque geste et les ouvriers doivent s'y tenir pour maintenir la cadence. L'objectif consiste à définir la meilleure façon de produire. Il y a ainsi une **forte division horizontale du travail**. À chaque travailleur est attribué une tâche élémentaire afin d'automatiser et d'accélérer les gestes.
- Ce ne sont pas les ouvriers qui définissent l'organisation à adopter mais des ingénieurs qui imposent ensuite aux travailleurs l'organisation à respecter. Il existe ainsi également une **forte division verticale du travail** du fait de cette séparation entre le travail d'exécution et le travail intellectuel de conception, assuré par les ingénieurs du « bureau des méthodes ». Le **respect de la hiérarchie est essentiel** et les ouvriers n'ont pas leur mot à dire.
- Ce type d'organisation a permis des gains importants de productivité. En effet, en imposant une cadence et en optimisant les gestes à effectuer, les travailleurs ont gagné en efficacité.
- Taylor est, toutefois, conscient du caractère aliénant de ce type d'organisation et propose de **payer les salariés au rendement** pour les inciter à s'impliquer. Ces incitations se sont néanmoins révélées insuffisantes pour lutter contre l'absentéisme et la forte rotation de la main-d'œuvre qui augmentent à partir de la fin des années 1960 à la suite de vagues de protestation des travailleurs contre ce type d'organisation du travail.

Document 4. *L'organisation scientifique du travail*

- Ce type d'organisation a néanmoins aussi présenté des **limites importantes**. N'étant pas sur le terrain, les concepteurs de l'organisation du travail peuvent parfois proposer des méthodes qui ne sont pas les plus efficaces dans les faits. C'est parfois en déviant du protocole imposé que les travailleurs ont pu résoudre certaines difficultés rencontrées sur le terrain.
- Cette méthode est, par ailleurs, adaptée à une **production de masse relativement standardisée**. En effet, cela suppose que les mêmes gestes soient effectués de façon répétée. Pour répondre à la volonté de diversifier la production en lien avec les attentes du consommateur, l'OST s'est révélée peu adaptée.

B Le modèle post-taylorien

- De nouvelles formes d'organisation du travail voient le jour à partir des années 1970. Le **toyotisme**, préconisé par l'ingénieur Ohno, en est un exemple. Les travailleurs sont polyvalents et capables d'effectuer la conception, le dépannage et la maintenance, ainsi que le contrôle de la qualité des productions. Leur flexibilité leur permet de s'adapter à différentes situations et d'être réactifs en cas de problème. La collaboration entre tous les travailleurs est encouragée pour améliorer le processus de production. L'avis de tous est sollicité. Les équipes définissent elles-mêmes leur manière de s'organiser et les tâches ne sont plus nécessairement parcellisées.
- L'objectif des cinq zéros est avancé : zéro stock, zéro défaut, zéro papier, zéro panne, zéro délai. Des **cercles de qualité** sont mis en place. Ce sont des groupes de travail qui visent à l'amélioration des produits et des processus de production.
- La production est organisée en flux tendus en produisant à la commande grâce à la **méthode Kanban**. L'idée est de limiter la production d'un poste en amont d'une chaîne de travail aux besoins exacts du poste en aval. Le poste le plus en aval produit pour répondre à la demande des clients, il n'y a donc pas de stock car on produit à la commande.
- Cette organisation suppose une forte intégration des travailleurs à l'entreprise, ce qui n'est pas nécessairement le cas en dehors du Japon où la mise en œuvre de cette méthode a permis des forts gains de productivité.
- Au-delà du modèle spécifique du toyotisme, on observe une volonté de rompre avec la vision très hiérarchique du fonctionnement de l'entreprise. Le **management participatif** vise à plus impliquer l'ensemble du personnel dans la prise de décision. Cette évolution est néanmoins critiquée en ce qu'elle conduit à une multiplication de réunions qui ne sont pas toujours utiles et peuvent conduire à une perte de sens pour le travailleur.

3 L'intégration par le travail

A Une instance d'intégration

- Avoir un travail ne permet pas simplement de bénéficier d'un revenu. C'est aussi **source d'intégration sociale**. En effet, le travail permet de bénéficier d'un **statut social valorisant**. C'est aussi un **lieu de sociabilité**.
- Les personnes sans emploi ont ainsi souvent honte de leur statut et vont avoir plus de difficultés à maintenir des relations sociales. Un cercle vicieux peut s'instaurer : la perte de revenu oblige à vivre loin des centres urbains et limite les activités possibles. Cela peut conduire à un isolement et à un repli sur soi. La montée du chômage, la **persistance d'un taux de chômage élevé** et la **polarisation des emplois** posent problème du point de vue de l'intégration sociale.

B Une intégration fragilisée

- La **précarisation de l'emploi** a rendu l'intégration par le travail moins aisé. Ceux qui bénéficient d'un emploi stable connaissent toujours une forte intégration par le travail. Elle est plus complexe pour ceux qui changent souvent d'emploi car ils n'ont pas le temps de nouer des relations avec leurs collègues.
- L'**individualisation croissante** des rémunérations et de la définition des tâches rend aussi complexe l'identification à un collectif et ainsi l'intégration. Cela peut favoriser un repli sur soi au détriment de la solidarité entre travailleurs.

SUJET DU BAC

Épreuve composée

Partie 3 – Raisonnement s'appuyant sur un dossier documentaire

À l'aide de vos connaissances et du dossier documentaire, vous montrerez que le travail conserve son rôle d'instance d'intégration sociale.

Document 1. *Niveau de vie[1] et taux de pauvreté[2] selon le statut d'activité en France en 2015*

	Niveau de vie médian (en euros 2015)	Personnes pauvres (en milliers)	Taux de pauvreté (en %)
Actifs occupés	22 500	1 987	7,8
Salariés	*22 490*	*1 475*	*6,5*
Indépendants	*22 680*	*512*	*17,3*
Chômeurs	14 060	1 092	37,6
Retraités	21 080	1 028	7,3
Autres inactifs	15 260	1 977	32,1
Ensemble de la population	**20 300**	**8 875**	**14,2**

Champ : France Métropolitaine.

1. Le niveau de vie correspond au revenu disponible d'un ménage en tenant compte de sa composition.

2. Le taux de pauvreté mesure la proportion d'individus appartenant à un ménage dont le niveau de vie est inférieur à un certain pourcentage du niveau de vie médian (ici 60 %).

Insee Première, « Les niveaux de vie en 2015 », Septembre 2017.

Document 2.

Dans nos sociétés, l'intégration professionnelle assure aux individus la reconnaissance de leur travail, au sens de leur contribution à l'œuvre productive, mais aussi, en même temps, la reconnaissance des droits sociaux qui en dérivent. [...] L'exemple des revendications récentes des professionnels des arts et du spectacle en faveur d'une meilleure protection sociale permet de comprendre à quel point l'intégration professionnelle ne passe pas uniquement par l'affirmation de soi dans l'univers du travail, mais qu'elle implique également la reconnaissance de droits dérivés de la logique protectrice de l'État-providence. [...]

On peut donc définir [...] l'intégration professionnelle comme la double assurance de la reconnaissance matérielle et symbolique du travail et de la protection sociale qui découle de l'emploi. On peut estimer que la première condition est remplie lorsque les salariés disent qu'ils éprouvent des satisfactions au travail [...]. La deuxième condition sera remplie si l'emploi exercé n'est pas aléatoire et qu'il implique une certaine durée, autrement dit, lorsqu'il permet au salarié de planifier son avenir. [...] Dans ce cas, les salariés peuvent élaborer des projets de carrière et s'investir dans le travail pour les réaliser. Les satisfactions qu'ils en retirent sont l'expression d'une intégration réussie dans l'entreprise, en particulier dans les relations avec les collègues et les supérieurs hiérarchiques.

Serge Paugam, *Le salarié de la précarité*, PUF, 2000.

CORRIGÉ

SUJET DU BAC

Introduction

La montée du chômage inquiète. Avoir un emploi est, en effet, considéré comme un objectif désirable, que ce soit par rapport au revenu ou au statut social procuré. Le travail est ainsi une source d'intégration sociale, c'est-à-dire qu'il permet le développement du lien social en permettant aux individus de trouver une place dans la société.

Développement

• Idée n° 1 : le travail permet de se procurer un revenu.

Occuper un emploi permet d'avoir un revenu, ce qui est source d'intégration sociale. Le revenu permet de financer les dépenses de consommation courante, de logement, de loisirs qui sont nécessaires à une bonne intégration. Nous pouvons voir dans le document 1 qu'il y a un lien fort entre le statut d'activité et la pauvreté. Le taux de pauvreté est bien plus fort parmi les chômeurs que parmi les salariés.

• Idée n° 2 : le travail permet l'accès à la protection sociale.

En travaillant, des cotisations sociales sont acquittées et cela ouvre des droits sociaux aux travailleurs (chômage, retraite, etc.) qui le protègent. Le document 2 nous montre que l'intégration professionnelle conduit à une reconnaissance de droits sociaux protecteurs.

• Idée n° 3 : le travail est un lieu de sociabilité.

Au cours de son activité, des relations sociales se développent et cela est source d'intégration sociale. Le travail est une instance de socialisation qui permet de développer sa sociabilité et d'intégrer des normes sociales.

• Idée n° 4 : le travail donne un statut social valorisant.

Occuper un emploi permet aussi d'accéder à un statut valorisé socialement. Le travail peut être source d'épanouissement quand il permet une reconnaissance sociale. Il donne à l'individu un sentiment d'utilité sociale et transforme le regard d'autrui. Nous pouvons voir dans le document 2 que le travail permet une affirmation de soi, source de valorisation sociale.

Conclusion

Avoir un travail facilite ainsi grandement l'intégration sociale. Les récentes mutations du marché du travail, avec la précarisation des emplois notamment, interrogent néanmoins sur l'intégration sociale permise par ces nouvelles formes d'emploi qui se développent rapidement.

L'engagement politique dans les sociétés démocratiques

CHAPITRE 10

1 Les différents types d'engagement

A Adhérer à un collectif

- **L'engagement politique*** désigne l'ensemble des comportements individuels qui aspirent à faire évoluer la société. Cela peut se traduire par une volonté d'influencer les lois en vigueur mais aussi par des actions qui visent à faire évoluer le comportement des acteurs ou à répondre à des problèmes sociaux sans nécessairement que le cadre législatif évolue. On distingue l'engagement politique d'autres types d'engagement de par le fait qu'il a pour but une modification globale de la société en lien avec des considérations d'intérêt général.
- Une façon de s'engager politiquement est d'adhérer à un collectif. Cela peut être un **parti politique, un syndicat ou un autre type d'association**. L'adhésion peut être **passive** (être un simple membre) mais elle peut aussi être plus **active** avec une participation aux débats internes et aux actions définies collectivement, etc. L'engagement peut être **bénévole** mais peut aussi **conduire à une rémunération** si la personne occupe des fonctions particulières qui demandent un investissement important.
- L'adhésion à des partis et des syndicats est en baisse depuis la fin de la Seconde Guerre mondiale.

Document 1. *La syndicalisation des salariés en France depuis 1949*

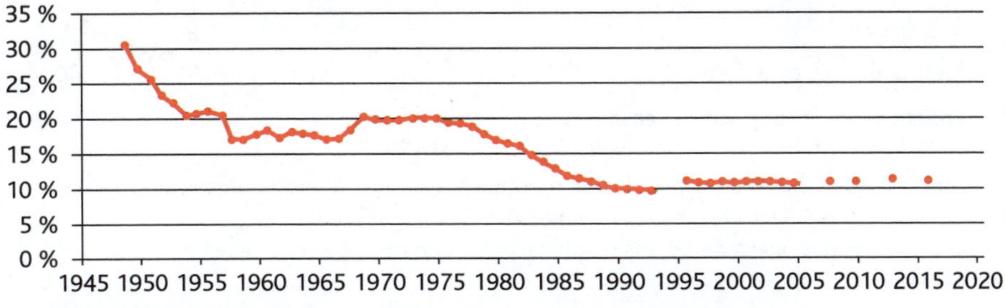

Champ : ensemble des salariés de plus de 15 ans – France métropolitaine.
Sources : De 1949 à 1993, estimations fondées sur le nombre de cotisations syndicales.
Entre 1996 et 2005, rétropolations DARES sur données de l'enquête EPCV (Insee).
En 2008 et 2010, estimations DARES à partir de données de l'enquête SRCV (Insee).
En 2013 et 2016, calcul Dares à partir des enquêtes CT 2013 et RPS-CT 2016 (Dares-DGAFP-Drees-Insee).

- Les syndicats et les partis politiques sont des associations. Les partis ont comme spécificité d'avoir un financement encadré. Les **associations politiques** (*ex. :* ATTAC) n'ont pas de définition juridique stricte qui les distinguerait des autres associations et il est, de ce fait, complexe de les comptabiliser. On peut, toutefois, noter qu'en 2013, 17 % de la population a adhéré à au moins une association pour la défense de droits ou d'intérêts au cours des 12 derniers mois. Les associations politiques peuvent être spécialisées dans le débat d'idées, le soutien de l'action d'une personnalité politique ou encore la collecte de financement pour soutenir des acteurs ou partis politiques.

Document 2. *Le taux d'adhésion (au cours des 12 derniers mois) selon le type d'association en 2013 (en %)*

Type d'association selon le domaine associatif	Ensemble	Hommes	Femmes
Pratique d'une activité culturelle ou sportive	**24**	**26**	**22**
Sport	18	20	15
Culture	9	8	10
Associations tournées vers la convivialité	**13**	**12**	**14**
Loisirs (comités des fêtes, clubs de bridge...)	8	8	7
Club de 3e âge, de loisirs pour personnes âgées	4	3	4
Religion, culte, groupe paroissial	3	2	3
Défense de droits ou d'intérêts	**17**	**18**	**17**
Action sanitaire et sociale ou humanitaire et caritative[1]	6	5	7
Défense de droits et d'intérêts communs[2]	4	3	4
Protection de l'environnement	1	2	1
Syndicat (hors groupement professionnel)	7	8	5
Groupement professionnel hors syndicat (professeurs, musiciens...)	2	3	2
Parti politique	1	2	1
Ensemble des associations	**42**	**44**	**40**

1. Associations d'aide aux personnes en difficulté, soutien scolaire...
2. Parents d'élèves, associations de consommateurs, de locataires...

Lecture : en 2013, 20 % de la population masculine âgée de 16 ans ou plus avaient adhéré à au moins une association sportive au cours des 12 derniers mois.

Champ : personnes âgées de 16 ans ou plus résidant en ménages ordinaires en France métropolitaine.

Insee, enquête SRCV-Silc 2013.

B Agir individuellement

- Il est aussi possible de **s'engager politiquement** sans adhérer à un collectif. Voter, aller à une manifestation ou faire évoluer sa consommation en fonction de ses convictions politiques sont aussi des actes de militantisme. On voit ainsi se développer la **consommation engagée** qui renvoie aux pratiques qui visent, à travers ses choix de consommation, à faire évoluer une cause politique. Cela peut passer par des **boycotts** de marques aux pratiques irrespectueuses pour les travailleurs ou l'environnement, par des choix de produits dont la production est organisée selon une logique que l'on valorise (**ex. :** produits issus de l'agriculture biologique ou du commerce équitable).

Document 3. *L'achat de produits biologiques, en vrac ou d'occasion*

« Avez-vous déjà acheté (avant 2018), depuis six mois, soit depuis le 1er janvier 2018, avez-vous acheté… ? » (en %)

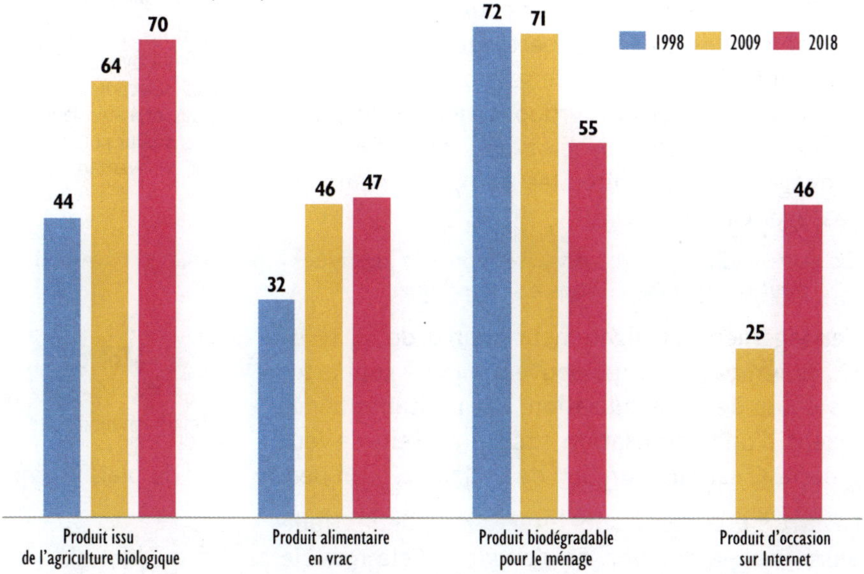

N.B. : les achats de produits biodégradables pour le ménage sont en baisse en raison de la généralisation des lessives sans phosphate depuis l'interdiction de ce produit dans les lessives domestiques en 2007.

CRÉDOC, enquêtes Tendances de consommation, 1998-2018.

- Les acteurs qui sont le plus engagés au niveau individuel sont aussi souvent ceux qui ont le plus de chance d'adhérer à un collectif. Les consommateurs les plus engagés ne s'inscrivent pas dans une logique de rejet du collectif et sont fortement mobilisés dans les formes les plus traditionnelles de la participation politique. La consommation engagée constitue souvent un **mode d'entrée vers un engagement politique** plus poussé.

2 Pourquoi s'engager ?

A Vouloir s'engager

- **S'engager est coûteux**. Cela prend du temps, implique des activités qui peuvent être laborieuses. Il semble finalement étonnant que des actions collectives voient le jour alors que chacun aurait intérêt à ne rien faire pour ne pas subir les coûts de l'engagement tout en attendant que les autres se mobilisent pour bénéficier des fruits de l'action. C'est le **paradoxe de l'action collective** : si chacun suit son intérêt individuel, il ne devrait pas y avoir d'action collective.

- On observe pourtant que les acteurs s'engagent et sont prêts à consacrer des ressources pour des causes auxquelles ils adhérent. On peut mobiliser différentes explications pour le comprendre : dans certains cas, les bénéfices de l'action sont réservés aux personnes qui y ont participé et il est donc dans l'intérêt de chacun de se mobiliser pour son propre intérêt. Certains groupes mettent en place ce type d'incitations sélectives pour favoriser l'engagement et limiter les comportements de passager clandestin.

> **Mot-clé**
> **Incitations sélectives :** dispositif qui avantage des personnes sélectionnées afin de les pousser à agir dans un certain sens pour pouvoir bénéficier de cet avantage.

Ex. : Un syndicat peut réserver ses conseils juridiques aux travailleurs syndiqués pour pousser les salariés à se syndiquer.

- L'engagement est également source de rétributions symboliques qui peuvent aider à supporter les coûts de la mobilisation. Les militants bénéficient d'une valorisation sociale au sein de leur groupe. C'est aussi un lieu de sociabilité et il peut y avoir du plaisir à militer.

> **Mot-clé**
> **Rétribution symbolique :** avantage non monétaire.

- La structure des opportunités politiques joue aussi dans la décision de s'engager. Cela renvoie au contexte politique qui est plus ou moins propice à l'émergence d'un mouvement social. Le destin d'une action protestataire ne dépend pas que de la capacité mobilisatrice du groupe mais aussi du système politique qui est plus ou moins réceptif à la contestation.

> **Mot-clé**
> **Structure des opportunités politiques :** environnement politique au sein duquel évoluent les acteurs sociaux.

B Le poids des variables sociodémographiques

- En fonction de leurs caractéristiques sociales, tous les individus n'ont pas la même probabilité de s'engager. L'**intégration sociale** est un facteur important. Les personnes sans emploi, faiblement diplômées ont une participation politique plus faible. L'écart de participation électorale en fonction de la catégorie sociale s'est accru entre 2002 et 2017. Les cadres sont ceux qui participent le plus.

- Si **les jeunes ont tendance à moins voter que leurs aînés et à moins adhérer à un parti**, cela ne témoigne pas d'un désintérêt pour la politique. Ils ont tendance à opter pour d'autres formes de participation, notamment celles qui ont une dimension plus protestataire du fait d'une défiance vis-à-vis du politique. Cela s'explique par un effet d'âge mais aussi de génération. En vieillissant, il y a fort à parier que les jeunes d'aujourd'hui garderont un rapport plus méfiant au politique que les seniors d'aujourd'hui. Notons que les personnes très âgées (plus de 80 ans) ont tendance à peu participer politiquement. Si la participation croît avec l'âge, elle diminue ainsi à partir d'un certain âge.

Mots-clés
- **Effet d'âge :** existence d'une différenciation des pratiques en fonction de l'âge.
- **Effet de génération :** existence d'une différenciation des pratiques en fonction de la génération d'appartenance.

- Les **femmes sont sous-représentées** dans les représentants politiques. Cela s'explique par leur sous-représentation dans le militantisme mais aussi par le fait que, quand elles sont engagées, elles ont moins tendance à postuler à des postes à responsabilité notamment pour se présenter à des élections.

3 L'action collective

A L'évolution des revendications

- De nombreuses actions collectives sont nées de l'existence de **conflits au sein du monde du travail**, notamment entre employeurs et employés. Les salariés luttent pour des améliorations de leurs salaires ou de leurs conditions de travail. On a pu qualifier ces conflits de conflits matérialistes car ils portent sur des questions de redistribution des richesses issues de la production.

- Du fait de l'existence d'un conflit d'intérêt entre les salariés et le patronat, les travailleurs se sont regroupés en groupes d'intérêt, les syndicats. Un tel collectif leur permet d'être plus efficaces dans les négociations et plus forts dans les rapports de force. Les **syndicats** ont joué un grand rôle dans la mobilisation des travailleurs. Si leur influence est moindre aujourd'hui, ils restent des acteurs incontournables dans ce type de conflits.

- Les mobilisations portent aussi sur des enjeux liés à la **lutte contre les discriminations**. Les femmes, les homosexuels, les minorités ethniques ou religieuses ont ainsi pu organiser des actions pour faire évoluer la société. À partir des années 1960, avec l'approfondissement de la modernité, on voit se développer de plus en plus ce type d'actions.
- Des mouvements sociaux apparaissent aussi en lien avec l'expression d'inquiétudes liées à la **dégradation de l'environnement** ou à la mondialisation. Ils ne sont pas portés par des partis ou des syndicats mais avant tout par des associations. Ce type de mouvement peut aussi porter sur des enjeux de santé publique (exemples : la lutte contre le sida ou l'utilisation de produits néfastes pour notre santé). Les revendications sont souvent plus larges que celles qu'on peut observer dans les conflits du travail et les actions visent à questionner la manière dont nos sociétés sont organisées de façon globale. Des préoccupations en termes de valeur et de qualité de vie sont ainsi mises en avant.

B L'évolution des formes de l'action

- La façon de mener des actions collectives a évolué au cours du temps. Le concept de **répertoire de l'action collective*** renvoie à l'ensemble des pratiques de participation politique auxquelles les membres d'un groupe font appel. Les moyens d'actions connus et utilisables dépendent de l'histoire du groupe et du contexte social.
- Avant la révolution industrielle, les actions s'inscrivent dans un espace local, sans que des liens se nouent entre des actions proches pouvant être menées à différents endroits. Les individus qui protestent cherchent souvent l'appui d'un notable local pour les appuyer. **La vie politique se nationalise** peu à peu à la suite de la révolution industrielle et du développement des usines au détriment de l'agriculture. La **grève** devient alors un mode d'action de plus en plus fréquent. Les différentes luttes des ouvriers sont considérées comme s'inscrivant dans une même logique, celle de la défense des travailleurs contre des patrons trop soucieux de leurs profits. Cela conduit au **développement des syndicats**.
- Les moyens traditionnels d'expression de son opinion (grèves, manifestations, participation électorale, etc.) sont toujours d'actualité comme nous pouvons le voir avec le mouvement actuel contre la réforme des retraites. On assiste, néanmoins, de plus en plus au développement de **nouveaux modes d'actions moins encadrés.** Des associations non syndicales, des groupements radicaux se développent et cherchent à agir différemment pour

bénéficier d'une visibilité plus grande. Ces actions sont rarement des actions de masse. La faiblesse du nombre est compensée par l'organisation d'actions originales qui permettent de bénéficier d'une bonne **couverture médiatique**.

Ex. : Les militants de Greenpeace vont ainsi s'attacher aux rails de chemins de fer pour bloquer les trains qui transportent des déchets nucléaires et attirer l'attention sur les dangers de l'utilisation de l'énergie nucléaire.

- Des actions naissent aujourd'hui sans qu'elles soient nécessairement coordonnées par un parti ou un syndicat. Des pétitions ou des campagnes de boycott peuvent ainsi être lancées par de simples individus qui, grâce aux réseaux sociaux, peuvent faire connaître leur initiative sans passer par une structure collective.
- L'évolution des formes d'actions conduit à questionner notre démocratie de type représentative. Les partis étant boudés et l'abstention augmentant, il existe une **crise de représentativité**. La question du lien entre ces nouveaux mouvements protestataires et le politique doit être repensée.

Ex. : Le mouvement des gilets jaunes affiche une forte défiance vis-à-vis des politiques et revendique le référendum d'initiative citoyenne pour que le peuple puisse imposer des décisions sans passer par ses représentants.

Document 4. *L'évolution de la participation électorale en France entre 2002 et 2017 (élections présidentielles et législatives)*

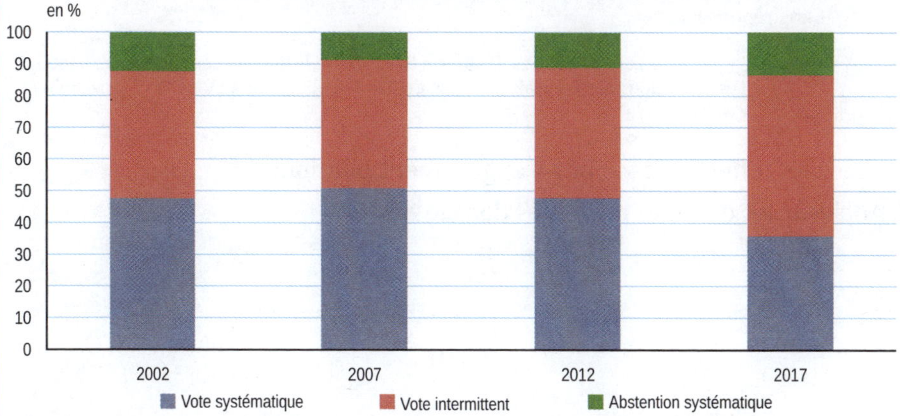

Note : les inscrits sont répartis entre ceux qui votent à tous les tours, à la fois de la présidentielle et des législatives (vote systématique), ceux qui votent mais pas à tous les tours (vote intermittent) et ceux qui ne votent à aucun (abstention systématique).

Champ : inscrits et résidant en France métropolitaine.

Insee, Enquêtes sur la participation électorale de 2002 à 2017.

SUJET DU BAC

Épreuve composée – Parties 1 et 2

Partie 1 – Mobilisation des connaissances

Expliquez ce qu'est le paradoxe de l'action collective.

Partie 2 – Étude d'un document

Document.

« Selon vous, qu'est-ce qui permet aux citoyens d'exercer le plus d'influence sur les décisions prises en France ? »

Première réponse choisie :

Voter aux élections	46 %
Boycotter des entreprises ou des produits	14 %
Manifester dans la rue	12 %
Faire grève	7 %
Discuter sur Internet, sur un blog ou un forum	1 %
Rien de tout cela	8 %
Sans réponse	12 %

Bruno Cautrès, D'après « Démocratie furtive ou démocratie enchantée ? Les aspirations des Français à la prise de parole politique », CEVIPOF, 17 janvier 2017.

1. Listez les différentes formes d'engagement politique.
2. Analysez les données présentes dans le tableau.

CORRIGÉ

SUJET DU BAC

Partie 1

Le paradoxe de l'action collective désigne une situation où il existe un intérêt commun à se mobiliser sans que pour autant une mobilisation émerge. En effet, certains individus peuvent adopter un comportement de passager clandestin : ils peuvent attendre que les autres individus se mobilisent pour bénéficier des avantages de la mobilisation sans avoir à en supporter les coûts. Si de nombreux individus tiennent le même raisonnement, la mobilisation n'aura pas lieu. On peut imaginer, par exemple, un groupe de salariés qui trouveraient avantage à voir leur salaire augmenter. La mobilisation a un coût : les salariés perdent des journées de salaire en cas de grève et seront mal vus par la direction. Chacun peut donc être tenté de ne pas faire grève et d'attendre que les autres fassent grève. Si tout le monde raisonne ainsi, il n'y a pas de mobilisation et pas d'augmentation de salaire. Les individus ont des intérêts communs, en ont conscience et, pourtant, il peut ne pas y avoir de mobilisation.

Partie 2

1. Nous pouvons citer la participation électorale, le militantisme (adhésion à un syndicat ou à un parti notamment), l'engagement associatif et la consommation engagée.

2. Les données présentes dans le document permettent de conclure à l'importance des formes traditionnelles d'engagement politique. Le vote est considéré comme étant l'instrument le plus efficace pour influencer les décisions politiques. Si d'autres formes classiques sont mises en avant (la grève, la manifestation), nous pouvons observer la mise en avant de nouvelles formes d'engagement avec la consommation engagée (à travers les campagnes de boycott) mais aussi avec l'utilisation d'Internet.

CHAPITRE 11

La compatibilité des inégalités avec la justice sociale

1 Mesurer les inégalités

A Définition

- Une **différence** renvoie à une répartition non uniforme d'une ressource ou d'un attribut.

  Ex. : Tout le monde n'a pas ainsi la même couleur de cheveux ou le même revenu.

- On parle d'**inégalité*** quand une différence conduit à des **phénomènes de hiérarchisation sociale**. Les différences de revenu sont ainsi qualifiées d'« inégalités » car les individus ayant un revenu élevé bénéficient d'un prestige social important et peuvent adopter un mode de vie considéré comme enviable selon les normes dominantes.

- La **mesure des inégalités** suppose de se doter d'indicateurs capables de **quantifier l'ampleur des inégalités**. De tels indicateurs sont indispensables pour pouvoir analyser l'évolution des inégalités dans le temps et mesurer de façon précise les variations observées.

- Il existe de **nombreux indicateurs** qui ont chacun leurs avantages mais aussi leurs limites. L'étude des inégalités suppose de considérer de façon simultanée plusieurs indicateurs afin d'avoir une vision la plus complète possible.

B Les indicateurs de disparité

- Les **indicateurs de disparité** mesurent l'écart entre des valeurs centrales qui caractérisent plusieurs populations statistiques. Les valeurs centrales sont la **moyenne** et la **médiane**.

  Ex. : La comparaison de la différence entre le revenu moyen des hommes et celui des femmes pour mesurer les inégalités existantes entre les hommes et les femmes.

- Ces indicateurs restent néanmoins limités car ils impliquent de comparer des groupes et ne peuvent s'appliquer au niveau individuel. Il est ainsi possible de comparer le revenu moyen ou médian des ouvriers avec celui des cadres mais pas de mesurer l'ampleur des inégalités entre l'ensemble des individus qui forment la population française.

Document 1. *Le salaire net moyen selon le sexe*

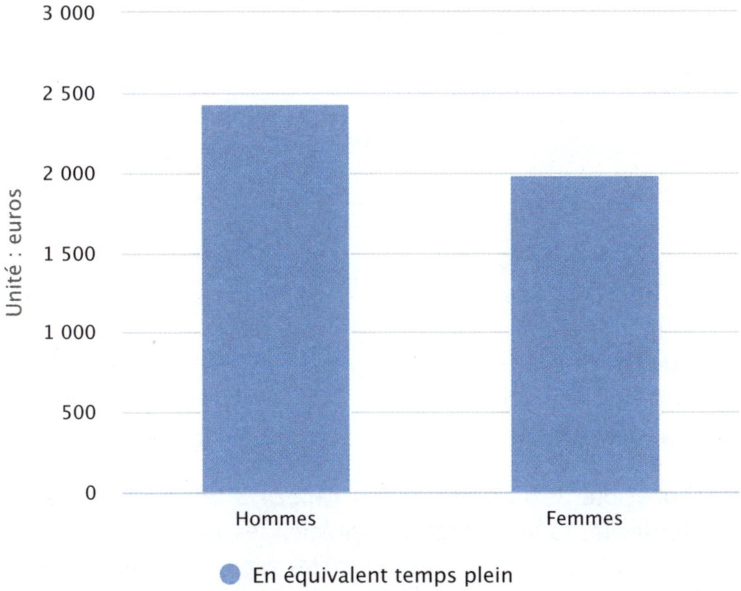

Salaires mensuels nets moyens en équivalent temps plein.

Lecture : les femmes gagnent en équivalent temps plein 18,5 % de moins que les hommes.

Insee (données 2015), Observatoire des inégalités.

C Les indicateurs de dispersion

- Les **indicateurs de dispersion** permettent de mesurer l'écart entre des valeurs extrêmes ou les écarts par rapport à la valeur centrale d'une même population statistique.

L'écart-type

- **L'écart-type**, en permettant d'apprécier les écarts à la moyenne, est un outil qui peut être utilisé pour mesurer les inégalités. En effet, on peut imaginer deux sociétés au sein desquelles le revenu moyen est le même, mais avec un écart-type des revenus très différent. En effet, il pourrait y avoir une société où tous les individus ont un revenu proche de la moyenne et une autre où il y aurait des personnes très pauvres et des personnes très riches. La société dans laquelle l'écart-type est plus élevé est une société plus inégalitaire.

Ex. : La société 1 est moins inégalitaire que la société 2. Le revenu mensuel moyen est le même mais l'écart-type des revenus est plus élevé dans la société 2.

Document 2. *Deux exemples de distribution du revenu*

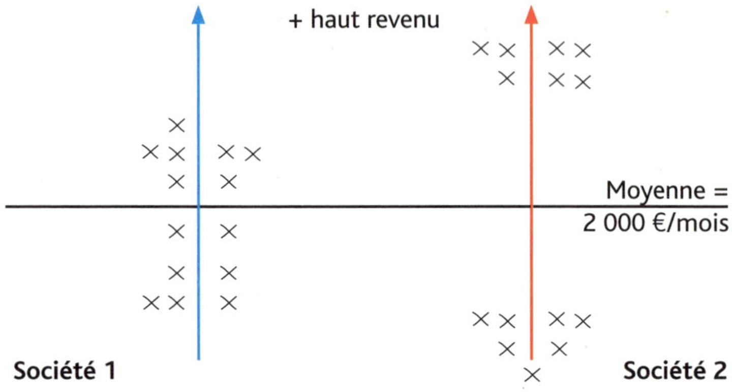

Les rapports inter-quantiles

- Il est aussi possible de s'intéresser aux **rapports inter-quantiles** comme le rapport interdécile. Cela permet d'apprécier les différences entre les plus hauts et les plus bas revenus. Très utiles, les rapports interdéciles sont toutefois insensibles à l'évolution de certaines inégalités. Imaginons que les 100 personnes les plus riches s'enrichissent et que les 100 les plus pauvres s'appauvrissent, cela ne va pas modifier la valeur du premier décile ni celle du neuvième décile. Le rapport interdécile ne va pas changer alors que les inégalités ont augmenté. Cet indicateur manque donc de précision.

Document 3. *L'évolution du rapport interdécile des niveaux de vie en France entre 1970 et 2012*

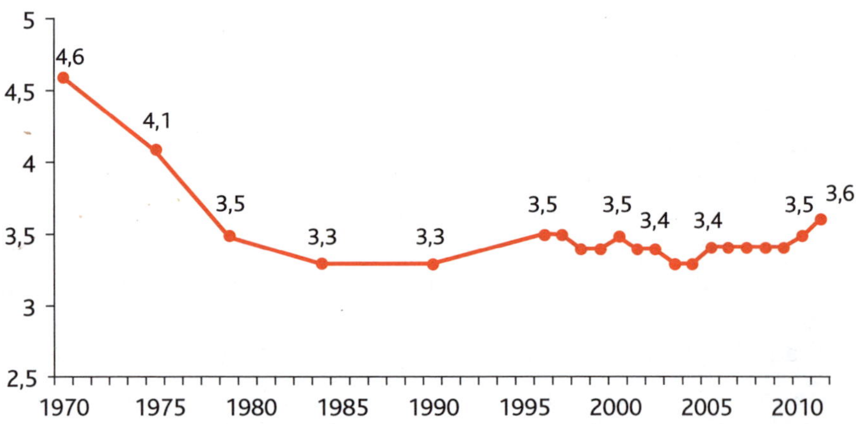

Insee, Observatoire des inégalités.

Le top 1 %

- Sans calculer de rapport inter-quantile, on peut aussi tout simplement comparer l'évolution du dernier centile (**top 1 %**) par rapport à l'évolution du reste de la population (les 99 % autres). La mise en avant de la forte augmentation du revenu et du patrimoine des 1 % les plus riches a ainsi permis de saisir des dynamiques à l'œuvre qui n'étaient pas perceptibles par l'analyse des rapports inter-quantiles.

Le coefficient de Gini

- Il est aussi possible de mesurer le **coefficient de Gini*** à partir de la **courbe de Lorenz***. En considérant l'ensemble des revenus, ce coefficient permet d'avoir une vision fine de la distribution des revenus ou du patrimoine. Néanmoins, de par son côté très synthétique, il ne va que faiblement varier si des évolutions ne concernent qu'une petite partie de la population. Ainsi, l'explosion du revenu des 1 % les plus riches n'a pas conduit à une forte augmentation de ce coefficient car les autres revenus ont peu varié. Certaines dynamiques sont ainsi peu perceptibles avec cet indicateur. L'indice de Gini pour les niveaux de vie était de 0,289 en 2017 en France.

Document 4. *L'évolution de l'indice de Gini en France*

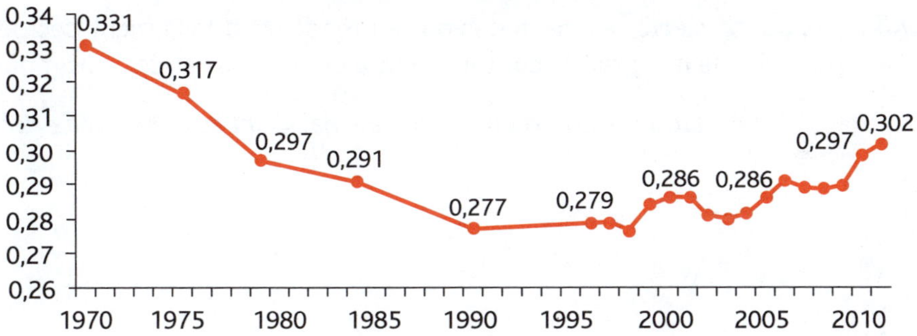

Insee, Observatoire des inégalités.

D Les indicateurs de reproduction sociale

- Jusque-là, nous nous intéressions à la mesure des inégalités existantes au sein d'un groupe. Il peut aussi être intéressant de s'intéresser à la manière dont les **inégalités peuvent se transmettre d'une génération à l'autre** : la position de vos parents sur l'échelle des inégalités détermine-t-elle votre propre position sur l'échelle des inégalités dans votre génération ? Il s'agit ici d'adopter un point de vue dynamique et de définir des indicateurs de **reproduction sociale***.

- Un indicateur simple pouvant être utilisé est la **corrélation de revenu parents-enfants**. On cherche par cet indicateur à mesurer l'intensité du lien entre le revenu des enfants et celui de leurs parents. Plus le lien est fort, plus cela signifie que les inégalités ont tendance à se reproduire.

2 L'évolution des inégalités économiques

A Définitions

- Les **inégalités économiques** renvoient aux inégalités de revenus et de patrimoine. Il faut distinguer l'analyse de la **répartition primaire** des revenus (revenus primaires) de celle de la **répartition secondaire** des revenus qui se constate après impôts, cotisations sociales et transferts (**revenus disponibles***).

> **Mot-clé**
> **Revenu primaire :** revenu qui est la contrepartie de la participation à l'activité productive. Il se compose des revenus du travail et du patrimoine.

- L'action publique modifie, en effet, la répartition des revenus et permet une réduction significative des inégalités de revenus.

B La dynamique des inégalités

- Au cours du XXe siècle, les inégalités ont eu tendance à fortement décroître. On a pu parler de la « **grande compression** » des revenus et des patrimoines.

Document 5. *L'évolution de la part du revenu national allant aux 1 % les plus riches*

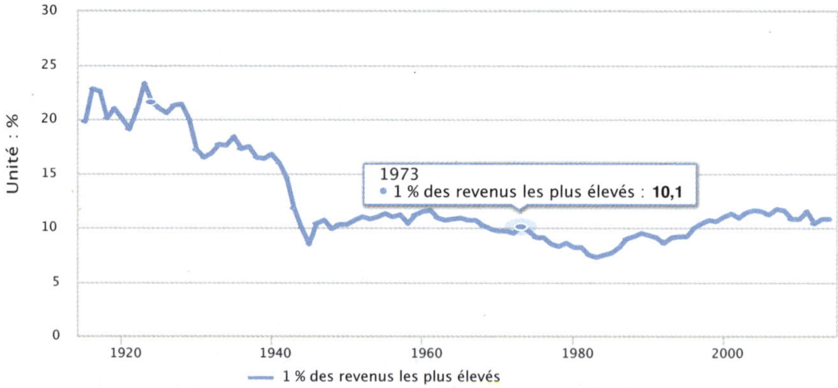

Revenus avant impôts et prestations sociales. Le revenu des couples mariés est divisé par deux, sans tenir compte du nombre d'enfants.
Lecture : en 2014, les 10 % les plus riches perçoivent 32,6 % de l'ensemble des revenus avant impôt. Le 1 % le plus riche en perçoit 10,8 %.

World income database. Garbinti, Goupille et Piketty – Données fiscales – © Observatoire des inégalités.

- Les écarts se sont fortement réduits en lien, notamment, avec la mise en place de politiques de redistribution mais aussi sous l'effet des guerres et de l'industrialisation qui ont fragilisé les rentiers.
- Les inégalités ont néanmoins tendance à se réouvrir sur une période récente. On constate, à la fois, une **augmentation des inégalités** au niveau du patrimoine et des revenus qui en sont issus mais aussi une augmentation des inégalités salariales. Ce phénomène touche les pays anglo-saxons depuis les années 1980 et la France depuis la fin des années 1990.

C Le cumul des inégalités

- Pour saisir l'ensemble des différences pouvant exister entre individus ou entre groupes sociaux au-delà des inégalités économiques, il faut aussi s'intéresser aux inégalités d'accès aux ressources valorisées par la société, comme les inégalités face à l'accès aux soins, à l'emploi, au logement, à l'école, etc. L'étude des inégalités entre hommes et femmes ne doit ainsi pas se limiter à l'étude des inégalités de revenus : elle doit aussi prendre en compte, par exemple, la répartition inégale des tâches domestiques. Les **inégalités sont multiformes** et ne se résument pas aux inégalités économiques.

Document 6. *La surcharge pondérale des élèves de CM2 en 2014-2015 selon le groupe professionnel des parents*

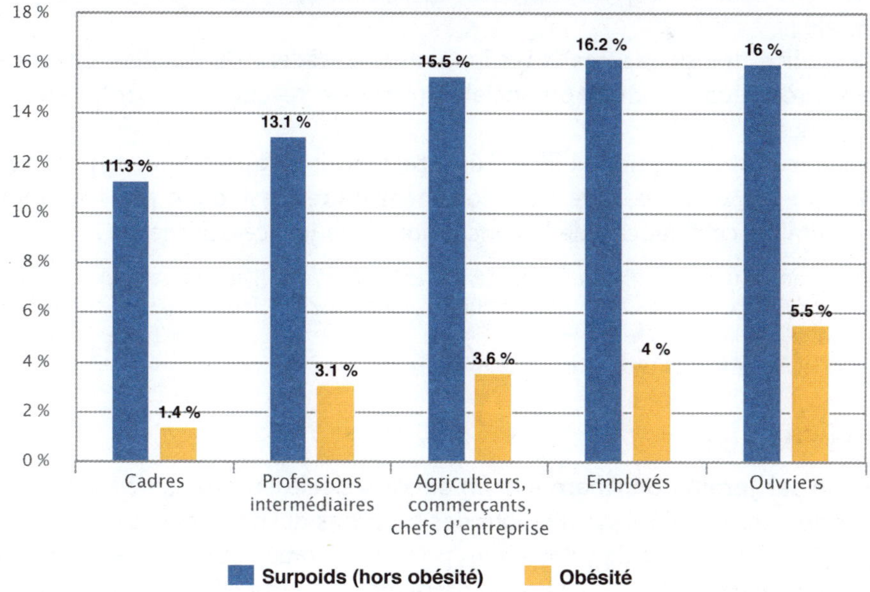

Drees.

- Les **inégalités économiques et sociales tendent à se cumuler**. Par exemple, l'inégale répartition des tâches domestiques entre hommes et femmes a des conséquences sur le comportement de chacun sur le marché du travail, et explique en partie les inégalités de revenu entre ces deux groupes.
- On a ainsi pu parler de l'existence d'un « **système des inégalités** » pour désigner l'interdépendance existant entre les différentes formes d'inégalités.

3 La justice sociale

A L'égalité de quoi ?

- Affirmer l'existence d'inégalités relève d'un jugement de fait. Qualifier ces inégalités d'injustes renvoie en revanche à un jugement de valeur. Selon la conception de chacun de la justice sociale, des inégalités peuvent être considérées comme justes ou injustes.
- Les formes d'égalité que la société valorise peuvent se répartir en trois domaines :
  – l'**égalité des droits*** : les individus se voient appliquer les mêmes règles juridiques et sont traités de manière identique ;
  – l'**égalité des chances*** : les individus ont la même probabilité d'accès aux positions sociales les plus valorisées et cela, indépendamment de leur origine sociale ;
  – l'**égalité des situations*** : les individus possèdent de manière égale des ressources économiques ou sociales (***ex. :*** les revenus, le patrimoine, les diplômes).
- La justice est à associer à l'idée d'égalité, mais il faut préciser le **type d'égalité qui est valorisé**. Une situation inégalitaire n'est donc pas forcément inéquitable, cela dépend de la conception de la justice utilisée.

  Ex. : Si on valorise le principe d'égalité suivant « À effort égal, salaire égal », on va qualifier d'injustes les inégalités liées à de la discrimination mais on va qualifier de juste le fait qu'un individu gagne deux fois plus qu'un autre s'il a fait deux fois plus d'efforts que lui.

B L'utilitarisme

- Fondé par **Jeremy Bentham** à la fin du XVIIIe siècle, l'utilitarisme est un courant de pensée qui refuse d'établir des principes qui définiraient le bien et le mal. Chacun est libre de valoriser les principes moraux qu'il trouve pertinents et, au niveau de la société, le seul critère qui permette de dire qu'une société est meilleure qu'une autre est celui du **bonheur**.

- Les réformes politiques à mener doivent ainsi être pensées dans cette optique. Les hommes politiques doivent chercher à maximiser la somme du bien-être des citoyens et des politiques redistributives sont légitimes si elles permettent d'augmenter le bonheur collectif.
- Séduisante en ce qu'elle n'impose aucun critère moral, cette théorie a soulevé de nombreuses critiques. Outre qu'il est complexe de mesurer le bonheur collectif et de voir comment il serait impacté par des mesures politiques, on peut aussi se demander s'il n'y a pas des principes de justice qui devraient être impérativement imposés. En effet, si la majorité prend du plaisir à maltraiter une minorité, selon le critère utilitariste, il faut autoriser cette pratique. Certains droits que l'on juge souvent comme fondamentaux sont ainsi amenés à être bafoués.

C Le libertarisme

- La pensée libertarienne valorise la liberté de chacun et place cette **liberté au fondement de la dignité des individus.** Un système juste est un système dans lequel les libertés individuelles sont préservées et les droits de propriété respectés par un système juridique cohérent.
- Chacun est libre d'adopter le comportement qu'il souhaite et a droit de préserver les richesses qu'il aura accumulées par son comportement.
- Les seules limites acceptées à l'exercice de la liberté d'une personne sont celles qui conduiraient à priver les autres de leur liberté. Il n'y a ainsi pas de liberté de tuer quelqu'un.
- Dans cette optique, les inégalités sont considérées comme justes si elles découlent de l'expression de la liberté des individus. L'égalité des droits est valorisée, les autres formes d'inégalités sont justifiées au nom du respect de la liberté des autres.

D L'égalitarisme strict

- Dans cette approche, l'**égalité de situations** est le type d'égalité qui est valorisée pour définir une société juste. La liberté est considérée comme une illusion si chacun ne dispose pas de moyens concrets pour la mettre en œuvre. En effet, quelle est la liberté réelle dont jouit un individu qui ne dispose que de très faibles revenus ? Quel projet peut-il réellement mettre en œuvre sans moyens pour le lancer ?
- Pour renforcer la justice sociale, il faut ainsi réduire les inégalités de situation par la mise en place de politiques de redistribution ou d'un système économique générant moins d'inégalités que le capitalisme.

E L'égalitarisme libéral

- L'**égalitarisme libéral** est une expression qui a pu être employée pour désigner la théorie de **John Rawls** publiée en 1971. Rawls cherche à définir une théorie de la justice qui valoriserait la liberté et l'égalité. Il part de l'idée que l'État n'a pas à imposer une certaine conception de la « vie bonne », chacun étant libre d'adopter le mode de vie qui lui convient. Mais l'État doit faire en sorte que chacun dispose des moyens généraux requis pour pouvoir réaliser sa conception de la vie bonne. Il appelle ces moyens les **biens premiers**.
- Il établit trois principes de justice :
  – le **principe d'égale liberté** : toute personne a un droit égal à l'ensemble le plus étendu de libertés fondamentales égales qui soit compatible avec un ensemble semblable de libertés pour tous ;
  – le **principe de différence** : les inégalités de situation sont justifiées si elles permettent d'améliorer la situation des plus pauvres ;
  – le **principe d'égalité des chances** : tout le monde doit avoir accès, à talents donnés, avec la même probabilité aux différents fonctions et positions existantes.

4 L'action des pouvoirs publics

A La redistribution

- Pour permettre plus de justice sociale, les pouvoirs publics peuvent mettre en œuvre des **politiques de redistribution**. Cela consiste à prélever des ressources auprès de certains acteurs pour financer le versement de prestations auprès d'autres acteurs.
- Deux logiques peuvent être à l'œuvre :
  – une logique de **redistribution verticale*** qui conduit à redistribuer des ressources des plus riches vers les plus pauvres. Cette redistribution s'opère par une fiscalité progressive et le versement d'aides sociales aux plus pauvres.
  – Une logique de **redistribution horizontale*** qui conduit à redistribuer des ressources entre des personnes impactées différemment par la réalisation d'un risque social (entre les bien-portants et les malades, les travailleurs et les chômeurs, les jeunes et les plus âgés, etc.).

> **Mot-clé**
> **Fiscalité progressive :** impôt dont le taux moyen augmente quand le revenu croît.

- La **protection sociale*** s'inscrit avant tout dans une logique de redistribution horizontale. Des cotisations sociales et des impôts sont prélevés pour financer des prestations sociales dont bénéficient les ménages concernés par une situation qui entraîne un surcroît de dépenses ou une baisse de ressource comme le fait d'avoir des enfants, la retraite, la maladie, le chômage, etc. Même les individus à hauts revenus bénéficient de cette protection s'ils sont concernés par l'une des situations couvertes par la protection sociale.

B Les services collectifs

- Les prestations fournies par l'État ne prennent pas qu'une forme monétaire. Il propose aussi des services gratuits en nature dans une **logique de service public**. On peut notamment penser à l'école, l'hôpital, etc. Les citoyens peuvent ainsi bénéficier de certains services offerts par l'État car ce dernier a jugé qu'ils étaient indispensables à la population dans une optique de justice sociale.

C La réglementation

- L'État œuvre aussi en faveur de la justice sociale en adoptant des lois qui interdisent des situations jugées injustes. La discrimination est ainsi interdite par la loi et des mesures sont prises pour lutter contre ces pratiques.

> **Mot-clé**
> **Discrimination** : différence de traitement entre deux individus sur la base d'un critère jugé illégitime.

Ex. : Les établissements publics sont aujourd'hui obligés d'être adaptés à l'accueil des personnes en situation de handicap.

- L'État a aussi, par exemple, mis en place un salaire minimum et plus largement un droit du travail pour limiter les phénomènes d'exploitation des travailleurs.

5 La crise de l'État-providence

A Des dépenses accrues

- Les dépenses publiques ont tendance à s'accroître depuis les années 1970 alors même, qu'avec le ralentissement de la croissance, il devient complexe d'augmenter les recettes au même rythme.

- La protection sociale connaît ainsi des **difficultés de financement**. La hausse des dépenses s'explique :
  – par une augmentation du chômage ;
  – par une augmentation de l'espérance de vie ;
  – par des innovations qui ont permis de développer de nouveaux traitements coûteux ;
  – par des choix politiques qui ont étendu le champ de la protection sociale (*ex.* : la création de la couverture maladie universelle qui a permis d'offrir une couverture santé à des personnes qui n'en bénéficiaient pas, notamment faute d'emploi).

B Une efficacité contestée

- La protection sociale est critiquée pour son **manque d'efficacité**. Si elle a permis de limiter la pauvreté et de réduire les injustices, elle assure mal la prise en charge de certaines situations car elle a été conçue à une époque où les divorces étaient peu nombreux et où le chômage était faible, avec une norme du CDI à temps plein.

Document 7. *La part des enfants vivant dans la pauvreté selon le type de famille*

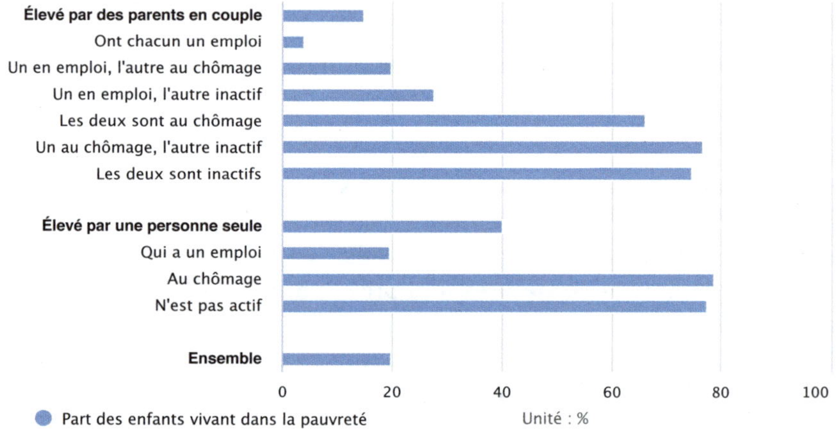

Enfants mineurs. Seuil de pauvreté à 60 % du niveau de vie médian.
Lecture : en 2016, 40 % des enfants élevés par une personne seule vivent sous le seuil de pauvreté à 60 % du niveau de vie médian.

Insee, Données 2016, © Observatoire des inégalités.

- Des risques d'**effets pervers** sont aussi pointés du doigt. On craint que des aides sociales trop élevées désincitent au retour à l'emploi.

C Une légitimité questionnée

- Par ailleurs, on observe une remise en cause croissante au sein des discours du principe même de la redistribution et de la protection sociale. Le **consentement à l'impôt s'étiole** et la légitimité des aides est contestée.
- Alors qu'ils ont le sentiment d'avoir mérité leur réussite, certains ne trouvent pas légitime que des impôts soient prélevés sur leur revenu ou leur patrimoine pour financer des aides à des personnes qui n'ont pas fait, selon eux, les efforts nécessaires pour améliorer leur situation.
- On assiste ainsi à une **stigmatisation croissante des personnes bénéficiant des aides sociales** qui sont dans cette optique qualifiés d'« assistés ».

SUJET DU BAC

Épreuve composée

Partie 3 – Raisonnement s'appuyant sur un dossier documentaire

À l'aide de vos connaissances et du dossier documentaire, vous montrerez que la protection sociale contribue à la justice sociale.

Document 1. *La composition du revenu disponible des ménages selon le niveau de vie* en 2015 (en %)*

	Tranches de niveau de vie		
	Inférieur à D1	**Supérieur à D10**	**Ensemble**
Revenus d'activité	**41,1**	**79,9**	**73,1**
Pensions et retraites	**15,1**	**22,8**	**28,1**
Revenus du patrimoine	**2,8**	**24,5**	**10,2**
Prestations sociales dont	**47,6**	**0,5**	**5,8**
Prestations familiales	12,2	0,3	2,4
Prestations logement	16,7	0	1,6
Minima sociaux	18,7	0,1	1,8
Impôts directs	**– 7,2**	**– 27,7**	**– 17,3**
Ensemble	**100**	**100**	**100**
Revenu disponible annuel moyen (en euros)	**12 700**	**88 350**	**36 300**

* Le niveau de vie correspond au revenu disponible du ménage en tenant compte de sa taille.

Lecture : en 2015, les revenus d'activité représentent en moyenne 79,9 % du revenu disponible des 10 % des ménages dont le niveau de vie est le plus élevé.
Champ : France métropolitaine, ensemble des ménages dont le revenu déclaré au fisc est positif ou nul et dont la personne de référence n'est pas étudiante.

Insee, *Les revenus et le patrimoine des ménages*, 2018.

Document 2.

La loi de financement de la Sécurité sociale pour 2015 module le montant des allocations familiales en fonction des ressources des familles. Proposée par les députés en remplacement d'autres mesures réduisant les dépenses de la branche famille, cette modulation met fin à l'uniformité des allocations familiales : à nombre d'enfants égal, les familles ne perçoivent plus le même montant selon leur revenu. Pour les familles avec deux enfants à charge, les allocations familiales sont désormais réduites de moitié quand les ressources annuelles dépassent 67 140 euros (soit 5 595 euros par mois) et divisées par quatre au-delà de 89 490 euros (soit 7 458 euros par mois).
Au-delà de son aspect symbolique en termes d'évolution du système social, cette mesure est aussi, parmi les mesures portant sur les prestations, celle qui a eu l'effet le plus massif sur les ménages en 2015. En effet, considérée en année pleine, elle diminue le revenu disponible total des ménages de 800 millions d'euros, soit une perte annuelle moyenne de 1 370 euros pour les 590 000 ménages concernés. Les ménages affectés sont essentiellement les 20 % les plus aisés : du fait de cette mesure, le niveau de vie annuel des ménages du neuvième décile baisse en moyenne de 71 euros et celui du dixième décile de 147 euros. Cela explique la contribution majeure de cette mesure à la réduction des inégalités opérée en 2015.

Insee, *France portrait social*, 2016.

Document 3. *La structure des prestations par risque social en 2015 (en %)*

Risque social	Structure
Maladie	28,5
Invalidité	5,4
Accidents du travail – maladies professionnelles	1,0
Vieillesse – survie	45,6
Famille	7,7
Emploi	6,2
Logement	2,6
Pauvreté – exclusion sociale	3,0
Total	**100,0**

Drees, *La protection sociale en France et en Europe en 2015*, 2017.

CORRIGÉ

SUJET DU BAC

Introduction

La protection sociale désigne l'ensemble des mécanismes sociaux mis en place pour protéger les individus contre les conséquences de la réalisation d'un risque. Ces risques renvoient à des situations qui entraînent une perte de revenus ou un surcroît de dépenses. Toutes les situations à risques ne donnent pas lieu à une protection sociale mais les principaux risques sont couverts : risque chômage, maladie, vieillesse, pauvreté, etc. La justice sociale renvoie aux principes qui permettent de qualifier une situation de « juste ». En réduisant les inégalités et en limitant les conséquences négatives de la réalisation d'un risque, la protection sociale contribue à la justice sociale.

Développement

• Idée n° 1 : la protection sociale permet une redistribution horizontale.

La redistribution horizontale désigne les mécanismes qui permettent un transfert de revenu entre des personnes différemment affectées par un risque. Elle renvoie ainsi, par exemple, à la redistribution entre les bien-portants et les malades, les actifs et les retraités, les personnes en emploi et les chômeurs, etc. La protection sociale permet une telle redistribution. Nous pouvons voir, dans le document 3, la liste des risques couverts par notre système de protection sociale. Les risques maladie et vieillesse conduisent à une redistribution de grande ampleur. Nous constatons également dans le document 2 que l'ensemble des prestations sociales fait augmenter en moyenne de 28,1 % le revenu disponible des ménages. Cela contribue à la justice sociale car on considère que les individus ne sont pas responsables de leurs situations et qu'il est injuste qu'ils aient à gérer seuls les conséquences de la réalisation d'un risque. Une solidarité s'organise ainsi au sein de la société pour aider ceux qui seraient concernés.

• Idée n° 2 : la protection sociale permet une redistribution verticale.

La redistribution verticale renvoie à la redistribution qui s'opère entre les plus riches et les plus pauvres. La protection sociale permet de réduire les inégalités de revenus. En effet, nous pouvons voir dans le document 1 que les ménages à bas revenus reçoivent relativement plus d'aides que les plus riches. Les prestations sociales représentent une part plus importante du revenu disponible alors que les impôts à payer sont plus faibles.

Conclusion

La protection sociale contribue ainsi à la justice sociale. On parle, néanmoins, de l'existence d'une crise de la protection sociale car son financement pose problème et que sa légitimité et son efficacité sont de plus en plus contestées.

CHAPITRE 12

L'action publique pour l'environnement

1 Protéger l'environnement

A L'environnement, un problème public

- **La dégradation de l'environnement** devient un **problème public** à partir du moment où des acteurs sociaux estiment que la puissance publique doit intervenir pour changer la situation et que cela entraîne des discussions dans l'espace public.
- **Un problème public** est une **construction sociale** dans laquelle interviennent plusieurs acteurs. En effet, la dégradation de l'environnement ne devient un problème public que parce que des acteurs se sont mobilisés pour mettre en avant la responsabilité de l'homme dans ce phénomène et la possibilité de faire évoluer la situation par des décisions politiques.
- Le problème public devient un **problème politique** quand l'autorité publique s'en empare et l'intègre à son agenda politique. Cela signifie que les politiques entendent prendre des mesures pour faire évoluer la situation et planifient des prises de décision. La **mise à l'agenda** dépend de **fenêtres d'opportunité** : il existe des moments où il est plus facile que d'autres d'introduire un problème public dans les politiques publiques. La publication de rapports scientifiques alarmants sur l'évolution du climat crée, ainsi, par exemple, un climat propice à une mobilisation du politique.

B Des acteurs multiples

- **Les acteurs** qui interviennent dans l'émergence d'un problème public **sont nombreux**. On distingue notamment **les acteurs de la société civile** (organisations non gouvernementales, mouvements citoyens, experts, entreprises, etc.) et les acteurs politico-administratifs (pouvoirs publics, partis politiques, etc.). Ces groupes peuvent **coopérer**, mais aussi entrer en concurrence pour imposer leur représentation du problème public. Les acteurs en **conflit** sont dans une arène, et le vainqueur est celui qui impose son approche du problème en éliminant des approches alternatives.

> **Mot-clé**
> **Arène** : espace où sont débattues les idées relatives à l'action publique.

Ex. : Pour lutter contre la déréglementation du climat, faut-il arrêter une consommation de masse et sortir du capitalisme ou chercher à développer un capitalisme vert en jouant sur des innovations qui nous permettent de continuer à produire mais d'une façon moins polluante ?

- **L'action publique pour l'environnement** articule **différentes échelles** (locale, nationale, européenne, mondiale), ce qui rend complexe la prise de décision. En effet, si certains problèmes ont des causes locales et peuvent être gérés à cette échelle, de nombreux problèmes locaux ont des causes globales. Une ville qui subit la montée des eaux ne peut, en effet, gérer seule ce problème car la cause est le réchauffement climatique qui trouve son origine dans l'action d'acteurs situés partout dans le monde.

2 Les instruments de la lutte contre le changement climatique

- Les **politiques climatiques*** désignent l'ensemble des mesures prises par un État ou plusieurs, afin de lutter contre le changement climatique entraîné par les activités humaines. Les politiques climatiques s'appuient sur des **instruments « réglementaires »** et sur des **instruments « incitatifs »**. Les premiers imposent des règles contraignantes qui portent soit directement sur les volumes des pollutions tolérées, soit sur les procédés de fabrication. Les seconds sanctionnent financièrement les émissions entraînant la dégradation de l'environnement ou subventionnent les comportements qui contribuent à sa préservation.

A Les instruments réglementaires

- La réglementation peut consister à interdire certaines émissions, à les limiter via des quotas ou à réguler certains comportements ayant des effets néfastes sur le climat. La puissance publique peut, par exemple, contrôler l'utilisation de certains produits.

> **Mot-clé**
> **Quota :** quantité maximale autorisée.

Ex. : L'utilisation des fluides frigorigènes qui sont des gaz à effet de serre est de plus en plus encadrée.

- Il est aussi possible, au contraire, d'obliger les acteurs à adopter un comportement qui préserve le climat.

Ex. : Depuis 2015 les entreprises ayant plus de 100 salariés sur un même site sont tenues d'élaborer un plan de déplacements d'entreprise (PDE) afin de rationaliser tous les déplacements liés à l'activité d'une entreprise (déplacements domicile-travail, déplacements professionnels et déplacements des visiteurs) pour réduire les émissions de gaz à effet de serre.

- Les mesures réglementaires sont très importantes dans la préservation du climat. Elles permettent une évolution rapide des comportements en jouant sur la contrainte. Elles peuvent néanmoins mettre en difficulté certains acteurs en imposant un même effort à tous. Certaines interdictions ou limitations ont, en effet, des impacts plus ou moins complexes à gérer selon les acteurs (notamment pour les petites entreprises ou les particuliers). On peut se demander s'il ne serait pas opportun dans certains cas de ne pas exiger le même effort pour tous en fonction des coûts liés à la modification de son comportement.

B Les taxes et subventions

- Les taxes et subventions visent à désinciter ou à encourager certains comportements. On va identifier les activités qui génèrent des **externalités** négatives ou positives sur le climat. Une valeur va être donnée à ces dommages/bienfaits environnementaux et la taxe/subvention va être calibrée en fonction de cette valeur. Si on estime que l'émission d'une tonne de carbone génère des dommages équivalents à 80 euros, les acteurs devront payer 80 euros à chaque fois qu'ils émettent une tonne de carbone. Dans cette optique, on va subventionner les innovations qui ont un effet positif sur l'environnement **(innovations vertes)**.

> **Mot-clé**
> **Externalité :** conséquence d'une activité économique qui n'est pas prise en compte par le prix de marché.

- Il s'agit que l'acteur à l'origine de l'activité ait conscience des **coûts ou gains externes** générés par son activité. Les effets sur le climat vont être internalisés, c'est-à-dire qu'ils vont être pris en compte par les acteurs dans leur calcul privé. Les activités dégradant l'environnement seront moins effectuées car plus coûteuses et, à l'inverse, les activités générant des gains seront développées car, grâce aux subventions, elles rapporteront plus qu'avant.

> **Mot-clé**
> **Coût/gain externe :** coût/gain affectant un acteur en lien avec la mise en place d'une activité dont il n'est pas à l'origine.

Ex. : Pendant de nombreuses années, on a pensé que le gazole (diesel) était moins polluant que l'essence et la taxation de ces deux carburants n'était ainsi pas la même. La plus faible taxation du gazole l'a rendu moins cher que l'essence et a conduit à ce que de nombreux acteurs choisissent des véhicules qui fonctionnent au gazole. Plus récemment, on a réalisé que le diesel était au moins aussi polluant que l'essence et la taxation du diesel a augmenté, ce qui a conduit à une baisse de la part des voitures fonctionnant avec ce carburant et à une remontée de la part des voitures fonctionnant à l'essence.

Document 1. *La composition du parc automobile en France*

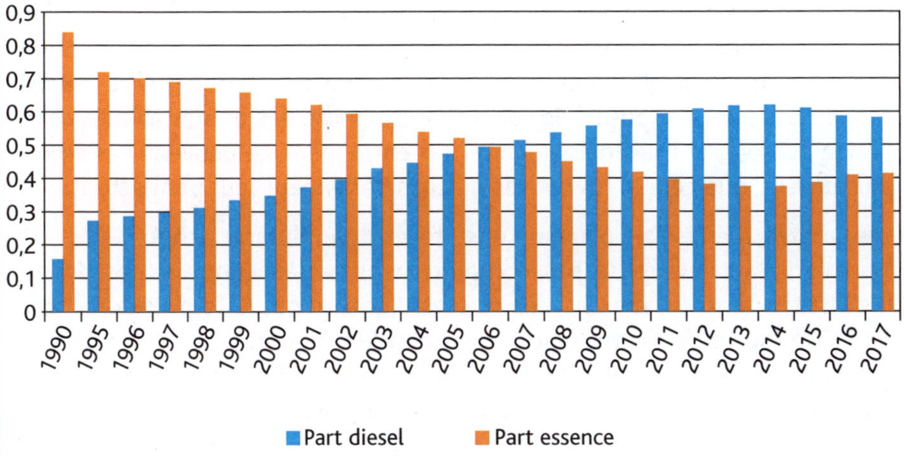

www.fiches-auto.fr.

- L'avantage d'un système de taxes/subventions est qu'il conduit à ce que les individus ayant la plus grande facilité d'évolution de leur comportement vont changer le plus. Un acteur économique qui émet beaucoup de gaz à effet de serre et qui peut faire évoluer sa technologie va, ainsi, chercher à réduire ses émissions plutôt que de payer la taxe alors que celui pour qui la réduction des émissions est trop coûteuse ne modifiera pas son comportement et préférera payer. L'effort n'est pas réparti de manière uniforme.
- Pour qu'un tel système soit efficace, il faut que la puissance publique puisse évaluer avec pertinence la valeur des externalités sur l'environnement, ce qui n'est pas évident. Par ailleurs, cela pose des **problèmes redistributifs** comme l'a montré le mouvement des gilets jaunes qui s'est formé à la suite de la volonté de l'État de mettre en place une taxe carbone. En effet, ceux qui n'ont pas la possibilité de faire évoluer leur comportement vont devoir payer une taxe, ce qui va dégrader leur situation économique. Des mécanismes compensatoires doivent ainsi être pensés pour que de telles mesures puissent être acceptées socialement.

C Les marchés de quotas

- La puissance publique peut créer des **marchés de quotas***. Il s'agit, dans une zone géographique donnée et pour une période donnée, de fixer un volume d'émission maximal (une quantité d'émissions de tonnes de CO_2). Les pouvoirs publics distribuent alors des quotas d'émissions aux différentes entreprises concernées par le dispositif de sorte que la somme des quotas alloués corresponde au volume maximal souhaité. Les entreprises ne peuvent pas émettre plus de CO_2 que ce que les quotas qu'elles détiennent leur permettent.

- Les quotas d'émission peuvent ensuite être vendus ou achetés selon que l'entreprise ne les utilise pas complètement ou, au contraire, les dépasse. Il s'institue ainsi un marché des quotas d'émissions où **le prix de la tonne de CO_2 résulte de l'offre et de la demande** de quotas. Les entreprises qui peuvent réduire facilement leurs émissions vont vendre leurs quotas à celles pour qui il est plus coûteux de réduire leurs émissions. Le mécanisme permet une répartition efficace de l'effort de réduction de la pollution.

Document 2. *Le marché du carbone*

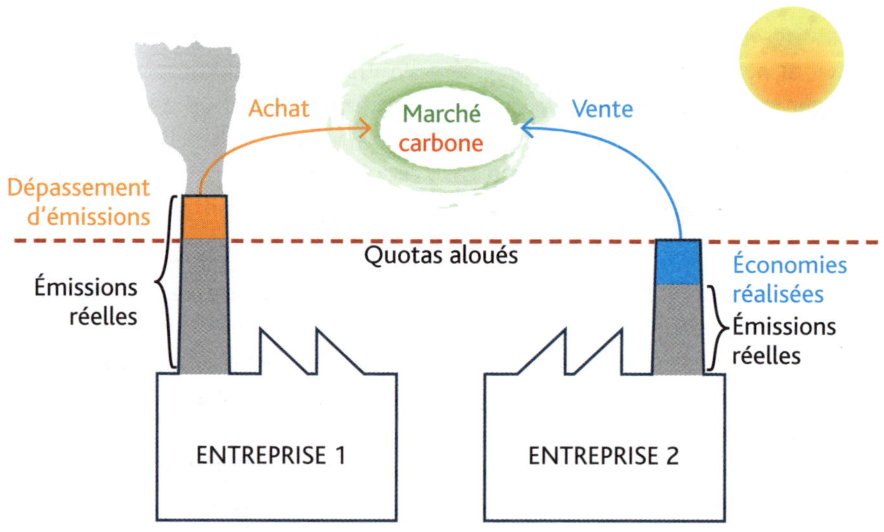

Caisse des dépôts.

- Un tel marché a, par exemple, été mis en place en Europe. Il fonctionne depuis 2005. Il a, néanmoins, connu des dysfonctionnements importants du fait d'un nombre de quotas alloués trop important et du développement de pratiques spéculatives qui ont conduit à des variations importantes de prix déstabilisantes pour les entreprises.

Document 3. *L'évolution du prix du quota de CO_2 depuis 2008 et les réformes successives*

Chaire Économie du climat (d'après ICE-Futures), CC BY-NC-ND.

3 Préserver les biens communs

A Les stratégies de passager clandestin

- Un **bien commun*** est un bien rival mais non excluable. Cela signifie qu'une fois produit, on ne peut empêcher sa consommation par un acteur mais que sa consommation par un acteur diminue les quantités disponibles pour les autres. Les ressources en poissons, en arbres, en énergie fossile en sont des exemples. Les biens communs ont tendance à être surexploités. De ce fait, ils ont, dans certains cas, été privatisés pour en limiter l'utilisation.

  Ex. : En France, les forêts appartiennent toutes à des acteurs (privés ou publics) et seuls les propriétaires ont le droit d'y couper des arbres. Ces ressources sont devenues excluables par décision politique.

- Certains biens communs ne sont pas associés à un territoire spécifique (comme les poissons dans la mer) et des **accords internationaux sont nécessaires** pour en réguler l'usage. Les négociations sont complexes car chaque pays a intérêt à laisser les acteurs des autres pays faire des efforts pour bénéficier de la préservation du bien commun tout en laissant les acteurs de son pays continuer à l'utiliser intensivement. Dans le langage des économistes, ce type de comportement s'appelle un **comportement de passager clandestin**.

- Il en est de même des actions pour limiter le réchauffement climatique. Chaque pays peut être tenté de laisser les autres faire des efforts, et donc d'assumer les coûts de la transition énergétique, sans faire aucun effort soi-même pour bénéficier d'un climat préservé. Ce type de comportement rend complexes les négociations et conduit à une inaction si tous les pays font de même. C'est le **paradoxe de l'action collective**. Il y a un intérêt collectif à agir mais la poursuite de son intérêt individuel conduit à ce que chacun adopte un comportement de passager clandestin et il n'y a, de ce fait, aucune action collective pour défendre la qualité du climat.

B Les inégalités de développement

- **Les inégalités de développement** rendent aussi complexe le fait de trouver des accords internationaux. **Les pays en développement** voient d'un mauvais œil les restrictions qu'on cherche à leur imposer pour préserver l'environnement car ils craignent que cela limite leur développement. Ces restrictions sont d'autant plus mal acceptées que les pays développés ont fortement dégradé l'environnement dans leur phase de développement économique. Les pays en développement estiment que c'est aux pays développés de faire les principaux efforts, à la fois car ils ont été les principaux responsables de la dégradation de l'environnement mais aussi car l'imposition de contraintes aurait des effets moins néfastes sur la population de ces pays, étant donné le niveau de confort déjà atteint.

- **Les pays développés** jugent, de leur côté, que des efforts des pays en développement sont absolument nécessaires au vu de leur expansion démographique et économique. Ils contribuent fortement à la pollution, et ce de plus en plus, et au vu de l'urgence climatique, il n'est pas possible d'attendre la fin de leur développement pour qu'ils mettent en place des mesures de préservation de l'environnement. La question se pose alors de mettre en place des transferts de fonds pour aider financièrement les pays en développement à réaliser la transition énergétique.

SUJET DU BAC

Sujet de dissertation

Quelles sont les politiques climatiques qui peuvent être mises en œuvre pour préserver l'environnement ?

Document 1. *Carte des marchés carbone et autres mécanismes de tarification du carbone existants ou à l'étude dans le monde*

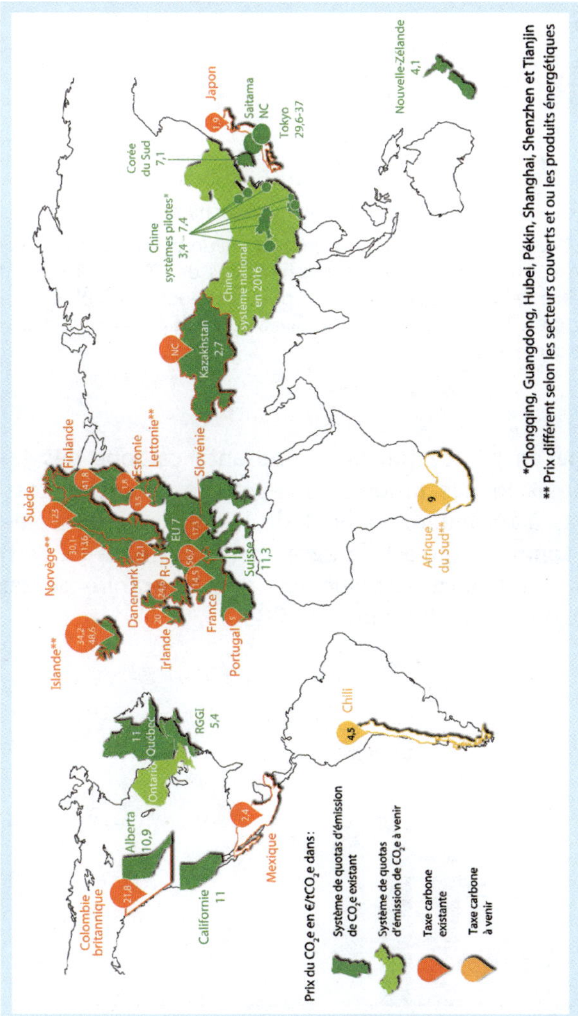

Ministère de l'environnement, de l'énergie et de la mer, 2016.

SES
HGGSP
GRAND ORAL
MATHS COMPLÉMENTAIRES

Document 2. *Bonus-malus : évolution des émissions de CO_2 en g/km des véhicules neufs*

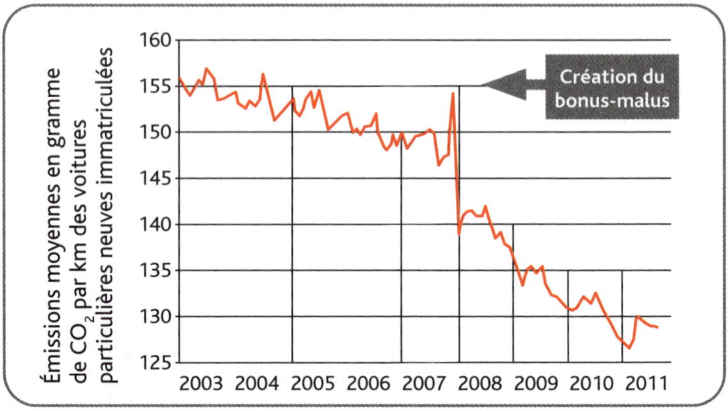

Commissariat général au développement durable, « Focus sur quelques faits et chiffres... », octobre 2011.

Note : le système bonus-malus vise à récompenser, *via* un bonus (diminution du prix à l'achat), les acquéreurs de voitures neuves émettant le moins de CO_2, et à pénaliser, *via* un malus (majoration du prix à l'achat), ceux qui optent pour les modèles les plus polluants.
Le CO_2 est un gaz dit « à effet de serre ». Le niveau de son émission sert de mesure au risque de réchauffement climatique.

Document 3.

La taxe carbone en France (ou la composante carbone des taxes intérieures sur la consommation des produits énergétiques d'origine fossile) n'aboutira globalement pas à un alourdissement de la fiscalité. Elle s'élevait en 2015 à 14,50 euros la tonne et elle est de 22 euros en 2016. La loi de transition énergétique pour la croissance verte prévoit une trajectoire de taxe croissante : 56 euros en 2020 et enfin 100 euros en 2030.

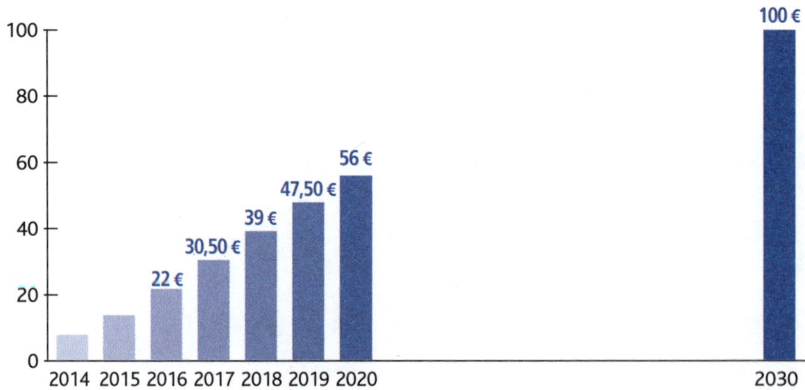

Ministère de l'Environnement, de l'Énergie et de la Mer, *Le prix du carbone*, 2016.

CORRIGÉ

SUJET DU BAC

Introduction

Accroche

Les émissions de gaz à effet de serre (GES) générées par l'activité économique sont responsables du changement climatique. En tant qu'externalités négatives, elles constituent des défaillances du marché et justifient l'intervention des pouvoirs publics afin de modifier l'allocation des ressources. Il semble crucial de réduire nos émissions afin de préserver la qualité du climat.

Définition des termes du sujet

Les autorités disposent pour remplir cet objectif de différents instruments complémentaires qui forment la politique climatique.

Problématisation

Quels sont les outils dont disposent les pouvoirs publics pour améliorer la qualité du climat ?

Annonce du plan

Nous verrons, dans un premier temps, que la puissance publique peut mobiliser des outils réglementaires, puis qu'elle peut aussi mettre en œuvre un système de marchés de quotas et enfin, dans une troisième partie, nous constaterons qu'il est possible d'avoir recours aux taxes.

Développement

Partie 1

→ Objectif : montrer que la réglementation est un outil important mais insuffisant.

Première sous-partie : la présentation de l'outil.

La réglementation consiste pour les pouvoirs publics à instaurer des normes qui limitent les quantités d'émission de GES par les agents économiques, ces derniers s'exposant à des sanctions financières en cas de non-respect de cette réglementation.

Seconde sous-partie : la présentation des limites de l'outil.

Outil relativement simple à mettre en œuvre et au faible coût pour les pouvoirs publics, la réglementation présente toutefois des limites. Elle est parfois difficile à définir quand l'information sur le processus de production n'est pas transparente. De plus, constituée simplement de normes à respecter par les agents producteurs, elle ne les incite pas à modifier leur comportement de la manière la plus efficace possible.

Transition

La réglementation doit donc être complétée par d'autres outils plus incitatifs et plus contraignants qui permettent d'internaliser les externalités en attribuant un coût à des effets externes qui n'étaient jusque-là pas pris en compte par le marché.

Partie 2

→ Objectif : montrer que les marchés de quotas sont l'un des instruments possibles.

Première sous-partie : l'explication du principe.

Les marchés des permis d'émissions négociables octroient aux entreprises le droit d'émettre une quantité de GES calculée par rapport à ce qu'elles ont émis au cours d'une année de référence. Si l'entreprise n'utilise pas tous ses droits, elle peut les vendre à un autre agent aux besoins en permis supérieurs à ceux dont ils disposent. Ce dispositif a été adopté à la conférence de Kyoto en 1997 et est appliqué en Europe depuis 2005. Ce mécanisme peut avoir un effet incitatif positif pour les entreprises puisqu'elles sont maîtresses de la gestion de leurs droits et donc des éventuelles recettes qu'elles peuvent retirer de leurs ventes. Nous pouvons voir dans le document 1 que de nombreux pays ont mis en place un tel dispositif ou prévoient de le faire.

Seconde sous-partie : la présentation des limites de cet outil.

Ces marchés fonctionnent selon les principes de la loi de l'offre et de la demande qui aboutissent à la fixation d'un prix d'équilibre. Cependant, si ce prix est fixé trop bas, en raison d'une croissance faible, par exemple, ou d'une allocation initiale trop généreuse en quotas, cet outil perd son aspect coercitif et les industriels ne sont donc pas engagés à modifier leur combinaison productive. Ce mécanisme est, par ailleurs, complexe et n'est pas adapté pour encadrer les émissions de GES des particuliers.

Transition

Afin de limiter les variations du prix des émissions carbone, un système de taxe peut être mis en place.

Partie 3

→ Objectif : présenter le principe d'une taxe carbone.

Première sous-partie : la présentation du principe.

La taxation (écotaxe) est une mesure fiscale qui vise à faire payer aux acteurs qui sont à l'origine des émissions polluantes le coût de leurs émissions. Ainsi, si une entreprise pollue en produisant, elle aurait à payer une taxe dont le montant serait égal aux dommages qu'elle génère. De la même façon, les consommateurs auront à payer une taxe si leurs activités sont polluantes. Dans cette optique, on peut faire payer aux individus une taxe sur leur consommation d'essence. Nous pouvons voir dans le document 3 que la France a de plus en plus recours à un système de type taxe carbone. Les données du document 1 nous indiquent que de nombreux autres pays ont aussi recours à ce type de dispositif.

Il est possible d'associer aux taxes des subventions pour encourager les comportements qui conduisent à réduire les émissions de GES. Le document 2 nous montre que la France a mis en place un système de bonus/malus pour encourager les ménages à acheter des véhicules moins polluants.

Seconde sous-partie : les limites de la taxe carbone.

La mise en œuvre de cet outil dans un contexte d'économie mondialisée peut soulever des problèmes en matière de compétitivité vis-à-vis des entreprises étrangères concurrentes si elles sont situées dans des pays dans lesquels il n'existe pas de telles taxes. Par ailleurs, la taxe carbone soulève des enjeux de justice sociale. En effet, les ménages qui n'ont pas la possibilité de faire évoluer leur consommation auront à faire face à des dépenses plus élevées sans que cela n'améliore la qualité du climat. Il faut donc aussi simultanément proposer des dispositifs qui rendent possible un changement de comportement.

Conclusion

Résumé de l'argumentation

Les pouvoirs publics sont donc amenés à jongler avec trois types d'outils (réglementaires, incitatifs, fiscaux), qui présentent chacun des avantages et des inconvénients, pour les combiner de manière complémentaire et efficace afin d'obtenir un résultat optimal dans le cadre de la lutte contre les émissions de gaz à effet de serre.

Ouverture

Si les outils existent, ils sont encore trop peu mis en œuvre et nos émissions de GES restent trop fortes. Notre manque de volontarisme est, en partie, lié à une difficulté à définir des accords au niveau international pour protéger la qualité du climat. Comment peut-on améliorer la gouvernance mondiale pour gagner en efficacité dans notre lutte pour la préservation du climat ?

LEXIQUE

Les mots signalés par un astérisque (*) dans les chapitres sont définis dans ce lexique. Vous y trouverez également les définitions des mots-clés.

A

Abus de position dominante : domination d'un marché par une entreprise qui utilise cette situation favorable pour imposer des conditions de vente déloyales.

Aide d'État : subvention publique accordée à une entreprise.

Aléa moral : risque d'adoption de comportements opportunistes des agents du fait de l'existence d'une asymétrie d'information qui empêche de contrôler pleinement leurs actions.

Arène : espace où sont débattues les idées relatives à l'action publique.

Asymétrie d'information : situation dans laquelle tous les acteurs ne disposent pas de la même information.

Avantage comparatif : activité dans laquelle un agent est relativement le meilleur.

B

Balance commerciale : différence entre les exportations et les importations de biens d'un pays.

Banque centrale : institution financière qui assure la fonction de prêteur en dernier ressort, gère le système bancaire (banque des banques), conduit la politique monétaire et exerce des fonctions de régulation du système financier.

Base monétaire : quantité de monnaie centrale émise.

Bien commun : bien rival mais non excluable.

Bulle spéculative : situation se produisant sur un marché lorsque le prix augmente de plus en plus rapidement en lien avec l'existence de pratiques spéculatives du fait d'anticipations optimistes sur l'évolution du cours.

C

Capital culturel : ensemble des ressources et dispositions culturelles qu'un individu peut mobiliser pour se distinguer.

Capital économique : au sens large, ensemble des ressources économiques (patrimoine, revenus).

Capital fixe : ensemble des actifs issus de processus de production et utilisés de façon répétée ou continue dans d'autres processus de production pendant au moins un an.

Capital humain : stock de caractéristiques physiques et intellectuelles qui permettent à un individu de participer à l'activité productive.

Capital naturel : ensemble des ressources naturelles mobilisables dans les processus productifs.

Capital social : ensemble des relations sociales qu'un individu peut mobiliser pour améliorer sa situation sociale ou celle de ses proches.

Capital symbolique : ensemble des signes distinctifs et des symboles de pouvoir associés à un individu (*ex. :* la légion d'honneur).

Capital technologique : ensemble d'actifs immatériels constitué de savoirs et de savoir-faire.

Cartel (ou entente) : partage de marché, fixation de quotas de production ou accord sur les prix entre plusieurs entreprises.

Chaîne de valeur : décomposition de l'activité d'une entreprise en un ensemble de sous-opérations qui conduisent à de la création de valeur à travers la production d'un bien ou d'un service.

Chocs asymétriques : perturbation économique qui n'affecte pas tous les agents économiques de la même façon selon leur secteur d'activité, leur localisation géographique, etc.

Chômage : situation dans laquelle un individu n'a pas d'emploi mais cherche à en obtenir un.

Chômage frictionnel : chômage qui découle d'une difficulté de rencontre entre l'offre et la demande de travail.

Chômage structurel : chômage qui découle de structures économiques inefficaces.

Classe en soi : ensemble d'individus qui partagent une situation objective commune (niveau de revenu, position dans le système productif, etc.) et qui ont donc des intérêts communs.

Classe pour soi : ensemble d'individus qui forment une classe en soi et qui ont conscience d'appartenir à un ensemble commun et mettent en œuvre des actions pour défendre leurs intérêts.

Coefficient de Gini : indicateur de concentration qui se calcule à partir de la courbe de Lorenz. Il peut être utilisé par exemple pour mesurer l'ampleur des inégalités de revenu.

Collatéral : garantie servant à couvrir le risque de crédit.

Commerce international : ensemble des achats et ventes de biens et services entre des acteurs situés dans des espaces économiques différents.

Commerce intra-firme : échanges entre une société-mère et une ou plusieurs de ses filiales ou entre les filiales d'une même entreprise.

Compétitivité : capacité d'une entreprise à gagner des parts de marché.

Compétitivité-prix : capacité d'une entreprise à gagner des parts de marché du fait d'un prix de vente inférieur à celui de ses concurrents.

Compétitivité d'un pays : aptitude d'un pays à exporter.

Compétitivité hors prix : capacité d'une entreprise à gagner des parts de marché sur la base d'un autre critère que le prix (comme la qualité de ses produits).

Concentration : fusion de plusieurs entreprises donnant naissance à une nouvelle société ou acquisition d'une entreprise par une autre.

Consommation intermédiaire : bien utilisé au cours du processus productif, qui ne peut être réutilisé durablement, soit parce qu'il est détruit par son utilisation, soit parce que son usure est rapide (*ex. :* la farine utilisée par un boulanger).

Coût/gain externe : coût/gain affectant un acteur en lien avec la mise en place d'une activité dont il n'est pas à l'origine.

Coûts de transaction : coûts de recours au marché.

Croissance économique : augmentation du volume de production au cours d'une période donnée.

D

Déclassement (intergénérationnel) : fait d'avoir une position sociale moins valorisée que celle de ses parents (mobilité sociale descendante).

Délocalisation : changements de localisations d'unités de production d'un pays (pays d'origine) vers un autre (pays d'accueil), que ce soit dans le but d'importer dans le pays d'origine les biens produits à l'étranger ou de les vendre sur place ou dans d'autres pays.

Demande globale : ensemble des achats de biens et services au cours d'une année donnée dans une économie donnée. Elle comprend la consommation, l'investissement et les exportations.

Démocratisation qualitative (égalisatrice) : augmentation des taux de scolarisation qui s'accompagne d'une réduction des inégalités sociales d'accès aux différentes formations.

Destruction créatrice : processus qui conduit à ce que la structure économique évolue en fonction des innovations, certains secteurs se développant grâce à ces dernières et entraînant dans le même temps le déclin d'autres secteurs devenus obsolètes.

Développement durable : croissance qui est compatible avec la préservation de l'environnement et qui est donc fondée sur un modèle viable à long terme.

Discrimination : traitement différencié d'un individu en fonction d'un critère jugé illégitime et interdit par la loi.

Dotation factorielle : quantité de facteurs de production disponible dans un pays.

***Dumping* social :** stratégie consistant pour un pays à réduire la protection sociale et les droits sociaux afin de diminuer le coût de la main-d'œuvre et d'améliorer sa compétitivité-prix.

E

Effet d'âge : existence d'une différenciation des pratiques en fonction de l'âge.

Effet de génération : existence d'une différenciation des pratiques en fonction de la génération d'appartenance.

Égalité des chances : situation dans laquelle tous les individus ont la même probabilité d'accès aux positions sociales les plus valorisées et cela, indépendamment de leur origine sociale.

Égalité des droits : situation dans laquelle tous les individus ont les mêmes droits.

Égalité des situations : situation dans laquelle tous les individus partagent une même condition.

Emploi : travail rémunéré.

Engagement politique : ensemble des comportements individuels qui aspirent à faire évoluer la société.

Euro : monnaie unique de la zone euro. Créée par le traité de Maastricht (1992), elle n'est réellement entrée en vigueur qu'en 2002 (mais son lancement officiel date de 1999).

Externalité : conséquence d'une activité économique qui n'est pas prise en compte par le prix de marché.

F

Facteurs de production : moyens mis en œuvre pour produire (capital et travail).

Fédéralisme : mouvement qui consiste à transférer des compétences à une instance de niveau supranational.

Firme multinationale : entreprise possédant au moins une unité de production à l'étranger.

Fiscalité progressive : impôt dont le taux moyen augmente quand le revenu croît.

Fluidité sociale : mesure de l'intensité du lien entre la position sociale d'un individu et son milieu d'origine. Plus une société est fluide, plus il y a égalité des chances.

Frontière technologique : situation dans laquelle toutes les connaissances sont mobilisées et où l'innovation est nécessaire pour améliorer les techniques de production ou diffuser de nouveaux produits.

H

Halo du chômage : ensemble des personnes qui ne sont pas officiellement considérées comme chômeuses mais qui ont des situations proches du chômage.

Hérédité sociale : processus qui conduit les individus à occuper une position sociale identique à leur origine sociale.

Hiérarchie sociale : situation dans laquelle les positions sociales sont subordonnées les unes par rapport aux autres.

I

Incitations sélectives : dispositif qui avantage des personnes sélectionnées afin de les pousser à agir dans un certain sens pour pouvoir bénéficier de cet avantage.

Inégalité : situation dans laquelle une ressource ou l'accès à un dispositif n'est pas répartie de façon uniforme.

Inflation scolaire : augmentation de la part des diplômés dans la population ce qui, pour un niveau donné de diplôme, fait perdre de la valeur au diplôme sur le marché du travail car il est moins rare.

Innovation : changement introduit dans le processus de production.

Institutions : ensemble des règles formelles ou informelles qui contraignent le comportement des acteurs.

Intégration économique : processus qui conduit à ce que des espaces économiques initialement différents forment progressivement un espace économique unique. L'intégration résulte, à la fois, de mécanismes de marché et de décisions politiques.

Intensité capitalistique : volume de capital rapporté au volume de travail.

Investissement : flux qui permet une augmentation du stock de capital.

L

Libre-échange : politique commerciale qui vise à supprimer tous les obstacles à la circulation des biens et services.

M

Marché contestable : marché ouvert à l'arrivée de nouveaux concurrents.

Marché de quotas : marché sur lequel les acteurs offrent ou achètent des quotas d'émission. En Europe, il existe, par exemple, un marché de quotas d'émissions carbone.

Marché unique : suppression des barrières entre les marchés de biens et services des différents pays membres de l'Union européenne.

Masse monétaire : quantité de monnaie en circulation dans une économie donnée.

Massification scolaire : augmentation des taux de scolarisation, des taux d'accès aux diplômes (quel que soit le diplôme considéré) et aux différents types de formations.

Mobilité sociale : changement de position sociale.

Monnaie unique : monnaie qui remplace les monnaies jusque-là propres à chaque pays dans un espace économique donné.

O

Odds ratio : rapport de chances relatives.

P

Politique industrielle : ensemble des mesures qui visent à accroître la compétitivité de l'économie nationale en orientant la spécialisation productive.

Politique monétaire : ensemble des actions visant à agir sur la situation économique par l'intermédiaire de la quantité de monnaie en circulation et/ou des taux d'intérêt.

Politiques budgétaires : ensemble des actions visant à agir sur la situation économique par l'intermédiaire du budget de l'État.

Politiques climatiques : ensemble des mesures prises par les pouvoirs publics pour préserver et améliorer la qualité du climat.

Politiques conjoncturelles : ensemble des mesures mises en œuvre pour lisser les fluctuations économiques.

Politiques de rigueur : ensemble des mesures visant à freiner la demande globale afin, notamment, de limiter l'inflation.

Population active : ensemble des individus qui occupent un emploi ou qui sont au chômage.

Prêteur en dernier ressort : caractéristique de la banque centrale qui a le pouvoir d'éteindre toutes les dettes par sa capacité à créer une monnaie acceptée par tous.

Productivité : indicateur d'efficacité de la combinaison productive (rapport entre le volume de production et la quantité de facteurs de production utilisés pour l'atteindre).

Productivité globale des facteurs (PGF) : mesure de l'efficacité globale de la combinaison productive.

Productivité moyenne : efficacité d'un facteur. Rapport entre le volume de production et la quantité de facteur utilisée.

Produit intérieur brut (PIB) : mesure de la production. Le PIB est calculé en sommant les valeurs ajoutées des organisations productives.

Progrès technique : accroissement des connaissances qui permet l'amélioration des produits, des procédés de production ou des procédés commerciaux.

Protection sociale : ensemble des mécanismes sociaux mis en place pour protéger les individus contre les conséquences de la réalisation d'un risque.

Protectionnisme : ensemble des mesures prises par un gouvernement qui visent à empêcher ou limiter les importations de biens et services.

Q

Quota : quantité maximale autorisée.

R

Ratio de solvabilité : règle qui impose aux banques de détenir un certain niveau de fonds propres compte tenu des risques encourus.

Redistribution horizontale : redistribution des ressources entre des personnes impactées différemment par la réalisation d'un risque social.

Redistribution verticale : redistribution des ressources des personnes les plus favorisées vers les personnes les plus pauvres.

Rendement d'échelle : variation de la production entraînée par la variation de la quantité des facteurs de production (les facteurs variant tous dans la même proportion). Lorsque la quantité produite augmente dans la même proportion que les quantités de facteurs, on est en présence de rendements d'échelle constants.

Rendement marginal d'un facteur : variation du volume de production entraînée par l'augmentation d'une unité du facteur.

Répertoire de l'action collective : ensemble des moyens mobilisés pour protester à une période donnée dans un contexte donné.

Reproduction sociale : mécanisme qui conduit une société à maintenir ses caractéristiques essentielles de générations en générations. On parle, notamment, de reproduction sociale pour désigner une situation de forte hérédité sociale.

Rétribution symbolique : avantage non monétaire.

Revenu primaire : revenu qui est la contrepartie de la participation à l'activité productive. Il se compose des revenus du travail et du patrimoine.

Revenu disponible : revenu primaire auquel on a retranché les cotisations sociales et les impôts directs et auquel on a ajouté les revenus de transfert.

Risque de crédit : risque qu'un agent économique ne rembourse pas son crédit.

S

Salaire d'efficience : salaire qui maximise la productivité des travailleurs.

Salarisation : hausse de la part des salariés dans l'ensemble de la population active.

Sélection adverse : situation dans laquelle un acteur ne sélectionne pas un produit ou une personne ayant les caractéristiques désirées du fait de l'existence d'une asymétrie d'information.

Sous-emploi : situation dans laquelle une personne effectue un nombre d'heures inférieur à ce qu'elle souhaite (temps partiel contraint) ou à ce qui est prévu dans son contrat (*ex. :* pour cause de chômage technique).

Spéculation : achat ou vente d'un actif (réel, financier ou monétaire) dans le but de réaliser un gain lié aux variations des prix de l'actif.

Sphère réelle : sphère de la production.

Stabilisateurs automatiques : mécanisme par lequel une variable a un effet spontanément contracyclique sans qu'aucune politique ne soit mise en œuvre.

Statut d'emploi : type d'emploi occupé (salarié ou non salarié, secteur privé, public ou semi-public).

Structure des opportunités politiques : environnement politique au sein duquel évoluent les acteurs sociaux.

***Subprimes* :** prêts hypothécaires accordés à des agents économiques peu solvables.

T

Taux d'accès aux différents diplômes : pourcentage d'une génération qui atteint un certain niveau de diplôme.

Taux d'emploi : proportion de personnes disposant d'un emploi dans une catégorie donnée (*ex. :* les 15-64 ans).

Taux de chômage : proportion de personnes sans emploi au sein de la population active.

Taux de marge : rapport entre l'excédent brut d'exploitation (EBE) et la valeur ajoutée.

Taux de scolarisation : total des inscriptions dans un niveau spécifique d'éducation, sans distinction d'âge, exprimé en pourcentage de la population officiellement scolarisable au même niveau pour une année scolaire donnée.

Travail : activité humaine conduisant à la production de biens et de services.

V

Valeur ajoutée : valeur créée au cours du processus productif.

Valeur fondamentale : valeur qu'un actif devrait avoir si son prix dépendait de paramètres relatifs à l'économie réelle.

Z

Zone monétaire optimale (ZMO) : espace au sein duquel il est possible d'instaurer une monnaie unique (de créer un espace monétaire intégré).

HGGSP

- ☑ Tous les chapitres au programme du Bac
- ☑ 6 sujets du Bac et leurs corrigés détaillés
- ☑ Le lexique des mots-clés

SOMMAIRE

Définition de l'épreuve 159

Conseils généraux pour l'épreuve 160

CHAPITRES 1 À 42

THÈME 1 : DE NOUVEAUX ESPACES DE CONQUÊTE — BAC ANNÉES PAIRES

1 Océan et espace : les nouveaux enjeux 161

2 La course à l'espace depuis les années 1950 164

3 Dissuasion nucléaire et forces de projection maritimes 167

4 La Station spatiale internationale 172

5 Rivalités et partage des ressources océaniques 175

6 La Chine à la conquête des nouveaux espaces 179

Sujet du Bac – Dissertation 182

Quelles sont les rivalités et les coopérations dans le partage des ressources des mers et des océans ?

Corrigé 184

THÈME 2 : FAIRE LA GUERRE, FAIRE LA PAIX — BAC TOUTES ANNÉES

7 Guerres et paix dans le monde actuel 187

8 De la guerre de Sept Ans aux guerres napoléoniennes 193

9 Du modèle de Clausewitz aux « guerres irrégulières » 197

10 L'échec de la paix : les traités de Westphalie (1648) 201

11 La sécurité collective : l'ONU de 1997 à 2006 204

12 Du conflit israélo-arabe au conflit israélo-palestinien 208

13 Les guerres du Golfe et leurs prolongements 212

Sujet du Bac – Étude de documents 216

Les deux guerres du Golfe et leurs prolongements

Corrigé 220

THÈME 3 : HISTOIRE ET MÉMOIRES — BAC ANNÉES PAIRES

14 Histoire et mémoire, histoire et justice ... 223
15 Les causes de la Première Guerre mondiale ... 229
16 Mémoires et histoire de la guerre d'Algérie ... 233
17 Les tribunaux *gacaca* face au génocide des Tutsis ... 237
18 Le Tribunal pénal international pour l'ex-Yougoslavie ... 240
19 Les lieux de mémoire du génocide des Juifs et des Tsiganes ... 243
20 Juger les crimes nazis après Nuremberg ... 247
21 Le génocide dans la littérature et le cinéma ... 251

Sujet du Bac – Dissertation ... 254
La justice face aux génocides et aux crimes contre l'humanité
Corrigé ... 256

THÈME 4 : IDENTIFIER, PROTÉGER ET VALORISER LE PATRIMOINE — BAC ANNÉES IMPAIRES

22 L'évolution de la notion de « patrimoine » ... 260
23 Les usages du château de Versailles depuis l'Empire ... 266
24 Les frises du Parthénon depuis le XIXe siècle ... 270
25 La question patrimoniale à Paris ... 274
26 La question patrimoniale au Mali ... 277
27 Venise, entre valorisation et protection ... 281
28 La gestion du patrimoine français ... 284
29 Le Nord-Pas-de-Calais : de l'industrie au patrimoine industriel ... 287
30 Rayonnement français et patrimoine immatériel ... 290

Sujet du Bac – Étude de documents ... 294
Les actions majeures de valorisation et de protection du patrimoine français.
Corrigé ... 298

THÈME 5 : L'ENVIRONNEMENT, ENTRE EXPLOITATION ET PROTECTION — BAC TOUTES ANNÉES

31 Qu'est-ce que « l'environnement » ? ... 301
32 La forêt française depuis Colbert ... 307

33 Les « révolutions » néolithique et industrielle 311
34 L'évolution du climat en Europe du Moyen Âge au XIXe siècle 315
35 Réchauffement climatique et relations internationales 318
36 Les États-Unis et la question environnementale 322

Sujet du Bac – Dissertation 326
Exploiter et protéger la forêt française depuis Colbert.
Corrigé 328

THÈME 6 : L'ENJEU DE LA CONNAISSANCE BAC ANNÉES IMPAIRES

37 La société de la connaissance 331
38 L'alphabétisation des femmes depuis le XVIe siècle 338
39 Les recherches et les échanges sur la science au début du XXe siècle 342
40 Les services secrets soviétiques et américains durant la guerre froide 346
41 L'Inde et les enjeux de la connaissance 350
42 Cyberespace et cyberdéfense 354

Sujet du Bac – Étude de document 358
La connaissance, enjeu politique et géopolitique : l'exemple de l'Inde.
Corrigé 362

LEXIQUE 365

EXEMPLES DE QUESTIONS DE GRAND ORAL TRAITÉES

1 Nos sociétés peuvent-elles lutter contre la menace terroriste ? (thème 2) 391
2 Faut-il multiplier les commémorations des grands drames du passé ? (thème 3) 392
3 La France a-t-elle une vraie politique de l'environnement aujourd'hui ? (thème 5) 393

DÉFINITION DE L'ÉPREUVE

Durée	4 heures	Coefficient	16

- L'épreuve est composée de deux exercices notés chacun sur 10 points :
  – une **dissertation** ;
  – une **étude critique d'un (ou deux) document(s)**.
- Les deux exercices ne peuvent pas porter sur le même thème.
- Les thèmes du programme mobilisables pour l'épreuve du baccalauréat sont différents les années paires et les années impaires. 2 thèmes sont présents tous les ans, les autres tournant une année sur deux.

1. La dissertation

- La dissertation est une réponse construite à un sujet donné, avec une **introduction**, un **développement** et une **conclusion**.
- La réalisation d'un **croquis** ou d'un **schéma** amènera une valorisation de la note ; un fond de carte pourra être fourni si cela est adapté au sujet. La réalisation de cette production graphique n'a **aucun caractère obligatoire** et son absence ne peut aucunement pénaliser le candidat.

2. L'étude critique de document(s)

- Il s'agit d'une étude critique d'**un** ou **deux documents** (dans ce cas les deux documents sont de **nature différente**).
- Le sujet se compose d'un titre et d'un ou deux documents accompagnés d'une **consigne**, qui vise à orienter le travail du candidat.
- Un nombre limité de notes explicatives peut également figurer.

CONSEILS GÉNÉRAUX

Pour réussir votre épreuve de HGGSP, vous devez bien comprendre les attentes des correcteurs.

1. Les attentes globales

- Les correcteurs évaluent l'aptitude du candidat à :
  – mobiliser des connaissances acquises ;
  – construire une problématique ;
  – rédiger des réponses construites et argumentées ;
  – exploiter, organiser et confronter des informations ;
  – analyser des documents de sources et de natures diverses et à en faire une étude critique ;
  – faire preuve de capacités de réflexion en les étayant par des connaissances.

2. Les attentes spécifiques pour la dissertation

- Le candidat doit montrer :
  – qu'il maîtrise des connaissances et sait les sélectionner ;
  – qu'il est capable d'organiser ces connaissances de manière à traiter le sujet ;
  – qu'il a acquis des capacités d'analyse et de réflexion.
- **Pour traiter le sujet,** le candidat doit :
  – analyser le sujet et élaborer une problématique ;
  – rédiger un texte pertinent comportant une introduction (dégageant les enjeux du sujet et un fil conducteur en énonçant une problématique), plusieurs parties structurées et une conclusion (qui répond à la problématique).

3. Les attentes spécifiques pour l'étude critique de document(s)

- Le candidat doit montrer :
  – qu'il est capable de construire une problématique à partir du sujet indiqué par le titre et abordé par le (ou les) document(s) ;
  – qu'il comprend le sens général du (ou des deux) document(s) ;
  – qu'il est capable de sélectionner les informations, de les hiérarchiser, de les expliciter ;
  – qu'il sait prendre un recul critique en réponse à sa problématique, en s'appuyant d'une part sur le contenu du (ou des deux) document(s) et, d'autre part, sur ses connaissances personnelles.
- **Pour traiter le sujet,** le candidat doit :
  – analyser de manière critique les documents en prenant appui sur la consigne et élaborer une problématique ;
  – rédiger une introduction comportant une problématique ;
  – organiser son propos en plusieurs paragraphes ;
  – rédiger une conclusion qui comporte une réponse à la problématique.

Océan et espace : les nouveaux enjeux

CHAPITRE 1

Au-delà des frontières classiques, les **nouveaux relais de la puissance** des États passent, de plus en plus, par l'**appropriation des espaces maritimes et exo-atmosphériques**. La prise de conscience des enjeux économiques et stratégiques de la **« planète mer » est ancienne**. L'explorateur et aventurier Sir Walter Raleigh affirmait déjà à la fin du XVIe siècle : **« Qui tient la mer tient le commerce du monde. »** La perception de **l'espace**, et plus particulièrement de l'exo-atmosphère, **comme une richesse appropriable est plus récente**.

1 Géopolitique de la « planète mer »

A De nouvelles frontières

- **La mer, sixième continent.** En prenant les espaces maritimes comme nouvelles frontières, **le monde s'organise en six îles principales** (Amérique du Nord, Amérique du Sud, Afrique, Eurasie, Australie, Antarctique) au milieu de **quatre océans** (Atlantique, Pacifique, Indien, Arctique). Dans ce contexte, l'océan Indien est appelé à devenir le nouveau pivot géopolitique de la planète au XXIe siècle.

- **Des nouvelles ressources.** La plupart des experts estiment que l'avenir du monde se joue en partie en mer, notamment en ce qui concerne, d'abord, l'exploitation des hydrocarbures offshore et, dans un avenir proche, celle des **nodules polymétalliques** dans les grands fonds.

- **Droit international des mers et patrimoine commun.** Malgré les **accords de Montego Bay** (définition des **zones économiques exclusives** à 200 milles nautiques) signés par la plupart des États développés, à l'exception des États-Unis, il n'est pas certain qu'un nouveau droit international puisse aboutir prochainement. L'idée d'un patrimoine commun de l'humanité pour les espaces maritimes au-delà des 200 milles nautiques des ZEE (rôle de la CNUDM) et le projet d'une Haute Autorité mondiale des fonds marins risquent de se heurter au renforcement de **tensions internationales contradictoires** : d'une part, les « faveurs » accordées aux pays en développement ;

d'autre part, les limitations imposées aux pays industrialisés, seuls capables de conduire l'exploitation des ressources océaniques.

B Une chance pour l'Europe et la France ?

- **L'Europe et la mer.** En sa qualité de **première puissance maritime mondiale** (plus de 25 millions de km² de ZEE), l'Union européenne est, potentiellement, en position de force dans l'enjeu stratégique majeur de la gestion des mers et des océans.

- **Le rôle de la France.** Avec 11 millions de km² de ZEE (**2e rang mondial** derrière les États-Unis), elle est seule présente à la fois dans les océans Atlantique, Pacifique et Indien. Cette **« France des trois océans »** offre au pays l'opportunité d'une vision planétaire refondée et lui permet d'espérer un maintien de sa puissance au niveau mondial pour les prochaines décennies. L'immensité ultramarine française acquiert, ainsi, une **nouvelle valeur géopolitique et économique**.

> **Mots-clés**
>
> **CNUDM (Convention des Nations unies sur le droit de la mer) :** entrée en vigueur en 1994, elle entérine notamment l'existence des ZEE. Elle crée aussi un Tribunal international du droit de la mer. Elle n'a pas été ratifiée par les États-Unis.
> **Exploitation offshore :** exploitation du pétrole ou du gaz à partir de plateformes installées en pleine mer.
> **Nodules polymétalliques :** concrétions rocheuses (en général de 5 à 10 cm de diamètre) accumulées dans certains fonds océaniques et constituées d'hydroxydes de fer et de manganèse.
> **Plateau continental :** prolongement du continent sous la surface maritime. Il appartient théoriquement au pays côtier jusqu'à une distance de 200 milles marins soit environ 370 km.
> **ZEE :** zone économique exclusive. Espace marin propriété d'un État qui peut disposer seul de ses ressources dans un rayon de 370 km (200 milles marins) autour des côtes.

2 Les horizons de l'espace exo-atmosphérique

A La course à l'espace

- **Une conséquence des rivalités Est/Ouest.** La course à l'espace est **indissociable de la « guerre froide »** qui a obligé les deux blocs à investir de nouveaux horizons porteurs de puissance puisque le plus traditionnel, la guerre, n'était plus envisageable à cause de « l'équilibre de la terreur ». Elle doit plus aux **rivalités géopolitiques des années 1950-1980** qu'à un véritable projet scientifique mûrement réfléchi.

- **Une chasse gardée des grands pays.** Aujourd'hui, seuls **les États-Unis, la Russie, l'Union européenne, le Japon, la Chine et l'Inde** ont la capacité de produire et de lancer des fusées. Mais déjà **une cinquantaine de pays**

possèdent au moins un satellite placé en orbite. Dans les prochaines décennies, les espaces exo-atmosphériques (entre 20 et 150 km d'altitude) vont toujours davantage s'imposer comme des territoires prolongés de la puissance et des développements scientifiques et économiques des États.

B Les politiques spatiales

- **Les politiques en cours.** Elles sont en train de monter en gamme, quantitativement et qualitativement, induisant une géopolitique mondiale et des géostratégies régionales selon des déclinaisons civiles et militaires distinctes ou associées, toujours plus complexes et performantes. Elles s'incarnent, pour le grand public, dans les **systèmes de navigation** par satellites : GPS américain, Galileo européen, Glonass russe, Beidou chinois.
- **L'horizon 2050.** L'homme retournera sur la Lune sans doute avant 2035, à partir des États-Unis, de la Russie, de l'Europe ou de la Chine, avec des développements de bases lunaires vers 2050. Les initiatives spatiales des uns vont stimuler celles des autres, tellement la **conquête maîtrisée de la Lune et de Mars** s'inscrit, désormais, dans des logiques de concurrences et de rivalités internationales, **recontextualisant** de fait **le monde entier et sa perception**. Les applications militaires en termes de missiles balistiques intercontinentaux vont également se multiplier malgré les accords internationaux pouvant exister entre certains pays.

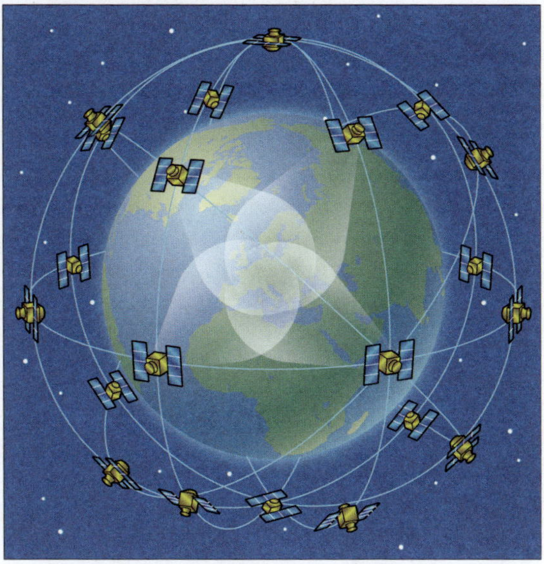

▲ Le réseau des 30 satellites européens Galileo totalement déployés fin 2021.

Mots-clés

Exo-atmosphère : espace cosmique au-delà de l'espace atmosphérique entourant la Terre.

GPS (Global Positioning System) : « système de positionnement mondial » mis au point par l'armée des États-Unis. Il permet de connaître sa position avec une très grande précision (entre 5 et 15 mètres) sur la surface du globe.

Galileo : système de positionnement exclusivement civil créé par l'Union européenne pour éviter de recourir à celui des Américains. Il est mis progressivement en service entre 2016 et 2020. Sa précision est de 4 mètres pour le service universel gratuit délivré aux particuliers et de l'ordre du mètre pour les services payants destinés aux professionnels.

CHAPITRE 2 La course à l'espace depuis les années 1950

La **Seconde Guerre mondiale** ayant montré l'importance des technologies de pointe, la plupart des pays développés créent, dès son lendemain, des institutions de recherche aérospatiale. La **« guerre froide »** entraîne alors une **concurrence acharnée** entre les États-Unis et l'URSS qui favorise les progrès techniques. La **fin de cette rivalité** au début des **années 1980** modifie profondément les réalités géopolitiques de la « course à l'espace ». Elle se transforme en **enjeu économique** lié au ***soft power*** : vitrine technologique et maîtrise des communications satellitaires.

1 Des enjeux longtemps liés à la guerre froide

A Le choc « Spoutnik » et ses conséquences

- **Le premier satellite artificiel.** Dès 1955, Américains et Soviétiques préparent le lancement d'un satellite artificiel prévu pour 1957. Tandis que **le programme américain accumule les échecs, l'URSS de Khrouchtchev** parvient à placer sur orbite leur satellite (**Spoutnik 1**) le 4 octobre 1957, créant stupéfaction et inquiétude aux États-Unis.
- **La création de la NASA.** Dès 1958, le président américain **Eisenhower** décide de créer la National Aeronautics and Space Administration (**NASA**) chargée de coordonner la recherche spatiale au niveau fédéral dans le but de **rattraper le retard supposé de son pays sur l'URSS**. Immédiatement est lancé le programme Mercury qui a pour but d'envoyer le premier homme (un Américain) dans l'espace.

B Le choc « Youri Gagarine » et ses conséquences

- **Un Soviétique dans l'espace.** Le 12 avril 1961, les Soviétiques réussissent un premier vol habité de 108 minutes. L'exploit du cosmonaute **Youri Gagarine** a un retentissement mondial et semble positionner durablement l'URSS comme la première puissance technologique du moment.

■ **« On a marché sur la Lune. »** Dès le 25 mai 1961, le **président Kennedy** relève le défi et annonce qu'avant la fin de la décennie son pays « enverra un homme sur la Lune ». C'est le début du **programme « Apollo »** qui devient dès lors une priorité américaine. Le 21 juillet 1969, *Apollo 11* alunit et **Neil Armstrong** devient le premier homme à fouler le sol lunaire.

"Hiya Ike! Still trying to muscle in?"

▲ « Salut Ike (Eisenhower), tu essaies toujours de t'imposer ? ». Dessin de Franklin d'octobre 1957 après le lancement réussi du satellite Spoutnik 1 par l'URSS.

■ **Un tournant majeur.** Cet événement planétaire qui, dans la réalité, ne distance guère les Soviétiques engagés dans un programme similaire (Luna) est cependant un tournant psychologique majeur. Désormais les **États-Unis** ont acquis un **ascendant psychologique** sur les Soviétiques. Ils sont perçus par la communauté internationale, comme les **vainqueurs de la course à l'espace**.

2 Les enjeux contemporains

A Une nouvelle course à l'espace

■ **Les conséquences d'Apollo.** Les **coûts financiers exorbitants** et le peu de résultats scientifiques et de retombées économiques concrètes modifièrent la donne dès les années 1970. Les programmes Apollo 18 à 20 sont annulés tandis que l'URSS s'engage dans l'expérimentation de vols habités (Soyouz). Désormais, il faut privilégier des programmes moins chers (coopération internationale) et les **vols de longue durée** dans l'exo-atmosphère.

■ **Stations et navettes spatiales.** Les deux grandes puissances expérimentent, chacune de leur côté, un programme de station spatiale (**Skylab** pour les États-Unis, et **Saliout** puis **Mir** pour l'URSS) et parviennent à y maintenir un équipage pendant plusieurs mois. Parallèlement, elles développent des navettes spatiales dans le but de réduire les coûts de lancement des satellites, mais seuls les États-Unis mènent leur programme jusqu'au bout. **La navette spatiale américaine effectue plus de 130 vols entre 1981 et 2011.** Elle est, ensuite, abandonnée à cause de ses aléas techniques et de son coût de revient prohibitif.

B La « commercialisation » de l'espace

- **De nouveaux acteurs.** **L'Union européenne** s'affirme, depuis 1979, comme l'un des acteurs majeurs de l'économie spatiale. Depuis le pas de tir de **Kourou** (en Guyane), la **fusée Ariane**, à la technologie principalement française, envoie dans l'espace avec succès 5 à 7 satellites tous les ans. De son côté, la **Chine** a envoyé son premier satellite (Dong Fang Hong) dans l'espace en 1970 puis un vaisseau habité spatial (Shenzhou) en 2003 ainsi qu'une station spatiale (Tiangong) en 2011. Elle a déjà programmé le lancement d'une nouvelle station spatiale opérationnelle en 2022 (la Grande Station). Placée sur orbite basse (à environ 400 km de la Terre), elle a pour buts de mener des expériences sur la microgravité et de former des astronomes chinois aux futurs vols extra-atmosphériques de très longue durée.

- **Arianespace.** Fondée en 1980, cette société de droit privé, dépendant néanmoins à près de 80 % de capitaux publics et privés français et allemands se définit comme un « opérateur de systèmes de lancement ». Elle envoie près de **la moitié des satellites géostationnaires mondiaux** aussi bien pour des États (17 à ce jour) que pour des organisations privées (Intelsat). Elle est, aujourd'hui, principalement concurrencée par International Launch Services (États-Unis), China Great Wall Industry Corporation (Chine) et Antrix (Inde).

- **Le tourisme spatial : un fantasme plus qu'une réalité.** Longtemps annoncé comme en développement rapide, il n'est pour le moment qu'anecdotique. Un prototype d'habitat spatial (Genesis I) a été mis sur orbite en 2006 et n'a pas encore de successeur. L'agence Space Adventures propose aux particuliers quelques vols en orbite dans la Station spatiale internationale pour plus de **20 millions de dollars la place**.

Texte-clé

Le traité de l'espace

Élaboré par le Comité des utilisations pacifiques de l'espace extra-atmosphérique (CUPEEA) et adopté par l'ONU en 1967, il fixe les bases du droit de l'espace :
– la libre exploration et utilisation de l'espace mais toujours à des fins pacifiques ;
– la non-appropriation et la non-souveraineté de l'espace extra-atmosphérique ;
– le principe de responsabilité des États, aussi bien politique que juridique (statuts des objets spatiaux et des astronautes, etc.) ;
– les modalités de coopération internationale et d'assistance mutuelle.

Dissuasion nucléaire et forces de projection maritime

CHAPITRE 3

Si **l'arme nucléaire a dominé les relations internationales** pendant toute la **deuxième moitié du XXe siècle**, elle n'a pas pour autant disparu du paysage stratégique contemporain. Entrées dans un « deuxième âge nucléaire », les grandes puissances actuelles ne l'envisagent plus comme le seul moyen de s'imposer mais comme un atout militaire parmi d'autres. Elle s'ajoute à la **capacité stratégique d'intervention** tout autour du globe que ne peuvent posséder que les États disposant de **forces de projection maritime**.

1 La logique de la dissuasion nucléaire durant la guerre froide

A Une nouvelle pensée stratégique

- **Une double surenchère.** Deux modalités s'imposent dans l'un et l'autre camp : la quête permanente d'**innovations technologiques** les plus sophistiquées pour dominer qualitativement l'adversaire et le prendre de cours quant à la performance et l'efficacité de nouvelles armes ; la **surenchère quantitative** pour impressionner davantage l'ennemi désigné ou potentiel.

Les cinq grandes puissances nucléaires de la guerre froide (1945-1990)

Pays	Bombe A	Bombe H
États-Unis	1945	1952
URSS	1949	1953
Royaume-Uni	1952	1957
France	1960	1968
Chine	1964	1969

- **L'originalité française.** Acteur nucléaire à part entière, au début des années 1960, seule la France fait un choix stratégique différent. Celui de la dissuasion atomique « du faible au fort », lui **évitant la course aux armements** tout en préservant une réelle crédibilité opérationnelle en la matière.

Les doctrines géostratégiques avant et après la dissuasion nucléaire

Fonction de l'utilisation de la force	Facteurs qui influencent la stratégie avant 1945	Facteurs qui influencent la stratégie après 1945
Défense Mobilisation des ressources en vue de limiter les dommages encourus lors d'une attaque.	Formulation d'une stratégie fondée essentiellement sur la capacité de faire la guerre. Prédominance d'une approche militaire privilégiant les concepts d'« offensive » et de « victoire ».	Formulation d'une stratégie fondée essentiellement sur la capacité de prévenir la guerre. Approches surtout psychologiques et diplomatiques privilégiant le concept de « gestion des conflits ».
Dissuasion Empêcher l'adversaire d'initier une attaque.	Considération des facteurs militaires et politico-diplomatiques qui influencent les choix stratégiques. La dissuasion est le produit de l'équilibre entre les puissances.	Considérations des facteurs technologiques et existentiels qui influencent les choix stratégiques. La dissuasion est le produit de l'équilibre de la terreur nucléaire.
Coercition Chercher à modifier le comportement d'un adversaire.	Opérations de guerre « totale » et souvent directes afin de réaliser des objectifs politiques. Les guerres conventionnelles de type européen dominent.	Opérations de guerre « limitées » et souvent indirectes afin de réaliser des objectifs politiques. Les guerres conventionnelles et révolutionnaires se déroulent principalement dans le tiers-monde.
Statut Manœuvres symboliques.	Dimension de l'intérêt national et importance du « déséquilibre de rang » entre les États. Recherche du prestige et luttes d'influences.	Dimension idéologique des conflits modernes et accentuation des guerres de diversion et du terrorisme. Montée des acteurs non étatiques.

B La course aux armements

- **Une course dans tous les domaines.** Elle se développe **sur terre** (missiles balistiques intercontinentaux sol/sol à partir des silos enterrés), **sur mer** (missiles balistiques intercontinentaux mer/sol à partir des sous-marins nucléaires lanceurs d'engins) et **dans les airs** (bombes aéroportées).

- **Une course longtemps sans vainqueur.** Jusqu'en 1984, aucun pays n'a pris réellement l'avantage l'un sur l'autre, comme le souligne le tableau ci-dessous :

Innovations technologiques majeures	États-Unis	Union soviétique
Explosif atomique (bombe A)	1945	1949
Bombardier nucléaire stratégique opérationnel	1945	1955
Explosif thermonucléaire (bombe H)	1952	1953
Sous-marin à propulsion nucléaire	1954	1958
Missile balistique intercontinental opérationnel	1960	1959
Missile mer/sol balistique stratégique opérationnel	1960	1957
Missile balistique intercontinental à combustible solide	1962	1968
Missile opérationnel à charges multiples	1970	1974
Essai de missile de croisière stratégique	1976	1979
Missile balistique intercontinental de très haute précision	1980	1984

- **L'IDS.** L'équilibre bipolaire est rompu lorsque l'URSS ne voulut pas soutenir une nouvelle course aux armements et à la technologie, lancée par le président **Reagan** en 1983 avec **l'Initiative de défense stratégique** (IDS), dite **« guerre des Étoiles »**. Ce projet de bouclier antimissile revalorisait les éléments de puissance traditionnels favorables aux États-Unis, comme le dynamisme de leur recherche scientifique, militaire et civile au détriment de la seule force nucléaire. Cette **relativisation de la puissance atomique** explique pourquoi le monde a connu une **dénucléarisation depuis la fin de la guerre froide**, à la fois par le désarmement conjoint des deux anciens rivaux de la guerre froide (traités START I et II en 1991 et 1993) et par la signature de traités régionaux interdisant à leurs parties la mise au point de l'arme nucléaire (traité de Tlatelolco pour l'Amérique latine en 1967, rejoint par le Brésil et l'Argentine en 1994).

2 La puissance par les mers

A La logique insulaire américaine

- **Nicholas Spykman (1893-1943).** Disciple de Mahan et de Mackinder, il affirme, dans deux ouvrages majeurs (*America's Strategy in World Politics*, 1942 ; *The Geography of the Peace*, 1944), que **la sécurité américaine dépend de sa puissance maritime** lui permettant de contrôler le ***Rimland***, anneau périphérique du ***Heartland***.

> **Mots-clés**
>
> ***Heartland*** : zone pivot dont le contrôle donne le contrôle du monde dans la théorie de Mackinder.
>
> ***Rimland*** : zone tampon autour du *Heartland*. Celui qui la contrôle, grâce à sa puissance maritime, contrôle le monde dans la théorie de Spykman.
>
> **Thalassocratique** : relatif à la mer et à la puissance qu'elle peut représenter.

- **Une île-continent thalassocratique.** Les théories de Spykman arrivent au moment où l'expérience de la **Seconde Guerre mondiale** fait sortir les États-Unis de leur isolement précédent par la **prise de conscience de leur rôle mondial**. L'Amérique se perçoit alors comme une île-continent, face à un territoire soviétique inscrit dans l'immensité continentale eurasiatique du *Heartland*. Le seul moyen de l'emporter passe, logiquement, par l'**accentuation du *Sea Power***.

B Les États-Unis, seul pays à projection maritime mondiale

- **Le renforcement de la logique insulaire américaine.** Depuis plus d'une décennie, le contexte international renforce la logique insulaire du territoire des États-Unis. **Ouvert sur les deux plus grands océans du monde,** le pays s'inscrit de plus en plus dans une géostratégie maritime à l'échelle planétaire.

- **Le déploiement mondial de la puissance militaire américaine.** Ses quatre armées *(Army, Navy, Air Force, Marines)* utilisent un réseau de **112 bases principales extérieures** pour leur déploiement rapide en cas d'intervention

> **Biographies**
>
> **Alfred Mahan (1840-1914)**
> Ce stratège naval américain analyse les facteurs de l'hégémonie maritime de l'Angleterre : « *La puissance maritime tient au commerce qui suit les routes les plus avantageuses ; la puissance militaire a suivi le commerce pour l'aider à progresser et pour le protéger* ». Théoricien du ***Sea Power*** *(Les intérêts de l'Amérique dans la maîtrise des mers)*, il prédit la domination du monde par les États-Unis, grâce à la maîtrise des mers.
>
> **Halford John Mackinder (1861-1947)**
> Sa conception globale de la planète l'amène à distinguer une **grande île mondiale**, le ***Heartland*** (plaine de l'Europe centrale et jusqu'à la Sibérie occidentale), et des îles périphériques (continent américain, subcontinent australien, archipels d'Océanie) : « *Qui tient l'Europe orientale, tient le* Heartland *; qui tient le* Heartland *tient l'île mondiale ; qui tient l'île mondiale tient le monde.* »

militaire. Ces bases et leurs personnels permanents fondent la division du monde en **cinq grands commandements géographiques** couvrant l'ensemble du globe : l'EUCOM *(European Command)*, le PACOM *(Pacific Command)*, le CENTCOM *(Central Command)* pour le Moyen-Orient et l'Asie centrale, l'AFRICOM *(African Command)* et le SOUTHCOM *(Southern Command)* pour l'Amérique du Sud. Ils comptent plus de **250 000 soldats** déployés.

- **Une avance incontestable sur la Chine.** Les États-Unis possèdent des **outils de projection de puissance** dont leurs rivaux restent dépourvus. Ils disposent de **onze porte-avions à propulsion nucléaire** qui servent de **bases mobiles** pour déployer des forces sur l'ensemble du globe. En 2020, la Chine n'avait que deux porte-avions à propulsion diesel classique et ne disposait encore d'aucune base militaire extérieure dans le monde.

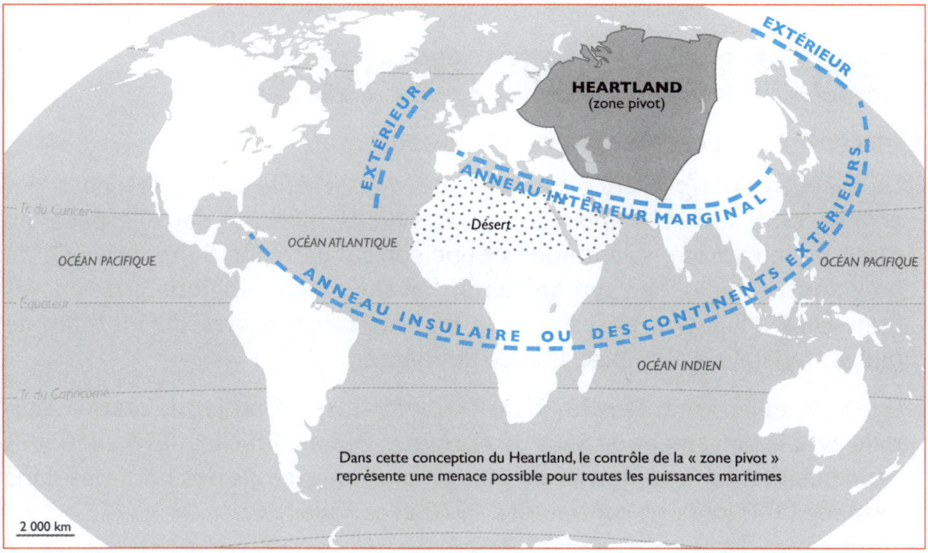

▲ Une conception thalassocratique de la puissance mondiale : la ceinture d'isolement maritime de Spykman (1942).

CHAPITRE 4

La Station spatiale internationale

Occupée en permanence par un équipage depuis 2011, la Station spatiale internationale (SSI) est le principal **symbole de la coopération spatiale internationale** mise en place après la guerre froide. **Décidé au départ par les États-Unis,** ce projet de station se déplaçant en orbite basse dans l'exo-atmosphère dans un but d'observation et de recherche scientifique a été progressivement **rejoint par la Russie, onze États européens, le Japon, le Canada et le Brésil**.

1 Un projet américain hérité de la guerre froide

A Une conséquence du programme Apollo

- **Le besoin d'une présence permanente dans l'espace.** Dès le début des années 1960, la NASA envisage une station permanente dans l'espace qui serait un laboratoire scientifique et une sorte d'entrepôt. Suite naturelle du programme Apollo, **elle symboliserait l'avance technologique** prise par les États-Unis. Mais, aux prises avec la **très coûteuse guerre du Vietnam**, le budget fédéral s'avère incapable de la financer.
- **L'avance soviétique.** Dès 1971, l'URSS concrétise un projet de station spatiale avec le lancement de **Saliout**. Après des débuts difficiles, les Soviétiques parviennent à **faire séjourner de plus en plus longtemps des hommes dans l'espace** (140 jours en continu dès 1978 avec Saliout 6).
- **La guerre « fraîche ».** Une reprise des tensions avec l'URSS se produit lors des deux mandats du président américain Reagan (1981-1989) qui n'hésite pas à qualifier cette dernière d'**« empire du mal »**. Dès 1983, les États-Unis décident de **relancer le projet de station spatiale** bientôt baptisé *Freedom*.

B L'internationalisation du projet

- **Un gouffre financier.** L'échec de la navette spatiale *Challenger* qui explose en plein vol (1986), conjugué au **gonflement incessant du budget initialement**

prévu, enlise le projet, qui n'obtient pas l'accord du Congrès. En 1993 il a plus que triplé par rapport aux estimations de départ.

- **L'appel à la Russie.** L'éclatement de l'URSS au début des années 1990 change la donne. Les États-Unis, qui craignent une **dispersion du savoir spatial** de leur rival déchu et qui souhaitent aussi afficher leur volonté de tendre la main à leur ancien ennemi, proposent à la Russie de devenir leur partenaire privilégié. Ils comptent également bénéficier de l'**expérience soviétique** acquise avec la station spatiale Mir, mise en orbite en 1986.

> **Texte-clé**
>
> **L'accord intergouvernemental de Washington (29 janvier 1998) signé par 15 États.**
>
> *Article 1er. Le présent Accord a pour objet d'établir, sur la base d'une véritable association, un cadre de coopération internationale à long terme entre les partenaires, en vue de la conception détaillée, du développement, de l'exploitation et de l'utilisation d'une Station spatiale internationale civile habitée en permanence, à des fins pacifiques, conformément au droit international.*

- **L'accord de Washington.** Signé en 1998, il élargit encore le nombre de participants au projet en y intégrant, outre le Canada et le Japon, **les principaux pays européens.** Désormais clairement désignée comme un projet scientifique à fin pacifique, la station spatiale internationale devient une réalité.

2 Un symbole d'une coopération internationale fragile

A Une réussite technique et scientifique

- **Une construction complexe.** Il faut plus de **40 vols de la navette spatiale américaine Columbia** pour assembler les 400 tonnes de la station, composée de 13 modules hétéroclites provenant des programmes spatiaux des différents concepteurs (États-Unis, Russie, Europe puis des sociétés privées comme Bigelow Aerospace, Boeing, etc.). La configuration globale de la station se ressent de cette **construction disparate** qui mesure 110 mètres de long sur 74 de large. Environ **400 m³ sont habitables** sur les 900 qui sont pressurisés. Dès 2000, il est possible d'y faire vivre un **équipage de 3 cosmonautes, puis de 6 en 2009**.

- **Des cosmonautes de tous les pays signataires.** Tous les six mois, six cosmonautes se relaient dans la station. **Ils sont choisis parmi les pays signataires des accords de Washington** après une sélection rigoureuse et un entraînement intensif. Ils doivent, en priorité, **contribuer à la maintenance** de la station et aux inévitables travaux de réparation tout en se consacrant aux tâches scientifiques pour lesquelles ils ont été formés. Pour le moment deux Français ont vécu à bord de la station : Philippe Perrin en 2002 et **Thomas Pesquet** en 2016-2017.

- **Un laboratoire exceptionnel.** Outre l'acquisition d'un savoir-faire dans la maintenance des systèmes extra-atmosphériques, la navette permet de roder **les techniques indispensables aux futurs vaisseaux interplanétaires** indépendants de toute aide terrestre. Elle est aussi le lieu privilégié d'étude des **conséquences de l'apesanteur** sur toutes les formes de vies. Elle permet une **observation privilégiée de la Terre**. Enfin, elle est une vitrine incomparable de la coopération internationale et des centaines d'étudiants sont invités, depuis la Terre, à participer à ses travaux.

B Une expérience en partie critiquée

- **Un coût exorbitant.** Le projet initial a été, plusieurs fois, revu à la baisse tant il entraînait des **surcoûts considérables**. Le véhicule d'urgence est abandonné dès 2002, tout comme le laboratoire spatial russe en 2007. Le module d'habitation et surtout le rehausseur de trajectoire, indispensable pour mieux contrôler le déplacement du vaisseau, ne voient pas le jour. Il faut dire que la construction a déjà coûté plus de **115 milliards de dollars** et que la maintenance annuelle dépasse les 3,2 milliards.

- **Des retombées scientifiques modestes.** De nombreux observateurs soulignent que les apports de la station à la recherche scientifique sont inexistants, en grande partie parce que **les cosmonautes** résidents passent la **quasi-totalité de leur temps** à effectuer des tâches de **maintenance**. Les États-Unis ont envisagé, dès 2013, de se retirer du projet. En 2014, ils acceptent de prolonger leur participation jusqu'en 2024.

▲ Première sortie de Thomas Pesquet hors de la Station spatiale internationale, le 13 janvier 2017.

Rivalités et partage des ressources océaniques

CHAPITRE 5

Les mers et les océans, représentant **70,8 % de la surface du globe terrestre**, font, depuis la seconde moitié du XXe siècle, l'objet d'une **législation internationale importante**, principalement sous l'impulsion des Nations unies qui sont à l'avant-garde de la définition de leurs usages (distinction des droits nationaux et des droits internationaux). La **convention de Montego Bay**, signée en 1982, en est l'architecture juridique principale. Elle est en train d'être **complétée** par la BBNJ, qui essaie d'élaborer une **gestion commune de la biodiversité**.

1 L'eldorado maritime : un objet de convoitise

A La « course aux abysses »

- **La richesse des mers et océans.** Les espaces maritimes contiennent aujourd'hui **quatre cinquièmes des espèces vivantes** et **deux fois plus de plantes comestibles** que sur les espaces terrestres. Les richesses des fonds océaniques, repérées ou supposées mais encore inexplorées, sont grâce, aux progrès techniques, de plus en plus accessibles.

Des nodules polymétalliques ◂ dans les abysses.

- **Prédation ou gestion concertée ?** La course vers cet **« eldorado maritime »** concerne de nombreux pays : la Chine et l'Inde, mais aussi la Russie, le Canada, les États-Unis, le Brésil, l'Argentine, l'Australie, le Japon et la France. Cyrille P. Coutansais, directeur de recherche au Centre d'études stratégiques de la Marine, soulève une question cruciale : *« La course à la conquête des abysses est lancée et les tensions autour de l'extension des plateaux continentaux témoignent d'****une volonté d'accaparer*** *ces fondements de l'avenir. »*

B Les logiques contraires des États

- ***Sea Power* et *Sea Control*.** Malgré une prise de conscience mondiale, **la préservation des océans se heurte à des logiques de puissance** contraires. Dominer les océans et exploiter leurs ressources sont redevenus des enjeux qui empêchent un vrai « droit des mers ». Ainsi **les États-Unis n'ont-ils toujours pas ratifié la convention de Montego Bay**.

- **Les nodules polymétalliques.** Depuis les années 1970, l'intérêt pour ces gisements de fer, cuivre, cobalt, manganèse, nickel, dans toutes les plaines abyssales, s'est renforcé avec l'envolée des prix des minerais. Désormais, **l'exploitation de ces nodules représente un enjeu stratégique** certain pour de nombreux pays (France, Allemagne, Japon, Corée du Sud, Russie, Grande Bretagne, États-Unis, Chine, Inde, Belgique). Mais ne s'agit-il pas ici d'une ultime frontière à ne pas dépasser, avec des **risques écologiques considérables** ? Les fonds abyssaux sont des écosystèmes très stables peu résilients et donc très fragiles.

- **La pêche.** Alors que les capacités de pêche ont considérablement augmenté depuis un demi-siècle, **cinq pays se partagent les deux tiers des prises en haute mer** (Chine, Japon, Taïwan, Corée du Sud, Espagne), avec des **effets très dévastateurs sur les ressources halieutiques**.

> **Mots-clés**
>
> **Abysse** : fosse océanique très profonde.
> **Ressource halieutique** : espèce animale ou végétale aquatique qui peut être pêchée.

2 La mise en place progressive d'un droit international maritime

A Les réalisations du XXe siècle

- **Les Quatorze points de Wilson.** En 1918, dans une déclaration destinée à fonder un monde meilleur après le drame de la Première Guerre mondiale, le président américain Woodrow Wilson affirme ***« l'absolue liberté***

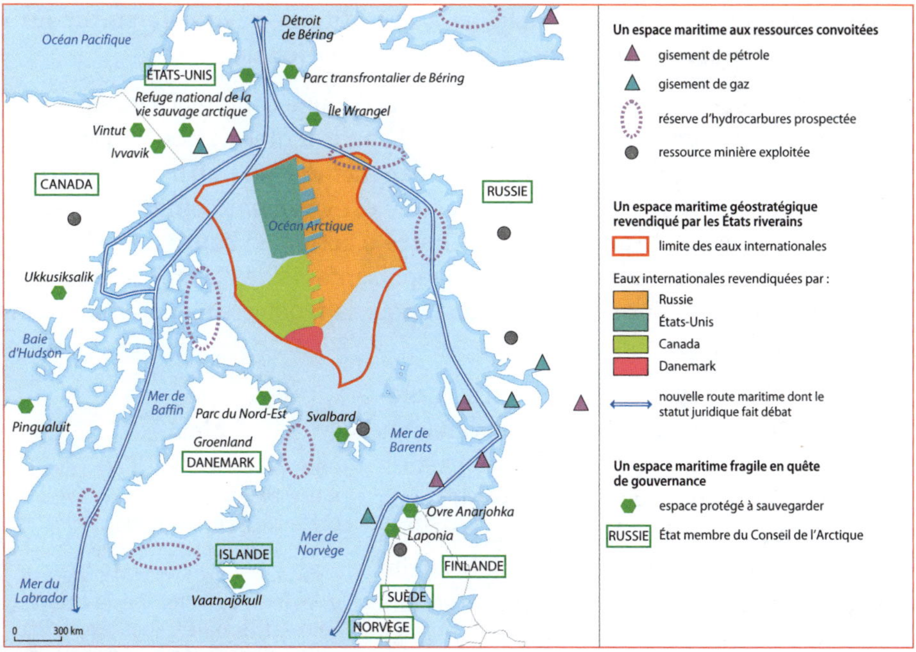

▲ L'Arctique : un espace maritime très convoité.

***de navigation sur les mers**, en dehors des eaux territoriales, en temps de paix aussi bien qu'en temps de guerre ».*

- **La convention de Montego Bay (1982).** Adoptée à l'initiative des Nations unies, elle est l'instrument juridique le plus important du XXe siècle pour une **utilisation pacifique des mers et océans**, fondée sur une coopération internationale de 174 États et un cadre juridique commun. **Son champ d'application est très large et concerne l'ensemble de l'espace marin et ses marges.** Il réglemente la navigation, le survol, l'exploration et l'exploitation des ressources marines, la conservation des ressources biologiques, la protection et la préservation du milieu marin et la recherche scientifique marine. S'y ajoutent un **Tribunal international du droit de la mer** et une Autorité internationale des fonds marins.

B La volonté d'une gestion commune de la biodiversité

- **Une suite logique de la convention de Montego Bay.** Dès 1982, elle énonçait implicitement une **« solidarité écologique des océans »** conduisant à articuler un système juridique cohérent entre les espaces marins nationaux et internationaux. L'**agenda « Horizon 2030 »** du développement durable adopté par l'ONU en 2015 souligne la nécessité de **réviser le statut juridique des espaces marins hors souveraineté nationale**.

- **BBJN : des négociations difficiles.** Depuis 2018, une conférence intergouvernementale se réunit sous l'égide de l'ONU pour tenter de concrétiser cette « solidarité écologique » des océans. L'idée même d'un **patrimoine marin à protéger** par un arsenal juridique approprié est vivement **combattue** par les pays arc-boutés sur le **principe de la liberté d'action en haute mer**. Ces fractures se retrouvent au sein même des représentants de l'Union européenne, pourtant très en pointe dans le combat pour la biodiversité, notamment en ce qui concerne l'Arctique.

- **Quelles avancées prévisibles ?** La conférence est parvenue à organiser trois champs de négociations : une nouvelle gestion des **aires marines protégées (AMP)** ; la **caractérisation « juridique »** des activités humaines portant atteinte à la biodiversité marine ; **l'aide technique** à apporter aux pays en développement riverains. La mise en place d'institutions structurées (secrétariat général, organisations scientifiques et administratives, etc.) afin de pérenniser le futur accord est envisagée, sans que l'on puisse, pour le moment, préjuger de son futur statut.

Mots-clés

BBNJ *(Biological diversity beyond national juridiction)* : biodiversité océanique en haute mer. Depuis 2018, une conférence intergouvernementale sous l'égide des Nations unies tente d'en organiser la gestion.

Eaux territoriales : espace maritime côtier d'une largeur maximale de 12 milles (22 km) où l'État riverain possède une souveraineté complète (surface, sous-sol, espace aérien) équivalente à celle qu'il exerce sur ses eaux intérieures.

La Chine à la conquête des nouveaux espaces

CHAPITRE 6

La Chine bouleverse les données géopolitiques du monde, notamment en ce qui concerne les mers et les océans. En reprise d'une **vision historique** (Mackinder, Mahan et Spykman, défenseur du *Rimland*, voir le chapitre 3), les développements de la mondialisation et la logique multipolaire revalorisent l'idée d'« **un seul océan mondial**, de l'Atlantique au Pacifique ». Mais le **centre de gravité** de l'espace maritime planétaire se situe, désormais, dans le périmètre chinois des deux océans contigus **Indien et Pacifique**. De même, l'effort sans précédent que la Chine fournit pour s'assurer une **place prépondérante dans la maîtrise de l'espace exo-atmosphérique** illustre son nouvel appétit de puissance dans un domaine jusque-là chasse gardée des Occidentaux.

1 Par les mers, la Chine consciente d'être au centre du monde

A Le retour d'une vision confucéenne

- **Une nouvelle vision géopolitique chinoise.** Première bénéficiaire de la mondialisation actuelle, la Chine articule son avantage économique à un positionnement géopolitique en pleine mutation. **Elle s'adapte aux temps présents** mais sans rupture avec la nécessaire **continuité historique**. Après le maoïsme, elle a renoué avec le **néoconfucianisme** selon lequel ***« l'art de la guerre, c'est de soumettre l'ennemi sans combat »*** (Sun Tzu).

Mots-clés

Confucianisme : pensée élaborée par Kongfuzi (latinisé en Confucius), qui vécut de 551 à 479 av. J.-C. Son enseignement repose sur la raison combinée au respect des usages. Le régime impérial le transforme en une doctrine figée exaltant l'obéissance aux autorités établies, souvent appelée « néoconfucianisme ». Assimilé à l'immobilisme de la Chine ancienne, il est rejeté au XXe siècle par les courants réformateurs avant de connaître un renouveau aujourd'hui.

Néoconfucianisme contemporain : courant de pensée encouragé par le pouvoir chinois actuel qui, sous couvert d'« harmonie », promeut la stabilité politique et sociale du pays par une obéissance volontaire à l'autorité incarnée par l'État.

Réticulaire (réticulé) : qui forme un réseau.

Stratégie du « collier de perles » : stratégie chinoise visant à établir une série de bases maritimes permanentes dans l'océan Indien afin de sécuriser l'approvisionnement énergétique du pays.

- **L'ordre à l'intérieur.** Dans la perception historique qu'il a de lui-même, l'État chinois est toujours soumis à l'invariant séculaire de **maintenir l'intégrité d'un immense territoire pluriethnique**, par le biais d'une politique de centralisation autoritaire (intransigeance envers les problématiques du Tibet, du Xinjiang, de Taïwan, des îles Paracels), souvent critiquée sur la scène internationale.
- **L'extension en « tache d'huile » à l'extérieur.** L'historien et juriste Serge Sur rappelle que la Chine est *« un pays étrange et impénétrable aux yeux des Européens, mettant en question la prétention à l'universalité du message occidental »*. Elle a l'ambition d'**élargir le périmètre de la civilisation chinoise** par son poids démographique, la stratégie d'extension de sa **diaspora**, l'achat de terres agricoles en Afrique (la **« Chinafrique »**), ainsi que par une **politique d'investissements économiques et financiers** en Europe et dans le bassin de la Méditerranée.

B Une mondialisation réticulaire

- **La consolidation des intérêts vitaux chinois.** Selon l'historien Alexandre Adler, **la Chine est, en fait, très peu mondialiste,** même si elle profite du système des échanges commerciaux et technologiques. Inscrite dans le long terme, sa vision géopolitique relève toujours de la **consolidation de ses intérêts vitaux et de leur sécurisation**, particulièrement par les **mers**. La **stratégie du « collier de perles »** sur ses itinéraires maritimes dans l'océan Indien en est la meilleure illustration.

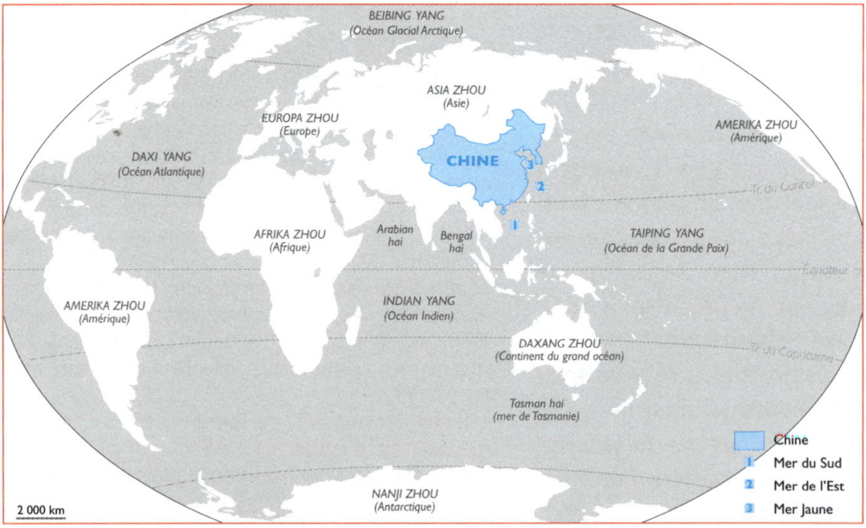

▲ La perception chinoise des mers et océans.

- **L'univers chinois en expansion.** Paradoxalement, la Chine n'a aucune intention d'extension impérialiste au sens occidental habituel du terme. En revanche, c'est l'idée d'un univers chinois en expansion selon une **logique réticulaire**, fondée sur une culture unique, qui doit s'imposer par une présence planétaire et une avance technologique. C'est une **équation géopolitique complexe**, lourde de **tensions à venir**, qui est donc en train de se mettre en place en relation avec les États-Unis : le monde maritime de demain sera peut-être la « Sino-Amérique ».

2 Dans l'espace, une Chine désormais conquérante

A Une ambition au départ limitée

- **Dans l'ombre de l'URSS.** Les premiers essais de développement de missiles balistiques se font en coopération avec l'URSS dans le cadre de la **Cinquième Académie**, fondée à Pékin en **1956**. Ils débouchent sur la construction de la **base de lancement spatial de Jiuquan**, dans le désert de Gobi, **dès 1958**.
- **Le premier satellite artificiel.** La détérioration des relations diplomatiques avec l'URSS et les errements de la politique intérieure chinoise (Grand Bond en avant, puis Révolution culturelle) retardent de plusieurs années le programme spatial chinois. Le **premier satellite artificiel** (Dong Fang Hong) est mis en orbite le **24 avril 1970**. Après l'URSS, les États-Unis, la France et le Japon, la Chine devient alors la cinquième puissance spatiale au monde.

B Le tournant des années 2000

- **Le *livre blanc spatial*.** Publié en 2000, il détaille les grands axes de l'activité spatiale chinoise projetée. En dépit de la surveillance américaine qui cherche à freiner les transferts de technologies vers la Chine, cette dernière parvient à mettre en place **son propre système de localisation** (Beidou) et envoie **son premier homme dans l'espace en 2003** (Yang Liwei). La Chine est aujourd'hui la **première puissance spatiale en termes de lancement de satellites** (34 en 2019 contre 27 pour les États-Unis).
- **Objectif Lune et plus.** Depuis 2007, la Chine travaille sur un **programme lunaire ambitieux** et, en 2019, la mission *Chang'e 4* réussit à se poser sur la face cachée du satellite naturel de la Terre. À l'horizon 2030, la Chine envisage d'envoyer sur la Lune des robots explorant ses pôles avant d'y **bâtir une base habitable vers 2036**. En parallèle, elle prépare des **missions sur Mars** afin de pouvoir y poser un vaisseau d'ici 2030, si possible avant les Américains.

Sujet de dissertation

Quelles sont les rivalités et les coopérations dans le partage des ressources des mers et des océans ?
Vous nourrirez votre réflexion d'exemples pris dans les champs économiques et surtout diplomatiques.

Comment traiter le sujet

Le jour de l'épreuve, vous aurez 4 h pour traiter la dissertation et l'étude critique de documents : ne consacrez pas plus de 2 h au traitement de la dissertation.

Analyser le sujet

Définir les mots du sujet

• Il convient d'abord de repérer les trois termes et expressions importants : « rivalités », « coopérations » et « ressources océaniques ». Il s'agit, dans l'esprit du programme, de traiter des **enjeux du partage, de l'exploitation et de la préservation des ressources maritimes.**

• La consigne précise les champs à considérer afin de limiter l'ampleur du sujet :
– le champ économique fait référence aux ressources directement exploitables (hydrocarbures off-shore, pêche, nodules polymétallique, etc.) ;
– le champ diplomatique doit être largement privilégié (mot « **surtout** » de la consigne). Il correspond aux principales actions internationales entreprises depuis le XXe siècle.

Les attentes du correcteur

Le correcteur **ne veut pas une description** hors de propos **de toutes les ressources océaniques** disponibles, ni de **clichés moralisateurs** sur l'augmentation de la pollution des océans ou la supposée impuissance internationale à l'enrayer.

Il attend un devoir qui montre que l'on sait **cerner et exposer clairement les enjeux économiques et diplomatiques concernant les ressources océaniques** en partant **des jalons vus dans le cours**, particulièrement ceux sur la préservation des ressources maritimes et sur l'évolution de la gestion internationale les concernant.

En s'appuyant sur ces jalons, vous devez **prouver vos capacités d'analyse et de réflexion**, c'est-à-dire, dans ce cas particulier, souligner combien **il est difficile de mettre en place une gestion commune des ressources océaniques,** même si de grands progrès ont été faits depuis les années 1980.

Mobiliser ses connaissances

• Le sujet est à replacer dans la première partie du programme qui ne peut « tomber » le jour du baccalauréat que **les années impaires**. Il s'agit donc **d'un thème** à étudier obligatoirement **en 2021**, puis en 2023, etc. Il concerne **le second axe** (« **Enjeux diplomatiques et coopérations** ») basé principalement sur le deuxième jalon (« Rivalités et coopérations dans le partage, l'exploitation et la préservation des ressources des mers et des océans : de la création des zones économiques exclusives à la gestion commune de la biodiversité »). Vous pouvez étoffer vos exemples en utilisant ceux que vous avez vus dans la leçon introductive (Océans et espaces : quelles spécificités ?).

• Vous pouvez aussi puiser des connaissances **dans l'enseignement obligatoire en histoire-géographie que vous suivez en parallèle,** par exemple dans le thème 1 du programme de géographie (« Mers et océans : au cœur de la mondialisation ») et plus particulièrement dans la seconde question (« Mers et océans : entre appropriation, protection et liberté de circulation »).

Problématiser le sujet

Le libellé est présenté de manière interrogative. **Il est donc inutile de le problématiser puisqu'il a déjà la forme dynamique** d'une question. Il suffit de la reprendre et de bâtir un plan cohérent permettant d'y répondre en tenant compte de la consigne.

Quelles sont les rivalités et les coopérations dans le partage des ressources des mers et des océans ?

Cette interrogation conduit logiquement à un plan en 3 parties **intégrant les indications fournies par la consigne**. La première indique quelles sont **les rivalités économiques** dans le partage des ressources maritimes. La deuxième évoque les **coopérations internationales « classiques »** mises en place au XXe siècle. La troisième s'intéresse aux **nouvelles coopérations,** principalement celles concernant **la biodiversité.**

CORRIGÉ

Corrigé : plan détaillé

*Les **textes en couleurs** apparaissant dans ce corrigé ne doivent pas figurer dans votre devoir. Nous les avons insérés pour vous guider et vous aider à repérer les parties de la dissertation.*

Introduction

[accroche]

« Qui tient la mer, tient le monde » affirmait déjà l'explorateur et aventurier Walter Raleigh à la fin du XVIe siècle.

[analyse du sujet]

La prise de conscience des enjeux économiques et stratégiques de « la planète mer » est donc ancienne mais l'appropriation de ses richesses a pris un tour nouveau à partir du XXe siècle, à tel point que les mers et les océans font, depuis plusieurs décennies, l'objet d'une législation internationale importante, principalement sous l'impulsion des Nations unies qui sont à l'avant-garde de la définition de leurs usages.

[problématique et annonce du plan]

Quelles sont les rivalités et les coopérations dans le partage des ressources des mers et des océans ?

Il convient dans un premier temps de montrer quels sont les **enjeux économiques** de ces rivalités (partie I). Puis il faut souligner comment s'est établi un **droit maritime international au XXe siècle** (partie II). Enfin il s'agit d'étudier les évolutions très contemporaines vers une volonté de **gestion commune de la biodiversité** (partie III).

I. Les ressources des mers et des océans, objets de convoitise

[argument 1]

Les espaces maritimes contiennent aujourd'hui **quatre cinquièmes des espèces vivantes** et deux fois plus de plantes comestibles que sur les espaces terrestres. Les richesses repérées ou supposées de fond des mers et des océans mais encore inexplorées sont, grâce aux progrès techniques, de plus en plus accessibles.

[argument 2]

Depuis les années 1970, l'intérêt pour ces gisements de fer, cuivre, cobalt, manganèse, nickel dans toutes les plaines abyssales de grandes profondeurs, s'est renforcé avec l'envolée des prix des minerais. Désormais **l'exploitation de ces nodules représente un enjeu stratégique** certain pour de nombreux pays (France, Allemagne, Japon, Corée du Sud, Russie, Grande Bretagne, États-Unis, Chine, Inde, Belgique), avec des **risques écologiques considérables**, les fonds abyssaux étant des écosystèmes très stables peu résilients et donc très fragiles.

[argument 3]

Alors que les capacités de pêche ont considérablement augmenté depuis un demi-siècle, **cinq pays se partagent les 2/3 des prises en haute mer** (Chine, Japon, Taïwan, Corée du Sud, Espagne), avec **des effets très dévastateurs sur les ressources halieutiques.**

II. La mise en place progressive d'un droit international maritime au XXe siècle

[argument 1]

En 1918, dans sa déclaration dite des Quatorze points destinée à fonder un monde meilleur après le drame de la Première Guerre mondiale, le président américain Woodrow Wilson affirme « **l'absolue liberté de navigation sur les mers**, en dehors des eaux territoriales, en temps de paix aussi bien qu'en temps de guerre ».

[argument 2]

Adoptée en 1982 à l'initiative des Nations unies, **la convention de Montego Bay** est l'instrument juridique le plus important du XXe siècle pour une **utilisation pacifique des mers et océans**, fondée sur une coopération internationale de 174 États et un cadre juridique commun. **Son champ d'application est très large et concerne l'ensemble de l'espace marin et ses marges.** Il réglemente la navigation, le survol, l'exploration et l'exploitation des ressources marines, la conservation des ressources biologiques, la protection et la préservation du milieu marin et la recherche scientifique marine. S'y ajoutent un **tribunal international du droit de la mer** et une autorité internationale des fonds marins.

[argument 3]

Malgré cette prise de conscience mondiale, **la préservation des océans se heurte à des logiques de puissance contraires**. Dominer les océans ou leurs ressources est devenu un enjeu tel qu'il empêche la construction complète d'un vrai « droit des mers ». Ainsi les États-Unis n'**ont-ils toujours pas ratifié la Convention de Montego Bay**.

III. La volonté contrariée d'une gestion commune de la biodiversité au XXIe siècle

[argument 1]

Dès 1982, la Convention de Montego Bay énonçait implicitement une « solidarité écologique des océans » conduisant à articuler un système juridique cohérent entre les espaces marins nationaux et internationaux. **L'Agenda « horizon 2030 »** du développement durable adopté par l'ONU en 2015 souligne la nécessité de **réviser le statut juridique des espaces marins hors souveraineté nationale.**

[argument 2]

Depuis 2018, une conférence intergouvernementale se réunit sous l'égide de l'ONU pour tenter de concrétiser cette « solidarité écologique » des océans. L'idée même d'un **patrimoine marin à protéger** par un arsenal juridique approprié est vivement **combattue** par les pays arc-boutés sur le **principe de la liberté d'action en haute mer**. Ces fractures se retrouvent au sein même des représentants de l'Union européenne, pourtant très en pointe dans le combat pour la biodiversité notamment en ce qui concerne l'Arctique.

[argument 3]

La conférence est parvenue organiser trois champs de négociations : une nouvelle gestion des **aires marines protégées (APM)** ; la **caractérisation « juridique »** des activités humaines portant atteinte à la biodiversité marine ; **l'aide technique** à apporter aux pays en développement riverains. La mise en place d'institutions structurées (secrétariat général, organisations scientifiques et administratives, etc.) afin de pérenniser l'accord est envisagée, sans que l'on puisse, pour le moment, préjuger du futur statut de cette possible Haute Autorité mondiale des fonds marins.

Conclusion

[bilan]

Malgré les **accords de Montego Bay** (définition des **zones économiques exclusives** à 200 milles nautiques) signés par la plupart des États développés, à l'exception des États-Unis, il n'est pas certain qu'un nouveau droit international puisse aboutir prochainement.

[ouverture]

L'idée d'un patrimoine commun de l'humanité pour les espaces maritimes au-delà des 200 milles nautiques des ZEE et le projet d'une Haute Autorité mondiale des fonds marins risquent de se heurter au renforcement de **tensions internationales contradictoires** : d'une part les « faveurs » accordées aux pays en développement, d'autre part, les limitations imposées au pays industrialisés, seuls capables de conduire l'exploitation des ressources océaniques.

Schéma :

La propriété de la mer selon les accords de Montego Bay

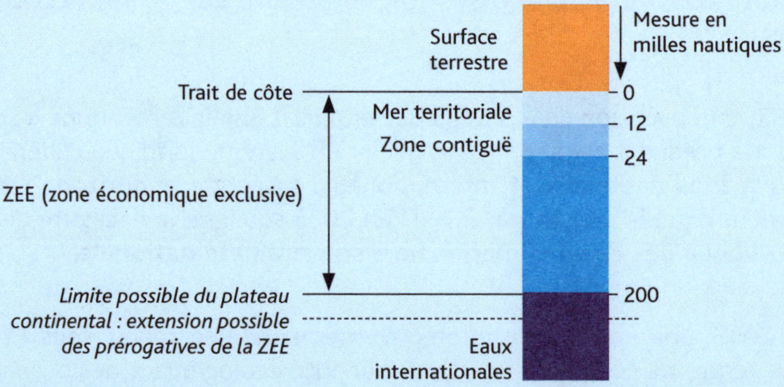

Guerres et paix dans le monde actuel

CHAPITRE 7

Traditionnellement, la guerre est définie comme « *une situation d'hostilité déclarée entre deux États, qui recourent à la force armée afin de régler un conflit politique ou territorial survenu entre eux* ». C'est ainsi que l'analyse Clausewitz, général prussien auteur d'une réflexion sur la guerre, qui rajoute que tout conflit armé n'est que « *la continuation de la politique par d'autres moyens* ». Depuis l'Antiquité, l'histoire donne l'exemple de multitudes de guerres ayant déchiré les continents, mais aussi de violences internes à un même pays (guerres civiles), si bien que certains ont pu écrire que la guerre serait *« l'état habituel du genre humain »*. Ce n'est qu'au XXe siècle que naît une véritable réflexion globale tentant d'empêcher le recours à la guerre particulièrement par le biais d'organismes internationaux de régulation de la paix. Depuis 1945, cette régulation a évité un autre embrasement mondial mais n'a pas empêché l'apparition de nouvelles conflictualités.

1 L'évolution des conflictualités au XXe siècle

A Les deux guerres mondiales

- **Des guerres totales.** Les deux guerres mondiales (1914-1918 et 1939-1945) ont mobilisé des millions de combattants de nombreux pays, livrant des batailles sur tous les continents pendant des années. Il s'agit de guerres totales : les **esprits sont enrôlés par la propagande**, les **technologies modernes** (chars, aviation, gaz, bombe nucléaire) sont utilisées, tandis que **les civils sont mobilisés** pour l'effort de guerre et victimes d'exactions (génocides, rafles, bombardements). Enfin, **la guerre devient idéologique**, surtout en 1939-1945, mettant aux prises des systèmes de pensée irréconciliables (démocraties, totalitarismes) pour remporter l'hégémonie planétaire.

> **Mot-clé**
>
> **Guerre déterritorialisée :** guerre qui n'est plus menée uniquement dans une région précise mais à partir de bases dispersées dans le monde entier.

SES

HGGSP

GRAND ORAL

MATHS COMPLÉMENTAIRES

- **Deux hécatombes démographiques.** Chacune à sa manière, les deux guerres mondiales constituent une régression sans précédent de la civilisation et de l'humanisme. Ce sont, avant tout, deux périodes aux pertes humaines effrayantes : **plus de 10 millions de morts en 1914-1918** dans les tranchées et **plus de 60 millions de morts en 1939-1945** (camps d'extermination, génocide des Juifs et des Tsiganes, bombes atomiques d'Hiroshima et de Nagasaki...).

- **Le basculement du monde.** Les deux guerres mondiales sont à l'origine du **décrochage de la suprématie européenne**. La guerre de 1914-1918 a mis fin aux empires d'Ancien Régime et **bouleversé les frontières en Europe** (récupération de l'Alsace-Lorraine par la France, corridor de Dantzig, démantèlement de l'empire des Habsbourg : constitution d'une Grande Roumanie, atrophie de la Hongrie, création de la Tchécoslovaquie). Dans l'espace européen, la guerre de 1939-1945 a débouché sur une configuration géostratégique inédite (partition de l'Allemagne en deux États, plus de 30 millions de personnes déplacées, « Rideau de fer » entre l'Ouest et l'Est). Dans le monde, elle a ouvert la voie à la **disparition des empires coloniaux européens** et à l'émancipation des peuples colonisés. **En 1945, le monde n'est plus européen** (marginalisation de la France, affaiblissement de l'Angleterre, anéantissement de l'Allemagne). Dès lors, les réalités géopolitiques planétaires s'en trouvent profondément modifiées.

B La guerre froide

- **Une lecture idéologique simplificatrice du monde.** Deux logiques géopolitiques planétaires opposées se mettent en place tout au long de la deuxième moitié du XXe siècle. Dès 1945 et l'immédiat après-guerre, **les États-Unis et l'Union soviétique**, alliés contre le IIIe Reich hitlérien et vainqueurs ensemble de la barbarie nazie, **s'opposent sur un double plan : idéologique et stratégique** (début de la guerre froide en 1947). L'opposition idéologique est présente à plusieurs niveaux et constitue une arme de propagande contre l'autre camp permettant de cimenter les alliances et les sociétés à l'intérieur des blocs.

Mots-clés

Bloc : ensemble d'États constitué autour d'une grande puissance à laquelle ils sont liés par des pactes militaro-défensifs, ainsi que par des relations économiques et culturelles.

Clausewitzien(ne) : se dit d'une vision qui se rapporte à la théorie de la guerre selon le stratège et militaire prussien Carl von Clausewitz (1780-1831). Celui-ci affirmait, en substance, que la guerre n'est qu'un prolongement de la politique par d'autres moyens.

Équilibre de la terreur : doctrine de la guerre froide selon laquelle le niveau de développement des arsenaux nucléaires des deux grands (États-Unis/URSS) est tel que toute utilisation par l'un ou l'autre entraînerait la destruction des deux camps.

- **Un conflit de puissance.** Pour les Américains, il s'agit d'**endiguer l'expansion communiste** alors que pour les Soviétiques qui se sentent encerclés, leurs alliés forment un « glacis protecteur » contre « l'impérialisme » occidental. Les crises opposant les deux blocs fixent les règles : **pas d'affrontement direct** entre les deux grands mais une militarisation sur un terrain tiers. La **course aux armements** qui conduit à la mise en place de complexes militaro-industriels **entraîne un équilibre de la terreur dissuasif** qui rend la guerre improbable.

- **La fin de la guerre froide.** Elle s'explique, d'abord, par l'affaiblissement de l'opposition idéologique. La forte influence du *soft power* américain conduit à une occidentalisation des sociétés du bloc soviétique et à un **épuisement de l'idéologie communiste**. Elle découle aussi de la remise en cause de la gestion des relations internationales uniquement par les deux superpuissances. L'engagement planétaire et le **coût financier** de cet affrontement rendent intenable la poursuite de la guerre froide, notamment pour l'URSS, d'autant plus que l'**émergence de nouveaux pôles de puissance** affaiblit la légitimité de la division bipolaire du monde.

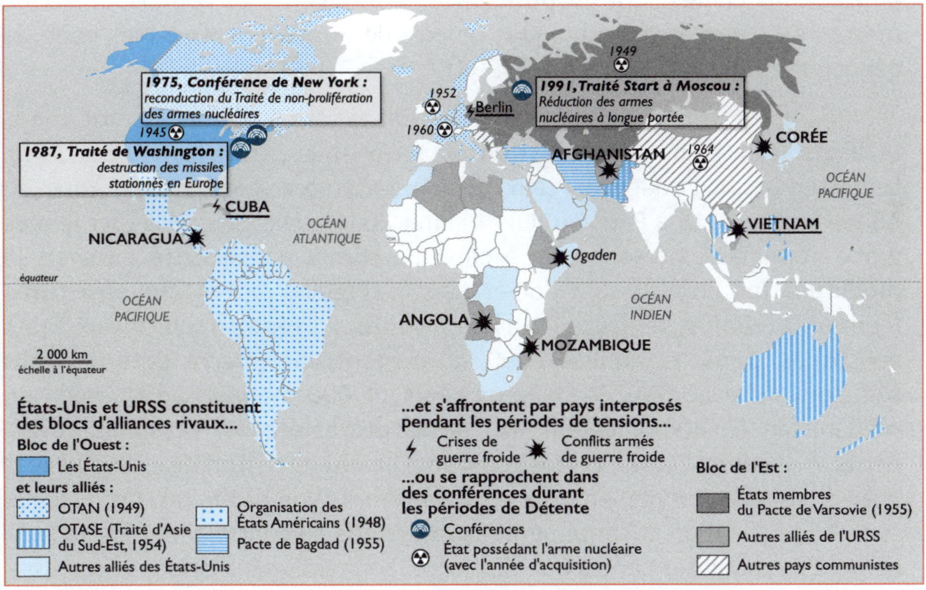

▲ La guerre froide, matrice des conflictualités de la seconde moitié du XXe siècle.

2 Les conflictualités et leurs modes de résolution au XXIe siècle

A Vers de nouvelles formes de guerres

- **La diminution des conflits interétatiques.** Depuis la fin de la guerre froide, les conflits armés directs entre États sont en recul. Ils ont aussi des motivations plus diverses : **affirmation de sa puissance** dans une région (première guerre du Golfe), **lutte contre le terrorisme** (Afghanistan en 2001), **guerre « préventive »** (seconde guerre du Golfe de 2003 en Irak). Les États les plus riches conduisent des **guerres « technologiques »** pour épargner leurs soldats et atteindre l'objectif chimérique de « zéro mort ».

- **L'augmentation des conflits intra-étatiques.** Depuis les années 1990, les conflits intra-étatiques (conflits ethniques, guerres civiles, violences criminelles) sont les plus nombreux, notamment dans les **pays du Sud** où sont localisés **le plus grand nombre d'États défaillants**. Des populations, incapables de partager un territoire, s'affrontent au nom de **revendications identitaires ou politiques** qui masquent souvent d'autres motifs comme **la lutte pour les richesses du sous-sol** (pétrole au Soudan du Sud, diamants en République démocratique du Congo, eau au Moyen-Orient, etc.). Les **populations civiles** sont les **principales victimes** de ces conflits, objets de massacres, d'épurations ethniques (guerre de Bosnie-Herzégovine), voire de génocides (Tutsis au Rwanda en 1994).

- **Terrorisme et guerre déterritorialisée.** On assiste également à une **mondialisation** et à une **radicalisation** du terrorisme depuis les années 1990. Les attentats, à l'image de ceux du 11 septembre 2001 à New York, du 13 novembre 2015 à Paris ou du 14 juillet 2016 à Nice, visent à tuer le plus grand nombre de personnes et à créer un **climat d'insécurité** à travers la **médiatisation** dont ils sont l'objet. Ils sont l'œuvre de **réseaux structurés** (comme Al-Qaïda), engagés dans des **conflits irréguliers** face aux États constitués. Dans les années 2000, ils mènent une **guerre déterritorialisée**, souvent avec **peu de moyens réels** (4 000 membres d'Al-Qaïda en Afghanistan en 2001), **depuis des bases dispersées sur plusieurs continents.** À partir de 2014, l'**État islamique (Daech)** reterritorialise, en partie, la guerre terroriste en parvenant à s'implanter en Syrie et en Irak. Ces réseaux sont à l'origine d'un affrontement **asymétrique** en contraignant les gouvernements à mobiliser contre eux des forces militaires sans cesse croissantes.

B Des modes de résolution liés au multilatéralisme

- **Peu d'interventions unilatérales.** Actuellement, la majorité des conflits intra- ou interétatiques sont réglés par le multilatéralisme ou par des actions menées dans le cadre de coalitions internationales. C'est, par exemple, le **cas des actions de l'OTAN** en Bosnie (1992-1995) et au Kosovo (1998-1999). En effet, **une intervention unilatérale s'avère très risquée** pour l'État qui la décide. L'exemple de la **guerre en Irak en 2003** a fait prendre conscience aux grandes puissances, comme les États-Unis, de la difficulté à mener seules le combat face à des acteurs nouveaux et souvent mal identifiés.

- **Le rôle majeur de l'ONU.** Depuis la fin de la guerre froide, l'ONU joue un rôle capital dans la résolution des conflits, à travers trois types d'actions : le **rétablissement de la paix** par des moyens diplomatiques ; le **maintien de la paix** avec une force d'interposition (Sud-Liban, ex-Yougoslavie) ; l'**imposition de la paix** en cas d'échec du maintien de la paix. Dans ce dernier cas, les **Casques bleus** ont le droit de faire usage de leurs armes pour leur propre défense et celle des populations civiles (République démocratique du Congo). Des **organisations régionales** (Union africaine) peuvent également prendre en charge les règlements de conflits.

- **Le développement d'une justice internationale.** Elle complète cette volonté de règlement multilatéral, en affirmant la **lutte en faveur des droits de l'homme**. Lors des conflits en ex-Yougoslavie et au Rwanda, les crimes commis contre des populations civiles ont conduit le Conseil de sécurité de l'ONU à créer **deux tribunaux pénaux internationaux** (voir le thème 3). Depuis 2002, une Cour pénale internationale a été instituée. Elle est reconnue par 123 États en 2020.

Mots-clés

États défaillants (ou faillis) : traduction de l'expression anglo-saxonne *failed States* qui désigne tout territoire où l'État n'est plus capable d'assurer seul le monopole de la violence légitime et de garantir la sécurité des habitants, étant concurrencé par des seigneurs de guerre ou des gangs criminels.

Guerre asymétrique : affrontement marqué par le déséquilibre des moyens engagés (matériels, financiers et humains) entre les deux belligérants.

Guerre irrégulière : tout affrontement qui n'est pas régi par les règles de la guerre régulière.

Guerre régulière : situation d'hostilité déclarée entre deux États qui recourent à la force armée afin de régler un conflit politique ou territorial survenu entre eux.

Multilatéralisme : mode de fonctionnement de la politique extérieure d'un État conformément aux principes démocratiques en tenant compte des positions de tous les acteurs concernés dans le cadre (ou non) d'une organisation internationale.

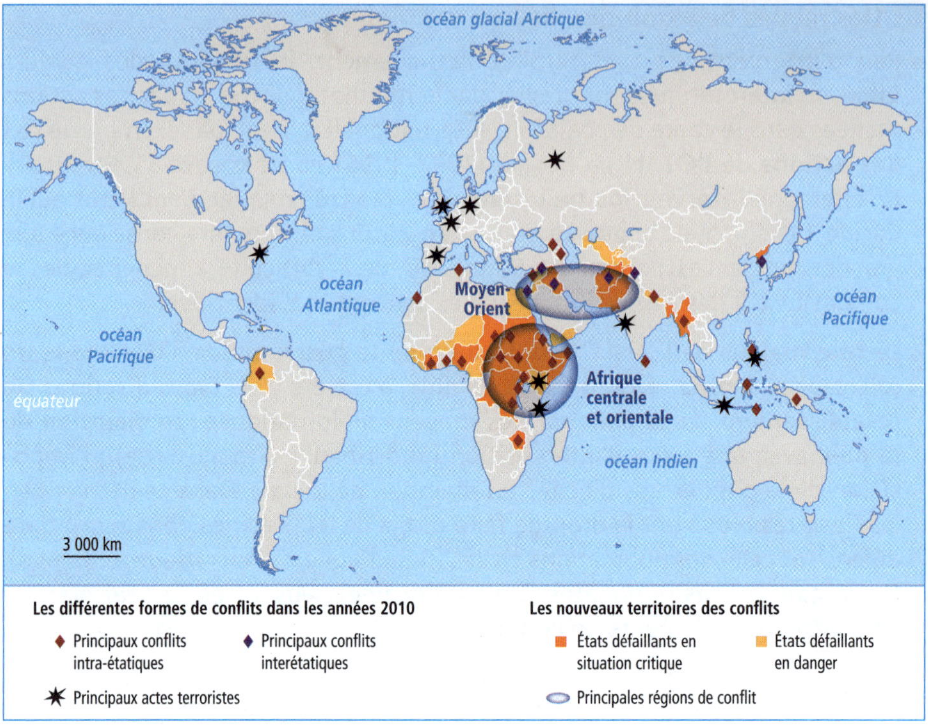

▲ Les principaux conflits dans le monde aujourd'hui.

De la guerre de Sept Ans aux guerres napoléoniennes

CHAPITRE 8

Dans l'Europe de la fin des Temps modernes, la puissance se définit comme la **capacité d'un État d'imposer sa volonté aux autres**. Elle peut s'exprimer **par la diplomatie** ou **par la guerre**, qui, selon la formule consacrée de Clausewitz, n'est que *« la continuation de la politique par d'autres moyens »*. L'**Angleterre** affirme sa **puissance maritime** par la **guerre de Sept Ans** tandis que, **par les guerres napoléoniennes, la France** se conforte dans l'idée qu'elle **représente un modèle qu'il faut exporter dans l'Europe** tout entière.

1 La guerre de Sept Ans

A Une guerre terrestre et navale

- **Le renversement des alliances.** L'**accord-surprise, en 1756, de la Prusse avec son ancien ennemi l'Angleterre** entraîne un spectaculaire retournement d'alliances en Europe. Pour éviter d'être isolée, **la France, ancienne alliée de la Prusse, se rapproche de son ennemi d'hier l'Autriche.** Ces **volte-face diplomatiques** s'expliquent par des considérations stratégiques. L'**Angleterre** a besoin de la Prusse pour retenir la France sur le continent et pouvoir, ainsi, **s'emparer** plus facilement de l'**empire colonial français** au Canada. L'Autriche, soutenue par la Russie, recherche l'aide militaire

Texte-clé

La guerre comme continuation de la paix ?

Chaque État est en relation avec d'autres ; tant que les États restent en paix, ils doivent parvenir, vaille que vaille, à vivre ensemble. Faute de recourir à la violence, ils tentent de se convaincre. Le jour où ils se combattent, ils tentent de se contraindre. En ce sens, la diplomatie peut être dite l'art de convaincre sans employer la force, la stratégie l'art de vaincre aux moindres frais. […] Qui possède une supériorité d'armements en temps de paix, convainc l'allié, le rival ou l'adversaire sans avoir à faire usage de ses armes. Inversement, l'État qui s'est acquis une réputation d'équité ou de modération a meilleure chance d'atteindre ses fins sans aller jusqu'au bout de la victoire militaire. Même en temps de guerre, il convaincra plus qu'il ne contraindra. La distinction de la diplomatie et de la stratégie est toute relative. Ces deux termes sont les aspects complémentaires de l'art unique de la politique, art de gérer le commerce avec les autres États au mieux de « l'intérêt national »

Raymond Aron, *Paix et Guerres entre les Nations*, Calmann-Lévy, 1962.

de Paris pour reprendre la Silésie, territoire perdu au profit des Prussiens une quinzaine d'années auparavant.

- **Les victoires prussiennes et anglaises.** Sur le continent, **la France et l'Autriche coalisées n'arrivent pas à vaincre la Prusse** qui est sauvée de la défaite par la défection de la Russie en 1762 et parvient à conserver la Silésie. Pour la défense du Canada, les Français, engagés dans les guerres continentales, ne disposent que d'effectifs très insuffisants, difficilement acheminés depuis le désastre naval face à l'Angleterre à la bataille des Cardinaux (1759). Malgré une forte résistance locale conduite par Montcalm, **les Britanniques s'emparent de Montréal et de Québec, entraînant la fin de la domination française au Canada.**

B Une accélération des modifications géopolitiques

- **La Prusse, nouvelle puissance européenne.** Le traité de Hubertsbourg (15 février 1763) met fin à la guerre sur le continent. Il confirme la possession de la Silésie par la Prusse qui devient, désormais, une grande puissance européenne, **affaiblissant la suprématie de l'Autriche sur l'espace germanique.**
- **L'Angleterre, première puissance mondiale.** Le traité de Paris (10 février 1763) clôt, provisoirement, la confrontation entre l'Angleterre et la France au détriment de la seconde qui perd la quasi-totalité de son empire colonial d'Amérique et d'Inde. Cet **affaiblissement français** n'est **guère perçu par les contemporains**, Voltaire allant même jusqu'à affirmer que la France n'avait perdu que ***« quelques arpents de neige »***. Pourtant **les Britanniques**, désormais première puissance coloniale mondiale, renforcent leur suprématie maritime et s'affirment déjà comme une **thalassocratie bientôt hégémonique.**

> **Mots-clés**
>
> **Hégémon :** désigne, en grec ancien, le commandant en chef ou le gouverneur.
> **Thalassocratie :** puissance politique basée sur la domination des espaces maritimes. Au Ve siècle av. J.-C., Athènes peut être considérée comme la première thalassocratie de l'histoire.

2 Les guerres révolutionnaires et napoléoniennes

A Une continuation de la Révolution française ?

- **L'enthousiasme initial des peuples européens.** Les événements de 1789 ont été favorablement accueillis en Europe. Dès 1790, l'Assemblée constituante proclame par décret sa volonté de paix : ***« La nation française renonce à entreprendre aucune guerre dans le but de faire des conquêtes. »*** Lorsque la « levée en masse » des armées révolutionnaires françaises arrête l'avancée des armées autrichiennes et prussiennes, en septembre 1792, à la bataille de Valmy, elle démontre que **l'identification démocratique du citoyen à l'État** est devenue un facteur essentiel de la puissance.

- **Des guerres de conquête.** À partir de 1793, les armées de libération se transforment en armées d'occupation. Les **contributions forcées** en hommes et en ressources provoquent l'hostilité des populations. Elles déclenchent, en 1799, une seconde entente des grandes puissances européennes contre la France. **Jusqu'en 1807, les victoires françaises sont** pourtant **sans appel**. Le 2 décembre 1805, Napoléon remporte la victoire d'Austerlitz contre les troupes austro-russes. En 1807, battu à Eylau, le tsar de Russie doit conclure une alliance avec la France (**paix de Tilsit**).
- **Une nouvelle Europe.** En 1811, la France compte 130 départements. Elle est le cœur du **Grand Empire**, qui atteint son extension maximale en 1811. L'empereur attribue les trônes des pays conquis aux membres de sa famille. Il crée aussi de **nouveaux États dépendant de la France**, comme la Confédération du Rhin ou le grand-duché de Varsovie. En 1812, Napoléon lance une **offensive contre la Russie** qui se termine par un désastre (passage de la **Bérézina**). Les puissances étrangères forment une nouvelle coalition et envahissent la France en janvier 1814. Napoléon est contraint de s'exiler.

▲ L'Europe en 1811, une reconfiguration territoriale issue des guerres napoléoniennes.

B La guerre « clausewitzienne », régulatrice géopolitique

- **Une supériorité passagère.** Les guerres napoléoniennes montrent qu'**un État, par une supériorité ponctuelle** (hommes, ressources, génie militaire) **peut mener une politique de conquête qui déstabilise la donne géopolitique**. Ainsi, la **Grande Armée** napoléonienne de 300 000 hommes émane d'une France de 30 millions d'habitants qui cherche à imposer ses valeurs et ses normes, inspirées par la Révolution française, sur tous les territoires conquis.

- **Le jeu des alliances.** Face à l'insécurité induite par un tel État, les autres puissances tendent à s'allier contre lui. Comme la Grande Alliance européenne avait détruit les conquêtes de Louis XIV par le traité d'Utrecht en 1713, **Napoléon est dépouillé de ses victoires par une coalition des monarchies et des empires** lors du **congrès de Vienne** de 1815. Désormais, toute modification du territoire européen devra être acceptée par ce concert des puissances et faire l'objet d'une contrepartie.

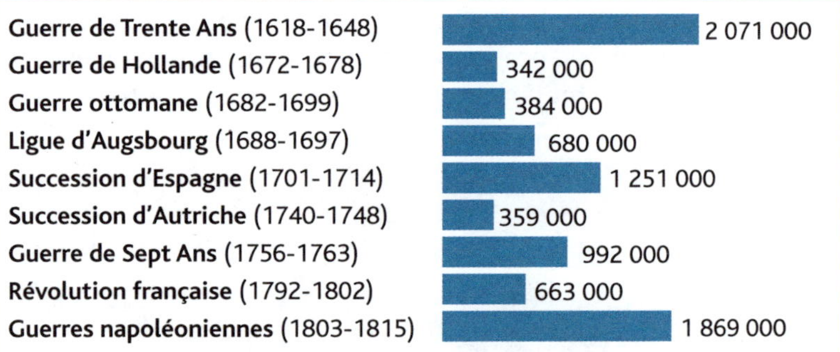

D'après Charles Tilly, *Coercion, Capital and European States*, Cambridge, 1990.

▲ Les soldats morts lors des guerres européennes de 1618 à 1815.

Du modèle de Clausewitz aux « guerres irrégulières »

CHAPITRE 9

Avec la fin de la guerre froide, les « guerres clausewitziennes » (entre États, avec armistice et traité de paix) diminuent fortement. Au contraire, les conflits intra-étatiques sont de plus en plus nombreux, notamment dans les pays du Sud, tandis que le terrorisme se mondialise et apparaît, désormais, comme une nouvelle forme de guerre en partie déterritorialisée : Al-Qaïda dans les années 2000 puis l'État islamique (Daech) dans les années 2010.

1 Les évolutions du modèle de Clausewitz

A Une nouvelle ère des relations internationales

- **Le refus de la guerre.** Les **opinions publiques occidentales** expriment massivement depuis les années 1960 leur refus de la guerre. Leurs gouvernements, de même, rechignent de plus en plus à s'engager dans des conflits coûteux, impopulaires, aux résultats incertains. Ainsi **l'Union européenne** a fait de la **promotion de la paix** l'un des piliers de son identité internationale.
- **États « voyous » et États défaillants.** Avec la fin de la guerre froide et de la bipolarisation, les relations internationales se modifient. Le monde devient multipolaire, divisé entre des **États capables de gérer leur territoire** et d'autres, faibles, corrompus voire inexistants **incapables de s'affirmer autrement que par la violence**. Ces derniers déclenchent des conflits pour asseoir leur légitimité (États **« voyous »**) ou sont impuissants à résoudre les luttes internes qui les traversent (États **défaillants**).

B Les mutations des conflits armés directs « réguliers »

- **Des conflits « classiques » moins nombreux.** Ils restent cependant **une réalité dans certaines régions du monde** : guerres Iran-Irak (de 1980 à 1988) et Irak-Koweït en 1990 ; affrontements sporadiques entre la Corée du Nord et la Corée du Sud depuis les années 1950 ; risque permanent de guerre entre l'**Inde et le Pakistan,** etc.

- **Des motivations nouvelles.** Si les finalités classiques sont toujours présentes (appropriation de ressources, affirmation régionale), d'autres apparaissent. Dans les années 1980, apparaît l'idée du **droit d'ingérence**, c'est-à-dire de justifier une intervention militaire dans un but humanitaire. En 2003, les États-Unis accusent l'Irak de posséder des armes de destruction massive et décident de mener une **guerre préventive**, concrétisant leur volonté de lutter contre un État « voyou ».

Mots-clés

Droit (ou devoir) d'ingérence : notion selon laquelle l'obligation, pour la communauté internationale, de secourir une population en danger de mort l'emporte sur la souveraineté de l'État dont dépend cette population. Elle est définie pour la première fois en 1987 par le juriste Mario Bettati et l'homme politique Bernard Kouchner.

État voyou (*rogue State* en anglais) : expression forgée dans les années 1980 par l'administration américaine désignant les pays considérés comme hostiles au droit international, à la démocratie et perturbateurs de l'ordre mondial.

- **Des conflits de plus en plus technologiques.** Dans tous les cas, l'objectif du « zéro mort » est mis en avant, surtout à destination des opinions publiques occidentales. Il est rendu envisageable par l'utilisation de **nouvelles stratégies** et de nouvelles technologies : **frappes aériennes** privilégiées et réduction de l'engagement des troupes au sol, **réseaux fiables de renseignements**, assouplissement de la chaîne de commandement militaire, précision des bombardements. Les États-Unis ont affiché cet objectif lors de la guerre du Golfe en 1991, puis de celle en Irak en 2003.

2 Le développement des « guerres irrégulières »

A La multiplication des guerres civiles

- **Des conflits internes aux enjeux multiples.** Ils se déroulent, principalement, en Afrique subsaharienne, au Proche et Moyen-Orient et en Asie du Sud (voir carte du chapitre 7). Si la **guerre civile** est le type de conflit le plus répandu, ses formes sont très diverses et souvent emboîtées : **conflits ethniques** (Rwanda) ; **séparatisme régional** fondé sur des nationalités (ex-Yougoslavie, Tchétchénie) ; **rébellions** contre le pouvoir en place (Libye, Syrie, Égypte, etc.).

- **Des violences criminelles de plus en plus répandues.** Ce ne sont plus des armées régulières qui s'affrontent, mais des bandes armées menées par des **« seigneurs de guerre »**. Elles créent des situations de non-droit et un climat de terreur. Ce type de conflit, guidé par une volonté criminelle, **touche durement les populations civiles** prises en otage, privées de nourriture (destructions, détournement de l'aide alimentaire), victimes de pillages ou d'exactions terribles (massacres, épurations ethniques, voire génocides).

B Le terrorisme international

- **Une dimension mondiale à partir de la fin des années 1990.** Les mobiles du terrorisme international sont variés : politiques (représailles, moyen de pression contre une puissance) mais aussi criminels, voire religieux (mouvance islamiste radicale). Les actes terroristes visent, à présent, à faire un maximum de victimes, notamment civiles, et à créer un climat d'insécurité. Les **attentats du 11 septembre 2001** constituent, ainsi, un **tournant** par le grand nombre de morts, l'importance des dégâts matériels, leur exceptionnelle médiatisation et leur impact sur l'opinion publique. Ils illustrent un **affrontement asymétrique** en contraignant les gouvernements à mobiliser contre eux ce genre d'acte forces militaires.

Personnage-clé

Ben Laden, Oussama (1957-2011) : après l'invasion de l'Afghanistan par l'URSS, il rejoint, en 1982, les moudjahidins en lutte contre l'occupation soviétique. Il met sur pied une organisation chargée d'approvisionner et de former les combattants, organisation qui deviendra Al Qaïda. Il se sent trahi lorsque, après le retrait soviétique en 1989, il perd le soutien de l'Arabie Saoudite et des États-Unis. Réfugié au Soudan, il finance des organisations terroristes responsables de plusieurs attentats contre des intérêts américains dans le monde, en 1992 et 1996. Il est reconnu responsable des attentats du 11 septembre 2001 aux États-Unis. Réfugié au Pakistan, il échappe, pendant plusieurs années, aux recherches américaines. Il est finalement tué en mai 2011.

- **Le terrorisme déterritorialisé d'Al-Qaïda.** Ce mouvement compte peu de membres, utilise peu de moyens matériels, mais a une **importante maîtrise** de la **logistique** et de la **communication**. Il pratique une guerre déterritorialisée en opérant à partir de **bases dispersées sur plusieurs continents** : ce qui lui a permis de survivre à la perte de son territoire afghan et à la mort de son chef, Ben Laden.

Mots-clés

Al-Qaïda (« La Base » en arabe) : réseau islamiste terroriste, dirigé lors des attentats du 11 septembre 2001 par Oussama Ben Laden.
Islamisme : mouvement radical qui voit dans l'islam une idéologie politique ayant pour but l'islamisation de l'État et de la société.

- **Le terrorisme temporairement reterritorialisé de Daech.** Principal **rival d'Al-Qaïda**, Daech (organisation État islamique), auteur des attentats commis en France en 2015 et 2016, a essayé de reterritorialiser son action en fondant, en **2014**, un **« califat » réel en Irak et en Syrie**, alors plongés dans le chaos des guerres civiles. Ce « califat » est **démantelé en 2019**, à la suite de l'offensive d'une coalition militaire internationale emmenée par les États-Unis.

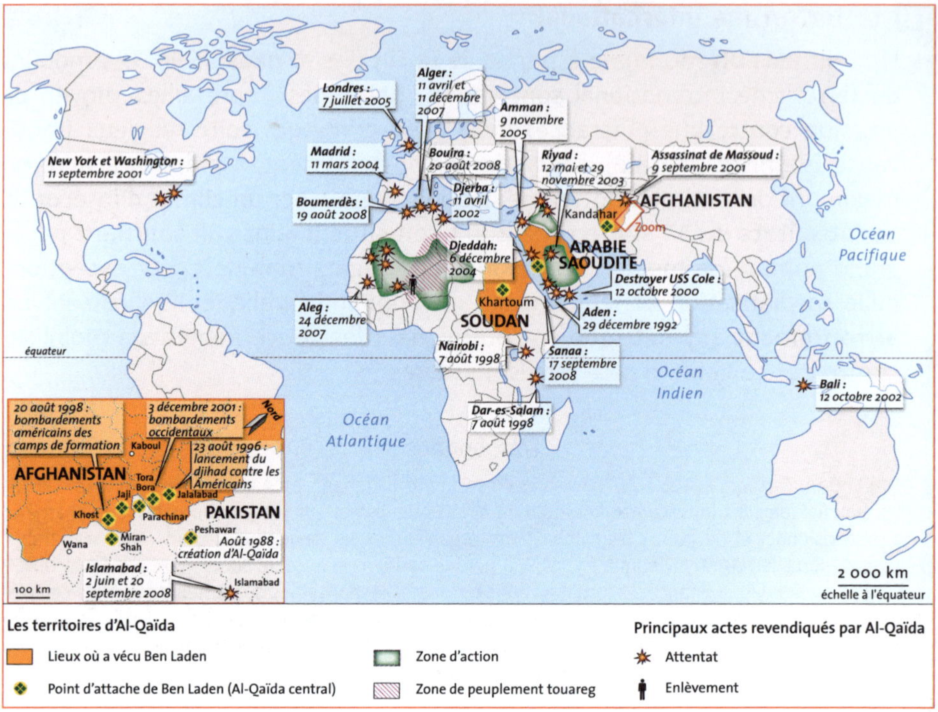

▲ La déterritorialisation de la guerre dans les années 2000 : l'exemple d'Al-Qaïda.

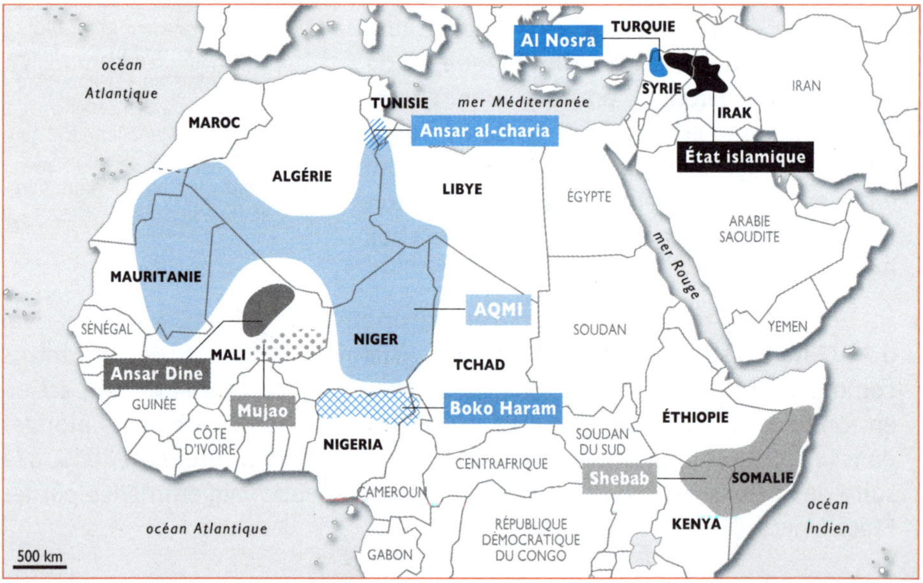

▲ La montée des enjeux transnationaux dans les années 2010 : les groupes armés islamistes en Afrique et au Moyen-Orient.

L'échec de la paix : les traités de Westphalie (1648)

CHAPITRE 10

Les **deux traités de paix de Münster et Osnabrück dits « de Westphalie »** mettent fin à la guerre de Trente Ans qui a opposé la plupart des puissances européennes de l'époque. Ils **souhaitent interrompre durablement le cycle des conflits religieux** qui déchirent le Vieux Continent depuis près de deux siècles.

1 La notion d'« État souverain »

A Des frontières précises et inviolables

- **Sortir des guerres de Religion.** Entamé depuis les années 1530, le cycle des guerres de Religion européennes se termine par les traités de Westphalie qui **associent l'identité religieuse de chaque État à celle de son prince.** Tout en reconnaissant la diversité religieuse de l'Europe, ces traités **sapent l'autorité de l'empereur germanique** et sa prétention à dominer un territoire plurireligieux tout comme celle du **pape** qui aspirait à une domination universelle sur la Chrétienté.
- **État et frontières.** Désormais, le souverain d'un État est lié à un territoire et une population dont il assure la sécurité et garantit les droits. En effet, les États signataires des traités de Westphalie se reconnaissent mutuellement des **frontières précises et inviolables qui délimitent le champ de leur souveraineté.** Cette reconnaissance est d'ailleurs « sacralisée » par le privilège d'extraterritorialité accordé à chaque ambassade d'un autre État accueillie sur son territoire.

B Garantir la sécurité

- **Le « monopole de la violence légitime ».** Cette expression du sociologue allemand **Max Weber** souligne que **l'État**, tel qu'il est défini dans le système westphalien, **exerce sa souveraineté sur la population à l'intérieur des frontières** à qui il garantit la sécurité par tous les moyens à sa disposition.

▲ Les divisions religieuses de l'Europe au moment des traités de Westphalie.

- **La sécurisation des frontières.** L'État doit aussi affirmer ses frontières vis-à-vis de l'extérieur et des autres pays. À partir du XVIIe siècle, les relations entre États ont donc pour finalité principale la **défense du territoire** ou bien son extension par la **modification du tracé frontalier**. Ces relations peuvent prendre la forme d'alliances diplomatiques ou bien, en cas de différend, se transformer en guerre.
- **L'État, acteur géopolitique majeur.** Il le devient par sa **faculté à mobiliser les ressources** à l'intérieur de ses frontières (lever les impôts, organiser les productions, préparer une armée) et à les utiliser en dehors (déploiement d'un réseau d'ambassades, conduite éventuelle de la guerre, etc.).

2 La guerre comme « état habituel de l'Europe »

A Une pacification illusoire

- **Le « Grand Dessein ».** Conçu pour apaiser une Europe ensanglantée par l'intolérance religieuse et comme une stratégie d'alliance protestante contre la dynastie des Habsbourg, le « Grand Dessein » du duc de **Sully** (principal ministre d'Henri IV de 1598 à 1610) propose **un nouveau découpage de l'Europe**. Son but principal est d'**établir la paix** en empêchant le maintien de vastes empires comme celui du Saint Empire et en créant, selon l'expression du géographe Michel Foucher, *« une confédération d'États* [qui] *serait placée sous la garde d'un Conseil de l'Europe »*.

- **L'équilibre des puissances.** Si les traités de Westphalie ne reprennent pas du « Grand Dessein » l'idée d'une confédération européenne, ils en conservent celle d'un **rééquilibrage entre les États pour éviter la guerre** : aucun pays ne doit être assez puissant pour s'imposer aux autres.

B L'« ombre de la guerre »

- **L'appétit de puissance.** Malgré les espoirs des promoteurs des traités de Westphalie, la stabilisation des frontières étatiques en Europe **n'a pas du tout pacifié les relations internationales** européennes. **Les États westphaliens, transformés** progressivement **en États-nations** par l'identification d'un peuple à un territoire et un souverain, **sont guidés par un appétit de puissance territoriale,** ainsi que le définit **Hobbes** dans le *Léviathan* en 1651 : *« Les personnes qui possèdent l'autorité souveraine, à cause de leur indépendance, se jalousent de façon permanente,* [...] *ce qui est une attitude de guerre. »*
- **Des guerres pour des frontières.** Ces dernières deviennent l'**enjeu majeur des conflits,** et les nouveaux tracés sont déterminés par les traités de paix, l'élargissement du territoire devenant le symbole de l'affirmation de sa puissance. Dès 1661, **Louis XIV** entreprend de faire du territoire français le plus grand d'Europe dans une **succession ininterrompue de guerres et de traités** (guerres de Dévolution et traité d'Aix-la-Chapelle de 1668 puis guerre de Hollande et traité de Nimègue de 1678, qui offrent successivement à la France le Nord et la Wallonie actuelle).

Texte-clé

« Le **traité de Westphalie** de 1648 établit un nouvel ordre par une opération politique, qu'on appela *équilibre des puissances*. L'Europe fut partagée en deux confédérations qu'on s'efforçait de maintenir égales : c'était créer la guerre et l'entretenir constitutionnellement, car deux lignes d'égale force sont nécessairement rivales et il n'y a pas de rivalités sans guerres. Dès lors, chaque puissance n'eut d'autre occupation que d'accroître ses forces militaires. [...] On vit partout des armées formidables, [...] presque toujours actives, car depuis le traité de Westphalie, la guerre a été l'état habituel de l'Europe. »

Claude Henri de Rouvroy, comte de Saint-Simon, *De la réorganisation de la société européenne*, 1814.

Mots-clés

État-nation : État correspondant à une nation souveraine et homogène.
Nation : population de même langue, de même histoire et de même culture ayant le désir et la volonté de vivre ensemble dans le même pays.
Système westphalien : organisation géopolitique de l'Europe à la fin de l'Époque moderne. Fondée sur la notion d'« équilibre des puissances », elle vise, sans succès, à éviter la guerre en empêchant la formation d'États plus puissants que les autres.

CHAPITRE 11

La sécurité collective : l'ONU de 1997 à 2006

L'ONU a été impuissante à surmonter la volonté des États durant la guerre froide et a vu son **fonctionnement largement entravé par l'antagonisme Est-Ouest**. À partir du milieu des années 1990, **l'Organisation voit son rôle renforcé** à travers sa diplomatie, le déploiement de ses casques bleus et la mise en place d'une justice internationale. **Elle reste, cependant, dépendante,** pour les actions de maintien de la paix, **des États détenteurs de la force armée,** États souvent réticents à s'engager dans certaines zones de conflits ou tentés, comme les États-Unis, par l'unilatéralisme.

1 L'ONU à la fin du XXe siècle

A Une institution longtemps entravée par la guerre froide

- **La Charte des Nations unies.** Elle fonde les principales institutions de l'ONU : l'Assemblée générale, le Conseil de sécurité, la Cour internationale de justice et le Secrétariat général. Ce dernier, en incarnant l'institution, y joue un rôle fondamental. La Charte précise les objectifs fixés : le **maintien de la paix** et de la **sécurité internationale**, le **développement entre les nations de relations amicales** fondées sur le respect de l'**égalité des peuples** et de leur **droit à disposer d'eux-mêmes**.
- **De l'espoir à l'impuissance.** Si la fondation de l'ONU a suscité de grands espoirs, l'opinion publique mondiale a été rapidement déçue. **L'ONU n'a pu empêcher le déclenchement de la guerre froide.** Grâce à leur droit de veto, l'URSS et les États-Unis, en mettant en avant leurs intérêts idéologiques et stratégiques, paralysent le Conseil de sécurité. Même lorsque les deux Grands semblent en accord, **l'ONU est incapable de faire appliquer ses décisions** ni de faire respecter ses principes à l'intérieur d'États souverains (conflit israélo-palestinien).

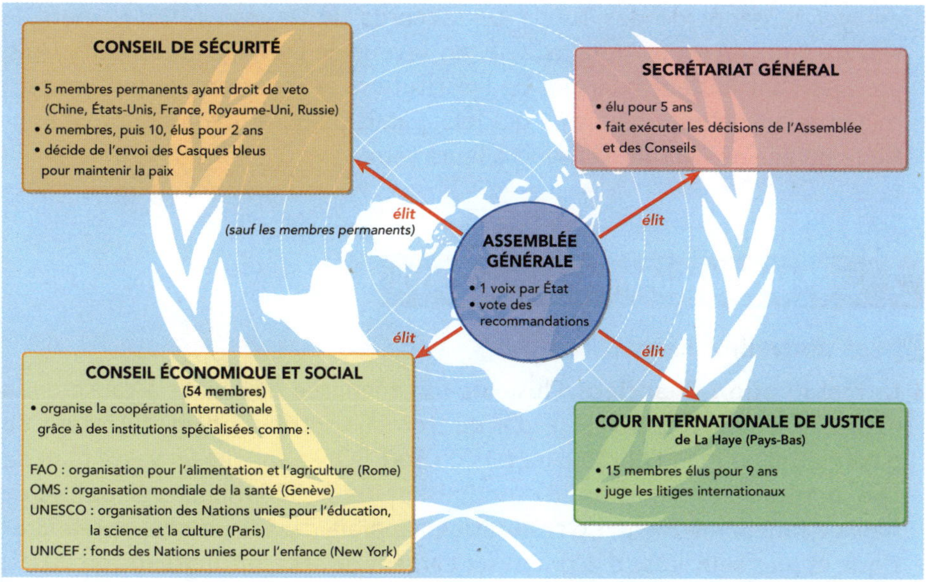

B Le réveil ambigu des années 1990

- **L'effervescence de la fin de la guerre froide.** Boutros-Ghali, secrétaire général de 1992 à 1996, veut donner un nouveau souffle aux actions de l'ONU, ainsi qu'il l'explique dans son ***Agenda pour la paix*** de juin 1992 : **accélération de la diplomatie préventive** et mise en place de **forces internationales mobilisables à tout instant**, réorganisation des actions des Nations unies en direction des pays du Sud.

Texte-clé

L'ONU, sauvée par la fin de la guerre froide ?

« La guerre (froide) avait pris la sécurité collective en otage. Aucune des grandes questions qui mettaient en jeu la guerre et la paix ne pouvait plus être abordée dans sa perspective propre. Les différends couvaient, les guerres étaient menées par belligérants interposés, les tensions devenaient chroniques. [...] Les conséquences pour l'ONU des politiques issues de ce type de relations ont été plus d'une fois évoquées. Le moins qu'on puisse dire est que l'Organisation en a été réduite à l'expectative : il ne lui restait plus qu'à attendre que le bon sens et la dynamique de la situation mondiale ramènent les affaires internationales dans la voie tracée par la Charte. »

Javier Pérez de Cuéllar (secrétaire général), *Rapport annuel sur l'année 1989.*

- **Les ambitions déçues.** Les **opérations lancées au début des années 1990** s'avèrent être des **fiascos**. Celles effectuées en **Somalie** (1992-1995) conduisent à un enlisement du conflit et, finalement, à l'échec du rétablissement de la paix. La Minuar (mission pour le Rwanda) ne parvient pas à enrayer le **génocide des Tutsis**. Les **accords de Dayton (1995)** actent le **retrait onusien en ex-Yougoslavie, en faveur de l'OTAN**. Et les États-Unis, premier contributeur financier de l'institution, se montrent de plus en plus méfiants envers un organisme qui leur paraît prendre une autonomie politique qu'elle ne devrait pas avoir à leurs yeux.

2 L'ONU du début des années 2000

A Les nouvelles orientations

- **La restauration financière.** Plusieurs fois menacée de faillite à cause de la mauvaise volonté américaine d'acquitter sa contribution et du retard de paiement d'un grand nombre d'États du Sud, l'ONU engage un **vaste plan de restructuration** permettant d'économiser plus de 500 millions de dollars de frais de fonctionnement. L'Organisation apparaît, dès lors, **moins bureaucratique** et plus soucieuse d'économiser l'argent de ses contributeurs (en 2019 : États-Unis 22 % ; Chine 12 % ; Japon 8,5 %, Allemagne 6 % ; Royaume-Uni 4,5 % ; France 4,4 %).
- **L'engagement pour un ordre international plus juste.** Kofi Annan, secrétaire général de 1997 à 2006, essaie, en même temps, de faire **sortir l'ONU de son image d'instrument au service de l'ordre mondial occidental** en insistant sur son rôle dans la « préservation de la dignité de l'homme » par-delà la souveraineté des États.

B Des actions au service de la paix

- **Une concrétisation ambitieuse des efforts de paix.** En 1999, c'est l'ONU qui est chargée de l'**administration provisoire du Kosovo** au lendemain de la guerre menée en ex-Yougoslavie par l'OTAN. En 1999-2001, les **Casques bleus** de la Minusil parviennent à **mettre fin à dix années de guerre civile en Sierra Leone,** et un tribunal spécial international est créé en 2002 pour y juger les crimes de guerre.

> **Mots-clés**
>
> **Casques bleus :** force armée de maintien de la paix de l'ONU.
> **Droit de veto :** droit de bloquer une décision commune.
> **Sécurité collective :** système international dans lequel les États s'engagent mutuellement à garantir la sécurité mondiale.

- **La lutte contre le terrorisme.** Après les attentats du 11 septembre 2001 à New York, l'ONU fait de l'**éradication du terrorisme international une priorité** qui se heurte à la politique unilatéraliste des États-Unis. En 2003, **Kofi Annan critique** ouvertement la décision des **Américains** de déclarer la **guerre à l'Irak** sans l'aval du Conseil de sécurité. Après les attentats de Madrid de 2004, Kofi Annan propose un **plan global de lutte contre le terrorisme dit des « 5 D »** dont certains objectifs sont inclus dans le grand projet de réforme de l'ONU présenté en 2005.

Date de début	Nom de la mission	Pays d'intervention	Continent(s)
1998	Minurca	République centrafricaine	Afrique
1999	Minusil Minuk	Sierra Leone Kosovo	Afrique Europe
2000	Minuee	Éthiopie et Érythrée	Afrique
2003	Minul	Liberia	Afrique
2004	Minustah	Haïti	Amérique
2005	Minus	Soudan	Afrique
2006	Minut	Timor oriental	Asie
2007	Minurcat Minuad	République centrafricaine et Tchad Darfour (Soudan)	Afrique Afrique

▲ Principales interventions des Casques bleus pendant les mandats de Kofi Annan.

Texte-clé

La lutte contre le terrorisme international : les « 5 D » de Kofi Annan (2005)

– Décourager les groupes de mécontents tentés de choisir le terrorisme comme tactique pour atteindre leurs objectifs
– Dénier aux terroristes les moyens de mener à bien leurs attaques
– Dissuader les États de soutenir les terroristes
– Développer les capacités des États à prévenir le terrorisme
– Défendre les droits de l'Homme dans la lutte contre le terrorisme

CHAPITRE 12

Du conflit israélo-arabe au conflit israélo-palestinien

La création d'un État juif, à l'issue d'un plan de partage mis en place par l'ONU, est officialisée par la **proclamation unilatérale de l'indépendance d'Israël** par David Ben Gourion, le 14 mai 1948. **C'est le résultat d'un long processus** débuté dans la seconde moitié du XIXe siècle. Il a été **accéléré par le contexte de l'après Seconde Guerre mondiale** (génocide des Juifs) qui fait apparaître la création d'un État hébreu comme une nécessité impérieuse. L'**hostilité à Israël** devient un élément de cohésion du monde arabe et débouche sur un **état conflictuel permanent** suscitant de nombreuses **tentatives de règlement pacifique**.

1 De 1947 à 1973, un conflit israélo-arabe sans résolution

A Guerre classique et guerre « préventive » (1948-1967)

- **La première guerre (1948-1949).** Au lendemain de la proclamation de l'indépendance d'Israël, la guerre est déclenchée le 15 mai 1948 contre le nouvel État par les Syriens, les Égyptiens, les Libanais et les Irakiens, tandis que les Jordaniens occupent la **Cisjordanie**, région à l'ouest du Jourdain qui doit donner naissance à un État arabe : la Palestine. **Israël, vainqueur, annexe de nouveaux territoires**, agrandissant d'un tiers sa superficie, entraînant, de fait, le **premier exode des Palestiniens**, désormais sans État. Pour ces derniers c'est la ***« nakba »*** (la « catastrophe ») qui les prive de ce qu'ils considèrent comme leur terre. La Cisjordanie est annexée par la Jordanie en 1950, la **bande de Gaza** passe sous le contrôle de l'Égypte.
- **La guerre des Six Jours, du 5 au 10 juin 1967.** Israël mène une **attaque « préventive » victorieuse contre ses voisins arabes** qui empêchent la circulation des bâtiments israéliens en bloquant le détroit de Tiran. L'État hébreu conquiert la bande de Gaza, le Sinaï et le Golan. Jérusalem-Est est occupée ainsi que la Cisjordanie. **L'ONU demande le retrait des territoires conquis (résolution 242)** mais Israël refuse.

B La guerre du Kippour (octobre 1973) et la crise du pétrole

- **La victoire israélienne.** **L'Égypte et la Syrie** attaquent Israël par surprise, le jour de la fête du Kippour, le 6 octobre 1973, dans le but de **récupérer les territoires perdus**. Après les premiers succès, la contre-attaque israélienne aidée par les États-Unis permet de repousser les assaillants et de stabiliser le front, le 22 octobre.

> **Texte-clé**
>
> **La résolution 242 de l'ONU (1967)**
>
> Le Conseil de sécurité [...]
>
> 1. Affirme que l'accomplissement des principes de la Charte exige l'instauration d'une paix juste et durable au Proche-Orient qui devrait comprendre l'application des deux principes suivants :
>
> a. Retrait des forces armées israéliennes des territoires occupés au cours du récent conflit ;
>
> b. Fin de toute revendication ou de tout état de belligérance, respect et reconnaissance de la souveraineté, de l'intégrité territoriale et de l'indépendance politique de chaque État de la région et de son droit de vivre en paix à l'intérieur de frontières sûres et reconnues, à l'abri de menaces ou d'actes de violence.

- **La réponse géopolitique des pays arabes.** Les pays arabes mécontents du rôle des Occidentaux qui soutiennent Israël protestent, et l'**OPEP** (Organisation des pays exportateurs de pétrole) met en place un embargo sur les exportations de pétrole dont les prix s'envolent, entraînant le **début du premier « choc » pétrolier**.

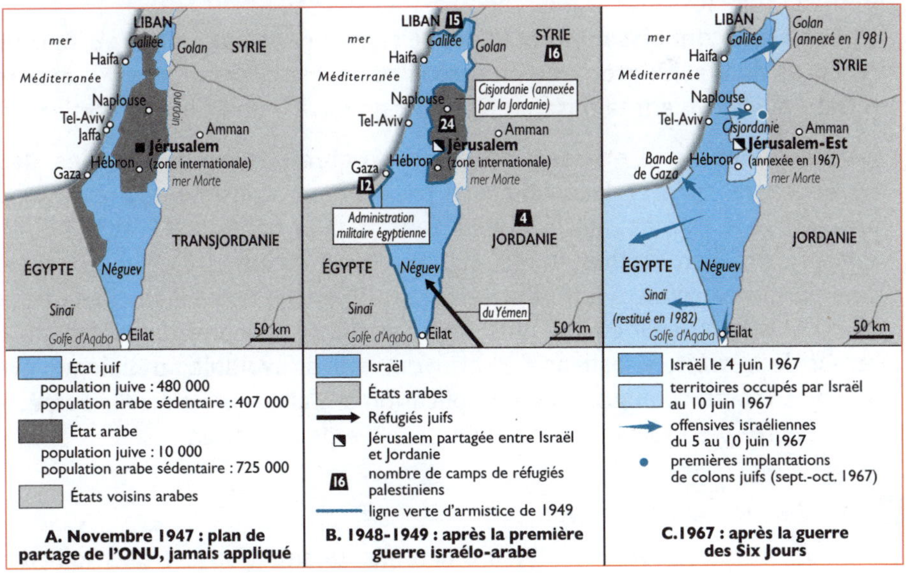

▲ L'évolution du territoire d'Israël de 1947 à 1967.

2 Depuis 1973 : un conflit israélo-palestinien sans solution définitive

A Les tentatives de paix

- **Les accords de Camp David.** L'Égypte fait pression sur les États-Unis pour pousser les Israéliens à négocier à propos du Sinaï qu'ils occupent depuis la guerre des Six Jours. Les accords de Camp David entre les deux pays (**septembre 1978**) aboutissent à un **traité de paix** qui se concrétise en 1982 : **le Sinaï est rendu à l'Égypte en échange de la reconnaissance d'Israël par les Égyptiens**, qui sont immédiatement exclus de la **Ligue arabe**, soulignant ainsi ses divisions que l'opposition globale à Israël avait pu masquer jusque-là.

- **Les accords d'Oslo.** En **1987**, les Palestiniens déclenchent la **première Intifada** en Israël. Au cours de cette **« guerre des Pierres »** est fondé le **Hamas,** qui souhaite la disparition d'Israël, alors que, l'année suivante, l'OLP reconnaît l'existence de l'État hébreu. En 1993, des négociations, initiées par les États-Unis, aboutissent à la **reconnaissance par Israël de territoires palestiniens autonomes (accords de Washington)**. Ce processus de paix se poursuit avec les **accords d'Oslo** qui prévoient la mise en place progressive d'un **État palestinien.**

> **Mots-clés**
>
> **Intifada :** révolte palestinienne des territoires occupés qui se caractérise par des jets de pierre contre les soldats israéliens et des actes de désobéissance civile.
>
> **OLP :** Organisation de libération de la Palestine, créée en 1964.
>
> **Hamas :** organisation palestinienne islamiste, née en 1987 et recourant à la lutte armée.

- **L'enrayement du processus.** Mais **les nombreux extrémistes des deux bords** – Israéliens et Palestiniens – parviennent, quasiment, à enrayer ce processus : le Hamas multiplie les attentats pour gêner l'OLP et le Premier ministre israélien **Yitzhak Rabin, signataire des accords d'Oslo, est assassiné** par un extrémiste juif (4 novembre 1995). Une nouvelle intifada éclate en 2000, affaiblissant encore plus un processus de paix presque moribond. Le retour de la droite israélienne au pouvoir, moins favorable au dialogue avec les Palestiniens, conjugué à la multiplication des attentats-suicides perpétrés par des groupes radicaux palestiniens, achève de l'enterrer.

B La situation contemporaine

- **Les Palestiniens divisés.** À l'heure actuelle, la situation est **très loin d'un règlement pacifique**. Les Palestiniens sont divisés : la **bande de Gaza** est dirigée par le Hamas, la **Cisjordanie** par le successeur de Yasser Arafat à la tête de l'OLP, **Mahmoud Abbas**. Ce dernier multiplie les initiatives pour **accéder à une reconnaissance internationale** désormais en bonne voie (statut d'État observateur non-membre à l'ONU en 2012 ; adoption, fin 2014, par l'Assemblée nationale française, d'une résolution de reconnaissance). **Israël** met en place, depuis 2002, une **barrière de séparation** qualifiée de **« mur de sécurité »** autour de la Cisjordanie notamment et poursuit, même s'il s'en défend, l'**installation de colons juifs** dans certains territoires palestiniens. De nouveaux affrontements meurtriers ont eu lieu à Gaza en 2014, 2016 et 2018.

- **Un conflit hybride.** Désormais, la guerre israélo-palestinienne est devenue à la fois **conflit asymétrique** et conflit étouffé. Il ressurgit de manière irrégulière dans l'actualité. Il pourrait peut-être s'acheminer vers **la création d'un État unique « pragmatique »**, un État israélien qui devra **gérer une minorité arabe croissante démographiquement** – c'est la « revanche des berceaux » –, prête à beaucoup de sacrifices pour ne pas se laisser déposséder par le plus fort.

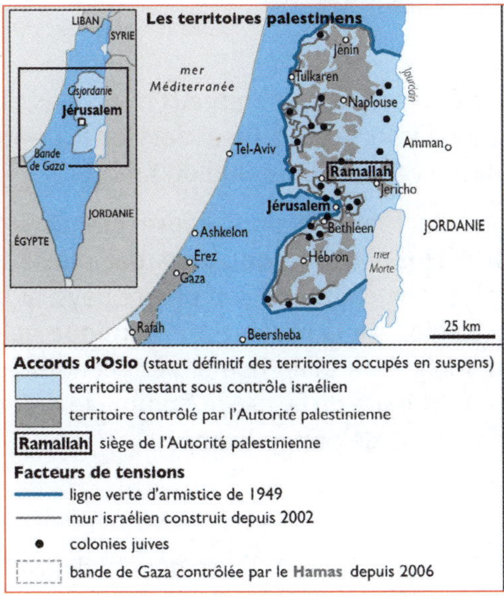

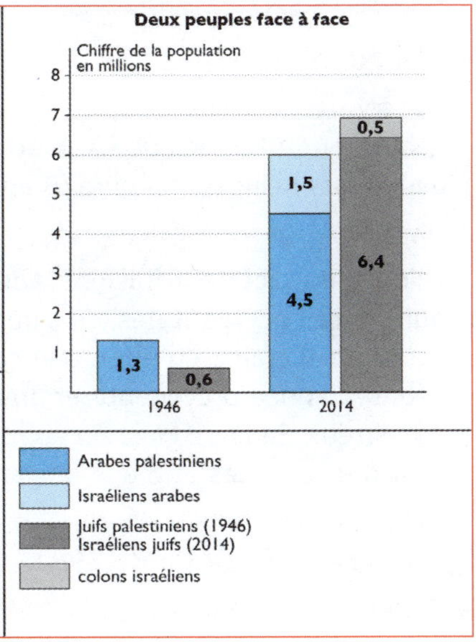

▲ Les territoires palestiniens et la « revanche des berceaux ».

CHAPITRE 13

Les guerres du Golfe et leurs prolongements

Outre le conflit israélo-palestinien, le Moyen-Orient a été marqué, ces dernières années, par les guerres du Golfe. Les premières sont de classiques conflits interétatiques. La dernière, débutée en 2003, se transforme, peu à peu, en un conflit asymétrique (guerres intra-étatiques et terroristes), qui déstabilise encore un peu plus le Proche et Moyen-Orient.

1 Les deux guerres du Golfe interétatiques

A La guerre Iran/Irak, 1980-1988

- **La première guerre du Golfe.** Qualifiée ainsi par de nombreux historiens, elle débute en 1980 lorsque l'Irak attaque l'Iran. Ce **conflit « classique »** entre deux États belligérants dure 8 années et fait environ 800 000 morts.
- **L'émergence de Saddam Hussein.** Ce conflit a pour cause première la volonté du dictateur irakien **Saddam Hussein, soutenu** alors **par plusieurs puissances occidentales**, de s'opposer aux chiites de son propre pays, aidés par l'Iran. Il craint, en effet, une **contagion de la révolution islamique** qui a débuté l'année précédente en Iran. Malgré un bilan humain et économique désastreux, Saddam Hussein apparaît, à l'issue de la guerre, comme le **défenseur des sunnites** et d'une nouvelle forme de **panarabisme**.

B La guerre du Golfe de 1991

- **L'annexion du Koweït par l'Irak.** Le 2 août 1990, l'Irak décide d'envahir le Koweït en poursuivant **deux objectifs** principaux. D'abord **financier** : Saddam Hussein veut provoquer une remontée des cours du pétrole afin de combler un fort déficit budgétaire lié à la guerre Iran/Irak. Puis **stratégique** : il entend s'emparer d'un territoire riche en hydrocarbures, revendiqué comme irakien. L'annexion du Koweït est réalisée en à peine deux jours, entre le 2 et le 4 août 1990.

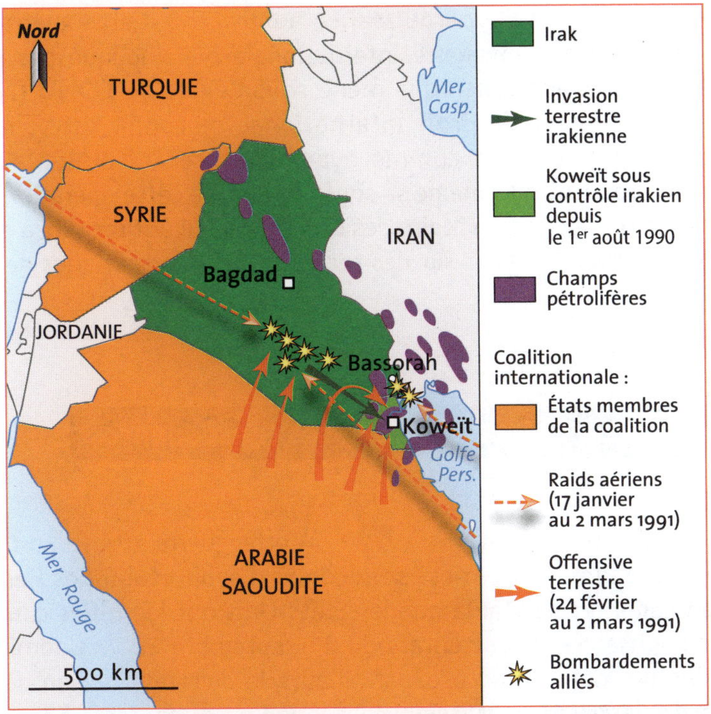

▲ L'opération militaire « Tempête du désert » du 17 janvier au 3 mars 1991.

■ **L'opération militaire américaine « Tempête du désert ».** Elle se déroule du **17 janvier au 28 février 1991** et met facilement en déroute l'armée irakienne. Le Koweït est « libéré ». Elle ne va cependant pas jusqu'à renverser le dictateur, tant les **craintes américaines d'un éclatement de l'Irak** sont fortes à ce moment-là. De plus, **le maintien de Saddam Hussein** au pouvoir **satisfait** aussi **les monarques arabes** du Golfe, qui préfèrent un autocrate désarmé à la tête d'un pays ruiné plutôt qu'un Irak démocratique et laïque, susceptible de représenter un modèle à suivre pour leurs propres sujets.

Texte-clé

Résolution 678 du Conseil de sécurité de l'ONU (29 novembre 1990)

Le Conseil de sécurité [...] notant qu'en dépit de tous les efforts déployés par les Nations unies, l'Irak refuse de s'acquitter de son obligation d'appliquer la résolution 660 (*imposant à l'armée irakienne d'évacuer le Koweït*) :

1. Exige que l'Irak se conforme pleinement à la résolution 660 et décide de lui accorder une période de grâce pour lui laisser une dernière chance de le faire ;
2. Autorise les États membres qui coopèrent avec le gouvernement koweïtien, si, au 15 janvier 1991, l'Irak n'a pas pleinement appliqué les résolutions susmentionnées au paragraphe 1 ci-dessus, à user de tous les moyens nécessaires pour faire respecter et appliquer la résolution 660 du Conseil de sécurité [...] et pour rétablir la paix et la sécurité internationales dans la région.

- **Une consécration de l'hyperpuissance américaine.** Cette guerre est également une guerre d'envergure internationale qui implique pas moins de 28 pays dont la France. Bien que mené **sous l'égide de l'ONU (résolution 678)** dans le **respect du droit international**, ce conflit est voulu par les États-Unis et les consacre comme hyperpuissance : ni l'URSS alors moribonde, ni l'Europe, ni la Chine ne se sont opposées à cette opération. Elle souligne aussi la suprématie militaire des États-Unis qui ont recours à des **armes « intelligentes »**, appuyées sur des technologies informatiques de pointe.

2 La guerre du Golfe de 2003 et ses conséquences

A Une guerre unilatérale américaine contre un État « voyou »

- **Les attentats du 11 septembre 2001.** Cette guerre trouve son origine à New York. **Saddam Hussein est soupçonné d'avoir établi des liens étroits avec Ben Laden et Al-Qaïda** que les États-Unis ont identifiés comme principaux responsables des attentats du 11 septembre 2001. L'administration américaine du moment accuse, par ailleurs, le dictateur irakien de disposer d'**armes de destruction massive**, ce que la France conteste à la tribune de l'ONU (discours de Dominique de Villepin), s'opposant par là même à une hyperpuissance américaine à son sommet.
- **L'effondrement du régime de Saddam Hussein.** L'Irak est envahi le 20 mars 2003 par une **coalition** composée d'une quarantaine d'États, **menée par les États-Unis sans l'aval explicite de l'ONU**. Face à la supériorité technologique américaine, l'armée irakienne ne peut résister et le régime s'effondre en quelques semaines. **Saddam Hussein**, capturé en décembre 2003 après plusieurs mois de fuite, **est jugé et exécuté par le nouveau pouvoir irakien en 2006.**

B Le chaos irakien

- **L'« occupation » américaine.** S'appuyant sur les 200 000 soldats, pour la plupart américains, déployés sur place, la coalition internationale gère le pays par le biais d'une **Autorité provisoire** de la coalition, dirigée par le diplomate états-unien **Paul Bremer**. Elle ne peut empêcher une **guerre civile entre sunnites et chiites** (majoritaires en Irak, ces derniers s'emparent logiquement du pouvoir) qui plonge le pays dans un véritable chaos, prédit par de nombreux observateurs dès 2003.

■ **Le retrait américain de 2011 et ses conséquences.** Il accélère la **décomposition de l'Irak**, dont un tiers du territoire est, en mai 2015, contrôlé par l'État islamique. Le pays devient, de fait, l'une des **bases territoriales du terrorisme islamique** (implantation du **« califat »** de l'organisation **État islamique**) suscitant la formation d'une **coalition militaire hétéroclite** destinée à le combattre (armée irakienne, Occidentaux, Russie, Kurdes de Syrie, Turquie, groupes rebelles syriens, etc.). Cette coalition **met fin au « califat »** de l'organisation État islamique en **mars 2019** sans pouvoir, toutefois, éradiquer la menace terroriste qu'il représente toujours.

Mots-clés

Hyperpuissance : pays qui rassemble la totalité des leviers d'influence et se trouve, à cet égard, en position de monopole mondial.

Sunnites / Chiites : les sunnites et les chiites appartiennent à deux branches de l'islam qui ne reconnaissent pas la même succession du prophète Mahomet. Les sunnites sont majoritaires dans le monde musulman et considèrent les chiites comme des hérétiques, notamment car ils vénèrent les chefs de leur communauté, qui seraient inspirés par Dieu. Le courant chiite est très sensible au martyre et à l'injustice sociale.

Unilatéralisme : organisation de la politique extérieure d'un État sans tenir compte des positions des acteurs concernés (autres États, organisations internationales, etc.).

SUJET DU BAC

Étude critique de documents

Les deux guerres du Golfe et leurs prolongements.

En confrontant les deux documents, vous rappellerez ce qu'ont été la première puis la seconde guerre du Golfe. Puis vous expliquerez comment la situation a évolué en Irak après 2003.

Document 1. L'opération « Tempête du désert » menée par une coalition internationale sous l'égide de l'ONU du 17 janvier au 3 mars 1991.

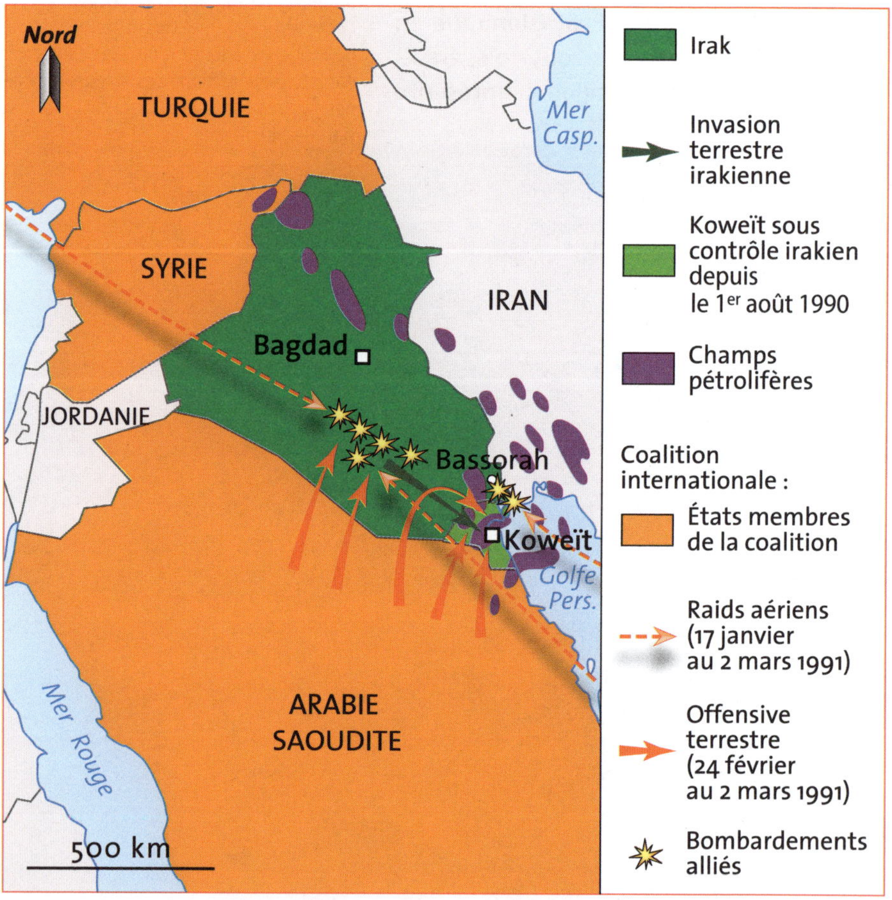

Document 2. La seconde guerre du Golfe

L'Irak figurait sur l'« axe du Mal » fustigé par le président George W. Bush à la suite des attentats du 11 septembre 2001, dans le cadre de sa campagne contre le terrorisme international et les pays qui le soutiennent. Durant l'été de 2002, alors que Washington menaçait Bagdad d'une intervention préventive, l'Irak avait accepté la reprise de la mission de désarmement instituée par les Nations unies après la guerre du Golfe de 1990-1991. En novembre, la résolution 1441 de l'ONU accordait à l'Irak une « dernière chance » de renoncer aux armes de destruction massive qu'il était censé posséder, sans toutefois prévoir de sanction automatique en cas de non-exécution. La France avait menacé d'opposer son veto au vote d'une seconde résolution qui aurait autorisé une intervention armée, jugeant celle-ci injustifiée.

Les États-Unis décident cependant d'intervenir sans mandat [...] de l'ONU. Ils réunissent autour d'eux une coalition de quarante-neuf États, mais les principales forces armées sont américaines et britanniques. Bagdad est rapidement occupé, et les forces de la coalition américano-britannique prennent en charge la gestion du pays, sous la forme d'une Autorité provisoire de la coalition, dirigée par le diplomate américain Paul Bremer. Saddam Hussein, qui avait pris la fuite en avril 2003 lors de la chute de Bagdad, est arrêté en décembre. Considérées comme des forces d'occupation, les troupes engagées doivent faire face aux divers mouvements de résistance qui s'organisent sur le territoire irakien et aux nombreuses critiques à travers le monde. Aux affrontements armés s'ajoute le délitement de la société irakienne. Le pays sombre dans la guerre civile.

À partir de janvier 2007, le Congrès des États-Unis ne soutient plus George W. Bush. De plus, la poursuite de la guerre est devenue très impopulaire dans l'opinion publique (à cette date, le conflit a tué plus de trois mille soldats américains). L'élection de Barack Obama à la présidence des États-Unis, en 2008, change la donne. Il propose un calendrier pour le retrait progressif des troupes : les derniers soldats américains quittent le pays en décembre 2011.

Christophe Péry, *Encyclopédie Universalis*, avril 2020.

Comment traiter le sujet

Le jour de l'épreuve, vous aurez 4 h pour traiter la dissertation et l'étude critique de documents : ne consacrez pas plus de 2 h à l'étude critique des documents.

Analyser le sujet

Analyser les documents

• La consigne comporte deux termes clés guidant le candidat pour définir ce que sont **« les deux guerres du Golfe et leurs prolongements »** :
– « **confronter les documents** » : il s'agit de prélever des informations dans les deux documents afin de caractériser les deux guerres du Golfe et mettre en lumière leurs éventuelles différences et ressemblances ;
– « **comment a évolué la situation en Irak** » : cette expression renforce la particularité de la seconde guerre du Golfe qui n'est plus un conflit interétatique classique mais qui s'est transformée en une sorte de guerre asymétrique.

• **Le premier document** proposé est une carte dont il convient de lire avec attention la légende : elle indique quels sont les belligérants et leurs moyens d'action. Son titre nous renseigne sur la durée très réduite de ce conflit qui peut être assimilé à une guerre classique déséquilibrée entre un camp aux forces militaires beaucoup plus puissantes que l'autre.

• **Le second document** est un article d'une encyclopédie de référence, écrit par un spécialiste de la question. Il explique les causes, le déroulement et les prolongements de la seconde guerre du Golfe jusqu'en 2011. Vous pourrez éventuellement, grâce à vos connaissances personnelles, évoquer la situation en Irak après cette date.

Les attentes du correcteur

Le correcteur **n'attend pas une accumulation de connaissances** trop loin des documents à propos des deux guerres du Golfe, et encore moins **des généralités hors de propos** sur le passage d'une guerre classique à un conflit asymétrique.

Il veut une étude qui montre que l'on sait **exploiter et confronter des documents** de nature différente et éventuellement les compléter **par des connaissances personnelles** judicieusement choisies :
– **les deux guerres du Golfe sont différentes** par leur nature même ;
– elles illustrent **l'**évolution des formes de conflits qui menacent le monde contemporain.

Mobiliser ses connaissances

• Le sujet est à replacer dans la deuxième partie du programme **qui peut systématiquement « tomber » le jour du baccalauréat** puisqu'il s'agit **d'un thème permanent** à étudier obligatoirement tous les ans. Il concerne **l'objet de travail conclusif (« Le Moyen-Orient : conflits régionaux et tentatives de paix**

impliquant des acteurs internationaux ») et plus particulièrement son second jalon (« Les deux guerres du Golfe (1991 et 2003) et leurs prolongements : d'une guerre interétatique à un conflit asymétrique »).

• Vous pouvez étoffer vos connaissances en utilisant celles que vous avez vues dans **la leçon introductive** (Guerres et paix dans le monde actuel) et dans le **second jalon** (« Le modèle de Clausewitz à l'épreuve des « guerres irrégulières » : d'Al Qaïda à Daech ») **de l'axe 1** (« La dimension politique de la guerre : des conflits interétatiques aux enjeux transnationaux »).

• Vous pouvez aussi puiser des connaissances **dans l'enseignement obligatoire en histoire-géographie que vous suivez en parallèle**, par exemple dans le chapitre 1 (« Nouveaux rapports de puissance et enjeux mondiaux ») du thème 4 d'histoire (« Le monde, l'Europe et la France depuis les années 1990, entre coopérations et conflits »).

Problématiser le sujet

De par la manière dont est conçue l'épreuve, l'analyse critique de documents du baccalauréat **ne pose pas de difficultés particulières** si on sait utiliser la méthode apprise tout au long de la scolarité en lycée (savoir exploiter un ou des documents dans le respect de la consigne).

Le **titre général**, complété par la consigne, donne **le sens global de l'**étude et donc **la problématique.** Il convient juste, dans le cas présent, de **la dynamiser** sous la forme d'**une ou plusieurs questions** :
– **Comment se sont déroulées les deux guerres du Golfe ?**
– **Quel est le prolongement de la seconde depuis 2003 ?**
La consigne, appuyée sur les documents, fournit les **grands axes du plan** :
– les caractéristiques et le déroulement de la première guerre du Golfe (**documents 1 et 2**) ;
– les caractéristiques et le déroulement de la seconde guerre du Golfe (**documents 1 et 2**) ;
– les prolongements de la seconde guerre du Golfe depuis 2003 (**document 2 et connaissances personnelles**).

SES HGGSP GRAND ORAL MATHS COMPLÉMENTAIRES

CORRIGÉ

Corrigé : plan détaillé

*Les **textes en couleurs** apparaissant dans ce corrigé ne doivent pas figurer dans votre devoir. Nous les avons insérés pour vous guider et vous aider à repérer les parties de l'étude critique des documents.*

Introduction

La guerre est traditionnellement définie comme « **une situation d'hostilité déclarée entre deux États**, qui recourent à la **force armée** afin de régler un conflit politique ou territorial survenu entre eux ». Depuis les années 1980, ce type de conflit armé direct entre État est en recul et ses motivations ainsi que ses effets ont considérablement évolué comme le montre l'étude des deux guerres du Golfe.

Comment se sont déroulés ces deux conflits ? Quel est le prolongement du second depuis 2003 ?

Nous étudierons d'abord le déroulement de la première guerre du Golfe en nous appuyant sur **document 1 confronté au document 2** (partie I). Puis nous verrons celui de la seconde guerre du Golfe en nous appuyant sur le **document 2 confronté au document 1** (partie II). Enfin nous nous intéresserons aux prolongements de la seconde guerre du Golfe depuis 2003 grâce au **document 2** (partie III).

I. La première guerre du Golfe de 1991

[argument 1 : document 1 et connaissances personnelles]

En deux jours, entre le 2 et le 4 août 1990, l'Irak dirigé par Saddam Hussein décide d'envahir le Koweït en poursuivant **deux objectifs** principaux. D'abord **financier** : Saddam Hussein veut provoquer une remontée des cours du pétrole afin de combler un fort déficit budgétaire lié à la guerre Iran-Irak (1980-1988). Puis **stratégique** : il entend s'emparer d'un territoire riche en **hydrocarbures**, revendiqué comme irakien.

[argument 2 : document 1 et connaissances personnelles]

Les États-Unis répliquent par l'opération militaire **« Tempête du désert »**. Elle se déroule de janvier à 1991 et met facilement en déroute l'armée irakienne. Le Koweït est « libéré ». Cette intervention militaire ne va cependant pas jusqu'à renverser le dictateur, tant les **craintes américaines d'un éclatement de l'Irak** sont fortes à ce moment-là.

[argument 3 : confrontation document 1 et 2]

Cette guerre est d'envergure internationale qui implique pas moins de 28 pays dont la France. Bien que mené **sous l'égide de l'ONU** (résolution 678) dans le **respect du droit international**, ce conflit est voulu par les États-Unis et les consacre comme **hyperpuissance** : ni l'URSS alors moribonde, ni l'Europe, ni la Chine ne se sont opposées à cette opération. Elle souligne aussi la suprématie militaire des

États-Unis qui a recours à des armes « intelligentes », appuyées sur des technologies informatiques de pointe, particulièrement dans le domaine aérien.

II. La seconde guerre du Golfe de 2003

[argument 1 : document 2]

Cette guerre trouve son origine à New York. **Saddam Hussein est soupçonné d'avoir établi des liens étroits avec Ben Laden et Al Qaïda** que les États-Unis ont identifiés comme principaux responsables des attentats du 11 septembre 2001. L'administration américaine du moment accuse par ailleurs le dictateur irakien de disposer **d'armes de destructions massives**, ce que la France conteste à la tribune de l'ONU, s'opposant par là même à une hyperpuissance américaine à son sommet.

[argument 2 : confrontation document 1 et 2]

L'Irak est envahi le 19 mars 2003 par une **coalition** composée d'une quarantaine d'États **menée par les États-Unis**. Mais **contrairement à la première guerre du Golfe, elle a lieu sans l'aval explicite de l'ONU**. La France, de ce fait, refuse d'y participer. Le multilatéralisme découlant de la sécurité collective incarnée par l'ONU se trouve ainsi mis à mal par l'orientation de plus en plus **unilatérale** de la **diplomatie américaine**.

[argument 3 : document 2]

Face à la supériorité technologique américaine, l'armée irakienne ne peut résister et le régime s'effondre en quelques semaines. **Saddam Hussein,** capturé en décembre 2003 après plusieurs mois de fuite, **est jugé et exécuté par le nouveau pouvoir irakien en 2006.**

III. Les prolongements de la seconde guerre du Golfe depuis 2003

[argument 1 : document 2]

S'appuyant sur les 200 000 soldats, pour la plupart américains, déployés sur place, la coalition internationale gère le pays par le biais d'une **Autorité provisoire**, dirigée par le **diplomate étasunien Paul Bremer.**

[argument 2 : document 2]

L'Autorité provisoire ne peut empêcher une **guerre civile entre sunnites et chiites** qui s'emparent logiquement du pouvoir car majoritaires dans le pays. Cette guerre civile plonge l'Irak dans un véritable chaos, prédit par de nombreux observateurs dès 2003.

[argument 3 : document 2 et connaissances personnelles]

En 2011, face à l'impopularité grandissante de cette guerre dans l'opinion publique américaine, les États-Unis décident de retirer leurs troupes d'Irak. Ce retrait accélère la **décomposition de l'Irak**, dont un tiers du territoire est, en mai 2015, contrôlé par l'État islamique. Le pays devient, de fait, l'une des **bases territoriales du terrorisme islamique** (implantation du **« califat »** de l'organisation **État islamique)** suscitant la formation d'une **coalition militaire hétéroclite** destinée à le combattre (armée irakienne, Occidentaux, Russie, Kurdes de Syrie, Turquie, groupes rebelles syriens, etc.). Cette coalition **met fin au « califat »** de l'organisation État islamique **en mars 2019** sans pouvoir toutefois éradiquer la menace terroriste qu'il représente toujours.

Conclusion

Outre le conflit israélo-palestinien, le Moyen-Orient a été marqué ces dernières années par les guerres du Golfe. Celle de 1990 peut encore être assimilée à un **classique conflit interétatique**. La dernière, commencée en 2003, s'est transformée progressivement en un **conflit asymétrique** (guerres intra-étatiques et terroristes), qui déstabilise encore un peu plus cette région de monde, déjà très instable.

Histoire et mémoire, histoire et justice

CHAPITRE 14

Par « mémoires », il faut entendre l'ensemble des souvenirs (collectifs et individuels), sous forme de différentes traces, liés aux événements majeurs du XXe siècle (Première et Seconde Guerres mondiales, guerre d'Algérie, etc.). Ces souvenirs font l'objet de commémorations mais sont aussi, parfois, à l'origine des revendications de ceux qui en sont porteurs, souvent liées à des enjeux idéologiques, politiques ou culturels du temps présent. Le travail de l'historien consiste à évacuer au maximum les dimensions affective et idéologique qui s'attachent immanquablement aux mémoires, pour chercher à établir, avec le plus d'objectivité et de rationalité possible la vérité et la réalité des faits du passé. Le travail sur les mémoires est rendu d'autant plus complexe pour l'historien qu'elles contiennent des amnésies et de la sélectivité (volontaires ou non), voire des mythes et des légendes.

1 Les relations complexes entre histoire et mémoire

A Deux perceptions différentes du passé

- L'histoire et les historiens. Ils cherchent à **expliquer le passé, scientifiquement et rationnellement**, en le reconstruisant sur la base de témoignages recueillis auprès des **témoins**, acteurs des événements du passé. Ils travaillent également avec des **archives**, disponibles et ouvertes, de sources variées. **Distance critique** et **objectivité** sont nécessaires. Les travaux qui en émanent ne coïncident donc pas totalement avec la vision de l'histoire qu'ont les différents groupes porteurs de mémoire.

- La mémoire. Elle renvoie aux **souvenirs des individus ou de groupes « porteurs de mémoire »**. Elle se réfère aussi aux différentes pratiques commémoratives qui en découlent en fonction d'enjeux divers, souvent revendicatifs. Cela va de la volonté de ne pas oublier des faits du passé à la **recherche de compensations morales, symboliques ou financières**, notamment quand il s'agit de groupes et d'associations de victimes (anciens combattants invalides de la Première Guerre mondiale dans les années 1930 ou déportés survivants de la Seconde Guerre mondiale).

B Les mémoires des grands conflits du XXe siècle

- **Première et Seconde Guerres mondiales et guerre d'Algérie.** Au cœur des études de ce thème, ce sont les **événements fondamentaux et tragiques de l'histoire de France** au XXe siècle, sources de blessures, de fractures et de conflits. Ils ont généré divers groupes « porteurs de mémoire » plus ou moins actifs et visibles, selon les époques dans l'espace public. Ils ont créé différentes mémoires de ces événements, dont des **mémoires officielles**.
- **Les mémoires d'État.** Elles ont pour point commun d'être souvent **partiales, mythifiées et sélectives** sinon **amnésiques** sur certains faits. En outre, elles s'incarnent en de multiples **lieux de mémoire** par différentes pratiques commémoratives, privées ou officielles. Elles se déploient, enfin, au cours de cérémonies, au sein d'associations à vocation mémorielle, *via* des écrits et des parutions.

C Des relations ambivalentes

- **La difficulté d'être historien.** La tâche des historiens n'a pas été et n'est pas encore toujours aisée. Ils se trouvent, en effet, confrontés, depuis quelques décennies, à une **« demande sociale d'histoire »**. Elle émane du grand public et surtout des victimes et de leurs descendants, sur certains faits longtemps occultés ou oubliés, volontairement ou non : par exemple le **rôle du régime de Vichy dans la déportation des Juifs** vivant en France ou l'**usage de la torture par l'armée française au cours de la guerre d'Algérie.** Ils sont même sollicités à titre de **témoins « experts »** dans certains procès comme celui de Maurice Papon en 1998. Ils sont aussi impliqués, à leur corps défendant, lors de **polémiques** fortement médiatisées à propos des revendications de certains groupes de mémoire concernant la guerre d'Algérie (anciens combattants, pieds-noirs, etc.).
- **Les lois mémorielles.** Que ce soit pour des faits relatifs à l'une ou à l'autre guerre, une grande partie de **la communauté historienne est hostile aux lois mémorielles** imposées par les pouvoirs publics (la loi dite **« Gayssot »** de 1990 contre les négationnistes du génocide des Juifs et des Tsiganes a ouvert le champ des lois mémorielles). Elle juge qu'il est anormal, dans un État démocratique, d'imposer aux historiens et, par voie de conséquence, aux jeunes générations, *via* l'école, une vision et une écriture officielles de l'histoire.

D Des acteurs en constante évolution

- **Les groupes porteurs de mémoire.** Ce sont des **regroupements de personnes** plus ou moins formels et visibles (anciens combattants, anciens résistants, anciens déportés ou anciens colonisés) qui, par le biais de manifestations publiques, **présentent leur version de l'histoire** en fonction d'un certain nombre de revendications. Lesquelles sont souvent motivées par la recherche de compensations matérielles, morales ou symboliques, et sous-tendues par les **enjeux politiques et idéologiques du temps présent**. Ces revendications peuvent aller, parfois, jusqu'à **réclamer une présentation officielle des faits**, comme ce fut le cas au moment de la **loi très décriée de 2005** sur les rapatriés d'Algérie, dont l'article 4, demandant aux enseignants d'évoquer le **« rôle positif » de la colonisation**, a été finalement abrogé.

- **Le franchissement de seuil mémoriel.** Il s'agit du moment où **certaines mémoires s'affirment dans le champ public**. Par exemple, la mémoire juive de la Déportation s'est structurée plus tardivement que les mémoires résistantes mais, à partir des années 1980-1990, elle accède à un rang quasi officiel avec la première commémoration de la rafle du Vél' d'Hiv' en 1994. Elle entre aussi dans les **programmes scolaires** et y occupe, désormais, une part importante, alors qu'elle avait été largement occultée au lendemain de la guerre. Pour le cas de l'Algérie, le franchissement de seuil mémoriel intervient avec la **dénomination officielle de « guerre d'Algérie » à partir de 1999**, sous la pression des organisations d'anciens combattants. Elle permet l'**édification de lieux commémoratifs visibles**, comme le mémorial du quai Branly à Paris. Le premier colloque consacré à la guerre d'Algérie n'a eu lieu qu'en 1988.

- **Les relais de transmission mémorielle.** Cette notion est indissociable de celle de « franchissement de seuil mémoriel », elle désigne principalement les **médias** (cinéma, télévision), les manifestations (défilés) des groupes porteurs de mémoire et, bien sûr, les **travaux universitaires** qui infléchissent les discours officiels longtemps porteurs de mythes et de contre-vérités historiques. Ainsi, le discours du président de la République **Jacques Chirac en 1995** reconnaissant la responsabilité de la France dans la Solution finale, lors de la **commémoration de la rafle du Vél' d'Hiv'**, constitue un tournant fondamental, au terme de deux décennies de retour du « refoulé » par l'intermédiaire du cinéma (*Le Chagrin et la Pitié* de Marcel Ophüls, 1971) ou de la télévision (*Shoah* de Claude Lanzmann, 1985).

	PASSÉ	TRACES DU PASSÉ	UTILISATION DES TRACES DU PASSÉ	
DÉFINITION	Ensemble de faits et d'événements historiques marquants qui concernent un individu, un groupe, un État, etc.	Ensemble des traces matérielles ou immatérielles laissées par ces faits et événements : souvenirs, documents, lieux, etc.	Mémoires : elles sont produites et transmises par différents groupes en fonction d'enjeux politiques, idéologiques et culturels	Histoire : elle est écrite par des historiens qui analysent les traces du passé pour mieux l'expliquer
EXEMPLES	• Faits de résistance • Déportation et expérience des camps de la mort • Participation à la guerre d'Algérie à divers titres, côté algérien ou côté français	• Lettres du Vel' d'Hiv' • Maquis et zones de résistance • Casbah d'Alger pendant la bataille d'Alger	• Commémorations • Transmission *via* l'école • Mémoires diverses : résistantes, de la Déportation, du génocide juif, des pieds-noirs, mémoires officielles, etc.	• Des historiens sont sollicités pour éclairer la connaissance du passé lors de grands procès (procès Papon par exemple) • Des historiens protestent contre des lois mémorielles qui leur feraient perdre leur indépendance

▲ Les différences entre histoire et mémoires.

2 La dénazification, un moment fondateur de la justice internationale

A La fin du totalitarisme allemand

- **Les « 3 D ».** Le système totalitaire nazi s'effondre avec la **capitulation allemande le 8 mai 1945**. Deux conférences interalliées fixent le sort de l'Allemagne, qui ne dispose plus d'État et perd toute souveraineté. À **Yalta**, en février 1945, Staline, Churchill et Roosevelt ont décidé sa division en **4 zones d'occupation**, l'organisation d'élections libres et la reconstruction d'un État démocratique. La conférence de **Potsdam** (juillet-août 1945) confie au Conseil de contrôle interallié, à Berlin, la mise en œuvre des **« 3 D » (dénazifier, démilitariser, décartelliser)** de la démocratisation.

- **Allemagne « année zéro ».** La victoire des Alliés s'inscrit dans un contexte de défaite et d'occupation pour les Allemands. **12 millions de réfugiés et de déplacés** des territoires de l'Est se mêlent à la population libérée des camps. La famine touche la majorité de la population, et en 1946, 14 millions d'Allemands sont encore sans logis. Ce sont les **forces d'occupation** qui assurent **la sécurité, l'aide médicale et le ravitaillement**, notamment à Cologne, détruite à 90 %.

B Le procès de Nuremberg

- **Un tribunal international.** Ce sont les Alliés qui **jugent les principaux responsables nazis** dans le cadre du Tribunal militaire international de Nuremberg. Composé de juges et d'équipes juridiques des quatre Alliés, il dure un an. Les accusés sont des **hauts responsables du Reich**, mais également des organisations criminelles, dont les membres seront jugés ultérieurement et individuellement.

- **Rendre une justice exemplaire.** Les chefs d'accusation correspondent au droit international déjà existant (crime contre la paix, crime de guerre), auquel s'ajoute le **crime contre l'humanité, imprescriptible.** Le procès se fonde donc sur le droit, des **principes juridiques clairs**, le respect du droit des accusés, et une multitude de preuves matérielles et de témoignages qui rendent les condamnations incontestables. Cette démarche correspond bien à l'esprit dans lequel les Alliés veulent juger et condamner le nazisme : il ne s'agit pas de se venger (il y a, d'ailleurs, des acquittements), mais de **rendre justice.** En effet, l'un des premiers soucis est de s'appuyer sur des principes universels rappelés dans le statut du tribunal.

Texte-clé

Article 6 : Le Tribunal [...] sera compétent pour juger [...] l'un quelconque des crimes suivants [...] :
b. Les crimes de guerre : c'est-à-dire les violations des lois et coutumes de la guerre. Ces violations comprennent, sans y être limitées, l'assassinat, les mauvais traitements et la déportation pour des travaux forcés, ou pour tout autre but, des populations civiles dans les territoires occupés, l'assassinat ou les mauvais traitements des prisonniers de guerre ou des personnes en mer, l'exécution des otages, le pillage des biens publics ou privés, la destruction sans motif des villes et des villages ou la dévastation que ne justifient pas les exigences militaires ;
c. Les crimes contre l'humanité : c'est-à-dire l'assassinat, l'extermination, la réduction en esclavage, la déportation, et tout autre acte inhumain commis contre toutes populations civiles, avant ou pendant la guerre, ou bien les persécutions pour des motifs politiques, raciaux ou religieux [...].
Article 8 : Le fait que l'accusé a agi conformément aux instructions de son gouvernement ou d'un supérieur hiérarchique ne le dégagera pas de sa responsabilité [...].

Extraits du statut du Tribunal militaire international de Nuremberg, 8 août 1945.

- **Être un point de départ.** Les preuves et les témoignages rassemblés servent à **faire prendre conscience à l'humanité de la réalité des exactions commises** par les nazis et de la politique d'extermination planifiée. Ce procès a une valeur pédagogique, au-delà du témoignage : l'objectif est que les crimes révélés et jugés à Nuremberg ne se reproduisent plus, que le nouveau droit international l'empêche, et que les **criminels nazis** soient **poursuivis** après la clôture du procès, grâce à l'imprescriptibilité du crime contre l'humanité. Ainsi, le procès de Nuremberg a-t-il joué un **rôle essentiel, à la fois juridique et historique** : il ne condamne pas seulement des nazis, mais le nazisme dans son ensemble et, à travers lui, tous les systèmes ultérieurs qui pourraient commettre le même type de crimes.

Mots-clés

Crime contre l'humanité : fait inhumain portant atteinte à la personne physique ; violation grave et caractérisée des droits de l'homme. Ce crime est imprescriptible.
Dénazification : occupation de l'Allemagne nazie vaincue dans le but de punir les responsables des crimes contre l'humanité et génocides et d'extirper le nazisme de la société allemande.
Génocide : extermination organisée et systématique d'une population.
Mémoire collective : mémoire partagée, transmise et construite par la société, dominante dans l'espace public.
Shoah : mot hébreu qui signifie « catastrophe » et qui désigne l'extermination de 6 millions de Juifs par les nazis.

▲ **Le procès de Nuremberg (1945-1946) : le box des accusés.**

Au premier rang : Hermann Goering, Rudolph Hess, Joachim von Ribbentrop, Wilhelm Keitel, Ernst Kalternbrunner, Alfred Rosenberg, Hans Frank, Wilhelm Frick, Julius Streicher, Walter Funk, Hjalmar Schacht.
Au second rang : Erich Raeder, Baldur von Schirach, Fritz Sauckel, Alfred Jodl, Franz von Papen, Artur Seyss-Inquart, Albert Speer, Konstantin von Neurath, Hans Fritzsche.

Les causes de la Première Guerre mondiale

CHAPITRE 15

La **question des origines du conflit** s'est posée **dès 1914**. Les historiens ont, tout d'abord, tenté de répondre à la question des **responsabilités**. Peu à peu, ils se sont émancipés des points de vue nationaux et partisans et de ce qui s'était imposé comme un « devoir de mémoire ». La **vision mécaniste de l'enclenchement inévitable du conflit** découlant de l'imbrication des alliances internationales, structurées autour de la Triplice et de la Triple-Entente, **a cédé le pas à une vision plus nuancée** qui n'occulte la responsabilité d'aucun État. On peut affirmer aujourd'hui que si personne n'a souhaité transformer l'incident local de l'assassinat de l'héritier de la couronne d'Autriche- Hongrie en lutte généralisée, **tout le monde était prêt à prendre le risque d'un conflit** et s'y était préparé, tout en pensant que la guerre serait courte.

Chronologie de l'entrée en guerre en 1914

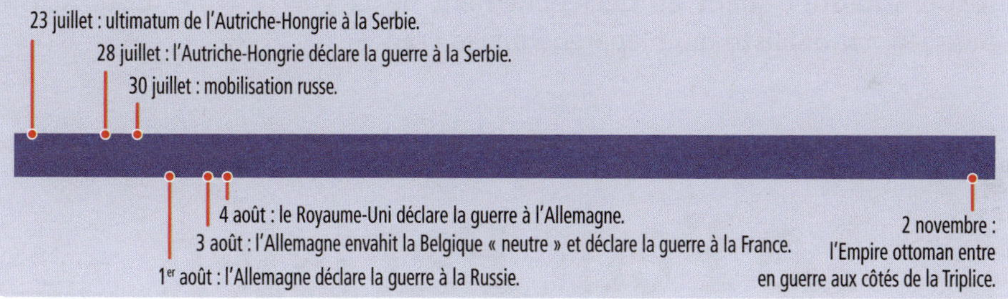

1 Un débat historiographique né avec la guerre

A Les enjeux de la responsabilité durant le conflit

- **Au début de la guerre.** Immédiatement, les principaux belligérants dénoncent l'**agression de l'ennemi**. L'Allemagne, à l'origine de la déclaration de guerre contre la France, envisage, dès l'été 1914, la publication des dépêches diplomatiques et des documents officiels qui ont conduit à l'engrenage fatal, dans le but de **souligner la responsabilité de l'adversaire**.

- **Pendant la guerre.** Chaque camp pointe la responsabilité de l'autre : Paris met en avant le fait que c'est l'Allemagne qui lui a déclaré la guerre. Berlin rappelle que la mobilisation russe a débuté une semaine avant sa déclaration de guerre et qu'elle est à l'origine de l'embrasement général. **Tous les pays affirment ne mener qu'une guerre défensive** pour protéger leur territoire et leurs intérêts.

- **À la fin de la guerre.** Les enjeux de la responsabilité de la guerre deviennent essentiels, à la fois aux yeux des opinions publiques nationales et pour les négociateurs des traités de paix. **Les vainqueurs parviennent à faire admettre la responsabilité unilatérale de l'Allemagne** par l'article 231 du traité de Versailles. Désormais, la responsabilité de la guerre devient un enjeu de politique intérieure : pour les Français, **« l'Allemagne paiera »**, tandis qu'outre-Rhin, une frange importante de la population considère le **traité de Versailles** comme un ***diktat***.

B L'évolution des analyses dans l'entre-deux-guerres

- **Les analyses de Jules Isaac.** En 1933, l'historien coauteur du célèbre manuel scolaire Mallet et Isaac publie une étude *(Un débat historique – 1914 : le problème des origines de la guerre)* qui met en lumière le **partage des responsabilités** quant au déclenchement de la guerre (rôle de la Russie, poussée nationaliste qui n'épargne pas la France).

Dépôt Légal 1914

Lundi 29 Juin 1914

Le Petit Parisien

5 centimes — Le plus fort tirage des journaux du monde entier — 5 centimes

L'archiduc héritier d'Autriche François-Ferdinand et sa femme ont été assassinés, hier, à Sarajevo en Bosnie

Ils avaient échappé à une bombe et c'est en allant visiter les blessés de ce premier attentat qu'ils furent tués à coups de revolver

LES CRIMINELS SONT UN TYPOGRAPHE DE VINGT ET UN ANS ET UN ÉTUDIANT DE DIX-NEUF

Ce dernier, l'assassin, invoque des motifs d'ordre nationaliste

Y A-T-IL COMPLOT ?

« Sur cette terre, rien ne m'aura été épargné » dit l'empereur François-Joseph en apprenant la triste nouvelle

▲ L'assassinat de François-Ferdinand d'Autriche, cause immédiate de la Première Guerre mondiale.

- **Le travail de Pierre Renouvin.** Le grand historien des relations internationales s'interroge, dès 1925 *(Les Origines immédiates de la guerre)* sur ce qu'il appelle les **« forces profondes »** ayant conduit à la guerre, particulièrement le **complexe militaro-industriel** très puissant en Allemagne mais aussi influent en France et en Grande-Bretagne. S'esquisse alors l'idée d'une **responsabilité collective** dans le déclenchement du conflit.

2 Les évolutions contemporaines

A Les causes économiques du conflit

- **Une vision marxiste séduisante.** Reprenant des analyses déjà anciennes comme celles de Karl Kautsky ou de Nikolaï Boukharine, plusieurs historiens des années 1950-1970 (Paul Alexander Baran, Paul Sweezy ou Harry Magdoff) voient, dans le déclenchement de la guerre, d'abord **une confrontation égoïste entre les impérialismes économiques des grandes puissances** (conquérir des marchés, des ressources, des zones d'investissement). Les vieilles puissances industrielles (Grande-Bretagne, France) se retrouvent opposées aux nouvelles (Allemagne puis Japon) recherchant des débouchés à leur croissance soutenue.
- **Une analyse partielle et discutable.** Malgré une certaine cohérence, cette thèse a été largement critiquée à cause de son **systématisme occultant des faits la remettant en cause**. Elle ne peut guère expliquer l'entrée en guerre de l'Autriche, de l'Italie et de la Russie. Elle ne tient pas compte du contexte de forte croissance économique au début des années 1910.

B Le choc des nationalismes

- **La matrice germano-française.** L'opposition entre le **nationalisme d'existence français** et le **nationalisme de puissance allemand** s'est amplifiée depuis la défaite française de 1870 (perte de l'Alsace-Lorraine) et culmine au début des années 1910 (rivalités au Maroc).
- **La matrice austro-russe.** La **volonté séculaire de l'Empire russe de s'étendre** à la fois au détriment des **Turcs** (accès aux mers chaudes) et des **Autrichiens** (protection des Slaves méridionaux) se renforce au début du XXe siècle, particulièrement lors de la **guerre des Balkans** en 1912, prélude à la guerre mondiale.

- **L'impérialisme économique anglais.** Les motifs de la Grande-Bretagne sont surtout économiques. Son **inquiétude face à la très forte croissance industrielle allemande** grandit au fur et à mesure que cette dernière **accroît son potentiel maritime**, menaçant toujours plus son impérialisme thalassocratique.

Mots-clés

Nationalisme d'existence : sentiment d'une population qui se reconnaît dans une même langue, une même histoire, une même culture et qui manifeste le désir et la volonté de vivre ensemble dans un même pays.
Nationalisme de puissance : idéologie qui, en prônant la primauté de son pays par rapport aux autres nations, permet de se définir une identité nationale par défaut.
Triple-Entente : accord diplomatique d'aide militaire mutuelle entre la France, la Grande-Bretagne et la Russie.
Triplice : accord diplomatique d'aide militaire mutuelle entre l'Allemagne, l'Empire austro-hongrois et, jusqu'en 1915, l'Italie.

C Des passions apaisées ?

- **La controverse relancée.** En 1951, une **commission historique franco-allemande** reconnaissait que rien ne permettait d'attribuer une volonté de guerre préméditée **« à aucun gouvernement ou à aucun peuple »**. Mais, en 1961, l'ouvrage de Fritz Fischer *(Les Buts de guerre de l'Allemagne impériale)* relance partiellement le débat en insistant sur le **rôle majeur des milieux militaires et industriels allemands** dans le déclenchement de la guerre.

- **La vision contemporaine.** Les travaux de **Jean-Jacques Becker** (*L'Année 14*, 2004) sont grandement à l'origine de la position nuancée qui prévaut largement aujourd'hui : l'Allemagne est bien à l'origine immédiate de la guerre, mais **la responsabilité globale du conflit est collective**.

Mémoires et histoire de la guerre d'Algérie

CHAPITRE 16

La guerre d'Algérie est **une des crises majeures de l'histoire de France au XXe siècle**. Elle a donné lieu, depuis 1962, à des affrontements, des polémiques, des controverses parfois violentes. Le **cheminement de la mémoire à l'histoire** a été **difficile** jusqu'à nos jours. L'État, mais aussi les « acteurs témoins » réunis sous différentes formes ont été jusqu'à **entraver le travail des historiens** en voulant imposer une lecture univoque, déformée, voire mensongère des faits, suscitant des protestations récurrentes de la communauté historienne, notamment contre les lois mémorielles. La **mémoire algérienne du conflit**, éloignée de la perception officielle française, est très dépendante des aléas des relations diplomatiques franco-algériennes.

1 En France, des mémoires partiellement retrouvées

A La guerre « sans nom »

- **Les « événements » d'Algérie.** Face à l'insurrection algérienne de 1954, les gouvernements français successifs **refusent de reconnaître qu'ils ont affaire à ce qui est une véritable guerre**. Pour désigner la situation on parle alors d'**« événements »** ou de **« pacification »**. En 1962, la fin de cette guerre jamais nommée trahit le **recul de la puissance française**. Son image internationale de grand pays porteur de valeurs démocratiques et universelles est écornée.

- **L'impossible mémoire officielle.** La mémoire de cette guerre est alors **refoulée.** Dans le contexte de l'expansion économique des Trente Glorieuses et des mutations que connaît la société, elle est assez vite oubliée par la majorité de la population, d'autant plus qu'elle ne suscite **aucune reconnaissance ni commémoration officielles**.

B Des mémoires cloisonnées et conflictuelles

- **Un événement générateur de mémoires plurielles.** La guerre d'Algérie a laissé des **traces profondes dans les mémoires de ses acteurs**, dont les principaux groupes sont les rapatriés d'Algérie, les anciens combattants de l'armée française, les harkis et les immigrés algériens vivant sur le territoire français. Souvent organisés en **associations**, ces groupes sont tous en quête de **reconnaissance**, même s'ils défendent une vision partielle du conflit. Les principaux groupes mémoriels issus de la guerre d'Algérie donnent, ainsi, des **interprétations cloisonnées et contradictoires** des expériences vécues : harkis contre l'armée française, pieds-noirs contre le général de Gaulle ou les Français de métropole, généraux et officiers supérieurs contre le pouvoir civil. Tous développent un **discours émotionnel** les rendant souvent sourds les uns aux autres.

> **Mots-clés**
>
> **Harki :** soldat algérien musulman engagé dans l'armée française pendant la guerre d'Algérie.
>
> **Pieds-noirs :** nom donné aux habitants de l'Algérie d'origine européenne pendant la période de la colonisation française.

- **Le rôle essentiel de l'historien.** Il faut attendre les **années 1980** pour que l'on puisse réellement commencer à voir s'édifier un **travail scientifique cohérent sur la guerre d'Algérie**. En 1988 est organisé le premier colloque universitaire sur la guerre d'Algérie. Parallèlement, Pierre Nora et Henry Rousso travaillent sur la question des mémoires et permettent d'en mieux comprendre la **transmission**. La guerre n'est donc plus occultée mais, comme l'écrit Benjamin Stora, elle est encore **« *ensevelie* »**. Au début des années 2000, des témoignages choc paraissent dans la presse. Conjointement, dans sa thèse *La Torture et l'Armée pendant la guerre d'Algérie*, l'historienne Raphaëlle Branche éclaire les **mécanismes de la torture** grâce à son travail sur les archives et les témoignages des soldats et officiers. Après avoir été longtemps passée sous silence, la guerre d'Algérie **s'inscrit** ainsi **durablement dans le paysage quotidien français**. Des monuments, des plaques, des noms de rue, **rendent visible** la mémoire du conflit.

2 En Algérie, une mémoire largement instrumentalisée

A Une mémoire fondatrice de la nation

- **La « guerre de Libération ».** Le **FLN** (Front de libération nationale) prend la tête de l'Algérie indépendante en 1962 et institue un régime de parti unique. Certains faits sont tus pour présenter la guerre, nommée « guerre de libération », comme **une révolution fondée sur l'opposition entre**

deux communautés antagonistes : les Algériens et les Français. Le pays se couvre de monuments à la **gloire des martyrs morts**. À partir de 1965, les commémorations se multiplient. Le Monument national des martyrs à Alger est inauguré en 1982. L'État organise ce que l'historien Guy Pervillé appelle une « hyper-commémoration obsessionnelle ».

- **Une mémoire au service du pouvoir.** En occultant le Mouvement national algérien (MNA) de Messali Hadj, **le FLN veut apparaître comme l'acteur unique** ayant mené le peuple à la victoire. Le FLN fonde ainsi sa légitimité en imposant une version officielle de l'histoire.

B Une mémoire sous surveillance

- **Un passé revisité.** La « révolution » est présentée comme ayant été **menée par le peuple uni** derrière le parti. Les historiens estiment les pertes algériennes à 300 000 victimes environ, alors que le FLN impose le mythe du « million et demi de martyrs ». Les **manuels scolaires** se font l'écho de cette **histoire en partie fabriquée par le pouvoir**. Depuis 1972, les autorités ont, cependant, lancé une campagne de rassemblement d'archives écrites.

- **L'histoire toujours sous contrôle.** Les années 1980 et les émeutes en Kabylie marquent un tournant dans le rapport des Algériens à leur histoire. Les Berbères contestent la politique d'arabisation menée par le FLN et le discours tenu par le parti sur l'histoire du pays. **Les jeunes adhèrent de moins en moins au récit du parti unique glorifiant un passé héroïque** comme socle de la nation. Mais les historiens rencontrent toujours de nombreux obstacles dans leur travail : les archives, bien qu'appartenant au domaine public, sont difficilement consultables. **Certains sujets restent encore interdits** ou, au mieux, peu étudiés, comme la violence du FLN, les luttes fratricides pour la prise du pouvoir ou le massacre des harkis. Ces derniers sont toujours présentés comme des traîtres.

- **Une impossible histoire commune avec la France ?** La période coloniale et la guerre d'Algérie sont des sujets au cœur des relations entre les deux pays. **L'histoire commune demeure cependant souvent un enjeu diplomatique**, utilisée alternativement, par l'un ou l'autre des deux États, pour servir des discours politiques. Il n'y a, encore aujourd'hui, **aucun lieu de commémoration franco-algérien**, comme il en existe entre la France et l'Allemagne. Cette situation est cependant susceptible d'évoluer. En janvier 2021, l'historien Benjamin Stora a remis au président de la République un rapport sur les mémoires de la guerre d'Algérie. S'il prend acte de l'impossibilité pour le moment d'écrire « une histoire commune » franco-algérienne, il souligne que le temps est peut-être venu de « chercher à expliquer ensemble l'événement colonial ».

Commémoration	Journée de célébration	Date de création
Journée nationale d'hommage aux « Morts pour la France » de la guerre d'Algérie et des combats du Maroc et de la Tunisie	**5 décembre** (jour de l'inauguration au quai Branly, à Paris, du Mémorial national de la guerre d'Algérie et des combats du Maroc et de la Tunisie en 2002)	2003
Journée nationale d'hommage aux harkis	**25 septembre** (pas de signification particulière)	2003
Hommage rendu à tous les morts pour la France	**11 novembre** (jour de l'armistice de la Première Guerre mondiale en 1918)	2012
Journée nationale du souvenir et de recueillement à la mémoire des victimes civiles et militaires de la guerre d'Algérie et des combats en Tunisie et au Maroc	**19 mars** (jour de la signature des accords d'Évian en 1962)	2012

▲ Les commémorations de la guerre d'Algérie en France.

EN FRANCE

1962-1975 : UN OUBLI ORGANISÉ

- La guerre d'Algérie est un épisode traumatique de l'histoire de la IVe République (« la guerre sans nom »).
- L'État organise l'oubli officiel des « événements » d'Algérie.
- Il fait voter des lois d'amnistie pour les actes commis en temps de guerre.

1975- début des années 1990 : UN TOURNANT

- Première visite d'un président français en Algérie (1975).
- Émergence du souvenir de la guerre dans l'espace public grâce à certains groupes porteurs de mémoire : harkis, appelés, rapatriés, immigrés algériens.
- Publications de travaux historiques majeurs (B. Stora, G. Pervillé).

Depuis les années 1990 : DE NOUVEAUX ENJEUX

- Reconnaissances officielles : un nom pour la guerre, un monument, des dates de commémoration.
- Fin de l'occultation de la question de la torture (articles de presse, témoignages, travaux d'historiens).
- Persistance cependant de mémoires conflictuelles (harkis, pieds-noirs, immigrés, appelés, etc.).

EN ALGÉRIE

1962 - début des années 1980 : UN OUBLI ORGANISÉ

- Le FLN utilise la guerre pour souder la toute nouvelle nation née de la victoire.
- Les mémoires individuelles sont occultées.
- Les discours et les documents exaltent l'héroïsme des martyrs et leur sacrifice.
- Le massacre des harkis, les violences perpétrées par les combattants algériens ainsi que les différents courants au sein des indépendantistes sont niés.

Depuis les années 1980 : UN TOURNANT PROGRESSIF

- Reconnaissance du rôle de certains acteurs (comme Messali Hadj) en désaccord avec le FLN durant la guerre.
- Des publications plus nombreuses, mais l'accès aux archives reste problématique.
- La question des harkis est toujours occultée.

▲ La guerre d'Algérie : une construction mémorielle différente en France et en Algérie.

Les tribunaux *gacaca* face au génocide des Tutsis

CHAPITRE 17

En 1994, en à peine trois mois, près d'un million de Tutsis du Rwanda ont été assassinés uniquement parce qu'ils étaient tutsis. *Itsembabwoko* est le mot de la langue bantoue qui désigne ce **génocide officiellement reconnu** comme tel par la communauté internationale. Dès novembre 1994, un **Tribunal pénal international pour le Rwanda (TPIR)** siégeant à Arusha (Tanzanie) est institué. Mais, devant **ses lenteurs et ses dysfonctionnements**, les rescapés décident de prendre les choses en main et réactivent les **anciens tribunaux traditionnels *gacaca***. Ils ont fonctionné jusqu'en 2012 et ont permis de juger la quasi-totalité des auteurs du génocide.

1 Les difficultés de la justice internationale

A Des violences endémiques au génocide

- **Les violences au Rwanda.** L'ancienne colonie belge connaît, depuis son indépendance en 1962, des violences récurrentes liées aux **persécutions que les Hutus**, ethnie majoritaire, **font subir à la minorité tutsie** dont une partie fuit en Ouganda et fonde le **FPR (Front patriotique rwandais)**. Elles culminent au début des années 1990 au moment où éclate une véritable guerre civile, qui ne cesse pas malgré la médiation française d'août 1993.

- **Le génocide.** La mort, dans un accident d'avion, du président rwandais, le 6 avril 1994, est l'occasion, pour les **Hutus radicaux**, de s'emparer du pouvoir. En quelques semaines, ils parviennent à **massacrer la plus grande partie de la population tutsie**, et des **Hutus modérés**, profitant de l'**inaction internationale**. La France ne commence à intervenir que le 22 juin (**opération « Turquoise » sous mandat de l'ONU**) alors que près d'un million de Tutsis ont déjà été exécutés et que l'offensive du FPR pour renverser le gouvernement hutu est en train de réussir.

B L'embarras de la communauté internationale

- **La mise en place du Tribunal pénal international pour le Rwanda (TPIR).** Elle intervient dès novembre 1994. Mais, très vite, **le tribunal**, qui siège à Arusha en Tanzanie, **s'enlise dans des batailles de procédure**. Son fonctionnement pâtit aussi des **réticences de certains pays** comme la France où les États-Unis, qui craignent d'être eux-mêmes accusés d'avoir indirectement participé au génocide soit par inaction (États-Unis) soit par l'action pas toujours très claire de leurs forces d'intervention (France).

- **Une justice lente et peu efficace.** De 1994 à 2015, le TPIR n'a jugé que **93 accusés « majeurs »** du génocide et en a condamné une soixantaine. À cette **extrême lenteur** au coût très élevé (2 milliards de dollars au total) se sont ajoutés de nombreux problèmes de fonctionnement et le **refus de juger les forces du FPR**, elles-mêmes coupables de nombreuses violences lors de leur contre-offensive victorieuse.

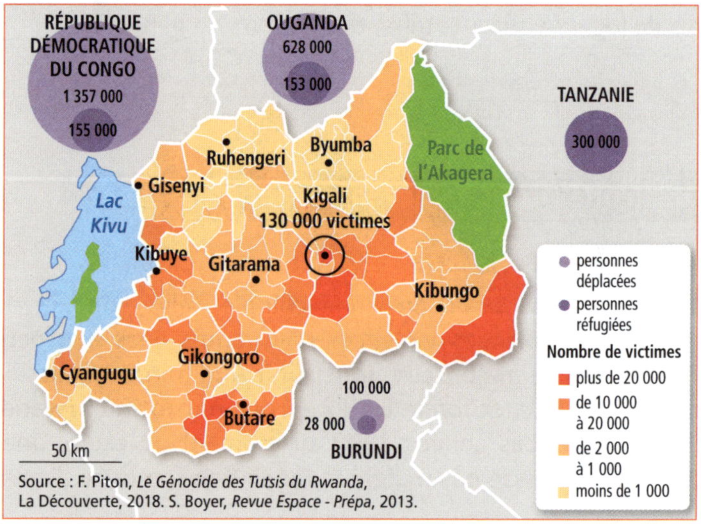

▲ Géographie du génocide des Tutsis (avril-juillet 1994).

2 Le « miracle » judiciaire des tribunaux *gacaca*

A Une justice résiliente

- **Deux millions d'accusés.** En 1998, outre les organisateurs du génocide déférés devant le TPIR, plus de 2 millions de « petits » exécutants ont été arrêtés. **Pour les juger** selon les procédures habituelles, il aurait fallu **des centaines d'années.**

- **Le recours à la justice traditionnelle.** Entre 2005 et 2012, plus de 12 000 tribunaux *gacaca* sont créés. Composés de **citoyens volontaires** encadrés de **magistrats temporaires** formés en quelques jours, ils parviennent, en moins de 7 ans, à **juger près de 2 millions de personnes** et à en condamner environ les deux tiers à des peines allant de l'emprisonnement à vie au simple dédommagement des dégâts occasionnés.

B Une justice apaisante

- **Réconcilier la population.** Au-delà de l'efficacité judiciaire immédiate, le but recherché par les tribunaux *gacaca* a été, selon un ancien juge, de **permettre aux victimes de se confronter aux tueurs** pour *« réconcilier les gens et être le plus juste possible afin qu'ils réapprennent à vivre ensemble »*.

- **Un bilan miraculeux ?** Si de nombreux problèmes subsistent, particulièrement celui de l'indemnisation des victimes, l'action des tribunaux *gacaca* a permis d'**enrayer la spirale de la haine et de la vengeance**. Depuis plusieurs années, s'instaure lentement « une **cohabitation pacifique à l'échelle du pays** » : ce qui était impensable au lendemain du génocide.

Mots-clés

Résilience : capacité de s'adapter à un environnement nouveau ou en mutation.

Tribunal *gacaca* : tribunal de « gazon ». Le nom de cette justice de proximité traditionnelle rwandaise fait référence à la pelouse sur laquelle étaient assis les sages lorsqu'ils écoutaient les plaignants lors des litiges de voisinage qu'ils avaient à juger.

Texte-clé

« À la fin du génocide [...] le pays n'avait plus d'infrastructure étatique : ni écoles, ni hôpitaux, ni tribunaux. De son côté, le Tribunal pénal international pour le Rwanda (TPIR) sera créé par le Conseil de sécurité de l'ONU le 8 novembre 1994 et officiellement fermé le 31 décembre 2015. Son objectif : poursuivre en justice les idéologues du génocide, les ministres du gouvernement génocidaire et ceux qui ont encouragé les massacres, notamment à travers des médias. [...] En 1998, on a estimé qu'au rythme de la justice de l'époque, il faudrait deux cents ans pour juger les accusés qui s'entassaient par centaines de milliers dans les prisons rwandaises. Les autorités proposèrent alors de relancer les *gacaca* (« gazon », en kinyarwanda), s'inspirant des anciennes assemblées dans lesquelles les sages des villages réglaient les conflits et les contentieux assis sur les pelouses. Ce qui sera effectif sur l'ensemble du territoire rwandais en 2005. [...] L'esprit des *gacaca* était de se réconcilier », affirme Vénuste Karasira, qui a témoigné en tant que rescapé du massacre de l'École technique officielle (ETO) de Kigali, au cours duquel il a perdu une fille : « Le fait de parler aux tueurs et de les écouter m'a aidé dans mon processus d'apaisement. [...] » Mais la restitution des biens (maisons, parcelles, liquidités...) pillés ou détruits est rarement appliquée et reste un obstacle à la réconciliation. « Je ne suis pas satisfaite des *gacaca*, car ceux qui ont tué mon père et ma mère ont été libérés, déplore Yvonne Mukanubaha, également rescapée de l'ETO. Quand on se croise à l'église ou dans la rue, on se dit bonjour mais c'est tout. Vaches, chèvres ou poules, ils n'ont rien payé de ce qu'ils ont volé à ma famille en 1994. »

Pierre Lepidi, *Le Monde*, 13 avril 2019.

CHAPITRE 18

Le Tribunal pénal international pour l'ex-Yougoslavie

Ce tribunal a été créé le 25 mai 1993, en pleine guerre de Bosnie, par la résolution 827 de l'ONU, avec pour mission la traduction en justice des personnes présumées responsables de crimes graves (violation de la convention de Genève, violation des lois de la guerre, crime contre l'humanité, génocide), commis depuis le début de la guerre en ex-Yougoslavie en 1991. Il est le premier Tribunal pénal international depuis celui de Nuremberg en 1945.

1 Une guerre civile meurtrière au cœur de l'Europe

A L'éclatement de l'ex-Yougoslavie

- La Yougoslavie. Cet État multinational, créé en 1918, est une **mosaïque ethnique, culturelle et religieuse**. La Bosnie, une des six républiques de la Fédération yougoslave, est, en 1991, à l'image de cette complexité nationale : musulmans majoritaires, Serbes et Croates cohabitent sur le territoire.
- Le tournant de 1991. Les revendications d'indépendance deviennent de plus en plus fortes et le **Parlement de Bosnie à majorité musulmane et croate fait sécession** à la fin de l'année 1991. Le refus des Serbes de Bosnie, menés par Radovan Karadžić, est appuyé par la Serbie, dont certains dirigeants souhaitent constituer une **« Grande Serbie »**.

B L'impuissance européenne et onusienne face à la guerre

- La « purification » ethnique. En avril 1992, la guerre est déclenchée et la ville de **Sarajevo est encerclée** par les forces serbes. La population civile va connaître, pendant trois années, des **conditions de vie terribles** (difficultés de ravitaillement en eau, vivres, énergie, médicaments) auxquelles s'ajoutent les arrestations, internements, meurtres **au nom de la purification ethnique menée par les miliciens serbes**. La ville de Sarajevo est, durant la guerre, pilonnée par les armées serbes. Elle subit aussi une **guérilla urbaine** terrorisant les habitants, notamment le long de la *Sniper Alley*.

- **L'inutile indignation occidentale.** La communauté internationale s'indigne devant ce retour de la barbarie au cœur de l'Europe, mais la guerre de Bosnie révèle l'**impuissance de l'UE** (le voyage médiatisé mais sans lendemain du président français François Mitterrand à Sarajevo le 28 juin 1992), **puis de l'ONU** à rétablir la paix.
- **L'intervention américaine.** C'est finalement dans le cadre de l'OTAN que le conflit se règle militairement. **Les États-Unis** sont légitimés pour intervenir en Europe : ils **bombardent les positions serbes** et apportent un soutien à une coalition croato-musulmane. En décembre 1995, **sur la base américaine de Dayton**, des **accords de paix** sont signés par les représentants des trois nationalités. La Bosnie-Herzégovine est maintenue dans ses frontières de 1992, mais découpée en deux entités, l'une serbe et l'autre croato-musulmane.

> **Mot-clé**
> **Tribunal pénal international (TPI) :** tribunal international temporaire constitué sous l'autorité des Nations unies en vue de juger des crimes contre l'humanité dans un pays ou une région du monde. Trois seulement ont été créés depuis 1945.

2 L'action de la justice internationale

A Le rôle du TPIY

- **Une institution temporaire.** Créé pour juger les criminels responsables de crimes de guerre, de crime contre l'humanité, de génocide pendant la guerre en ex-Yougoslavie (en Croatie, en Bosnie-Herzégovine et au Kosovo), **le TPIY a fermé ses portes le 31 décembre 2017**. Il n'y a plus désormais de Tribunal pénal international en activité. Seule la **Cour pénale internationale (CPI) de La Haye**, opérationnelle depuis 2002, peut désormais le faire, mais **ses compétences sont limitées**, ne serait-ce que parce que la Russie et les États-Unis ont refusé de ratifier le traité international qui lui a donné naissance.
- **Une action mesurée mais conforme au droit.** Entre 1993 et 2017, le TPIY a engagé **161 procédures** pour des crimes commis pendant la guerre civile en ex-Yougoslavie. Le tribunal a condamné 90 personnes et en a acquitté une vingtaine. 17 sont décédées avant la fin de leur jugement (dont le président de la Serbie **Slobodan Milosevic**), les poursuites ont été abandonnées pour 25 autres. Les peines prononcées vont de quelques années à plusieurs dizaines d'années d'emprisonnement, et jusqu'à la **prison à vie**.

SES
HGGSP
GRAND ORAL
MATHS COMPLÉMENTAIRES

B Radovan Karadžić au cœur des procès du TPIY

- **L'organisateur de la « purification » ethnique.** **Radovan Karadžić** est le fondateur du parti « démocratique » serbe de Bosnie-Herzégovine. Il est président de la République serbe de Bosnie de 1992 à 1996. **Ultranationaliste**, il organise des opérations de « purification ethnique » durant la guerre en Bosnie, entraînant la **mort de 10 000 civils à Sarajevo** entre 1992 et 1996 et le **massacre de 8 000 musulmans bosniaques à Srebrenica** en 1995.

- **L'action du TPIY à son encontre.** Le TPIY lance un mandat d'arrêt contre lui dès 1996. Il est arrêté à Belgrade le 21 juillet 2008. Radovan Karadžić comparaît devant la Cour du TPIY pour la première fois le 31 juillet 2008. Son procès commence le 26 octobre 2009. **Après dix ans de procédures complexes** ralenties par les jugements en appel, il est **définitivement condamné en 2019 à la prison à perpétuité**.

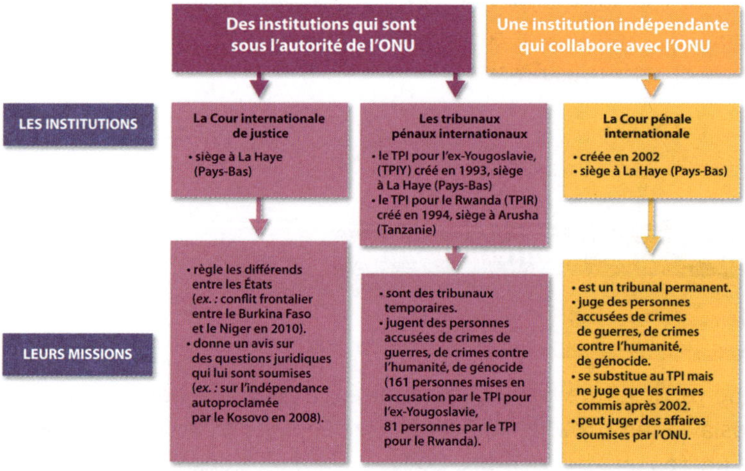

▲ Les institutions de la justice internationale et leurs missions.

Texte-clé

R. Karadžić, président de la République serbe de Bosnie de 1992 à 1996, a participé à une entreprise criminelle visant à chasser les Musulmans et les Croates des territoires de Bosnie-Herzégovine revendiqués par les Serbes de Bosnie. Le 6 juillet 1995 ou vers cette date, les Forces serbes de Bosnie ont attaqué Srebrenica, puis R. Karadžić et d'autres personnes ont élaboré l'objectif d'éliminer les Musulmans en tuant les hommes et les garçons, roués de coups avant d'être exécutés, et en chassant par la force les femmes, les enfants et quelques hommes âgés. R. Karadžić est pénalement responsable du crime ci-après : génocide.

À compter de mars 1992 et jusqu'au 30 novembre 1995, les Forces serbes se sont livrées à des persécutions qui ont notamment pris la forme d'arrestations et de détentions, de tortures, de viols, de meurtres et de destruction d'habitations, de monuments culturels et de lieux de culte. R. Karadžić est pénalement responsable du crime ci-après : crime contre l'humanité.

Extrait de l'acte d'accusation du TPIY à l'encontre de R. Karadžić (2009).

Les lieux de mémoire du génocide des Juifs et des Tsiganes

CHAPITRE 19

Depuis 2005, la **Journée internationale de commémoration en mémoire des victimes de la Shoah** est célébrée par les États membres du Conseil de l'Europe et reconnue par l'Organisation des Nations unies. Elle a lieu le **27 janvier**, date anniversaire de la **libération du camp d'Auschwitz-Birkenau en 1945**. Cette commémoration alliant une date, un lieu et un événement illustre la **formation progressive d'une géographie du souvenir**.

1 Les lieux de la Solution finale

A La déportation et l'extermination des Juifs et des Tsiganes

- **Le processus de regroupement des populations juives et tsiganes en Europe.** En Europe de l'Ouest, les Juifs sont raflés et regroupés dans des **camps de transit**. En Europe de l'Est, ils sont d'abord concentrés dans des **ghettos** avant d'être déportés. Plus de **six millions de personnes** sont ainsi arrêtées et acheminées vers leur « destination finale ».
- **Le rôle essentiel joué par le réseau ferroviaire.** Il est le **vecteur structurant** commandant la **géographie concentrationnaire**, les principaux camps étant installés dans des lieux bien reliés au chemin de fer (gares de triage, embranchements facilement accessibles, etc.). Deux types de camps étaient raccordés au réseau ferroviaire : des **camps de concentration** où les populations juives et tsiganes, placées dans les conditions de travail les plus dures, mouraient d'épuisement et de maladie, et les **centres d'extermination** où les populations étaient gazées dès leur arrivée.

B Une volonté d'effacer les traces du génocide

- **Des traces sans commune mesure avec la réalité des faits.** **Les nazis ont voulu détruire le plus de traces possible** de leurs crimes. Ainsi il n'existe **quasiment aucune archive directe** du génocide du plus grand centre d'extermination européen (Auschwitz-Birkenau), à l'exception des 193 photographies dites de « l'**album d'Auschwitz** » et des quelques **clichés des chambres à gaz** pris par des membres du *Sonderkommando* juif chargé de brûler les corps des victimes gazées venant d'être sorties des chambres à gaz.

- **Les preuves de la réalité du génocide.** Celles qui sont apportées au lendemain de la guerre et montrées notamment lors des **procès de Nuremberg** sont avant tout **indirectes** : photographies de lieux dévastés, images de survivants émaciés, récits des forces militaires alliées libérant les camps. Les **témoignages** des survivants, souvent **fragiles et incomplets** ont, de plus, contribué à **fragmenter la mémoire** du génocide.

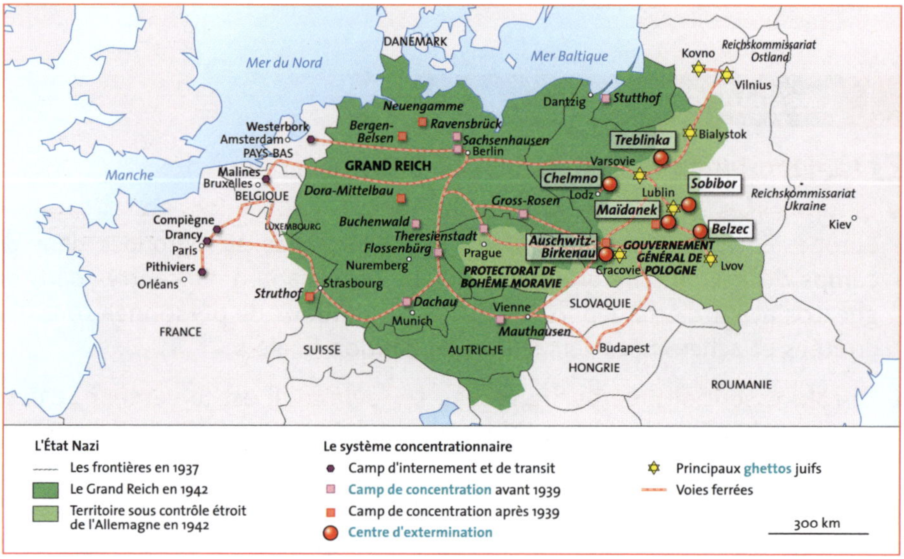

▲ Le système des camps et les lieux de la Solution finale.

- **Le développement du négationnisme.** Des individus aux motivations diverses (néonazis, complotistes, antisémites forcenés, universitaires dévoyés) se sont appuyés sur ce soi-disant manque de preuves directes pour développer l'**idée que le génocide avait été exagéré**

Mot-clé

Négationnisme : déni dans un but raciste ou politique de faits historiques avérés. Ce déni, lorsqu'il concerne les crimes contre l'humanité, est puni par la loi en France depuis 1990 (loi Gayssot).

(négation de l'existence des chambres à gaz) **ou pire qu'il n'avait jamais eu lieu**. Ce négationnisme ne peut être combattu efficacement que par la création de lieux de mémoire.

2 La constitution de lieux de mémoire

A Quels lieux de mémoire ?

- **Qu'est-ce qu'un « lieu de mémoire » ?** L'expression a été popularisée par l'historien **Pierre Nora** pour qui c'est d'abord « ***des restes, la forme extrême où subsiste une conscience commémorative*** ». Il va « *de l'objet le plus matériel et concret, éventuellement géographiquement situé, à l'objet le plus abstrait et intellectuellement construit.* » Il s'incarne d'abord dans les monuments et les vestiges puis dans les archives, les musées et les cimetières et enfin dans les fêtes, les anniversaires, les commémorations, etc.
- **Les lieux de mémoire « naturels » du génocide.** Ce sont les **camps d'internement et de transit**, étapes de la déportation et **ceux des destinations finales** (camps de concentration et d'extermination). Dans ces lieux de mémoire, **des monuments, des mémoriaux, des musées** ont été édifiés, cadres de commémorations, de pèlerinages pour les **acteurs-témoins** et de visites pour un public varié, particulièrement scolaire.

B L'exemple du Mémorial de la Shoah à Paris

- **L'aboutissement d'un projet ambitieux.** Le Mémorial de la Shoah a ouvert en 2005 à Paris, sur le site du **Mémorial du martyr juif inconnu** (1956). Il s'inscrit dans la continuité du Centre de documentation juive contemporaine (CDJC), **créé en 1943** dans la clandestinité à Grenoble par Isaac Schneersohn, dans le but de **rassembler le plus de documents possible sur la persécution en cours des Juifs** d'Europe.
- **Un lieu pour faire revivre les mémoires.** Le Mémorial est à la fois un **espace de recherche, de rencontres et un musée**. Son exposition permanente se termine par un espace dédié aux enfants juifs déportés de France. L'installation photographique de Natacha Nisic présente 3 000 photographies d'enfants, rassemblées surtout par l'**association des Fils et Filles des déportés juifs de France**. En 2005, lors d'une cérémonie en mémoire des victimes du génocide, le cinéaste Claude Lanzmann (réalisateur du film *Shoah*) déclarait : « ***L'individuation*** *de ces milliers de noms* ***fait éprouver physiquement*** *tout à la fois* ***l'immensité de l'assassinat*** *et la* ***tragédie vécue*** *par chacune des victimes.* »

▲ Un lieu de mémoire de la Shoah : la salle des Enfants français déportés, représentés par leur photographie, au Mémorial de la Shoah à Paris.

Juger les crimes nazis après Nuremberg

CHAPITRE 20

Le procès des principaux chefs nazis se tient à Nuremberg de novembre 1945 à octobre 1946 devant un tribunal militaire international rassemblant les **quatre grands Alliés**. Il est fondé sur des témoignages et des **preuves matérielles incontestables du génocide** et de la destruction des populations civiles européennes. Il est suivi par **douze « procès successeurs »** qui se tiennent jusqu'en 1948 puis par des procès dans certains pays ayant déclaré les **crimes contre l'humanité imprescriptibles**. Ils sont parvenus à identifier et à arrêter des responsables nazis qui avaient échappé jusque-là aux poursuites judiciaires. Ainsi, à partir de 1987, la France est le théâtre de plusieurs procès très médiatisés concernant d'anciens nazis et collaborateurs poursuivis pour crime contre l'humanité.

1 Le procès de Nuremberg, à l'origine d'une nouvelle justice internationale

A Un tribunal international

- **Le statut du tribunal.** Défini par la conférence alliée de Londres du 8 août 1945, il a pour mission de juger les crimes contre la paix, les crimes de guerre et les crimes contre l'humanité (voir le chapitre 14). **L'idée de mettre en place une justice internationale** pour juger des faits de guerre extrêmement graves était **déjà présente dans les articles 227 et 228 du traité de Versailles** mais n'avait jamais été concrétisée.

- **Un procès « classique ».** Sans exemples antérieurs auxquels se référer, le procès porte beaucoup plus sur la **définition**, traditionnelle en droit, **des crimes** que sur celle des victimes ou sur la recherche des motivations criminelles. En ce sens, c'est un **procès classique qui repose sur des preuves matérielles**, notamment des archives écrites ou photographiques, qu'elles soient produites par les nazis eux-mêmes ou récoltées sur place par les Alliés à la découverte des camps. Ainsi **Rudolf Höss** confirme-t-il par **un affidavit**

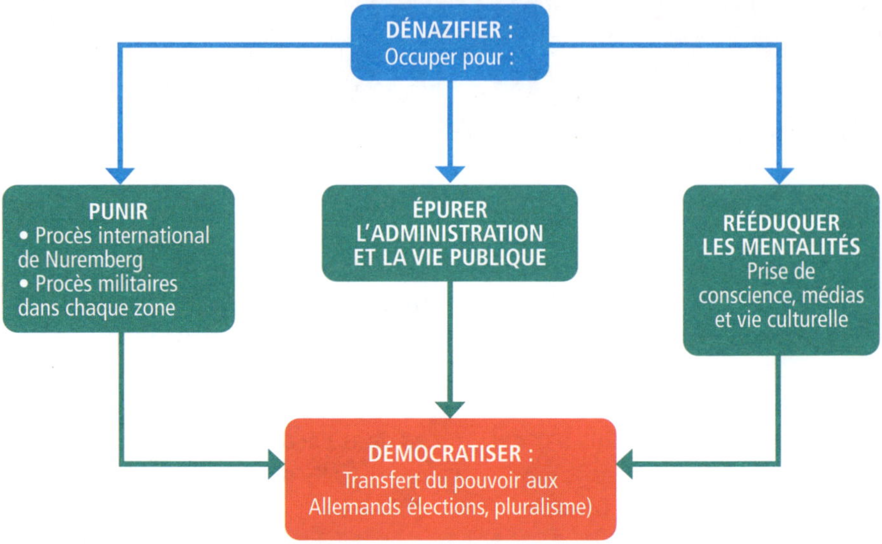

▲ Dénazifier pour punir et démocratiser.

du 14 mai 1946 que, lorsqu'il était **commandant du camp d'extermination d'Auschwitz** de 1941 à 1943, « deux millions de Juifs ont été mis à mort par gazage et un demi million par d'autres moyens ».

B Des notions juridiques à inventer

- **Le génocide.** Le terme n'apparaît pas dans les statuts du tribunal et n'est évoqué qu'au moment du procès des *Einsatzgruppen*. Ainsi **la définition de l'atroce spécificité du génocide juif et tsigane n'est pas exprimée** dans sa totalité, malgré le choc de la découverte des camps d'extermination. Celle-ci ne se fera véritablement qu'au **procès d'Eichmann à Jérusalem** en 1961.

Mots-clés

***Einsatzgruppen* :** groupes d'intervention mobiles chargés d'exterminer les opposants et les Juifs à l'arrière des armées sur les fronts d'Europe de l'Est.
***Affidavit* :** « il a déclaré sous serment » en latin. Déclaration écrite et sous serment que les faits énoncés sont vrais.
Dénazification : processus qui vise à punir les responsables des crimes de guerre et à extirper le nazisme de la société allemande.

- **Génocide et crime contre l'humanité.** Juridiquement, la notion de « génocide » est définie le 9 décembre 1948 par l'Assemblée générale des Nations unies. **La notion de « crime contre l'humanité » a été distinguée de celle de « génocide »** afin de ne pas l'enfermer dans le contexte très exceptionnel de la folie nazie. Tout génocide est un crime contre l'humanité mais tout crime contre l'humanité n'a pas forcément l'ampleur d'un génocide.

2 La postérité du procès de Nuremberg

A Les douze « procès successeurs »

- **Des procès en grand nombre.** À la suite du procès militaire international de Nuremberg se sont tenus **plus d'un millier de procès militaires** dans chaque zone d'occupation, instruits par des équipes juridiques de chacune des forces alliées qui se fondent sur le **droit de Nuremberg** : près de 500 procès rien que pour le tribunal militaire américain de Dachau.

- **Juger la responsabilité collective.** Les douze « procès successeurs » ont pour ambition de juger ceux qui auraient pu paraître comme des **exécutants secondaires** d'un crime contre l'humanité mais qui entrent dans le champ d'application de l'article 8 du statut du tribunal militaire international (**obéir** à un supérieur hiérarchique ou au gouvernement **ne dégage pas de la responsabilité personnelle**).

- **L'exemple du procès des médecins.** Premier des douze procès, il se tient aussi à Nuremberg. Les 23 accusés se défendent en invoquant la **justification de la pratique d'une « médecine de guerre »**. Ce procès condamne à mort notamment Karl Brandt, responsable de l'extermination des malades mentaux et handicapés du IIIe Reich, et Karl Gebhardt, président de la Croix-Rouge allemande, responsable de l'expérimentation médicale sur les prisonniers des camps dont celui, féminin, de Ravensbrück. C'est à la suite de ce procès qu'ont été établis les **principes éthiques du protocole de l'expérimentation clinique**.

B Les procès ultérieurs pour crime contre l'humanité

- **Le contexte de la guerre froide.** À partir de 1948, il n'est plus possible de concevoir, dans un **monde coupé idéologiquement en deux**, une justice internationale sereine et impartiale. Aussi ce sont **les justices nationales**, qui ont traduit dans leur droit la notion d'« imprescriptibilité » des crimes contre l'humanité, qui **prennent le relais**. Elles essaient de retrouver les milliers de responsables nazis qui ont échappé aux poursuites à la fin de la guerre.

- **Le procès Eichmann et les autres. Eichmann, coordinateur de la Solution finale**, est enlevé en Argentine par les services secrets israéliens et conduit à Jérusalem où, en 1961, à l'issue d'un **procès controversé** (***« le Nuremberg du peuple juif »*** selon Ben Gourion), il est condamné à mort. En France, plusieurs responsables nazis ou collaborateurs sont inculpés (Klaus Barbie en 1987, René Bousquet en 1991, Paul Touvier en 1994 et Maurice Papon en 1997).

- **Les conséquences de la fin de la guerre froide.** À partir des années 1990, la tenue d'une **justice internationale sereine** est **désormais envisageable**. L'ONU crée deux **tribunaux pénaux internationaux** (TPI) pour juger les crimes en ex-Yougoslavie et au Rwanda, tandis que la **Cour pénale internationale (CPI)** de La Haye voit le jour en 1998.

	Nom des procès et condamnation des responsables : (m : mort ; p : prison ; a : acquittement)
1	Procès des médecins qui ont mené les expérimentations médicales dans les camps de concentration : m, p, a
2	Procès Milch, maréchal de la Luftwaffe, responsable des bombardements massifs des villes alliées : p
3	Procès des juges et des juristes, responsables des politiques et lois raciales : p, a
4	Procès Pohl (officier SS) dit aussi « procès du WVHA » (direction et administration des camps) : m, p
5	Procès Flick (industriels, accusés d'emploi de main-d'œuvre forcée) : p
6	Procès IG Farben (fournisseur du Zyklon B pour les chambres à gaz) : p, a
7	Procès des otages, jugeant les généraux pour l'exécution massive d'otages : p, a
8	Procès du RuSHA (bureau SS responsable de la purification raciale et de la colonisation à l'Est) : p
9	Procès des *Einsatzgruppen :* m, p
10	Procès d'Alfred Krupp (industriel, accusé d'avoir fourni l'armement de l'armée allemande et d'avoir utilisé la main-d'œuvre forcée des camps) : p
11	Procès des ministères (officiels des ministères du Reich) : p, a
12	Procès du haut commandement militaire, responsable des exactions commises sur les civils et les prisonniers de guerre : p, a

▲ Les condamnations aux douze « procès successeurs » (1945-1948).

Le génocide dans la littérature et le cinéma

CHAPITRE 21

L'anéantissement des Juifs et des Tsiganes par les nazis a profondément marqué la littérature et, dans une moindre mesure, le cinéma. Ces deux moyens d'expression complémentaires ont d'abord permis de **nommer l'indicible**. Le mot **« Holocauste »** employé par l'écrivain **Elie Wiesel** dans *La Nuit* est le premier qui est retenu, particulièrement dans les pays anglo-saxons. Puis le **terme hébreu *Shoah*** (catastrophe), à la connotation moins religieuse et plus universelle, le concurrence et finit par le supplanter, particulièrement en France, en grande partie grâce au **film** éponyme de **Claude Lanzmann** qui s'impose progressivement comme l'une des œuvres cinématographiques majeures évoquant le génocide.

1 Le génocide dans la littérature

A Des témoignages pour faire exister « l'événement sans témoin »

- **Servir à l'établissement de la vérité.** Témoigner, c'est dire ce que l'on a vu pour aider à établir la vérité. Or **tout a été fait par les nazis pour effacer les témoignages** de la Solution finale : destruction presque totale des archives, des bâtiments, des chambres à gaz, des internés (voir le chapitre 19). La **valeur mémorielle** de ceux qui ont pu témoigner est donc **inestimable**.

- **Les témoignages des disparus.** Les lettres, les journaux intimes, les cahiers d'adolescents sont les traces écrites au plus proche du drame. Souvent fragmentaires, maladroits, ces **« instantanés des morts en sursis »** s'incarnent tous plus ou moins dans le ***Journal* d'Anne Frank**, jeune fille juive allemande, morte au camp de Bergen-Belsen en 1945.

- **Les témoignages des survivants.** Peu abondants juste après-guerre à cause du sentiment terrible de **« la honte d'avoir survécu »**, ils se multiplient à partir des années 1970. Publiés ou non, la plupart sont déposés dans le musée d'Histoire juive de Varsovie ou au mémorial de **Yad Vashem** en Israël. Certains ont connu une diffusion importante comme ***La Nuit* d'Elie Wiesel** (1958) ou le *Journal* de Victor Klemperer, paru en Allemagne en 1995.

B Écrire pour essayer de comprendre

- **Penser l'impensable.** Au-delà du témoignage, plusieurs rescapés ont essayé de « mettre des mots », d'analyser les mécanismes humains de l'univers concentrationnaire, comme **Robert Antelme** (***L'Espèce humaine***, 1947) ou **Primo Levi** (***Si c'est un homme***, 1947) sans y parvenir totalement (*« Il y a Auschwitz, il ne peut donc pas y avoir Dieu »*, écrit Primo Levi).

> **Texte-clé**
>
> Parfois l'on me demande si je connais « la réponse à Auschwitz » ; je réponds que je ne la connais pas ; je ne sais même pas si une tragédie de cette ampleur possède une réponse. Mais je sais qu'il y a « réponse » dans responsabilité. Lorsqu'on parle de cette époque de malédiction et de ténèbres, si proche et si lointaine, « responsabilité » est le mot-clé. Si le témoin s'est fait violence et a choisi de témoigner, c'est pour les jeunes d'aujourd'hui, pour les enfants qui naîtront demain : il ne veut pas que son passé devienne leur avenir.
>
> Elie Wiesel, Préface à la réédition de 2007 de *La Nuit*, éditions de Minuit.

- **Écrire pour exorciser.** Pour certains survivants et leurs proches, le roman devient **un moyen de survivre** et peut-être de se reconstruire comme pour **André Schwartz-Bart** (***Le Dernier des Justes***, 1959), **Jorge Semprun** (***Le Grand Voyage***, 1963) ou Imre Kertész (*Être sans destin*, 1975). Ceux des générations suivantes continuent à se poser la question de l'« inhumanité » de l'humain et deviennent **des spéléologues de la *« mémoire sidérée »***, suivant l'expression de Georges Perec. Parmi eux, **Patrick Modiano**, Prix Nobel de littérature en 2014, construit son œuvre *(La Place de l'Étoile, Rue des Boutiques obscures, Dora Bruder)* sur un retour perpétuel vers cette culpabilité *« d'être né juif en 1945 »* d'un père qui n'a échappé, que par miracle, à une rafle en 1942.

2 Le génocide au cinéma

A Du documentaire à la fiction : une représentation difficile

- **Le cinéma pour montrer.** Les services cinématographiques des **armées alliées ont filmé la libération des camps** et les découvertes macabres qu'ils y ont faites. Toutes sont éprouvantes mais aucune ne rend compte réellement de l'horreur concentrationnaire. Grâce à des images d'archives, Alain Resnais parvient à l'évoquer dans ***Nuit et Brouillard*** (1955) sans toutefois traiter spécifiquement du génocide.

- **Le cinéma pour évoquer et recréer.** Le **cinéma** européen et particulièrement **français n'évoque la Shoah qu'indirectement,** la plupart du temps comme arrière-plan à des fictions se déroulant sous l'Occupation : *Le Vieil Homme et l'Enfant* de Claude Berri (1967) ou *Lacombe Lucien* de Louis Malle

(1974). Moins précautionneux, le **cinéma américain** n'hésite pas à **traiter directement le génocide**. En 1978, ***Holocauste***, un téléfilm de près de 9 heures retraçant la vie d'une famille juive allemande exterminée dans les camps, est diffusé sur NBC puis dans le monde entier. Malgré son succès d'audience, cette **fiction** fait l'objet de **nombreuses critiques**, Elie Wiesel évoquant même l'**« indécence »** de la banalisation fictionnelle de la Shoah. Les mêmes polémiques ressurgissent en 1993 avec la ***Liste de Schindler*** de Steven Spielberg, que Claude Lanzmann accuse de rendre trivial l'Holocauste *« en **abolissant son caractère unique** »*.

B *Shoah*, le film de l'ère des témoins

- **Une œuvre singulière de Claude Lanzmann.** À partir de 350 heures de prises de vues, le cinéaste a réalisé un film de près de 10 heures où s'entrelacent les **témoignages**, où les **récits des différents « acteurs »** se répondent, créant ainsi un phénomène d'écho qui permet de comprendre comment s'est déroulée la Shoah. Réponse implacable aux négationnistes, le film conduit le spectateur pas à pas dans le **« mode de production » de la mort**.

- **Une « non-fiction ».** Si la forme du film se rapproche du documentaire, Claude Lanzmann préfère parler de « non-fiction » pour évoquer ce **combat contre l'oubli** qui semble gommer la distance entre passé et présent par le retour sur les lieux du génocide, par la **priorité donnée à la parole des témoins**, par les gros plans sur les visages et le temps donné aux **silences**, par les images de convois, de voies ferrées qui mènent à la mort.

- **L'entrée dans *« l'ère du témoin »* (Annette Wieworka).** C'est le début d'une nouvelle période mémorielle, celle de l'ère des témoins, dont le film est un acteur majeur. Sorti en 1985, il a été vu depuis par près de **120 millions de spectateurs** dans le monde et **a imposé le terme spécifique de *Shoah*** pour signifier le génocide des Juifs.

▲ L'affiche originale de *Shoah* de Claude Lanzmann (1985).

SUJET DU BAC

Sujet de dissertation

La justice face aux génocides et aux crimes contre l'humanité

Vous nourrirez votre réflexion d'exemples pris dans les actions de la justice pour juger les crimes contre l'humanité et les génocides à l'échelle internationale (Allemagne nazie), nationale (ex-Yougoslavie) et locale (Rwanda).

Comment traiter le sujet

Le jour de l'épreuve, vous aurez 4 h pour traiter la dissertation et l'étude critique de documents : ne consacrez pas plus de 2 h au traitement de la dissertation.

Analyser le sujet

Définir les mots du sujet

• Il convient d'abord de repérer les termes et expressions importants : « justice », « génocides » et « crimes contre l'humanité ». Le premier terme (« justice ») est lié aux autres (« génocides » et « crimes contre l'humanité ») par la conjonction de coordination « et ». Il s'agit, dans l'esprit du programme, de s'intéresser à la manière dont **la justice se saisit des génocides et crimes de masse aux échelles locale, nationale et internationale.**

• La consigne précise les champs à considérer afin de limiter l'ampleur du sujet, chaque échelle devant être traitée par une étude de cas :
– « l'Allemagne nazie » fait référence aux multiples crimes de guerre et au génocide juif et tzigane perpétrés par le régime hitlérien durant la Seconde Guerre mondiale et en partie jugés au **procès de Nuremberg** ;
– « l'ex-Yougoslavie » correspond à la « purification ethnique » qui s'est déroulée pendant la guerre en Croatie, en Bosnie-Herzégovine et au Kosovo entre 1992 et 1996 et qui a entraîné la mise en place d'un **tribunal pénal international** ;
– « le Rwanda » évoque le génocide des Tutsis (1994) dont la plupart des auteurs ont été déférés devant des tribunaux locaux, **les *gacaca***.

Les attentes du correcteur

Le correcteur **ne veut pas une analyse désincarnée des rapports entre histoire et justice ou mémoire et justice**, ni des considérations pseudo-philosophiques hors de propos **sur les notions des crimes contre l'humanité ou de génocide**.

Il attend un devoir qui, en s'appuyant sur les jalons vus dans le cours, montre que l'on sait exposer clairement **comment la justice peut sanctionner les auteurs de génocides et de crimes contre l'humanité » et jouer ainsi un rôle dans la reconstruction des sociétés après des conflits majeurs.**

Vous devez **prouver**, au-delà des exemples développés, **vos capacités d'analyse et de réflexion**, c'est-à-dire, dans ce cas particulier, souligner combien **il est difficile de mettre en place une justice pénale internationale** même si des actions tangibles ont été menées depuis la fin de la Seconde Guerre mondiale.

Mobiliser ses connaissances

• Le sujet est à replacer dans la première partie du programme qui ne peut « tomber » le jour du baccalauréat que **les années impaires**. Il s'agit donc **d'un thème** à étudier obligatoirement **en 2020**, puis en 2022, etc. Il concerne **le second axe (« Histoire, mémoire et justice »)** basé sur ses deux jalons (« **La justice à l'échelle locale : les tribunaux *gacaca* face au génocide des Tutsis** » et « **La construction d'une justice pénale internationale face aux crimes de masse : le tribunal pénal international pour l'ex-Yougoslavie TPIY** ») ainsi que l'un des jalons (« **Juger les crimes nazis après Nuremberg** ») de l'objet de travail conclusif (« L'histoire et les mémoires du génocide des Juifs et des Tsiganes. »). Vous pouvez étoffer vos exemples en utilisant ceux que vous avez vus dans la leçon introductive (Histoire et mémoire, histoire et justice).

• Vous pouvez aussi puiser des connaissances **dans l'enseignement obligatoire en histoire-géographie que vous suivez en parallèle,** par exemple dans le thème 1 du programme d'histoire (« La multiplication des acteurs internationaux dans un monde bipolaire de 1945 au début des années 1970 ») et plus particulièrement dans la première question (« La fin de la Seconde Guerre mondiale et les débuts d'un nouvel ordre mondial »). Et aussi dans le thème 4 de ce même programme d'histoire (« Le monde, l'Europe et la France depuis les années 1990, entre coopérations et conflits »), principalement dans la première question (« Nouveaux rapports de puissance et enjeux mondiaux »).

Problématiser le sujet

Le libellé a une forme affirmative. **Il s'agit donc de le problématiser**, c'est-à-dire de **le rendre dynamique** sous la forme d'une ou de plusieurs questions qui permettent de bâtir un plan cohérent permettant d'y répondre, en tenant compte de la consigne.

De quelle manière la justice se saisit-elle des génocides et des crimes contre l'humanité et parvient-elle à les juger ?

Cette interrogation conduit logiquement **à un plan en 3 parties intégrant les indications fournies par la consigne**. La première partie s'intéresse à l'échelle internationale par l'étude du procès de Nuremberg. La deuxième se place à l'échelle nationale en analysant le fonctionnement du tribunal international pour l'ex-Yougoslavie. La troisième évoque le niveau local grâce à l'exemple des tribunaux *gacaca* rwandais.

CORRIGÉ

Corrigé : plan détaillé

*Les **textes en couleurs** apparaissant dans ce corrigé ne doivent pas figurer dans votre devoir. Nous les avons insérés pour vous guider et vous aider à repérer les parties de la dissertation.*

Introduction

[accroche]

« Le Tribunal sera compétent pour juger les crimes contre l'humanité : c'est-à-dire l'assassinat, l'extermination, la réduction en esclavage, la déportation, et tout autre acte inhumain commis contre toutes populations civiles, avant ou pendant la guerre, ou bien les persécutions pour des motifs politiques, raciaux ou religieux »

[analyse du sujet]

Cet extrait des statuts du tribunal militaire de Nuremberg illustre parfaitement l'esprit dans lequel les Alliés veulent juger et condamner le nazisme : il ne s'agit pas de se venger mais de rendre justice en s'appuyant sur des principes universels. Le travail du tribunal est fondé sur des témoignages et sur des preuves matérielles incontestables du génocide et de la destruction des populations civiles européennes. À sa suite, une justice internationale compétente en matière de crimes de guerre particulièrement graves parvient, non sans peine, à se développer, surtout après la fin de la guerre froide.

[problématique et annonce du plan]

De quelle manière la justice se saisit-elle des génocides et des crimes contre l'humanité et parvient-elle à les juger ?

Il convient dans un premier temps de montrer son action à l'échelle internationale par l'étude du procès de Nuremberg (partie I). Puis il faut s'intéresser à son rôle à l'échelle nationale en analysant le fonctionnement du tribunal international pour l'ex-Yougoslavie (partie II). Enfin il s'agit de voir comment la justice peut aussi être rendue au niveau local grâce à l'exemple des tribunaux *gacaca* rwandais (partie III).

I. Le procès de Nuremberg, à l'origine d'une nouvelle justice internationale

[argument 1]

Le tribunal militaire siégeant à Nuremberg a vu ses compétences définies par la Conférence alliée de Londres du 8 août 1945. Il a pour mission de juger les crimes contre la paix, les crimes de guerre et les crimes contre l'humanité. L'idée de mettre en place une **justice internationale** pour juger des faits de guerre extrêmement graves était déjà présente dans le **traité de Versailles** mais n'avait **jamais été concrétisée**.

[argument 2]

Sans exemples antérieurs auxquels se référer, le procès porte beaucoup plus sur la définition, traditionnelle en droit, des crimes que sur celle des victimes ou sur la recherche des motivations criminelles. En ce sens **c'est un procès classique qui repose sur des preuves matérielles**, notamment des archives écrites ou photographiques, qu'elles soient produites par les nazis eux-mêmes ou récoltées sur place par les Alliés à la découverte des camps.

[argument 3]

Les preuves et les témoignages rassemblés servent à **faire prendre conscience à l'humanité de la réalité des exactions commises par les nazis** et de la politique d'extermination planifiée. Ce procès a une valeur pédagogique, au-delà du témoignage : l'objectif est que les crimes révélés et jugés à Nuremberg ne se reproduisent plus, que le nouveau droit international l'empêche, et que les criminels nazis soient poursuivis après la clôture du procès, grâce à l'imprescriptibilité du crime contre l'humanité.

Ainsi, le procès de Nuremberg a-t-il joué **un rôle essentiel, à la fois juridique et historique** : il ne condamne pas seulement des nazis, mais le nazisme dans son ensemble et à travers lui tous les systèmes ultérieurs qui pourraient commettre le même type de crimes.

II. La difficile construction d'une justice pénale internationale face aux crimes de masse : le tribunal pénal international pour l'ex-Yougoslavie

[argument 1]

Ce tribunal (TPIY) a été créé le 25 mai 1993, en pleine guerre de Bosnie, par la résolution 827 de l'ONU. Il a pour mission la **traduction en justice des personnes présumées responsables de crimes graves** (violation des lois de la guerre, crime contre l'humanité, génocide), commis depuis le début de la guerre en ex-Yougoslavie en 1991. Il est le **premier tribunal pénal international depuis celui de Nuremberg** en 1945.

[argument 2]

Entre 1993 et 2017, le TPIY a engagé **161 procédures** pour des crimes commis pendant la guerre civile en ex-Yougoslavie (Croatie, Bosnie-Herzégovine et Kosovo). Le tribunal a condamné plus de quatre-vingts personnes et en acquitté une vingtaine. Seize sont décédées avant la fin de leur jugement (dont le président de l'ex-Yougoslavie Slobodan Milosevic), les poursuites ont été abandonnées pour 25 autres.

[argument 3]

Les peines prononcées vont de quelques années à plusieurs dizaines d'années d'emprisonnement, et jusqu'à **la prison à vie**. Ainsi Radovan Karadžić **organisateur des opérations de « purification ethnique »** durant la guerre en Bosnie comparaît devant la cour du TPIY pour la première fois le 31 juillet 2008. **Après dix ans de procédures complexes** ralenties par les jugements en appel, il est **définitivement condamné en 2019 à la prison à perpétuité**.

Créé temporairement pour juger les crimes commis pendant la guerre en ex-Yougoslavie, **le TPIY a fermé ses portes le 31 décembre 2017**. Il n'y a plus désormais de tribunal pénal international en activité.

III. L'alternative d'une justice locale efficace : l'exemple des tribunaux *gacaca* rwandais

[argument 1]

En 1994, en à peine trois mois, près d'un million de Tutsis du Rwanda sont assassinés uniquement parce qu'ils sont tutsis. Ce **génocide officiellement reconnu** comme tel par la communauté internationale entraîne la mise en place d'un **tribunal pénal international pour le Rwanda** (TPIR) siégeant à Arusha (Tanzanie). Mais devant **ses lenteurs et ses dysfonctionnements**, les rescapés décident de prendre les choses en mains et réactivent **les anciens tribunaux traditionnels *gacaca***.

[argument 2]

En effet, outre les organisateurs du génocide déférés devant le TPIR, plus de deux millions de « petits » exécutants ont été arrêtés. **Pour les juger** selon les procédures habituelles, il aurait fallu **des centaines d'années**. Ainsi, entre 2005 et 2012, plus de 12 000 tribunaux *gacaca* sont créés. Composés de **citoyens volontaires** encadrés de **magistrats temporaires** formés en quelques jours, ils parviennent, en moins de 7 ans, à **juger près de 2 millions de personnes** et à en condamner environ les deux tiers à des peines allant de l'emprisonnement à vie au simple dédommagement des dégâts occasionnés.

[argument 3]

Au-delà de l'efficacité judiciaire immédiate, le but recherché par les tribunaux *gacaca* a été, selon un ancien juge, de **permettre aux victimes de se confronter aux tueurs** pour « réconcilier les gens et être le plus juste possible afin qu'ils réapprennent à vivre ensemble ». Si de nombreux problèmes subsistent, particulièrement celui de l'indemnisation des victimes, l'action des tribunaux *gacaca* a permis d'**enrayer la spirale de la haine et de la vengeance**. Depuis plusieurs années, s'instaure lentement « une **cohabitation pacifique à l'**échelle du pays », ce qui était impensable au lendemain du génocide.

Conclusion

[bilan]

Le procès de Nuremberg a ouvert la voie à une justice internationale concernant les crimes les plus graves commis en temps de guerre. Mais, à partir de 1948, il n'est plus possible de concevoir, dans **un monde coupé idéologiquement en deux**, une justice internationale sereine et impartiale. Aussi faut-il attendre les années 1990 et la fin de la guerre froide pour la voir réapparaître, non sans difficultés. Accusées de lenteurs et d'inefficacités, les juridictions temporaires mises en place laissent un bilan mitigé et soulignent que d'autres solutions, comme les tribunaux locaux rwandais, peuvent aussi être envisagées.

[ouverture]
Aussi la création d'une **Cour pénale internationale (CPI) permanente**, opérationnelle depuis 2002, a-t-elle pu sembler être un progrès important en matière de justice internationale. Mais **ses compétences sont limitées,** ne serait-ce que parce que la Russie et les États-Unis ont refusé de ratifier le traité international qui lui a donné naissance.

Schéma

Les institutions et les missions de la justice internationale

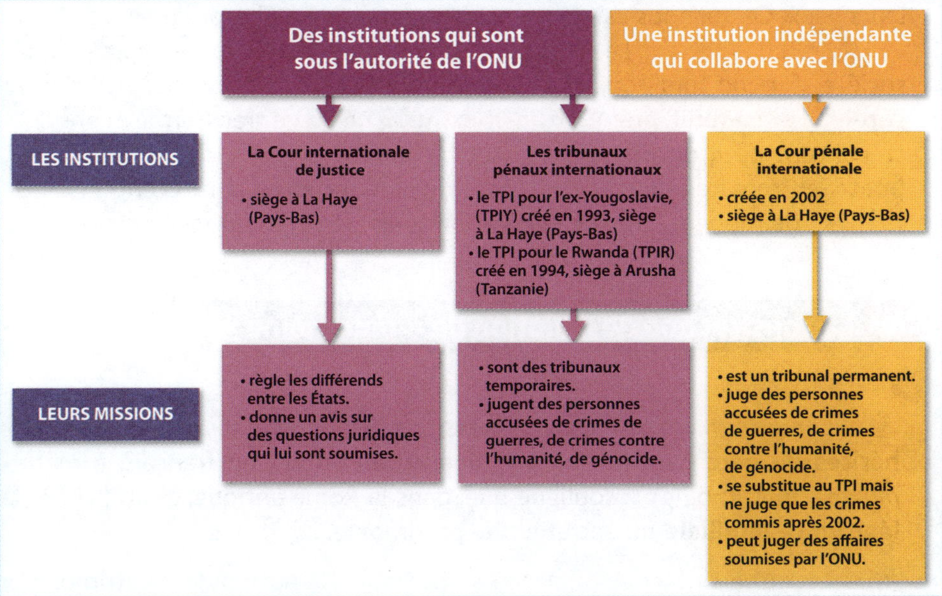

CHAPITRE 22

L'évolution de la notion de « patrimoine »

La notion de « patrimoine » est une **notion relative**. Les sociétés désignent comme patrimoine des objets, de différentes natures, porteurs de sens à leurs yeux. Ce qui nous est parvenu n'est jamais dû au hasard mais au **choix fait à chaque époque**. Le patrimoine révèle ainsi la relation au passé d'une société. Il prend tout son sens avec l'émergence de la **nécessité de sauvegarder, d'entretenir, puis de transmettre un héritage** transformé et enrichi. Le concept de « patrimoine » recouvre **un champ de plus en plus large** (matériel, immatériel), **dans le temps** (du plus ancien au plus récent) et **dans l'espace** (le monde). Chaque génération tend à en préciser les limites.

1 La construction de la notion de « patrimoine »

A Le patrimoine vu comme un héritage

- **Le *patrimonium*.** Ce terme romain désigne l'**ensemble des biens, des droits hérités du père** (quelquefois par opposition en ancien français, à *matremoigne*, matrimoine). Il souligne que, dans la Rome antique, c'est d'abord la **légitimité familiale** qu'entretient le patrimoine.
- **« Donner une existence au passé ».** En France, la notion de « patrimoine » s'élabore **au moment de la Révolution française**. L'État doit prendre en charge les patrimoines de la noblesse et de l'Église, les deux ordres les plus riches, dans le souci d'inventorier, d'identifier, de reconnaître et d'inscrire au crédit de la nation *« ce qui donne une sorte d'existence au passé »* (le député Mathieu en 1793). S'élabore alors la notion d'un **patrimoine supérieur aux vicissitudes de l'histoire** et digne d'échapper à la destruction, soit du fait de la valeur des œuvres menacées, soit du fait de l'intérêt pour l'éducation et pour l'histoire.

B Le patrimoine d'abord symbolisé par les villes anciennes

- **Le fruit de contributions millénaires.** Les villes anciennes peuvent être vues comme **formées d'une partie visible et d'une autre enfouie**. L'opposition entre ville passée et ville actuelle émerge à chaque période historique. La

superposition des époques conduit à **détruire** et à **construire** mais l'**usage fréquent du remploi**, qui consiste à réutiliser dans une construction un élément architectural qui a appartenu à un édifice antérieur, peut être considéré comme un **fil liant les époques et les hommes**.

- **Détruire ou conserver ?** Le **vandalisme** qui se développe pendant la Révolution française (destruction des églises, des châteaux, etc.) oblige à s'interroger sur la **conservation ou non des vestiges d'un passé avec lequel on se considère en rupture**. Comment se défaire des emblèmes de la monarchie tout en conservant les bâtiments ?

C Du monument historique au patrimoine urbain

- **Une notion récente.** La notion de « monument historique » se construit progressivement entre le XVe siècle où elle **émerge en Italie**, et la première moitié du XIXe siècle, presque exclusivement dans les pays européens. C'est à cette époque que l'évolution du patrimoine des villes est marquée par de **vastes entreprises de modernisation**, d'interventions autoritaires, la sélection de modèles, l'élimination d'éléments jugés négligeables pour valoriser ceux qui s'accordent avec les impératifs nouveaux, comme l'**haussmannisation de Paris** entre 1853 et 1870.

> **Mots-clés**
>
> **Haussmannisation :** ensemble de grands travaux constituant une modernisation globale sans précédent de Paris (assainissement, circulation, parures monumentales) décidée par Napoléon III et menée à bien par le préfet de la Seine, le baron Haussmann.
>
> **Patrimoine :** à l'origine un bien, un héritage transmis suivant les lois, des parents aux enfants. Requalifié aujourd'hui de naturel, culturel, historique, industriel ou immatériel, le patrimoine est devenu une notion globale.

- **Le patrimoine urbain.** Cette notion est plus tardive et date de la deuxième partie du XXe siècle. Les **secteurs sauvegardés**, créés par André **Malraux** en 1962, ont pour but d'amener le visiteur à découvrir le bâti dans son environnement. Car ce n'est pas seulement la qualité du bâtiment qui fait son intérêt mais aussi le **tissu urbain** auquel il est lié **qui le rattache à une histoire, à des pratiques collectives**. Les quartiers anciens sont alors pris en compte dans leur globalité, constituant des tissus dont la trame doit être traitée dans son ensemble.

- **Mémoire et identité.** Cet intérêt pour le patrimoine s'inscrit dans une volonté de se prémunir contre la **perte de mémoire** et la **dilution de l'identité**. C'est ainsi que ce fort désir de mémoire émerge pour faire face aux mutations économiques et sociales contemporaines. **La réflexion porte sur ce qui doit être préservé**, comme témoignage exceptionnel ou signifiant d'une époque, d'une société. **Le culte du patrimoine amène parfois à des versions d'un passé qui se teinte de nostalgie.** La dévotion au patrimoine ne fait pas histoire.

	Jusqu'au XIXe siècle	XXe et XXIe siècles
Type de patrimoine	National (reliques)	Mondial
Domaine	Objets identitaires	Patrimoine culturel, immatériel, naturel, etc.
Lieux concernés	• Musées • Collections • Monuments	• Centres historiques • Écomusées, nature • Friches industrielles, etc.
Acteurs	• Mécènes • Pouvoirs politique, religieux • État	• Les mêmes • Entreprises privées • UNESCO
Buts, usages	• Affirmation du pouvoir • Construction de la nation • Éducation, pédagogie	• Les mêmes • Ressources économiques • Divertissement
Enjeux	Conservation, transformation ou destruction des héritages en fonction des préoccupations de chaque époque	• Multiplication des enjeux • Enjeux politiques et religieux ravivés dans les zones de tensions

▲ La construction et l'élargissement de la notion de « patrimoine ».

Texte-clé

Au regard de l'Histoire, la notion même de conservation n'est pas très ancienne. Comme l'explique fort bien Pierre Nora […], la grande fracture date de la Révolution française […] mais le tournant contemporain date des années 1970. C'est à partir de ce moment-là qu'on assiste, explique Pierre Nora, à « une inflation brutale et désordonnée de tous les objets du patrimoine ». Malraux y fait entrer l'architecture du début du XIXe siècle, puis viennent les patrimoines ethnologique, paysan et enfin industriel. Dès lors, la machine à estampiller fonctionne à tour de bras.

Raphaëlle Rérolle, *Le Monde*, 13 septembre 2012.

2 Les enjeux contemporains : naissance et affirmation d'un patrimoine mondial

A La « patrimonialisation » du monde

- **D'un concept occidental à un concept universel.** Même si le patrimoine relève d'une **lecture commune** dans la **majorité des pays d'Europe**, il est devenu une **notion planétaire** et confronte tous les pays du monde aux mêmes questions. Bien que d'un pays à l'autre les politiques spécifiques témoignent de différences culturelles dans la conception de l'héritage et donc du temps, on assiste en quelque sorte à la **patrimonialisation du monde**.

- **La Convention sur le patrimoine mondial de l'humanité de 1972.** Élaborée sous l'égide de l'**Unesco** (193 États signataires en 2020), elle cherche à faire du patrimoine un **élément de rapprochement** entre les peuples. Son action vise, au départ, à la **préservation du patrimoine monumental classique** (« *les vestiges remarquables du passé national* »).
- **Le Convention de 2003 sur le patrimoine immatériel.** L'organisation internationale a progressivement intégré dans le champ patrimonial l'ensemble des savoirs et des pratiques culturelles d'un patrimoine qui couvre des **domaines de plus en plus larges**. Elle y inclut désormais les rituels, les jeux, les savoir-faire artisanaux, les espaces de sociabilité, l'ensemble des pratiques alimentaires ainsi que les arts du spectacle.

Mots-clés

Patrimoine immatériel : notion récente qui recouvre ce qui se transmet dans le domaine des traditions et expressions orales, pratiques sociales, rituels, fêtes, connaissances et techniques. L'Unesco est à l'origine d'une Convention pour la sauvegarde du patrimoine culturel immatériel.
Patrimoine mondial de l'humanité : la Convention pour la protection du patrimoine mondial, culturel et naturel, adoptée en 1972 et révisée en 2003, a conduit à la création de la liste du Patrimoine mondial actualisée chaque année.
Taliban : membre d'un mouvement islamiste radical, au pouvoir en Afghanistan de 1996 à 2001.
Unesco (Organisation des Nations unies pour l'éducation, la science et la culture) : créée en 1945, sa mission est de contribuer à la construction d'une culture de la paix, à l'éradication de la pauvreté, au développement durable et au dialogue interculturel à travers l'éducation, les sciences, la communication et l'information.

B Une diversification patrimoniale limitée

- **Une prise en compte de la diversité mondiale.** Depuis 1978, le nombre de pays possédant au moins un bien inscrit au Patrimoine mondial a considérablement augmenté. Ils sont aujourd'hui **167 États**, sur les 193 signataires de la Convention.
- **Une concentration occidentale.** Les pays européens concentrent encore la majorité du patrimoine mondial : l'Italie et la Chine sont les États qui en possèdent le plus grand nombre (55), suivies par l'Espagne (48), l'Allemagne (46) et la France (45). La **domination européenne** est écrasante en ce qui concerne les **biens culturels** mais doit céder la première place à l'**Asie** pour les **sites naturels**.

La tour de Pise, premier monument italien (avec la lagune de Venise) à être inscrit au patrimoine mondial dès 1987. ▶

SES HGGSP GRAND ORAL MATHS COMPLÉMENTAIRES

C Le patrimoine générateur de divisions

- **La manifestation des questions posées par les sociétés actuelles.** Le patrimoine peut devenir un enjeu de propriété, de classement, de choix économique, politique ou civique, touristique ou financier. Lorsque les situations locales sont particulièrement conflictuelles, **le patrimoine peut être convoqué pour affirmer nationalisme et identité**. Il est alors **objet de conflits, parfois de guerres**, comme l'ont montré les **destructions opérées par les talibans**. L'anéantissement des monuments de l'adversaire devient un but en lui-même, un instrument du combat.

- **Une affirmation conflictuelle de son identité.** La mise en valeur de son propre patrimoine, la revendication de sa supériorité, de son antériorité, deviennent des éléments essentiels de l'affirmation de sa propre identité, de son passé et donc de son présent. Le patrimoine peut alors être un élément d'union mais aussi de division.

Texte-clé

Les 10 critères d'inscription sur la liste du Patrimoine mondial de l'humanité

1. représenter un chef-d'œuvre du génie créateur humain ;
2. témoigner d'un échange d'influences considérable pendant une période donnée ou dans une aire culturelle déterminée, sur le développement de l'architecture ou de la technologie, des arts monumentaux, de la planification des villes ou de la création de paysages ;
3. apporter un témoignage unique ou du moins exceptionnel sur une tradition culturelle ou une civilisation vivante ou disparue ;
4. offrir un exemple éminent d'un type de construction ou d'ensemble architectural ou technologique ou de paysage illustrant une période significative de l'histoire humaine ;
5. être un exemple éminent d'établissement humain traditionnel, de l'utilisation traditionnelle du territoire ou de la mer, […] ou de l'interaction humaine avec l'environnement, spécialement quand celui-ci est devenu vulnérable sous l'impact d'une mutation irréversible ;
6. être directement ou matériellement associé à des événements ou des traditions vivantes, des idées, des croyances ou des œuvres artistiques et littéraires ayant une signification universelle exceptionnelle ;
7. représenter des phénomènes naturels ou des aires d'une beauté naturelle et d'une importance esthétique exceptionnelles ;
8. être des exemples éminemment représentatifs des grands stades de l'histoire de la Terre, y compris le témoignage de la vie, de processus géologiques en cours dans le développement des formes terrestres […] ;
9. être des exemples éminemment représentatifs de processus écologiques et biologiques en cours dans l'évolution et le développement des écosystèmes et communautés de plantes et d'animaux terrestres, aquatiques, côtiers et marins ;
10. contenir les habitats naturels les plus représentatifs et les plus importants pour la conservation *in situ* de la diversité biologique, y compris ceux où survivent des espèces menacées ayant une valeur universelle exceptionnelle du point de vue de la science ou de la conservation.

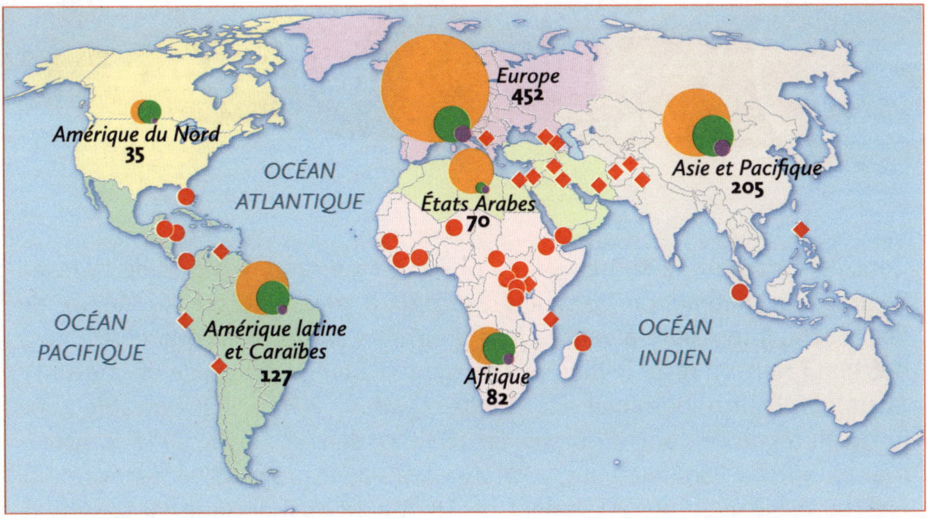

▲ La répartition du Patrimoine mondial de l'humanité selon l'Unesco au milieu des années 2010.

Patrimoine mondial

	Biens inscrit sur la liste	Biens en périls
culturel	725	◆ 18
naturel	183	● 18
mixte	28	–

Nombre de biens par aire géographique

366
100

CHAPITRE 23

Les usages du château de Versailles depuis l'Empire

Considéré comme le **symbole de l'absolutisme monarchique** de l'Ancien Régime, le château de Versailles est **peu à peu délaissé au début du XIXe siècle**. Impossible à vendre (qui pourrait s'en porter acquéreur ?) ou à détruire (peut-on raser le plus célèbre symbole du Grand Siècle de Louis XIV quand la France dominait le monde ?), **il se délabre inexorablement** jusqu'au règne de **Louis-Philippe**. En 1833, ce dernier décide de le **transformer en musée**. Parallèlement, **le château retrouve** progressivement **un sens politique**. Siège du gouvernement de 1871 à 1879, il devient par la suite le lieu emblématique des grands événements de prestige de la vie politique française.

1 Du palais royal au musée

A Un symbole déchu de l'Ancien Régime

- **Un sort incertain en 1789.** Le château de Versailles **aurait pu connaître le sort de la Bastille**. Il est la cible des Parisiennes qui l'envahissent le 6 octobre 1789 pour réclamer du pain, obligeant Louis XVI à s'enfuir. Plutôt que de le détruire, **les révolutionnaires le désacralisent**. Le Petit Trianon devient une auberge et les jardins un potager où sont plantés des pommes de terre et des oignons.

- **L'éparpillement du mobilier.** Devenu lieu sans objet au moment de la chute de la royauté (10 août 1792), **le château est pillé et son mobilier est mis aux enchères.** Plus de 17 000 lots sont dispersés entre 1793 et 1794, rendant les lieux désormais inhabitables.

- **Le rêve inabouti de Napoléon.** Après son sacre en 1804, l'Empereur envisage de redonner au château son lustre d'antan et d'en faire la demeure de son fils, le prince impérial. Mais le coût trop élevé des travaux lui fait choisir une autre option : **la remise en état du seul Grand Trianon** où séjourne, à partir de 1810, Marie-Louise d'Autriche, sa seconde épouse.

B Louis-Philippe et le musée imaginaire de la monarchie

- **Réconcilier « les deux France ».** Proclamé roi des Français après la révolution de 1830, chassant définitivement les Bourbons du trône, **Louis-Philippe**, monarque mal assuré dans sa légitimité mais fin politique, décide d'utiliser Versailles comme **un moyen de réconcilier la mémoire des Français**. Le château, quasiment à l'abandon, deviendra le musée de la monarchie et de la France éternelle, de Vercingétorix à lui-même. Pourtant réputé pingre, il n'hésite pas à y investir près de 25 millions de francs or, pris sur sa dotation personnelle.

- **Des tableaux par centaines.** Supervisant personnellement la transformation en musée en y effectuant des centaines de visites de chantier, Louis-Philippe décide de la destruction d'une partie du château (l'aile des Princes et l'aile du Nord) pour y construire des galeries servant à abriter des **centaines de tableaux** commandés aux grands peintres académiques de l'époque et **retraçant les grands épisodes de l'histoire de France** : le baptême de Clovis, le couronnement de Charlemagne, les jugements de Saint Louis sous son chêne, etc. Le musée, inauguré le 10 juin **1837**, est enrichi jusqu'en 1848 puis par Napoléon III lors du Second Empire.

- **La résidence royale réhabilitée.** À la fin du XIXe siècle, l'historien **Pierre de Nolhac**, devenu conservateur du musée, décide de lui **redonner son caractère de résidence royale**. Il réorganise les collections de tableaux et se lance dans une intense politique d'acquisition de mobilier pour recréer les anciens appartements royaux.

▲ Inauguration de la galerie des Batailles par le roi Louis-Philippe le 10 juin 1837 (peinture de Jean Auguste Bard).

2 Un lieu emblématique des grands moments républicains

A 1871-1879 : Versailles, capitale de la France

- **Un château allemand.** Lors de la guerre de 1870, le château voit s'installer l'état-major prussien. C'est dans la **galerie des Glaces** que le Kaiser **Guillaume Ier se fait proclamer empereur d'Allemagne**. Les Allemands ne quittent Versailles que le 6 mars 1871, après la signature d'un armistice avec la France.

- **Les Versaillais.** Le soulèvement de la **Commune de Paris** en mars 1871 oblige le gouvernement provisoire dirigé par Thiers à se réfugier à Versailles. Le chef de l'exécutif loge à la préfecture tandis que les députés de l'Assemblée constituante se réunissent au château où ils font construire la **salle du Congrès** pouvant réunir plus de 1 000 parlementaires. C'est de Versailles qu'est décidée la **« Semaine sanglante » (21 au 28 mai 1871)** où l'armée régulière dite « versaillaise » vient à bout de la révolution parisienne de la Commune dans des conditions particulièrement atroces.

> **Biographie**
>
> 
>
> **Louis-Philippe (1773-1850) :** fils de Philippe Égalité qui vota la mort de son cousin Louis XVI en 1793, il règne, comme « roi des Français », de 1830 à 1848. C'est un partisan convaincu du libéralisme politique et économique qui doit permettre à la bourgeoisie de détenir tous les leviers du pouvoir. Malgré son avarice légendaire, il prend dans son immense fortune personnelle les financements nécessaires à la réhabilitation du château de Versailles et à sa transformation en musée. Chassé du trône par la révolution de février 1848 pour avoir refusé l'instauration du suffrage universel, il meurt exilé en Angleterre.

- **La fondation de la IIIe République.** Entre février et juillet 1875, c'est au château de Versailles que s'élaborent, dans la douleur, **les lois qui serviront de Constitution à la IIIe République** jusqu'en 1940. Les parlementaires ne quittent définitivement le château qu'en **1879** pour rejoindre Paris.

B L'appropriation progressive par la République

- **La salle du Congrès.** Elle accueille, à partir de 1879, tous les **événements politiques** nécessitant la **réunion des deux chambres parlementaires** (le Congrès), à savoir sous la IIIe et IVe République l'élection du président de la République et aujourd'hui les modifications constitutionnelles qui ne passent pas par le référendum.

- **Le traité de Versailles.** Après la victoire française de 1918, le château accueille les représentants du monde entier pour y négocier les **traités de paix mettant fin à la Première Guerre mondiale**. Le choix du lieu n'est pas anodin. Clémenceau veut effacer l'humiliation prussienne de 1871.
- **Un palais républicain.** La Ve République, sous l'impulsion du général de Gaulle, décide de faire de Versailles **l'un des lieux les plus prestigieux de la République**. Depuis, les présidents y organisent des sommets internationaux (G7 en 1982) ou y reçoivent des **hôtes exceptionnels** (la reine d'Angleterre, des présidents américains comme Ronald Reagan, ou des dirigeants soviétiques comme Leonid Brejnev).

CHAPITRE 24

Les frises du Parthénon depuis le XIXe siècle

Emblème de la puissance d'Athènes au Ve siècle av. J.-C., le Parthénon, temple dédié à la déesse Athéna protectrice de la ville, entame une **longue décadence** dès l'effondrement de la puissance athénienne au IVe siècle av. J.-C. **En 1802, Lord Elgin,** ambassadeur britannique à Constantinople, parvient à faire **expédier à Londres** une grande partie des frises et des sculptures encore exploitables. Elles sont transférées au **British Museum** à partir de 1816. Depuis qu'elle a recouvré son indépendance en 1832 face à l'Empire ottoman, **la Grèce n'a cessé de réclamer le retour des frises du Parthénon**, considérées comme un **patrimoine national inaliénable**.

1 Le Parthénon, emblème malmené de la puissance athénienne

A Un symbole du siècle de Périclès

- **L'impérialisme athénien.** En 449 av. J.-C., Périclès fait adopter le décret organisant le financement public pour reconstruire les monuments de l'Acropole qui avaient été détruits pendant les guerres Médiques. Ce financement provenant du **tribut payé par les cités membres de la ligue de Délos**, soit près de la moitié des cités grecques, donne à la ville **des moyens considérables**.
- **Un temple emblématique.** Le Parthénon, temple dorique construit en marbre blanc du Pentélique et rehaussé de couleurs, devient alors **le monument le plus célèbre de l'Acropole**. Ce n'est pourtant pas un temple au sens traditionnel du terme. Il a pour fonctions de protéger et de mettre en valeur **la grande statue d'*Athéna Parthénos***, sculptée par Phidias. C'est une Athéna guerrière et victorieuse qui symbolise la puissance d'Athènes, cité à la fois impérialiste et démocratique.

- **La frise des Panathénées.** Sculptée par Phidias et son atelier, elle a moins pour objectifs une représentation en tout point fidèle à la réalité qu'une **incarnation de valeurs et d'institutions militaires, politiques et culturelles** et qu'une **exaltation patriotique du régime politique athénien**. Elle est **l'illustration idéologique d'une cité en pleine puissance.** On comprend mieux ainsi les enjeux patrimoniaux qu'elle va susciter au moment de la renaissance de la Grèce moderne à partir du XIXe siècle.

B Une décadence liée aux aléas de l'histoire

- **Les vicissitudes du Moyen Âge.** Devenu temple païen après la généralisation du christianisme à tout l'Empire romain (édit de Théodose de 380), le Parthénon **change de fonction à chaque nouvelle invasion** (église chrétienne puis orthodoxe et enfin mosquée à partir de la prise d'Athènes par les Turcs en 1456).

▲ Le Parthénon au début du XIXe siècle (tableau d'Alberto Pasini).

- **La destruction de 1687 et ses conséquences.** Transformé en citadelle, **le Parthénon est très gravement endommagé**, en septembre 1687, par les canons vénitiens qui font exploser le temple qui servait de lieu de stockage de réserves de poudre. **Il devient alors un site européen très couru**, la mode aristocratique étant à la glorification des ruines antiques suscitant poésie et mélancolie. Des milliers de lettrés fortunés, surtout anglais et français, font, au XVIIIe siècle, le voyage jusqu'à Athènes pour contempler les vestiges du temple antique.

2 De la sauvegarde en musée au conflit patrimonial

A Le « sauvetage » controversé de Lord Elgin

- **Les actions de Lord Elgin.** Vainqueurs des Ottomans en Égypte, les Anglais obtiennent en 1801, l'autorisation de pénétrer dans la citadelle du Parthénon pour y effectuer des moulages et emporter les statues et vestiges *« se trouvant hors de l'enceinte »*. Interprétant très librement l'autorisation donnée, **l'ambassadeur anglais Lord Elgin parvient** en quelques mois **à faire transporter à Londres la grande majorité des sculptures et la moitié des frises** avec l'idée d'en tirer profit en les vendant ultérieurement.

- **Les frises au musée.** Dès 1816, la plupart des acquisitions de Lord Elgin sont transférées au British Museum qui les met progressivement en valeur. Une **salle spéciale** permettant d'admirer les frises est inaugurée en 1860 et **devient l'un des lieux les plus fréquentés** du musée.

B De la nostalgie romantique au conflit patrimonial

- **L'indépendance grecque.** Au cœur de la vague romantique des années 1820, le combat de la Grèce pour s'émanciper du joug ottoman suscite **une vague de philhellénisme** liée à l'enthousiasme de nombreux artistes européens pour « l'âme grecque », perçue comme le berceau de la civilisation occidentale. Le poète **Lord Byron** notamment, **s'insurge contre le « vol » des frises du Parthénon** et s'engage aux côtés des insurgés grecs. Il meurt de la malaria lors du siège de Missolonghi en 1824.

Mot-clé

Philhellénisme : mouvement d'aide morale, matérielle et militaire aux Grecs pendant leur guerre d'indépendance (1821-1830) contre les Ottomans.

La salle « Elgin » en 1860 au British Museum de Londres, contenant les frises du Parthénon. ▶

- **Les frises au cœur d'un conflit patrimonial.** Après le choix d'Athènes en 1833 comme capitale de la nouvelle nation grecque, **le Parthénon devient le symbole de son passé antique prestigieux et inaliénable**. Sa restauration, débutée au tournant du XXe siècle, fait ressurgir la question des frises et des statues exposées au British Museum. Ce **conflit patrimonial** éclate au grand jour dans les **années 1980** quand la célèbre actrice **Melina Mercouri**, devenue ministre grecque de la Culture, **réclame** avec insistance **le retour des frises à Athènes**. Jusqu'à ce jour, le British Museum a opposé une fin de non-recevoir à cette demande, arguant du fait que ces objets ont été acquis régulièrement et que, faisant partie du **Patrimoine mondial**, c'est à Londres qu'ils sont *« le plus largement accessibles au public »*.

Texte-clé

Dès la fin du XVIIIe siècle, de Paris à Londres et de Rome à Weimar, les transferts massifs de biens culturels et la violence qui les sous-tend provoquent des réactions de malaise dans les milieux éclairés. En Angleterre, Lord Byron s'insurge contre le transfert des frises du Parthénon d'Athènes vers ce qu'il nomme « l'abominable climat nordique de l'Angleterre ». [...] Et pourtant, il y a aussi la face diurne de cette accumulation primitive de capital culturel dans l'Europe des XVIIIe au XXe siècle. Des émotions individuelles et collectives, des fécondations esthétiques et des cristallisations inattendues qui sont au cœur même de l'idée de culture et d'humanité. Culture non pas au sens arrêté de « somme de connaissances ». Mais au sens dynamique d'élaboration et de construction, que la langue allemande saisit par le terme de *Bildung*.[...] Car dans les musées, les objets immortels (c'est eux), lorsque de génération en génération ils croisent les temporalités et les préoccupations des mortels (c'est nous), ont sur eux un pouvoir de germination, qui est le pouvoir, en interagissant avec eux, de faire advenir des choses, des idées ou des formes non encore advenues. En paraphrasant la devise du Collège de France, on pourrait dire que dans les musées on « observe la culture en train de se faire ».

Bénédicte Savoy, *Leçon inaugurale au Collège de France*, « Histoire culturelle du patrimoine artistique en Europe, XVIIIe-XXe siècle », 30 mars 2017.

CHAPITRE 25 La question patrimoniale à Paris

Le centre historique de Paris est un **témoin des choix patrimoniaux du pouvoir politique** faits au cours des âges. Conserver ou non l'urbanisme ancien du centre historique est **le résultat d'arbitrages** qui, pour chaque époque, relèvent d'un sens profond. Il s'agit souvent de célébrer les grands moments de l'histoire politique nationale (monarchie, révolutions, républiques) et de **transformer la destination des bâtiments** en leur conférant **un sens conforme aux exigences du moment**. Aujourd'hui, le patrimoine parisien est **confronté à la réalité des mutations urbaines** : protégé, il doit aussi s'adapter aux enjeux contemporains (rénovation de l'habitat, prégnance écologique vers un tourisme durable, etc.).

1 Paris : un patrimoine unique lié au pouvoir politique

A Une ville progressivement modelée

- **La Seine.** Du pont de Sully au pont d'Iéna, **les « rives de la Seine » sont classées au Patrimoine mondial de l'Unesco depuis 1991**. Le long du fleuve, les strates successives de l'histoire de Paris se sont superposées. La présence humaine est attestée depuis le Paléolithique dans les méandres de la Seine. L'urbanisation se développe ensuite sur les îles puis sur les berges du fleuve.
- **Une capitale royale.** Dès le VIe **siècle, la ville devient capitale royale** mais ne connaît un essor important qu'à partir du milieu du Moyen Âge. **Philippe Auguste**, roi de 1180 à 1223, **fait édifier le premier palais du Louvre** ainsi qu'une enceinte fortifiée. À partir du XVIIe siècle, les rois de France embellissent la ville : l'île Saint-Louis est bâtie, le Marais se couvre d'hôtels aristocratiques, Louis XIV fait détruire les anciens remparts, la place Royale qui deviendra place de la Concorde est construite sous Louis XV. Malgré l'**abandon de Paris** par la monarchie **au bénéfice de Versailles**, la ville **poursuit son développement** et ses transformations.

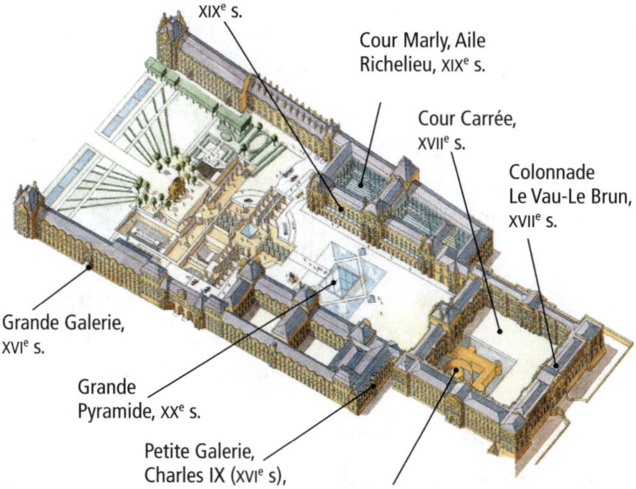

Le Louvre, un patrimoine majeur évoluant au fil des siècles. ▶

B L'accélération de la période contemporaine

- **Quand Paris se met en colère.** Entre 1789 et 1871, la ville est au cœur des mouvements révolutionnaires. Ces événements marquent de leur empreinte le visage de la capitale. Le **souvenir de la Révolution française** est régulièrement réactivé dans la mémoire nationale (place de la Bastille pour 1789, destruction de l'Hôtel de Ville et du palais des Tuileries lors de la Commune en 1871).
- **La modernisation de Paris s'accélère au XIXe siècle. Elle est l'œuvre du pouvoir politique, symbolisée par le baron Haussmann** sous Napoléon III. Il rase des quartiers entiers et perce avenues et boulevards. Les **Expositions Universelles** participent au rayonnement international du Paris de la Belle Époque qui atteint alors un immense prestige.
- **Le Paris actuel porte l'empreinte des choix faits à chaque époque. Les secteurs sauvegardés, protégés par la loi du 4 août 1962** (loi Malraux), ne peuvent être transformés sans autorisation des pouvoirs publics. La ville témoigne ainsi des usages successifs que chaque époque attribue au patrimoine des périodes précédentes. Par exemple, en 1971, sont détruites les **Halles Baltard**, symbole de l'architecture de fer du XIXe siècle. Les protestations sont si vives que des bâtiments destinés eux aussi à être détruits sont sauvés, comme la **gare d'Orsay**, transformée en musée.

2 Les enjeux contemporains du patrimoine parisien

A Un patrimoine unique hérité de la centralisation

- **Une capitale « musée » ?** Capitale de la France, Paris est le siège des institutions politiques nationales et le **cœur politique d'un État héritier d'une longue histoire centralisée**. Le Louvre, résidence royale puis musée, en est une parfaite incarnation. Peuplée de 2,2 millions d'habitants, la ville ne peut pas devenir un musée et doit développer les infrastructures nécessaires à la vie quotidienne de ses habitants.

- **Un atout économique.** La richesse du patrimoine est cependant un atout majeur, valorisé pour répondre aux besoins des **30 millions de touristes** (dont deux tiers d'étrangers) qui viennent visiter la capitale chaque année.

B Des enjeux financiers et mémoriels

- **Entretien et restauration.** Outre l'obligation d'un entretien constant pour éviter une dégradation progressive et irréversible, le patrimoine monumental est **l'objet de restaurations régulières qui impliquent des dépenses importantes**. L'État cherche à transférer certains monuments historiques aux collectivités territoriales et recherche de nouvelles voies pour valoriser le patrimoine et rentabiliser sa gestion. Mais cette politique est contestée par ceux qui pensent que **la propriété des lieux chargés d'histoire et de mémoire doit rester inaliénable** pour assurer la transmission des vestiges du passé aux générations futures.

> **Texte-clé**
>
> Un immeuble de Guimard défiguré, une maison de faubourg rasée pour édifier une supérette, un escalier monumental détruit pour transformer un immeuble haussmannien en bureaux... Autant d'éléments du patrimoine parisien qui disparaissent irrémédiablement sans que la Ville ait aujourd'hui les moyens de s'y opposer. […] Pour corriger cette lacune, la municipalité a décidé d'inscrire dans le plan local d'urbanisme (PLU) un arsenal gradué de protections patrimoniales. […] La « protection Ville de Paris » (PVP) empêchera la démolition ou la défiguration de bâtiments entiers ou d'éléments particuliers. Cette PVP est proposée pour plus de 4 600 parcelles.
>
> Grégoire Allix, *Le Monde*, 28 janvier 2005.

- **La défense du patrimoine « familier ».** Introduite dans le **plan local d'urbanisme** en 2006, la notion de « patrimoine familier » semble un moyen efficace de protéger la physionomie actuelle de Paris sans empêcher la ville de se renouveler et d'évoluer. Il s'agit de **protéger des éléments patrimoniaux courants** (maison de faubourg, escalier ancien, cour intérieure, etc.) qui ne sont pas considérés par l'État comme des monuments historiques à conserver. Cette PVP (protection Ville de Paris) permet aujourd'hui la sauvegarde d'environ 10 % du territoire parisien. Paris est sans cesse confronté au **choix à faire entre ville « patrimoine » et ville vivante**.

La question patrimoniale au Mali

CHAPITRE 26

De son **passé prestigieux d'empire puissant** dominant le cœur de l'Afrique, l'actuel Mali a conservé des **monuments et des sites exceptionnels** inscrits au Patrimoine mondial de l'humanité. Délaissé par l'un des États les plus pauvres du monde qui **peine à l'entretenir**, ce patrimoine subit, de plus, les conséquences des **violences intercommunautaires** et l'**insécurité permanente** provenant des troubles djihadistes qui perdurent malgré l'intervention militaire internationale conduite par la France (opération « Barkhane »).

1 Un patrimoine majeur en partie méconnu

A Le Mali : un pays au riche passé

- **Des empires successifs.** En Afrique de l'Ouest, **l'empire du Ghana se développe au VIIIe siècle**. Au XIe siècle, il éclate en petits royaumes rivaux que **Soundiata Keïta** (1230-1255) parvient à réunifier et à agrandir. Il bâtit le puissant **empire du Mali**. Le Mali domine le Soudan pendant le règne fastueux du roi Kankan Moussa avant de décliner lentement. Ancien vassal du Mali, le **Songhaï** rayonne alors sur la région. En 1591, il est conquis par les armées du Maroc.
- **Soundiata Keïta « héros national ».** Figure mythique et **« héros national »** du Mali moderne, Soundiata Keïta fait l'objet d'une épopée, ***La Grande Geste du Mali*** dans laquelle les griots mêlent histoire et légende. Il fonde une nouvelle capitale à Niani, sa ville de naissance. Devenu **« roi des rois »**, il organise son armée et développe le commerce de l'or.
- **Aux marges du monde musulman.** Les relations avec le monde arabo-musulman s'accompagnent de l'**essor des villes sahéliennes comme Tombouctou**. Gagné progressivement par l'islam, le Mali prospère grâce au commerce qui le met en relation avec les Berbères au Soudan et les Arabes installés sur les côtes d'Afrique de l'Ouest.

B Un patrimoine unique et théoriquement protégé

- **Quatre inscriptions au Patrimoine mondial de l'humanité.** Signataire de la Convention pour la protection du patrimoine mondial (voir le chapitre 22) dès 1977, **le Mali voit son premier site classé en 1988**. Aujourd'hui il en compte quatre : les villes anciennes de Djenné, le tombeau des Askia, la ville de Tombouctou et la falaise de Bandiagara.

- **La mosquée de Djenné.** Il s'agit d'un des principaux vestiges de l'empire du Mali. C'est l'une des plus imposantes constructions en brique de terre du monde, **nécessitant un entretien constant**. L'actuelle mosquée date de 1907 ; c'est la troisième reconstruction de l'édifice rigoureusement conforme aux plans originaux.

- **Le tombeau des Askia à Gao. Régulièrement entretenu depuis le XVIe siècle**, ce mausolée commémore la prise du pouvoir en 1492 par Mamadou Touré, fondateur de la dynastie des Askia sous laquelle le Songhaï atteint son apogée. Il fait partie des **rares monuments subsistants de cette période**.

> **Mot-clé**
>
> **Griot :** conteur qui transmet de génération en génération l'histoire et les traditions de son peuple.

- **La cité de Tombouctou.** Située sur une boucle du Niger, la ville devient au XVIe siècle la capitale culturelle et la **ville sainte** (la « ville aux 333 saints ») de l'Afrique de l'Ouest. Les rois du Songhaï font ériger de **nombreuses mosquées** parmi lesquelles Djingareyber, Sidi Yahia, Sankoré, et des **mausolées** commémorant les 333 saints.

2 Un patrimoine menacé de toute part

A Un patrimoine en partie à l'abandon

- **Un État très pauvre.** Depuis les années 2010, le Mali ne consacre annuellement qu'une dizaine de millions d'euros à la culture, dont moins de la moitié est destinée au patrimoine. À cause de la guerre civile, **l'entretien des monuments n'est plus correctement assuré** et, dans les zones de conflit, **leur accès n'est même plus possible**.

- **Une « certaine » indifférence populaire.** Prisonnier de luttes ethniques complexes, le Mali peine à développer une identité culturelle commune. Bon nombre de Maliens semblent **indifférents aux enjeux patrimoniaux de leur pays**. « *Les pesanteurs du quotidien ne facilitent pas les choses, les gens sont pris dans des questions de survie. Mais il a une question qui se pose sur* *l'appropriation du patrimoine* [...]. *Il faut que les jeunes retrouvent leur place dans le récit national. Quand l'histoire paraît lointaine, quand ça ne prend pas pied dans leur quotidien, ça devient difficile* », analyse Doulaye Konaté, professeur d'histoire à l'université de Bamako.

B Un patrimoine à enjeu géopolitique

- **Un *« nettoyage culturel »*.** En 2012, **sur ordre de l'Aqmi** (Al-Qaïda au Maghreb islamique), plusieurs mausolées de Tombouctou, **classés au Patrimoine mondial, sont détruits** par Abou Tourab sous le prétexte qu'ils seraient impies. Arrêté par des militaires français lors de l'opération Barkhane, il comparaît en 2016 devant la **Cour pénale internationale** qui le condamne à 9 ans d'emprisonnement pour *« un acte de guerre très grave, qui visait à abattre la population dans son âme »*. Après le verdict, la directrice générale de l'Unesco a estimé que *« **les attaques envers la culture sont devenues des armes de guerre**, dans une stratégie de nettoyage culturel »*.
- **Les actions internationales.** Placée sur la liste du Patrimoine mondial en péril, la ville de Tombouctou reçoit, depuis 2013, une **aide de l'Unesco** permettant la reconstruction des monuments détruits par les djihadistes. En parallèle, les **forces de maintien de la paix** ont intégré dans leur mission la **protection des sites culturels**. Mais elle passe encore bien après toutes les autres missions qui leur incombent.

▲ Des soldats français protégeant la mosquée Djingareyber, à Tombouctou, en 2015.

SES HGGSP GRAND ORAL MATHS COMPLÉMENTAIRES

Texte-clé

Après la destruction des mausolées de Tombouctou par le groupe islamiste Ansar Dine, en 2012, l'Unesco a fait réaliser par le Centre international de la construction en terre (Craterre-Ensag, à Grenoble) un passeport du patrimoine du nord du Mali, répertoriant et cartographiant les sites culturels majeurs dans les villes de Tombouctou, Gao et Kidal. Ce document avait été distribué aux forces maliennes et à l'armée française avant qu'elles reprennent la cité célèbre depuis le Moyen Âge.
La Mission des Nations unies pour la stabilisation au Mali (Minusma), déployée à partir de 2013, a été la première mission de paix à intégrer dans son mandat la protection du patrimoine, actant l'évolution vers des conflits où les dégâts sur les biens culturels résultent de plus en plus d'actions délibérées pour détruire le passé et l'identité de l'adversaire.

Laurence Caramel, *Le Monde*, 28 octobre 2019.

Venise entre valorisation et protection

CHAPITRE 27

Considérée comme l'une des plus belles cités du monde, Venise, autrefois puissante cité-État dotée d'un immense empire commercial, s'est progressivement transformée, à partir du XVIIe siècle, en un **important foyer culturel**, puis en un **lieu touristique majeur**. Depuis les années 1970, la **dégradation accélérée de son patrimoine**, menacé par les ravages du tourisme de masse et l'inexorable montée des eaux, fait craindre le pire malgré les **gigantesques travaux de sauvetage** entrepris et l'abondance de l'aide internationale, plus particulièrement de l'Unesco.

1 Venise, un patrimoine unique au monde

A Une ville puissante sur l'eau

- **Une ville ancienne.** La création de la ville date du VIIIe siècle quand des populations italiennes fuyant devant les Lombards se sont installées sur des **bancs de sable peu hospitaliers** dont elles espéraient qu'ils joueraient un rôle de protection défensive.

- **L'eau omniprésente.** Les fleuves et les torrents dévalant des Alpes ont créé un **delta complexe troué de lagunes** dont la ville a su tirer parti, ainsi que de sa situation au fond de l'Adriatique. Elle est **construite sur plus de cent îles** autour d'un ancien méandre : le **Grand Canal**. Il est bordé de palais et d'une multitude de canaux le rejoignant.

- **Le développement médiéval.** À partir du XIIIe siècle, un véritable système colonial se met en place en Méditerranée, comme en Crète où les Vénitiens fondent d'abord des colonies militaires puis s'emparent des terres et imposent aux habitants des impôts élevés. Les **marchands vénitiens** ne se limitent pas aux rivages de la Méditerranée : ils empruntent les routes terrestres vers l'Asie et **relient les routes européennes** à celles de l'**Inde** et de la **Chine** (avec **Marco Polo**). La puissance commerciale de la ville explique sa grande richesse et son **architecture** a su **s'adapter** aux **spécificités du site** et intégrer les **apports artistiques des cultures rencontrées**.

B Une ville « musée »

- **Le déclin économique et politique.** La **découverte des Amériques**, en détournant le commerce européen de la Méditerranée vers l'Atlantique **porte un coup fatal à son développement économique**. Occupée par l'Autriche à partir de 1797 puis par la France de 1806 à 1814 avant de repasser sous **domination autrichienne**, la ville État est finalement rattachée à l'Italie naissante en 1866.

- **Un engouement « romantique ».** Au XIXe siècle, Venise devient **le rendez-vous des artistes** et des *« pèlerins du beau »*. Goethe, Chateaubriand, Byron, Musset y font de longs séjours. Après y avoir séjourné en 1858, **Wagner** revient pour y mourir en 1883. Au début du XXe siècle, Maurice Barrès, Thomas Mann (auteur de *La Mort à Venise*, 1912) ou **Marcel Proust** dans *Albertine disparue*, font l'éloge de la **cité des Doges**, au patrimoine unique fascinant par sa fragilité et sa décadence. Se vidant peu à peu de ses habitants (175 000 en 1950, 55 000 aujourd'hui), Venise devient progressivement une ville « musée ».

2 Venise : un patrimoine menacé

A Un patrimoine de plus en plus dégradé

- **Le danger de l'effondrement des bâtiments.** Depuis les années 1950, l'affaissement progressif de la lagune s'est accéléré et **la ville**, construite sur pilotis, **descend « naturellement » d'environ deux millimètres par an**, obligeant à d'incessants travaux de consolidation des fondations pour éviter un effondrement général.

- **La pollution et le tourisme de masse.** Le développement industriel de la ville voisine de Mestre, conjugué aux **30 millions de visiteurs annuels**, dégrade continuellement la qualité des eaux de la lagune. **Les grands paquebots**, autorisés à naviguer au plus près de la place Saint-Marc, **accélèrent la fragilisation des fondations** des bâtiments.

- **L'acqua alta.** La ville est par ailleurs **victime d'inondations régulières** (une vingtaine depuis 1918) qui contribuent au délabrement des bâtiments, la corrosion saline s'infiltrant jusqu'aux charpentes de certains monuments.

B Une sauvegarde aux résultats incertains

- **La loi spéciale de 1973.** Votée par le Parlement italien pour essayer de sauver Venise, elle garantit un emprunt international pour engager les

Mot-clé

Acqua alta : « haute eau ». Inondations maritimes récurrentes de l'automne au printemps faisant monter les eaux parfois jusqu'à près de 2 mètres comme en 1966 et 2019.

▲ La place Saint-Marc de Venise en 1966 lors de la plus grande inondation d'*acqua alta* de son histoire.

travaux de première urgence. Dans sa foulée, l'Unesco débloque des fonds considérables et décide de faire du sauvetage de Venise un **enjeu planétaire**.

- **Les retards du projet Mose.** Conçu dès **1984** et mis en chantier en **2003**, un immense **barrage mobile** permettant de réguler la montée des eaux dans la lagune **n'est en partie opérationnel que depuis octobre 2020**, victime de complications techniques et de **gigantesques détournements de fonds**.
- **Un « patrimoine mondial en péril ».** Entre une **dégradation irréversible** de son patrimoine et sa protection en urgence conduisant à la **mise à mal du tourisme**, sa ressource principale, Venise ne semble toujours pas en mesure de résoudre cette équation difficile. À tel point que l'Unesco a menacé d'inscrire la ville sur la liste du Patrimoine mondial en péril.

Dates-clés

Venise : un siècle de patrimoine entre valorisation et protection

1932 Création de la Mostra cinématographique.
1933 Un pont routier dédouble le pont ferroviaire.
1946 Début du développement du centre pétrochimique de Marghera.
1973 Fondation Peggy Guggenheim. Vote d'une loi spéciale de sauvegarde de Venise.
1996 Incendie du Théâtre de la Fenice.
2003 Début des travaux du programme Mose, digues mobiles contre la montée des eaux.
2016 Venise passe sous la barre des 60 000 habitants.
2019 *Acqua alta* exceptionnelle endommageant gravement la ville.
2020 Le programme Mose est en partie opérationnel à partir du mois d'octobre.

CHAPITRE 28

La gestion du patrimoine français

À partir de la Révolution française s'imposent peu à peu les notions de « monument historique » et d'« œuvre d'art », traduites dans le droit par les lois de 1887 et de 1913 qui organisent leur recensement et leur protection. Jusque dans les années 1950, cette notion correspond globalement à celle de « patrimoine ». À partir des années 1960, cette dernière s'élargit considérablement, particulièrement sous l'impulsion d'André Malraux qui défend l'idée que le patrimoine ne se cantonne pas à « *une sélection orientée par les valeurs connues* », mais doit englober toutes les œuvres « *qui aident les hommes à vivre* ».

1 La naissance d'une politique du patrimoine

A Une prise de conscience patrimoniale

- La naissance d'une administration. Dans les années 1830, les créations successives du poste d'**inspecteur général des Monuments historiques** (confié à **Prosper Mérimée** de 1834 à 1860) et de la commission du même nom, témoignent de l'importance que prend progressivement la redécouverte du passé architectural français.

- Les débuts de la protection. Il s'agit alors de **recenser les monuments anciens** (la plupart du temps religieux) **emblématiques de l'histoire de France** qu'il convient de protéger voire de restaurer. Dès 1840, plus de mille bâtiments sont identifiés et répertoriés. Presque tous datent de l'Antiquité ou du Moyen Âge.

B La traduction dans la loi

- La loi de 1913. Dès 1897, une loi fixe les compétences des **architectes en chef des Monuments historiques** chargés de veiller à l'entretien et à la restauration des édifices classés. La loi de 1913 clarifie le rôle de l'État dans la préservation du patrimoine. **Désormais, tout bâtiment ou objet « d'intérêt**

public » peut être protégé, même s'il appartient à un particulier qui ne peut plus opérer de travaux sans une autorisation préalable et la surveillance des architectes des Monuments historiques.

- **La protection du patrimoine « secondaire ».** En 1927, la création de « l'**inventaire supplémentaire** des Monuments historiques » permet d'étendre la protection au niveau local et de **sauver un patrimoine moins prestigieux, souvent méconnu et délaissé**. Près de 20 000 édifices et objets sont classés à la fin des années 1920.

Biographie

Prosper Mérimée (1803-1870)
Homme de lettres français auteur de plusieurs pièces de théâtre et de nouvelles (dont *Carmen* qui inspirera le célèbre opéra de Bizet), il est nommé au poste nouvellement créé d'inspecteur général des Monuments historiques en 1834. Pendant plus de trente ans, il parcourt la France afin de dresser un inventaire des richesses architecturales du pays qu'il découvre, pour la plupart, dans un état pitoyable. Même s'il affirme partout qu'il est *« Vox clamantis in deserto »*, il parvient à obtenir un budget permanent et charge, entre autres, l'architecte Viollet-le-Duc de la restauration, aujourd'hui controversée, de certains monuments emblématiques comme les basiliques de Vézelay, de Saint-Denis et de Toulouse, les cathédrales de Paris, d'Amiens, de Reims, le château de Pierrefonds et les remparts de la cité de Carcassonne.

2 Du patrimoine aux patrimoines

A André Malraux et l'« invention contemporaine du patrimoine »

- **Un géant à la culture.** En nommant en 1959 le grand résistant **André Malraux**, à la fois écrivain et intellectuel mondialement reconnu, au **ministère des Affaires culturelles** et en le maintenant à son poste jusqu'en 1969, **de Gaulle modifie profondément la politique culturelle de la France**. Ayant les coudées presque franches et un budget en augmentation sensible, Malraux s'attache à renouveler profondément l'approche patrimoniale de l'État.

- **L'Inventaire général des monuments et des richesses artistiques.** Outre l'activité législative (loi de 1962 sur les secteurs sauvegardés, voir le chapitre 22), c'est cet inventaire qui symbolise le mieux la nouveauté de la démarche entreprise. Il s'agissait, selon son directeur André Chastel, d'*« **identifier tout ce qui est repérable sur le terrain**, de manière à provoquer une prise de conscience des populations intéressées et de classer* [...] *les édifices et objets **de manière à les introduire dans la mémoire nationale** »*. C'était une sorte de relevé de tous les objets considérés *« sous leur angle à acquérir une valeur symbolique quelconque »*.

- **Le modernisme d'État.** Pour Malraux, **la création contemporaine** fait partie intégrante du patrimoine, y compris **celle qui peut paraître comme « sacrilège »** par rapport au passé. Ainsi il n'hésite pas à faire appel au peintre **Marc Chagall** lors de la réfection du **plafond de l'Opéra Garnier** de Paris datant du Second Empire.

Marc Chagall et André Malraux gravissant l'escalier de l'Opéra de Paris lors de l'inauguration de son nouveau plafond en 1964. ▶

B Les évolutions contemporaines

- **Les années « Lang ».** Ministre de la Culture de 1981 à 1986 et de 1988 à 1993, **Jack Lang élargit encore plus la notion de « patrimoine »**. Désormais, elle s'ouvre à l'architecture contemporaine, aux vestiges industriels, aux jardins et aux paysages, à la photographie, au cinéma, au livre, à la bande dessinée et à l'audiovisuel. Ainsi le **Code du patrimoine** intègre-t-il les lois de 1993 sur les « **Zones de protection du patrimoine architectural, urbain et paysager** » permettant d'élargir les zones protégées au-delà du monument et de ses abords. De même, le corps des conservateurs du Patrimoine est instauré en 1990.

- **L'« inflation patrimoniale ».** « *La métamorphose de la notion de patrimoine a fait de lui* [...] *le contraire de ce qu'il était : du plus élevé et du plus rare de la création, il est passé au quotidien le plus traditionnel* », analyse l'historien Dominique Poulot. La prise en compte du **patrimoine immatériel** (traditions orales, mode de vie, voir le chapitre 30) accélère le glissement de la notion vers « *le pluriel, le mémoriel, le communautaire* » et devient **un « fardeau financier »** engloutissant près d'un **tiers du budget du ministère de la Culture**, même si la loi de 2004 a transféré aux régions la gestion de l'Inventaire général du patrimoine culturel.

Le Nord-Pas-de-Calais : de l'industrie au patrimoine industriel

CHAPITRE 29

Le Nord-Pas-de-Calais, qui fait désormais partie de la région des Hauts-de-France, a été l'un des **foyers majeurs de la révolution industrielle en France**. À partir des années 1980, il subit le démantèlement progressif de ses industries traditionnelles qui ferment les unes après les autres, laissant derrière elles des **friches** et un **habitat ouvrier à l'abandon**. Vestiges d'une époque révolue, ils deviennent un **patrimoine à préserver** sous peine d'effacer à jamais une grande partie de la **mémoire régionale**.

1 Les empreintes industrielles du Nord-Pas-de-Calais

A La révolution industrielle : un facteur structurant

- **La « première usine de France ».** L'industrialisation du XIXe siècle entraîne un bouleversement des cadres de vie, des mentalités et des infrastructures. **Des nouveaux paysages apparaissent** : alignements de bâtiments de briques rouges aux structures métalliques, carreaux de fosse, chevalements, terrils, cités minières en corons et courées. Les densités de population s'accroissent et de nombreux **pôles urbains** se dessinent : bassin **textile** de Lille-Roubaix-Tourcoing ; bassins **miniers** de Béthune, Lens, Douai et Bruay ; bassin **sidérurgique** de Valenciennes et Denain.
- **La naissance d'une mémoire ouvrière.** Elle se forge peu à peu à partir d'**événements souvent violents ou tragiques** : la grande grève de 1884 que décrit Zola dans *Germinal* ou le millier de morts de la tragédie de Courrières en 1906, consécutive à un **coup de grisou**. Elle s'incarne pendant près de 150 ans dans ces paysages urbains spécifiques.

B Le déclin industriel : une perte d'identité

- **Le déclin charbonnier.** Dans le dernier quart du XXe siècle, les crises industrielles se succèdent. Le déclin charbonnier, amorcé dès 1960, s'accélère dans les années 1980. Le 21 décembre 1990, la **fermeture du dernier puits** à Oignies met un terme à **trois siècles d'histoire minière**.

- **Le déclin du textile.** Le textile connaît une destinée parallèle. Les premières alertes ont lieu dans les années 1980 (outil de travail vieillissant, concurrence des fibres synthétiques et des pays asiatiques). La Lainière de Roubaix employait encore 10 000 ouvriers en 1970. Trente ans plus tard, elle ferme ses portes. **Roubaix, la ville « aux mille cheminées »**, s'enfonce alors dans un **marasme économique profond** et connaît un **chômage massif**.
- **Le démantèlement des paysages.** L'effondrement industriel modifie profondément les dynamiques économiques et les paysages. Ainsi l'ancien **bassin houiller** de Béthune, Bruay et **Lens** (capitale régionale du charbon déchue) se couvre-t-il de **friches industrielles**, tandis que les usines et les entrepôts de Roubaix sont laissés à l'abandon.

Mots-clés

Les mots de la mémoire industrielle du Nord

Carreau de fosse : site de surface où se trouvent l'accès au puits de la mine ainsi que tous les bâtiments et installations de récupération et de traitement du charbon.

Chevalement : charpente élevée permettant la descente et la remontée des mineurs, ainsi que la récupération du charbon extrait dans la mine.

Coron : alignement d'habitations ouvrières toutes semblables dans les régions minières.

Coup de grisou : explosion soudaine d'un gaz contenu dans les couches de charbon, entraînant l'effondrement des galeries de mines.

Courée : urbanisation caractéristique des cités industrielles textiles du Nord-Pas-de-Calais.

Terril : monticule formé par l'entassement des déblais d'une mine.

2 La patrimonialisation : une tentative de sauvetage de la mémoire régionale

A Une nouvelle approche du patrimoine

- **Les sens multiples du patrimoine industriel.** Pendant longtemps, il a signifié la préservation de bâtiments souvent anciens et surtout particulièrement remarquables comme la saline d'Arc-et-Senans dans le Doubs. Depuis les années 1970, il s'est élargi à **tout ce qui a permis l'édification de la société industrielle** caractéristique du monde occidental des XIXe et XXe siècles. Il concerne à la fois le bâti et ses aménagements (usines, sites, paysages), l'outillage (machines, processus industriels) et les produits issus de l'industrie.
- **Un enjeu culturel majeur.** Ce type de patrimoine, au-delà de son intérêt la plupart du temps architectural, témoigne des **réalités sociales et locales ayant marqué profondément les territoires**. Sa sauvegarde se pose **en termes inédits** : doit-on les figer comme simples témoignages ou faut-il les réhabiliter ? Dans ce dernier cas, il s'agit de leur trouver une nouvelle affectation qui conserve si possible leur identité primitive.

B Des patrimonialisations multiples

- **La muséification.** La conversion en musées de bâtiments emblématiques a été la première piste explorée pour la sauvegarde du patrimoine industriel. Ainsi l'ancienne mine Delloye à Lewarde est-elle transformée, dès 1984, en **Centre historique minier** qui allie la mémoire (exposition d'objets du quotidien) au ludique (le train de mine). Mais **ce type de création reste limité** et doit parfois sa survie plus au soutien institutionnel (centre de ressources pédagogiques, scolaires) qu'à l'engouement des visiteurs.
- **La réhabilitation.** La transformation **en logements, en bureaux ou en bâtiments publics** est une solution souvent heureuse. Elle permet de sauver les édifices tout en concevant une nouvelle œuvre architecturale enracinée dans le présent. L'ancienne filature Roussel de Roubaix est réhabilitée en 1999 en bureaux et en studio de danse pour le Ballet du Nord par l'architecte Jean-Charles Huet. Toujours à Roubaix, l'usine de la Motte-Bossut est devenue le Centre des archives du monde du travail. Dans les deux cas, suivant l'expression de Jean Nouvel, **ces édifices *« gagnent leur vie par eux-mêmes »***.
- **La dépatrimonialisation.** Lorsqu'une réhabilitation patrimoniale semble improbable et qu'aucune reconversion industrielle n'est possible, il faut, pour éviter le maintien en friches désolantes, recourir à **des solutions innovantes**. Ainsi **le carreau de Nœux-les-Mines**, près de Lens, a-t-il été reconverti depuis 1996 en **base de loisirs** (Loisinord) avec comme principale attraction une piste de ski synthétique aménagée sur le sommet d'un ancien terril dont elle perpétue indirectement la mémoire.

▲ Le Centre historique minier de Lewarde dans le département du Nord (59), plus grand musée de la Mine d'Europe.

CHAPITRE 30

Rayonnement français et patrimoine immatériel

Dès le XVIe siècle, la France s'affirme sur la scène mondiale autant par sa capacité de séduction culturelle (littérature, philosophie, peinture) que par sa force militaire et économique. Ce que l'on qualifiera par la suite de **« patrimoine immatériel »** lui assure un **rayonnement** qui va **au-delà de son poids strictement arithmétique** (superficie, démographie, etc.). Son importance est telle qu'il est aujourd'hui **l'objet d'actions diplomatiques d'ampleur**. Ainsi, en 2010, la France obtient-elle l'inscription du « repas gastronomique des Français » au Patrimoine mondial de l'Unesco.

1 La notoriété internationale du patrimoine immatériel français

A Des facettes multiples

- **Un patrimoine élargi.** La connaissance du patrimoine français dans le monde ne se limite pas à des **édifices prestigieux** (le Mont-Saint-Michel, les châteaux de Versailles et de la Loire, la tour Eiffel, l'Arc de Triomphe et autres monuments parisiens). Elle s'élargit à **tous les aspects de l'histoire du pays** (faits militaires, actes politiques, découvertes scientifiques, événements sociétaux, littérature, traditions gastronomiques, grands vins et

> **Texte-clé**
>
> **Le patrimoine immatériel défini par l'Unesco**
>
> **Traditionnel, contemporain et vivant à la fois :** le patrimoine culturel immatériel ne comprend pas seulement les traditions héritées du passé, mais aussi les pratiques rurales et urbaines contemporaines, propres à divers groupes culturels.
>
> **Inclusif :** […] il contribue à la cohésion sociale, stimulant un sentiment d'identité et de responsabilité qui aide les individus à se sentir partie d'une ou plusieurs communautés et de la société au sens large.
>
> **Représentatif :** le patrimoine culturel immatériel n'est pas seulement apprécié en tant que bien culturel, à titre comparatif, pour son caractère exclusif ou sa valeur exceptionnelle. Il […] dépend de ceux dont la connaissance des traditions, des savoir-faire et des coutumes est transmise au reste de la communauté, de génération en génération.
>
> **Fondé sur les communautés :** le patrimoine culturel immatériel ne peut être patrimoine que lorsqu'il est reconnu comme tel par les communautés, groupes et individus qui le créent, l'entretiennent et le transmettent.

multiples fromages). Ainsi, l'affaire Dreyfus est le fait historique français le plus cité spontanément par les étrangers, après la Révolution de 1789.

- **Art et littérature.** Dans le domaine artistique, la musique (Lully, Rameau, Berlioz, Debussy et Ravel), la sculpture (Rodin), la peinture et plus particulièrement l'impressionnisme (Cézanne, Monet ou Renoir) sont mondialement connus. **Même Picasso** (artiste espagnol qui a vécu en France de 1904 à sa mort, en 1973) **est considéré comme appartenant au patrimoine français**. En littérature, la France occupe une place majeure, aussi bien pour ses grands classiques (Corneille, Racine, Molière) que pour ses philosophes des Lumières (Voltaire, Montesquieu, Diderot) et ses auteurs plus contemporains (Hugo, Baudelaire ou Proust).

B Les relais du rayonnement immatériel français

- **Le rôle des institutions.** Les 160 ambassades françaises participent au rayonnement français en particulier grâce à leurs services culturels. Ils sont la plupart du temps épaulés par les **800 centres de l'Alliance française** répartis dans 132 pays et le Bureau international de l'édition française.
- **Luxe et prestige.** L'exportation du « mode de vie à la française » joue un rôle majeur dans les secteurs de la restauration et de la **gastronomie** (Bocuse, Robuchon, Ducasse) à Londres, New York, Tokyo et Pékin, de la **mode** (Chanel, Dior, LVMH), de la pâtisserie, de la viennoiserie et de la **boulangerie** (Poilâne et la réputation mondiale du pain français), de la **viticulture** (développement de la vigne aux États-Unis, en Afrique du Sud, en Australie). Autant de domaines où la présence française est identifiée et reconnue comme porteuse d'une tradition d'excellence dans l'**art de vivre** et les arts de la table.

2 Une spécificité patrimoniale française : le repas gastronomique

A La gastronomie : une invention récente

- **« L'art de faire bonne chère ».** Au XVIe siècle, Rabelais dans son *Quart Livre* met en scène un certain messire Gaster (« estomac »), respecté de tous les Gloutons et qui est qualifié de gastronome. Le mot entre dans le dictionnaire de l'Académie française en 1835 comme *« art de faire bonne chère »*. À la fin du XIXe siècle, cette définition est complétée par le journaliste Charles Monselet qui voit la gastronomie comme ***« la joie de toutes les situations et de tous les âges »***.

- **Un moment de partage.** La gastronomie est indissociable du repas, c'est-à-dire du moment, à heure fixe, où de la nourriture est consommée. Le repas gastronomique signifie aussi **une forme particulière de convivialité** : un accueil agréable, un environnement soigné, la qualité des produits cuisinés avec soin dans le cadre d'une tradition culinaire respectée ou réinventée. Tous ces critères sont d'ailleurs ceux qui servent à l'attribution des **prestigieuses étoiles décernées par le *Guide Michelin*** aux grands chefs comme Paul Bocuse ou Michel Guérard.

▲ Le chef Paul Bocuse promu officier de la Légion d'honneur par Jacques Chirac en 1987.

B Une inscription au Patrimoine mondial de l'UNESCO

- **Une « obstination » française.** En 2007, est créée la **Mission française du patrimoine et des cultures alimentaires** (MFPCA) dans le but de valoriser la gastronomie française en la faisant inscrire au Patrimoine mondial de l'Unesco. L'annonce en est faite officiellement par le président de la République en 2008. Le dossier de candidature, soigneusement monté, insiste sur la **dimension culturelle du repas gastronomique** présenté comme une **pratique sociale coutumière** célébrant des moments privilégiés sous la forme d'un *« repas festif au cours duquel les convives pratiquent l'art du bien manger et du bien boire »*.

- **Une pratique sociale « menacée » ?** En 2010, les experts du Comité intergouvernemental de l'Unesco réunis à Nairobi (Kenya) statuent favorablement sur la demande de la France. Le repas gastronomique des Français est désormais inscrit au **Patrimoine immatériel mondial**. Au-delà d'une reconnaissance historique et culturelle de première importance, la décision de l'organisation internationale doit beaucoup à l'**argumentation française soulignant les menaces qui pèsent sur cette pratique culturelle** coutumière à cause de l'évolution des habitudes alimentaires (disparition des repas à heure fixe, fast-foods, plats préparés, etc.).

Texte-clé

Le repas gastronomique des Français défini par l'Unesco

Le repas gastronomique des Français est une pratique sociale coutumière destinée à célébrer les moments les plus importants de la vie des individus et des groupes, tels que naissances, mariages, anniversaires, succès et retrouvailles. Il s'agit d'un repas festif dont les convives pratiquent, pour cette occasion, l'art du « bien manger » et du « bien boire ». Le repas gastronomique met l'accent sur le fait d'être bien ensemble, le plaisir du goût, l'harmonie entre l'être humain et les productions de la nature. Parmi ses composantes importantes figurent : le choix attentif des mets parmi un corpus de recettes qui ne cesse de s'enrichir ; l'achat de bons produits, de préférence locaux, dont les saveurs s'accordent bien ensemble ; le mariage entre mets et vins ; la décoration de la table ; et une gestuelle spécifique pendant la dégustation (humer et goûter ce qui est servi à table). Le repas gastronomique doit respecter un schéma bien arrêté : il commence par un apéritif et se termine par un digestif, avec entre les deux au moins quatre plats, à savoir une entrée, du poisson et/ou de la viande avec des légumes, du fromage et un dessert. Des personnes reconnues comme étant des gastronomes, qui possèdent une connaissance approfondie de la tradition et en préservent la mémoire, veillent à la pratique vivante des rites et contribuent ainsi à leur transmission orale et/ou écrite, aux jeunes générations en particulier. Le repas gastronomique resserre le cercle familial et amical et, plus généralement, renforce les liens sociaux.

Site Internet de l'Unesco, 2020.

SUJET DU BAC

Étude critique de documents

Les actions majeures de valorisation et de protection du patrimoine français.

Après avoir présenté les documents, vous rappellerez quelle est la politique publique de gestion du patrimoine. Puis vous expliquerez en quoi la patrimonialisation de territoires en reconversion et les actions diplomatiques sont des facteurs de rayonnement culturel français dans le monde.

Document 1. Deux politiques publiques pour la gestion du patrimoine

A. Loi du 31 décembre 1913 relative aux monuments historiques

Tirant les conséquences des défauts de la loi de 1887, un nouveau projet est présenté à la Chambre des députés. Les principales innovations sont les suivantes :

– substitution de l'intérêt public à l'intérêt national d'art ou d'histoire pour justifier le classement d'un bien ;

– institution de la possibilité de classer des biens immeubles ou meubles même en l'absence de consentement du propriétaire ;

– création de l'inscription à l'inventaire supplémentaire pour les édifices qui, sans justifier un classement immédiat, présentent cependant un intérêt archéologique suffisant pour en rendre désirable la préservation ;

– imprescriptibilité des objets classés et contrôle des aliénations des objets classés.

La loi entérine tous les classements intervenus avant sa promulgation.

Au cours du XXe siècle, la loi de 1913, insérée depuis 2004 dans le Code du patrimoine, a été amendée et complétée à plusieurs reprises mais demeure aujourd'hui le fondement du système d'intervention de l'État pour la protection et la sauvegarde des monuments historiques. D'autres dispositifs ont ensuite permis une prise en compte plus large du patrimoine.

Site Internet du ministère de la Culture, janvier 2020.

B. Le repas gastronomique des Français

L'UNESCO agit depuis longtemps pour la sauvegarde du patrimoine architectural et paysager. La convention, adoptée en 2003, étend cette préoccupation au patrimoine culturel immatériel, c'est-à-dire aux traditions orales (spectacles, rituels, langues) et aux savoir-faire liés à l'artisanat. La gastronomie, tradition vivante, répond à cette nouvelle classification. [...] Nous avions donc préparé le terrain de longue date. Depuis la ratification de cette convention par la France, en 2007, il nous fallait d'abord convaincre les pouvoirs publics de l'intérêt de la démarche. C'est chose faite. Reste à persuader l'Unesco d'inaugurer cette nouvelle procédure avec la cuisine française. S'il est un pays où la cuisine est considérée comme un bien commun, recréé en permanence, et respectueux de la diversité culturelle, c'est bien la France. [...] L'UNESCO a posé comme condition la participation effective des communautés concernées à toutes les étapes de la procédure d'inscription. De nombreuses personnalités soutiennent ce projet : Paul Bocuse, Michel Guérard, Alain Ducasse, Joël Robuchon, Guy Savoy... [...] Le dossier de candidature devra répondre aux critères très spécifiques posés par l'Unesco, c'est-à-dire montrer que l'art culinaire est transmis de génération en génération, et qu'il est recréé en permanence par les communautés en fonction de leur milieu, de leur interaction avec la nature et de leur histoire. Les exemples devront aussi démontrer qu'il procure un sentiment d'identité et de continuité et contribue à promouvoir le respect de la diversité culturelle et la créativité humaine. [...] L'UNESCO attend de toute candidature qu'elle s'accompagne d'un projet à long terme visant à assurer la préservation du patrimoine concerné.

Entretien avec Jean-Robert Pitte, *Le Monde*, 12 mars 2008.

Document 2.

L'ancienne mine Delloye à Lewarde (Nord) transformée, en 1984, en musée de la mine et centre historique minier.

Comment traiter le sujet

Le jour de l'épreuve, vous aurez 4 h pour traiter la dissertation et l'étude critique de documents : ne consacrez pas plus de 2 h à l'étude critique des documents.

Analyser le sujet

Analyser les documents

• La consigne comporte trois termes clés guidant le candidat pour définir ce que sont la « **valorisation et la protection du patrimoine français** » :
– « **gestion publique** » : ce sont les initiatives de l'État en ce domaine ;
– « **patrimonialisation** » et « **reconversion** » : il s'agit de la conversion en patrimoine de bâtiments ou de lieux témoins d'un passé de régions aujourd'hui en crise ;
– « **action diplomatique** » : l'expression correspond à ce qui est entrepris par la France au niveau international pour valoriser son patrimoine, particulièrement au sein d'organisations internationales comme l'Unesco.

• **Le premier document** proposé est composé de deux textes :
– un extrait du site Internet du ministère de la Culture concernant l'évolution des **politiques publiques du patrimoine** (A) ;
– plusieurs passages d'un article du quotidien *Le Monde* daté de mars 2008 relatant un entretien avec le géographe Jean-Robert Pitte au sujet de la possibilité d'inscrire la gastronomie au patrimoine mondial immatériel de l'Unesco et envisageant donc le patrimoine comme **un facteur de rayonnement international** (B).

• **Le second document** est une photographie d'une mine, abandonnée du XIXe siècle, transformée en musée et centre historique. Elle témoigne de la **patrimonialisation** d'un ancien bâtiment industriel dans le département du Nord.

Les attentes du correcteur

Le correcteur **n'attend pas une accumulation de connaissances** trop loin des documents à propos de la valorisation et de la protection du patrimoine français, ni de développements hors de propos sur la crise industrielle des années 1980 ou les spécificités gastronomiques françaises.

Il veut une étude qui montre que l'on a **compris le sens général des documents confrontés à la consigne** :
– **la France mène une politique patrimoniale publique depuis plus d'un siècle** ;
– il existe **de nombreux moyens de protéger et de valoriser le patrimoine**.

Mobiliser ses connaissances

• Le sujet est à replacer dans la quatrième partie du programme qui ne peut « tomber » le jour du baccalauréat que **les années impaires**. Il s'agit donc **d'un thème** à étudier obligatoirement **en 2021, puis en 203, etc.** Il concerne **l'objet de travail**

conclusif « La France et le patrimoine, des actions majeures de valorisation et de protection » basé sur trois jalons (« La gestion du patrimoine français : évolutions d'une politique publique », « La patrimonialisation, entre héritage culturel et reconversion. Le bassin minier du Nord-Pas-de-Calais » et « Le patrimoine, facteur de rayonnement culturel de la France dans le monde et objet d'action diplomatique : un exemple du patrimoine immatériel : le repas gastronomique des Français »).

• Vous pouvez étoffer vos connaissances en utilisant celles que vous avez vues dans la leçon introductive (L'évolution de la notion de patrimoine).

• Vous pouvez aussi puiser des connaissances **dans l'enseignement obligatoire en histoire-géographie que vous suivez en parallèle,** par exemple dans le chapitre 2 (« **Un tournant social, politique et culturel, la France de 1974 à 1988** ») du thème 3 d'histoire (« Les remises en cause économiques, politiques et sociales des années 1970 à 1991 ») et dans le thème conclusif du programme de géographie (« La France et ses régions dans l'Union européenne et dans la mondialisation : lignes de force et recompositions »).

Problématiser le sujet

De par la manière dont est conçue l'épreuve, l'analyse critique de documents du baccalauréat **ne pose pas de difficultés particulières** si on sait utiliser la méthode apprise tout au long de la scolarité en lycée (savoir exploiter un ou des documents dans le respect de la consigne).

Le titre général, complété par la consigne, donne **le sens global de l'étude** et donc **la problématique.** Il convient juste, dans le cas présent, de **la dynamiser** sous la forme d'**une ou plusieurs questions** :
– **quelles sont les actions majeures de valorisation et de protection du patrimoine français ?**
La consigne, confrontée aux documents, fournit les **grands axes du plan** :
– la politique publique de gestion du patrimoine (action législative, **document 1A**) ;
– le phénomène de patrimonialisation en prenant l'exemple du Nord-Pas-de-Calais (**document 2**) ;
– les actions diplomatiques en s'appuyant sur l'inscription du repas gastronomique des Français au patrimoine mondial de l'Unesco (**document 1B**).

CORRIGÉ

Corrigé : plan détaillé

*Les **textes en couleurs** apparaissant dans ce corrigé ne doivent pas figurer dans votre devoir. Nous les avons insérés pour vous guider et vous aider à repérer les parties de l'étude critique des documents.*

Introduction

À partir de la Révolution française s'impose peu à peu en France la notion de patrimoine. Depuis les années 1960, cette dernière s'élargit considérablement et le patrimoine devient un élément déterminant du rayonnement français.

Quelles sont les actions majeures de valorisation et de protection du patrimoine français ?

Nous étudierons d'abord l'évolution des **politiques publiques du patrimoine** en nous appuyant sur le **document 1A,** extrait du site Internet du ministère de la Culture (partie I). Puis nous verrons le phénomène de patrimonialisation d'un ancien bâtiment industriel dans le département du Nord à partir de la photographie d'une mine abandonnée du XIXe siècle, transformée en musée et centre historique (**document 2**) (partie II). Enfin, grâce à un article du quotidien *Le Monde* daté de mars 2008 relatant un entretien avec le géographe Jean-Robert Pitte au sujet de la possibilité d'inscrire la gastronomie au patrimoine mondial immatériel de l'Unesco (**document 1B**), nous nous intéresserons aux actions diplomatiques en faveur du patrimoine, **facteur de rayonnement international** (partie III).

I. La politique publique de gestion du patrimoine

[argument 1 : document 1A]

Dès 1887, une loi fixe les compétences des architectes en chef des monuments historiques chargés de veiller à l'entretien et à la répartition des édifices classés. La loi de 1913 clarifie le rôle de l'État dans la préservation du patrimoine. **Désormais tout bâtiment ou objet « d'intérêt public » peut être protégé,** même s'il appartient à un particulier qui ne peut plus opérer de travaux sans une autorisation préalable et la surveillance des architectes des monuments historiques.

[argument 2 : document 1A]

En 1927, la création de « l'inventaire supplémentaire des monuments historiques » permet d'étendre la protection au niveau local et de **sauver un patrimoine moins prestigieux, souvent méconnu et délaissé**. Près de 20 000 édifices et objets sont classés à la fin des années 1920.

[argument 3 : document 1A et connaissances personnelles]

En nommant, en 1959, **André Malraux**, à la fois écrivain et intellectuel mondialement reconnu, au **ministère des Affaires culturelles** et en le maintenant à son poste jusqu'en 1969, **de Gaulle modifie profondément la politique culturelle de la France**. Malraux s'attache à renouveler profondément l'approche patrimoniale de l'État (loi de 1962 sur les secteurs sauvegardés et Inventaire général des monuments et des richesses artistiques). Ministre de la Culture de 1981 à 1986 et de 1988 à 1993, **Jack Lang élargit encore plus la notion de patrimoine**. Désormais, elle s'ouvre à l'architecture contemporaine, aux vestiges industriels, aux jardins et aux paysages, à la photographie, au cinéma, au livre, à la bande dessinée et à l'audiovisuel.

II. La patrimonialisation d'un héritage industriel : l'exemple du Nord-Pas-de-Calais

[argument 1 : document 2 et connaissances personnelles]

Dans le dernier quart du XXe siècle, les crises industrielles se succèdent dans le Nord-Pas-de-Calais. Le déclin charbonnier, amorcé dès 1960, s'accélère. Le 21 décembre 1990, la **fermeture du dernier puits** à Oignies met un terme à **trois siècles d'histoire minière**. L'effondrement industriel modifie profondément les dynamiques économiques et les paysages. Ainsi l'ancien **bassin houiller de** Béthune, Bruay et **Lens** (capitale régionale du charbon déchue) se couvre-t-il de **friches industrielles,** tandis que les usines et les entrepôts de Roubaix sont laissés à l'abandon.

[argument 2 : document 2]

La conversion en musées de bâtiments emblématiques a été la première piste explorée pour la sauvegarde du patrimoine industriel. Ainsi l'ancienne mine Delloye à Lewarde est-elle transformée, dès 1984, en **centre historique minier** qui allie la mémoire (exposition d'objets du quotidien) au ludique (le train de mine). Mais **ce type de créations reste limité** et doit parfois sa survie plus au soutien institutionnel (centre de ressources pédagogiques scolaires) qu'à l'engouement des visiteurs.

[argument 3 : document 2 et connaissances personnelles]

La transformation **des friches industrielles en logements, en bureaux ou en bâtiments publics** est une autre forme de patrimonialisation. Elle permet de sauver les édifices tout en concevant une nouvelle œuvre architecturale enracinée dans le présent. La transformation **en logements, en bureaux ou en bâtiments publics** est une solution souvent heureuse. Ainsi à Roubaix, l'usine de la Motte-Bossut est devenue le centre des archives du monde du travail. Dans ce cas, suivant l'expression de l'architecte Jean Nouvel, **ces édifices « gagnent leur vie par eux-mêmes »**.

III. Les actions diplomatiques en faveur du patrimoine

[argument 1 : document 1B et connaissances personnelles]

Le patrimoine immatériel assure à la France **un rayonnement qui va au-delà de son poids strictement arithmétique** (superficie, démographie, etc.). Son importance est telle qu'il est aujourd'hui **l'objet d'actions diplomatiques d'ampleur**.

[argument 2 : document 1B]

En 2007 est créée **la Mission française du patrimoine et des cultures alimentaires** (MFPCA) dans le but de valoriser la gastronomie française en la faisant inscrire au patrimoine mondial de l'Unesco. Le dossier de candidature, soigneusement monté, insiste sur **la dimension culturelle du repas gastronomique** présenté comme une **pratique sociale coutumière** célébrant des moments privilégiés sous « la forme d'un repas festif au cours duquel les convives pratiquent l'art du bien manger et du bien boire ».

[argument 3 : document 1B et connaissances personnelles]

En 2010, les experts du comité intergouvernemental de l'Unesco réunis à Nairobi (Kenya) statuent favorablement à la demande de la France. Le repas gastronomique des Français est désormais inscrit au patrimoine immatériel mondial. La décision de l'organisation internationale doit beaucoup à **l'argumentation française soulignant les menaces qui pèsent sur cette pratique culturelle** coutumière à cause de l'évolution des habitudes alimentaires (disparition des repas à heure fixe, fast-food, plats préparés, etc.).

Conclusion

À partir de la Révolution française s'imposent peu à peu les notions de **monument historique et d'œuvre d'art,** traduites dans le droit par les lois de 1887 et de 1913 qui organisent leur recensement et leur protection. Jusque dans les années 1950, cette notion **correspond globalement à celle de patrimoine**.

À partir des années 1960, cette dernière s'élargit considérablement, particulièrement sous l'impulsion d'**André Malraux** qui défend depuis toujours l'idée que **le patrimoine** ne se cantonne pas à « une sélection orientée des valeurs connues », mais **doit englober tout ce qui aide « les hommes à vivre »**. Aujourd'hui le patrimoine, au sens le plus large du terme, est devenu un **vecteur essentiel du rayonnement international de la France.**

Qu'est-ce que « l'environnement » ?

CHAPITRE 31

Dans son sens contemporain de **« milieu de vie »**, le terme *environnement* n'entre dans le langage courant qu'à la fin du XXe siècle. Mais il y prend très vite une place majeure tant ses significations s'élargissent rapidement. Elles concernent en premier lieu les **dynamiques écologiques des sociétés humaines**. En ce sens, **le mot se substitue rapidement à celui de *milieu*** qui ne subsiste plus que dans le vocabulaire d'une géographie classique un peu périmée. Puis il se charge progressivement de connotations anthropiques et, plus qu'un concept, il devient **un des enjeux majeurs** des interrogations que les **sociétés actuelles** portent sur leur **identité** et sur leur **avenir**.

1 Un mot au parcours étonnant

A Un terme d'abord rare et peu usité

- **« Ceindre ».** Au milieu du Moyen Âge, *environner*, issu de l'ancien français ***viron*** **(cercle)**, signifie « faire le tour », « mettre autour de », « ceindre ». Vers 1300, apparaît *environnement* qui exprime l'action d'**entourer**. Le mot disparaît de la langue française à la Renaissance.
- ***« To environ ».*** Le mot se maintient dans la langue anglaise. Au début du XVIIe siècle, l'*Oxford Standard Dictionary* mentionne ***« environment »*** comme un dérivé du verbe *« to environ »* et lui donne le sens de **« ce qui nous entoure »**. Il faut attendre le **XIXe siècle** pour que son usage

Texte-clé

La première définition moderne de l'environnement en France

Sous le nom de *milieu*, cher à l'école de Taine, sous celui d'*environnement*, d'emploi fréquent en Angleterre, ou même sous celui d'*écologie*, que Haeckel a introduit dans la langue des naturalistes – termes qui au fond reviennent à la même idée –, c'est toujours la même préoccupation qui s'impose à l'esprit, à mesure que se découvre davantage l'intime solidarité qui unit les choses et les êtres. L'homme fait partie de cette chaîne ; et dans ses relations avec ce qui l'environne, il est à la fois actif et passif, sans qu'il soit facile de déterminer en la plupart des cas jusqu'à quel point il est soit l'un, soit l'autre. […] Ainsi cette notion de milieu, qui se résumait jadis en une formule trop simple, ne cesse de se compliquer par les progrès de notre connaissance du monde vivant ; mais cette complication même permet de la serrer de plus près.

Paul Vidal de La Blache,
Principes de géographie humaine, 1922.

se répande dans le monde anglo-saxon et prenne la double acception de **« milieu dans lequel nous vivons »** et de « conditions extérieures capables d'agir sur le fonctionnement d'un système ». C'est à ce moment qu'il s'invite dans le discours scientifique et plus particulièrement géographique et biologique.

- **Paul Vidal de La Blache et l'environnement.** Le **fondateur de l'école française de géographie**, très au fait des travaux anglo-saxons, commence à utiliser ce terme dès les années 1910. Pour lui, l'environnement est ***« moins ce qui entoure que ce qui inclut »***. Dans ce sens, il se rapproche de ce que pressent l'écologie scientifique naissante, particulièrement dans les travaux du biologiste allemand Haeckel. Dans son ouvrage posthume *Principes de géographie humaine*, Vidal de La Blache reprend plusieurs fois le terme d'*environnement* qu'il semble préférer à celui de ***milieu***, mais c'est ce dernier mot qui **a les faveurs des géographes au moins jusqu'aux années 1970**.

B Subitement, tout devient « environnement »

- **Sommet de la Terre et environnement.** C'est la première conférence des Nations unies sur l'environnement, qui se tient à Stockholm en 1972, qui popularise le terme en l'infléchissant nettement vers l'**écologie**. L'*environnement* est certes toujours *« l'ensemble des conditions naturelles et culturelles susceptibles d'agir sur les organismes vivants et les activités humaines »*, mais pour le grand public il devient synonyme des **nouveaux problèmes** qui touchent les sociétés des Trente Glorieuses (pollution, destruction de la nature et des paysages traditionnels, augmentation du risque industriel, etc.).

- **Un concept « fourre-tout ».** En se réduisant progressivement à l'impact négatif des activités humaines sur les réalités biophysiques, le sens du mot « environnement »

Texte-clé

L'environnement pour le grand public

La France défigurée est lancée en 1971 par deux producteurs élevés dans le sérail de la presse écrite puis de l'ORTF, Michel Péricard et Louis Bériot. [...] Elle est diffusée une fois par mois jusqu'en 1977. Louis Bériot et Michel Péricard orientent leur émission vers la défense de l'environnement et du cadre de vie, deux concepts qui se précisent au début des années 1970. Le ministère de l'Environnement est créé avec Robert Poujade à sa tête en 1971. [...] Fille de son temps, *La France défigurée* dénonce en priorité l'avachissement de la qualité architecturale, dans les grands ensembles comme dans les lotissements de maisons individuelles. Elle s'attarde sur les nouveaux programmes issus de la civilisation des loisirs et s'inquiète du saccage des côtes françaises ou de la montagne. Elle parle de pollution des cours d'eau et de l'air par les industriels. Elle milite pour des infrastructures, routes ou châteaux d'eau, davantage intégrés dans le paysage et elle s'attaque aux ingénieurs et élus qui urbanisent, aménagent et équipent le territoire sans se soucier du bien-être des habitants.

Xavier Laurent, « Des catalyseurs d'émotions : *Chefs-d'œuvre en péril et La France défigurée* », Livraisons d'histoire de l'architecture, n° 17, 2009.

se détache rapidement de celui de *milieu*. Il acquiert ainsi **une autonomie lexicale qui facilite son adoption par le grand public.** Devenu un terme aux dimensions variables, il peut être compris et approprié par tout un chacun.

- **Un mot à la mode.** Passé dans le langage courant, l'*environnement* échappe à la communauté scientifique et devient **l'expression d'une prise de conscience des limites des sociétés industrielles** et des problèmes qu'engendre, au final, une société qui se voyait moderne et « idéale ». Plus le mot fait les gros titres des journaux et les délices des magazines scientifiques grand public (*Science & Vie* sort un épais numéro *Spécial environnement* dès 1974), plus il est délaissé par les spécialistes qui lui reprochent son imprécision grandissante et sa **politisation progressive** (« Agir pour l'environnement », « Sauver l'environnement »).

2 Les enjeux environnementaux d'hier et d'aujourd'hui

A Historique des ruptures environnementales

- **Une interaction homme/environnement longtemps équilibrée.** Les **relations nourricières et conflictuelles entre les hommes et leur environnement** remontent à la Préhistoire. Pendant des millénaires, les hommes ont agi sur la nature (chasse, élevage, agriculture), qui elle-même agissait sur eux (climats, sols, aléas, etc.) **sans que les grands équilibres soient rompus** (voir le chapitre 33).

- **L'inflexion des Temps modernes.** La conquête de l'Amérique, l'utilisation accrue des énergies non renouvelables, **les débuts de l'industrialisation** accentuent l'emprise de l'homme sur son milieu mais **ne modifient pas**

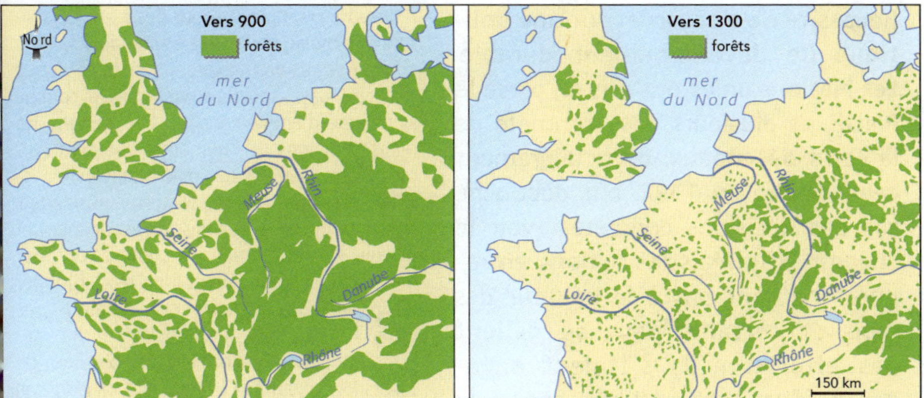

▲ Les grands défrichements en Europe du Nord-Ouest au Moyen Âge.

fondamentalement les équilibres planétaires. La pollution des pays noirs anglais au XIXe siècle n'affecte qu'eux. La déforestation du territoire chinois sous la dynastie Qing (1644-1912) ne bouleverse pas le climat européen.

- **La cassure de la Seconde Guerre mondiale.** Après 1945, la croissance démographique et urbaine, conjuguée aux révolutions technologiques qui se succèdent sans discontinuer, **modifie irréversiblement les équilibres**. Depuis une trentaine d'années, l'humanité violente en permanence les dynamiques globales de l'environnement. Elle épuise les ressources naturelles. Elle pollue les eaux, les sols et les airs. Elle perturbe la composition de l'atmosphère, favorisant ainsi le **réchauffement climatique** (voir le chapitre 35). Elle est à l'origine de la **disparition de milliers d'espèces animales et végétales, réduisant dramatiquement la biodiversité** avec laquelle elle avait coévolué depuis toujours.

B Quelle gouvernance environnementale mondiale ?

- **Les différentes interdépendances des États.** Depuis une trentaine d'années, de nombreux spécialistes ont mis en évidence l'interdépendance des États face à la dégradation de l'environnement. **La notion de *global commons* s'est peu à peu imposée** dans le discours public. Mais leur préservation ne peut passer que par une action mondiale concertée au sein d'organismes internationaux aux pouvoirs renforcés.

- **Les institutions mondiales pour l'environnement.** Depuis le Sommet de la Terre de Stockholm en 1972, la communauté internationale a progressivement pris conscience de la **nécessité de s'accorder sur une politique de développement durable**. Les Nations unies ont mis en place le PNUE, et plusieurs des Sommets de la Terre décennaux, particulièrement celui de Rio en 1992, ont débouché sur des décisions concrètes (voir le chapitre 35). Mais les actions entreprises ne sont pas à la hauteur des défis et **certains pays se délient des efforts qu'ils s'étaient engagés à fournir** pour lutter contre le

Mots-clés

Développement durable : concept forgé au milieu des années 1980, il doit permettre de satisfaire les besoins actuels sans compromettre les possibilités des générations futures. Il prend en compte d'abord des aspects environnementaux, sociaux et économiques.

***Global commons* :** expression très en vogue dans les pays anglo-saxons, utilisée comme synonyme d'*environnement*. Elle désigne les biens communs de l'humanité que sont l'atmosphère, l'eau, les sols et la biodiversité.

PNUE (Programme des Nations unies pour l'environnement) : sa mission est de montrer la voie et d'encourager la coopération pour protéger l'environnement. Il prétend informer les populations et inspirer la politique des États. Pour ce faire, le PNUE publie des rapports annuels et participe à l'élaboration de textes fondamentaux (*Agenda 21*, *Déclaration de Stockholm*, etc.).

réchauffement de la planète (retrait puis retour des États-Unis des accords de Paris sur le climat de 2015).

▲ L'inauguration de la conférence sur le climat de Paris, le 30 novembre 2015.

- **Une ONUE ?** En 2003, le principe d'une gouvernance mondiale pour le climat a été proposé par la France lors de la 58e Assemblée générale des Nations unies. Il s'agirait de **transformer le PNUE en ONUE (Organisation des Nations unies pour l'environnement)** dotée de **pouvoirs permanents** afin d'incarner « une conscience écologique mondiale ». Malgré quelques avancées, **ce projet ne semble pas près d'aboutir** tant les réticences de certaines grandes puissances (États-Unis mais aussi Chine) sont tenaces.

Texte-clé

Il a suffi de deux cents ans pour rompre le cercle vertueux de l'échange homme-nature, au sein duquel, grâce à la consommation des ressources renouvelables, la compatibilité écologique de l'espèce humaine et de son environnement était assurée. Le puissant missile de la croissance, sommairement résumé par le rapport production/population, a désormais quitté son orbite terrestre et accélère sa course incontrôlée. Il faut donc refermer le cercle, boucler à nouveau les cycles biogéochimiques. Mais comment ? Comment réaliser un développement durable – c'est-à-dire soutenable –, suivant l'expression consacrée ?

Jean-Paul Deléage, « Environnement : un enjeu planétaire », *Encyclopædia Universalis*, 2020.

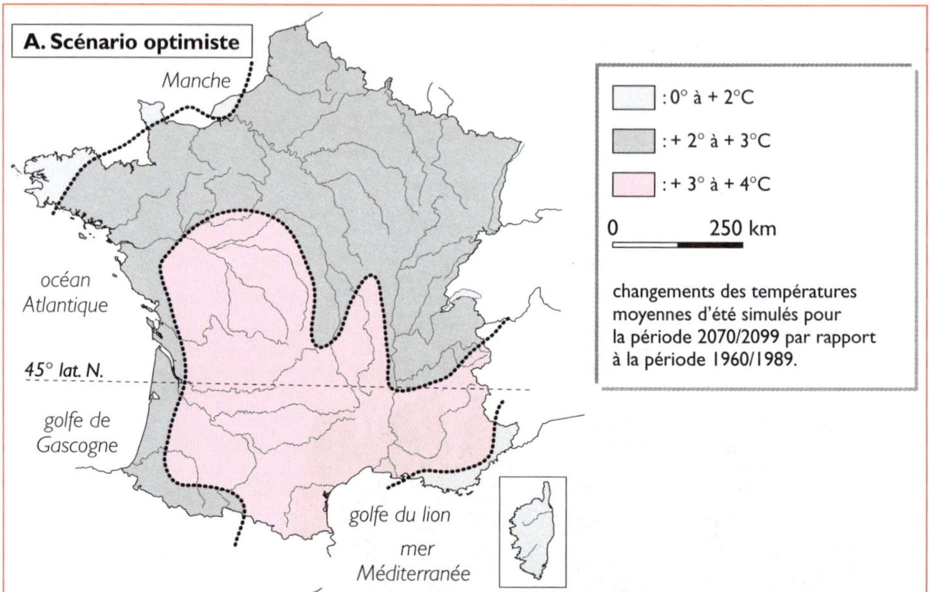

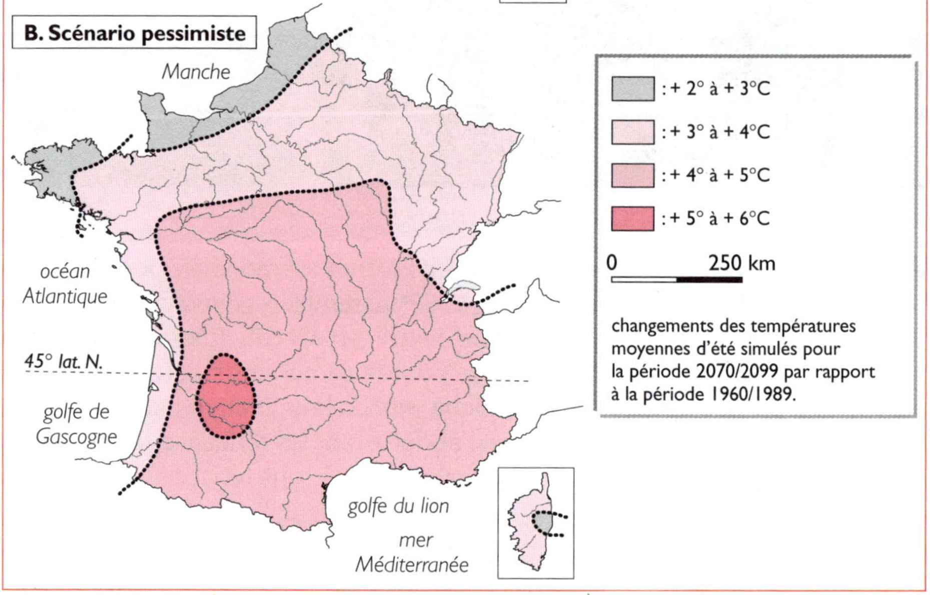

▲ **Le réchauffement climatique prévisible de la France.**
Dans le scénario pessimiste, la France connaîtrait un climat semi-désertique sur les deux tiers de son territoire.

La forêt française depuis Colbert

CHAPITRE 32

Pour les Romains, une grande partie du territoire de la France actuelle est qualifiée de « Gaule chevelue », soulignant ainsi l'omniprésence de la forêt. Du début de notre ère au XIXe siècle, sa superficie se réduit continuellement. Les grands défrichements entrepris autour de l'an mil et achevés au XIVe siècle puis la surexploitation dont elle est l'objet conduisent à sa dégradation continue, à tel point que le pouvoir royal s'en inquiète. La grande ordonnance de 1669 inaugure une nouvelle politique d'État visant à sa protection. Cette politique s'est poursuivie jusqu'à nos jours. Depuis 1850, la superficie de la forêt française a doublé.

1 Le paysage français longtemps dominant

A La *silva*, élément fondamental de la société rurale

- **Un lieu de l'imaginaire populaire.** Abritant une faune et une flore abondantes, **la forêt est depuis toujours un lieu de périls** où se croisent marginaux (voleurs, contrebandiers) et animaux sauvages dangereux (ours, loups ou créatures monstrueuses : la bête du Gévaudan sous le règne de Louis XV).
- **Un lieu très fréquenté.** En raison des droits d'usage, **la forêt est intensément exploitée** : on y ramasse le bois nécessaire au chauffage, on y fait paître les animaux domestiques et l'on y pratique la cueillette. Ces compléments de ressources sont indispensables aux sociétés rurales de l'Ancien Régime.
- **Une source de conflits permanents.** Les différends entre les seigneurs et les paysans sont quotidiens en ce qui concerne les ressources forestières, les premiers tentant, par tous les moyens, d'en **limiter la surexploitation** par les seconds. Ces conflits s'exacerbent lorsque l'usage qui en est fait devient illégal (braconnage, pêche dans les étangs privés, etc.). La majorité des jugements de basse justice concerne des infractions forestières sous l'Ancien Régime.

B Une dégradation continue jusqu'au XIXᵉ siècle

- **Des usages démultipliés.** Avec l'augmentation continue de la population depuis le Moyen Âge, l'homme a besoin d'un espace sédentaire sans cesse croissant (défrichements) ainsi que de **bois de chauffage** et de construction (coupes claires de plus en plus fréquentes). De plus, les droits d'usage contribuent à la dégradation souvent irréversible des sous-bois. Et les **innombrables guerres** exigent toujours plus de gros bois (construction de bateaux, structures des fortifications érigées par Vauban sous le règne de Louis XIV, etc.). **Jusqu'au XIXᵉ siècle, la forêt ne cesse de reculer**, pour atteindre sa superficie minimale vers 1850 (environ 8,5 millions d'hectares).

Mots-clés

Droit d'usage : mise à la disposition de la communauté rurale de certains biens seigneuriaux à plusieurs moments de l'année. Ce droit concerne largement les ressources forestières : ramassage et coupe de bois mort, pacage (action de faire paître des troupeaux dans les bois seigneuriaux) et glandée (pacage des porcs dans les bois pour qu'ils mangent des glands).

Stère : unité de mesure de volume du bois de chauffage et de charpente. Un stère équivaut à un mètre cube.

Sylviculture : ensemble des techniques permettant une gestion rationnelle des forêts afin d'en préserver le potentiel et l'intérêt économique.

- **La grande ordonnance de Colbert (1669).** S'inscrivant dans la continuité des lois antérieures (la première ordonnance date de 1346), elle constitue une étape majeure dans la conservation du patrimoine sylvestre en **réglementant strictement l'exploitation et la coupe des bois**. Elle est toujours à la base du droit forestier contemporain.

Texte-clé

La grande ordonnance de 1669

Les ordonnances royales stipulent notamment les conditions d'exploitation des bois, distingués selon leur ancienneté, d'abord entre l'étage inférieur des taillis et celui, supérieur, de la futaie, elle-même divisée en haute (arbres de 120 ans), moyenne (80-100 ans) et basse futaie (50-80 ans). La grande ordonnance d'août 1669 sur les eaux et forêts, qui s'inscrit dans la politique générale de réformation des forêts décidée par Colbert, constitue un moment essentiel de la politique royale de conservation et de restauration du patrimoine forestier. Elle s'inscrit dans la continuité des lois antérieures.

Elle spécifie les conditions des coupes ordinaires pour garantir le renouvellement du peuplement. Elle définit la proportion à croître en haute futaie qu'elle ramène au quart alors qu'il était du tiers depuis le XVᵉ siècle. Les propriétaires des bois proches de la mer et des rivières navigables désireux de procéder à des abattages doivent désormais obtenir une autorisation royale. Il s'agit de ménager les ressources en grands bois nécessaires aux constructions navales projetées au même moment. Le corollaire de cette volonté de protection des forêts est la restriction très forte des droits d'usage des communautés villageoises. Le dispositif répressif est renforcé et les tarifs des amendes augmentés.

Jean-Yves Grenier (dir.), *Dictionnaire de la France moderne*, Hachette, 2003.

2 Une ressource aujourd'hui en renaissance, encadrée et réglementée

A Le tournant du XIXe siècle

- **Le Code forestier de 1827.** Dès 1824, la création de l'École forestière de Nancy (aujourd'hui École nationale des eaux et forêts) permet de former des **personnels** aux techniques de la protection et de l'amélioration sylvicoles. Le Code forestier de 1827 reprend et étend la réglementation de l'ordonnance de 1669. Désormais, **les anciens droits d'usage sont strictement interdits** : ce qui entraîne la grande révolte paysanne ariégeoise dite « guerre des Demoiselles » (1829-1832).
- **La politique de reboisement.** S'étendant sur près de 3 millions d'hectares, elle concerne aussi bien les forêts dégradées que la conquête de nouveaux espaces gagnés sur les marais et les landes. La **volonté personnelle de Napoléon III** donne une impulsion décisive à cette politique, particulièrement dans le **département des Landes** (loi de 1857) qui devient, au début du XXe siècle, **la plus vaste forêt d'Europe occidentale**.

B La période contemporaine

- **Une politique forestière de plus en plus cohérente.** Après la Seconde Guerre mondiale, la sylviculture bénéficie de la **mécanisation** de l'agriculture et de

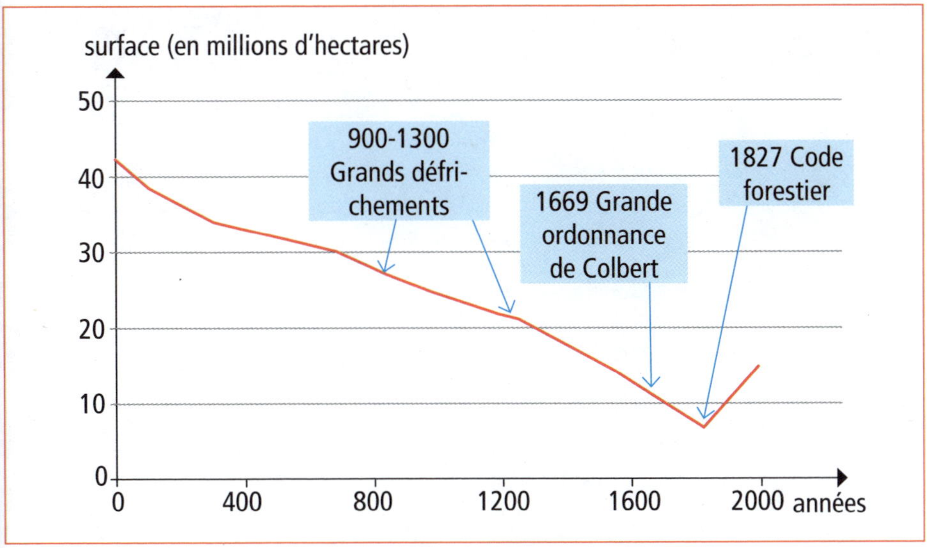

▲ Évolution de la superficie de la forêt française depuis l'Antiquité.

l'**amélioration génétique.** Elle voit ses rendements augmenter et, grâce au **Fonds forestier national** (créé en 1946 et disparu en 1999), ses productions sont de mieux en mieux adaptées à la demande (bois pour pâte à papier, pour ameublement, pour charpentes, etc.). La forêt publique (domaniale et communale) est gérée par l'**Office national des forêts.**

- **Un milieu toujours fragile.** Même si la surface forestière a plus que doublé depuis 150 ans, la forêt a été profondément **mutilée par les deux guerres mondiales** et en partie ravagée par de **graves catastrophes naturelles** (gigantesques incendies dans les Landes en 1944 et 1949, sécheresse exceptionnelle dans les Vosges en 1947, tempêtes de décembre 1999, etc.). Elle subit aussi aujourd'hui les conséquences de l'augmentation de la **pollution de l'air** et du **réchauffement climatique**.

Les « révolutions » néolithique et industrielle

CHAPITRE 33

Dans le langage courant, une *révolution* désigne un **mouvement de rupture brutale et violente** qui renverse un ordre établi pour installer durablement un nouvel état des choses. Dans le cas du néolithique et de l'industrialisation des pays occidentaux, ce terme souligne que ce sont **deux tournants majeurs de l'histoire de l'humanité**, deux sortes de « déclencheurs d'un développement économique et industriel spectaculaire ». Remises en partie en cause aujourd'hui, les deux expressions de « révolution néolithique » et de « révolution industrielle » n'en reflètent pas moins l'importance du **rôle des individus dans l'évolution des sociétés et de leurs milieux**.

1 Qu'est-ce qu'une révolution ?

A Le succès d'un terme technique

- **Un mot issu du vocabulaire astronomique.** Il apparaît vers 1190, hérité du bas latin *revolutio*, et désigne un cycle complet, un processus par lequel un astre revenait à son point de départ après un trajet circulaire. Ce sens s'est largement diffusé en géométrie et en mécanique pour qualifier **un mouvement effectué autour d'un axe de rotation**. Il est repris en 1543 par le savant polonais Copernic dans son ouvrage *Des révolutions des orbes célestes*.

> **Biographie**
>
> **Vere Gordon Childe (1892-1957)**
>
> Né à Sydney (Australie), il publie à Londres en 1925 *The Dawn of European Civilization (L'Aube de la civilisation européenne)* où il qualifie la sédentarisation de l'homme à l'époque néolithique de « révolution ». L'expression, reprise rapidement dans le monde entier, le propulse au premier rang des spécialistes de la Préhistoire. Il devient professeur d'archéologie préhistorique à l'université d'Édimbourg (1927) puis de Londres (1946). Il étend peu à peu sa réflexion à l'évolution globale des sociétés humaines.

- **Un sens nouveau à la Renaissance.** Employé dès 1559 par l'humaniste Jacques Amyot dans le sens de **« bouleversement, changement brutal »**, le terme revient en force d'Angleterre pour qualifier deux événements politiques majeurs du XVIIe siècle limitant le pouvoir de la monarchie : la *Great Rebellion* de 1642-1651 et la *Glorious Révolution* de 1688, l'une violente et l'autre pacifique. La *révolution* devient alors synonyme de « mouvement de grande ampleur **modifiant durablement** les sociétés ».

B Une notion devenue pluridisciplinaire

- **La « révolution industrielle ».** À partir du XIXe siècle, la notion de révolution s'élargit avec l'apparition de l'expression « révolution industrielle », inventée par l'économiste français Adolphe Blanqui en 1837 et reprise par Engels et Marx, puis par l'historien britannique Arnold Toynbee. Elle qualifie une **conjonction d'innovations importantes** (machine à vapeur, textile mécanique, acier industriel) ayant **des conséquences profondes sur différents aspects de la société** (massification de la production, exode rural, essor du monde ouvrier et du capitalisme, bouleversement des rapports sociaux, etc.).

- **La « révolution néolithique ».** Par analogie, **le terme de révolution se répand dans de nombreux domaines pour désigner une rupture brutale**. C'est le cas lors de la découverte de nouvelles techniques. On a ainsi parlé d'une révolution agricole au XVIIIe siècle, avec l'introduction de nouvelles semences et la modernisation des structures agraires. Remontant plus loin dans le temps, **l'archéologue australien Vere Gordon Childe** invente autour de 1920 l'expression « révolution néolithique », pour parler des débuts de la culture des céréales et de la **sédentarisation des humains** il y a 10 ou 12 000 ans.

2 « Révolutions » industrielle et néolithique : deux réalités différentes

A La « révolution industrielle », une rupture rapide et spectaculaire

- **Un sentiment ressenti par les contemporains.** Pour l'historien Paul Mantoux, au XIXe siècle, l'essor de l'industrie *« fut si prompt et eut de telles conséquences qu'on a pu le comparer à une révolution »*. Cette expression traduit parfaitement **la sensation éprouvée** par les hommes **devant l'ampleur et la soudaineté des transformations techniques « révolutionnant » leur environnement quotidien.** Vers 1840, il faut encore près de 8 jours en diligence pour faire le trajet Paris-Marseille. En 1880, avec le chemin de fer, le voyage est effectué en 15 heures, soit une diminution du temps de parcours de plus de 90 %.

- **Une influence majeure sur les milieux et les sociétés.** La révolution industrielle **accroît brutalement les besoins en ressources non renouvelables** (énergie, matières premières) ainsi que les pollutions de toutes sortes (eaux, sol, air). Elle **modifie durablement les paysages** (développement urbain, naissance des pays « noirs », révolution des transports, etc.) tout en **bouleversant les sociétés** qui y vivent (transformation radicale de l'organisation du travail, demande croissante de biens de consommation, augmentation généralisée du niveau de vie, etc.).

▲ La transformation des milieux par les hommes : la révolution industrielle dans le pays de Galles (Royaume-Uni) à la fin du XIXe siècle.

B La « révolution néolithique » : une révolution lente et fondamentale

- **Du prédateur au producteur.** Depuis ses origines, l'homme s'était comporté en prédateur de son milieu, c'est-à-dire qu'il y prélevait ce qui était nécessaire à sa subsistance. En domestiquant les animaux sauvages, en semant et récoltant au lieu de pratiquer la cueillette, **il se détache du comportement de l'animal**.

- **Sédentarisation et expansion.** Capables d'accumuler des réserves alimentaires, les hommes du Néolithique peuvent se sédentariser, **se grouper en villages** où ils connaissent une expansion démographique sans précédent.

La recherche de nourriture n'étant plus une préoccupation constante, **une première division du travail peut s'instaurer** et donner naissance à l'artisanat (particulièrement la céramique et la vannerie). D'abord destinés aux besoins locaux, ces produits sont à l'origine de **la pratique du troc** avec d'autres groupes sédentarisés, qui constitue **la première forme de commerce mondial**.

Mot-clé

Néolithique : terme forgé en 1865 à partir du grec *neos*, nouveau, et *lithos*, pierre, et désignant au départ l'âge de « la pierre polie » entre 10 000 et 2 000 av. J.-C. Cette appellation s'est maintenue jusqu'à nos jours, même si l'on considère aujourd'hui que le critère retenu initialement pour désigner cette période (la pierre) ne caractérise pas assez le tournant majeur qu'elle représente pour les sociétés humaines.

L'évolution du climat en Europe du Moyen Âge au XIXe siècle

CHAPITRE 34

Jusqu'au XIXe siècle, les évolutions du climat peuvent être considérées comme naturelles, c'est-à-dire qu'elles ne sont pas influencées par les activités humaines. Les variations climatiques que l'on peut entrevoir grâce à la paléoclimatologie sont globalement d'ordre cosmique (distance de la Terre au Soleil, météorites, etc.) et géomorphologiques (volcanisme, etc.). Elles sont relativement faibles et leur amplitude ne dépasse guère, en moyenne séculaire, le degré. Ces constatations permettent de mieux mettre en perspective les évolutions de la période contemporaine où les influences anthropiques sont devenues majeures.

1 Reconstruire le climat du passé

A Les limites des sources classiques

- **Les données instrumentales.** Celles qui sont recueillies par les pluviomètres et les thermomètres sont fondamentales. Elles fournissent des données fiables et comparables d'un point à un autre. Mais **elles ne sont disponibles**, pour la plupart des régions du globe, **que depuis moins d'un siècle**. En Europe, certains relevés existent cependant depuis le XVIIe siècle. Ainsi, à partir de 1658, l'astronome Ismaël Boulliau entreprend-il de noter quotidiennement les températures parisiennes, point de départ de la plus longue série mensuelle connue au monde. Mais même en France, **ce type de relevé est trop rare** pour évaluer globalement les variations de température sur tout le territoire à l'Époque moderne.

Mots-clés

Anthropique : ce qui est marqué par l'action de l'homme.
Climacique : formation végétale qui se développe en dehors de toute intervention humaine.
Géomorphologie : analyse scientifique des formes du relief.
Paléoclimatologie : étude des variations climatiques terrestres du passé, principalement par l'analyse géologique des sols qui permet d'identifier les végétations climaciques d'une époque donnée.

- **Les sources écrites.** À partir du Moyen Âge, **les chroniques et les journaux privés** donnent des informations souvent intéressantes sur le temps qu'il fait, particulièrement lors d'**événements climatiques remarquables entraînant des catastrophes** : pluies diluviennes, grands froids, sécheresses anormales. Des observations indirectes sont aussi très utiles à l'historien. **Ainsi les travaux d'Emmanuel Le Roy Ladurie sur les dates de vendanges en Bourgogne depuis 1370** permettent-ils de distinguer des périodes chaudes et des périodes froides.

B Le recours aux « archives naturelles »

- **Les proxies climatiques.** Ce sont des **indicateurs indirects** des variations climatiques comme les carottes de glace ou les **carottes sédimentaires extraites du sol**, les sédiments marins, les stalagmites et les arbres. Ils fournissent des quantités relativement importantes de données exploitables, particulièrement pour la période postérieure à l'an mil.

- **L'importance de l'étude des arbres.** Ils sont une source majeure de données sur le climat du passé à cause de leur **sensibilité aux variations de température et de pluviométrie** que l'on peut **« lire » sur la section de leur tronc**. Mais ces données ne sont exploitables **que pour le dernier millénaire** : bien que le plus vieil arbre européen identifié date de la fin du VIIIe siècle, rares sont ceux antérieurs au XIe siècle.

▲ Section d'un arbre montrant les cernes de croissance annuelle.

2 Une évolution globale du chaud vers le froid

A L'optimum climatique médiéval

- **Des températures plus élevées.** On constate globalement une hausse des températures, notamment dans la période allant du IXe au XIVe siècle, hausse qu'Emmanuel Le Roy Ladurie estime à **environ 1,4 °C** aux alentours de l'an mil en Europe occidentale et jusqu'à 4 °C le long des côtes du Groenland. Elle correspond peut-être à **un regain temporaire de l'activité solaire**, particulièrement entre 1100 et 1250.

Texte-clé

L'optimum climatique du Moyen Âge controversé

Bien des facteurs ont contribué au progrès de l'agriculture médiévale. On voit parfois dans les changements climatiques l'origine de la grande entreprise de défrichement qui a transformé l'aspect de l'Occident. Mais les avis des spécialistes divergent : réchauffement pour les uns (Le Roy Ladurie), persistance de périodes froides pour d'autres (Brooks), en tout cas phases sèches s'étendant de la fin du Xe à la fin du XIIIe siècle qui auraient facilité la mise en culture de nouveaux espaces.

Michel Balard (dir.), *Le Moyen Âge en Occident*, coll. « HU histoire », Hachette Supérieur, 2011.

- **L'extension de la vigne.** Elle apparaît dès le Xe siècle **dans des pays où elle était absente jusque-là** (Angleterre, Allemagne, Belgique). **Elle disparaît progressivement de ces régions à partir du XIVe siècle.** Ces évolutions confirment la hausse des températures moyennes en Europe à cette époque, même si dans le détail, il y a eu des **périodes plus froides** lors de cet optimum climatique (par exemple, en 1040 et 1080).

B Le petit âge glaciaire

- **Un refroidissement général.** Entre le XIVe et le XIXe siècle, une baisse relativement importante mais discontinue des températures est sensible en Europe. Elle correspond globalement à des **périodes de très faible activité solaire** (particulièrement lors du **minimum allant de 1645 à 1715** étudié par l'astronome Maunder).

- **L'âge des glaces ?** Les peintures enneigées de Bruegel, les descriptions contemporaines de froids intenses gelant jusqu'aux barriques de vin et surtout **l'avancée spectaculaire de nombreux glaciers montagnards** sont à l'origine de cette appellation de « petit âge glaciaire ». Dans la réalité, il correspond surtout au ressenti du début du XVIIIe siècle, particulièrement en France où **les désastres climatiques semblent amplifier les catastrophes** diplomatiques, politiques et économiques de la fin du règne de Louis XIV.

Texte-clé

L'hiver 1709 pendant le petit âge glaciaire

La rivière se gèle et se glace entièrement […], ce qui cause mille désordres aux bâtiments et a fait échouer quantité de vaisseaux qui ont été très endommagés. […] C'est une chose étonnante, l'encre se gèle dans l'écritoire à chaque moment. Le vin, dans les bouteilles, se consolide et se glace entièrement, et les doigts des laquais se prennent aux assiettes un peu mouillées. […] Les oiseaux à la campagne et le gibier meurent tous et se mangent l'un à l'autre. On m'a dit qu'à Paris, il était mort, pendant les dernières gelées, 12 000 personnes. Le froid continue et le thermomètre est au-dessous du 25e degré. Toutes les horloges de la ville sont détraquées, le froid ayant été si violent qu'il a fait impression sur les ressorts desdites horloges dont la plupart se sont cassés.

Joseph François Ignace de Labat de Savignac, *Mémorial général*, 1708-1720.

Foire sur la Tamise gelée à Londres durant l'hiver 1684-1685. Tableau d'Abraham Hondus, 1684. ▶

CHAPITRE 35

Réchauffement climatique et relations internationales

Expression définie en 1971 et couramment utilisée depuis 1988, le réchauffement climatique est une **augmentation notable de la température moyenne observée à la surface de la Terre**, tendance dont on prévoit le renforcement dans les années à venir. Il occasionne de nombreuses **modifications des écosystèmes** et d'importantes conséquences sur les sociétés humaines : élévation du niveau de la mer, acidification des océans, submersion des littoraux, perturbation du régime des précipitations. Largement identifié comme d'origine anthropique, c'est-à-dire **lié aux activités humaines**, le réchauffement climatique est devenu un enjeu planétaire. Il est régulièrement évoqué dans les instances internationales qui essaient de prendre des mesures exceptionnelles pour faire face au phénomène.

1 La réalité du réchauffement climatique

A Une mise en évidence scientifique

- **Des indices concordants.** Depuis la fin du XXe siècle, de nombreux travaux scientifiques ont mis en évidence des **changements inquiétants** survenus à l'échelle du globe : recul des glaciers, étés plus secs, hivers moins rudes, extrêmes plus fréquents. Le réchauffement climatique global est **indéniable** : la température « moyenne » du globe augmente (0,7 °C de 1956 à 2016). Dans les derniers cent ans, **sur les dix années les plus chaudes, neuf l'ont été depuis 2000**.

- **La résistance des climatosceptiques.** Certains groupes de pression, en particulier aux États-Unis, contestent pourtant cette réalité. Ils s'appuient sur les travaux de scientifiques dits climatosceptiques qui soutiennent que **la planète a déjà connu plusieurs variations fortes de températures** : aux temps géologiques avec les glaciations du Quaternaire, aux temps historiques avec, par exemple, l'« optimum médiéval » ou le petit âge glaciaire à la fin du XVIIe siècle et au début du XVIIIe siècle (voir le chapitre 34).

B Une accélération aux conséquences désastreuses

- **L'action anthropique.** La grande majorité des savants met en cause les **méfaits de l'activité humaine.** La production massive de CO_2 dans les transports ou l'industrie contribue à l'effet de serre, qui fait monter la température de l'atmosphère. Ainsi depuis 1945, **les gaz à effet de serre liés aux activités humaines** *« jouent un rôle important dans le réchauffement global »* selon le GIEC. Les prévisions pour le milieu du XXIe siècle tablent sur une ampleur du réchauffement climatique comprise **entre 1,8 et 3,5 °C.**

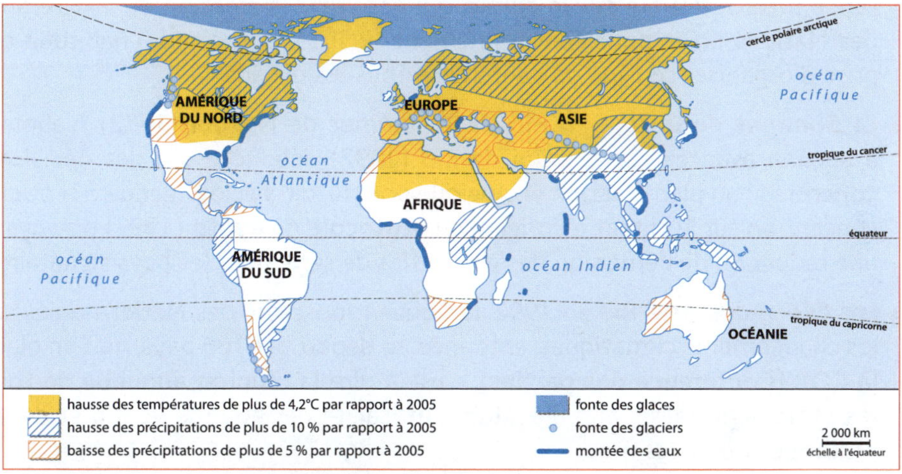

▲ Les changements climatiques prévus entre 2005 et 2100.

- **La montée des eaux.** Les océans ont, selon les scientifiques, absorbé plus de 80 % de la chaleur additionnelle, avec comme conséquence une dilatation thermique due à cette élévation des températures de surface, à laquelle il faut ajouter l'élévation liée à la fonte des glaces. Il en résulte **une montée du niveau des mers** de 1,8 mm par an depuis 1961, soit **20 cm depuis 1900.** Pour 2100, cette élévation est estimée entre 18 et 59 cm. **Elle menace des centaines de millions d'individus** vivant dans les espaces côtiers et les îles, en particulier sur les côtes de l'océan Indien et du Pacifique.

Mots-clés

Gaz à effet de serre : gaz comme le méthane ou l'ozone contribuant à l'effet de serre et soupçonnés d'être à l'origine du réchauffement climatique. Depuis le protocole de Kyoto (1997), la plupart des États s'engagent à réduire leur émission.

GIEC : Groupe d'experts intergouvernemental sur l'évolution du climat. Ouvert à tous les pays membres de l'ONU, il a été créé en 1988. Il a pour objectif d'évaluer les risques liés au réchauffement climatique et d'envisager des stratégies d'atténuation de ces changements.

2 Des constats aux actes : la difficile équation des accords internationaux

A Sommets de la Terre et Conférences des parties (COP)

- **Une prise de conscience lente.** Le diagnostic du réchauffement climatique n'a pas immédiatement été suivi de faits. La publication de nombreux rapports alarmistes a peu à peu éveillé les consciences à l'échelle mondiale. Mais **il faut attendre 1972 pour qu'ait lieu, à Stockholm, la première conférence internationale sur le climat** qui aboutit à la création du Programme des Nations unies pour l'environnement (PNUE). Désormais, l'habitude est prise d'organiser ce type de conférence tous les dix ans.

- **Le Sommet de la Terre à Rio.** Si le sommet de Nairobi (1982) n'aboutit à aucune avancée réelle, celui de Rio (1992) débouche sur des **décisions concrètes** : un plan d'action écologique pour le XXIe siècle (Agenda 21) et une convention sur le climat à l'origine du **protocole de Kyoto** (1997) prévoyant une réduction de l'émission des gaz à effet de serre pour les pays signataires.

- **Les COP.** Adoptée à Rio en 1992, la Convention-cadre des Nations unies sur les changements climatiques, entérinée au départ par 166 pays, met en place la **COP (Conférence des parties)**, c'est-à-dire la **réunion annuelle de tous les États signataires** afin d'**évaluer** l'efficacité des accords de Rio et de les **prolonger** ou de les modifier.

B La faiblesse des « institutions climatiques »

- **Les enjeux contradictoires du sauvetage climatique.** Les objectifs discutés lors des réunions internationales suscitent des résistances, notamment de la part des États-Unis. En effet, ces objectifs entrent souvent en **contradiction avec des intérêts économiques majeurs** ou la sauvegarde de secteurs stratégiques pour les pays concernés.

- **Un fonctionnement malaisé.** Avec 197 adhérents aujourd'hui, les prises de décision deviennent malaisées lors des COP, même si un secrétariat basé à Bonn planifie les sommets et collecte les informations utiles à leur préparation. **Les objectifs fixés sont ambitieux** (pour l'Union européenne, une baisse en 2030 de 40 % des émissions de gaz à effet de serre par rapport à 1990) mais il n'existe aucun pouvoir de police pour contraindre efficacement au respect des engagements pris. **Dans les faits, les résultats sont maigres** et les « institutions climatiques » restent les moins abouties de toutes les organisations internationales.

Dates-clés

Sommets de la Terre et COP

1972 : rapport Meadows *(Halte à la croissance ?)* ; **Sommet de la Terre** sur l'environnement humain (Stockholm)
1982 : **Sommet de la Terre de Nairobi**
1987 : rapport Brundtland définissant le développement durable
1992 : **Sommet de la Terre de Rio** sur l'environnement et le développement
1995 : COP1 (Berlin)
1997 : COP3 (Kyoto) et adoption du protocole sur le changement climatique, la lutte contre la désertification, la gestion des forêts
2000 : définition des objectifs du millénaire par les Nations unies
2002 : **Sommet de la Terre de Johannesburg** sur le développement durable
2009 : COP15 (Copenhague) et adoption d'un accord limité sur le climat
2012 : **Sommet de la Terre de Rio dit « Rio + 20 »** marqué par un net recul des ambitions climatiques
2015 : COP21 (Paris) et adoption d'un accord universel sur le climat dont se sont retirés les États-Unis
2020 : la COP26 (Glasgow) est reportée à 2021 (à cause de la pandémie de Covid-19)
2021 : le nouveau président américain **Joe Biden** annonce le **retour des États-Unis dans les accords de Paris de 2015**

CHAPITRE 36

Les États-Unis et la question environnementale

Les rapports des États-Unis à l'environnement sont **complexes**. Pionniers dans la préservation des ressources forestières, creuset intellectuel majeur de la réflexion sur les *global commons*, ils endossent, depuis plusieurs années, l'habit du **pays leader du camp des climatosceptiques**. Ils semblent entraver, par leur refus de ratifier les accords de Paris de 2015, la mise en place d'une gouvernance mondiale sur le climat. Ces contradictions apparentes s'expliquent par la nature même du pays. Tiraillés entre des pouvoirs locaux très divers, des **groupes de pression industriels** hétéroclites mais puissants et un gouvernement fédéral aujourd'hui sans véritable cohérence, les États-Unis n'ont pas une mais **des politiques environnementales pas toujours cohérentes**.

1 Protéger l'environnement du pays

A Une prise de conscience précoce

- **La préservation de la forêt.** Les États-Unis sont pionniers dans la protection des espaces naturels. Le **premier parc national** au monde est créé à **Yellowstone** en 1872. Plus de 60 autres ont été instaurés depuis. Dès la fin du

Texte-clé

L'État fédéral et la protection des richesses naturelles

La conservation de nos ressources naturelles et leur mise en valeur rationnelle constituent les problèmes fondamentaux à la base de presque tous les autres problèmes de notre vie nationale. […] Il faut regarder en avant de soi, se pénétrer du fait que gaspiller, que détruire nos ressources naturelles, c'est compromettre pour nos fils la prospérité même que nous devrions en toute justice leur transmettre plus ample et plus développée. […] La consommation actuelle de bois de construction est certainement le triple de la pousse annuelle et si la consommation et la croissance restent sans changement, notre bois sera pratiquement épuisé dans une génération. Environ 20 % de notre sol boisé est à l'heure actuelle réservé dans des forêts nationales ; la proportion est trop faible pour qu'on puisse espérer autre chose qu'une atténuation des difficultés qui s'annoncent pour la nation. […] Il nous faudra acquérir dans les régions des Appalaches et des Montagnes Blanches toutes les forêts qu'il est possible d'acquérir pour l'usage de la nation.

Theodore Roosevelt, *Septième message annuel au Congrès*, 3 décembre 1907.

XIXe siècle, la protection des forêts est une préoccupation majeure. En 1905, le président **Theodore Roosevelt** est à l'origine du *Department of Agriculture's Forest Service*, auquel il attribue la mission de **préserver et développer les ressources forestières pour « les transmettre aux générations futures »**.

- **La protection des sols.** Les catastrophes écologiques liées à la déforestation et à la sécheresse (le *Dust Bowl*, tempêtes de poussière qui ravagent le Centre du pays dans les années 1930) obligent les autorités à réagir. Lors du *New Deal*, le président **Franklin Delano Roosevelt crée le CCC** (*Civilian Conservation Corps*) dans le but de **lutter contre l'érosion et la dégradation des sols.** Entre 1933 et 1942, cette administration civile de protection de l'environnement embauche plus de 250 000 chômeurs et **parvient à enrayer le *Dust Bowl*** et à **reboiser des dizaines de milliers d'hectares**.

B La diversité des politiques environnementales

- **Les différents intervenants.** Les associations et les groupes de pression jouent un rôle majeur dans la définition des politiques environnementales. La ***National Geographic Society***, fondée en 1888 et forte de ses 9 millions d'adhérents, milite depuis ses débuts pour la protection des ressources naturelles, tout comme le ***Natural Resources Defense Council*** qui, depuis 1970, effectue un lobbying intense à Washington en faveur d'une politique de protection de l'environnement. Les organisations scientifiques jouent aussi un rôle majeur : dès 1979, **le comité Charney de l'Académie nationale des sciences** alerte le président Jimmy Carter sur la possibilité d'un réchauffement climatique à brève échéance.

- **Le rôle majeur du local.** Si le gouvernement fédéral est à l'origine de plusieurs initiatives (loi sur les pesticides en 1972, loi sur les politiques énergétiques alternatives de 1992, loi de réforme du secteur énergétique de 2005, etc.), **les principales actions sont décidées au niveau des États et des villes**, entraînant de grandes disparités territoriales entre les régions « vertes » et les autres. **La Californie est depuis toujours en pointe en matière de protection de l'environnement** : elle est l'État américain possédant le plus de centrales solaires, d'éoliennes et de véhicules hybrides ou entièrement électriques. Depuis 2007, New York pratique une ambitieuse politique de rénovation énergétique des gratte-ciel.

2 Une indifférence internationale ?

A Une politique environnementale incertaine au niveau mondial

> **Mots-clés**
>
> **Isolationnisme :** doctrine de politique extérieure américaine dominante jusqu'en 1941 qui prône la non-intervention des États-Unis dans les affaires des pays étrangers.
>
> **Multilatéralisme :** organisation de la politique extérieure d'un État conformément aux principes démocratiques en tenant compte des positions de tous les acteurs concernés.

- **L'héritage isolationniste.** Les États-Unis éprouvent depuis toujours de la **méfiance envers les grands engagements internationaux contraignants**, de peur de perdre une part de leur souveraineté ou d'être « automatiquement » entraînés dans des actions ou des conflits auxquels ils ne souhaitent pas prendre part. Même après 1945, à l'heure du multilatéralisme, le Parlement américain a toujours veillé à n'accepter qu'un minimum de grands traités internationaux. Ainsi **le protocole de Kyoto** signé par les États-Unis en 1997 **n'a jamais été ratifié** par les instances législatives du pays.

- **Les incertitudes de l'ère Obama. La lutte contre le réchauffement climatique** a été présentée par l'administration Obama comme **une priorité**. De nombreuses initiatives sont prises (journée du recyclage, etc.) mais, en 2010, le refus du Sénat d'examiner la loi sur la limitation de l'émission de gaz à effet de serre fragilise sa position internationale. Le président **signe cependant les accords de Paris sur le climat de 2015** malgré les réticences d'une partie de son opinion publique.

B Les particularités de l'« ère Trump »

- **Les climatosceptiques au pouvoir ?** Dès son arrivée à la Maison-Blanche, Donald Trump nomme successivement plusieurs personnalités climatosceptiques bien connues pour leurs liens avec les **lobbies de l'énergie** (Myron Ebell, Scott Pruitt, Andrew R. Wheeler) à la tête de l'*Environmental Protection Agency* (EPA), équivalent américain du ministère de l'Environnement. Dès 2017, le président américain annonce qu'**il sortira des accords de Paris sur le climat** dès qu'il le pourra (soit en novembre 2020).

- ***America First.*** L'administration Trump a mené, de 2017 à 2020, une politique de **retour à la valorisation des énergies fossiles.** L'exploitation du charbon est encouragée ainsi que la reprise des forages pétroliers en mer. **L'EPA réduit les espaces naturels protégés contre l'exploitation des gaz de schiste** afin de favoriser leur extraction. En janvier 2020, Donald Trump proclame que l'indépendance énergétique américaine est retrouvée et que **les États-Unis, premier pays producteur de gaz au monde**, en exportent de plus en plus.

▲ « Ne nous fracturez pas ». Manifestation dans l'Idaho (États-Unis) contre l'extraction du gaz de schiste par fracturation.

C Les élections présidentielles de 2020

- **La victoire du candidat démocrate Joe Biden face à Donald Trump.** Elle semble rebattre les cartes climatiques. Dès le 27 janvier 2021, le président nouvellement élu a précisé que les États-Unis avaient « désespérément besoin d'une réponse nationale unie à la crise climatique, car il existe bien une crise climatique ».

- **Un plan pour le climat.** Joe Biden a ainsi annoncé la **suspension provisoire des forages d'hydrocarbures** « sur les terres et dans les eaux fédérales » ainsi que l'organisation par les États-Unis **« d'un sommet de dirigeants sur le climat, le 22 avril 2021, le jour de la Terre »**. Il a aussi annoncé la présentation prochaine au Congrès d'un **« plan pour le climat »** évalué à 2 000 milliards de dollars, afin **« de placer l'économie verte au cœur du développement américain »**.

SUJET DU BAC

Sujet de dissertation

Exploiter et protéger la forêt française depuis Colbert.

Comment traiter le sujet

Le jour de l'épreuve, vous aurez 4 h pour traiter la dissertation et l'étude critique de documents : ne consacrez pas plus de 2 h au traitement de la dissertation.

Analyser le sujet

Définir les mots du sujet

• Il convient d'abord de repérer les termes et expressions importants : « exploiter », « protéger », « forêt française ». Il s'agit, dans l'esprit du programme, d'analyser **les évolutions entre les sociétés et leurs milieux**, particulièrement en ce qui concerne **les changements environnementaux non désirés qu'ils induisent.**

• Les deux premiers mots du libellé sont reliés par la conjonction de coordination « et » : il faut donc les considérer comme **deux interactions des sociétés** par rapport **au milieu naturel** qu'est la forêt.

• Le sujet, comme cela peut être le cas pour l'épreuve du baccalauréat, **ne possède pas de consigne précisant le libellé.** Ce dernier n'offre aucune ambiguïté :
– son champ d'étude est la forêt française ;
– ses bornes chronologiques sont, d'une part, le milieu du XVIIe siècle (qui permet d'évoquer plus largement les usages de la forêt sous l'Ancien Régime), et, d'autre part, le début du XXIe siècle.

Les attentes du correcteur

Le correcteur **ne veut pas d'une étude purement écologique sur la dégradation de la forêt ou sur les conséquences de la déforestation, ni de jugements de valeur** à l'emporte-pièce concernant **les méfaits de l'homme sur son environnement.**

Il attend un devoir qui, en s'appuyant sur les jalons vus dans le cours, montre que l'on sait exposer clairement **quels sont les usages historiques de la forêt et comment s'est traduite progressivement la prise de conscience de sa dégradation au cours de temps.**

Vous devez prouver, au-delà des exemples développés, **vos capacités d'analyse et de réflexion**, c'est-à-dire, dans ce cas particulier, souligner combien les sociétés occidentales ont assez vite **compris l'enjeu écologique** de la préservation des forêts et qu'elles ont su le traduire, particulièrement en France, dans **un cadre réglementaire** strict qui a permis **sa protection et son usage raisonné** (grande ordonnance de Colbert de 1669, Code forestier de 1827, création du Fonds forestier national en 1946, etc.).

Mobiliser ses connaissances

• Le sujet est à replacer dans la cinquième partie du programme qui peut systématiquement « tomber » le jour du baccalauréat puisqu'il s'agit **d'un thème permanent** à étudier obligatoirement tous les ans. Il concerne **le premier axe « Exploiter, préserver et protéger »** basé sur son premier jalon (« Exploiter et protéger une ressource « naturelle » : la forêt française depuis Colbert »).

• Vous pouvez étoffer vos exemples en utilisant ceux que vous avez vus dans **la leçon introductive** (Qu'est-ce que l'environnement ?) et aussi puiser dans vos souvenirs du programme de géographie de la classe de seconde.

Problématiser le sujet

Le libellé a une forme affirmative. **Il s'agit donc de le problématiser**, c'est-à-dire de **le rendre dynamique** sous la forme d'une ou de plusieurs questions qui permettent de bâtir un plan cohérent permettant d'y répondre.

Comment est exploitée et protégée la forêt française depuis Colbert ?

Cette interrogation conduit logiquement **à un plan en 3 parties**. La première présente **l'importance ressources offertes par les forêts françaises** sous l'Ancien Régime et ses conséquences. La deuxième évoque la **prise de conscience de la protection nécessaire** d'un milieu menacé par la surexploitation. La troisième s'intéresse à la mise en place d'une **politique forestière cohérente et efficace** après la Seconde Guerre mondiale.

CORRIGÉ

Corrigé : plan détaillé

*Les **textes en couleurs** apparaissant dans ce corrigé ne doivent pas figurer dans votre devoir. Nous les avons insérés pour vous guider et vous aider à repérer les parties de la dissertation.*

[accroche]

Pour les Romains, une grande partie du territoire de la France actuelle est qualifiée de Gaule « chevelue » soulignant ainsi **l'omniprésence de la forêt.**

[analyse du sujet]

Mais du début de notre ère au XIXᵉ siècle, **la superficie forestière se réduit continuellement**. Les grands défrichements entrepris autour de l'an mil et achevés au XIVᵉ siècle puis la surexploitation dont elle est l'objet conduisent à sa dégradation continue, à tel point que le pouvoir royal s'en inquiète. **La grande ordonnance de 1669 inaugure une nouvelle politique d'État** visant à sa protection. Cette politique est poursuivie jusqu'à nos jours.

[problématique et annonce du plan]

Comment est exploitée et protégée la forêt française depuis Colbert ?

Il convient, tout d'abord, de rappeler **l'importance des ressources offertes par les forêts françaises** sous l'Ancien Régime et ses conséquences (partie I). Puis il faut s'intéresser à la **prise de conscience de la protection nécessaire** d'un milieu menacé par la surexploitation (partie II). Enfin, il s'agit d'évoquer la mise en place d'une **politique forestière cohérente et efficace** après la Seconde Guerre mondiale (partie III).

I. La forêt, élément fondamental de la société rurale française

[argument 1]

Depuis toujours, **la forêt est intensément exploitée** : on y ramasse le bois nécessaire au chauffage, on y fait paître les animaux domestiques et l'on y pratique la cueillette. Ces compléments de ressource sont indispensables aux sociétés rurales de l'Ancien Régime. Les différends entre les seigneurs et les paysans sont quotidiens en ce qui concerne les ressources forestières, les premiers tentants, par tous les moyens, d'en **limiter la surexploitation** par les seconds.

[argument 2]

Avec l'augmentation continue de la population depuis le Moyen Âge, l'homme a besoin d'un espace sédentaire sans cesse croissant (défrichements) ainsi que de **bois de chauffage** et de construction (coupes claires de plus en plus fréquentes). De plus, les droits d'usage contribuent à la dégradation souvent irréversible des sous-bois. Et **les innombrables guerres** exigent toujours plus de gros bois (construction de bateaux, etc.).

[argument 3]

S'inscrivant dans la continuité des lois antérieures (la première ordonnance date de 1346), la **grande ordonnance de Colbert (1669)** constitue une étape majeure dans la conservation du patrimoine sylvestre en **réglementant strictement l'exploitation et la coupe des bois**. Elle est toujours à la base du droit forestier contemporain. Mais elle n'empêche pas la forêt de reculer et de se dégrader toujours plus, au moins **jusqu'au début du XIXe siècle.**

II. Le tournant du XIXe siècle : la prise de conscience des enjeux forestiers

[argument 1]

Dès 1824, la création de l'école forestière de Nancy (aujourd'hui École nationale des eaux et forêts) permet de former des **personnels** aux techniques de la protection et de l'amélioration sylvicoles. Le **Code forestier de 1827** reprend et étend la réglementation de l'ordonnance de 1669.

[argument 2]

Cette nouvelle gestion des ressources forestières tire un trait sur l'organisation sociale des campagnes d'Ancien Régime, basée sur la solidarité et le partage de ressources communes. Désormais **les anciens droits d'usage sont strictement interdits**, ce qui entraîne la grande révolte paysanne ariègeoise dite « Guerre des demoiselles » (1828-1830).

[argument 3]

Une ambitieuse politique de reboisement est décidée par l'État. S'étendant sur près de 3 millions d'hectares, elle concerne aussi bien les forêts dégradées que la conquête de nouveaux espaces gagnés sur les marais et les landes. La **volonté personnelle de Napoléon III** donne une impulsion décisive à cette politique, particulièrement dans le **département des Landes** (loi de 1857) qui devient, au début du XXe siècle, **la plus vaste forêt d'Europe occidentale**.

III. Une ressource aujourd'hui en renaissance, encadrée et réglementée

[argument 1]

Après la seconde Guerre mondiale, la sylviculture bénéfice de la **mécanisation** de l'agriculture et de l'**amélioration génétique**. Elle voit ses rendements augmenter et, grâce au **Fonds forestier national créé en 1964**, ses productions sont de mieux en mieux adaptées à la demande (bois pour pâte à papier, pour ameublement, pour charpentes, etc.).

[argument 2]

La surface forestière française a **quasiment doublé depuis 1827.** Elle est passée d'un peu moins de 9 millions d'hectares à près de 17 millions aujourd'hui. Elle occupe près d'un tiers de la superficie de la France métropolitaine. Les forêts publiques correspondent à un quart des forêts françaises, tandis que les trois autres quarts appartiennent à des propriétaires privés. Quasiment toutes sont en libre accès de nos jours. **Les usages de la forêt sont diversifiés** : aujourd'hui c'est sa **fonction récréative** qui est la plus importante, loin devant ses utilisations ancestrales (matière première, chasse, cueillette).

[argument 3]

La forêt reste toujours un milieu toujours fragile. Elle a été profondément **mutilée par les deux guerres mondiales** et en partie ravagée par de **graves catastrophes naturelles** (gigantesques incendies dans les Landes en 1944 et 1949, sécheresse exceptionnelle dans les Vosges en 1948, tempêtes de décembre 1999, etc.). Elle subit aussi aujourd'hui les conséquences de l'augmentation **de la pollution de l'air** et du **réchauffement climatique.**

Conclusion

[bilan]

La forêt a longtemps été une ressource naturelle majeure. Surexploitée jusqu'au XIXe siècle, elle est, depuis cette époque, en **renaissance spectaculaire en France**, en grande partie grâce à la prise de conscience par la société des effets désastreux de son amoindrissement. Cette prise de conscience a su être traduite dans une politique de préservation, cohérente et durable.

[ouverture]

La situation n'est pas aussi brillante dans d'autres parties du monde, particulièrement en Amérique latine et en Asie, où la déforestation à grande échelle se poursuit, sans qu'une législation ne semble en mesure de s'y opposer. Le cas de **la disparition rapide de la forêt amazonienne**, « poumon vert » de la planète, illustre jusqu'à la caricature la **complexité des interactions entre les sociétés et leurs milieux**. La rentabilité économique immédiate l'emporte, dans ce cas, sur la préservation d'une ressource pourtant essentielle à l'équilibre écologique du monde.

Schéma

L'évolution de la superficie de la forêt française depuis le Code forestier de 1827

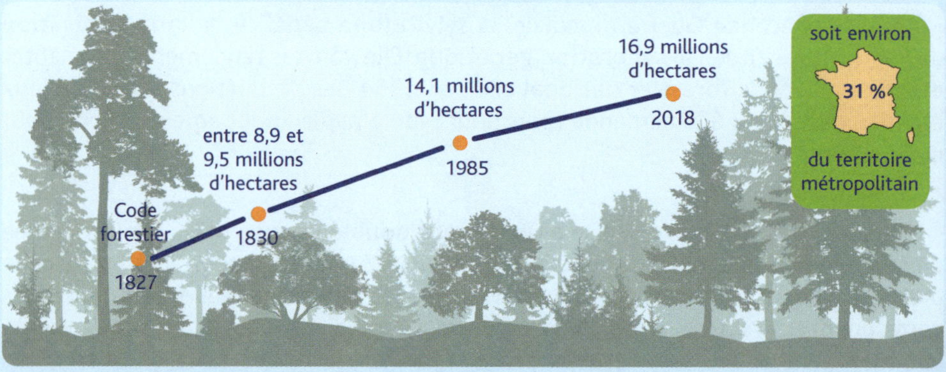

La société de la connaissance

CHAPITRE 37

Employée pour la première fois en 1969 dans l'essai de Peter Drucker *La Grande Mutation (The Age of Discontinuity)*, l'expression **« société de la connaissance »** ou « société du savoir » *(knowledge society)* désigne, au départ, les sociétés de l'ère du numérique naissant où **le savoir, porté et décuplé par les technologies de l'information,** devient progressivement le **moteur premier de l'économie**. Même contestée par une partie des spécialistes, car trop symptomatique d'une idéologie économique néolibérale, **l'expression recouvre cependant** en partie **une réalité incontestable**. Le monde actuel a vu émerger la primauté de l'« expertise » et la communauté scientifique, aujourd'hui totalement mondialisée, jouit d'une réputation considérable, car **elle signifie « innovation et recherche »**, les deux mots cardinaux du développement économique contemporain.

1 La définition de la « société de la connaissance »

A Une vision américaine du monde

- **La connaissance : le nouveau capital.** Pour Peter Drucker, la connaissance devient, dans le contexte de la mondialisation, **le « capital » central des entreprises occidentales**. Ce qui faisait leur puissance autrefois, **l'ouvrier**, le producteur « physique », **n'est plus nécessaire à leur développement** puisqu'elles peuvent utiliser indirectement, par sous-traitance, les forces de travail physique des pays du Sud. En revanche, le « *knowledge worker* » (**travailleur de la connaissance**) leur est **indispensable** pour dominer **les nouveaux domaines fondant la puissance économique** (logique mathématique, réseaux informatiques, *Big Data*, etc.).
- **L'éducation : un avantage concurrentiel déterminant.** **Les pays occidentaux**, fondateurs de l'éducation moderne, ont, d'après Peter Drucker, **un demi-siècle d'avance sur le reste du monde dans le domaine scolaire** et plus particulièrement dans la formation scientifique de haut niveau. Ils ont les moyens de conserver cet atout **en faisant évoluer leur système de**

formation, pour qu'il soit à l'écoute des nouveaux besoins des entreprises, en devenant **plus flexible et plus interdisciplinaire**.

- **Une nouvelle phase du capitalisme ?** Présentée, notamment par les économistes théoriciens de la croissance qui contestent parfois cette notion, comme **une rupture majeure avec la société industrielle** classique, la « société de la connaissance » est plutôt vue, par ceux de l'école néolibérale, comme **une nouvelle phase du capitalisme**. Elle permettrait le maintien de la domination économique de l'Occident et plus particulièrement des États-Unis.

> **Biographie**
>
> **Peter Drucker (1909-2005)**
> Autrichien d'origine, il émigre aux États-Unis en 1937 où sa double formation universitaire (études de droit et de philosophie) et « sur le tas » (employé dans une société de négoce de coton à Hambourg) l'amène à analyser de manière originale l'organisation des grandes entreprises capitalistes. Il enseigne le management à l'université de New York puis de Claremont en Californie. En 1954, il publie *The Practice of Management*, où il définit un concept entrepreneurial destiné à une grande notoriété, le « management par objectifs ». Consultant pour les plus grandes entreprises (General Motors) et conseiller écouté du pouvoir politique (Eisenhower), il est considéré comme l'inventeur du marketing moderne qu'il définit comme le fait *« de connaître et de comprendre le client de sorte que le produit ou le service s'adapte et se vende par lui-même »*.

B Un concept parfois contesté

- **Un concept longtemps ignoré en France.** L'expression « société de la connaissance » est peu employée au départ en France, où on lui reproche une **vision par trop simpliste** de la construction et de la valorisation **du savoir, rétréci au seul domaine des techniques et du savoir-faire**. L'ouvrage de Peter Drucker *The Age of Discontinuity*, traduit en français en 1970 (*La Grande Mutation*), ne rencontre guère d'écho dans les milieux universitaires où il passe quasiment inaperçu.

- **Un concept très marqué par le néolibéralisme.** Sans le citer nommément, Peter Drucker fait fréquemment référence aux théories de Milton **Friedman**, figure de proue de l'école économique néolibérale des années 1970. **L'État-providence** (*Welfare State*), utile lors de la crise des années 1930, **n'a plus de justification contemporaine** et doit évoluer vers un **État social actif** (*Workfare State*) dont le but est de former un « nouveau capital

> **Mot-clé**
>
> **Néolibéralisme :** renouvellement des thèses économiques libérales à partir des années 1970, prônant un désengagement de l'État dans l'économie. Le néolibéralisme a largement inspiré les politiques économiques appliquées par la plupart des pays occidentaux à partir des années 1980.

humain » nécessaire aux mutations des entreprises vers la société de la connaissance. Ce qui importe pour le bien des sociétés contemporaines, n'est pas, selon Peter Drucker, que l'État rende directement « **les pauvres** plus riches » mais qu'il les rende « **plus productifs** ».

Texte-clé

Notre passé récent n'a été que le développement, sans innovations majeures, de la révolution technologique du XIXe siècle. Un bon économiste qui aurait cherché à prévoir en 1900 l'évolution de l'industrie et des structures économiques, serait probablement fort étonné, s'il revenait aujourd'hui, de constater combien la réalité est proche de son pronostic. Mais « l'avenir n'est plus ce qu'il était » et P. Drucker entend le démontrer en explorant quatre zones de discontinuité qui déjà ébranlent notre vie et notre société : la technologie [...] ; les marchés [...] ; et surtout l'émergence d'une société nouvelle, *« the knowledge society »*, où la connaissance, devenue ressource essentielle, modifiera la nature du travail, de l'emploi, de l'enseignement et devra définir ses rapports avec le politique.

Peter Drucker, *« The age of discontinuity »*, compte rendu dans la revue *Population*, publiée par l'Ined, 1970.

C Un concept devenu universel ?

- **Crise mondiale et réhabilitation de l'entreprise.** L'importance de la maîtrise du « savoir technique » devient une idée à la mode en Europe au moment où la crise économique balaie sans ménagement la société industrielle classique née au XIXe siècle. Apparaît alors **la nécessité très médiatisée de « réhabiliter l'entreprise »** en montrant qu'elle n'est plus celle, vieillotte, de la révolution industrielle, mais qu'elle est **entrée dans un nouvel âge valorisant** : celui de « l'économie de la connaissance ».
- **Le salut par l'innovation.** À partir des années 1980, les mutations industrielles nécessaires pour sauver la puissance économique occidentale s'orientent

▲ Peter Drucker (à droite) en 1965.

rapidement **vers les entreprises de haute technologie ou les métiers dits « de l'intelligence »** (conception, ingénierie, design, etc.). **Les analyses de Peter Drucker** commencent à **se diffuser largement**. L'expression « société de la connaissance » est alors fréquemment employée, plus **dans les milieux entrepreneuriaux** et dans l'élite politique que dans le monde universitaire, encore réticent à cette vision uniformément libérale de l'économie.

- **La société de l'information.** Au début du XXIe siècle, le terme « société de la connaissance », **trop connoté années 1980**, s'efface progressivement au profit de celui de **« société de l'information »**, mais **le concept n'a guère changé**.

2 L'organisation de la société de la connaissance

A La communauté scientifique

- **Du savant au scientifique.** Le terme « savant » apparaît au XVIIe siècle pour distinguer les hommes de science des érudits ou des humanistes. Il désigne ceux qui sont **porteurs d'un savoir, non plus hérité de la tradition mais acquis par des recherches et des expérimentations.** Mais il reste encore ambigu car, dans le langage courant, « être savant » signifie toujours être érudit, les sociétés savantes étant, à cette époque, des associations d'érudits locaux. **Au XIXe siècle**, la technicité croissante de la recherche, le travail en laboratoire et la croyance de plus en plus répandue dans le progrès humain, valorisent **la figure du « savant » qui devient un « scientifique »**.

- **Du scientifique à la communauté scientifique.** La complexité croissante de la recherche oblige les scientifiques à **se spécialiser**. À partir de la fin du XIXe siècle, nul ne peut travailler seul dans son laboratoire. Il faut constituer

Texte-clé

Conflits et rivalités dans la communauté scientifique

La longue controverse entre l'Américain Robert Gallo et le Français Luc Montagnier, entourant la découverte du virus du sida, illustre bien le caractère symbolique des sanctions infligées par la communauté scientifique. Après qu'il eut été démontré que Gallo avait isolé le même virus que l'équipe Montagnier en utilisant des cellules fournies par ce dernier, et non pas un virus indépendant à partir d'une souche distincte, comme le prétendait Gallo, la priorité qui lui avait d'abord été accordée à titre de « codécouvreur » a été retirée. Bien que Gallo ait toujours nié avoir triché et affirmé qu'il s'agissait simplement d'une erreur technique, il ne semble pas avoir convaincu la majorité de la communauté scientifique. Lorsque la Fondation Nobel a décidé d'attribuer le Prix Nobel de physiologie et de médecine 2008 à Luc Montagnier et à sa collaboratrice Françoise Barré-Sinoussi, « pour leur découverte du virus d'immunodéficience humaine », plusieurs en ont conclu qu'il s'agissait d'une sanction infligée à Gallo. En effet, trois personnes pouvant recevoir le prix, le comité Nobel aurait pu décider d'ajouter Gallo aux deux autres [...].

Yves Gingras, *Sociologie des sciences*, Presses universitaires de France, 2013.

des équipes, s'informer du progrès des autres, partager les connaissances acquises, valoriser ses propres travaux (voir le chapitre 39). Ainsi se développent **les revues spécialisées, les colloques, les conférences, qui unissent ce que l'on appelle désormais « la communauté scientifique ».**

- **Les institutions de la recherche.** Elles contribuent à **structurer la communauté scientifique**. Dans le secteur public, la plupart des pays ont suivi l'exemple français (fondation du **CNRS** en 1939 par le Front populaire) en créant des **Centres nationaux de recherche fondamentale** qui ont remplacé (ou muséifié) les vieilles académies savantes et autres instituts nés à l'Époque moderne. La majeure partie de la **recherche appliquée** (à finalité économique) est **effectuée directement par les grandes entreprises**, particulièrement dans des laboratoires de recherche et développement qui sont l'objet d'investissements massifs. Plusieurs pays (États-Unis, Allemagne, Royaume-Uni) ont développé des **fondations privées** qui financent à la fois la recherche fondamentale et la recherche appliquée. Ils ont ainsi pris une avance considérable en 2020 lors de la « course au vaccin » pour tenter d'enrayer la pandémie mondiale liée au COVID-19. Dès décembre 2020, les vaccins développés par Pfizer-BioNTech (américano-allemand) et par Moderna (américain) ont pu être commercialisés, rejoints début 2021 par celui mis au point par AstraZeneca (suédo-britannique).

> **Texte-clé**
>
> **La recherche contre le COVID-19 aux États-Unis**
>
> Les États-Unis ont consenti à un effort financier massif pour la recherche sur le COVID-19. Ils ont lancé un plan [qui] comprend également 5 milliards de dollars, alloués pour continuer ou réorienter des recherches sur le coronavirus. De nombreuses agences ou départements d'État, comme les *National Institutes of Health* (NIH) ou le *Department of Defense*, financent la recherche sur les vaccins, les traitements ou les diagnostics. [...] Fondations et entreprises privées participent à cet effort. La fondation Bill et Melinda Gates a lancé, en partenariat avec Wellcome3 et Mastercard, le *COVID-19 Therapeutics Accelerator* doté de 125 millions de dollars, avant d'ajouter 150 millions en son nom propre. La Fondation Zuckerberg finance l'extension d'un laboratoire de l'université de Californie, et Amazon a annoncé un investissement de 20 millions de dollars. Google débloque 30 millions de dollars pour l'utilisation de l'intelligence artificielle au service des technologies de télédiagnostic.
>
> *CNRS-Info*, 27 avril 2020.

B La circulation des connaissances

- **« Publier ou périr ».** Il y a plus de **100 000 revues scientifiques** dans le monde aujourd'hui, dont une centaine de majeures **qui « font » la réputation internationale d'un chercheur**. Les revues les plus prestigieuses (presque toutes anglo-saxonnes), comme *Science* ou *Nature*, refusent jusqu'à 95 % des articles qui leur sont proposés. Être publié par l'une d'elles, c'est **être assuré**, pour le scientifique, **d'une visibilité mondiale et d'une reconnaissance par ses pairs**. Certains dénoncent l'**appauvrissement des champs de la recherche** qui en découle. Ceux qui travaillent sur un sujet qui n'est pas « publiable » dans les grandes revues ou dans un domaine sans débouché marchand immédiat (les sciences humaines) se retrouvent, de fait, sans grands moyens et souvent marginalisés.

- **Les distinctions attribuées aux chercheurs.** Elles accentuent la compétition à l'intérieur de la communauté scientifique. **Recevoir le Prix Nobel**, au-delà de la gloire passagère, c'est la **certitude d'obtenir des moyens supplémentaires** et une liberté de recherche accrue.

- **La prédominance du collectif.** La recherche scientifique est aujourd'hui essentiellement collective. La quasi-totalité des publications scientifiques contemporaines sont signées par au moins deux auteurs. La majorité est désormais le fruit d'une **coopération internationale.** En 2019, les laboratoires publics français ont travaillé avec des **chercheurs de plus de 150 nationalités différentes**. Le coût de plus en plus élevé de la science moderne accentue cette collaboration internationale et la **mutualisation des ressources.** Ainsi le Centre d'études nucléaires français de Cadarache, le plus performant d'Europe, accueille-t-il en permanence des centaines de scientifiques étrangers.

▲ Le site de Cadarache, près d'Aix-en-Provence, plus grand centre de recherche nucléaire européen.

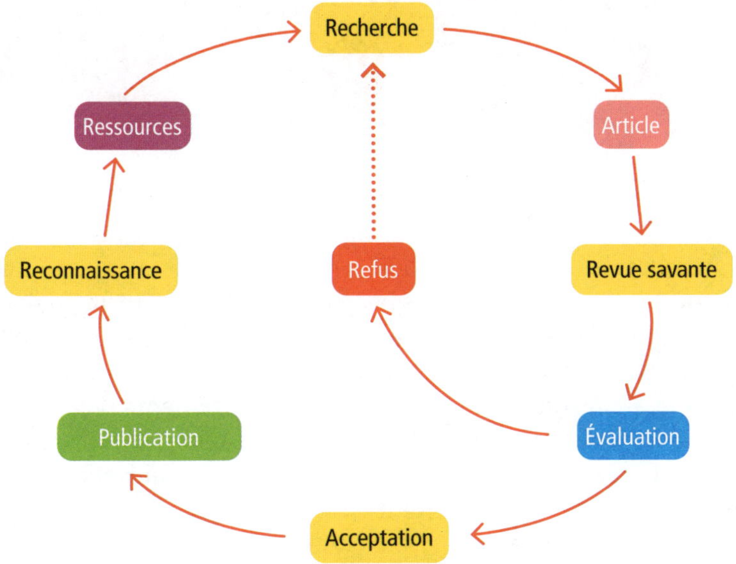

▲ **Circulation et valorisation de la connaissance par les publications dans les grandes revues spécialisées.**

Texte-clé

Publier dans une revue prestigieuse est l'alpha et l'oméga du travail d'un chercheur.[...] Une fois que le choix est validé et l'article lu et approuvé par toute la collaboration, commence l'étape la plus mystérieuse. On soumet l'article à la revue, qui le fait examiner par des *« referees »* – des chercheurs spécialistes du domaine, mais extérieurs à l'expérience et qui restent anonymes. Est-ce que l'analyse est sérieuse et correcte ? Certains *referees* sont cordiaux et élogieux, d'autres soulèvent des points de détail ou demandent juste des clarifications. Un troisième type, heureusement rare, est celui de M. Non. Il est tout simplement convaincu que l'analyse est impossible ou fausse, ou les incertitudes sous-évaluées. [...] Il faut alors des longs échanges de mails pour en venir à bout. Mon petit doigt me dit que ce troisième type de *referees* appartient le plus souvent à l'expérience concurrente et qu'il a tout intérêt à vous mettre des bâtons dans les roues. Mais la rivalité scientifique peut atteindre d'autres sommets. Il paraît qu'un Prix Nobel a été surpris, en pleine nuit, en train de faire pipi sur l'appareillage de la concurrence !

Marco Zito (physicien des particules au Commissariat à l'énergie atomique), *Le Monde*, 18 novembre 2011.

CHAPITRE 38

L'alphabétisation des femmes depuis le XVIe siècle

Il faut attendre le XIXe siècle pour que l'alphabétisation des femmes devienne une réalité dans les pays occidentaux. Dans le reste du monde, la situation ne commence réellement à s'améliorer qu'après la Seconde Guerre mondiale. En 2015, le Forum mondial sur l'éducation d'Incheon (Corée du Sud) n'a pu que constater que la plupart des engagements pris lors du précédent sommet (Dakar en 2000) n'avaient pas été tenus, en particulier en ce qui concerne la réalisation de l'enseignement primaire universel et l'égalité entre les sexes. Les filles représentent encore près de 55 % des enfants non scolarisés dans le monde et les deux tiers des personnes analphabètes sont des femmes.

1 L'alphabétisation des femmes jusqu'à la Seconde Guerre mondiale

A Les femmes et le savoir

- **L'infériorité féminine.** Dans la plupart des **sociétés humaines anciennes**, les femmes sont vues comme inférieures, particulièrement dans celles **imprégnées des religions monothéistes héritières de la Bible**. *« À partir du mythe fondateur d'Adam et Ève, »*, écrit l'historienne Yannick Ripa, *« s'est dessinée la figure de la femme, être inférieur voire incomplet, né de et après l'homme »*.

Texte-clé

Fénelon et l'éducation féminine

Pour les filles, dit-on, il ne faut pas qu'elles soient savantes, la curiosité les rend vaines et précieuses ; il suffit qu'elles sachent gouverner un jour leurs ménages et obéir à leurs maris sans raisonner. On ne manque pas de se servir de l'expérience qu'on a de beaucoup de femmes que la science a rendues ridicules [...]. Il est vrai qu'il faut craindre de faire des savantes ridicules. Les femmes ont d'ordinaire l'esprit encore plus faible et plus curieux que les hommes ; aussi n'est-il point à propos de les engager dans des études dont elles pourraient s'entêter. Elles ne doivent ni gouverner l'État, ni faire la guerre, ni entrer dans le ministère des choses sacrées ; ainsi elles peuvent se passer de certaines connaissances étendues qui appartiennent à la politique, à l'art militaire, à la jurisprudence, à la philosophie et à la théologie.

Fénelon, *Traité de l'éducation des filles*, 1687.

- **La réflexion humaniste.** Elle ne s'inscrit pas dans cette représentation traditionnelle. Mais en voulant se dégager de la morale religieuse des siècles passés qu'ils jugent obscurantiste, les humanistes ne font que déplacer les causes de l'**infériorité féminine**. Elle est d'abord **physique** (le « sexe faible ») et **mentale** (la difficulté « à percevoir l'abstraction, à inventer »).

- ***« Il n'est pas bien honnête, et pour beaucoup de causes / Qu'une femme étudie et sache tant de choses. »*** Dans *Les Femmes savantes*, Molière perpétue indirectement cette vision. La femme peut donc être alphabétisée mais son éducation, par la suite, **doit être exclue du champ des sciences, de la philosophie et des arts.** Excepté Condorcet, le siècle des Lumières accentue cette image de la femme. L'*Encyclopédie* considère nécessaire l'alphabétisation féminine, mais ne réclame en rien une éducation postérieure similaire pour les deux sexes.

B Les réalités de l'alphabétisation

- **L'alphabétisation de masse dans les pays occidentaux.** Elle apparaît nécessaire dès le milieu du XIXe siècle et un gigantesque effort est entrepris. **Presque partout, la législation impose l'école primaire obligatoire et gratuite pour les deux sexes** : loi impériale autrichienne (1869), loi Coppino en Italie (1877), lois Mundella (1880) et Salisbury (1891) en Grande-Bretagne, lois Ferry en France (1881-1882), lois dans 36 des États américains sur 46 en 1911. Mais la persistance des idées des Lumières sur les « limitations » des capacités cognitives des femmes est tenace. **Peu d'entre elles accèdent à l'enseignement secondaire.** En France, en 1939, il n'y a qu'un peu moins de 8 000 jeunes filles bachelières, soit environ **2 % d'une classe d'âge.**

- **Les inégalités coloniales.** En 1939, dans les empires coloniaux européens qui représentent plus du tiers de la population mondiale, la situation est beaucoup plus défavorable. Malgré les discours officiels, il y a **moins de 10 % des populations locales** qui sont **scolarisées de manière équivalente aux métropoles.** Et parmi elles, très peu de filles, faute d'institutrices formées localement, particulièrement dans l'Empire français. Ainsi en 1938, l'École normale féminine de Kabylie ne compte aucune jeune femme algérienne.

- **Le cas chinois.** Dans un pays représentant plus du quart de la population mondiale en 1910, le taux d'alphabétisation est globalement de 30 % et il est surtout masculin. Selon les estimations d'Evelyn Rawski, **celui des femmes se situe entre 2 et 10 %.** En 1945, il ne dépasse pas les 15 %.

2 Les évolutions contemporaines

A Une généralisation rapide de l'alphabétisation

- **L'optimum occidental.** Depuis la Seconde Guerre mondiale, **la quasi-totalité des populations occidentales sont alphabétisées**, même si apparaît le **phénomène récent de l'illettrisme** touchant plutôt les hommes (les deux tiers des illettrés en France aujourd'hui).

- **Le rattrapage rapide des pays en voie de développement.** En 1959, par la ***Déclaration des droits de l'enfant***, l'ONU proclame que « *l'enfant a droit à une éducation qui doit être gratuite et obligatoire au moins aux niveaux élémentaires* ». Cette déclaration est globalement suivie d'effet. Entre 1960 et 2019, le **taux d'alphabétisation mondial** des 15-24 ans passe de 40 à **90 %** et celui des femmes de 20 à 80 %.

> **Mots-clés**
>
> **Analphabète :** personne qui n'a jamais appris à lire et à écrire.
> **Illettré :** personne qui a été scolarisée mais qui a perdu l'usage de la lecture et de l'écriture.
> **PMA :** pays les moins avancés selon 4 critères (espérance de vie inférieure à 55 ans, revenu inférieur à 2 dollars par jour, taux d'alphabétisation inférieur à 40 %, industrialisation inférieure ou égale à 10 % du PIB).
> **Taux d'alphabétisation :** pourcentage des personnes de plus de 15 ans ayant appris à lire et à écrire.

- **Le cas des « pays les moins avancés » (PMA).** Des **discriminations importantes liées à la pauvreté** perdurent néanmoins. Aujourd'hui, plus de 150 millions d'enfants âgés de 5 à 14 ans travaillent dans le monde, surtout en Afrique subsaharienne et en Asie. La plupart d'entre eux sont condamnés à l'analphabétisme à vie car ils ne vont pas à l'école. Parmi eux, **les filles sont majoritaires**, particulièrement en Afrique subsaharienne (le taux d'alphabétisation féminin n'est que de 40 % en Éthiopie).

B Alphabétisation et condition féminine

- **La persistance de l'analphabétisme féminin.** Selon les estimations de l'Unesco, le nombre d'analphabètes à l'échelle planétaire s'élève à **près de 800 millions d'adultes**. L'Afrique subsaharienne est la région du monde où la situation est la plus difficile : à peine **une femme adulte sur deux sait lire et écrire**.

- **Le maintien dans une condition sociale inférieure.** Les femmes qui souffrent de l'analphabétisme sont cantonnées aux **tâches domestiques et traditionnelles**. Elles sont condamnées à l'ignorance et leur participation au développement de leur pays est très limitée. Elles manquent d'informations **pour préserver leur santé, protéger leurs enfants contre les maladies, jouir pleinement de leurs droits**.

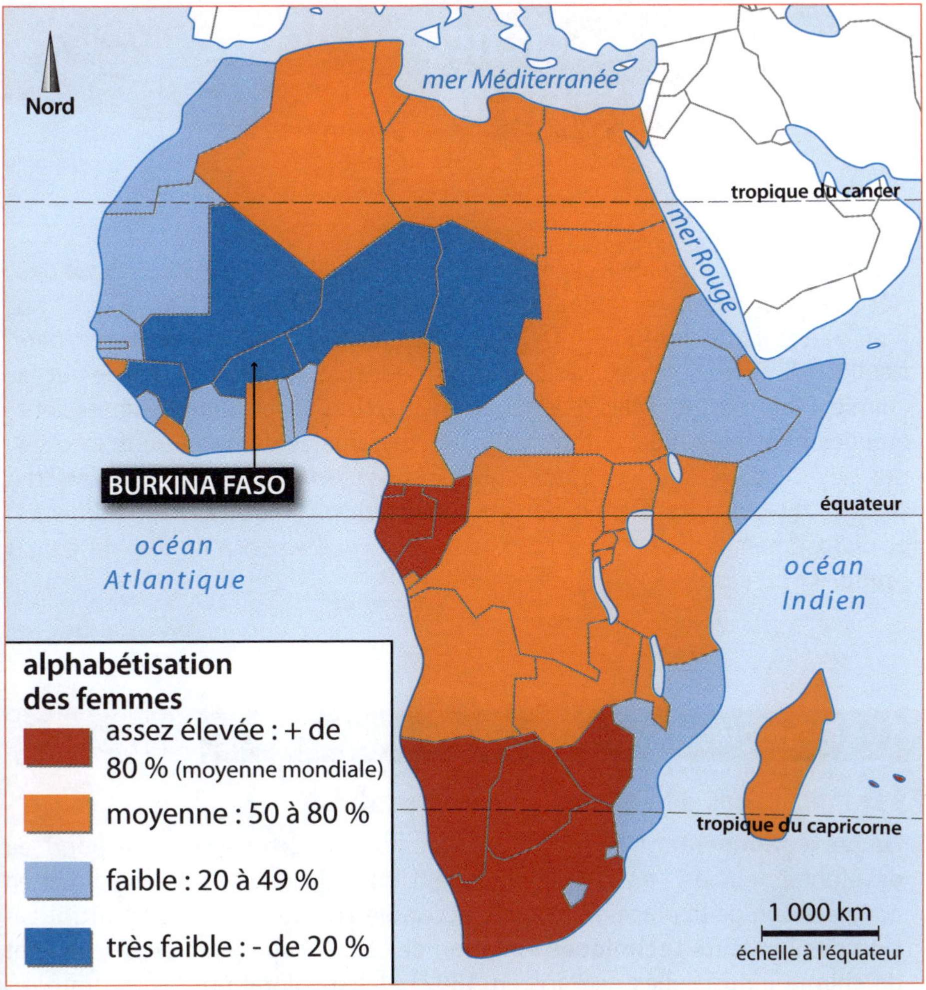

▲ L'alphabétisation des femmes en Afrique aujourd'hui.

CHAPITRE 39

Les recherches et les échanges sur la science au début du XXe siècle

À partir de la fin du XIXe siècle et jusqu'au milieu du XXe siècle, **le rythme des découvertes scientifiques fondamentales va croissant** à tel point que l'on a pu parler d'une véritable **révolution**. Elle touche **tous les domaines**, particulièrement les sciences naturelles, la médecine, les mathématiques et la chimie. Mais c'est en physique que les recherches les plus importantes sont menées à cette époque, notamment dans le domaine des radiations. **L'étude des lois du rayonnement amène progressivement la communauté scientifique,** où cohabitent physiciens, mathématiciens, naturalistes, chimistes et philosophes, **à construire des théories nouvelles pour tenter de comprendre et d'expliquer le monde**.

1 Les progrès des sciences au début du XXe siècle

A Les mutations de l'enseignement scientifique

- **Le perfectionnement des moyens.** La fin du XIXe siècle correspond au développement de l'enseignement scientifique, jusque-là parent pauvre en comparaison de la place démesurée accordée aux humanités. La **multiplication des instituts techniques** (création de l'École supérieure de physique et de chimie industrielles de Paris en 1882) et l'amélioration des laboratoires se conjuguent avec **l'augmentation du nombre de scientifiques** et, par ricochet, **d'étudiants formés**.
- **La spécialisation.** Les savants ne peuvent plus, comme à l'Époque moderne, être universels. **Ils doivent choisir le secteur**, toujours plus étroit, **où ils vont chercher** de plus en plus profondément. Le **fonctionnement en laboratoire** devient progressivement la norme même si certains savants demeurent solitaires. **Les chaires universitaires se multiplient**, comme celle de physique générale et radioactivité créée en 1905 à la Sorbonne pour Pierre Curie et reprise par son épouse Marie.

B L'internationalisation des échanges intellectuels

- **Les revues scientifiques.** Elles se multiplient de manière extrêmement rapide. Il y en avait moins d'une centaine dans le monde en 1800. Au début du XXe siècle, on en dénombre près de 10 000. **Elles permettent des échanges et une collaboration accrue entre les savants du monde entier**.

- **La multiplication des congrès.** Ils sont de plus en plus nombreux à partir des années 1880 et certains obtiennent un retentissement planétaire. À partir de 1911, se tient périodiquement à Bruxelles le **congrès Solvay** (du nom d'un chimiste et industriel belge) **qui rassemble les noms les plus prestigieux de la recherche en physique et chimie**.

- **Organismes et prix internationaux.** De nouveaux organismes sont créés, tels le Bureau international des poids et mesures à Sèvres ou le Comité pour l'exécution de la Carte du Ciel. À sa mort, le savant suédois **Alfred Nobel** (inventeur de la dynamite) fonde par testament un prix destiné aux personnes *« ayant rendu de grands services à l'humanité,* ***permettant une amélioration ou un progrès considérable dans le domaine des savoirs et de la culture*** *»*. Parmi les cinq catégories retenues, **les sciences s'en voient attribuer trois** (physique, chimie, médecine ou physiologie). Dès sa création en 1901, ce prix devient **un moyen de reconnaissance prestigieux du travail des plus grands scientifiques mondiaux**.

▲ Le congrès Solvay de 1927 rassemblant la plupart des plus grands physiciens de l'époque, spécialistes de la radioactivité.
Au premier rang : Irving Langmuir, Max Planck, Marie Curie, Hendrik Lorentz, Albert Einstein, Paul Langevin, Charles-Eugène Guye, Charles Thomson Rees Wilson, Owen Willans Richardson. **Au deuxième rang :** Peter Debye, Martin Knudsen, William Lawrence Bragg, Hendrik Anthony Kramers, Paul Dirac, Arthur Compton, Louis de Broglie, Max Born, Niels Bohr. **Au troisième rang :** Auguste Piccard, Émile Henriot, Paul Ehrenfest, Édouard Herzen, Théophile De Donder, Erwin Schrödinger, Jules-Émile Verschaffelt, Wolfgang Pauli, Werner Heisenberg, Ralph H. Fowler, Léon Brillouin.

2 De la radioactivité à la physique nucléaire

A L'œuvre des Curie

- **L'apport de la communauté scientifique.** Les travaux de l'Allemand Röntgen confirment la théorie de Lorentz, suivant laquelle l'électricité est composée du déplacement de particules infiniment petites : les électrons. En même temps, **Röntgen** découvre les rayons X et permet ainsi l'**invention de la radiographie. L'émission *sui generis* des rayons « uraniques »** de certains corps est révélée en 1896 par le Français **Becquerel**.

- **La compréhension de la radioactivité.** Intrigués par la découverte de Becquerel, un couple de physiciens, **Pierre et Marie Curie**, avec du matériel rudimentaire et dans des conditions de travail éprouvantes, met en évidence que **l'origine de ce rayonnement est due à certains éléments comme l'uranium**. Ils parviennent ensuite à isoler deux nouveaux éléments radioactifs : le radium et le polonium.

Biographie

La dynastie Curie

La famille Curie domine les premières soixante années de l'histoire de la radioactivité de 1896 à 1958. Pierre Curie (1859-1906) et sa femme Marie née Skłodowska (1867-1934) partagent le Prix Nobel de physique en 1903 avec Henri Becquerel pour la découverte de la radioactivité. En 1911, Marie Curie obtient le Prix Nobel de chimie pour la découverte du radium et du polonium. Leur fille Irène (1897-1956), devenue en 1926 la femme de Frédéric Joliot (1900-1958), obtient avec son mari le Prix Nobel de chimie en 1935 pour la découverte de la radioactivité artificielle.

Marie et Pierre Curie avec leur fille Irène (future Irène Joliot-Curie) en 1904. ▶

B Vers la physique nucléaire

- **La remise en cause de la physique classique.** L'étude des lois du rayonnement, des électrons, des atomes, amène mathématiciens, philosophes et physiciens à construire des théories nouvelles pour tenter de comprendre et d'expliquer le monde. En 1900, **Max Planck formule la théorie des**

« quanta », par laquelle il nie que l'énergie s'écoule de façon continue. **Albert Einstein**, cinq ans plus tard, précise la **théorie de la relativité**. Ainsi s'engagent des études qui vont conduire à la physique nucléaire.

- **La radioactivité artificielle.** Alors que, dans l'entre-deux-guerres, la plupart des travaux portent sur des substances radioactives présentes sur la Terre, Frédéric Joliot et Irène Curie démontrent, en 1934, que **des éléments créés par l'homme peuvent aussi être radioactifs**. En 1938, ils découvrent le principe de la **réaction en chaîne, fission nucléaire,** confirmée en 1939 par d'autres chercheurs. En 1942, Enrico Fermi parvient à réaliser cette réaction en chaîne dans un laboratoire américain. La voie conduisant à la **bombe atomique** était tracée.
- **L'institutionnalisation.** Dans les années 1950, au moment de leur mort prématurée, le couple Joliot-Curie incarne l'institutionnalisation de la physique nucléaire. Irène dirige l'**Institut du radium** (aujourd'hui Institut Curie) destiné à la lutte contre le cancer et Frédéric le **Commissariat à l'énergie atomique**.

CHAPITRE 40

Les services secrets soviétiques et américains durant la guerre froide

Si l'espionnage existe depuis la haute Antiquité, **son développement réel** institutionnalisé et budgétisé par les États – les services secrets – **ne date que du XXe siècle**, plus particulièrement des deux guerres mondiales. La possibilité de recueillir des informations inédites sur l'ennemi devint une priorité car elles pouvaient donner un avantage décisif et décider de l'issue du conflit. **La guerre froide (1947-1991) accéléra le phénomène.** Tout affrontement direct étant impossible entre Américains et Soviétiques, **le combat se déplaça vers la maîtrise de l'information**, la déstabilisation de l'autre et une **politique d'« intoxication »** qui annula en partie, d'un côté comme de l'autre, l'efficacité des services de renseignement.

1 La course à la connaissance de l'après Seconde Guerre mondiale

A La récupération du potentiel scientifique nazi

- **La perspective de la guerre froide.** À la fin de la Seconde Guerre mondiale, les services secrets des grandes puissances se livrent à une course-poursuite furieuse dans l'**exfiltration des scientifiques nazis**. La perspective de la **compétition technologique** effrénée qui se dessinait (nucléaire, conquête de l'espace, etc.) y fut pour beaucoup.

- **Des « recrutements » de grande ampleur.** Près de 5 000 savants allemands sont envoyés en URSS entre 1945 et 1949. Les États-Unis en récupèrent environ 3 000 (opération dite ***Paperclip***) et la France plus de 1 000 (dont certains, comme **Rudi Schall**, travailleront à l'élaboration de la bombe atomique française).

B Le « partage » de la base secrète de Peenemünde

- **Le principal centre nazi de recherches balistiques.** C'est dans cette base située en mer Baltique que sont mis au point les **missiles V2 à partir de 1943**. Leur intérêt balistique est tel que les Alliés décident, après la capitulation nazie, de poursuivre les recherches en utilisant les matériels, les plans du site, ainsi que le personnel qui y travaillait.

- **Une phase spéciale de l'opération *Paperclip*.** Peenemünde se situant en zone d'occupation soviétique, **les services secrets américains doivent lancer une opération clandestine d'ampleur inédite** pour éviter que tout le potentiel scientifique ne tombe aux mains de l'URSS. Cette dernière parvient à conserver plus de 200 scientifiques, les Américains ne réussissant à en exfiltrer qu'une centaine, mais parmi eux il y a **Wernher von Braun**, considéré comme le plus brillant ingénieur balisticien de sa génération.
- **À l'origine du premier homme sur la Lune.** Naturalisé américain en 1955, Wernher von Braun entre à la NASA en 1960. Ses recherches s'avèrent cruciales à un moment où les États-Unis semblent se laisser distancer par les Soviétiques dans la **course à la conquête de l'espace** (voir le chapitre 2). On lui confie la direction du centre de vol spatial Marshall situé à Huntsville dans l'État d'Alabama, où il dirige les programmes de vols habités (Mercury, Gemini et Apollo). **Il est le père de la fusée Saturn V qui a permis à Neil Armstrong d'aller sur la Lune en 1969**.

2 Une logique de conflit idéologique

A La CIA, omniprésente sur la scène internationale

- **Le *National Security Act*.** Voté en 1947, il entérine la création de la **CIA** (*Central Intelligence Agency*) dont les principaux objectifs sont l'espionnage et le contre-espionnage. Sa mission est à la fois d'**expérimenter de nouvelles techniques de manipulation des esprits** (projet MK-Ultra sur le contrôle mental et les modifications de comportement, mené des années 1950 à 1970) et de **s'opposer par tous les moyens à la progression communiste dans le monde**.
- **La multiplication des opérations clandestines.** Chargée de soutenir la politique américaine globale d'**endiguement**, la CIA multiplie les interventions plus ou moins secrètes face à l'idéologie communiste. Elle aide ainsi largement à **faire renverser Salvador Allende au Chili en 1973**.

B Le KGB, fer de lance du système soviétique

- **La police d'État du bloc soviétique.** Dépendant directement du pouvoir soviétique (le Politburo), le KGB (Comité pour la sécurité de l'État) est avant tout une police politique chargée de **surveiller** et de **traquer les opposants à l'intérieur de l'URSS et dans les pays « amis »**.

- **De nouvelles missions.** La guerre froide amplifie et modifie les objectifs fixés au KGB qui s'élargissent aux opérations de propagande, d'ingérence dans la politique des Occidentaux et à la **recherche systématique de renseignements militaires, économiques et scientifiques**.
- **Un espionnage international de masse.** Au plus fort de la guerre froide, on estime que le KGB a « employé » près de **6 millions de personnes** : il peut compter sur environ 1 million d'espions légaux (avec des couvertures officielles dans les ambassades) et illégaux (membres des services secrets appelés **« taupes »**, introduits dans les pays étrangers sans être reconnus), auxquels il faut ajouter plus de 5 millions d'**informateurs occasionnels**.

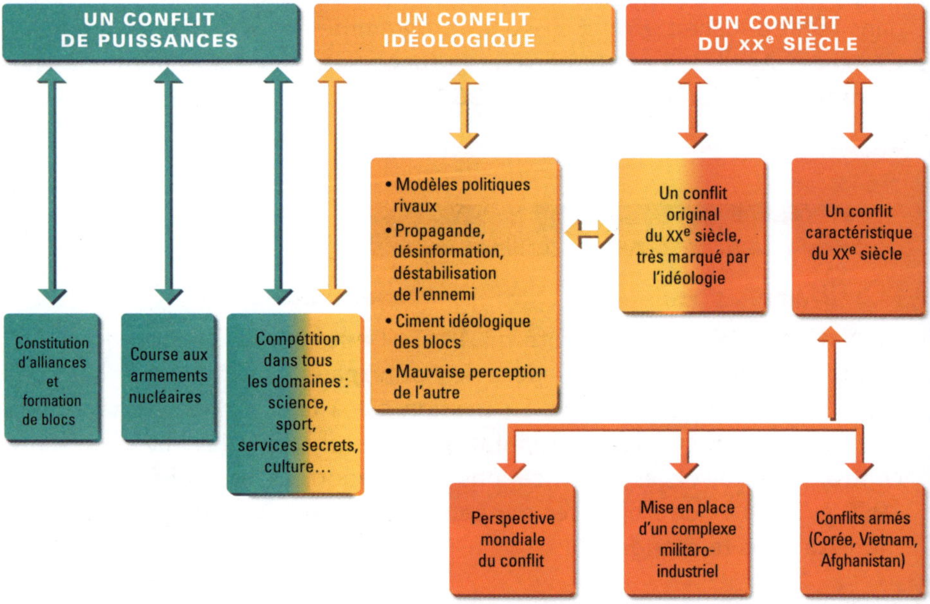

▲ La guerre froide, un conflit idéologique.

C Une compétition sans vainqueurs

- **Une confrontation parfois spectaculaire.** Les échanges de prisonniers américains et soviétiques sur le **« pont des espions »** entre Berlin-Ouest et la RDA ainsi que quelques affaires de taupes célèbres, toutes au profit du KGB

(Philby, Blunt, Guillaume), ont largement contribué à **médiatiser l'action des services secrets durant la guerre froide**. Cette compétition inspire la littérature (John Le Carré, Tom Clancy) et le cinéma (*L'Espion qui venait du froid*).

▲ Échange d'un espion soviétique contre un pilote américain, à Berlin, en 1962.

- **Un match nul.** Dans la réalité, cette confrontation ne donna finalement l'avantage à aucun des deux camps. **La CIA ne réussit pas à prévoir le tir de la première bombe atomique soviétique en 1949** ni le succès du Spoutnik en 1957. De même, **le KGB ne parvint pas à rattraper son retard informatique** malgré ses « taupes » parmi les services de recherche occidentaux ni à prévenir le printemps de Prague en 1968. **L'espionnage industriel** développé par le **Japon** dans les années 1960 puis poursuivi par la **Chine** dans les années 1980 a été, paradoxalement, beaucoup plus payant.

CHAPITRE 41

L'Inde et les enjeux de la connaissance

Les **progrès techniques** sont un des moteurs de la mondialisation. Leur développement continu, accéléré depuis une trentaine d'années, s'est fait dans son cadre. Des pays comme l'Inde ont su en tirer profit **en envoyant leurs étudiants dans des universités étrangères** et **en formant des chercheurs de haut niveau**. En retour, de nombreuses « firmes transnationales » (FTN) occidentales y ont **externalisé** une partie de leur production, faisant bénéficier le pays de **nombreux transferts de technologie**.

1 L'Inde « des cerveaux »

A Une tradition universitaire

- **Une formation universitaire ancienne et de qualité.** Il existe une ancestrale **tradition brahmanique** d'étude des textes sacrés. Cette tradition s'est ouverte à l'Occident au cours de l'Époque moderne et contemporaine grâce aux missions chrétiennes et aux établissements créés par l'administration

▲ Une salle de l'Institut national de technologie de Visvesvaraya à Nagpur, avec des étudiants en informatique, État du Maharashtra (Inde, 2016).

anglaise comme l'**université de Calcutta, en 1857**. Fondée dans cette même ville en 1876, l'Association indienne pour la culture de la science (IACS) encourage la formation de scientifiques de haut niveau dès le début du XXe siècle. En **1930**, l'un de ses membres, Chandrashekhara Venkata **Râman, reçoit le Prix Nobel de physique**.

- **La politique des années postindépendance.** Après l'indépendance de 1947, **le Premier ministre Nehru engage une politique de promotion de la culture scientifique**. L'enseignement supérieur est réorganisé par l'État qui crée des Instituts de technologie (IIT) sur le modèle du *Massachusetts Institute of Technology* (MIT) de Boston.

B L'enseignement supérieur aujourd'hui

- **Plus de 33 millions d'étudiants.** Leur nombre a augmenté de façon spectaculaire en passant de 300 000 en 1949 à plus de 33 millions aujourd'hui, soit près de 20 % des 20-24 ans. L'Inde possède actuellement, en nombre d'institutions, **le plus grand système d'enseignement secondaire et supérieur au monde**, avec plus de 730 universités et 45 000 collèges.
- **Formation de masse et excellence.** Plus de **2 millions de diplômés annuels** sortent des établissements universitaires indiens. Parmi eux, une minorité, très hautement qualifiée, est issue des **très sélectifs Instituts indiens de technologie (IIT)**. Ainsi, plus de 1,3 million de candidats se présentent chaque année au concours d'entrée de celui de Delhi qui n'en sélectionne, en définitive, qu'un petit millier.

2 Une « diaspora de la connaissance »

A Les Indiens en Amérique

- **Les étudiants indiens aux États-Unis.** Avec des effectifs frôlant les 200 000, les étudiants indiens sont **la deuxième communauté étudiante** après les Chinois aux États-Unis. Beaucoup viennent pour y préparer un doctorat en sciences ou un *Master of Business Administration* (MBA). La plupart ont ensuite une expérience professionnelle sur place, au moins durant quelques années.
- **La communauté indo-américaine.** Le passage à une « économie de la connaissance » requiert de nombreux **ingénieurs et informaticiens**. L'Inde en produit beaucoup et ils sont anglophones. Ils sont **des milliers dans la**

Silicon Valley où ils forment une bonne partie des cadres de Microsoft, Intel, Apple et désormais Google. Ils contribuent à la bonne image de la communauté indienne et à son **intégration parmi l'*upper middle class*** : en 1999, elle affichait déjà un revenu par tête de plus de 60 000 dollars par an alors que la moyenne nationale américaine n'était que de 41 000.

B Diasporas et transferts technologiques

- **Du « *brain drain* » au « *brain gain* ».** La vision qu'a l'Inde de ses expatriés a changé depuis les années 2000. Autrefois mal considérés, **ils sont désormais valorisés**. Les transferts financiers des émigrés sont importants (30 milliards de dollars par an) et vitaux pour les familles restées sur place. Les gouvernements nationalistes et ultranationalistes ont intégré **les « desi » (ceux du pays)** dans leur conception ethnique de la nation, tandis que les associations de la diaspora financent en grande partie leurs mouvements.

- **La « circulation des cerveaux ».** **La diaspora est un agent majeur de l'internationalisation de l'Inde**. Elle entretient des liens étroits avec la mère patrie. De nombreuses sociétés américaines high-tech ont des cadres d'origine indienne. Ces derniers soutiennent volontiers l'essor des hautes technologies en Inde, **en subventionnant par exemple les instituts** qui les ont formés ou en y revenant pour fonder des entreprises innovantes.

- **L'externalisation de la sous-traitance.** Des milliers de FTN occidentales font appel à des sous-traitants indiens hautement qualifiés, induisant **un transfert de connaissances, de technologies et de capitaux**, particulièrement dans les domaines des services aux entreprises, de la recherche et développement et de l'ingénierie. Dans ces secteurs, l'Inde dispose d'**un atout comparatif décisif** : ses diplômés sont **rémunérés quatre fois moins** que leurs homologues occidentaux.

> **Mots-clés**
>
> **Externalisation :** transfert d'une partie des activités d'une entreprise (et des risques qui y sont associés) vers un sous-traitant.
>
> **Firme transnationale (FTN) :** se dit d'une grande entreprise de rayonnement mondial mais ayant gardé une forte identité nationale. Elle possède au moins 10 % du capital d'une autre entreprise située en dehors de son pays d'origine.
>
> **Recherche et développement (R&D) :** les travaux de recherche fondamentale et appliquée ainsi que le développement expérimental.

- **La lutte contre le Covid-19.** Le *Serum Institute of India* (SII), plus gros fabricant mondial de vaccins, s'est allié, dès avril 2020, au groupe britannique AstraZeneca et a commencé à développer son vaccin sous le nom de Covishield. Validé par le gouvernement indien en janvier 2021, ce vaccin est, depuis cette date, produit à grande échelle afin de pouvoir vacciner 300 millions d'Indiens au printemps 2021 et approvisionner à hauteur de 600 millions de doses le Gavi (*Global Alliance for Vaccines and Immunization*), alliance internationale chargée d'aider les pays en développement dans le domaine sanitaire.

L'Inde, gagnante mondiale de l'externalisation de la sous-traitance

Fonctions de sous-traitance	**Principales villes** (par ordre d'emplois créés) **où se localisent des activités de sous-traitance** (* = ville indienne)
Applications informatiques	Bangalore*, Mumbai*, Hyderabad*, Chennai*, Dublin
Animation et jeux vidéo	Shanghai, Beijing, Moscou, São Paulo
Analyse de marchés	Delhi*, Mumbai*, Bangalore*, Chennai*, Cracovie, Toronto
Centre d'appels (anglais)	Delhi*, Manille, Dublin, Mumbai*, Bangalore*, Toronto
Centre d'appels (multilingue)	Mexico, Le Caire, Cracovie, Buenos Aires, Dalian, Bucarest
Services d'ingénierie	Bangalore*, Chennai*, Pune*, Saint-Pétersbourg, Guangzhou
Finance et comptabilité	Mumbai*, Bangalore*, Manille, Cracovie, Shanghai, Dublin
Services de santé	Hyderabad*, Bangalore*, Varsovie, Prague, Saint-Pétersbourg, Mumbai*
Ressources humaines	Prague, Bucarest, Bangalore*, Manille, Budapest
Gestion d'infrastructures	Bangalore*, Dublin, Kuala Lumpur, Delhi*, Toronto
Services juridiques	Manille, Mumbai*, Chennai*
Développement de produits	Bangalore*, Moscou, Chennai*, Shanghai, Hô Chi Minh-Ville
Recherche et développement (R&D)	Saint-Pétersbourg, Bangalore*, Moscou, Shanghai, Dublin
Tests	Bangalore*, Chennai*, Hyderabad*, Hô Chi Minh-Ville, Toronto, Shanghai

CHAPITRE 42

Cyberespace et cyberdéfense

En 1982, dans sa nouvelle *Burning Chrome*, l'auteur de science-fiction William Gibson définit le cyberespace comme ***« une représentation abstraite des relations entre les systèmes de données »***. Cette définition s'élargit progressivement à l'ensemble des données numérisées mises en réseau par l'interconnexion des ordinateurs mondiaux formant, selon le dictionnaire *Petit Robert*, **« un univers d'information et un milieu de communication »**. L'importance de ce nouvel univers est tel que certains, comme l'historien Milad Doueihi, vont jusqu'à parler de la naissance d'un **nouvel individu, l'*Homo numericus***, en train de se substituer à l'*Homo sapiens*. Menacé par la guerre informatique, le cyberespace a vu se développer une cyberdéfense, censée le protéger de ses ennemis virtuels.

1 Le cyberespace : un lieu de communication complexe

A La société de la connaissance numérique

- **Le cyberespace.** C'est « *l'ensemble de réseaux mondiaux interconnectés qui permet à des ordinateurs et à des serveurs de communiquer* » et dont « *les principaux services sont **le Web, le FTP*** [c'est-à-dire un système de transfert de fichiers], ***la messagerie et les groupes de discussion*** » – selon la définition proposée par l'Insee.

> **Mot-clé**
>
> **GAFAM :** cet acronyme désigne Google, Apple, Facebook, Amazon et Microsoft, les cinq entreprises américaines (*big Five*) dominant le monde numérique américain et européen, voire international. Leur capitalisation boursière est supérieure au PIB de la France.

- **Des connaissances sans limites.** Le cyberespace favorise **la diffusion planétaire et instantanée d'une quantité exponentielle d'informations**. Un nombre croissant de personnes, y compris dans des régions reculées, accède à un volume de connaissances et de données en perpétuelle expansion.

- **Au service de la vérité ?** Des géants du cyberespace comme Google prétendent promouvoir un **accès universel**, en temps réel, à l'ensemble des connaissances disponibles. En proposant d'offrir une information quasi parfaite et instantanée aux agents économiques, **le cyberespace favorise la transparence**. Les milliards de pages Web du Net et de contributeurs peuvent constituer **un outil redoutable de lutte contre la censure**, favorisant des mobilisations spontanées et larges **en faveur de la vérité et de la liberté d'expression** (comme pendant les Printemps arabes par exemple).
- **WikiLeaks.** Sur Internet, relayées par la presse d'investigation et alimentées par une demande sociale croissante, se multiplient des **divulgations retentissantes** (symbolisées par exemple par WikiLeaks), **couvrant de nombreux crimes et délits** (blanchiment d'argent sale, lutte contre les paradis fiscaux et la finance offshore, corruption, surveillance généralisée et indue des citoyens par les États, répression et torture, etc.).

B La transparence ambiguë du cyberespace

- **Un espace dual.** Laurent Cohen-Tanugi résume parfaitement ces ambiguïtés en affirmant que le cyberespace devient « *un* ***espace dual*** *où cohabitent* ***serveurs standards et serveurs sécurisés****, alcôves de confidentialité au milieu de la vaste halle d'exposition,* ***extrême transparence et extrême secret*** ».

> **Mots-clés**
>
> **Cyberespace :** conception de l'organisation d'un nouvel espace selon la dynamique informatique.
>
> **Cyberguerre :** nouvelle conception de la guerre selon des modalités informatiques.

- **La fin de la vie privée.** Le psychanalyste Roland Gori décrit l'entreprise habile des géants du Net poussant les internautes à accepter des politiques de confidentialité toujours plus souples : « *Sans violence, à force de séduction et de services nouveaux, la Toile achève de* ***vider progressivement la notion de "vie privée" de toute signification***. »
- **Le danger des hackers.** Le cyberespace, loin d'être un espace sécurisé où chacun peut espérer voir sa correspondance privée et ses données confidentielles protégées, est l'arène où hackers (de l'anglais *to hack*, tailler, mettre en pièces), pirates et États s'attachent à **démanteler les systèmes de sécurité** des grands sites pour se livrer à un espionnage massif.

2 Le cyberespace : un lieu de conflictualité

A La vulnérabilité du cyberespace

- **Les « hacktivistes » et la sécurité collective.** En recourant à la diffusion massive d'informations classées secret-défense sur Internet, les « hacktivistes » (contraction de *hackers* et d'*activistes*) prétendent **dénoncer les exactions commises en temps de guerre par les États** mais aussi révéler au grand jour **les mécanismes de surveillance généralisée sur le Net**, mis en place par les États-Unis notamment. Certaines analyses critiques des méthodes employées à l'occasion de ces révélations soulignent toutefois les **risques que fait courir**, pour la sécurité collective, **la divulgation sur Internet de ces documents.**

- **Les cyberattaques.** Réseaux criminels et terroristes, pirates et services secrets d'États autoritaires se lancent régulièrement dans des cyberattaques **mettant en péril la protection du secret Défense**, des données sensibles des entreprises et des informations personnelles des internautes.

B Protection et cyberdéfense

- **Le droit au secours du cyberespace.** Depuis 1978, la France s'est dotée d'une **loi « informatique et libertés »** anticipant les dangers que le cyberespace fait courir aux libertés individuelles. Cette loi est à l'origine de la **CNIL** (Commission nationale de l'informatique et des libertés). **L'Union européenne** a adopté un arsenal juridique destiné à la protection des données et de la vie privée en ligne. Grâce à l'entrée en application du **RGPD (Règlement général sur la protection des données)** le 25 mai 2018, les données personnelles des Européens sont mieux protégées.

> **Texte-clé**
>
> **La cyberdéfense française**
>
> En 2018, le commandement de la cyberdéfense (Comcyber), créé il y a deux ans, a recensé 831 événements significatifs, en hausse d'environ 20 % par rapport à 2017. […] Toutes ces attaques ont été menées à des fins d'espionnage de hauts responsables du ministère. « Sur le champ de bataille, explique le général François Lecointre, seules des puissances très élaborées pourraient nous menacer et nous prenons bien garde à préserver une supériorité opérationnelle » […]. Ce qui semble être le cas ainsi que le montre la victoire de la France en 2019 lors de l'exercice international Locked Shields, un exercice majeur de cyberdéfense organisé par l'OTAN et réunissant plus de 30 nations. […] Les systèmes d'armes français peuvent-ils être neutralisés par des adversaires ? Possible mais là aussi seuls des États semblent être capables de pouvoir réaliser cette opération sur des matériels de plus en plus numérisés comme, dans le futur, le Système de combat aérien du futur (Scaf).
>
> Michel Cabirol, *La Tribune*, 27 janvier 2020.

- **Cryptologie et cyberdéfense.** Les États recourent à des systèmes de cryptologie de plus en plus perfectionnés pour éviter de voir leurs données sensibles piratées. **Les armées**, plus particulièrement, **s'équipent de puissants outils pour anticiper les menaces informatiques** et éventuellement se dotent de moyens pour attaquer elles-mêmes dans ce domaine.
- **La sécurisation des données.** **Les entreprises** ont aussi renforcé la **sécurité de leurs systèmes de communication** sur Internet (grâce à l'usage de messageries chiffrées notamment, de systèmes de sécurisation des paiements en ligne ou encore grâce au principe de signature numérique). Suite aux révélations d'espionnage massif, **l'usage d'outils de communication chiffrés** (comme l'application Signal vantée par le lanceur d'alerte Edward Snowden), auparavant réservés à de petits groupes d'initiés, **s'est démocratisé**.

SUJET DU BAC

Étude critique de document

La connaissance, enjeu politique et géopolitique : l'exemple de l'Inde.

En utilisant le document et en vous aidant de vos connaissances personnelles, vous rappellerez de quelle manière s'est développée la politique de l'enseignement supérieur indien. Puis vous montrerez comment la formation et la circulation des étudiants ainsi que les transferts de technologie contribuent au développement de la puissance économique du pays.

Document. L'Inde investit massivement dans la science et l'éducation

Nous en avons le plus souvent qu'une vision étriquée, faite d'images d'Épinal sur la très grande pauvreté, le cinéma de Bollywood ; cette vision est au mieux enrichie de la perception des milles paradoxes de ce pays-continent grâce au film *Slumdog millionaire* [...] Qui sait que l'Inde lance des satellites et a même un programme spatial lunaire ? Cependant [...] les chiffres parlent d'eux-mêmes : en Inde, le budget de l'éducation a cru de 24 % en 2011-2012, et de 18 % en 2012-13 (un budget qui, rapporté au PIB, est du même ordre de grandeur que celui de la France). Pour la part correspondant à l'enseignement supérieur, en 2011-2012 l'augmentation a atteint 34 %. L'Inde possède aujourd'hui plus de 370 universités, où on peut y entendre les mêmes critiques que celles formulées en France sur les lourdeurs administratives et la faible adéquation entre la formation et le marché du travail. Il y a aussi en parallèle un enseignement technique sélectif avec les Indian Institutes of Technology, sorte de grandes écoles formant les meilleurs ingénieurs du pays. Mais, ne se contentant pas du statu quo, l'Inde a décidé d'investir massivement dans la science et l'éducation en créant cinq *Indian Institutes of Science Education and Research* (IISER). [...] En premier lieu, soulignons l'importance des moyens qui ont été débloqués pour ces nouveaux instituts : le programme dans son ensemble coûte plus de 600 millions de dollars sur cinq ans, soit 4 % du budget annuel de l'enseignement supérieur. Ces moyens permettent de faire sortir de terre cinq nouveaux campus grandioses qui accueilleront chacun environ 150 étudiants par an, du niveau licence jusqu'à la thèse de doctorat. Dans le parcours des étudiants, la pluridisciplinarité est strictement obligatoire : les étudiants doivent aborder toutes les disciplines scientifiques enseignées jusqu'au niveau master (biologie, chimie, physique, mathématiques). [...] Les moyens dont disposent les étudiants pour ces projets sont à la mesure de l'ambition affichée avec

la construction de laboratoires dotés des meilleures technologies. Avec seulement 150 étudiants par an dans chacun des 5 instituts, il s'agit d'un système très sélectif. Le choix d'attribuer une fraction significative du budget de l'enseignement supérieur pour former une minorité sélectionnée ne s'est pas fait sans débat, mais c'est la voie qui a été choisie. Dès lors, comme en France, se posent les questions de l'accès des étudiants issus de milieux socialement défavorisés. La méthode adoptée dans les IISER consiste à accorder à tous les étudiants un logement et une bourse.
Peu sont élus, mais ils doivent avoir les moyens correspondants à leurs aspirations et à leur talent. Pour décrire ce programme, le terme « *excellence* » n'est pas utilisé comme il l'est si souvent en France, mais c'est réellement ce qui est le plus recherché avec la formation d'une élite scientifique, avec la certitude que cet investissement bénéficiera à l'ensemble du pays.
L'Inde espère ainsi accroître son attractivité et conserver l'élite intellectuelle dont un pays majeur du XXIe siècle ne peut se dispenser. [...] Nous devons aussi porter un regard neuf sur ce pays. En effet, quand nos dirigeants se rendent en Inde, les objectifs de ce déplacement ne peuvent se réduire à proposer notre savoir-faire ou notre aide, vendre notre production, voir au mieux construire des usines en commun. [...] Au XXIe siècle l'Inde n'est plus un pays partenaire qui pourrait nous rattraper ; dans beaucoup de domaines, l'Inde file de l'avant à toute vitesse, la question n'est pas quand elle va nous rattraper mais quelles mesures nous devons prendre pour pouvoir suivre.

Alain Lecavelier des Étangs, *Le Monde*, 25 février 2013.

Comment traiter le sujet

Le jour de l'épreuve, vous aurez 4 h pour traiter la dissertation et l'étude critique de documents : ne consacrez pas plus de 2 h à l'étude critique des documents.

Analyser le sujet

Analyser les documents

• La consigne comporte trois expressions clés guidant le candidat pour traiter « **la connaissance, enjeu politique et géopolitique : l'exemple de l'Inde** » :
– « **de quelle manière s'est développée la politique de l'enseignement supérieur indien** » : il s'agit d'un rapide historique de la façon dont l'Inde s'est saisie de l'enjeu de la connaissance pour favoriser son développement économique ;

– « **la formation et la circulation des étudiants** » : il convient de décrire l'état de l'enseignement supérieur en Inde aujourd'hui et le rôle que joue sa diaspora étudiante ;

– « **les transferts de technologie** » : il s'agit d'étudier les retombées scientifiques et économiques découlant des choix géopolitiques de l'Inde dans le domaine de la connaissance.

• **Le document** proposé est un extrait d'un article paru dans le quotidien *Le Monde* en 2013, au moment de la visite officielle du président de la République française en Inde. Cet article profite de l'événement pour faire un point sur les réussites du système universitaire indien et rappeler que, grâce à sa politique universitaire volontarisme, ce pays est aujourd'hui devenu un géant économique et technologique et un partenaire incontournable des pays occidentaux.

Les attentes du correcteur

Le correcteur **n'attend pas une description théorique des enjeux de la connaissance**, ni des **propos trop loin du document sur la spécificité de la voie de développement indienne** ou **sur les limites et les faiblesses du développement universitaire du pays**, et encore moins sur sa situation politique actuelle.

Il veut une étude qui montre que l'on a **compris le sens général des documents confrontés à la consigne et qu'on sait les compléter par des connaissances personnelles judicieusement choisies** (comme le précise le début de la consigne) :
– **les choix faits par l'État indien dans la valorisation d'un enseignement supérieur de haut niveau ;**
– **les conséquences qui en découlent** (forte mobilité des étudiants, sous-traitance et transferts de technologie).

Mobiliser ses connaissances

• Le sujet est à replacer dans la sixième partie du programme qui ne peut « tomber » le jour du baccalauréat que **les années impaires**. Il s'agit donc **d'un thème** à étudier obligatoirement **en 2021, puis en 2023, etc.** Il concerne **son second axe** « **La connaissance, enjeu politique et géopolitique** » basé sur son second jalon (« Circulation et formation des étudiants, transferts de technologie et puissance économique : l'exemple de l'Inde »).

• Vous pouvez étoffer vos connaissances en utilisant celles que vous avez vues dans la leçon introductive (« La connaissance, enjeu politique et géopolitique »).

• Vous avez aussi la possibilité de puiser des connaissances dans vos souvenirs du programme de spécialité histoire-géographie, géopolitique et sciences politiques de la classe de première et plus particulièrement du **premier axe** « Formes indirectes de la puissance » **du thème 2** (« Analyser les dynamiques des puissances internationales »).

Problématiser le sujet

De par la manière dont est conçue l'épreuve, l'analyse critique de documents du baccalauréat **ne pose pas de difficultés particulières** si on sait utiliser la méthode apprise tout au long de la scolarité en lycée (savoir exploiter un ou des documents dans le respect de la consigne).

L**e titre général**, complété par la consigne, donne **le sens global de l'étude** et donc **la problématique.** Il convient juste, dans le cas présent, de **la dynamiser** sous la forme d'**une question** :

– **à travers l'exemple de l'Inde, quels sont les enjeux politiques et géopolitiques de la connaissance ?**

La consigne, confrontée au document, fournit les **grands axes du plan** :

– **une prise de conscience précoce** de l'importance de l'éducation (document et connaissances personnelles) ;

– **un système de formation des élites performant** (document) ;

– **les conséquences économiques et géopolitiques des choix indiens en ces domaines** (document et connaissances personnelles).

CORRIGÉ

Corrigé : plan détaillé

*Les **textes en couleurs** apparaissant dans ce corrigé ne doivent pas figurer dans votre devoir. Nous les avons insérés pour vous guider et vous aider à repérer les parties de l'étude critique des documents.*

Introduction

Les progrès techniques sont un des moteurs majeurs de la mondialisation. Leur développement continu accéléré depuis une trentaine d'années s'est fait dans son cadre.

Des pays comme l'Inde ont su en tirer profit en envoyant leurs étudiants dans des universités étrangères et en formant des chercheurs de haut niveau. En retour, de nombreuses firmes transnationales occidentales y ont externalisé une partie de leur production, faisant bénéficier le pays de nombreux transferts de technologie.

À travers l'exemple de l'Inde, quels sont les enjeux politiques et géopolitiques de la connaissance ?

Grâce au document, nous étudierons d'abord la **prise de conscience précoce** de l'importance de l'éducation par l'Inde et nous verrons en quoi son **système de formation des élites est performant** (partie I). Puis, en nous appuyant sur le **document et sur nos connaissances personnelles,** nous verrons comment s'est développée **la « diaspora de la connaissance » indienne** (partie II) et nous nous intéresserons, enfin, à ses **conséquences économiques et géopolitiques** (partie III).

I. Les choix indiens en matière d'éducation

[argument 1 : document et connaissances personnelles]

Il existe une tradition ancestrale d'enseignement universitaire qui s'est ouverte à l'Occident au cours de l'époque moderne et contemporaine grâce aux missions chrétiennes et aux établissements créés par l'administration anglaise comme **l'université de Calcutta, en 1857**. Fondée dans cette même ville **en 1876, l'Association indienne pour la culture de la science** (IACS) encourage la formation de scientifiques de haut niveau dès le début du XXe siècle.

[argument 2 : document et connaissances personnelles]

Après l'indépendance de 1949, **Nehru engage une politique de promotion de la culture scientifique**. L'enseignement supérieur est réorganisé par l'État qui crée des Instituts de Technologie (ITT) **sur le modèle du *Massachusetts Institute of Technology* de Boston**. Le nombre d'étudiants a augmenté de façon spectaculaire en passant de 300 000 en 1949 à plus de 14 millions aujourd'hui soit près de 20 % des 20-24 ans. L'Inde possède aujourd'hui, en nombre d'institutions, **le plus grand système d'enseignement secondaire et supérieur au monde,** avec plus de 730 universités et 45 000 collèges.

[argument 3 : document]

L'Inde a développé des formations d'excellence parmi les meilleures au monde. Plus de 2 millions de diplômés annuels sortent chaque année des établissements universitaires indiens. Parmi eux, une minorité, très hautement qualifiée, est issue des **très sélectifs Instituts de Technologie (ITT)**. Ainsi plus de 1,3 million de candidats se présentent chaque année au concours d'entrée de celui de Dehli qui n'en sélectionne, au final, qu'un petit millier.

II. La « diaspora de la connaissance » indienne

[argument 1 : document et connaissances personnelles]

Les étudiants indiens sont nombreux partout dans le monde et particulièrement aux États-Unis. Avec des effectifs frôlant les 200 000, les étudiants indiens y sont **la deuxième communauté étudiante** après les Chinois.

[argument 2 : document et connaissances personnelles]

Beaucoup d'étudiants viennent aux États-Unis pour y préparer un doctorat en sciences ou un *Master in Business Administration* (MBA). La plupart ont ensuite une expérience professionnelle sur place, au moins durant quelques années. **Ils aident souvent la diaspora intellectuelle indienne** à s'intégrer dans la réalité de l'économie américaine.

[argument 3 : document et connaissances personnelles]

Le passage à une « économie de la connaissance » requiert de nombreux **ingénieurs et informaticiens**. L'Inde en produit beaucoup et ils sont anglophones. Ils sont **des milliers dans la Silicon Valley** où ils forment une bonne partie des cadres de Microsoft, Intel, Apple et désormais Google. Ils contribuent à **la bonne image de la communauté indienne** et à son intégration parmi l'*upper middle class* : elle affiche un revenu par tête de plus de 60 000 dollars par an alors que la moyenne nationale américaine n'est que de 41 000.

III. Du *« brain drain »* au *« brain gain »*, les conséquences de la circulation des cerveaux pour l'Inde contemporaine

[argument 1 : document et connaissances personnelles]

La vision qu'a l'Inde de ses expatriés a changé depuis les années 2000. Autrefois mal considérés, ils sont désormais valorisés. **Les transferts financiers des émigrés sont importants** (30 milliards de dollars par an) et vitaux pour les familles restées sur place. Les gouvernements nationalistes et ultranationalistes ont intégré **les « desi » (ceux du pays)** dans leur conception ethnique de la nation, tandis que les associations de la diaspora financent en grande partie leurs mouvements.

[argument 2 : document et connaissances personnelles]

La diaspora est un agent majeur de l'internationalisation de l'Inde. Elle entretient des liens étroits avec la mère patrie. **De nombreuses sociétés américaines high-tech ont des cadres d'origine indienne**. Ces derniers soutiennent volontiers l'essor des hautes technologies en Inde, **en subventionnant par exemple les instituts** qui les ont formés ou en y revenant pour fonder des entreprises innovantes.

[argument 3 : document et connaissances personnelles]

Des milliers de firmes internationales occidentales font appel à des sous-traitants indiens hautement qualifiés, induisant **un transfert de connaissances, de technologies et de capitaux**, particulièrement dans les domaines des services aux entreprises, de la recherche et développement et de l'ingénierie. Dans ces secteurs, l'Inde dispose d'**un atout comparatif décisif** : ses diplômés sont **rémunérés quatre fois moins** que leurs homologues occidentaux.

Conclusion

L'Inde illustre parfaitement comment un État s'est saisi de l'enjeu de la connaissance dans le souci d'accélérer son développement économique en favorisant la circulation mondiale de ses étudiants et en bénéficiant en retour de transferts de technologie et de la création de centaines de milliers d'emplois à haute valeur ajoutée.

Cette politique a toutefois des limites. Elle ne concerne que l'élite indienne et n'a pas permis, pour le moment, de combler les inégalités sociales et spatiales très fortes qui fracturent toujours plus le pays.

LEXIQUE

A

Acqua alta **(« haute eau » en italien) :** inondations maritimes récurrentes de l'automne au printemps faisant monter les eaux parfois jusqu'à près de 2 mètres comme en 1966 et 2019.

Affidavit (« il a déclaré sous serment » en latin) : déclaration écrite et sous serment que les faits énoncés sont vrais.

Al-Qaïda (« la base » en arabe) : réseau islamiste terroriste, dirigé lors des attentats du 11 septembre par Oussama Ben Laden.

Analphabète : personne qui n'a jamais appris à lire et à écrire.

Anthropique : ce qui est marqué par l'action de l'homme.

B

BBNJ ***(Biological diversity beyond national juridiction)*** **:** biodiversité océanique en haute mer. Depuis 2018, une conférence intergouvernementale sous l'égide des Nations unies tente d'en organiser la gestion.

Bloc : ensemble d'États constitué autour d'une grande puissance à laquelle ils sont liés par des pactes militaro-défensifs, ainsi que par des relations économiques et culturelles.

C

Carreau de fosse : site de surface où se trouve l'accès au puits de la mine, ainsi que tous les bâtiments et installations de récupération et de traitement du charbon.

Casques bleus : force armée de maintien de la paix de l'ONU.

Chevalement : charpente élevée permettant la descente et la remontée des mineurs, ainsi que la récupération du charbon extrait dans la mine.

Clausewitzien(ne) : se dit d'une vision qui se rapporte à la théorie de la guerre selon le stratège et militaire prussien Carl von Clausewitz (1780-1831). Celui-ci affirmait, en substance, que la guerre n'est qu'un prolongement de la politique par d'autres moyens.

Climacique : formation végétale qui se développe en dehors de toute intervention humaine.

CNUDM (Convention des Nations unies sur le droit de la mer) : entrée en vigueur en 1994, elle entérine notamment l'existence des ZEE. Elle crée aussi un Tribunal international du droit de la mer. Elle n'a pas été ratifiée par les États-Unis.

Confucianisme : pensée élaborée par Kongfuzi (latinisé en Confucius), qui vécut vers 551-479 av. J.-C. Son enseignement repose sur la raison combinée au respect des usages. Le régime impérial le transforme en une doctrine figée exaltant l'obéissance aux autorités établies souvent appelée néoconfucianisme. Assimilé à l'immobilisme de la Chine ancienne, il est rejeté au XXe siècle par les courants réformateurs avant de connaître un renouveau aujourd'hui.

Coron : alignement d'habitations ouvrières toutes semblables dans les régions minières.

Coup de grisou : explosion soudaine d'un gaz contenu dans les couches de charbon, entraînant l'effondrement des galeries de mines.

Courée : urbanisation caractéristique des cités industrielles textiles du Nord-Pas-de-Calais.

Crime contre l'humanité : fait inhumain portant atteinte à la personne physique ; violation grave et caractérisée des droits de l'homme. Ce crime est imprescriptible.

D

Dénazification : occupation de l'Allemagne nazie vaincue dans le but de punir les responsables des crimes contre l'humanité et génocides et d'extirper le nazisme de la société allemande.

Développement durable : concept forgé au milieu des années 1980, il doit permettre de satisfaire les besoins actuels sans compromettre les possibilités des générations futures. Il prend en compte d'abord des aspects environnementaux, sociaux et économiques.

Droit (ou devoir) d'ingérence : notion selon laquelle l'obligation pour la communauté internationale de secourir une population en danger de mort l'emporte sur la souveraineté de l'État dont dépend cette population. Elle est définie pour la première fois en 1987 par le juriste Mario Bettati et l'homme politique Bernard Kouchner.

Droit d'usage : mise à la disposition de la communauté rurale de certains biens seigneuriaux à plusieurs moments de l'année. Ce droit concerne largement les ressources forestières : ramassage et coupe de bois mort, pacage (action de faire paître des troupeaux dans les bois seigneuriaux) et glandée (pacage des porcs dans les bois pour qu'ils mangent des glands).

Droit de veto : droit de bloquer une décision commune.

E

Eaux territoriales : espace maritime côtier d'une largeur maximale de 12 milles (22 km) où l'État riverain possède une souveraineté complète (surface, sous-sol, espace aérien) équivalente à celle qu'il exerce sur ses eaux intérieures.

***Einsatzgruppen* :** groupes d'intervention mobile chargés d'exterminer les opposants et les Juifs à l'arrière des armées sur les fronts d'Europe de l'Est.

Équilibre de la terreur : doctrine de la guerre froide selon laquelle le niveau de développement des arsenaux nucléaires des deux grands (États-Unis/URSS) est tel que toute utilisation par l'un ou l'autre entraînerait la destruction des deux camps.

État-nation : état correspondant à une nation souveraine et homogène.

États défaillants (ou faillis) : traduction de l'expression anglo-saxonne *failed states* qui désigne tout territoire où l'État n'est plus capable d'assurer seul le monopole de la violence légitime et de garantir la sécurité des habitants, étant concurrencé par des seigneurs de guerre ou des gangs criminels.

État voyou (*rogue state* en anglais) : expression forgée dans les années 1980 par l'administration américaine désignant les pays considérés comme hostiles au droit international, à la démocratie et perturbateurs de l'ordre mondial.

Exo-atmosphère : espace cosmique au-delà de l'espace atmosphérique entourant la Terre.

Exploitation offshore : exploitation du pétrole ou du gaz à partir de plateformes installées en pleine mer.

Externalisation : transfert d'une partie des activités d'une entreprise (et des risques qui y sont associés) vers un sous-traitant.

F

Firme transnationale (FTN) : se dit d'une grande entreprise de rayonnement mondial mais ayant gardé une forte identité nationale. Elle possède au moins 10 % du capital d'une autre entreprise située en dehors de son pays d'origine.

G

GAFAM : cet acronyme désigne Google, Apple, Facebook, Amazon et Microsoft, les cinq entreprises américaines (*big Five*) dominant le monde numérique américain et européen, voire mondial. Leur capitalisation boursière est supérieure au PIB de la France.

Galileo : système de positionnement exclusivement civil créé par l'Union européenne pour éviter de recourir à celui des Américains. Il est mis progressivement en service entre 2016 et 2020. Sa précision est de 4 mètres pour le service universel gratuit délivré aux particuliers et de l'ordre du mètre pour les services payants destinés aux professionnels.

Gaz à effet de serre : gaz comme le méthane ou l'ozone contribuant à l'effet de serre et soupçonnés d'être à l'origine du réchauffement climatique. Depuis le protocole de Kyoto (1997), la plupart des États s'engagent à réduire leur émission.

Génocide : extermination organisée et systématique d'une population.

Géomorphologie : analyse scientifique des formes du relief.

GIEC (Groupe d'experts intergouvernemental sur l'évolution du climat) : ouvert à tous les pays membres de l'ONU, il a été créé en 1988. Il a pour objectif d'évaluer les risques liés au réchauffement climatique et d'envisager des stratégies d'atténuation de ces changements.

***Global commons* :** expression très en vogue dans les pays anglo-saxons, utilisée comme synonyme d'environnement. Elle désigne les biens communs de l'humanité que sont l'atmosphère, l'eau, les sols et la biodiversité.

GPS (*Global Positioning System*) : « système de positionnement mondial » mis au point par l'armée des États-Unis. Il permet de connaître sa position avec une très grande précision (entre 5 et 15 mètres) sur la surface du globe.

Griot : conteur qui transmet de génération en génération l'histoire et les traditions de son peuple.

Guerre asymétrique : affrontement marqué par le déséquilibre des moyens engagés (matériels, financiers et humains) entre les deux belligérants.

Guerre déterritorialisée : guerre qui n'est plus menée uniquement dans une région précise mais à partir de bases dispersées dans le monde entier.

Guerre irrégulière : tout affrontement qui n'est pas régi par les règles de la guerre régulière.

Guerre régulière : situation d'hostilité déclarée entre deux États qui recourent à la force armée afin de régler un conflit politique ou territorial survenu entre eux.

H

Hamas : organisation palestinienne islamiste, née en 1987 et recourant à la lutte armée.

Harki : soldat algérien musulman engagé dans l'armée française pendant la guerre d'Algérie.

Haussmannisation : ensemble de grands travaux constituant une modernisation globale sans précédent de Paris (assainissement, circulation, parure monumentale) décidée par Napoléon III et menée à bien par le préfet de la Seine, le baron Haussmann.

Heartland : zone pivot dont le contrôle donne le contrôle du monde dans la théorie de Mackinder. Celui qui la contrôle, grâce à sa puissance maritime, contrôle le monde dans la théorie de Spykman.

Hégémon : désigne, en grec ancien, le commandant en chef ou le gouverneur.

Hyperpuissance : pays qui rassemble la totalité des leviers d'influence et se trouve à cet égard en position de monopole mondial.

I

Illettré : personne qui a été scolarisée mais qui a perdu l'usage de la lecture et de l'écriture.

Intifada : révolte palestinienne des territoires occupés qui se caractérise par des jets de pierre contre les soldats israéliens et des actes de désobéissance civile.

Islamisme : mouvement radical qui voit dans l'islam une idéologie politique ayant pour but l'islamisation de l'État et de la société.

Isolationnisme : doctrine de politique extérieure américaine dominante jusqu'en 1941 qui prône la non-intervention des États-Unis dans les affaires des pays étrangers.

M

Mémoire collective : mémoire partagée, transmise et construite par la société, dominante dans l'espace public.

Multilatéralisme : mode de fonctionnement de la politique extérieure d'un État conformément aux principes démocratiques en tenant compte des positions de tous les acteurs concernés dans le cadre (ou non) d'une organisation internationale.

N

Nation : population de même langue, de même histoire et de même culture ayant le désir et la volonté de vivre ensemble dans le même pays.

Nationalisme d'existence : sentiment d'une population qui se reconnaît dans une même langue, une même histoire, une même culture et qui manifeste le désir et la volonté de vivre ensemble dans un même pays.

Nationalisme de puissance : idéologie qui, en prônant la primauté de son pays par rapport aux autres nations, permet de se définir une identité nationale par défaut.

Négationnisme : déni dans un but raciste ou politique de faits historiques avérés. Ce déni, lorsqu'il concerne les crimes contre l'humanité, est puni par la loi en France depuis 1990 (loi Gayssot).

Néoconfucianisme contemporain : courant de pensée encouragé par le pouvoir chinois actuel qui, sous couvert « d'harmonie », promeut la stabilité politique et sociale du pays par une obéissance volontaire à l'autorité incarnée par l'État.

Néolibéralisme : renouvellement des thèses économiques libérales à partir des années 1970, prônant un désengagement de l'État dans l'économie. Le néolibéralisme a largement inspiré les politiques économiques appliquées par la plupart des pays occidentaux à partir des années 1980.

Néolithique : terme forgé en 1865 à partir du grec *neos*, nouveau, et *lithos*, pierre, et désignant au départ l'âge de « la pierre polie » entre 10000 et 2000 av. J.-C. Cette appellation s'est maintenue jusqu'à nos jours, même si l'on considère aujourd'hui que le critère retenu initialement pour désigner cette période (la pierre) ne caractérise pas assez le tournant majeur qu'elle représente pour les sociétés humaines.

Nodules polymétalliques : concrétions rocheuses (en général de 5 à 10 cm de diamètre) accumulées dans certains fonds océaniques et constituées d'hydroxydes de fer et de manganèse.

O

OLP : Organisation de libération de la Palestine, créée en 1964.

P

Paléoclimatologie : étude des variations climatiques terrestres du passé, principalement par l'analyse géologique des sols qui permet d'identifier les végétations climaciques d'une époque donnée.

Patrimoine : à l'origine un bien, un héritage transmis suivant les lois, des parents aux enfants. Requalifié aujourd'hui de naturel, culturel, historique, industriel ou immatériel, le patrimoine est devenu une notion globale.

Patrimoine immatériel : notion récente qui recouvre ce qui se transmet dans le domaine des traditions et expressions orales, pratiques sociales, rituels, fêtes, connaissances et techniques. L'UNESCO est à l'origine d'une Convention pour la sauvegarde du patrimoine culturel immatériel.

Patrimoine mondial de l'humanité : la Convention pour la protection du patrimoine mondial, culturel et naturel, adoptée en 1972 et révisée en 2003, a conduit à la création de la liste du patrimoine mondial actualisée chaque année.

Philhellénisme : mouvement d'aide morale, matérielle et militaire aux Grecs pendant leur guerre d'indépendance (1821-1830) contre les Ottomans.

Pieds-noirs : nom donné aux habitants de l'Algérie d'origine européenne pendant la période de la colonisation française.

Plateau continental : prolongement du continent sous la surface maritime. Il appartient théoriquement au pays côtier jusqu'à une distance de 200 milles marins soit environ 370 km.

PMA : pays les moins avancés selon 4 critères : espérance de vie inférieure à 55 ans, revenu inférieur à 2 dollars par jour, taux d'alphabétisation inférieur à 40 %, industrialisation inférieure ou égale à 10 % du PIB.

PNUE (Programme des Nations unies pour l'environnement) : sa mission est de montrer la voie et d'encourager la coopération pour protéger l'environnement. Il prétend informer les populations et inspirer la politique des États. Pour ce faire, le PNUE publie des rapports annuels et participe à l'élaboration de textes fondamentaux (Agenda 21, Déclaration de Stockholm, etc.).

R

Recherche et développement (R&D) : les travaux de recherche fondamentale et appliquée ainsi que le développement expérimental.

Résilience : capacité de s'adapter à un environnement nouveau ou en mutation.

Réticulaire (réticulé) : qui forme un réseau.

S

Sécurité collective : système international dans lequel les États s'engagent mutuellement à garantir la sécurité mondiale.

Shoah : mot hébreu qui signifie « catastrophe » et qui désigne l'extermination de 6 millions de Juifs par les nazis.

Stère : unité de mesure de volume du bois de chauffage et de charpente. Un stère équivaut à un mètre cube.

Stratégie du « collier de perles » : stratégie chinoise visant à établir une série de bases maritimes permanentes dans l'océan Indien afin de sécuriser son approvisionnement énergétique.

Sunnites / Chiites : les sunnites et les chiites appartiennent à deux branches de l'islam qui ne reconnaissent pas la même succession du prophète Mahomet. Les sunnites sont majoritaires dans le monde musulman et considèrent les chiites comme des hérétiques, notamment car ils vénèrent les chefs de leur communauté, qui seraient inspirés par Dieu. Le courant chiite est très sensible au martyr et à l'injustice sociale.

Sylviculture : ensemble des techniques permettant une gestion rationnelle des forêts afin d'en préserver le potentiel et l'intérêt économique.

Système westphalien : organisation géopolitique de l'Europe à la fin de l'époque moderne. Fondée sur la notion « d'équilibre des puissances », elle vise, sans succès, à éviter la guerre en empêchant la formation d'États plus puissants que les autres.

T

Taliban : membre d'un mouvement islamiste radical, au pouvoir en Afghanistan de 1996 à 2001.

Taux d'alphabétisation : pourcentage des personnes de plus de 15 ans ayant appris à lire et à écrire.

Terril : monticule formé par l'entassement des déblais d'une mine.

Thalassocratie : puissance politique basée sur la domination des espaces maritimes. Au Ve siècle av. J.-C., Athènes peut être considérée comme la première thalassocratie de l'histoire.

Thalassocratique : relatif à la mer et à la puissance.

Tribunal *gacaca* : tribunal de « gazon ». Le nom de cette justice de proximité traditionnelle rwandaise fait référence à la pelouse sur laquelle étaient assis les sages lorsqu'ils écoutaient les plaignants lors des litiges de voisinage qu'ils avaient à juger.

Tribunal pénal international (TPI) : tribunal international temporaire constitué sous l'autorité des Nations unies en vue de juger des crimes contre l'humanité dans un pays ou une région du monde. Trois seulement ont été créés depuis 1945.

Triple-Entente : accord diplomatique d'aide militaire mutuelle entre la France, la Grande-Bretagne et la Russie.

Triplice : accord diplomatique d'aide militaire mutuelle entre l'Allemagne, l'Empire austro-hongrois et, jusqu'en 1915, l'Italie.

U

UNESCO (Organisation des Nations unies pour l'éducation, la science et la culture) : créée en 1945, sa mission est de contribuer à la construction d'une culture de la paix, à l'éradication de la pauvreté, au développement durable et au dialogue interculturel à travers l'éducation, les sciences, la communication et l'information.

Unilatéralisme : organisation de la politique extérieure d'un État sans tenir compte des positions des acteurs concernés (autres États, organisations internationales, etc.).

Z

ZEE (zone économique exclusive) : espace marin propriété d'un État qui peut disposer seul de ses ressources dans un rayon de 370 km (200 milles marins) autour des côtes.

GRAND ORAL

- ✓ Les méthodes pour réussir son Grand Oral
- ✓ 3 questions traitées de SES
- ✓ 3 questions traitées de HGGSP

SOMMAIRE

Définition de l'épreuve 373

MÉTHODES ET CONSEILS

1 Choisir ses sujets de SES ou de HGGSP et se documenter 374
2 Organiser son exposé 376
3 Rédiger l'exposé 378
4 Se présenter devant le jury et tirer parti du temps de préparation 380
5 Présenter l'exposé : première partie de l'épreuve 382
6 Réussir les entretiens : deuxième et troisième parties de l'épreuve 384
7 Éclairer son projet d'orientation : troisième partie de l'épreuve 386

EXEMPLES DE QUESTIONS TRAITÉES

SCIENCES ÉCONOMIQUES ET SOCIALES

1 Pourquoi les salaires des femmes sont-ils, en moyenne, inférieurs à ceux des hommes ? 388
2 Faut-il renoncer à la croissance ? 389
3 Faut-il une Europe fédérale ? 390

HISTOIRE-GÉOGRAPHIE, GÉOPOLITIQUE ET SCIENCES POLITIQUES

1 Nos sociétés peuvent-elles lutter contre la menace terroriste ? (thème 2) 391
2 Faut-il multiplier les commémorations des grands drames du passé ? (thème 3) 392
3 La France a-t-elle une vraie politique de l'environnement aujourd'hui ? (thème 5) 393

DÉFINITION DE L'ÉPREUVE

Préparation	20 min		
Exposé	5 min	**Échange sur le projet d'orientation**	5 min
Échange sur l'exposé	10 min	**Coefficient**	10

1. Les deux questions et le jury

- Durant l'année de Terminale, le candidat formule et prépare **deux questions**. Elles portent sur les deux enseignements de spécialité, soit pris isolément, soit abordés de manière transversale.
- Le **jury choisit une des deux questions**. Deux professeurs de disciplines différentes constituent le jury qui évalue le candidat. Seul un des membres du jury enseigne la spécialité correspondant au sujet ; le candidat devra donc veiller à ce que l'autre professeur comprenne aussi son exposé.

2. Les étapes de l'épreuve

- **Choix de la question par le jury** parmi les deux sujets préparés durant l'année par le candidat.
- **Préparation : 20 minutes**
  Le candidat dispose de vingt minutes pour rassembler ses idées et se remémorer le contenu de son exposé. Il a des feuilles de brouillon à sa disposition mais il ne pourra pas les avoir en main quand il parlera. Durant ces vingt minutes, le candidat peut, s'il le souhaite, préparer sur une feuille qui lui est fournie un support qu'il remettra au jury au début de son exposé. Ce support ne fera pas l'objet d'une évaluation.
- **Première partie de l'épreuve : un exposé de 5 minutes**
  L'exposé débute par l'explication du choix de la question problématisée par le candidat et se poursuit avec une réponse argumentée et illustrée de cette question. Le candidat se tient debout, sauf aménagement spécifique pour raisons médicales, et montre sa maîtrise de l'expression orale.
- **Deuxième partie de l'épreuve : un échange de 10 minutes** avec le candidat **dans le prolongement de l'exposé**
  Le jury revient sur l'exposé, demande des précisions, des justifications, aborde éventuellement de nouvelles perspectives. Il vérifie la solidité des connaissances, la capacité à argumenter et l'aisance à l'oral.
- **Troisième partie de l'épreuve : un échange de 5 minutes sur le projet d'orientation** du candidat
  Le candidat explique le choix de sa question en lien avec son projet d'études. Il présente les différentes étapes de sa réflexion. Le jury n'évaluera pas le choix lui-même mais la capacité du candidat à l'analyser.

Les compétences évaluées

Le jury valorise la solidité des connaissances du candidat, sa capacité à argumenter et à relier les savoirs, son esprit critique, la précision de son expression, la clarté de son propos, son engagement dans sa parole, sa force de conviction.

CHAPITRE 1

Choisir ses sujets de SES ou de HGGSP et se documenter

1 Choisir les deux questions

Les critères du choix

– Chacun de vos sujets doit se rattacher à l'une au moins de vos **spécialités de Terminale**.

– Vos sujets doivent avoir un rapport avec votre **projet d'orientation** et vous aurez à expliciter ce lien dans la seconde partie de l'entretien.

La démarche

– Dressez la liste des domaines qui vous intéressent ; pensez aux métiers que vous envisagez. Demandez conseil à votre entourage et vos professeurs, sans oublier les documentalistes.

– Vous pouvez partager un thème avec des camarades et mener conjointement les recherches mais veillez à présenter ensuite un travail personnel.

La formulation des questions

– Vous pouvez proposer une **interrogation totale** (*est-ce que…* → réponses *oui/non*) qui vous permettra d'envisager différents points de vue selon un plan dialectique.

Ex. : Notre société peut-elle lutter contre les menaces terroristes ?

– Si vous préférez ne développer qu'une perspective, choisissez une **interrogation partielle** introduite par un mot interrogatif *(en quoi, dans quelle mesure…)*.

Ex. : De quels atouts notre société dispose-t-elle pour répondre aux menaces terroristes ?

> **Conseils**
>
> Formulez votre question de façon à ce qu'elle appelle un plan dynamique et non pas descriptif et veillez à ce qu'elle s'inscrive dans une problématique qui vous concerne. Pensez qu'une formulation large ouvrira des voies que l'entretien pourra approfondir.

2 Réunir les connaissances nécessaires

La diversité des sources d'information

– Selon votre sujet, vous pouvez consulter des **articles** ou des **livres** au CDI de votre lycée, à la médiathèque de votre ville. Interrogez les documentalistes et parcourez les **bibliographies** qui accompagnent les articles que vous avez trouvés.

– Certaines **émissions** peuvent vous éclairer ; pensez aux **podcasts** et aux **MOOC** *(Massive Open Online Courses)* qui sont de véritables cours en ligne, souvent gratuits.
– Rencontrez des **spécialistes** et prenez bien note des informations qu'ils vous apportent.
– Élargissez votre recherche à des **documents inattendus** qui pourront piquer la curiosité de votre jury : films, romans, tableaux...

> **Ressources**
> Le site podcastfrance.fr propose une classification thématique des podcasts diffusés en France tandis que le site my-mooc.com/fr répertorie les MOOC.

■ **Les recherches sur Internet**
– Internet est un espace de recherche incontournable à condition de bien l'utiliser. Dans certains cas cependant, s'appuyer sur un livre ou un article synthétique dans une revue est plus rapide et efficace.
– **Évitez les pages personnelles** et **privilégiez les sites officiels** (ac-, gouv, edu...) ou reconnus (journaux, universités...). Prêtez attention à la date des articles et pensez à croiser vos sources.

> **Ressources**
> Certains sites vous aideront à détecter les fausses informations. Sur celui du journal *Le Monde* (www.lemonde.fr/verification/), en entrant l'adresse d'une page Web, il est possible de vérifier sa fiabilité.

3 Utiliser les connaissances réunies

■ **L'utilisation des informations**
– Le « copier-coller » est à proscrire, d'abord parce qu'il s'apparente à un vol ensuite parce qu'il vous sera préjudiciable.
– Notez précisément les références des ouvrages ou sites consultés ; enregistrez les pages Internet dans un autre format sur votre ordinateur et classez-les dans des dossiers ; tenez un répertoire des documents réunis. Surlignez les passages importants et indiquez en marge ce qui a retenu votre attention dans le document.

> **Attention !**
> Ne présentez jamais au jury des arguments qui vous échappent en imaginant que les professeurs, qui les comprennent, vont penser que vous les maîtrisez aussi. L'entretien aura vite fait de démasquer cette démarche maladroite.

■ **La démarche du chercheur**
– Effectuer des recherches suppose des qualités particulières : persévérance, rigueur et méthode. Sans idée préconçue, le chercheur est capable d'admettre ses erreurs et de modifier son point de vue.
– Il réunit une documentation fiable et confronte les analyses existantes avant de bâtir sa propre réflexion.

> **Conseils**
> Dans le cadre du baccalauréat, on attend de vous un exposé sérieux et approfondi mais ne placez pas la barre trop haut. Ne vous acharnez pas sur des articles trop compliqués ; ne vous dispersez pas non plus dans une documentation trop abondante.

CHAPITRE 2

Organiser son exposé

1 Construire un plan cohérent

■ La progression

– L'exposé doit présenter une **progression** pour être convaincant.
– Chaque partie développe **une idée essentielle** et comprend des sous-parties incluant **les idées secondaires**.
– Le plan le plus équilibré comprend trois parties mais la démarche en deux parties reste possible.
– On présente généralement les arguments du plus simple au plus complexe.

■ La cohérence

– L'**enchaînement** des parties et sous-parties doit refléter une **logique** d'ensemble.
– À l'oral, vous mettrez en relief cette cohérence en marquant nettement les **articulations de votre progression** : *tout d'abord, ensuite, enfin*. Vous utiliserez aussi des **silences** bien placés.
– Les **transitions** sont essentielles : elles soulignent la cohérence du discours, en établissant un lien entre deux parties.
– Utilisez des **connecteurs logiques** pour exprimer votre raisonnement. Veillez à bien les choisir et à les varier.

Quelques connecteurs logiques

• Pour **ajouter une idée :** *et, de plus, par ailleurs, en outre, de surcroît*
• Pour introduire une **cause :** *car, en effet, parce que, comme, dans la mesure où*
• Pour introduire une **conséquence** : *donc, ainsi, alors, de sorte que, c'est pourquoi*
• Pour introduire une **finalité :** *pour, en vue de, afin de, pour que*
• Pour exprimer une **concession :** *mais, cependant, pourtant, néanmoins, en revanche, bien que*

■ Le lien avec la problématique

– Revenez constamment à la problématique présentée dans l'introduction.
– Traquez le **hors-sujet**.

2 Choisir le type de plan

■ Le plan classique

On distingue trois grandes parties : l'introduction, l'argumentation, la conclusion. L'argumentation comprend : la narration qui rappelle les faits, la confirmation qui présente des arguments, la réfutation qui désamorce les critiques.

Ex. : Quelle place aujourd'hui pour une politique du patrimoine ?
1. Les évolutions contemporaines de la notion de patrimoine
2. Les avantages (la valorisation de la création contemporaine, un témoignage des réalités sociales et locales)
3. Le rejet des inconvénients (un fardeau financier)

■ **Le plan dialectique**

Le plan dialectique se présente en trois parties : la thèse qui va dans le sens du sujet *(certes…)*, l'antithèse qui conteste ou nuance ce point de vue *(mais…)*, la synthèse qui est un dépassement de la contradiction apparente *(en fait…)*. **Attention lors de la synthèse à ne pas faire un hors-sujet !**

Ex. : Faut-il multiplier les commémorations des grands drames du passé ?
1. Les commémorations des drames marquant les mémoires sont légitimes
2. Non sans un risque de banalisation et de démagogie
3. Il convient de procéder avec discernement par « devoir d'histoire »

■ **Le plan pragmatique**

Il comporte trois étapes : le constat, les causes et les conséquences ou solutions éventuelles.

3 Illustrer ses arguments par des exemples

■ **Les différents types d'arguments**

Pour étayer votre réflexion vous présenterez des arguments empruntés à des domaines variés, économiques, culturels, scientifiques…

■ **Le choix des exemples**

L'exemple a un rôle essentiel dans la démonstration avec plusieurs visées, argumentative, pédagogique ou émotionnelle. Sélectionnez les exemples significatifs que vous analyserez en évitant tout catalogue.

4 Réussir l'introduction et la conclusion

– L'**introduction** se construit en **trois temps** :
1. l'exorde : il s'agit de capter l'attention de l'auditoire ;
2. l'énoncé du sujet vous permet de justifier le choix de la question ;
3. l'annonce du plan donne le fil directeur de l'exposé.

– La **conclusion** se construit en **deux temps** :
1. la synthèse permet de retracer le cheminement intellectuel de la démonstration ;
2. l'ouverture peut se tourner vers l'avenir ou proposer une nouvelle problématique.

Conseil

Pensez à l'entretien qui va suivre : évoquez une perspective sur laquelle vous aimeriez être interrogé(e).

CHAPITRE 3

Rédiger l'exposé

1 Le vocabulaire

Utiliser le mot juste et varier le vocabulaire

– Veillez au bon usage des termes techniques de vos spécialités.

– Évitez les erreurs de vocabulaire.

***Ex.* :** Ne dites pas *voire même, car en effet, comme par exemple* mais *voire* ou *même, car* ou *en effet, comme* ou *par exemple*. Dites *aujourd'hui* et non *au jour d'aujourd'hui*. Évoquez *une alternative* et non *une autre alternative*.

– Évitez les anglicismes *(en live, un challenge, une conf-call…)*.

– Supprimez les répétitions en utilisant un synonyme, un pronom ou un concept plus large.

***Ex.* :** Greta Thunberg est devenue une icône. Cette militante écologiste…

– Remplacez les mots passe-partout par des termes précis et nuancés.

Choisir le niveau de langue qui convient

– Proscrivez le registre familier.

– Selon votre personnalité, votre sujet ou les effets requis, utilisez une langue courante ou soutenue. Ne cédez ni à la facilité ni à l'affectation !

2 La syntaxe

Éviter les phrases incorrectes

– N'oubliez pas le subjonctif dans les subordonnées introduites par *bien que, afin que, pour que, avant que…*

– Les phrases elliptiques, sans verbe conjugué ou sans proposition principale, sont à éviter.

– Les locutions négatives ou restrictives *(ne… pas, ne… que)* doivent être complètes même à l'oral.

– Veillez à la construction des interrogations directes ou indirectes.

> **L'interrogation indirecte**
>
> Quand vous annoncerez votre problématique ou votre plan, maniez correctement l'interrogation indirecte : *Nous verrons en quoi l'écologie ~~est elle~~ est une préoccupation avec laquelle les grandes surfaces doivent compter.*

Varier la construction des phrases

– L'expression de la cause : *en raison de, à cause de, grâce à, car, parce que, comme, étant donné que*, un participe…

– L'expression de la conséquence : *donc, de sorte que, si bien que…*

– L'expression de la condition : *si, au cas où, en admettant que*, un adjectif ou un participe détachés…

Ex. : Plus ambitieuses, ces mesures pourraient séduire l'électorat.

– L'expression d'une opposition : *en dépit de, mais, cependant, bien que, quoique*… Attention, *malgré que* est incorrect.

3 La rhétorique

■ Utiliser les figures d'insistance

– Les figures de **répétition** soulignent les mots importants : l'**anaphore**, quand le mot est repris en tête de phrase ou l'**épiphore**, en fin de phrase.

– La **paronomase** (mots aux sonorités voisines) crée des échos sonores.

– Le **parallélisme syntaxique** peut rythmer votre propos.

> **Attention !**
>
> Pour capter l'attention de l'auditoire, il faut manier avec finesse et mesure le lexique, les tonalités, les figures de style. Évitez les excès qui pourraient vous desservir ! Un recours brillant aux figures de style et une aisance devant le jury ne pallieront jamais un contenu défaillant.

■ Utiliser les figures d'amplification et d'atténuation

– L'**hyperbole** est le procédé de l'exagération qui peut frapper l'auditoire.

– L'**accumulation** permet de discréditer la thèse adverse par un effet de saturation et de désordre.

– L'**euphémisme** (atténuation) au contraire évitera de choquer.

■ Utiliser les figures d'analogie

La **comparaison** ou la **métaphore**, en donnant des images concrètes, permettent de toucher, voire de surprendre ceux qui vous écoutent.

■ Utiliser les figures d'opposition et de substitution

– L'**antithèse** entre deux mots ou expressions de sens contraire, le **paradoxe** contraire aux vérités communes marqueront l'auditoire. L'**oxymore** qui réunit audacieusement deux termes antithétiques peut aussi amener à réagir.

– La **périphrase** en se substituant à un mot unique évite la répétition et met l'idée en relief.

> **De l'écrit à l'oral : travailler la mémorisation**
>
> Durant le temps de préparation, il vous sera difficile de rédiger des passages de votre exposé. Entraînez-vous à le présenter à l'oral, en surveillant la posture, la gestuelle, l'élocution.
>
> **Que faut-il mémoriser ?**
> Le plan avec l'introduction et la conclusion. Puis la ligne directrice de chaque partie. Enfin le détail de l'argumentation à restituer de manière spontanée.
>
> **Comment y parvenir ?**
> Vous avez le choix entre la mémoire visuelle, auditive ou scripturale ou même une approche kinésique qui vous permettra de mettre en scène votre discours en marchant.

CHAPITRE 4 Se présenter devant le jury et tirer parti du temps de préparation

1 Travailler sa confiance en soi

Se préparer en amont

– Certain(e)s d'entre vous montrent plus d'assurance que d'autres. Rappelez-vous qu'il est toujours possible, avec de l'entraînement, de la volonté, de **maîtriser sa timidité**. Pensez aussi qu'une aisance excessive peut indisposer.

– Une des causes du manque d'assurance est souvent une **mauvaise représentation de l'épreuve**. Retenez très précisément son déroulement, étape par étape, et soyez certain(e) que **la réussite est liée au travail fourni tout au long de l'année**.

– En **anticipant**, vous pourrez réduire la part d'imprévu et serez plus à l'aise. Si vous maîtrisez votre sujet, le temps de préparation deviendra un simple temps de révision.

Deux films pour vous inspirer

Regardez les films *Le Brio* et *À voix haute* : repérez le manque d'aisance des adolescent(e)s au début de leur entraînement et leur assurance à la fin, lors d'un concours d'éloquence beaucoup plus ambitieux que l'oral de Terminale. Les progrès sont possibles à condition de s'entraîner.

Apprivoiser son stress le jour J

– Le stress peut être un aiguillon, s'il est dominé. Pour **apprivoiser** – et non chasser – **votre stress** avant l'épreuve, **respirez** profondément et régulièrement. Adoptez de préférence une respiration abdominale. L'apport d'oxygène favorise la détente et, en fixant votre attention sur le va-et-vient de l'air, vous éviterez les pensées anxiogènes.

– Une heure avant votre oral, prenez un en-cas, par exemple une barre protéinée.

– Buvez de l'eau durant votre temps de préparation.

Conseils

Faites confiance aux professeurs qui vous écoutent et qui n'attendent pas de vous l'aplomb d'un ténor du barreau. Ils mesurent la difficulté de l'épreuve et se montreront bienveillants, appréciant vos efforts et votre implication.

2 Se présenter devant le jury : respecter les codes de l'examen oral

- **Les codes vestimentaires**

Privilégiez une **tenue correcte et soignée**, des vêtements de couleur **sobre** dans lesquels vous vous sentez **à l'aise**. Évitez les excès en tous genres qui risquent de brouiller le message. Optez pour la discrétion !

- **Les codes de politesse**

Vous vous adressez à des professeurs avec **courtoisie**. En entrant dans la salle d'examen, n'oubliez pas la formule de **politesse** : « Bonjour Madame, bonjour Monsieur/Bonjour Mesdames/Bonjour Messieurs ». Vous ferez de même en sortant.

- **Les codes de l'échange**

– Vous adopterez une **démarche assurée**, une attitude avenante suggérant un **désir d'ouverture**. Maîtrisant votre stress, vous présenterez un visage souriant et expressif.

– Un regard direct et franc instaurera d'emblée des liens et invitera au dialogue.

3 Tirer parti du temps de préparation de 20 minutes

- **Se remémorer le contenu de son exposé**

– Après un temps de pause et de respiration, vous pouvez rassembler sur une feuille **les points essentiels pour répondre au sujet choisi par le jury**.

– Notez votre plan, les idées principales, la phrase d'accroche de l'introduction et l'envol de la conclusion.

– **Vous ne disposerez pas de cette feuille lors de votre exposé.**

> **Attention !**
>
> Vous devrez éteindre votre téléphone durant l'examen et toutes les salles ne sont pas équipées d'une horloge. Pensez à apporter une montre pour mesurer votre temps de préparation.

- **Préparer le document à remettre au jury**

– Un **document facultatif** : le support que vous remettrez au jury n'est pas obligatoire et ne sera pas évalué. L'organisation de votre temps de préparation dépendra donc de la réalisation ou non de ce document.

– Vous pourrez disposer de cette feuille durant la première partie de l'entretien.

– Les **fonctions du document** : préparer cette page vous aide à retrouver l'exposé que vous avez mémorisé. Ce document permet aux **professeurs** de bien **vous suivre** ou de **vous aider** si, en l'absence de notes, vous perdez le fil de vos idées. Il peut aussi **susciter des questions** durant l'entretien.

– Le **contenu du document** : vous êtes libre d'y inscrire ce que vous voulez – plan de l'exposé, schémas, dates... Adoptez une **présentation concise, claire et soignée**. Utilisez des couleurs.

CHAPITRE 5

Présenter l'exposé : première partie de l'épreuve

1 Solliciter l'attention du jury

Des procédés qui interpellent l'auditoire

– L'**apostrophe** détachée par la syntaxe est un procédé de mise en relief. N'en abusez pas !

Ex. : « Nature, il est temps que nous te respections »

– Les **pronoms de première personne** sont utiles également : le pronom **« je »** exprime un investissement personnel. Le pronom **« nous »** peut vous désigner vous-même mais aussi être un moyen habile d'inclure le jury dans votre argumentation.

Ex. : « Nous avons dans le domaine de l'environnement une obligation de résultat. »

– L'**impératif** permet de solliciter énergiquement votre auditoire.

Ex. : « Un homme marchera sur Mars dans les prochaines décennies. Relevons ce défi technologique ! »

– L'**interrogation rhétorique** (question oratoire) n'attend pas de réponse car cette dernière est sous-entendue. En créant l'illusion d'introduire une objection ou une délibération, elle amène le destinataire à adhérer au raisonnement.

> **Créer un lien avec le jury**
>
> Un visage expressif et souriant, un regard direct et franc instaurent d'emblée des liens. Vous pouvez aussi souligner l'importance d'une assertion par un regard soutenu adressé au jury et ponctuer votre discours de quelques gestes mesurés.

Un lien de complicité

– La **prétérition** est une figure par laquelle on feint de taire un propos, afin de mieux le souligner. Elle éveille l'attention et introduit une connivence en insistant sur l'évidence de ce qui va être dit.

Ex. : « Je ne rappellerai pas qui est Steve Jobs, l'inventeur américain visionnaire, le pionnier du numérique, le fondateur de l'entreprise Apple… »

– En laissant entendre autre chose que ce que l'on dit littéralement, l'**ironie** met à distance un énoncé et suggère que le locuteur s'en désolidarise. À manier avec prudence !

Ex. : « C'est bien connu. Le Parti a toujours raison. »

2 Adopter une parole vivante

■ La qualité de l'élocution

– Un **rythme** posé, ni trop rapide ni trop lent, vous permettra de maîtriser votre stress et d'être mieux compris(e). Évitez une **articulation** négligée. Il faut parler lentement et prononcer toutes les syllabes.

Ex. : les p'tits commerces → les petits commerces

– N'oubliez pas les **liaisons**. Faites entendre les consonnes finales des mots quand le mot qui suit commence par une voyelle ou un *h* muet.

Ex. : Nous avons‿entendu. Ils fleurissent‿en mai.

■ La fluidité du discours

– **Entraînez-vous** avec de très courtes présentations pour commencer, en veillant au tempo calme de l'énonciation.
– Enregistrez-vous pour repérer vos **tics de langage** *(bon, bien, alors, voilà, donc, euh...)*. On peut remplacer les mots parasites par de brefs silences.

■ L'utilisation de sa voix

– Le **volume sonore** : vous ne devez parler **ni trop fort ni trop bas**. Adaptez votre voix à la taille de la salle et à la distance qui vous sépare du jury.
Le volume sonore n'est pas constant. Sans exagérer, faites-le varier pour ne pas lasser votre auditoire. Veillez surtout à adapter le volume sonore à vos arguments et exemples afin de suggérer la place qu'ils occupent dans l'argumentation.

> **Conseils**
> En haussant le ton, vous exprimerez aisément votre indignation, en le baissant vous obligerez votre jury à rester attentif et donnerez l'impression de propos confidentiels.

– Les **variations de rythme** : on peut, à des moments choisis, accélérer ou ralentir le rythme pour changer de dynamique et éviter la monotonie. Détachez les phrases qui doivent accrocher le jury.
– On peut **rythmer son propos avec des silences** : une pause avant ou après un mot ou une expression leur donnera du relief ; marquez un temps d'arrêt pour indiquer les articulations de votre exposé : à la fin de l'introduction, avant la conclusion et entre chaque partie.
– La **musicalité de la langue :** L'orateur joue sur la mélodie des phrases, sur les graves et les aigus. Pour varier les intonations, vous pouvez choisir des types de phrases différentes (interrogatives, exclamatives, injonctives).

> **Conseils**
> • Pensez au solfège qui propose des signes pour marquer les silences. L'éloquence, comme la musique, est l'art des silences.
> • Pour faire vivre et vibrer les mots, il faut s'entraîner, travailler l'intensité de sa voix, ses intonations, la vitesse de son débit de parole, jouer de la musicalité de sa voix.

CHAPITRE 6

Réussir les entretiens : deuxième et troisième parties de l'épreuve

1 La préparation du premier entretien durant l'année

Compléter les informations

– Retenez les **références** des articles ou sites que vous citez durant votre exposé afin de justifier précisément votre analyse si nécessaire.

– Effectuez des **recherches sur les auteurs mentionnés**. Cherchez la **définition exacte des termes** techniques utilisés.

– À partir de votre sujet, imaginez les **perspectives voisines** qui peuvent être abordées.

> **Attention !**
> Un des membres du jury enseigne la spécialité à laquelle est rattaché votre sujet : assurez-vous de bien maîtriser les notions au programme.

Préparer les questions

Vous pouvez **anticiper une partie des questions posées.** Dressez-en la liste et préparez les réponses. Attendez-vous à **différentes sortes de questions** :

– un **approfondissement** d'une des perspectives ;

Ex. : Vous avez mentionné… Pourriez-vous préciser ce qu'il en est ?

– un **élargissement** à partir d'une piste esquissée en conclusion ;

– une **rectification** ;

Ex. : Êtes-vous certain(e) que… ? Vos données tiennent-elles compte des dernières mises à jour ?

– une interrogation quant à la **démarche** que vous avez **adoptée**.

Rappelez-vous que vous pourrez disposer du document réalisé durant le temps de préparation.

2 Adopter la bonne posture durant les entretiens

Vous avez choisi de rester debout.

– Veillez à vous tenir droit, la tête haute, les jambes ancrées au sol, gage de stabilité.

– Évitez tout mouvement pendulaire d'un pied sur l'autre.

– Gardez les épaules descendues et ouvertes en signe d'accueil de la discussion.

- **Vous avez choisi de vous asseoir.**

– Il convient de s'installer sur le siège sans être avachi, le buste droit, légèrement penché vers votre interlocuteur, prêt à communiquer avec lui.
– Ne croisez pas les jambes, et posez vos pieds à plat.
– Ne croisez pas non plus les bras, autre attitude de repli.
– Maintenez la posture bien droite, ne vous recroquevillez pas au fil de l'entretien !

- **La gestuelle**

Évitez les gestes parasites comme se balancer de droite à gauche, jouer avec son stylo, relever une mèche, se tordre les mains (signe de nervosité)...

3 Bien réagir aux questions

- **L'attitude à adopter**

– Tout d'abord, il est essentiel d'**écouter votre jury sans l'interrompre**. Soyez prêt(e) à entrer dans le dialogue, voire à nuancer certaines de vos positions. Si vous constatez une erreur dans votre démonstration, n'hésitez pas à l'admettre. Vos interlocuteurs apprécieront cette démarche d'autocritique et votre nouvelle capacité d'argumentation.
– Si **vous ne comprenez pas une question, proposez ou demandez une reformulation.**

Ex. : Je suis désolé(e) mais je n'ai pas bien saisi votre question. Voulez-vous dire que... ? Je vous prie de m'excuser mais le sens du mot que vous avez employé m'échappe.

> **N'oubliez pas !**
> Le baccalauréat n'est pas un concours sélectif. Le jury est bienveillant ; il ne cherche pas à vous déstabiliser mais à vous aider.

– Il peut arriver **que vous ne sachiez pas répondre à une question** : admettez honnêtement et sans vous affoler que vous ne connaissez pas la réponse. Vous pouvez toutefois, ensuite, émettre avec prudence différentes hypothèses ou bien aborder une perspective voisine.

Ex. : Je crains de ne pas savoir répondre à cette question concernant cet événement précis mais d'autres faits similaires se sont produits comme...

– Si on conteste votre prise de position, **soyez ferme mais habile**, en prenant en compte les arguments opposés dans un raisonnement concessif : *certes... mais.*
– Si la question concerne votre **démarche personnelle**, optez pour la **spontanéité** et la **sincérité**.

- **La formulation des réponses**

Développez vos réponses en **reprenant les termes de la question** ; argumentez et illustrez votre propos en évitant les exemples déjà proposés dans votre exposé. Soignez votre expression ainsi que votre élocution.

CHAPITRE 7

Éclairer son projet d'orientation : troisième partie de l'épreuve

1 Faire le lien entre les questions choisies et le parcours envisagé

Le choix des questions en fonction du projet d'études

– Les spécialités choisies puis les questions retenues pour le Grand Oral correspondent en principe à vos centres d'intérêt et à vos projets d'avenir.
– Dégagez clairement **le lien entre chacun de vos sujets et les voies envisagées** : ce lien sera sans doute le point de départ de la seconde partie de l'entretien.

Que faire si le lien est fragile, voire inexistant ?

– Certains d'entre vous ont suivi jusqu'au baccalauréat une filière générale alors que le parcours qu'ils envisagent est très différent : ébéniste, cuisinier...
– D'autres parmi vous, en réfléchissant durant leur année de Terminale, s'aperçoivent que les spécialités choisies ne correspondent pas à leurs qualités ou leurs centres d'intérêt.
– Dans ce cas, **soyez honnête et reconnaissez vouloir choisir une voie à laquelle ni vos spécialités ni les sujets retenus ne vous préparent**. Vous pourrez toutefois ajouter que la formation suivie en Terminale, en vous apportant des méthodes et une culture générale, vous a été malgré tout utile.

2 Approfondir la réflexion sur le (ou les) parcours envisagé(s)

Les sources

Pour présenter la façon dont s'est élaboré au fil des mois votre projet, vous pouvez faire référence aux **sources que vous avez rencontrées ou consultées** :
– les fiches disponibles sur le site Parcoursup, dans votre lycée ou au CIO ;
– le stage en entreprise de 3e : a-t-il influencé vos choix d'orientation ?
– les séances consacrées à l'orientation au lycée ;
– les entretiens avec le professeur principal, la conseillère d'orientation ou bien des professionnels du secteur qui vous intéresse ;
– les journées portes ouvertes des différents établissements susceptibles de vous convenir.

La démarche

– Pour nourrir la seconde partie de l'entretien, **notez au fil de l'année les étapes de votre réflexion**.

– Dressez la liste de vos centres d'intérêt, de vos points forts et de vos fragilités. Quels métiers vous attirent particulièrement ? Quelles qualités nécessitent-ils selon vous ? Si ces métiers ne sont pas à votre portée, lesquels s'en approchent ?

– Pensez aux voies que vous avez écartées et notez pour quelles raisons.

– Préparez les questions : nature et durée de la formation envisagée, diversité des débouchés, passerelles éventuelles, étapes de la sélection, métiers possibles…

- **Le droit de changer d'avis**

– Votre recherche ne suit pas obligatoirement une ligne droite et il est possible de changer d'avis. Peut-être vos sujets ne sont-ils plus en adéquation avec vos projets. Les réflexions conduites pour préparer le Grand Oral vous aident justement à choisir votre voie.

> **Conseil**
>
> Si, à la date du Grand Oral, vos vœux sur Parcoursup n'ont pas été satisfaits, préparez d'autres questions : quel parcours envisagez-vous pour rester dans le domaine qui vous intéresse malgré les refus que vous avez essuyés ? Ou bien quelle autre voie très différente pourriez-vous emprunter ?

– Vous pouvez avoir **plusieurs parcours en tête** ; cette attitude souple est d'ailleurs prudente.

3 Proposer une réflexion personnelle sur le parcours envisagé

- **Mettre en avant la dimension personnelle de la réflexion**

– N'hésitez pas à exprimer vos sentiments à condition de ne pas adopter un ton théâtral.

– La réflexion que vous mènerez de manière sincère, personnelle, enthousiaste ou inquiète, éclairera le jury sur votre personnalité, vos expériences, vos attentes.

> **À savoir**
>
> Les examinateurs, s'ils ont pu mesurer le sérieux de votre travail, manifesteront leur bienveillance.
> S'ils vous sentent hésitant(e), l'échange pourra donner lieu à des conseils. S'ils vous découvrent volontaire, ils vous céderont volontiers la parole.

- **Adapter langage et attitude à cet entretien plus personnel**

– En évitant de recourir à un langage familier, optez pour la **spontanéité**. Appuyez-vous, sans exagérer, sur des lectures ou des films que vous avez aimés, sur des projets (humanitaires, artistiques) qui dépassent le cadre des études.

– La **sincérité** mais aussi la **mesure** (absence d'exagération) sont les maîtres-mots de cette seconde partie de l'entretien.

1 Pourquoi les salaires des femmes sont-ils, en moyenne, inférieurs à ceux des hommes ?

Mon exposé (5 minutes)

Les raisons de mon choix (1 min)

- Il existe une contradiction entre un discours valorisant l'égalité hommes/femmes et le maintien de fortes inégalités.
- J'ai souhaité comprendre les mécanismes à l'œuvre afin d'identifier des leviers d'action pour favoriser l'égalité.

Développement (3 min)

- Constat du maintien des inégalités : étayez par des données chiffrées en citant vos sources.
- Le salaire moyen des femmes inférieur est, en partie, lié à un temps de travail moindre, mais, à temps de travail égal, à diplôme égal, à type de poste égal, etc., le salaire des femmes est également moindre.
- Explication des logiques de discrimination : donnez des exemples.
- Explication des mécanismes d'autocensure : les femmes postulent moins à des postes à responsabilités, s'orientent vers des secteurs moins rémunérateurs, négocient moins âprement leur salaire, etc. (lien à établir avec une socialisation différenciée).

Réponse à la question (1 min)

Il existe un cercle vicieux entre discrimination et autocensure, qui enferme les femmes dans une position sociale moins valorisée.

Mon entretien avec jury (10 minutes d'échange)

Quelques questions possibles du jury

- Que pensez-vous de la discrimination positive ?
- Quel bilan dressez-vous des mesures sur la parité en politique ?
- Quelle influence ont les systèmes de garde d'enfants et les congés paternité/maternité sur les inégalités sur le marché du travail ?

Échange avec le jury sur mon projet d'orientation (5 minutes d'échange)

Quelques questions possibles du jury

- Quel est le lien entre votre projet d'étude et votre volonté d'œuvrer pour l'égalité hommes/femmes ?
- Comment concevez-vous votre projet professionnel dans cette optique ?

2 Faut-il renoncer à la croissance ?

Mon exposé (5 minutes)

Les raisons de mon choix (1 min)

- La dégradation de notre environnement appelle à une évolution radicale de nos pratiques. Une des pistes évoquées est la décroissance.
- J'ai souhaité comprendre en quoi consistait cette piste afin d'en étudier la pertinence.

Développement (3 min)

- Notre modèle de croissance n'est pas durable : mettez en avant des données chiffrées pour étayer ce constat.
- En réduisant la production, la consommation est aussi mécaniquement limitée, et cela permet une réduction des émissions de gaz à effet de serre et une meilleure préservation du capital naturel.
- Toutes les activités n'ont pas le même impact sur l'environnement, et il semble intéressant de les réorienter plutôt que de les réduire de façon générale. Les activités liées à la santé ou l'éducation, par exemple, ne doivent pas être réduites. Présentez les outils dont le régulateur dispose pour réorienter la croissance.

Conclusion (1 min)

Plutôt que de prôner la décroissance, il semble plus judicieux de modifier profondément nos méthodes de production afin de polluer moins et de réorienter l'appareil productif pour se focaliser sur le développement d'activités utiles socialement et compatibles avec la préservation de notre environnement.

Mon entretien avec jury (10 minutes d'échange)

Quelques questions possibles du jury

- Que pensez-vous des oppositions existantes au développement d'une taxe « carbone » en France ?
- Comment le politique peut-il identifier les activités à développer et celles à proscrire ? Est-ce compatible avec la préservation des libertés individuelles ?
- Quelles conséquences les mesures de protection de l'environnement peuvent-elles avoir sur l'emploi ?

Échange avec le jury sur mon projet d'orientation (5 minutes d'échange)

Quelques questions possibles du jury

- Quelles études poursuivrez-vous après le Bac ?
- Avez-vous en tête un projet professionnel qui puisse vous permettre de contribuer à la protection de l'environnement ?

3 Faut-il une Europe fédérale ?

Mon exposé (5 minutes)

Les raisons de mon choix (1 min)

- La crise de la dette grecque a fait ressortir des contradictions existantes dans la construction européenne et l'importance d'une solidarité entre États membres.
- Des commentateurs ont mis en avant la nécessité d'aller vers une Europe fédérale pour éviter l'éclatement de la zone euro, et cela m'a donné envie de comprendre ce débat.

Développement (3 min)

- La mise en place d'une monnaie commune génère de fortes interdépendances entre les pays, et cela rend nécessaire la coordination des politiques conjoncturelles.
- Analyse de la situation actuelle et mise en avant des contradictions existantes avec l'utilisation de l'exemple de la crise grecque.
- Présentation de ce que pourrait être une Europe fédérale avec la mise en place de politiques budgétaires de relance au niveau européen en cas de crise. Présentation des réformes qui tendent à renforcer la coordination entre les États depuis la crise grecque.

Conclusion (1 min)

D'un point de vue économique, une Europe fédérale aurait du sens, mais il existe des blocages politiques importants.

Mon entretien avec jury (10 minutes d'échange)

Quelques questions possibles du jury

- Pourquoi l'Allemagne a-t-elle été réticente, au cours de la crise grecque, à venir en aide à l'État grec ?
- Que pensez-vous des propositions de repli national avec remise en cause de la zone euro ?
- Historiquement, y a-t-il déjà eu des propositions de mise en place d'une Europe fédérale ?

Échange avec le jury sur mon projet d'orientation (5 minutes d'échange)

Quelques questions possibles du jury

- Pensez-vous étudier à l'étranger au cours de vos études ?
- Avez-vous envisagé de travailler dans le secteur de la diplomatie ?

HGGSP
Exemples de questions traitées

1 Nos sociétés peuvent-elles lutter contre la menace terroriste ? [thème 2]

Mon exposé [5 minutes]

Les raisons de mon choix (1 min)

- La question du terrorisme comme menace toujours présente dans la vie quotidienne revient souvent dans les discussions entre élèves.
- J'ai souhaité m'y intéresser en la confrontant à ce que nous étudions en spécialité à propos des nouveaux types de conflits dans le monde.

Développement (3 min)

- Au quotidien, la menace terroriste est perçue, dans nos sociétés occidentales en « paix civile », comme une violence aveugle, difficile à anticiper et qui, dans le cas des attentats de Paris de 2015, a particulièrement frappé les jeunes. [*Citez d'autres attentats*]
- Elle paraît difficilement compréhensible et peu « anticipable », si on ne la replace pas dans le contexte général de l'évolution des formes de conflit depuis les années 2000 (guerres irrégulières et asymétriques – *donnez des exemples*).
- La résolution de ce type de conflit est complexe. Au niveau des États, elle passe par le renforcement du renseignement international et de la surveillance du territoire. Pour les particuliers, la vigilance, sans tomber dans la paranoïa, reste le meilleur moyen de lutte au quotidien.

Réponse à la question (1 min)

Pour les sociétés occidentales démocratiques, la lutte contre la menace terroriste est un défi qu'elles ne parviennent pas encore à maîtriser entièrement.

Mon entretien avec jury [10 minutes d'échange]

Quelques questions possibles du jury

- Peut-on distinguer plusieurs types de menace terroriste aujourd'hui ?
- Avez-vous connaissance de mesures particulières de lutte contre la menace terroriste, par exemple aux abords de votre lycée ?

Échange avec le jury sur mon projet d'orientation [5 minutes d'échange]

Quelques questions possibles du jury

- Quel type d'études allez-vous poursuivre après le Bac ?
- Envisagez-vous, ensuite, de travailler dans un secteur lié à la protection des biens et des personnes ?

2 Faut-il multiplier les commémorations des grands drames du passé ? (thème 3)

Mon exposé (5 minutes)

Les raisons de mon choix (1 min)

- Au lycée, on participe à beaucoup de commémorations d'événements du passé sous diverses formes (journées, concours, etc.).
- Des discussions ont souvent lieu entre nous pour savoir s'il n'y en a pas trop.

Développement (3 min)

- Les drames et les conflits marquent profondément les mémoires des populations (*citez des exemples qui peuvent être pris dans le cours d'histoire ou de spécialité*).
- Aujourd'hui, de nombreux groupes « porteurs de mémoires » (*citez des noms*) revendiquent une journée ou un symbole commémoratif pour exister dans l'espace public. De nombreuses actions commémoratives sont entreprises dans le cadre de l'Éducation nationale (*citez des exemples*).
- La multiplication de ces commémorations est légitime mais il y a un risque de banalisation, si on en sature l'espace public ou le calendrier scolaire.
- Il ne faut pas confondre le légitime « devoir d'histoire » (rappeler, décrire et analyser objectivement les drames du passé) et les revendications commémoratives des groupes porteurs de mémoires, qui ne sont pas forcément toujours objectives.

Réponse à la question (1 min)

Commémorer les conflits et les drames du passé est légitime mais il convient de le faire avec discernement, par « devoir d'histoire » plus que pour satisfaire les revendications de groupes porteurs de mémoire.

Mon entretien avec jury (10 minutes d'échange)

Quelques questions possibles du jury

- Pouvez-vous citer des journées de commémoration autres que celles que vous avez déjà évoquées ?
- Avez-vous participé à des travaux sur la commémoration d'événements tragiques pendant votre temps scolaire ?

Échange avec le jury sur mon projet d'orientation (5 minutes d'échange)

Quelques questions possibles du jury

- Quelle orientation envisagez-vous après le Bac ?
- Aimeriez-vous travailler dans des métiers liés à l'histoire ?

3 La France a-t-elle une vraie politique de l'environnement aujourd'hui ? (thème 5)

Mon exposé (5 minutes)

Les raisons de mon choix (1 min)

- En classe, on étudie beaucoup d'aspects concernant l'environnement mais quasiment jamais ce qui intéresse le plus les gens, c'est-à-dire la concrétisation de la protection de notre environnement.
- J'ai le sentiment qu'il n'y a pas vraiment de politique globale de l'environnement en France.

Développement (3 min)

- Il semble qu'il y a une politique cohérente de protection de l'environnement en France, incarnée depuis les années 2010 par la création d'un grand ministère de l'Environnement : titulaires renommés (S. Royal, N. Hulot, etc.), champ de compétences élargi à la « transition énergétique », nombreuses mesures (*donnez des exemples*).
- La démission de N. Hulot en 2018 ou l'échec acté du premier « Grenelle de l'environnement » laissent douter de la réalité de la politique écologique des gouvernements.
- La défiance de l'opinion publique s'exprime par le retour à un vote écologiste « différent ». Les suffrages vont plutôt à la nouvelle génération d'écologistes qui croient plus aux changements locaux qu'à une politique décidée d'en haut.

Réponse à la question (1 min)

Il existe une politique de l'environnement depuis plusieurs années, mais elle ne semble pas encore suffisante face aux défis climatiques à venir.

Mon entretien avec jury (10 minutes d'échange)

Quelques questions possibles du jury

- Connaissez-vous des actions dans ce domaine dans votre environnement quotidien (au lycée) ?
- Que pensez-vous de la protection de l'environnement aujourd'hui aux États-Unis ?

Échange avec le jury sur mon projet d'orientation (5 minutes d'échange)

Quelques questions possibles du jury

- Quel type d'études supérieures envisagez-vous ?
- Accepteriez-vous de travailler pour un employeur indifférent à la protection de l'environnement ?

MATHS COMPLÉMENTAIRES

- ☑ Toutes les notions du programme
- ☑ Les exercices incontournables entièrement résolus et commentés

SOMMAIRE

L'enseignement optionnel de Mathématiques complémentaires 397

CHAPITRES 1 À 10

COURS / EXERCICES / CORRIGÉS

1 Suites numériques, modèles discrets 398
2 Limites de fonctions 401
3 Dérivation et convexité 404
4 Continuité et applications 407
5 Logarithme népérien 410
6 Primitives et équations différentielles 413
7 Intégration 416
8 Statistiques à deux variables quantitatives 420
9 Lois discrètes 423
10 Lois à densité 426

Corrigés 429

L'ENSEIGNEMENT OPTIONNEL DE MATHÉMATIQUES COMPLÉMENTAIRES

Présentation

- L'option **Mathématiques complémentaires** est recommandée aux élèves qui ont abandonné la Spécialité mathématiques en fin de Première et qui envisagent de poursuivre des études où un niveau de base est nécessaire dans cette matière. En fonction des lycées, cette option peut être accessible aux élèves n'ayant pas suivi la Spécialité en Première mais une remise à niveau sera dans ce cas indispensable.

- Cette option convient, par exemple, à des élèves souhaitant poursuivre des études dans les **filières médicales**, **sciences sociales** ou **sciences économiques**, mais aussi dans les **filières paramédicales** ou en **licence STAPS**.

- L'option Mathématiques complémentaires représente **3 heures par semaine** ; elle est abordée en classe sous forme de 9 thèmes qui mettent en jeu des notions mathématiques. Le travail s'articule autour des **six compétences** : **chercher, modéliser, représenter, raisonner, calculer et communiquer ;** les notions du programme de la Spécialité mathématiques de Première seront donc fortement sollicitées.

- Dans ce livre, nous vous proposons pour chaque notion, un **résumé de cours**, une série d'**exercices de difficulté graduée** et une **correction détaillée** de chaque exercice, assortie de conseils.

Évaluation

- Pour le baccalauréat, il n'y a pas d'épreuve terminale comme c'est le cas pour la Spécialité mathématiques, ni d'évaluation commune (EC). L'option Mathématiques complémentaires est évaluée en contrôle continu et, à ce titre, fait partie des notes des bulletins de Terminale et de Première qui comptent pour 10 % de la note finale, soit avec un coefficient 10.

- Ce coefficient 10 se compose de la façon suivante : coefficient 5 pour la moyenne des moyennes de tous les enseignements de Première et coefficient 5 pour la moyenne des moyennes de tous les enseignements de Terminale.

CHAPITRE 1

Suites numériques, modèles discrets

1 Limites et définitions

■ **Limite infinie :** $\lim\limits_{n \to +\infty} u_n = +\infty$ signifie que, pour tout réel $A > 0$, les termes u_n sont supérieurs à A à partir d'un certain rang.

$\lim\limits_{n \to +\infty} u_n = -\infty$ signifie que, pour tout réel $B < 0$, les termes u_n sont inférieurs à B à partir d'un certain rang.

■ **Limite finie :** $\lim\limits_{n \to +\infty} u_n = l$ signifie que tout intervalle ouvert contenant l contient tous les termes de la suite (u_n) à partir d'un certain rang.

■ **Définition :** La suite (u_n) **converge** lorsqu'elle a une limite finie.

La suite (u_n) **diverge** lorsqu'elle a une limite infinie ou lorsqu'elle n'a pas de limite.

■ **Propriété :** La limite d'une suite est **unique** :

si $\lim\limits_{n \to +\infty} u_n$ existe, alors $\lim\limits_{n \to +\infty} u_n = \lim\limits_{n \to +\infty} u_{n+1}$.

2 Limites de référence

$\lim\limits_{n \to +\infty} n = +\infty$	$\lim\limits_{n \to +\infty} n^2 = +\infty$	$\lim\limits_{n \to +\infty} n^3 = +\infty$	$\lim\limits_{n \to +\infty} \sqrt{n} = +\infty$
$\lim\limits_{n \to +\infty} \frac{1}{n} = 0$	$\lim\limits_{n \to +\infty} \frac{1}{n^2} = 0$	$\lim\limits_{n \to +\infty} \frac{1}{n^3} = 0$	$\lim\limits_{n \to +\infty} \frac{1}{\sqrt{n}} = 0$

■ **Limite de (q^n), $q \geqslant 0$.**

$0 \leqslant q < 1$	$q = 1$	$q > 1$
$\lim\limits_{n \to +\infty} q^n = 0$	$\lim\limits_{n \to +\infty} q^n = 1$	$\lim\limits_{n \to +\infty} q^n = +\infty$

3 Limites et opérations

Les 4 opérations sont valables et elles se font intuitivement sauf dans certains cas qu'on appelle les **formes indeterminées** (FI). Il y en a **quatre** et par abus d'écriture, ce sont : $\infty - \infty$, $0 \times \infty$, $\frac{\infty}{\infty}$ et $\frac{0}{0}$.

4 Limites et comparaisons

■ **Théorème de comparaison :** Si $\lim\limits_{n \to +\infty} u_n = +\infty$ et si, à partir d'un certain rang, $u_n \leqslant v_n$, alors $\lim\limits_{n \to +\infty} v_n = +\infty$.

■ **Propriété :** Si $\lim_{n\to+\infty} u_n = l$, $\lim_{n\to+\infty} v_n = l'$ et si, à partir d'un certain rang, $u_n \leqslant v_n$ alors $l \leqslant l'$.

■ **Théorème des gendarmes :** Si $\lim_{n\to+\infty} u_n = l$ et si $\lim_{n\to+\infty} w_n = l$ et si, à partir d'un certain rang, $u_n \leqslant v_n \leqslant w_n$, alors $\lim_{n\to+\infty} v_n = l$.

5 Suites arithmético-géométriques

■ **Définition :** Soit a et b sont deux réels fixés.
Une suite (u_n) est **arithmético-géométrique** de paramètres a et b si, et seulement si :

$$\boldsymbol{u_{n+1} = au_n + b} \quad \textbf{(E)}$$

Si $\boldsymbol{a = 0}$, alors la suite $(\boldsymbol{u_n})$ est une **suite constante**.
Si $\boldsymbol{a = 1}$, alors la suite $(\boldsymbol{u_n})$ est arithmétique de **raison $\boldsymbol{b}$**.
Si $\boldsymbol{a \neq 0}$ et $\boldsymbol{b = 0}$, alors la suite $(\boldsymbol{u_n})$ est géométrique de **raison $\boldsymbol{a}$**.

■ **Méthode :** Déterminer la formule explicite de la suite arithmético-géométrique (u_n) de paramètres a et b se fait en trois étapes.

❶ On détermine la suite constante vérifiant **(E)** en résolvant l'équation d'inconnue l : $l = al + b$.
❷ On démontre que la suite (v_n) définie pour tout naturel *n* par l'égalité $v_n = u_n - l$ est une suite géométrique de raison a.
❸ On détermine alors la formule explicite pour (v_n) : $v_n = v_0 \times a^n$, puis on en déduit la formule explicite de (u_n) : $u_n = v_n + l = v_0 \times a^n + l$.

EXERCICES

1 5 min ★ QCM

Dans chaque cas, entourer la réponse exacte.

	A	B	C	D
1. Le terme général de la suite arithmétique (u_n) de raison 3 et de 1er terme $u_0 = -2$ est :	$u_n = 3n - 2$	$u_n = 3 \times (-2)^n$	$u_n = -2n + 3$	$u_n = -2 \times 3^n$
2. Le terme général de la suite géométrique (u_n) de raison 3 et de 1er terme $u_0 = -2$ est :	$u_n = 3n - 2$	$u_n = 3 \times (-2)^n$	$u_n = -2n + 3$	$u_n = -2 \times 3^n$

	A	B	C	D
3. La limite de la suite (u_n) définie sur $\mathbb{N}$ par $u_n = \dfrac{1-3n^2}{4n^2+2}$ est :	$-\infty$	$-0{,}75$	0	$\dfrac{1}{2}$
4. La limite de la suite (u_n) définie sur $\mathbb{N}$ par $u_n = \dfrac{1-0{,}5^n}{0{,}5}$ est :	0	$0{,}5$	2	$+\infty$

→ Corrigé p. 429

2 10 min ★★ Limite des suites géométriques

Dans chaque cas, calculer la limite de la suite (u_n) définie sur $\mathbb{N}$ par :

1. $u_n = \dfrac{-1}{5} \times \left(\dfrac{5}{3}\right)^n$ **2.** $u_n = \dfrac{3^n}{7^n}$ **3.** $u_n = 1 + 0{,}5 + 0{,}5^2 + ... + 0{,}5^n$ → Corrigé p. 429

3 15 min ★★★ Étude d'une suite arithmético-géométrique

(u_n) est la suite définie, pour tout $n \in \mathbb{N}$, par $u_0 = 2$ et $u_{n+1} = \dfrac{1}{5}u_n + \dfrac{3}{5}$ (E).

1. Déterminer la suite constante (c_n) qui vérifie la relation (E).

2. Justifier que, pour tout $n \in \mathbb{N}$, $u_n = \dfrac{3}{4} + \dfrac{5}{4} \times \left(\dfrac{1}{5}\right)^n$.

3. Déterminer la limite de la suite (u_n). → Corrigé p. 429

4 20 min ★★★ Modéliser un problème par une suite

Depuis 2018, on a constaté que la vente de vélos à assistance électrique (VAE) augmentait en moyenne chaque année de 12 %. En 2018, on a vendu 345 000 VAE.
Pour $n \in \mathbb{N}$, on note (u_n) la vente, en milliers, de VAE dans l'année en France pour l'année $2018 + n$, ainsi $u_0 = 345$.

1. Calculer u_1 et u_2.

2. Exprimer u_{n+1} en fonction de u_n.

3. En déduire que (u_n) est une suite géométrique dont on précisera la raison.

4. Exprimer u_n en fonction de n.

5. On souhaite estimer l'année à partir de laquelle le nombre de VAE vendus dans l'année dépassera le million. Compléter la fonction Python ci-contre pour que cela réponde à la question et indiquer la valeur de m.

```
def seuil(m):
    u=345
    n=0
    while ....:
        n=....
        u=....
    return 2018+n
```

→ Corrigé p. 430

Limites de fonctions

CHAPITRE 2

Remarque : Contrairement aux suites, pour les fonctions, les limites peuvent être calculées en l'infini ou pour une valeur. Dans ce chapitre, $\mathscr{C}_f$ désigne la courbe représentative de la fonction f.

1 Limites et définitions

Limite infinie à l'infini

– On dit que la fonction ***f* admet pour limite +∞ en +∞** si tout intervalle $]A\,;+\infty[$, A réel, contient toutes les valeurs de $f(x)$ dès que x est suffisamment grand et on note : $\lim\limits_{x\to+\infty} f(x) = +\infty$.

– De façon analogue, on définit $\lim\limits_{x\to+\infty} f(x) = -\infty$; $\lim\limits_{x\to-\infty} f(x) = +\infty$ et $\lim\limits_{x\to-\infty} f(x) = -\infty$.

Limite finie à l'infini

– On dit que la fonction ***f* admet pour limite *L* en +∞** si tout intervalle ouvert contenant L contient toutes les valeurs de $f(x)$ dès que x est suffisamment grand et on note : $\lim\limits_{x\to+\infty} f(x) = L$.

– La droite $\boldsymbol{y = L}$ est **asymptote horizontale** à $\mathscr{C}_f$ en $+\infty$ si $\lim\limits_{x\to+\infty} f(x) = L$.

– De même, $\lim\limits_{x\to-\infty} f(x) = L'$ signifie que la droite $\boldsymbol{y = L'}$ est **asymptote horizontale** à $\mathscr{C}_f$ en $-\infty$.

Limite d'une fonction en un réel *a*

– On dit que la fonction ***f* admet pour limite +∞ en *a*** si tout intervalle $]A\,;+\infty[$, A réel, contient toutes les valeurs de $f(x)$ dès que x est suffisamment proche de a et on note : $\lim\limits_{x\to a} f(x) = +\infty$.

– De façon analogue, on définit $\lim\limits_{x\to a} f(x) = -\infty$.

– La droite $\boldsymbol{x = a}$ est **asymptote verticale** à $\mathscr{C}_f$ si $\lim\limits_{x\to a} f(x) = -\infty$ ou $\lim\limits_{x\to a} f(x) = +\infty$.

– On dit que la fonction ***f* admet pour limite un réel *l* en *a*** lorsque que $f(x)$ est aussi proche que l'on veut de l lorsque x est suffisamment proche de a et on note : $\lim\limits_{x\to a} f(x) = l$.

2 Limites de fonctions de référence

Fonction carré	Fonction cube	Fonction inverse	Fonction racine carrée	Fonction exponentielle
$D_f =]-\infty\,;+\infty[$	$D_f =]-\infty\,;+\infty[$	$D_f =]-\infty\,;0[\,\cup\,]0\,;+\infty[$	$D_f = [0\,;+\infty[$	$D_f =]-\infty\,;+\infty[$
$\lim\limits_{x\to-\infty} x^2 = +\infty$ $\lim\limits_{x\to+\infty} x^2 = +\infty$	$\lim\limits_{x\to-\infty} x^3 = -\infty$ $\lim\limits_{x\to+\infty} x^3 = +\infty$	**en l'infini :** $\lim\limits_{x\to-\infty} \frac{1}{x} = 0$ et $\lim\limits_{x\to+\infty} \frac{1}{x} = 0$ (La droite $\boldsymbol{y = 0}$ est **asymptote horizontale** à $\mathscr{C}_f$.) **en 0 :** $\lim\limits_{x\to0^-} \frac{1}{x} = -\infty$ et $\lim\limits_{x\to0^+} \frac{1}{x} = +\infty$ (La droite $\boldsymbol{x = 0}$ est **asymptote verticale** à $\mathscr{C}_f$.)	$\lim\limits_{x\to0} \sqrt{x} = 0$ $\lim\limits_{x\to+\infty} \sqrt{x} = +\infty$	$\lim\limits_{x\to-\infty} e^x = 0$ (La droite $\boldsymbol{y = 0}$ est **asymptote horizontale** à $\mathscr{C}_f$ en $-\infty$.) $\lim\limits_{x\to+\infty} e^x = +\infty$

3 Limites et opérations

Comme pour les suites, les quatre opérations sont valables et elles se font assez naturellement sauf dans certains cas qu'on appelle les **formes indéterminées** (FI), il y en a **quatre** et par abus d'écriture, ce sont : $\infty - \infty$, $0 \times \infty$, $\frac{\infty}{\infty}$ et $\frac{0}{0}$.

4 Limites et compositions

a, b et c désignent $-\infty$ ou $+\infty$, ou un nombre réel.

Si $\lim\limits_{x\to a} f(x) = b$ et si $\lim\limits_{y\to b} g(y) = c$ alors $\lim\limits_{x\to a} g(f(x)) = c$.

EXERCICES

1 15 min ★ Interpréter un tableau de variations

On donne ci-dessous le tableau de variations d'une fonction f.

x	$-\infty$		-2		$+\infty$
$f(x)$	1	↘	$-\infty$ ‖ $+\infty$	↘	$-\infty$

1. Donner le domaine de définition D_f de la fonction f.

2. Donner les limites de la fonction f aux bornes de D_f et préciser, s'il y a lieu, les asymptotes.

3. Est-ce que la fonction f a une limite en –2 ? Justifier.

4. Donner une représentation graphique susceptible de représenter la fonction f.

→ Corrigé p. 430

2 10 min ★ Conjecturer une limite

On considère la fonction f définie par $f(x) = \dfrac{2-x}{x-1}$.

1. Déterminer le domaine de définition de la fonction f.

2. a) À l'aide de la calculatrice, compléter le tableau de valeurs ci-contre.

x	10	100	1 000	10 000
$f(x)$	....			

b) Conjecturer alors la valeur de $\lim\limits_{x\to+\infty} f(x)$.

3. a) Compléter de même le tableau de valeurs ci-contre.

x	0,9	0,99	0,999	0,9999
$f(x)$				

b) Conjecturer alors la valeur de $\lim\limits_{x\to1^-} f(x)$.

4. De manière analogue, conjecturer les valeurs de $\lim\limits_{x\to1^+} f(x)$ et de $\lim\limits_{x\to-\infty} f(x)$.

→ Corrigé p. 430

3 15 min ★★ Opérations et limites

Dans chacun des cas ci-dessous, calculer la limite et préciser, s'il y a lieu, l'équation de l'asymptote.

a) $\lim\limits_{x\to-\infty} 2-3x-x^3$ **b)** $\lim\limits_{x\to+\infty} (x-2)(3-2x)$ **c)** $\lim\limits_{x\to2^-} \dfrac{x^2+3x+1}{2-x}$

→ Corrigé p. 431

4 20 min ★★ Opérations et limites avec FI

1. Dans chacun des cas, prouver en calculant la limite qu'elle présente une forme indéterminée (FI), puis conjecturer sa valeur à la calculatrice comme à l'exercice 2.

a) $\lim\limits_{x\to+\infty} x^2-100x$ **b)** $\lim\limits_{x\to-\infty} xe^x-1$ **c)** $\lim\limits_{x\to-\infty} \dfrac{x^2-x+1}{3-2x^2}$

2. L'objectif est de calculer la limite du **1. c)** en levant la FI.

a) Sur l'intervalle $]-\infty\,;-2[$, on pose $f(x) = \dfrac{x^2-x+1}{3-2x^2}$;

démontrer que : $f(x) = \dfrac{1-\dfrac{1}{x}+\dfrac{1}{x^2}}{\dfrac{3}{x^2}-2}$.

b) En déduire la valeur $\lim\limits_{x\to-\infty} f(x)$.

→ Corrigé p. 431

CHAPITRE 3

Dérivation et convexité

1 Dérivée d'une fonction et dérivée seconde

	$f(x)$	$f'(x)$	Intervalle	$f(x)$	$f'(x)$	Intervalle
Les usuelles	$ax,\ a \in \mathbb{R}$	a	$\mathbb{R}$	$\sqrt{x}$	$\dfrac{1}{2\sqrt{x}}$	$]0\,;+\infty[$
	x^2	$2x$	$\mathbb{R}$	$\dfrac{1}{x}$	$\dfrac{-1}{x^2}$	$]-\infty\,;0[$ ou $]0\,;+\infty[$
	x^3	$3x^2$	$\mathbb{R}$	e^x	e^x	$\mathbb{R}$
	$x^n,\ n \in \mathbb{N}$	nx^{n-1}	$\mathbb{R}$	$\ln x$	$\dfrac{1}{x}$	$]0\,;+\infty[$
Les composées	$u^n,\ n \in \mathbb{N}$	$nu'u^{n-1}$		e^u	$u'e^u$	
	$\dfrac{1}{u}$	$\dfrac{-u'}{u^2}$	$u \neq 0$	$\ln u$	$\dfrac{u'}{u}$	$u > 0$
	$u(ax+b)$	$au'(ax+b)$		$\sqrt{u}$	$\dfrac{u'}{2\sqrt{u}}$	$u > 0$
Les opérations	$u+v$	$u'+v'$		ku	ku'	
	uv	$u'v+uv'$		$\dfrac{u}{v}$	$\dfrac{u'v-uv'}{v^2}$	$v \neq 0$

■ **Définition :** Soit f une fonction <u>deux fois dérivable</u> sur un intervalle I.
On note f' sa fonction dérivée et f'' **sa dérivée seconde** *(c'est la dérivée de la dérivée)*.

2 Dérivée et sens de variation

■ **Sens de variation :** I est un intervalle. f est croissante sur I si $f' \geqslant 0$ sur I.
f est décroissante sur I si $f' \leqslant 0$ sur I et f est constante sur I si $f' = 0$ sur I.

■ **Équation de la tangente à** $\mathscr{C}_f$ au point d'abscisse a de I : $y = f'(a)(x-a) + f(a)$

3 Dérivée et convexité

■ **Définition :** Une fonction dérivable sur un intervalle I est **convexe** si, et seulement si, sa courbe est entièrement située au-dessous de chacune de ses sécantes ; elle est concave si, et seulement si, sa courbe est entièrement située au-dessus de chacune de ses sécantes.

■ **Propriétés :** f est définie et deux fois dérivable sur un intervalle I.
Sur l'intervalle I, les quatre propositions suivantes sont équivalentes :

1. f est **convexe** ;	**1.** f est **concave** ;
2. $\mathscr{C}_f$ est <u>au-dessus</u> de ses tangentes ;	**2.** $\mathscr{C}_f$ est <u>au-dessous</u> de ses tangentes ;
3. f' est **croissante** ;	**3.** f' est **décroissante** ;
4. f'' est **positive**.	**4.** f'' est **négative**.

4 Point d'inflexion

■ **Définition :** Un **point d'inflexion** est un point de la courbe où il y a un changement de convexité : la fonction convexe devient concave ou inversement en ce point.

■ **Propriété :** $\mathscr{C}_f$ admet **un point d'inflexion** au point d'abscisse a si, et seulement si, f'' **s'annule en changeant de signe en** a.

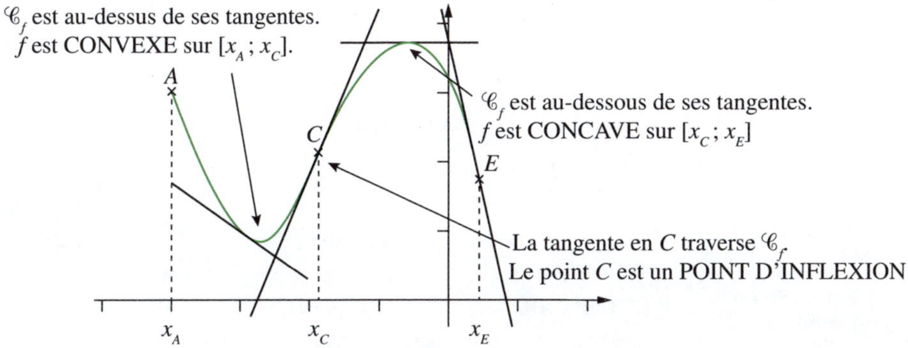

EXERCICES

1 10 min ★ Lecture graphique

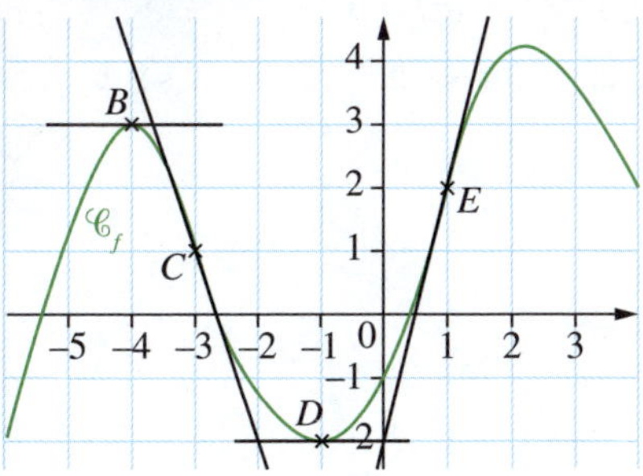

On a tracé ci-contre la représentation graphique $\mathscr{C}_f$ d'une fonction f définie sur son ensemble de définition et quelques-unes de ses tangentes.

Répondre aux questions par lecture graphique.

1. Lire $f(-4)$, $f(-3)$, $f(-1)$, $f(0)$ et $f(1)$.

2. Lire $f'(-4)$, $f'(-3)$, $f'(-1)$ et $f'(1)$.

3. Sur l'intervalle $[-5 ; 3]$, donner les intervalles où f semble concave ou convexe.

4. Conjecturer les coordonnées des points d'inflexion de f.

→ Corrigé p. 432

2 15 min ★★ QCM

Choisir la bonne réponse et justifier.

1. f une fonction définie et deux fois dérivable sur $[0\ ;+\infty[$. La courbe représentative de la fonction f'', dérivée seconde de la fonction f, est donnée ci-dessous. Le point de coordonnées $(1\ ;0)$ est le seul point d'intersection de cette courbe et de l'axe des abscisses.

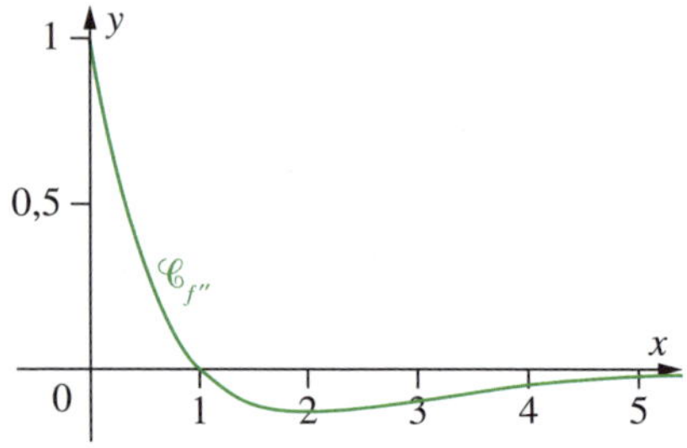

A	B	C
f est concave sur $[1\ ;4]$.	f est décroissante sur $[0\ ;1]$.	$I(1\ ;0)$ est un point d'inflexion de $\mathscr{C}_f$.

Pour les questions **2.** à **5.**, on considère la fonction f définie sur $\mathbb{R}$ par :

$f(x) = x^4 - \frac{5}{3}x^3 - x^2 + 1$ et on note $\mathscr{C}_f$ sa courbe représentative.

	A	B	C
2. La dérivée f' de f est définie par :	$4x^3 - 5x^2 + 2x$	$4x^3 - 5x^2 - 2x$	$3x^3 - 5x^2 + 2x + 1$
3. La dérivée seconde f'' de f est définie par :	$12x^2 - 10x - 2$	$12x^2 - 10x + 2$	$9x^2 - 10x + 2$
4. La fonction f est :	convexe sur $\mathbb{R}$	concave sur $[1;+\infty[$	convexe sur $[1;+\infty[$
5. $\mathscr{C}_f$ admet un point d'inflexion au point d'abscisse :	-1	$-\frac{1}{6}$	0

→ Corrigé p. 432

3 30 min ★★ Calculs de dérivées

Pour chaque fonction f définie sur l'intervalle I, calculer sa dérivée f' et sa dérivée seconde f''.

1. Sur $\mathrm{I} = \mathbb{R}$, $f(x) = \left(x^3 - 2\right)^4$

2. Sur $\mathrm{I} = \mathbb{R}$, $f(x) = \dfrac{3}{x^2 + 3}$

3. Sur $\mathrm{I} =]-\infty\ ;1[$, $f(x) = \ln(1 - x)$

→ Corrigé p. 433

Continuité et applications

CHAPITRE 4

1 Fonction continue

■ **Définition :** Soit *f* une fonction définie sur un intervalle I.
– Soit $a \in$ I. On dit que ***f* est continue en *a*** lorsque $\lim\limits_{x \to a} f(x) = f(a)$, autrement dit la limite de *f* en *a* est égale à l'image de *a* par *f*.
– La fonction ***f* est continue sur I** si, pour tout réel *a* de I, *f* est continue en *a*.
– Graphiquement, la courbe représentative d'une fonction continue se trace sans lever le crayon.

■ **Propriétés : continuité des fonctions usuelles**
– Les fonctions affines, polynômes, racine carrée, exponentielle et logarithme népérien sont continues sur leur ensemble de définition.
– Les sommes, produits, quotients et composées de fonctions continues sont continues sur chacun des intervalles formant leur ensemble de définition.

■ **Propriété : continuité et dérivabilité**
Soit $a \in$ I. Si ***f* est dérivable en** *a* alors elle est **continue en *a*.**

2 Théorème des valeurs intermédiaires et résolution d'équations

■ **Cas des fonctions non monotones**
Soit *f* une fonction **continue** sur un intervalle I, *a* et *b* sont deux réels de I avec $a < b$. Pour tout réel *k* compris entre $f(a)$ et $f(b)$, l'équation $f(x) = k$ admet **au moins** une solution comprise entre *a* et *b*.

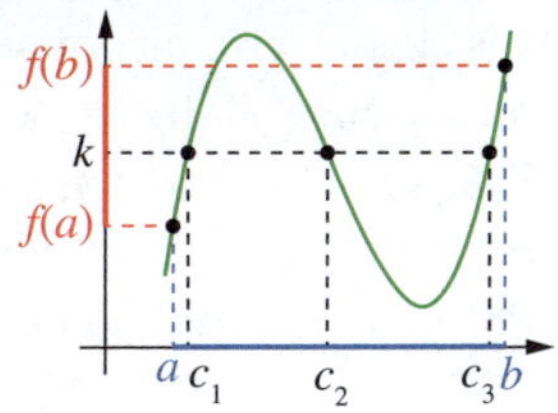

■ **Le corollaire : cas des fonctions monotones**
Soit *f* une fonction **continue** et **strictement monotone** sur un intervalle $[a\,;b]$; pour tout réel *k* compris entre $f(a)$ et $f(b)$, l'équation $f(x) = k$ admet une **unique** solution sur $[a\,;b]$.

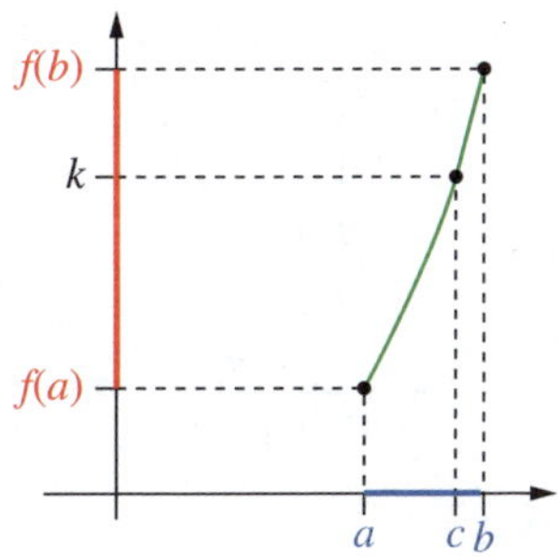

■ Le théorème des valeurs intermédiaires (TVI) et son corollaire sont valables pour des intervalles **semi-ouverts ou ouverts, bornés ou non**.

3 Fonction réciproque

■ **Définition :** f est une fonction **continue** et **strictement monotone** sur l'intervalle $\mathrm{I} = [a\,;b]$; il **existe une unique fonction** définie sur l'intervalle $\mathrm{J} = [f(a)\,;f(b)]$ $\left(\text{ou}[f(b)\,;f(a)]\right)$ et à valeurs dans I, appelée **fonction réciproque de *f***, et notée f^{-1},

telle que : $\begin{cases} y = f(x) \\ x \in \mathrm{I} \end{cases} \Leftrightarrow \begin{cases} x = f^{-1}(y) \\ y \in J. \end{cases}$

Exemples : – Sur $[0\,;+\infty[$, x^2 et $\sqrt{x}$ sont des fonctions réciproques :

$\begin{cases} y = x^2 \\ x \in [0\,;+\infty[\end{cases} \Leftrightarrow \begin{cases} x = \sqrt{y} \\ y \in [0\,;+\infty[. \end{cases}$

– Dans le chapitre 5, on verra que les **fonctions <u>exponentielle</u> et <u>logarithme népérien</u>** sont aussi des fonctions réciproques.

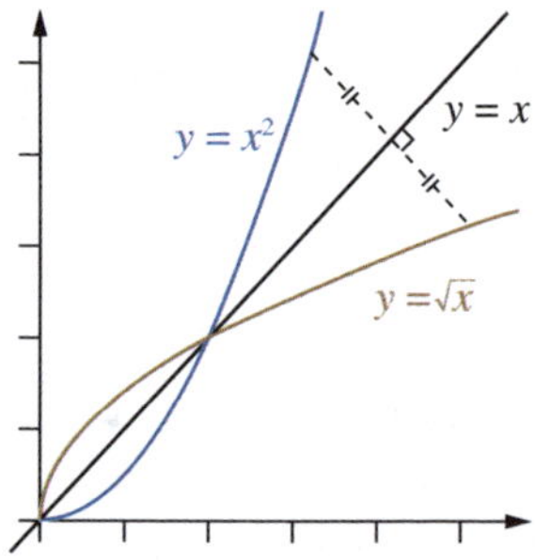

■ **Propriété :** Dans un repère orthonormé, <u>les représentations graphiques</u> des fonctions f et f^{-1} sont **symétriques** par rapport à la droite d'équation $y = x$.

EXERCICES

1 5 min ★ Lecture graphique

Dans chaque cas, on donne ci-dessous la représentation graphique $\mathscr{C}_f$ d'une fonction *f*. Pour chacune d'elles :

– Préciser si la fonction *f* est continue en 2.

– Préciser sur quel(s) intervalle(s) la fonction *f* est continue.

– Préciser si la fonction *f* est dérivable en 2. Justifier.

1.

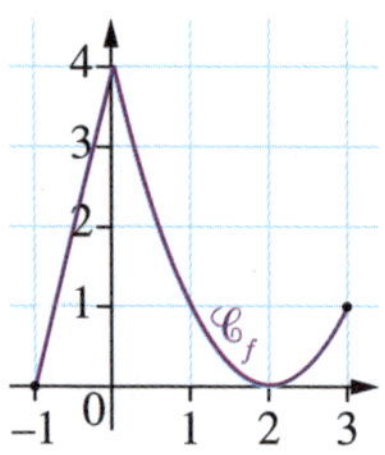

2.

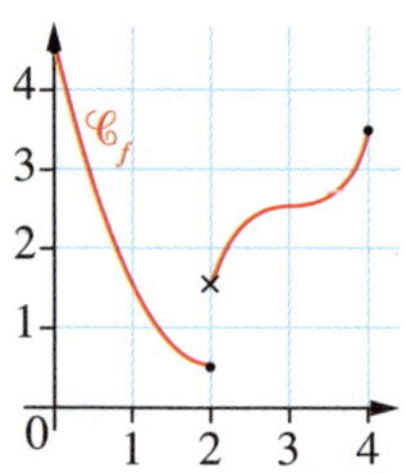

3.

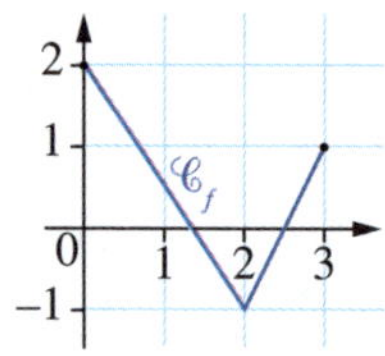

→ Corrigé p. 434

SES
HGGSP
GRAND ORAL
MATHS COMPLÉMENTAIRES

2 10 min ★ Exploiter un tableau de variations

On donne ci-dessous le tableau de variations d'une fonction f définie et dérivable sur $\mathbb{R}$.

x	$-\infty$		1		$+\infty$
$f'(x)$		+	0	−	
$f(x)$	$-\infty$	↗	3	↘	-2

1. Dénombrer, sans justifier, le nombre de solutions de l'équation $f(x) = 0$ sur $\mathbb{R}$.

2. En déduire le tableau de signes de la fonction f sur $\mathbb{R}$.

→ Corrigé p. 434

3 30 min ★★★ TVI et fonction dichotomie

Soit la fonction f définie sur $\mathbb{R}$ par $f(x) = x^3 - 3x^2 + 5$.

1. Pourquoi la fonction f est-elle continue sur $\mathbb{R}$?

2. a) Calculer la dérivée f' de f.

b) En déduire les variations de f sur $[-2 ; 3]$.

3. Démontrer que l'équation $f(x) = 0$ admet une solution unique α sur l'intervalle $[-2 ; 3]$.

4. On procède par dichotomie pour déterminer un encadrement de α à 10^{-1} près et on considère la fonction Python ci-contre.

Que renvoie dicho(−2,0) ?

```
def f(x):
    return x**3-3*x**2+5
def dicho(a,b):
    while b-a>=10**(-1):
        c=(a+b)/2
        if f(a)*f(c)<0:
            b=c
        else:
            a=c
    return a,b
```

→ Corrigé p. 434

CHAPITRE 5

Logarithme népérien

1 Définitions et propriété

■ **Définitions**

– Le **logarithme népérien d'un réel strictement positif *a*** est l'unique solution de l'équation $e^x = a$; on la note $x = \ln(a)$ ou $x = \ln a$.

– La **fonction logarithme népérien** est la fonction qui a tout réel x de $]0\,;+\infty[$ associe le réel $\ln(x)$.

– La fonction logarithme népérien est notée **ln** et elle est la **fonction réciproque** de la fonction exponentielle.

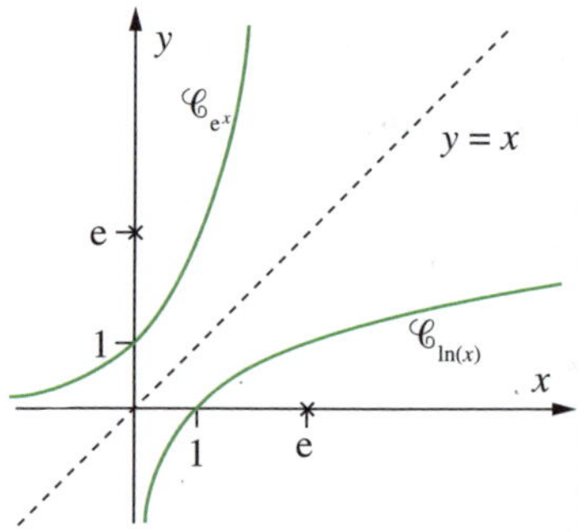

■ **Conséquences :** Pour tout réel a, $\ln\left(e^a\right) = a$ et pour tout réel $a > 0$, $e^{\ln(a)} = a$.

■ **Propriété :** Dans un repère orthonormé, **les courbes représentatives** des fonctions $\ln(x)$ et e^x **sont symétriques par rapport à la droite d'équation $y = x$.**

2 Propriétés algébriques

■ **Valeurs particulières :** $\ln(1) = 0$; $\ln(e) = 1$; $\ln\left(\frac{1}{e}\right) = -1$.

■ **Opérations :** Pour tous réels $a > 0$, $b > 0$ et $p \in \mathbb{Z}$:

$$\ln(a \times b) = \ln(a) + \ln(b) \qquad \ln\left(\frac{1}{a}\right) = -\ln(a) \qquad \ln\left(\frac{a}{b}\right) = \ln(a) - \ln(b)$$

$$\ln\left(a^p\right) = p\ln(a) \qquad \ln\left(\sqrt{a}\right) = \frac{1}{2}\ln(a)$$

3 Limites de référence

■ $\lim\limits_{x \to 0^+} \ln(x) = -\infty$ **:** la droite $x = 0$ est asymptote verticale à $\mathscr{C}_{\ln(x)}$ et $\lim\limits_{x \to +\infty} \ln(x) = +\infty$**.**

■ **Croissances comparées : $n \in \mathbb{N}^*$**

$$\lim_{x \to 0^+} x\ln(x) = 0 \qquad \lim_{x \to 0^+} x^n \ln(x) = 0$$

$$\lim_{x \to +\infty} \frac{\ln(x)}{x^n} = 0 \qquad \lim_{x \to +\infty} \frac{\ln(x)}{x} = 0$$

(Autrement dit, les fonctions polynômes l'emportent sur la fonction ln.)

■ **Limite particulière :**

$$\lim_{x \to 0} \frac{\ln(x+1)}{x} = 1$$

4 Dérivées et variations

■ La fonction logarithme népérien est dérivable sur $]0\,;+\infty[$ et sa dérivée est :

$$(\ln x)' = \frac{1}{x}$$

■ La fonction $\ln x$ est strictement croissante sur $]0\,;+\infty[$.

■ Si u est une fonction dérivable et strictement positive sur un intervalle I, alors la fonction $\ln u$ est dérivable sur I et :

$$(\ln u)' = \frac{u'}{u}$$

5 Équations et inéquations

■ Pour tout réel $a > 0$, on a :

– **équations :** pour $b > 0$, $\ln(a) = \ln(b) \Leftrightarrow a = b$ et pour tout réel b, $\ln(a) = b \Leftrightarrow a = e^b$;

– **inéquations :** pour $b > 0$, $\ln(a) < \ln(b) \Leftrightarrow a < b$ et pour tout réel b, $\ln(a) < b \Leftrightarrow a < e^b$.

■ **Méthode de résolution :** Pour résoudre une équation du type $\ln(u) = \ln(v)$ (resp. $\ln(u) < \ln(v)$) :

❶ on détermine les domaines de définition de u et de v (dans ce cas l'équation est bien définie) ;

❷ <u>**on résout dans cet ensemble**</u> l'équation $u(x) = v(x)$ (resp. l'inéquation $u(x) < v(x)$).

EXERCICES

1 5 min ★ QCM

Dans chaque cas, entourer la réponse exacte.

		A	B	C
1.	$e^{3\ln(2)} - 4 =$	2	$e^{\ln(6)-4}$	4
2.	$3\ln\sqrt{8} - \ln 4 =$	$\ln\left(\dfrac{3\sqrt{8}}{4}\right)$	$\dfrac{3}{2}\ln 4$	$\dfrac{5}{2}\ln 2$
3.	$\ln(4-x^2)$ est définie sur :	$\mathbb{R} - \{-2\,;2\}$	$]-2\,;2[$	$]-\infty\,;-2[\,\cup\,]2\,;+\infty[$
4.	$\lim\limits_{x\to-\infty} \ln(x^2-1) =$	$-\infty$	$+\infty$	-1
5.	L'équation de la tangente en 1 de $f(x) = \ln(x)$ est :	$y = 1$	$y = x - 1$	$y = e^x + 1$

→ Corrigé p. 435

2 5 min ★ Propriétés algébriques

1. Dans chaque cas, exprimer en fonction de ln P, où P est un réel positif et le plus petit possible.

a) $A = \ln\left(\dfrac{1}{27}\right)$

b) $B = \ln 4 \times \ln e^{-5}$

c) $C = \ln\sqrt{2} - \ln 8 + 2\ln 4$

d) $D = \dfrac{e^{3\ln 3 + \ln 2}}{e^{\ln 3 - \ln 2}} + \ln 25$

2. x est un réel positif ; dans chaque cas, simplifier le plus possible l'expression.

a) $A = \ln x + \ln\left(\dfrac{1}{x}\right)$

b) $B = 2\ln x + \dfrac{1}{2}\ln(x^2)$

c) $C = \ln\left(\dfrac{1}{e}\right) + e^{-\ln x}$

d) $D = \ln(x^3) - \ln(2x)$

→ Corrigé p. 436

3 20 min ★★ Calculer des dérivées et équations de tangentes

Dans chaque cas, calculer la dérivée de fonction f sur l'intervalle I indiqué.

a)) Sur $I =]0\,;+\infty[$, $f(x) = 3\ln(x) + 2\ln(3x)$

b) Sur $I =]0\,;+\infty[$, $f(x) = x^2\ln(x)$

c) Sur $I =]-\infty\,;0[$, $f(x) = \ln(1 - e^x)$

→ Corrigé p. 436

4 20 min ★★ Résolutions d'équations et d'inéquations

Résoudre les équations et les inéquations suivantes ; on notera S l'ensemble des solutions.

a) $\ln(2x - 3) = 0$

b) $\ln(x^2 + 2) = \ln(3x)$

c) $\ln(-2x + 1) - 1 \leqslant 0$

d) $n \in \mathbb{N}\,; 1 - \left(\dfrac{7}{10}\right)^n > 0{,}99$

→ Corrigé p. 436

Primitives et équations différentielles

CHAPITRE 6

1 Primitives d'une fonction

Définitions

– Une **équation différentielle** est une équation liant une fonction inconnue y à ses dérivées $\boldsymbol{y', y''}$**...**
– Résoudre l'**équation** différentielle $y' = f$ d'inconnue la fonction y sur l'intervalle I, c'est **déterminer toutes les fonctions** y qui vérifient l'équation sur I.
– Une primitive de f sur I est une **solution** de l'équation différentielle $y' = f$; on la note F.

2 Primitives

Propriétés

Toute fonction f continue sur un intervalle I admet une primitive F sur I.
Soit F une primitive de f sur un intervalle I ; **toute primitive** de f sur I est de la forme $F + c$, où c est une constante.

Primitives usuelles et opérations

	$f(x)$	$F(x)$	Intervalle	$f(x)$	$F(x)$	Intervalle
Les usuelles	$a, a \in \mathbb{R}.$	ax	$\mathbb{R}$	$\frac{1}{x^2}$	$\frac{-1}{x}$	$]-\infty ; 0[$ ou $]0 ; +\infty[$
	x	$\frac{x^2}{2}$	$\mathbb{R}$	$\frac{1}{x}$	$\ln x$	$]0 ; +\infty[$
	$\frac{1}{\sqrt{x}}$	$2\sqrt{x}$	$]0 ; +\infty[$	e^x	e^x	$\mathbb{R}$
	$x^n, n \in \mathbb{N}$	$\frac{x^{n+1}}{n+1}$	$\mathbb{R}$	$\frac{1}{x^n}, n \in \mathbb{N}$ et $n \neq 1$	$\frac{-1}{(n-1)x^{n-1}}$	$]-\infty ; 0[$ ou $]0 ; +\infty[$
Les opérations	$u' + v'$	$u + v$		ku'	ku	
Les composées	$u'e^u$	e^u		$\frac{u'}{u^2}$	$-\frac{1}{u}$	$u \neq 0$
	$u'u$	$\frac{u^2}{2}$		$\frac{u'}{u}$	$\ln u$	$u > 0$

3 Équation différentielle du type $y' = ay$

■ **Théorème :** Soit a un réel fixé ; l'équation différentielle $\boldsymbol{y' = ay}$ admet **pour solutions** sur $\mathbb{R}$, les fonctions f_k définies par : $\boldsymbol{f_k(x) = k\mathrm{e}^{ax}}$ où k est un réel.

■ **Conditions initiales :** Pour tous réels x_0 et y_0, il existe une unique fonction f solution telle que $f\left(x_0\right) = y_0$.

4 Équation différentielle du type $y' = ay + b$

■ **Théorème :** Soient a et b deux réels tels que $a \neq 0$; l'équation différentielle $\boldsymbol{y' = ay + b}$ admet **pour solutions** sur $\mathbb{R}$, les fonctions f_k définies par :

$\boldsymbol{f_k(x) = k\mathrm{e}^{ax} - \frac{b}{a}}$ où k est un réel.

■ **Conditions initiales :** Pour tous réels x_0 et y_0, il existe une unique fonction f solution telle que $f(x_0) = y_0$.

EXERCICES

1 10min ★ Encore des dérivées !

Soient f et g les fonctions définies sur $]0\,;+\infty[$ par $f(x) = \ln(x)$ et $g(x) = x\ln(x) - x$.

a) Démontrer que g est **une** primitive de la fonction f sur $]0\,;+\infty[$.

b) En déduire **toutes** les primitives de f.

c) En déduire **l'unique** primitive H de la fonction f sur $]0\,;+\infty[$ qui s'annule en 1.

→ *Corrigé p. 437*

2 10 min ★★ Lecture graphique

Soit f une fonction définie et dérivable sur $\mathbb{R}$ et $\mathscr{C}_f$ la courbe représentative de la fonction f dans le plan muni d'un repère. On note F une primitive de la fonction f sur $\mathbb{R}$.

1. Donner par lecture graphique :

a) les valeurs de $F'(0)$ et $F'(3)$;

b) le tableau de variations de $F(x)$ suivant les valeurs de x.

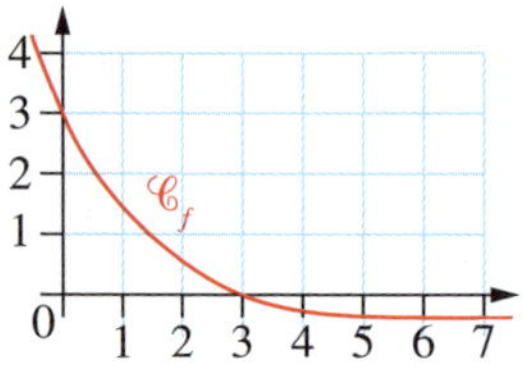

2. On a représenté ci-dessous trois courbes $\mathscr{C}_1$, $\mathscr{C}_2$, $\mathscr{C}_3$ avec la tangente en leur point A d'abscisse 0 et celle au sommet C.
L'une d'elles est la représentation graphique de F ; laquelle ? Justifier la réponse.

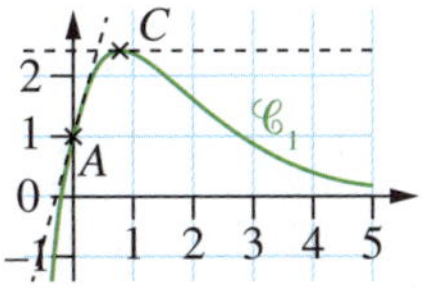

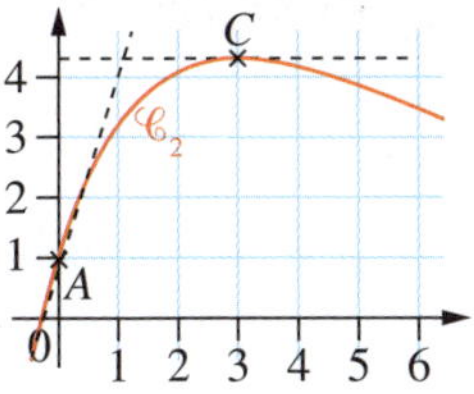

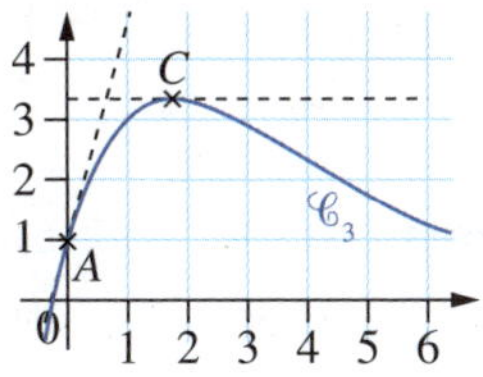

→ Corrigé p. 438

3 5 min ★★ Primitives des fonctions usuelles

Pour chaque fonction f donnée ci-dessous, déterminer une primitive F sur l'intervalle indiqué.

a) $f(x) = 3x^2 - x + 2$ sur $\mathbb{R}$

b) $f(x) = 2\,e^x - \dfrac{3}{x^2}$ sur $]0\,;+\infty[$

→ Corrigé p. 438

4 15 min ★★ Primitives des fonctions composées

Pour chaque fonction f donnée ci-dessous, déterminer une primitive F sur l'intervalle indiqué.

a) $f(x) = \left(3x^2 - 2x\right)\left(x^3 - x^2 + 1\right)$ sur $\mathbb{R}$

b) $f(x) = 2e^{1-2x} - \dfrac{3}{(2x+1)^2}$ sur $[0\,;+\infty[$

→ Corrigé p. 438

5 20 min ★★ Résoudre une équation différentielle

1. Résoudre, sur $\mathbb{R}$, chaque équation différentielle ci-dessous **puis** déterminer l'unique solution f telle que $f(1) = e$.

a) $y' = 3y$ **b)** $5y - 3y' = 0$

2. Résoudre, sur $\mathbb{R}$, chaque équation différentielle ci-dessous **puis** déterminer l'unique solution f telle que $f(0) = 1$.

a) $y' = 3y - 4$ **b)** $5y' + 2y = 5$

→ Corrigé p. 439

SES
HGGSP
GRAND ORAL
MATHS COMPLÉMENTAIRES

CHAPITRE 7

Intégration

Notations : $\mathscr{C}_f$ est la courbe représentative de la fonction f dans un repère orthogonal ; I est un intervalle de $\mathbb{R}$.

1 Intégrale d'une fonction continue et positive

■ **Définition : unité d'aire**
Soit un repère orthogonal $(O ; I, J)$; l'aire du rectangle $OIKJ$ est l'unité d'aire notée en abrégé u.a. On a : $\boldsymbol{OI \times OJ = 1}$ **u.a.**
■ **Définition :** Soit f une fonction **continue et positive** sur l'intervalle $[a ; b]$ $(a < b)$. **L'intégrale de *a* à *b* de *f*** est **l'aire en u.a.** de la surface délimitée par $\mathscr{C}_f$, l'axe des abscisses et les droites d'équations $x = a$ et $x = b$. **Cette aire** se note et vaut :

$$\int_a^b f(x)\,\mathrm{d}x$$

■ **Propriété :** Soit f une fonction **continue et positive** sur un intervalle $[a ; b]$. La fonction F définie sur $[a ; b]$ par $F(x) = \int_a^x f(t)\,\mathrm{d}t$ est **la primitive** de f qui s'annule en a.

La fonction F est dérivable sur $[a ; b]$ et $F'(x) = \left(\int_a^x f(t)\,\mathrm{d}t\right)' = f(x)$.

2 Intégrale d'une fonction continue de SIGNE QUELCONQUE

■ **Définition :** Soit f une fonction **continue** sur un intervalle $[a ; b]$ et de **signe quelconque,** et F une primitive de f sur $[a ; b]$. **L'intégrale de *f* sur $[a ; b]$** est :

$$\int_a^b f(x)\,\mathrm{d}x = [F(x)]_a^b = F(b) - F(a)$$

■ **Propriétés :** Soient f et g deux fonctions **continues** sur I ; a, b et c trois réels de I.

$\int_a^a f(x)\,\mathrm{d}x = 0$ $\qquad$ $\int_a^b f(x)\,\mathrm{d}x = -\int_b^a f(x)\,\mathrm{d}x$

Si $f \geqslant 0$ sur $[a ; b]$ alors $\int_a^b f(x)\,\mathrm{d}x \geqslant 0$. Si $f \leqslant 0$ sur $[a ; b]$ alors $\int_a^b f(x)\,\mathrm{d}x \leqslant 0$.

Si $f \leqslant g$ alors $\int_a^b f(x)\,\mathrm{d}x \leqslant \int_a^b g(x)\,\mathrm{d}x$.

Relation de Chasles :

$$\int_a^b f(x)\,\mathrm{d}x = \int_a^c f(x)\,\mathrm{d}x + \int_c^b f(x)\,\mathrm{d}x$$

Linéarité :

$$\int_a^b \big(f(x)+g(x)\big)\,\mathrm{d}x = \int_a^b f(x)\,\mathrm{d}x + \int_a^b g(x)\,\mathrm{d}x$$

■ **Propriété : lien intégrale et aire**

Soit *f* une fonction **continue** sur un intervalle et **négative** sur $[a\,;b]$, l'aire **en u.a.** de la surface délimitée par $\mathscr{C}_f$, l'axe des abscisses et les droites d'équations $x = a$ et $x = b$ est :

$$-\int_a^b f(x)\,\mathrm{d}x$$

■ **Propriété : aire entre deux courbes**

Soient *f* et *g* deux **fonctions continues** sur I telles que, pour tout *x* de I, $f(x) \geqslant g(x)$.
L'aire comprise entre $\mathscr{C}_f$, $\mathscr{C}_g$ et les droites d'équations $x = a$ et $x = b$ est :

$$\int_a^b [f(x) - g(x)]\,\mathrm{d}x$$

3 Valeur moyenne d'une fonction continue sur [*a* ; *b*]

■ **Définition :** Soit *f* une fonction **continue** sur un intervalle $[a\,;b]$. La **valeur moyenne** ***m*** de la fonction *f* sur $[a\,;b]$ est le nombre réel $m = \dfrac{1}{b-a}\displaystyle\int_a^b f(x)\,\mathrm{d}x$.

■ **Propriétés : encadrement de la valeur moyenne et interprétation**

Soit *f* une fonction **continue** sur un intervalle $[a\,;b]$ de valeur **moyenne *m***.
Si, pour tout x de $[a\,;b]$, $\min \leqslant f(x) \leqslant \mathrm{Max}$ alors :

$$\min(b-a) \leqslant \int_a^b f(x)\,\mathrm{d}x \leqslant \mathrm{Max}(b-a) \text{ et } \min \leqslant m \leqslant \mathrm{Max}.$$

Si *f* est **positive** sur $[a\,;b]$, le **rectangle** de côtés m et $b-a$ a même aire que le domaine situé sous $\mathscr{C}_f$.

4 À la calculatrice

TI-82 : math 9 :intégrFonct saisir les valeurs et Calculer **TI-83 :** même démarche **ou** 2nd $\frac{\square}{\square}$ et choisir	**Casio 35+ :** **Run EXE OPTN (CALC) F4** saisir les valeurs	**NumWorks :** paste "Calcul 4 int(f(x),x,a,b) saisir les valeurs

EXERCICES

1 — 5 min ★ QCM Évaluer une aire

f est une fonction continue sur $\mathbb{R}$ et $\mathscr{C}_f$ est sa courbe dans un repère orthonormé d'unité 0,5 cm.

	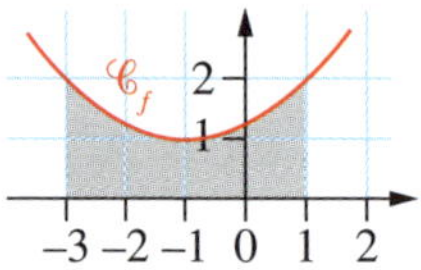	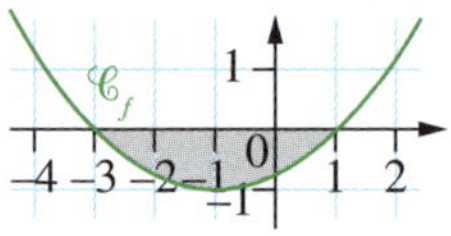	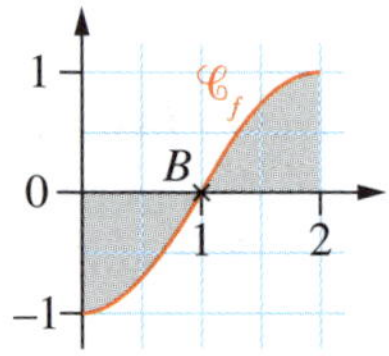 $\mathscr{C}_f$ est symétrique par rapport à B
	1. L'aire A du domaine hachuré est :	**3.** L'aire A du domaine hachuré est :	**5.** L'intégrale du domaine hachuré vaut :
A	$\int_0^2 f(x)\,\mathrm{d}x$	$\int_{-1}^0 f(x)\,\mathrm{d}x$	$\int_{-1}^1 f(x)\,\mathrm{d}x$
B	$-\int_{-3}^1 f(x)\,\mathrm{d}x$	$-\int_{-3}^1 f(x)\,\mathrm{d}x$	0
C	$\int_{-3}^1 f(x)\,\mathrm{d}x$	$\int_{-3}^3 f(x)\,\mathrm{d}x$	$2\int_1^2 f(x)\,\mathrm{d}x$
	2. Le nombre A appartient à l'intervalle :	**4.** Le nombre A appartient à l'intervalle :	**6.** L'aire du domaine hachuré vaut :
A	[4 ; 8]	[–1 ; 0]	$\int_0^2 f(x)\,\mathrm{d}x$
B	[–3 ; 1]	[–4 ; –2]	$2\int_1^2 f(x)\,\mathrm{d}x$
C	[0 ; 2]	[2 ; 4]	$-8\int_1^2 f(x)\,\mathrm{d}x$

→ Corrigé p. 440

2 — 10 min ★★ Intégrale d'une fonction de signe quelconque et aire

Soit f la fonction définie sur $\mathbb{R}$ par :

$$f(x)=\frac{1}{6}x^3-\frac{7}{6}x+1.$$

On donne ci-contre sa courbe représentative $\mathscr{C}_f$ dans un repère orthonormé d'unité 2 cm.

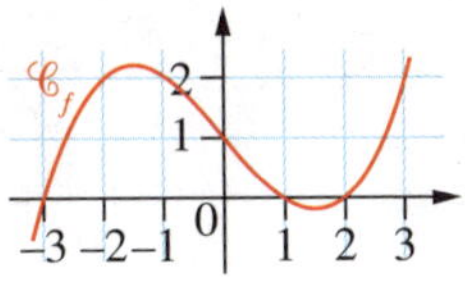

1. Vérifier que $A(-3\ ;\ 0)$, $B(1\ ;\ 0)$ et $C(2\ ;\ 0)$ sont des points de $\mathscr{C}_f$.

2. a) Représenter graphiquement $\displaystyle\int_{-3}^{3} f(x)\,\mathrm{d}x$.

b) Calculer la valeur exacte de $\displaystyle\int_{-3}^{3} f(x)\,\mathrm{d}x$.

3. a) Calculer, en u.a., l'aire $\mathscr{D}$ comprise entre la courbe $\mathscr{C}_f$, l'axe des abscisses et les droites d'équations $x = -3$ et $x = 3$.

b) En déduire la valeur de cette aire en cm^2.

→ Corrigé p. 440

3 15 min ★★ Aire entre deux courbes

On considère les fonctions f et g définies sur $\mathbb{R}$ par $f(x) = x^2 - 2x + 1$ et $g(x) = 1 - x^2$, et on donne ci-contre leurs représentations graphiques $\mathscr{C}_f$ et $\mathscr{C}_g$.

L'objectif est de calculer l'aire du domaine $\mathscr{D}$ limité par les courbes $\mathscr{C}_f$ et $\mathscr{C}_g$ et les droites d'équations $x = 0$ et $x = 1$.

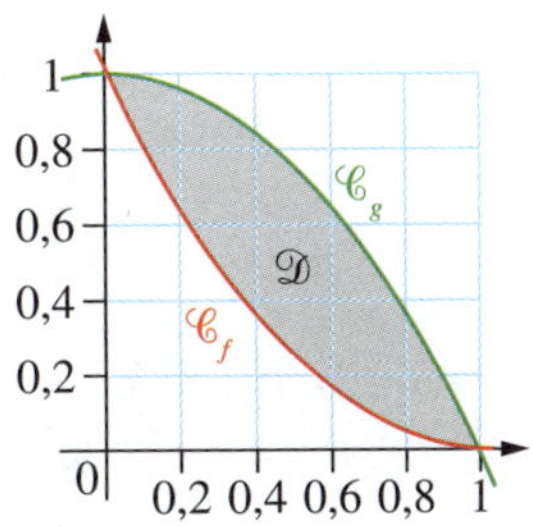

1. Déterminer les positions relatives de $\mathscr{C}_f$ et $\mathscr{C}_g$ en étudiant, sur $\mathbb{R}$, le signe de la différence $h(x) = f(x) - g(x)$.

2. a) En déduire l'écriture de l'aire du domaine $\mathscr{D}$ sous forme d'intégrale.

b) Calculer cette aire.

→ Corrigé p. 441

4 20 min ★★★ Valeur moyenne

On considère la fonction f définie sur $]0\,;+\infty[$ par $f(x) = x + 1 - x\ln x$.

1. a) Démontrer que, sur $]0\,;+\infty[$, la fonction G définie par $G(x) = \dfrac{x^2}{2}\left(\ln x - \dfrac{1}{2}\right)$ est une primitive de $g(x) = x\ln x$.

b) En déduire une primitive F de la fonction f sur $]0\,;+\infty[$.

2. a) On admet que, sur $[1\,;\mathrm{e}]$, $f(x) > 0$. Interpréter le nombre $I = \displaystyle\int_{1}^{\mathrm{e}} f(x)\,\mathrm{d}x$.

b) Calculer la valeur exacte de $\displaystyle\int_{1}^{\mathrm{e}} f(x)\,\mathrm{d}x$, puis en donner une valeur arrondie à 0,01 près.

3. a) En déduire la valeur moyenne de f sur $[1\,;\mathrm{e}]$, puis en donner une valeur arrondie à 0,01 près.

b) Interpréter le résultat.

→ Corrigé p. 441

CHAPITRE 8 Statistiques à deux variables quantitatives

Soit $n \in N^*, (x_i\ ;\ y_i)_{1 \leq i \leq n}$ une série statistique à deux variables quantitatives.

1 Définitions

■ **Définition :** Dans le plan muni d'un repère orthogonal, l'ensemble des points $M_i(x_i\ ;\ y_i)$ représentant la série s'appelle le **nuage de points de la série.**

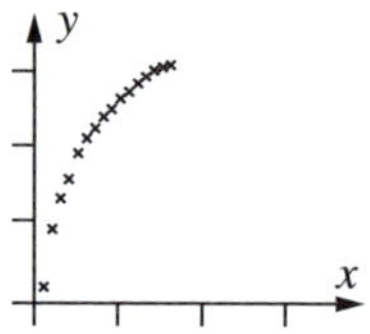

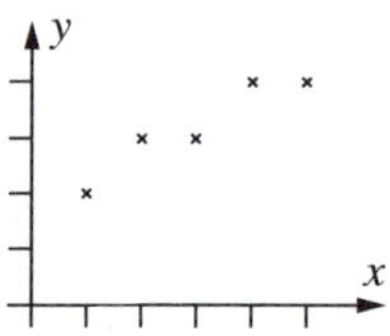

■ **Définition :** Si $\overline{x}$ est la moyenne des x_i et $\overline{y}$ est la moyenne des y_i alors le point $G(\overline{x}\ ;\overline{y})$ s'appelle le **point moyen** de la série.

■ **Définition et propriété**

On appelle **variance** de la série des x_i, le nombre noté **V(*x*)** et défini par :

$$V(x) = \frac{(x_1 - \overline{x})^2 + (x_2 - \overline{x})^2 + \ldots + (x_n - \overline{x})^2}{n} = \frac{x_1^2 + x_2^2 + \ldots + x_n^2}{n} - \overline{x}^2$$

Interprétation de V(*x*) : La variance mesure la dispersion des données à leur moyenne. Plus elle est grande, plus la dispersion par rapport à la moyenne est grande.

L'écart-type de la série des x_i est le nombre $\sigma(x) = \sqrt{V(x)}$.

■ **Définition et propriété**

On appelle **covariance** de la série des $(x_i\ ;\ y_i)$, le nombre noté **cov(*x* ; *y*)** et défini par :

$$\text{cov}(x\ ;y) = \frac{(x_1 - \overline{x}) \times (y_1 - \overline{y}) + (x_2 - \overline{x}) \times (y_2 - \overline{y}) + \ldots + (x_n - \overline{x}) \times (y_n - \overline{y})}{n}$$
$$= \frac{x_1y_1 + x_2y_2 + \ldots + x_ny_n}{n} - \overline{x}\,\overline{y}$$

Interprétation de cov(*x* ; *y*) : La covariance mesure la dispersion des points autour du point moyen $G(\overline{x}\ ;\overline{y})$. Plus elle est grande, plus les points sont dispersés autour de $G(\overline{x}\ ;\overline{y})$.

2 Ajustement d'un nuage de points

■ **Définition :** Un **ajustement affine** est la détermination d'une droite approchant au mieux un nuage de points dans le plan.

■ **Propriété : ajustement affine et droite de régression**

Il existe une droite unique associée au nuage de points $M_i\left(x_\text{i}\ ;\ y_\text{i}\right)_{1\leqslant i\leqslant n}$ telle que la somme S des $A_iM_i^2$ soit minimale. On l'obtient par la méthode des moindres carrés. Cette droite s'appelle **droite de régression de *y* en *x***.

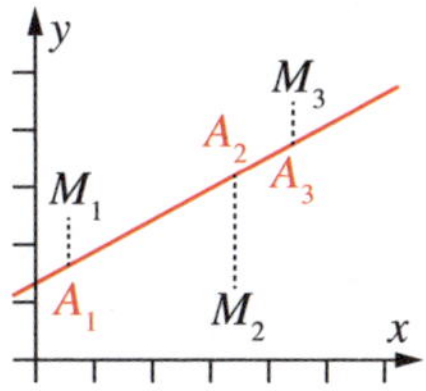

Son équation est $y = ax + b$ avec $a = \dfrac{\text{cov}(x\ ;\ y)}{\text{V}(x)}$ et $b = \overline{y} - a\overline{x}$

Cette droite passe par le **point moyen** $G\left(\overline{x}\ ;\overline{y}\right)$.

■ **Propriété : ajustement non affine –** Dans le cas où **un ajustement par une courbe** (parabole, hyperbole, fonction ln ou exp) est plus approprié, un changement de variable sera proposé afin de se ramener à un ajustement affine.

3 Corrélation

■ **Définition et propriété :** On appelle coefficient de corrélation linéaire le nombre noté *r* et défini par : $r = \dfrac{\text{cov}(x\ ;\ y)}{\sigma(x)\times\sigma(y)}$ et $-1 \leqslant r \leqslant 1$.

Interprétation de *r* : plus *r* est proche de 1 ou de –1, plus la corrélation est forte, et meilleur est l'ajustement affine, mais l'interprétation d'un coefficient de corrélation dépend du contexte.

EXERCICES

1 15 min ★ Lecture graphique

La série statistique suivante $(x\ ;\ y) = \left(x_i\ ;\ y_i\right)_{0\leqslant i\leqslant 5}$ donne l'évolution du nombre d'avocats y_i (en dix milliers) en France selon l'année x_i entre 2014 (année de rang 0) et 2019.

Année	2014	2015	2016	2017	2018	2019
x_i	0	1	2	3	4	5
y_i	6,02	6,21	6,39	6,55	6,7	6,85

Source : Ministère de la justice

1. Dans un repère orthogonal, représenter le nuage de points $M_i\left(x_i\ ;y_i\right)$ de la série statistique.

SES HGGSP GRAND ORAL MATHS COMPLÉMENTAIRES

2. Calculer les coordonnées du point moyen $G(\overline{x}\,;\overline{y})$ et le placer dans le repère (arrondir à 0,01 près).

3. On décide d'ajuster ce nuage par la droite (d) passant par les points M_0 et M_4.

a) Déterminer l'équation de (d).

b) Si l'évolution reste la même, en quelle année la France comptera au moins 75 000 avocats ?

→ Corrigé p. 442

2 ⏱ 10 min ★★ Ajustement affine avec les fonctions STATS de la calculatrice

La série statistique suivante $(x\,;p)=(x_i\,;p_i)_{1\leqslant i\leqslant 10}$ donne l'évolution démographique de la population française p_i (en milliers) selon l'année x_i entre 2008 (année de rang 1) et 2017.

Année	2008	2009	2010	2011	2012	2013	2014	2015	2016	2017
x_i	1	2	3	4	5	6	7	8	9	10
p_i	63 962	64 305	64 613	64 933	65 241	65 565	66 131	66 422	66 603	66 768

Source : Insee

1. À l'aide de la calculatrice, déterminer :

a) les coordonnées du point moyen $G(\overline{x}\,;\overline{p})$;

b) l'équation de la droite de régression de p en x (arrondir à 0,01 près) ;

c) le coefficient de corrélation linéaire entre p et x (arrondir à 0,001 près).

2. a) Utiliser cette droite pour estimer la population française en 2020.

b) Utiliser cette droite pour estimer en quelle année la population française pourrait dépasser 69 000 000 d'habitants.

→ Corrigé p. 442

3 ⏱ 15 min ★★★ Ajustement non affine avec les fonctions STATS

On considère la série statistique suivante $(x\,;y)=(x_i\,;y_i)_{1\leqslant i\leqslant 8}$.

x_i	1	2	3	4	5	6	7	8
y_i	7,1	7,4	7,7	7,9	8,1	8,2	8,5	8,2

On peut envisager pour ce nuage de points un ajustement autre qu'affine ; on effectue un changement de variable en posant $z_i=\ln(y_i)$.

1. Compléter les six valeurs de $z_i=\ln(y_i)$ (arrondir à 0,01 près).

2. Afficher sur la calculatrice les nuages de points $M_i(x_i\,;y_i)$ et $M_i(x_i\,;z_i)$.

3. À l'aide de la calculatrice, déterminer l'équation de la droite de régression de z en x.

4. En déduire la relation entre y et x.

→ Corrigé p. 443

Lois discrètes

CHAPITRE 9

Notations : X désigne une variable aléatoire, n et k sont des entiers naturels, $p \in [0\,;1]$ et $q = 1 - p$.

1 Première loi usuelle : loi UNIFORME sur {1 ; … ; *n*}

- Si X suit **une loi UNIFORME sur $\{1\,;\ldots;n\}$**, $P(X=k)=\dfrac{1}{n}$ et $E(X)=\dfrac{n+1}{2}$

plus généralement, si X suit **une loi UNIFORME sur $\{a\,;\ldots;b\}$** :

$$P(X=k)=\frac{1}{b-a+1} \text{ et } E(X)=\frac{a+b}{2}$$

2 Deuxième loi usuelle : loi de BERNOULLI de paramètre *p*

Si X suit une **loi de BERNOULLI de paramètre p**, $X \in \{0\,;1\}$ alors :

$$P(X=0)=q \quad P(X=1)=p \quad E(X)=p \quad V(X)=pq \quad \sigma(X)=\sqrt{pq}$$

3 Troisième loi usuelle : loi BINOMIALE de paramètres *n* et *p* : $\mathscr{B}(n\,;p)$

- X est associé au nombre de succès, $X \in \{0\,;1\,;\ldots;n\}$. Si X suit la **loi BINOMIALE de paramètres n et p, $\mathscr{B}(n\,;p)$,** alors, pour tout k entier naturel tel que $0 \leqslant k \leqslant n$,

$$P(X=k)=\binom{n}{k}\times p^k \times q^{n-k} \quad E(X)=np \quad V(X)=npq \quad \sigma(X)=\sqrt{npq}$$

- **Propriétés des coefficients binomiaux :** pour tous entiers naturels n et p tels que $0 \leqslant p \leqslant n$: $\binom{n}{0}=\binom{n}{n}=1$ et $\binom{n}{p}=\binom{n}{n-p}$; $\binom{n-1}{p-1}+\binom{n-1}{p}=\binom{n}{p}$

(triangle de Pascal)

■ **Intervalle de fluctuation**

– X suit la loi binomiale $\mathcal{B}(n;p)$; **l'intervalle de fluctuation** au seuil de $1-\alpha$ (ou au risque de α) associé à X est l'intervalle $\left[\frac{a}{n};\frac{b}{n}\right]$ où a et b sont tels que :

a est le plus petit entier tel que $P(X \leqslant a) > \frac{\alpha}{2}$ et b est le plus petit entier tel que $P(X \leqslant b) \geqslant 1-\frac{\alpha}{2}$.

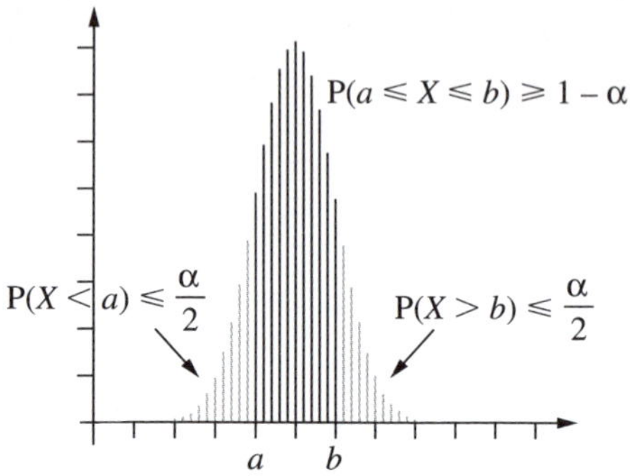

– Si $I=[a;b]$, on a alors $P(X \in I) \geqslant 1-\alpha$, ce qui signifie que, dans au moins $(1-\alpha)$ % des cas, la fréquence observée f appartient à l'intervalle I.

4 Quatrième loi usuelle : loi GÉOMÉTRIQUE de paramètre p : G(*p*)

■ X est associé au nombre d'épreuves pour avoir un premier succès, $X \in \mathbb{N}^*$.

Si X suit une **loi GÉOMÉTRIQUE de paramètre *p*, $\mathbf{G}(p)$,** alors pour tout k entier naturel non nul :

$$P(X=k)=p\times q^{k-1} \qquad P(X \leqslant k)=1-q^k \qquad E(X)=\frac{1}{p}$$

■ **Propriété caractéristique : loi sans mémoire**

X suit la **loi géométrique de paramètre *p*** si, et seulement si, pour tous t, h entiers naturels non nuls $P_{X>t}(X>t+h)=P(X>h)$.

EXERCICES

1 15 min ★ QCM

Dans chaque cas, donner la (ou les) bonne(s) réponse(s).

	A	B	C	D
1.[(1)] $\binom{7}{1}\times\binom{10}{9}+\binom{79}{0}=$	79	77	71	63
2.[(1)] On a $\binom{11}{3}=165$ et $\binom{11}{4}=330$ donc :	$\binom{11}{7}=495$	$\binom{11}{5}=495$	$\binom{12}{5}=495$	$\binom{12}{4}=495$

(1) Les questions **1.** et **2.** doivent se faire sans calculatrice.

	A	B	C	D
3. X suit la loi uniforme sur $\{1 ; \ldots ; 16\}$ alors :	$P(X=7)=\frac{1}{17}$	$P(X=7)=\frac{1}{16}$	$E(X)=\frac{15}{2}$	$E(X)=8{,}5$
4. X suit $\mathcal{B}(6 ; 0{,}2)$ alors $P(X=2)=$	$\binom{6}{2}\times 0{,}8^4\times 0{,}2^2$	$\binom{4}{2}\times 0{,}8^2\times 0{,}2^6$	$\binom{6}{2}\times 0{,}8^2\times 0{,}2^4$	$\binom{4}{2}\times 0{,}8^6\times 0{,}2^2$
5. X suit la loi géométrique de paramètre 0,15 alors :	$E(X)=\frac{1}{15}$	$E(X)=\frac{20}{3}$	$P(X\leqslant 3)=1-0{,}85^3$	$P(X>2)=0{,}85^2$

→ Corrigé p. 444

2 10 min ★ Reconnaître une loi de probabilité

Dans chacun des cas suivants, X est une variable aléatoire ; préciser la loi de probabilité de X et son espérance.

1. Une urne contient 20 boules identiques numérotées de 1 à 20. On prélève une boule au hasard de l'urne et X est la variable aléatoire donnant le numéro de la boule tirée.

2. Une urne contient vingt boules identiques. Neuf boules sont noires, six boules sont rouges et les autres sont blanches. On prélève trois boules au hasard avec remise de l'urne et X est la variable aléatoire donnant le nombre de boules noires.

→ Corrigé p. 444

3 15 min ★★ Loi géométrique

À la sortie d'un théâtre, quand on appelle un taxi, on a une chance sur trois qu'un chauffeur vous prenne en charge. On considère que la prise en charge est indépendante d'un taxi à l'autre. Soit X la variable aléatoire qui représente le nombre de taxis que l'on doit appeler pour en obtenir un. Pour chaque calcul, on donnera le résultat exact, puis la valeur arrondie au centième près.

1. Justifier que X suit une loi géométrique dont on précisera le paramètre.

2. Calculer la probabilité que ce soit exactement le 3ᵉ taxi qui vous prenne en charge.

3. Calculer $P(X \leqslant 3)$.

4. Une personne a déjà appelé trois taxis. Quelle est la probabilité qu'elle doive appeler quatre taxis de plus avant d'être prise en charge ?

5. Calculer $E(X)$ et interpréter le résultat.

→ Corrigé p. 444

4 15 min ★★★ Intervalle de fluctuation

X suit la loi binomiale $\mathcal{B}(100 ; 0{,}3)$; déterminer le plus « petit » intervalle I tel que $P(X \in \mathrm{I}) \geqslant 0{,}95$.

→ Corrigé p. 444

CHAPITRE 10

Lois à densité

X désigne une variable aléatoire continue sur un intervalle I. On s'intéresse maintenant à des variables aléatoires qui prennent toutes les valeurs d'un intervalle (temps d'attente...).

1 Lois à DENSITÉ : cas général

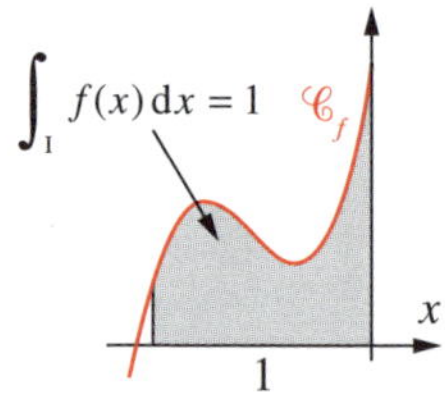

■ **Définition :** Soit f une fonction définie sur un intervalle I et $\mathscr{C}_f$ sa courbe dans un repère. f est une densité de probabilité ou fonction de densité sur I :

– si f est **continue et positive** sur I ;

– et si **l'aire** située sur I entre $\mathscr{C}_f$ et l'axe des abscisses vaut 1, soit $\int_I f(x)\,\mathrm{d}x = 1$.

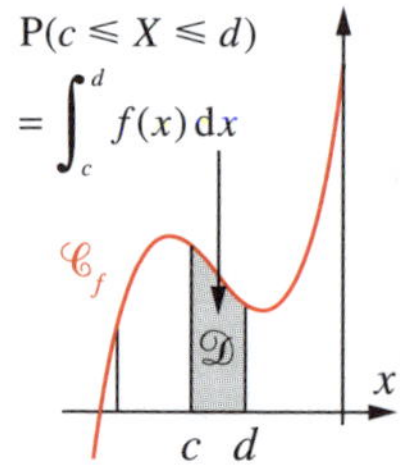

■ **Définition :** Soit f une densité de probabilité sur I.
X **suit la loi de densité** f si, pour tous réels c et d de I avec $c \leqslant d$, la probabilité de l'événement « $c \leqslant X \leqslant d$ » est $P(c \leqslant X \leqslant d) = \int_c^d f(x)\,\mathrm{d}x$.

L'espérance de X : $E(X) = \int_I x f(x)\,\mathrm{d}x$

et sa **variance** $V(X) = \int_I \left(x - E(X)\right)^2 f(x)\,\mathrm{d}x$

■ **Définition et propriété :** La **fonction de répartition de X** est la fonction F définie pour tout réel x de I par $\boldsymbol{F(x) = P(X \leqslant x)}$ et, pour tous réels c et d de I, on a :
$\boldsymbol{P(c \leqslant X \leqslant d) = F(d) - F(c)}$.

Remarque :
$P(X = c) = 0$ et $P(c \leqslant X \leqslant d) = P(c \leqslant X < d) = P(c < X \leqslant d) = P(c < X < d)$.

2 Première loi usuelle : loi UNIFORME sur I = [a ; b]

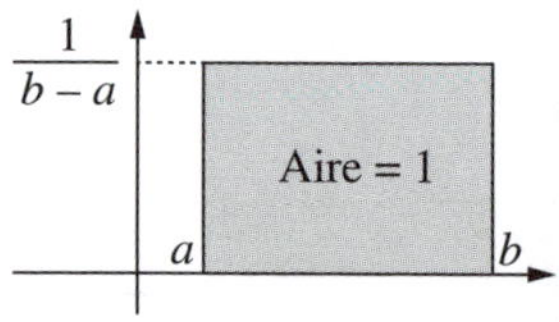

■ X suit une **loi UNIFORME sur** $[a\,;b]$ avec a, b réels et $a < b$; **sa densité de probabilité** f est définie sur $[a\,;b]$ par $f(x) = \dfrac{1}{b-a}$

Pour tous réels c et d de $[a\,;b]$,
$P(c \leqslant X \leqslant d) = \dfrac{d-c}{b-a} = \dfrac{\text{largeur de}[c\,;d]}{\text{largeur de}[a\,;b]}$.

■ Sa **fonction de répartition** est définie sur $[a\,;b]$ par $F(x) = \dfrac{x-a}{b-a}$ (F est une primitive de f sur $[a\,;b]$).

■ Son **espérance** $E(X) = \dfrac{a+b}{2}$ et sa **variance** $V(X) = \dfrac{(b-a)^2}{12}$.

3 Deuxième loi usuelle : loi EXPONENTIELLE DE PARAMÈTRE λ, λ réel strictement positif

■ X suit **une loi EXPONENTIELLE DE PARAMÈTRE λ, sur $I = [0\,;+\infty[$, $\lambda > 0$;** sa **densité de probabilité** f est définie sur $[0\,;+\infty[$ par $f(x) = \lambda e^{-\lambda x}$

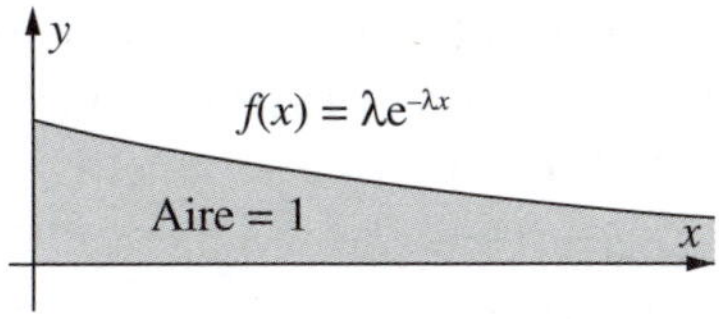

Pour tous réels c et d de $[0\,;+\infty[$,
$\boldsymbol{P(c \leqslant X \leqslant d) = e^{-\lambda c} - e^{-\lambda d}}$ et
$\boldsymbol{P(X \leqslant c) = P(0 \leqslant X \leqslant c) = 1 - e^{-\lambda c}}$.

■ Sa **fonction de répartition** est définie sur $[0\,;+\infty[$ par $F(x) = 1 - e^{-\lambda x}$ et son **espérance** $E(X) = \dfrac{1}{\lambda}$

■ **Propriété caractéristique : loi sans mémoire ou antivieillissement**
X suit une **loi exponentielle de paramètre λ** si, et seulement si, pour tous t, h réels positifs : $P_{X \geqslant t}(X \geqslant t+h) = P(X \geqslant h)$.

EXERCICES

1 10 min ★ Vrai ou faux ?

Dans chaque cas, répondre par *vrai* ou *faux* et justifier la réponse.

1. f est une fonction de densité sur l'intervalle I :

a) $I = [-4\,;3]$ et $f(x) = \dfrac{1}{4} - \dfrac{x^2}{36}$ **b)** $I = [-3\,;3]$ et $f(x) = \dfrac{1}{4} - \dfrac{x^2}{36}$

2. X suit la loi uniforme sur [2 ; 15] : **a)** $P(X > 3) = \dfrac{13}{15}$ **b)** $E(X) = 7{,}5$

3. X suit la loi exponentielle de paramètre $\dfrac{1}{3}$:

a) $P(X = 1) \approx 0{,}283$ **b)** $P_{(X>2)}(X > 5) \approx 0{,}368$

→ Corrigé p. 445

2 15 min ★ Loi uniforme

Jean est un élève sérieux mais il est toujours en retard le lundi matin. En effet, les cours commencent à 7 h 30 et il arrive au portail du lycée aléatoirement entre 7 h 30 et 7 h 40. On désigne par X la variable aléatoire donnant le nombre de minutes de retard de Jean le lundi.

1. Donner la fonction densité de probabilité f de X.

2. Quelle est la probabilité que Jean ait plus de 5 minutes de retard ?

3. Quelle est la probabilité que Jean ait entre 2 et 5 minutes de retard ?

4. En moyenne, sur un grand nombre de lundis, quel est le nombre de minutes de retard de Jean ?

→ Corrigé p. 445

3 15 min ★★★ Loi exponentielle

On admet que la durée de vie sans panne, exprimée en années, d'un chargeur de batterie pour un vélo à assistance électrique (VAE) est une variable aléatoire X qui suit une loi exponentielle de paramètre λ, où λ est un réel strictement positif.

1. Le service après-vente a pu établir que la probabilité qu'un chargeur tombe en panne pendant la première année d'utilisation est égale à 0,11. En déduire la valeur de λ (arrondir à 0,001 près).

2. Pour la suite de l'exercice, on prendra $\lambda = 0{,}117$ (les valeurs seront arrondies à 0,001 près).

a) Quelle est la probabilité qu'un chargeur dure plus de 2 ans ?

b) Quelle est la probabilité qu'un chargeur dure plus de 3 ans sachant qu'il a duré plus d'un an ?

3. Calculer la durée de vie moyenne d'un chargeur de batterie de VAE (arrondir à 0,1 près).

→ Corrigé p. 446

4 15 min ★★★ Loi à densité

1. La variable aléatoire X suit la loi de densité f sur $[1\,;9]$ dont la courbe $\mathscr{C}_f$ est donnée ci-dessous.

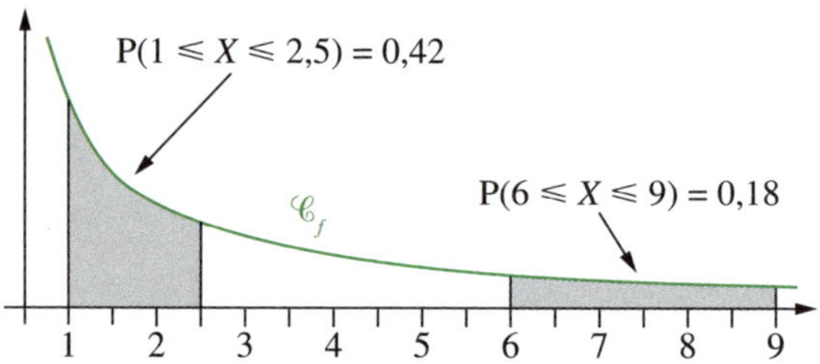

En utilisant le graphique, déterminer les valeurs de $P(X > 2{,}5)$ et de $P(2{,}5 \leqslant X \leqslant 6)$.

2. On sait que sur $[1\,;9]$ la fonction de densité f est définie par $f(x) = \dfrac{a}{x}$ avec a réel.

a) Déterminer la valeur exacte de a, puis l'expression de $f(x)$.

b) Calculer la valeur exacte de $P(2{,}5 \leqslant X \leqslant 6)$ et comparer cette valeur à celle trouvée en **1.**

c) Calculer, à 0,01 près, l'espérance et la variance de X.

→ Corrigé p. 446

CORRIGÉS

CHAPITRE 1

1 → *Énoncé p. 399*

1. A **2.** D **3.** B **4.** C

2 → *Énoncé p. 400* (Voir Cours **1** et **2**)

1. $\frac{5}{3} > 1$ donc $\left(\frac{5}{3}\right)^n$ tend vers $+\infty$ et $\lim\limits_{n \to +\infty} u_n = -\infty$ car $\frac{-1}{5} < 0$.

2. $3 > 1$ et $7 > 1$ donc 3^n et 7^n tendent vers $+\infty$ et la limite du quotient est une FI du type $\frac{\infty}{\infty}$.

Pour lever la FI, une transformation d'écriture est nécessaire : $\frac{3^n}{7^n} = \left(\frac{3}{7}\right)^n$.

$\frac{3}{7} < 1$ donc $\left(\frac{3}{7}\right)^n$ tend vers 0 et $\lim\limits_{n \to +\infty} u_n = 0$.

3. $u_n = 1 + 0{,}5 + 0{,}5^2 + ... + 0{,}5^n = \frac{1 - 0{,}5^{n+1}}{1 - 0{,}5} = \frac{1 - 0{,}5^{n+1}}{0{,}5}$

car u_n est la somme des termes d'une suite géométrique

$0{,}5 < 1$ donc $0{,}5^{n+1}$ tend vers 0 et $\frac{1 - 0{,}5^{n+1}}{0{,}5}$ tend vers $\frac{1}{0{,}5} = 2$ d'où $\lim\limits_{n \to +\infty} u_n = 2$.

3 → *Énoncé p. 400* (Voir Cours **5**)

(u_n) est la suite définie, pour tout $n \in \mathbb{N}$, par $u_0 = 2$ et $u_{n+1} = \frac{1}{5}u_n + \frac{3}{5}$ (E).

1. Pour déterminer la suite constante (c_n) vérifiant la relation (E), on résout l'équation d'inconnue l : $l = \frac{1}{5}l + \frac{3}{5}$. On obtient $l = \frac{3}{4}$. (▶ c'est **l'étape ❶**)

Ainsi, la suite constante (c_n) est définie, pour tout $n \in \mathbb{N}$, par $c_0 = \frac{3}{4}$ et $c_{n+1} = \frac{1}{5}c_n + \frac{3}{5}$ (E).

2. Considérons la suite (v_n) définie, pour tout $n \in \mathbb{N}$, par $v_n = u_n - \frac{3}{4}$.

Étape ❷ : Vérifions que la suite (v_n) est une suite géométrique :

$$v_{n+1} = u_{n+1} - \frac{3}{4} \Leftrightarrow v_{n+1} = \frac{1}{5}u_n + \frac{3}{5} - \frac{3}{4} \Leftrightarrow v_{n+1} = \frac{1}{5}u_n - \frac{3}{20} \Leftrightarrow v_{n+1}$$

$$= \frac{1}{5}\left(u_n - \frac{3}{4}\right) \Leftrightarrow v_{n+1} = \frac{1}{5}v_n$$

Ce qui prouve que la suite (v_n) est géométrique de raison $\frac{1}{5}$ et de 1er terme $v_0 = u_0 - \frac{3}{4} = \frac{5}{4}$.

Étape ❸ : Ainsi, pour tout $n \in \mathbb{N}$, $v_n = \frac{5}{4} \times \left(\frac{1}{5}\right)^n$ et comme $v_n = u_n - \frac{3}{4}$ on a $u_n = v_n + \frac{3}{4}$.

En conclusion, on a, pour tout $n \in \mathbb{N}$, $u_n = \frac{3}{4} + \frac{5}{4} \times \left(\frac{1}{5}\right)^n$.

3. $\frac{1}{5} < 1$ donc $\left(\frac{1}{5}\right)^n$ tend vers 0 et $\lim\limits_{n \to +\infty} u_n = \frac{3}{4}$.

4 → *Énoncé p. 400*

Pour $n \in \mathbb{N}$, on note (u_n) la vente, en milliers, de VAE en France pour l'année $2018 + n$, ainsi $u_0 = 345$.

> **Méthode**
> Augmenter de t % = multiplier par $\left(1+\frac{t}{100}\right)$.

1. $\boldsymbol{u_1} = u_0 \times 1{,}12 = \mathbf{386{,}4}$ et $\boldsymbol{u_2} = u_1 \times 1{,}12 = \mathbf{432{,}768}$.
2. On a $\boldsymbol{u_{n+1} = 1{,}12\ u_n}$
3. Par définition, (u_n) est la suite géométrique de **raison 1,12** et de 1er terme $\boldsymbol{u_0 = 345}$.
4. Pour tout $n \in \mathbb{N}$, $\boldsymbol{u_n = 345 \times 1{,}12^n}$.
5.

```
def seuil(m):
   u=345
   n=0
   while u<m:
       n=n+1
       u=345*pow(1.12,n)
   return 2018+n
```

La valeur de m est 1 000, on exécutera seuil(1000) et pour information, la fonction retourne 2028.

CHAPITRE 2

1 → *Énoncé p. 402* (Voir Cours **1**)

1. $\mathbf{D}_f =]-\infty\,;-2[\ \cup\ ]-2\,;+\infty[$.
2. $\lim\limits_{x\to-\infty} f(x) = 1$, donc la droite d'équation $y = 1$ est asymptote **horizontale** à $\mathscr{C}_f$ en $-\infty$.

$\lim\limits_{x\to-2^-} f(x) = -\infty$ et $\lim\limits_{x\to-2^+} f(x) = +\infty$, donc la droite d'équation $x = -2$ est **asymptote verticale** à $\mathscr{C}_f$ et $\lim\limits_{x\to-\infty} f(x) = -\infty$.

3. $\lim\limits_{x\to-2} f(x)$ n'existe pas, car les limites à droite et à gauche de -2 (-2^- et -2^+) sont différentes.
4. Voici une représentation graphique susceptible de représenter la fonction f :

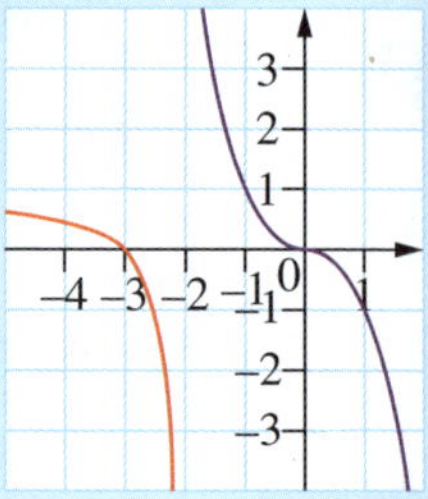

2 → *Énoncé p. 403*

1. $f(x) = \dfrac{2-x}{x-1}$ existe si $x - 1 \neq 0$, soit $x \neq 1$, d'où $\mathbf{D}_f =]-\infty\,;1[\ \cup\ ]1\,;+\infty[$.
2.

Méthode

Pour afficher le tableau de valeurs :

TI82 ou 83 : (pour x:x,t,q,n)	Casio 35+ : (pour écrire x:X,N,T)	Numworks : (pour écrire x:x,n,t)
Mode fonction f(x) y1=expression de f(x) 2nd Graph Pour des valeurs particulières 2nd fenêtre Indpnt : Auto Demande	MENU GRAPH EXE y1=expression de f(x) TABL (Touche F6) Saisir les valeurs souhaitées	MENU Fonctions OK Ajouter une fonction OK f(x)= expression de f(x)OK Afficher les valeurs OK Saisir les valeurs souhaitées

2. a) et **3. a)**

x	10	100	1 000	10 000
$f(x)$	**–0,89**	**–0,99**	**–0,999**	**–0,9999**

x	0,9	0,99	0,999	0,9999
$f(x)$	**–11**	**–101**	**–1 001**	**–10 001**

2. b) On peut conjecturer que $\lim\limits_{x\to+\infty} f(x) = -1$.

3. b) On peut conjecturer que $\lim\limits_{x\to1^-} f(x) = -\infty$.

4. On peut conjecturer que $\lim\limits_{x\to-\infty} f(x) = -1$ et que $\lim\limits_{x\to1^+} f(x) = +\infty$, en effet :

x	–10	–100	–1 000	–10 000
$f(x)$	–1,1	–1,01	–1,001	–1,0001

1,1	1,01	1,001	1,0001
9	99	999	9 999

3 → *Énoncé p. 403* (Voir Cours **2** et **3**)

a) $\lim\limits_{x\to-\infty} 2-3x-x^3$: quand $x\to-\infty$, $2-3x\to+\infty$ et $-x^3\to+\infty$ donc par somme :

$\lim\limits_{x\to-\infty} \mathbf{2-3x-x^3} = +\infty$.

b) $\lim\limits_{x\to+\infty}(x-2)(3-2x)$: quand $x\to+\infty$, $x-2\to+\infty$ et $3-2x\to-\infty$ donc par produit :

$\lim\limits_{x\to+\infty} (\mathbf{x-2})(\mathbf{3-2x}) = -\infty$.

c) $\lim\limits_{x\to2^-} \dfrac{x^2+3x+1}{2-x}$: quand $x\to2^-$, $x^2+3x+1\to11$ et $2-x\to0^+$ donc par quotient :

$$\lim_{x\to2^-} \frac{\mathbf{x^2+3x+1}}{\mathbf{2-x}} = +\infty.$$

4 → *Énoncé p. 403* (Voir Cours **2**, **3** et **4**)

1. a) $\lim\limits_{x\to+\infty} x^2-100x$: quand $x\to+\infty$, $x^2\to+\infty$ et $-100x\to-\infty$ donc, par somme, on a une forme indéterminée (FI) de la forme $\infty-\infty$.
À l'aide de la calculatrice, on peut conjecturer que $\lim\limits_{x\to+\infty} \mathbf{x^2-100x} = +\infty$.

b) $\lim\limits_{x\to-\infty} xe^x-1$: quand $x\to-\infty$, $e^x\to0$ et $x\to-\infty$ donc, par produit, on a une FI de la forme $0\times\infty$. À l'aide de la calculatrice, on peut conjecturer que $\lim\limits_{x\to-\infty} \mathbf{xe^x-1} = -1$.

c) $\lim\limits_{x\to-\infty} \dfrac{x^2-x+1}{3-2x^2}$: quand $x\to-\infty$, $x^2-x+1\to+\infty$ et $3-2x^2\to-\infty$ donc, par quotient, on a une FI de la forme $\dfrac{\infty}{\infty}$.

À l'aide de la calculatrice, on peut conjecturer que : $\lim\limits_{x\to-\infty} \dfrac{\mathbf{x^2-x+1}}{\mathbf{3-2x^2}} = \dfrac{-1}{2}$.

2. a) Sur l'intervalle $]-\infty\,;-2[$,

$$f(x) = \frac{x^2-x+1}{3-2x^2} = \frac{x^2\left(1-\frac{1}{x}+\frac{1}{x^2}\right)}{x^2\left(\frac{3}{x^2}-2\right)} = \frac{1-\frac{1}{x}+\frac{1}{x^2}}{\frac{3}{x^2}-2}$$

car $x^2\neq0$.

b) Quand $x\to-\infty$, $1-\dfrac{1}{x}+\dfrac{1}{x^2}\to1$ car $\dfrac{1}{x}$ et $\dfrac{1}{x^2}$ tendent vers 0, de même $\dfrac{3}{x^2}-2\to-2$ donc, par quotient, $\lim\limits_{x\to-\infty} f(x) = \dfrac{-1}{2}$.

Méthode

Pour lever une FI de la forme $\dfrac{\infty}{\infty}$ en l'infini, on met le terme de plus haut degré en facteur, on simplifie l'expression et on recommence le calcul de la limite.

1 → Énoncé p. 405 (Voir Cours 2 à 4)

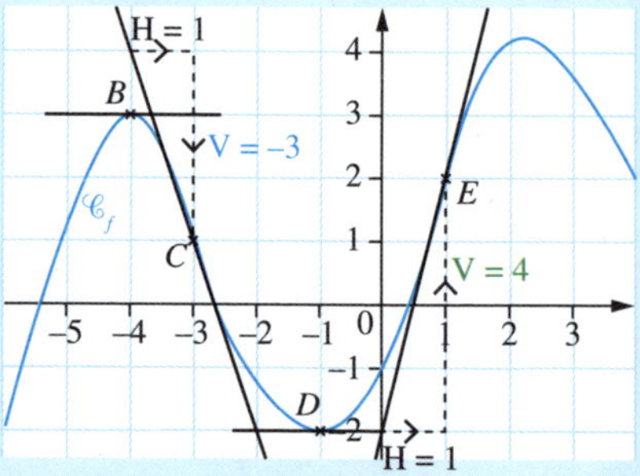

1. $f(a)$ est l'image de a par la fonction f. $\boldsymbol{f(-4) = 3}$, $\boldsymbol{f(-3) = 1}$, $\boldsymbol{f(-1) = 2}$, $\boldsymbol{f(0) = -1}$ et $\boldsymbol{f(1) = 2}$.

2. $f'(a)$ est le coefficient directeur de la tangente à $\mathscr{C}_f$ au point d'abscisse a.

• En B et D, les tangentes sont horizontales, donc $\boldsymbol{f'(-4) = 0}$ et $\boldsymbol{f'(-1) = 0}$.

• En C, la tangente a un coefficient directeur négatif (« la droite descend ») : $\boldsymbol{f'(-3)} = \frac{-3}{1} = \boldsymbol{-3}$.

• En E, la tangente a un coefficient directeur positif (« la droite monte ») : $\boldsymbol{f'(1)} = \frac{4}{1} = \boldsymbol{4}$.

3. • **Sur** $\boldsymbol{[-5\,;-3[}$, f semble être **concave** car elle est au-dessous de ses tangentes.

• **Sur** $\boldsymbol{[-3\,;1[}$, f semble être **convexe** car elle est au-dessus de ses tangentes.

• **Sur** $\boldsymbol{[1\,;3[}$, f semble être **concave** car elle est au-dessous de ses tangentes.

4. Le point $\boldsymbol{C(-3\,;1)}$ est un **point d'inflexion** à $\mathscr{C}_f$ car il y a un changement de convexité ; en effet, la tangente en ce point traverse la courbe.
Il en est de même pour le point $\boldsymbol{E(1\,;2)}$.

2 → Énoncé p. 406 (Voir Cours 1, 3 et 4)

1. Réponse A : $\boldsymbol{f}$ est concave sur [1 ; 4] ; en effet, d'après le graphique, $\mathscr{C}_{f''}$ est au-dessous de l'axe des abscisses à partir du point d'abscisse 1, ce qui signifie que $f''(x) \leqslant 0$ sur l'intervalle $[1\,;+\infty[$, donc *a fortiori* sur $[1\,;\,4]$ aussi.

> **Remarque**
> Le B ne convient pas car on ne connaît pas le signe de $f'(x)$ sur cet intervalle, et cette courbe indique que c'est f'' qui est décroissante sur [0 ; 1].
> Le C ne convient pas non plus car s'il y avait point d'inflexion au point d'abscisse 1, ses coordonnées seraient $(1\,;\,f(1))$.

2. Réponse B : si $f(x) = x^4 - \frac{5}{3}x^3 - x^2 + 1$,

on a $f'(x) = 4x^3 - \frac{5}{3} \times 3x^2 - 2x + 0$, d'où : $\boldsymbol{f'(x) = 4x^3 - 5x^2 - 2x}$.

3. Réponse A : on a $f''(x) = 4 \times 3x^2 - 5 \times 2x - 2 \times 1 = 12x^2 - 10x - 2$.

4. Réponse C : on a $f''(x) = 12x^2 - 10x - 2$. C'est un trinôme du second degré.
On calcule ses racines : on remarque que 1 est une racine évidente, en effet $12 \times 1^2 - 10 \times 1 - 2 = 0$ donc $x_1 = 1$. On utilise le produit des racines pour déterminer x_2.

> **Méthode**
> Étudier la convexité de f revient à étudier le signe de f''.

On a $x_1 x_2 = \frac{c}{a}$, donc $1x_2 = -\frac{2}{12}$, ce qui donne $x_2 = -\frac{1}{6}$.

On en déduit son tableau de signes :

x	$-\infty$		$-\dfrac{1}{6}$		1		$+\infty$
$f''(x)$		$+$	0	$-$	0	$+$	
$f(x)$		convexe		concave		convexe	
			point d'inflexion		point d'inflexion		

5. **Réponse B,** d'après le tableau précédent.

3 → *Énoncé p. 406* (Voir Cours **1**, le formulaire)

1. Sur $I = \mathbb{R}$, $f(x) = \left(x^3 - 2\right)^4$.

• **Calcul de $f'(x)$:** $f(x)$ est de la forme u^n et $\left(u^n\right)' = nu'u^{n-1}$.

On pose $u = x^3 - 2$ donc $u' = 3x^2 - 0 = 3x^2$.

On en déduit $f'(x) = 4 \times 3x^2 \times \left(x^3 - 2\right)^3$ d'où $\boldsymbol{f'(x) = 12x^2\left(x^3 - 2\right)^3}$.

• **Calcul de $f''(x)$:** $f'(x)$ est un produit $u \times v$ et $(u \times v)' = u'v + uv'$.

On pose $\begin{cases} u = 12x^2 \\ v = \left(x^3 - 2\right)^3 \end{cases}$ donc $\begin{cases} u' = 12 \times 2x = 24x^2 \\ v' = 9x^2\left(x^3 - 2\right)^2 \end{cases}$ comme précédemment. On en déduit

que $f''(x) = 24x \times \left(x^3 - 2\right)^3 + 12x^2 \times 9x^2\left(x^3 - 2\right)^2$. En factorisant par $12x\left(x^3 - 2\right)^2$, on obtient

$f''(x) = 12x\left(x^3 - 2\right)^2\left(2(x^3 - 2) + 9x^3\right)$ et finalement $\boldsymbol{f(x) = 12x\left(11x^3 - 4\right)\left(x^3 - 2\right)^2}$.

2. Sur $I = \mathbb{R}$, $f(x) = \dfrac{3}{x^2 + 3}$.

• **Calcul de $f'(x)$:** $f(x)$ est de la forme $k \times \dfrac{1}{u}$ et $k \times \left(\dfrac{1}{u}\right)' = k \times \dfrac{-u'}{u^2}$.

On pose $u = x^2 + 3$ donc $u' = 2x$. On en déduit $f'(x) = 3 \times \dfrac{-2x}{\left(x^2 + 3\right)^2}$ d'où

$$\boldsymbol{f'(x) = \frac{-6x}{\left(x^2 + 3\right)^2}}.$$

• **Calcul de $f''(x)$:** $f'(x)$ est un quotient $\dfrac{u}{v}$ et $\left(\dfrac{u}{v}\right)' = \dfrac{u'v - uv'}{v^2}$.

On pose $\begin{cases} u = -6x \\ v = \left(x^2 + 3\right)^2 \end{cases}$ donc $\begin{cases} u' = -6 \\ v' = 4x\left(x^2 + 3\right) \text{(comme en 1.)} \end{cases}$. On en déduit que

$f''(x) = \dfrac{-6\left(x^2 + 3\right)^2 - (-6x)4x\left(x^2 + 3\right)}{\left(\left(x^2 + 3\right)^2\right)^2}$. En factorisant par $6\left(x^2 + 3\right)$, on obtient :

$f''(x) = \dfrac{6\left(x^2 + 3\right)\left[-\left(x^2 + 3\right) + 4x^2\right]}{\left(x^2 + 3\right)^4}$, soit après réduction du numérateur :

$$f''(x) = \frac{6\left(x^2 + 3\right)\left(3x^2 - 3\right)}{\left(x^2 + 3\right)^4}.$$

En mettant 3 en facteur dans $3x^2 - 3$ et en simplifiant par $x^2 + 3$, on a finalement :

$$\boldsymbol{f''(x) = \frac{18(x^2 - 1)}{(x^2 + 3)^3}}.$$

3. Sur $I =]-\infty\,;1[$, $f(x) = \ln(1 - x)$.

• **Calcul de $f'(x)$:** $f(x)$ est de la forme $\ln u$ et $(\ln u)' = \dfrac{u'}{u}$.

On pose $u = 1 - x$ donc $u' = 0 - 1 = -1$. On en déduit $f'(x) = \dfrac{-1}{1 - x}$ d'où $\boldsymbol{f'(x) = \dfrac{1}{x - 1}}$.

• **Calcul de $f''(x)$:** $f'(x)$ est de la forme $\dfrac{1}{u}$ et $\left(\dfrac{1}{u}\right)' = \dfrac{-u'}{u^2}$.

On pose $u = x - 1$ donc $u' = 1$. On en déduit que $\boldsymbol{f''(x) = \dfrac{-1}{(x - 1)^2}}$.

CHAPITRE 4

1 → *Énoncé p. 408* (Voir Cours 1)

1. La fonction *f* est continue en 2, elle est continue sur l'intervalle [–1 ; 3] et elle est dérivable en 2, car $\mathscr{C}_f$ admet une tangente au point d'abscisse 2.

2. La fonction *f* n'est pas continue en 2, elle est continue sur les intervalles [0 ; 2] et]2 ; 4]. La fonction *f* n'est pas dérivable en 2, car $\mathscr{C}_f$ n'admet pas une tangente au point d'abscisse 2.

3. La fonction *f* est continue en 2, elle est continue sur l'intervalle [0 ; 3].
La fonction *f* n'est pas dérivable en 2, car $\mathscr{C}_f$ n'admet pas une tangente au point d'abscisse 2.

2 → *Énoncé p. 409* (Voir Cours 2)

1. • Sur l'intervalle $]-\infty\,;1[$, 0 est compris entre $\lim\limits_{x\to-\infty} f(x) = -\infty$ et $f(1) = 3$, donc l'équation $f(x) = 0$ admet une solution unique α dans $]-\infty\,;1[$.
• Sur l'intervalle $[1\,;+\infty[$, 0 est compris entre $f(1) = 3$ et $\lim\limits_{x\to+\infty} f(x) = -2$, donc l'équation $f(x) = 0$ admet une solution unique β dans $[1\,;+\infty[$.
En conclusion, **l'équation $f(x) = 0$ admet deux solutions dans $\mathbb{R}$.**

2. On en déduit le tableau de signes de la fonction *f* sur $\mathbb{R}$:

x	$-\infty$		α		β		$+\infty$
$f(x)$		$-$	0	$+$	0	$-$	

3 → *Énoncé p. 409*

Soit la fonction *f* définie sur $\mathbb{R}$ par $f(x) = x^3 - 3x^2 + 5$.

1. La fonction *f* est continue sur $\mathbb{R}$, car c'est une **fonction polynôme de degré 3**.

2. a) La fonction *f* est dérivable sur $\mathbb{R}$ et la dérivée $f'(x) = 3x^2 - 3 \times 2x + 0 = 3x^2 - 6x$ et, en factorisant par $3x$, on obtient $\boldsymbol{f'(x) = 3x(x - 2)}$.

b) Les variations de f sur $[-2\,;3]$ se déduisent du signe de la dérivée f'.

$f'(x)$ est un trinôme du second degré et admet pour racines $x_1 = 0$ et $x_2 = 2$. On en déduit le signe :

x	-2		0		2		3
$f'(x)$		$+$	0	$-$	0	$+$	
$f(x)$	-15	↗	5	↘	1	↗	5

3. • Sur l'intervalle $[-2\,;0[$, la fonction f est strictement croissante et continue.
0 est compris entre $f(-2) = -15$ et $f(0) = 5$, donc, d'après le corollaire du théorème des valeurs intermédiaires, l'équation $f(x) = 0$ admet une solution unique α dans $]-2\,;0[$.

• Sur l'intervalle $[0\,;3]$, $f(x)$ est minorée par 1, donc l'équation $f(x) = 0$ n'admet pas de solution.

• En conclusion, **l'équation $f(x) = 0$ admet une solution unique α dans $[-2\,;3]$.**

4. dicho(-2,0) renvoie (-1.125, -1.0625), ce qui signifie que $\mathbf{-1{,}125 < \alpha < -1{,}0625}$.
Le tableau ci-dessous donne les étapes du programme.

a	–2		–1,5	–1,25	–1,125	
b	0	–1				–1,0625
$b-a$	2	1	0,5	0,25	0,125	0,0625
$b-a$>=0.1 ?	oui	oui	oui	oui	oui	non
c=(a+b)/2	–1	–1,5	–1,25	–1,125	–1,0625	
$f(a)$	–15	–15	–5,125	–1,640625	–0,220703	
$f(c)$	1	–5,125	–1,640625	–0,220703	0,413818	
$f(a)$*$f(b)$<0 ?	oui	non	non	non	oui	
sortie						–1,125 ; –1,0625

CHAPITRE 5

1 → *Énoncé p. 411* (Voir Cours **1** à **4**)

1. Réponse C car $e^{3\ln(2)} - 4 = e^{\ln 8} - 4 = 8 - 4 = 4$.

2. Réponse C car :

$$3\ln\sqrt{8} - \ln 4 = \frac{3}{2}\ln 8 - \ln\left(2^2\right) = \frac{3}{2}\ln\left(2^3\right) - 2\ln 2 = \frac{9}{2}\ln 2 - 2\ln 2 = \frac{5}{2}\ln 2.$$

3. Réponse B car $\ln\left(4 - x^2\right)$ existe si $4 - x^2 > 0$, donc pour $x \in]-2\,;2[$.

4. Réponse B car quand $x \to -\infty$, $x^2 - 1 \to +\infty$, donc par composition $\lim\limits_{x\to-\infty} \ln\left(x^2 - 1\right) = +\infty$.

5. Réponse B car $f'(x) = \dfrac{1}{x}$ et l'équation de la tangente en 1 est $y = f'(1)(x-1) + f(1)$, soit $y = \dfrac{1}{1}(x-1) + \ln 1 = x - 1$.

2 → *Énoncé p. 412* (Voir Cours **2**)

1. On exprime en fonction de ln P, où P est un réel positif et le plus petit possible.

a) $A = \ln\left(\frac{1}{27}\right) = -\ln(27) = -\ln(3^3)$ d'où $\boldsymbol{A = -3\ln 3}$.

b) $B = \ln 4 \times \ln e^{-5} = \ln(2^2)\times(-5) = 2\ln(2)\times(-5)$ d'où $\boldsymbol{B = -10\ln 2}$.

c) $C = \ln\sqrt{2} - \ln 8 + 2\ln 4 = \frac{1}{2}\ln 2 - \ln(2^3) + 2\ln(2^2) = \frac{1}{2}\ln 2 - 3\ln 2 + 4\ln 2$, $\boldsymbol{C = \frac{3}{2}\ln 2}$.

d) $D = \dfrac{e^{3\ln 3+\ln 2}}{e^{\ln 3-\ln 2}} + \ln 25 = e^{3\ln 3+\ln 2-(\ln 3-\ln 2)} + \ln 5^2$ d'où $D = e^{2\ln 3+2\ln 2} + \ln 5^2 = e^{\ln(3^2\times 2^2)} + 2\ln 5$,

donc $D = e^{\ln(36)} + 2\ln 5$ et enfin $\boldsymbol{D = 36 + 2\ln 5}$.

2. x est un réel positif ; dans chaque cas, on simplifie le plus possible l'expression.

a) $A = \ln x + \ln\left(\frac{1}{x}\right) = \ln x - \ln x$ d'où $\boldsymbol{A = 0}$.

b) $B = 2\ln x + \frac{1}{2}\ln(x^2) = 2\ln x + \frac{2}{2}\ln x$ d'où $\boldsymbol{B = 3\ln x}$

c) $C = \ln\left(\frac{1}{e}\right) + e^{-\ln x} = -\ln e + e^{\ln\left(\frac{1}{x}\right)}$ d'où $\boldsymbol{C = -1 + \frac{1}{x}}$.

d) $D = \ln(x^3) - \ln(2x) = \ln\left(\frac{x^3}{2x}\right)$; $D = \ln\left(\frac{x^2}{2}\right) = \ln(x^2) - \ln 2$ d'où $\boldsymbol{D = 2\ln(x) - \ln 2}$.

3 → *Énoncé p. 412* (Voir Cours **4**)

a)) Sur $I =]0\,;+\infty[$, $f(x) = 3\ln(x) + 2\ln(3x)$. On simplifie $f(x)$ comme à l'exercice 2 ; on a : $f(x) = 3\ln(x) + 2(\ln(3) + \ln(x)) = 5\ln(x) + 2\ln(3)$ d'où $f'(x) = 5\times\frac{1}{x} + 0$ et enfin $\boldsymbol{f'(x) = \frac{5}{x}}$.

b) Sur $I =]0{,}5\,;+\infty[$, $f(x) = x^2\ln(x)$. $f(x)$ est un produit $u\times v$ et $(u\times v)' = u'v + uv'$.

On pose $\begin{cases} u = x^2 \\ v = \ln x \end{cases}$ donc $\begin{cases} u' = 2x \\ v' = \frac{1}{x}. \end{cases}$

On en déduit que $f'(x) = 2x\times\ln x + x^2\times\frac{1}{x} = 2x\ln x + x$.

En factorisant par x, on a $\boldsymbol{f'(x) = x(2\ln x + 1)}$.

> **Remarque**
> On factorise pour étudier le signe.

c) Sur $I =]-\infty\,;0[$, $f(x) = \ln(1 - e^x)$. $f(x)$ est de la forme $\ln(u)$ et $(\ln u)' = \frac{u'}{u}$.

On pose $u = 1 - e^x$ donc $u' = 0 - e^x = -e^x$. On en déduit que $\boldsymbol{f'(x) = \frac{-e^x}{1 - e^x}}$.

4 → *Énoncé p. 412* (Voir Cours **5**)

a) $\ln(2x - 3)$ est définie si $2x - 3 > 0 \Leftrightarrow x > \frac{3}{2}$.

La résolution de l'équation $\ln(2x - 3) = 0$ se fera sur l'intervalle $I = \left]\frac{3}{2}\,;+\infty\right[$.

Pour tout x de I, $\ln(2x - 3) = 0 \Leftrightarrow 2x - 3 = 1 \Leftrightarrow 2x = 4 \Leftrightarrow x = 2$ d'où $\boldsymbol{S = \{2\}}$.

b) $\ln(x^2+2)$ est définie si $x^2+2>0$, ce qui est toujours vrai et $\ln(3x)$ est définie si $3x>0 \Leftrightarrow x>0$.

La résolution de l'équation $\ln(x^2+2)=\ln(3x)$ se fera sur l'intervalle $\mathrm{I} =]0\,;+\infty[$.

Pour tout x de I, $\ln(x^2+2)=\ln(3x) \Leftrightarrow x^2+2=3x \quad \Leftrightarrow x^2-3x+2=0$.

C'est une équation du second degré avec une racine évidente $x_1=1$; à l'aide de la formule de la somme des racines $\left(x_1+x_2=\dfrac{-b}{a}\right)$, on a $1+x_2=\dfrac{-(-3)}{1}=3$ d'où $x_2=2$ puis $\mathbf{S}=\{\mathbf{1}\,;\mathbf{2}\}$.

c) $\ln(-2x+1)$ est définie si $-2x+1>0 \Leftrightarrow x<\dfrac{1}{2}$. La résolution de l'inéquation

$\ln(-2x+1)-1\leqslant 0$ se fera sur l'intervalle $\mathrm{I}=\left]-\infty\,;\dfrac{1}{2}\right[$ (en **rouge** ci-dessous). Pour tout x de I,

$\ln(-2x+1)-1\leqslant 0 \Leftrightarrow \ln(-2x+1)\leqslant 1 \Leftrightarrow \ln(-2x+1)\leqslant \ln \mathrm{e} \Leftrightarrow -2x+1\leqslant \mathrm{e} \Leftrightarrow -2x\leqslant \mathrm{e}-1$

$\Leftrightarrow x\geqslant \dfrac{\mathrm{e}-1}{-2} \Leftrightarrow x\geqslant \dfrac{1-\mathrm{e}}{2}$ (en **vert** ci-contre).

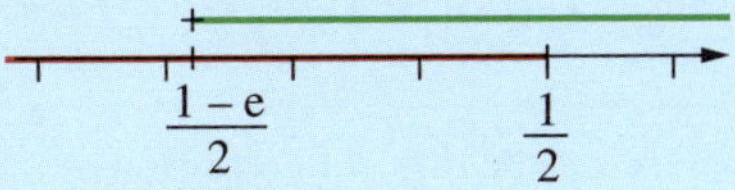

Un axe gradué permet de visualiser $\mathbf{S}=\left[\dfrac{\mathbf{1-e}}{\mathbf{2}}\,;\dfrac{\mathbf{1}}{\mathbf{2}}\right[$.

d) $n\in\mathbb{N}\,;1-\left(\dfrac{7}{10}\right)^n>0{,}99 \Leftrightarrow 1-0{,}99>(0{,}7)^n \Leftrightarrow 0{,}01>(0{,}7)^n$

$\Leftrightarrow \ln 0{,}01>\ln(0{,}7)^n \Leftrightarrow \ln 0{,}01>n\ln(0{,}7) \Leftrightarrow \dfrac{\ln 0{,}01}{\ln(0{,}7)}<n,$

car $\ln(0{,}7)<0 \Leftrightarrow 13\leqslant n$. $\mathbf{S}=\{\mathbf{0\,;1\,;2\,;\ldots\,;13}\}$.

CHAPITRE 6

1 → *Énoncé p. 414* (Voir Cours **1** et **2**)

Soient f et g les fonctions définies sur $]0\,;+\infty[$ par $f(x)=\ln(x)$ et $g(x)=x\ln(x)-x$.

> **Méthode**
> Pour démontrer qu'une fonction g est une primitive de la fonction f sur I, il suffit de prouver que, pour tout x de I, $g'(x)=f(x)$, ainsi pour tout x de I, $g(x)=F(x)$.

a) Pour tout x de $]0\,;+\infty[$, $g(x)$ est de la forme $U+V$ et $(U+V)'=U'+V'$, avec $U=x\ln(x)$ et $V=-x$.

On a immédiatement $V'=-1$.

$U=x\ln(x)$ est un produit $u\times v$ et $(u\times v)'=u'v+uv'$.

On pose $\begin{cases} u=x \\ v=\ln(x)\end{cases}$ donc $\begin{cases} u'=1 \\ v'=\dfrac{1}{x}.\end{cases}$ On en déduit $U'=1\times\ln(x)+\dfrac{1}{x}\times x$ d'où $\boldsymbol{U'=\ln(x)+1}$.

On a donc $g'(x)=\ln(x)+1-1=\ln(x)$ et on a bien $g'(x)=f(x)$, ce qui prouve que g est **une** primitive de f.

b) Toutes les primitives G de f sont de la forme $F(x)+c$, avec c réel, pour tout x de $]0\,;+\infty[$, $\boldsymbol{G(x)=x\ln(x)-x+c}$.

c) H est **la** primitive de la fonction f sur $]0\,;+\infty[$ telle que $H(1)=0$.

D'après la question précédente, il existe un réel c tel que $H(x)=x\ln(x)-x+c$.

On a $H(1)=0 \Leftrightarrow 1\times \ln(1)-1+c=0 \Leftrightarrow c=1$; ainsi **l'unique** primitive H de la fonction f sur $]0\,;+\infty[$ qui s'annule en 1 est $\boldsymbol{H(x)=x\ln(x)-x+1}$.

2 → *Énoncé p. 414* (Voir Cours **1**)

1. a) Comme F une primitive de la fonction f sur $\mathbb{R}$, on a, pour tout x de $\mathbb{R}$, $F'(x)=f(x)$. Ainsi $\boldsymbol{F'(0)}=f(0)=\mathbf{3}$ et $\boldsymbol{F'(3)}=f(3)=\mathbf{0}$.

b) Les variations de $F(x)$ se déduisent du signe de sa dérivée $F'(x)=f(x)$.

D'après le graphique, on a le signe de $f(x)$ et on déduit le tableau de variations de F.

x	$-\infty$		3		$-\infty$
$F'(x)=f(x)$		$+$	0	$-$	
$F(x)$		↗		↘	

2. La courbe $\mathscr{C}_2$ est la représentation graphique de F, car on a bien $F'(3)=0$; en effet, c'est la seule courbe avec une tangente horizontale au point d'abscisse 3 et la tangente au point A a bien son coefficient directeur $F'(0)=\dfrac{\text{3 carreaux verticaux}}{\text{1 carreau horizontal}}=\dfrac{3}{1}=3$ (voir schéma, p. 432).

De plus, la fonction associée à la courbe $\mathscr{C}_2$ est strictement croissante sur $]-\infty\,;3]$ et strictement décroissante sur $]3\,;+\infty[$.

3 → *Énoncé p. 415* (Voir Cours **2**)

Le formulaire des primitives **des fonctions usuelles** donne immédiatement, à une constante près, la solution.

a) Sur $\mathbb{R}$, $f(x)=3x^2-x+2$. On a $\boldsymbol{F(x)=x^3-\dfrac{x^2}{2}+2x}$; la formule utilisée : $x^n \to \dfrac{x^{n+1}}{n+1}$.

b) Sur $]0\,;+\infty[$, $f(x)=2\,\mathrm{e}^x-\dfrac{3}{x^2}$. On a $F(x)=2\mathrm{e}^x-3\times\dfrac{-1}{x}$ d'où $\boldsymbol{F(x)=2\mathrm{e}^x+\dfrac{3}{x}}$;

les formules utilisées : $\mathrm{e}^x \to \mathrm{e}^x$ et $\dfrac{1}{x^2}\to\dfrac{-1}{x}$.

4 → *Énoncé p. 415*

Le formulaire des primitives **des fonctions composées** donne immédiatement la solution à une constante près.

a) Sur $\mathbb{R}$, $f(x)=\left(3x^2-2x\right)\left(x^3-x^2+1\right)$. La formule la plus adaptée est : $u'u \to \dfrac{u^2}{2}$.

Posons $u=x^3-x^2+1$; on a $u'=3x^2-2x$ (voir formulaire des dérivées, chapitre 3).

Ainsi $u'u=\left(3x^2-2x\right)\left(x^3-x^2+1\right)=f(x)$ donc $\boldsymbol{F(x)=\dfrac{u^2}{2}=\dfrac{\left(x^3-x^2+1\right)^2}{2}}$.

b) Sur $[0\,;+\infty[$, $f(x)=2\,\mathrm{e}^{1-2x}-\dfrac{3}{(2x+1)^2}$.

Les formules les plus adaptées sont : $u'\mathrm{e}^u \to \mathrm{e}^u$ et $\dfrac{v'}{v^2}\to\dfrac{-1}{v}$.

Posons $u = 1 - 2x$ donc $u' = -2$ et $u'e^u = -2e^{1-2x}$.

Posons $v = 2x + 1$ donc $v' = 2$ et $\dfrac{v'}{v^2} = \dfrac{2}{(2x+1)^2}$.

En **adaptant les coefficients** intervenant dans $f(x)$ afin de mettre en évidence $-2e^{1-2x}$ et $\dfrac{2}{(2x+1)^2}$, on obtient $f(x) = -\left(-2e^{1-2x}\right) - \dfrac{3}{2} \times \dfrac{2}{(2x+1)^2} = -u'e^u - \dfrac{3}{2} \times \dfrac{v'}{v^2}$

donc $F(x) = -\ e^u - \dfrac{3}{2} \times \dfrac{-1}{v} = -e^{1-2x} - \dfrac{3}{2} \times \dfrac{-1}{2x+1}$; en conclusion :

$\boldsymbol{F(x) = -e^{1-2x} + \dfrac{3}{2(2x+1)}}$.

5 → *Énoncé p. 415* (Voir Cours **3** et **4**)

1. On doit résoudre, sur $\mathbb{R}$, chaque équation différentielle ci-dessous, **puis** déterminer l'unique solution f telle que $f(1) = e$.

a) Désignons par (E) l'équation différentielle $y' = 3y$.

– (E) admet **pour solutions** sur $\mathbb{R}$ les fonctions f_k définies par : $\boldsymbol{f_k(x) = ke^{3x}}$, où k est un réel.

– On cherche k tel que $f_k(1) = e$. On a $f_k(1) = e \Leftrightarrow ke^{3\times1} = e \Leftrightarrow ke^3 = e \Leftrightarrow k = e^{-2}$.

En conclusion, l'unique solution f de (E) telle que $f(1) = e$ est définie sur $\mathbb{R}$ par :

$\boldsymbol{f(x)} = e^{-2}e^{3x} = \boldsymbol{e^{3x-2}}$.

b) Désignons par (E) l'équation différentielle $5y - 3y' = 0$ et (E) $\Leftrightarrow y' = \dfrac{5}{3}y$.

– (E) admet **pour solutions** sur $\mathbb{R}$ les fonctions f_k définies par : $\boldsymbol{f_k(x) = ke^{\frac{5}{3}x}}$, où k est un réel.

– On cherche k tel que $f_k(1) = e$. On a $f_k(1) = e \Leftrightarrow ke^{\frac{5}{3}} = e \Leftrightarrow k = e^{\frac{-2}{3}}$.

En conclusion, l'unique solution f de (E) telle que $f(1) = e$ est définie sur $\mathbb{R}$ par :

$\boldsymbol{f(x)} = e^{\frac{-2}{3}}e^{\frac{5x}{3}} = \boldsymbol{e^{\frac{5x-2}{3}}}$.

2. Résoudre, sur $\mathbb{R}$, chaque équation différentielle ci-dessous, **puis** déterminer l'unique solution f telle que $f(0) = 1$.

a) Désignons par (E) l'équation différentielle $y' = 3y - 4$.

– (E) **admet** pour solutions sur $\mathbb{R}$ les fonctions f_k définies par : $\boldsymbol{f_k(x) = ke^{3x} + \dfrac{4}{3}}$, où k est un réel.

– On cherche k tel que $f_k(0) = 1$. On a $f_k(0) = 1 \Leftrightarrow ke^{3\times0} + \dfrac{4}{3} = 1 \Leftrightarrow k = -\dfrac{1}{3}$.

En conclusion, l'unique solution f de (E) telle que $f(0) = 1$ est définie sur $\mathbb{R}$ par :

$\boldsymbol{f(x) = -\dfrac{1}{3}e^{3x} + \dfrac{4}{3}}$.

b) Désignons par (E) l'équation différentielle $5y' + 2y = 5$ et (E) $\Leftrightarrow y' = \dfrac{-2}{5}y + 1$.

– (E) **admet** pour solutions sur $\mathbb{R}$ les fonctions f_k définies par : $\boldsymbol{f_k(x) = ke^{\frac{-2}{5}x} + \dfrac{5}{2}}$, où k est un réel.

SES

HGGSP

GRAND ORAL

– On cherche k tel que $f_k(0) = 1$. On a $f_k(0) = 1 \Leftrightarrow ke^{\frac{-2}{5}\times 0} + \frac{5}{2} = 1 \Leftrightarrow k + \frac{5}{2} = 1 \Leftrightarrow k = \frac{-3}{2}$.

En conclusion, l'unique solution f de (E) telle que $f(0) = 1$ est définie sur $\mathbb{R}$ par :

$\boldsymbol{f(x) = \frac{-3}{2}e^{\frac{-2}{5}x} + \frac{5}{2}}$.

CHAPITRE 7

1 → *Énoncé p. 418*

1. C **2.** A **3.** B **4.** C **5.** B **6.** B

2 → *Énoncé p. 418* (Voir Cours **2**)

f est la fonction définie sur $\mathbb{R}$ par : $f(x) = \frac{1}{6}x^3 - \frac{7}{6}x + 1$.

1. On a $f(-3) = \frac{1}{6}(-3)^3 - \frac{7}{6}(-3) + 1 = \frac{-27}{6} + \frac{21}{6} + 1 = 0$, donc $A(-3\,;0) \in \mathscr{C}_f$.

On a $f(1) = \frac{1}{6}(1)^3 - \frac{7}{6}(1) + 1 = \frac{1}{6} + \frac{-7}{6} + 1 = 0$, donc $B(1\,;0) \in \mathscr{C}_f$.

On a $f(2) = \frac{1}{6}(2)^3 - \frac{7}{6}(2) + 1 = \frac{8}{6} + \frac{-14}{6} + 1 = 0$, donc $C(2\,;0) \in \mathscr{C}_f$.

2. a)

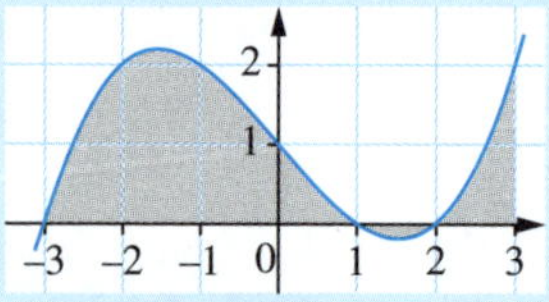

b) $\int_{-3}^{3} f(x)\,dx = \int_{-3}^{3}\left(\frac{1}{6}x^3 - \frac{7}{6}x + 1\right)dx = \left[\frac{1}{6}\times\frac{x^4}{4} - \frac{7}{6}\times\frac{x^2}{2} + x\right]_{-3}^{3} = \left[\frac{x^4}{24} - \frac{7x^2}{12} + x\right]_{-3}^{3}$

d'où $\boldsymbol{\int_{-3}^{3} f(x)\,dx} = \left(\frac{3^4}{24} - \frac{7\times 3^2}{12} + 3\right) - \left(\frac{(-3)^4}{24} - \frac{7\times(-3)^2}{12} + (-3)\right) = \mathbf{6}$.

3. a) L'aire du domaine $\mathscr{D}$ est $\int_{-3}^{1} f(x)\,dx - \int_{1}^{2} f(x)\,dx + \int_{2}^{3} f(x)\,dx$. On a

$\int_{-3}^{1} f(x)\,dx = \left(\frac{1^4}{24} - \frac{7\times 1^2}{12} + 1\right) - \left(\frac{(-3)^4}{24} - \frac{7\times(-3)^2}{12} + (-3)\right) = \frac{11}{24} - \frac{-117}{24} = \frac{128}{24} = \frac{16}{3}$.

On a $\int_{1}^{2} f(x)\,dx = \left(\frac{2^4}{24} - \frac{7\times 2^2}{12} + 2\right) - \left(\frac{1^4}{24} - \frac{7\times 1^2}{12} + 1\right) = \frac{8}{24} - \frac{11}{24} = \frac{-3}{24} = \frac{-1}{8}$.

On a $\int_{2}^{3} f(x)\,dx = \left(\frac{3^4}{24} - \frac{7\times 3^2}{12} + 3\right) - \left(\frac{2^4}{24} - \frac{7\times 2^2}{12} + 2\right) = \frac{27}{24} - \frac{8}{24} = \frac{19}{24}$.

En conclusion, $\boldsymbol{\int_{-3}^{1} f(x)\,dx - \int_{1}^{2} f(x)\,dx + \int_{2}^{3} f(x)\,dx} = \frac{16}{3} - \frac{-1}{8} + \frac{19}{24} = \frac{150}{24} = \mathbf{6{,}25\ u.a.}$

b) L'unité du repère orthonormé est 2 cm, donc 1 u.a. $= 2\times 2 = 4$ cm^2.

L'aire de $\mathscr{D}$ vaut $4\times 6{,}25 = \mathbf{25\ cm^2}$.

3 → *Énoncé p. 419* (Voir Cours **2**)

Sur $\mathbb{R}$, $f(x) = x^2 - 2x + 1$ et $g(x) = 1 - x^2$.

1. On a $h(x) = f(x) - g(x) = x^2 - 2x + 1 - (1 - x^2) = 2x^2 - 2x = 2x(x-1)$.

Pour $x \in]-\infty\,;0[\cup]1\,;+\infty[$, $h(x) > 0 \Leftrightarrow f(x) > g(x)$; on en déduit que $\mathscr{C}_f$ **est au-dessus de** $\mathscr{C}_g$.

Pour $x \in [0\,;1]$, $h(x) \leqslant 0 \Leftrightarrow f(x) \leqslant g(x)$; on en déduit que $\mathscr{C}_f$ **est au-dessous de** $\mathscr{C}_g$.

2. a) Sur $[0\,;1]$, $f(x) \leqslant g(x)$, donc l'aire du domaine $\mathscr{D}$ est : $\int_0^1 [g(x) - f(x)]\,\mathrm{d}x = \int_0^1 -h(x)\,\mathrm{d}x$.

b) On a :

$$\int_0^1 -\boldsymbol{h(x)}\,\mathbf{d}\boldsymbol{x} = \int_0^1 (2x - 2x^2)\,\mathrm{d}x = \left[x^2 - 2 \times \frac{x^3}{3}\right]_0^1 = \left(1 - \frac{2 \times 1^3}{3}\right) - \left(0^2 - \frac{2 \times 0^3}{3}\right) = 1 - \frac{2}{3} = \mathbf{\frac{1}{3}}.$$

4 → *Énoncé p. 419* (Voir Cours **3**)

On considère la fonction f définie sur $]0\,;+\infty[$ par $f(x) = x + 1 - x\ln x$.

1. a) Montrons que $G'(x) = x \ln x$.

$G(x) = \frac{x^2}{2}\left(\ln x - \frac{1}{2}\right)$ est de la forme d'un produit $u \times v$ et $(u \times v)' = u'v + uv'$.

On pose $\begin{cases} u = \dfrac{x^2}{2} \\ v = \ln x - \dfrac{1}{2} \end{cases}$ donc $\begin{cases} u' = x \\ v' = \dfrac{1}{x} - 0 = \dfrac{1}{x}. \end{cases}$

> **Méthode**
> Pour choisir la formule de dérivation, déterminer, à l'aide des priorités de calculs, la dernière opération à effectuer.

On en déduit $G'(x) = x\left(\ln x - \frac{1}{2}\right) + \frac{1}{x} \times \frac{x^2}{2} = x \ln x - \frac{1}{2}x + \frac{x}{2} = x \ln x$ et $\boldsymbol{G(x)}$ **est bien une primitive de** $\boldsymbol{x}$ **ln** $\boldsymbol{x}$.

b) Sur $]0\,;+\infty[$, une primitive F de la fonction f est $F(x) = \frac{x^2}{2} + x - \frac{x^2}{2}\left(\ln x - \frac{1}{2}\right)$

d'où $\boldsymbol{F(x)} = \frac{x^2}{2} + x - \frac{x^2}{2}\ln x + \frac{x^2}{4} = \boldsymbol{x - \frac{x^2}{2}\ln x + \frac{3x^2}{4}}$.

2. a) Comme f est positive sur $[1\,;\mathrm{e}]$, $\int_1^{\mathrm{e}} f(x)\,\mathrm{d}x$ est l'aire du domaine $\mathscr{D}$ compris entre $\mathscr{C}_f$, l'axe des abscisses et les droites d'équations $x = 1$ et $x = \mathrm{e}$.

b) $\int_1^{\mathrm{e}} f(x)\,\mathrm{d}x = [F(x)]_1^{\mathrm{e}} = \left(\mathrm{e} - \frac{\mathrm{e}^2}{2}\ln \mathrm{e} + \frac{3\mathrm{e}^2}{4}\right) - \left(1 - \frac{1^2}{2}\ln 1 + \frac{3 \times 1^2}{4}\right)$

d'où $\int_1^{\mathrm{e}} \boldsymbol{f(x)}\,\mathbf{d}\boldsymbol{x} = \left(\mathrm{e} - \frac{\mathrm{e}^2}{2} + \frac{3\mathrm{e}^2}{4}\right) - \left(1 + \frac{3}{4}\right) = \mathbf{e} + \mathbf{\frac{e^2}{4}} - \mathbf{\frac{7}{4}} \approx \mathbf{2{,}82}$.

3. a) La valeur moyenne de f sur $[1\,;\mathrm{e}]$ est $m = \frac{1}{\mathrm{e}-1} \times \int_1^{\mathrm{e}} f(x)\,\mathrm{d}x = \frac{1}{\mathrm{e}-1}\left(\mathrm{e} + \frac{\mathrm{e}^2}{4} - \frac{7}{4}\right)$.

Soit $m \approx \mathbf{1{,}64}$.

b) L'aire du domaine $\mathscr{D}$ défini à la question 2. a) est la même que l'aire du **rectangle** de côtés $m(\approx 1{,}64)$ et $\mathrm{e} - 1(\approx 1{,}72)$.

1 → *Énoncé p. 421*

1.

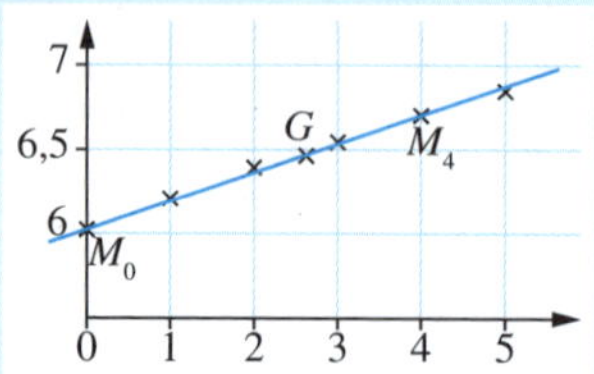

2. $\overline{x} = \dfrac{0+1+2+3+4+5}{6} = 2{,}5$ et

$\overline{y} = \dfrac{6{,}02+6{,}21+6{,}39+6{,}55+6{,}7+6{,}85}{6} \approx 6{,}45$

d'où $\boldsymbol{G(2{,}5\ ;\ 6{,}45)}$.

3. a) La droite (d) a une équation de la forme $y = ax + b$ et passe par le point $M_0(0\,;6{,}02)$, donc $\boldsymbol{b = 6{,}02}$. (d) passe par $M_4(4\,;6{,}7)$, donc $6{,}7 = a \times 4 + 6{,}02 \Leftrightarrow \boldsymbol{a} = \dfrac{6{,}7-6{,}02}{4} = \mathbf{0{,}17}$.
L'équation de (d) est $\boldsymbol{y = 0{,}17x + 6{,}02}$.

b) Si l'évolution reste la même, on doit résoudre l'équation $0{,}17x + 6{,}02 \geqslant 7{,}5$.

$0{,}17x + 6{,}02 \geqslant 7{,}5 \Leftrightarrow x \geqslant \dfrac{7{,}5\ -\ 6{,}02}{0{,}17} \Leftrightarrow x \geqslant 8{,}70$.

La France comptera au moins 75 000 avocats à partir de 2023.

2 → *Énoncé p. 422*

Méthode

TI-82 ou 83 : Par prudence, on vide les listes que l'on souhaite utiliser, par exemple L1, L2 **Effacer les listes** **stats (menu Edit)** **4** EffListe L1, L2 **Pour obtenir le graphique :** **2nde f(x),** 1 : Graph1 Aff Xliste : L1 Yliste : L2 graphe **Pour tous les paramètres de la série :** **stats (menu Edit)** **1 :** Modifier (on saisit les listes) **stats (menu CALC)** 2 : Stats 2 var Xliste : L1 Yliste : L2 et Calculer **Pour la droite de régression de y en x et r :** **stats (menu CALC)** 4 : RégLin(ax+b) Xliste : L1 Yliste : L2 et Calculer La calculatrice affiche a, b et r.	**Casio 35+ :** **Effacer les listes** MENU STAT EXE Sélectionner la liste F6 et F4 répondre oui MENU STAT EXE Saisir les List1 et List2 (pour régler) SET F6 XList: List1 YList: List2 **Pour obtenir le graphique :** Appuyer sur F1 Graph 1 **Pour tous les paramètres de la série :** Appuyer sur F1 CALC puis encore F1 2VAR Exit pour revenir **Pour la droite de régression de y en x et r :** Appuyer sur F1 CALC Appuyer sur F2 X puis sur ax+b	**NumWorks :** Appuyer sur (⌂) Sélectionner le menu Regression Dans l'onglet :Données Saisir les listes X1 et X2 Appuyer sur ⮌ (pour revenir aux onglets) **Pour obtenir le graphique :** choisir l'onglet : Graphique **Pour tous les paramètres de la série :** choisir l'onglet : Stats **Pour la droite de régression de y en x et r :** choisir l'onglet : Stats **ou** l'onglet : Graphique

1. La calculatrice donne :

a) les coordonnées du point moyen $G(\bar{x} ; \bar{p})$: $\mathbf{G(5,5 ; 65\ 454,3)}$.

b) l'équation de la droite de régression de p en x : $\mathbf{p = 329,11x + 63\ 644,2}$.

c) le coefficient de corrélation linéaire entre p et x : $\mathbf{r \approx 0,995}$.

2. a) L'année 2020 correspond à $x_{13} = 13$, d'où $p = 329,11 \times 13 + 63\ 644,2 = 67\ 922,63$ soit une population estimée à **67 922 630.**

b) Comme 69 000 000 = 69 000 milliers, on doit résoudre $329,11x + 63\ 644,2 \geqslant 69\ 000$;

$$329,11x + 63\ 644,2 \geqslant 69\ 000 \Leftrightarrow x \geqslant \frac{69\ 000 - 63\ 644,2}{329,11}, \text{ soit } x \geqslant 16,27.$$

La population française pourrait dépasser 69 000 000 d'habitants **dans le courant de l'année 2024.**

3 → *Énoncé p. 422*

x_i	1	2	3	4	5	6	7	8
y_i	7,1	7,4	7,7	7,9	8,1	8,2	8,5	8,2
$z_i = \ln(y_i)$	**1,96**	**2,00**	**2,04**	**2,07**	**2,09**	**2,10**	**2,14**	**2,10**

1. Voir tableau ci-dessus.

2. Voir exercice 2 ; pour l'affichage des nuages, un ajustement affine se justifie plus pour les points $M_i(x_i ; z_i)$ que pour les points $M_i(x_i ; y_i)$.

3. La calculatrice donne comme équation $\mathbf{z = 0,02x + 1,96}$.

4. $z = 0,02x + 1,96 \Leftrightarrow \ln(y) = 0,02x + 1,96 \Leftrightarrow y = e^{0,02x + 1,96} \Leftrightarrow y = e^{1,96}e^{0,02x}$.

La relation attendue est $\mathbf{y = e^{1,96}e^{0,02x}}$.

CHAPITRE 9

Méthode

Calculer des probabilités avec la loi binomiale ou géométrique

Pour __exactement k succès__ : $P(X = k)$ se calcule de la façon suivante		
TI : 2nd distrib A:binomFdp(*n*,*p*,*k*) F:géomFdp(*p*,*k*)	**Casio 35+ :** DIST F5 BINM F5 BpD F1 Data: Variable puis var F2 saisir *k*, *n*, *p*	**Numworks :** Menu Probabilité OK (choisir le graphique) Binomiale - saisir *n*, *p*, *k* Géométrique – saisir *p*
***Pour __au plus k succès__* :** $P(X \leqslant k)$ se calcule de la façon suivante		
TI : 2nd distrib B:binomFrép(*n*,*p*,*k*) F:géomFRép(*p*,*k*)	**Casio 35+ :** DIST F5 BINM F5 BcD F2 Data: Variable puis var F2 saisir *k*, *n*, *p*)	**Numworks :** Menu Probabilité (choisir le graphique) Binomiale - saisir *n*, *p*, *k* Géométrique – saisir *p*
Lecture inverse : on cherche *a* tel que $P(X \leqslant a) > \beta$, avec *X* suivant une loi binomiale $\mathscr{B}(n ; p)$ et $\beta \in [0 ; 1]$		
TI : 2nd distrib C:invBinom(β, *n*, *p*)	**Casio 35+ :** MENU STAT DIST F5 BINM F5 InvB F3 Data: Variable puis var F2 saisir β, *n*, *p*	**Numworks :** Menu Probabilité (choisir le graphique) Binomiale - saisir *n*, *p*, β

SES

HGGSP

GRAND ORAL

MATHS COMPLÉMENTAIRES

1 → *Énoncé p. 424*

1. C **2.** D **3.** B et D **4.** A **5.** B, C et D

2 → *Énoncé p. 425*

1. X prend ses valeurs dans $\{1 ; \ldots ; 20\}$; les boules étant identiques, chaque boule a la même probabilité d'être tirée : on a donc $P(X = k) = \frac{1}{20}$, avec $1 \leqslant k \leqslant 20$.

En conclusion, **X suit la loi uniforme sur $\{1 ; \ldots ; 20\}$** et $\mathbf{E(X) = \frac{21}{2} = 10{,}5}$.

2. Épreuve de Bernoulli : succès : S = « la boule est noire » ; échec : $\overline{S}$ = « la boule n'est pas noire » ; $P(S) = p = \frac{9}{20}$ et $q = 1 - p = \frac{11}{20}$.

Cette épreuve est répétée 3 fois et de façon indépendante, car il y a remise.

X est la variable aléatoire donnant le nombre de boules noires, donc X suit la loi binomiale de paramètre 3 et $\frac{9}{20}$: **X suit $\mathscr{B}\left(3 ; \frac{9}{20}\right)$** et $\mathbf{E(X) = 3 \times \frac{9}{20} = \frac{27}{20}}$.

3 → *Énoncé p. 425* (Voir Cours **4**)

1. Épreuve de Bernoulli : succès : S = « prise en charge » ; échec : $\overline{S}$ = « non prise en charge » ; $P(S) = p = \frac{1}{3}$ et $q = 1 - p = \frac{2}{3}$. On répète cette épreuve jusqu'au premier succès et de façon indépendante d'après le texte. X est la variable aléatoire qui représente le nombre de taxis que l'on doit appeler pour en obtenir un, donc X suit la loi géométrique de paramètre $\frac{1}{3}$:

X suit $G\left(\frac{1}{3}\right)$.

2. $\mathbf{P(X = 3)} = \frac{1}{3} \times \left(\frac{2}{3}\right)^{3-1} = \frac{4}{27} \approx \mathbf{0{,}15}$.

3. $\mathbf{P(X \leqslant 3)} = 1 - \left(\frac{2}{3}\right)^3 = \frac{19}{27} \approx \mathbf{0{,}70}$.

> **Remarque**
> Dans une succession d'épreuves identiques et indépendantes, la loi géométrique modélise le temps d'attente du 1er succès, alors que la loi binomiale modélise le nombre de succès obtenus.

4. $\mathbf{P_{X>3}(X > 3 + 4)} = P(X > 4) = 1 - P(X \leqslant 4) = 1 - \left(1 - \left(\frac{2}{3}\right)^4\right) = \frac{16}{81} \approx \mathbf{0{,}20}$.

5. $\mathbf{E(X)} = \frac{1}{1/3} = \mathbf{3}$ **; en moyenne, la prise en charge est assurée au bout de 3 taxis.**

4 → *Énoncé p. 425* (Voir Cours **3**)

X suit la loi binomiale $\mathscr{B}(100 ; 0{,}3)$; on détermine le plus « petit » intervalle I tel que $P(X \in I) \geqslant 0{,}95$.

Notons $I = [a ; b]$; on cherche a et b tel que $P(a \leqslant X \leqslant b) \geqslant 0{,}95$ c'est-à-dire au seuil de 95 %, soit avec un risque de $\alpha = 0{,}05$.

On a $\frac{\alpha}{2} = \frac{0{,}05}{2} = 0{,}025$ et $1 - \frac{\alpha}{2} = 0{,}975$; on cherche a tel que $P(X \leqslant a) > 0{,}025$ et b tel que $P(X \leqslant b) \geqslant 0{,}975$. En utilisant les fonctions de la calculatrice (voir page 417), on obtient respectivement $a = 21$ et $b = 39$. L'intervalle I cherché est $\mathbf{I = [21 ; 39]}$ et on a $\mathbf{P(21 \leqslant X \leqslant 39) \geqslant 0{,}95}$.

CHAPITRE 10

1 → Énoncé p. 427

1. a) FAUX : sur $\mathrm{I}=[-4\,;3]$, $f(x)=\frac{1}{4}-\frac{x^2}{36}=\left(\frac{1}{2}-\frac{x}{6}\right)\left(\frac{1}{2}+\frac{x}{6}\right)$;
les racines sont $x_1=-3$ et $x_2=3$.
On en déduit le signe de f sur $[-4\,;3]$: si $x\in[-4\,;-3[$, $f(x)<0$ et si $x\in[-3\,;3]$, $f(x)\geqslant 0$.
En conclusion, sur $\mathrm{I}=[-4\,;3]$, f n'est pas positive, **donc f n'est pas une fonction de densité sur I.**

b) VRAI : sur $\mathrm{I}=[-3\,;3]$ et $f(x)=\frac{1}{4}-\frac{x^2}{36}=\left(\frac{1}{2}-\frac{x}{6}\right)\left(\frac{1}{2}+\frac{x}{6}\right)$; d'après a), sur $[-3\,;3]$, f est positive et continue, car c'est une fonction du second degré. Reste à prouver que $\int_{-3}^{3} f(x)\,\mathrm{d}x=1$ (voir chapitres 6 et 7 pour le calcul intégral).

• Par le calcul : une primitive de $\frac{1}{4}-\frac{x^2}{36}$ est $\frac{1}{4}x-\frac{1}{36}\times\frac{x^3}{3}=\frac{x}{4}-\frac{x^3}{108}$.

On en déduit $\int_{-3}^{3} f(x)\,\mathrm{d}x=\int_{-3}^{3}\left(\frac{1}{4}-\frac{x^2}{36}\right)\mathrm{d}x=\left[\frac{x}{4}-\frac{x^3}{108}\right]_{-3}^{3}=\left(\frac{3}{4}-\frac{3^3}{108}\right)-\left(\frac{-3}{4}-\frac{(-3)^3}{108}\right)=1.$

• La calculatrice donne directement $\int_{-3}^{3} f(x)\,\mathrm{d}x=1$.

2. X suit la loi uniforme sur [2 ; 15].

a) FAUX : $\mathrm{P}(X>3)=\mathrm{P}(3<X\leqslant 15)=\frac{15-3}{15-2}=\frac{12}{13}\neq\frac{13}{15}$.

b) FAUX : $\mathrm{E}(X)=\frac{2+15}{2}=\mathbf{8{,}5\neq 7{,}5}$.

3. X suit la loi exponentielle de paramètre $\frac{1}{3}$.

a) FAUX : $\mathrm{P}(X=1)=\int_{1}^{1} f(x)\,\mathrm{d}x=\mathbf{0\neq 0{,}283}$.

b) VRAI : $\mathrm{P}_{(X>2)}(X>5)=\mathrm{P}_{(X>2)}(X>2+3)=\mathrm{P}(X>3)=1-\mathrm{P}(X\leqslant 3)=\mathrm{e}^{-\frac{1}{3}\times 3}=\mathrm{e}^{-1}\approx\mathbf{0{,}368}$.

> **Remarques**
> – La loi uniforme modélise le choix aléatoire d'un nombre dans un intervalle.
> – La loi exponentielle modélise la durée de vie sans vieillissement comme la loi géométrique, mais dans le cas continu.

2 → Énoncé p. 427 (Voir Cours 1)

On désigne par X la variable aléatoire donnant le nombre de minutes de retard de Jean le lundi.

1. X est la variable aléatoire donnant le nombre de minutes de retard de Jean à partir de 7 h 30, donc X suit la loi uniforme sur [0 ; 10] et sa fonction densité de probabilité est $\boldsymbol{f(x)=\frac{1}{10}}$.

2. $\mathbf{P}(X>5)=\mathrm{P}(5<X\leqslant 10)=\frac{10-5}{10-0}=\frac{5}{10}=\mathbf{0{,}5}$ donc la probabilité que Jean ait plus de 5 minutes de retard est 0,5 soit 50 %.

3. $\mathbf{P}(2\leqslant X\leqslant 5)=\frac{5-2}{10-0}=\frac{3}{10}=\mathbf{0{,}3}$ donc la probabilité que Jean ait entre 2 et 5 minutes de retard est 0,3 soit 30 %.

4. $\mathrm{E}(X)=\frac{10+0}{2}=5$. **Sur un grand nombre de lundis, Jean est en retard de 5 min en moyenne.**

3 → *Énoncé p. 428* (Voir Cours **3**)

1. La probabilité qu'un chargeur tombe en panne pendant la première année d'utilisation est égale à 0,11 et se traduit par $P(X \leqslant 1) = 0{,}11$ et, de plus, $P(X \leqslant 1) = 1 - e^{-\lambda}$, d'où l'équation à résoudre :

$1 - e^{-\lambda} = 0{,}11 \Leftrightarrow e^{-\lambda} = 0{,}89 \Leftrightarrow -\lambda = \ln(0{,}89) \Leftrightarrow \lambda = -\ln(0{,}89)$ soit $\boldsymbol{\lambda} = \mathbf{0{,}117}$.

2. a) $P(X > 2) = 1 - P(X \leqslant 2) = e^{-2\lambda}$, donc la **probabilité qu'un chargeur dure plus de 2 ans est** $e^{-2\lambda} = e^{-2\times0{,}117} \approx \mathbf{0{,}791}$.

b) $P_{(X>1)}(X > 3) = P_{(X>1)}(X > 1 + 2) = P(X > 2) \approx 0{,}791$ donc **la probabilité qu'un chargeur dure plus de 3 ans sachant qu'il a duré plus d'un an est 0,791**.

3. $E(X) = \dfrac{1}{\lambda} = \dfrac{1}{0{,}117} \approx 8{,}5$ donc **la durée moyenne de fonctionnement d'un chargeur de batterie est de 8,5 années.**

4 → *Énoncé p. 428* (Voir Cours **1**)

1. Comme f est une fonction de densité sur $[1\,;9]$, par définition, l'aire entre $\mathscr{C}_f$, l'axe des abscisses et les droites d'équations $x = 1$ et $x = 9$ vaut 1.
On a donc $\mathbf{P(X > 2{,}5)} = 1 - P(1 \leqslant X \leqslant 2{,}5) = 1 - 0{,}42 = \mathbf{0{,}58}$ et
$\mathbf{P(2{,}5 \leqslant X \leqslant 6)} = 1 - P(1 \leqslant X \leqslant 2{,}5) - P(6 \leqslant X \leqslant 9) = 1 - 0{,}42 - 0{,}18 = \mathbf{0{,}4}$.

2. On sait que sur $[1\,;9]$ la fonction de densité f est définie par $f(x) = \dfrac{a}{x}$, avec a réel.

a) Par définition, $\displaystyle\int_1^9 f(x)\,dx = 1$.

On a : $\displaystyle\int_1^9 \frac{a}{x}\,dx = 1 \Leftrightarrow a \times \int_1^9 \frac{1}{x}\,dx = 1 \Leftrightarrow a[\ln x]_1^9 = 1 \Leftrightarrow a\big(\ln(9) - \ln(1)\big) = 1 \Leftrightarrow a\ \ln(9) = 1$,

d'où $\boldsymbol{a} = \dfrac{\mathbf{1}}{\mathbf{\ln(9)}}$ et $\boldsymbol{f(x)} = \dfrac{1/\ln(9)}{x} = \dfrac{\mathbf{1}}{\boldsymbol{x}\mathbf{\ln(9)}}$.

b) $P(2{,}5 \leqslant X \leqslant 6) = \displaystyle\int_{2{,}5}^6 \frac{1}{x\ln(9)}\,dx = \frac{1}{\ln(9)}\int_{2{,}5}^6 \frac{1}{x}\,dx = \frac{1}{\ln(9)}[\ln x]_{2{,}5}^6 = \frac{1}{\ln(9)}\big(\ln(6) - \ln(2{,}5)\big)$,

soit $\mathbf{P(2{,}5 \leqslant X \leqslant 6)} = \dfrac{1}{\ln(9)}\ln\left(\dfrac{6}{2{,}5}\right) = \dfrac{\mathbf{\ln(2{,}4)}}{\mathbf{\ln(9)}}$. On a bien $P(2{,}5 \leqslant X \leqslant 6) \approx 0{,}4$.

c) • Espérance de X : $E(X) = \displaystyle\int_1^9 xf(x)\,dx = \int_1^9 x \times \frac{1}{x\ln(9)}\,dx = \int_1^9 \frac{1}{\ln(9)}\,dx$.

La calculatrice donne directement : $\mathbf{E(X) \approx 3{,}64}$ (voir page 417).
Par le calcul,

$$E(X) = \int_1^9 xf(x)\,dx = \int_1^9 x \times \frac{1}{x\ln(9)}\,dx = \int_1^9 \frac{1}{\ln(9)}\,dx = \left[\frac{x}{\ln(9)}\right]_1^9 = \frac{9}{\ln(9)} - \frac{1}{\ln(9)},$$

soit $\mathbf{E(X)} = \dfrac{8}{\ln(9)} \approx \mathbf{3{,}64}$.

• Variance de X : $V(X) = \displaystyle\int_1^9 \left(x - \frac{8}{\ln(9)}\right)^2 \left(\frac{1}{x\ln 9}\right)dx$: la calculatrice donne $\mathbf{V(X) \approx 4{,}95}$.

Crédit Photos

Sauf mention ci-dessous, toutes les photos sont de www.shutterstock.com.

p. 163 : P. Bessard/R.a ; **p. 165** : Mirrorpix/Leemage ; **p. 174** : Nasa/Novapix/Leemage ; **p. 175** : Ifremer/Nautile, Nodinaut ; **p. 228** : Mary Evans/Bridgeman images ; **p. 230** : Leemage ; **p. 246** : Artedia/Leemage ; **p. 253** : Bridgeman Images/Leemage ; **p. 267** : DeAgostini/Leemage ; **p. 271** : Electa/Leemage ; **p. 272** : Granger collection /Bridgeman images ; **p. 275** : Dorling Kindersley ; **p. 279** : Philippe Desmazes/AFP/Getty Images ; **p. 283** : Archivio Arici/Leemage ; **p. 286** : Rene Saint Paul/Bridgeman images ; **pp. 289 et 295** : Artedia/Leemage ; **p. 292** : Agip/Bridgeman Images ; **p. 313** : Photo Josse/Leemage ; **p. 317** : Heritage Images/Leemage ; **p. 333** : Corbis/Getty Images ; **p. 343** : MP/Leemage ; **p. 344** : Leemage ; **p. 349** : Costa/Leemage.